KB100355

차 한잔하실래요

차 한잔하실래요 3권

초판 1쇄 인쇄일 | 2018년 11월 26일
초판 1쇄 발행일 | 2018년 12월 03일

지은이 | 김지아
펴낸이 | 박성면
펴낸곳 | (주)동아

출판등록 | 제406-2007-000071호
주소 | 경기도 파주시 광인사길 9-6
전화 | (031)8071-5201
팩스 | (031)8071-5204
E-mail | bear6370@hanmail.net

정가 | 12,000원

ISBN 979-11-6302-115-5 (04810)
     979-11-6302-016-5 (Set)

ⓒ 김지아, 2018

※이 책은 (주)동아와 저작자의 계약에 의해 출판된 것이므로, 무단 전재 및 유포, 공유를 금합니다.

ZERO
Romantic Fantasy

차 한잔 하실래요

김지아 장편소설

동아

차 례

2부 7장. 모든 건 제자리로

내가 돌아왔다는 소식을 듣고 찾아온 마드렐은 마차 앞에 주저앉아 펑펑 울음을 터트렸다. 이 상황에서 어찌나 독하게 살아남았던지 허름한 옷차림에 잔뜩 초췌한 얼굴로 오열하니 외려 내가 그녀를 달래는 형국이 되었다. 게다가 울음소리를 듣고 찾아온 레나타가 마드렐을 따라 내 옷자락을 부여잡고 바닥에 주저앉아 숨을 꺽꺽거리며 소란스럽게 울어 대는 통에 한참이나 이동에 혼선을 겪었다.

이자벨과는 마차를 따로 썼는데 그 후로도 그녀는 줄곧 나를 피해 다녔다. 간간이 메르넨에게 붙잡혀 괴롭힘을 당하는 듯했으나 나와는 마주칠 일이 없었다. 나를 살피러 온 사람치고는 자라처럼 소심하게 간을 봐 어리둥절함보다는 의아함을 더 느꼈으나, 곧 그도 관심을 거뒀다. 어차피 그녀가 알고 있는 사

실이라야 기껏해야 한 뼘 정도의 얕은 깊이였고 앞으로 알아
낼 것들의 책임은 그녀가 아니라 아버지가 지셔야 한다.

대체 내 능력은 언제부터 아셨을까? 메르넨이 다 읽고 내게
건네준 소설 ≪포도밭 소녀≫엔 엄청 대단한 내용이 있었던
건 아니었다. 모르제 백작 가문은 개국 공신 가문으로 에르만
황실을 위해 지금까지 충성을 다해 왔다. 늘 의문이 들긴 했었
다. 메시리아의 귀족들은 보통 평탄하고 기름진 땅 위에 저택
을 짓지 험준한 산맥 위에 저택을 짓지는 않는다. 오직 모르제
만이 험준한 라하르트 산맥을 끼고 요새를 만들어 그 안에 저
택을 지었다.

모르제 정도 되는 개국 공신 가문이 왜 그런 변방 귀족 취급
을 받으며 그렇게 험한 지형에 저택을 짓는 걸 택했을까. 이상
하긴 했었으나 그것에 의구심을 가진 적은 한 번도 없었다. 신
에게 선택받은 파수꾼 가문이 명맥을 유지하는 방법은 그뿐이
라 그랬던 거다. 소설에는 아버지와 선대 백작들의 능력이 무
엇이었는지는 적혀 있지 않았다. 다만, 그들의 특별한 능력은
일생에 단 한 번만 사용할 수 있는 능력이었고 그건 황실을
위해서만 사용할 수 있다고 적혀 있었다.

아버지와 선대 모르제 백작들은 전부 나와 다른 능력을 갖고
태어났다. 내 능력은 일생에 한 번만 쓸 수 있는 그런 능력이
아니었으니.

로앙지스답지 않게 소설 ≪포도밭 소녀≫는 로맨스 소설이
아니었다. 여자 주인공 '뮈젤'의 영웅전에 가까운 소설이었으나
워낙 로앙지스의 필력이 뛰어났기 때문인지 로맨스가 아니어

도 재미있었다. 기본적인 구성은 실제와 같았으나 내용은 허무맹랑한 영웅전이었기에 내게 큰 가치가 있는 소설은 아니었다.

그러나 실제 '모르제'의 명칭이 사용됐으며, 실존 인물들까지 등장했다. 이 소설책을 읽으면 그것이 허무맹랑한 이야기로 가득 찬 내용일지라도 '모르제'와 '나'에 관해 의문을 갖게 될 것이다. 뜬구름 잡는 사교계 소문들이 부풀려져 마치 사실인 양 사람들의 기억에 각인되는 것처럼 말이다.

나는 덜그럭거리는 마차에 얌전히 앉아 간간이 졸다가도 창밖을 보았다. 그리고 그도 아니면 여유롭게 라미스와 잡담을 나누기도 했다. 메르넨은 얌전히 앉아 에바드 마테가 구해 온 책들을 읽기 시작했는데 온통 영지 관리법, 혹은 세무 관리에 관한 서적들뿐이었다. 나는 맞은편에 앉아서 그림처럼 미동도 없이 독서에 빠져 있는 그녀의 말간 얼굴을 보았다. 새하얗다고는 볼 수 없지만 그래도 주근깨가 많은 아린느에 비해선 제법 깨끗한 피부였다. 라다안과는 어떻게 됐을까? 궁금했지만, 그래도 지켜야 할 선이란 게 있어 굳이 묻지는 않았다.

"호베른에 도착하면 어찌할 거니?"

책에 정신이 빠져 있는 줄 알았던 메르넨이 내게 물었다. 그러나 그녀의 시선은 여전히 책에 고정되어 있었다. 턱을 괸 채, 창밖을 내다보던 라미스가 나와 메르넨을 돌아봤다.

"뭘 어찌해?"

정말로 요지를 몰라 물었다. 무슨 질문을 하는지 몰라서가 아니라 대답해 줘야 할 문제들이 너무 많아 그중 무엇을 말하는지 묻는 것이다. 메르넨이 책을 덮었다. 그녀가 고개를 들더니 한숨을 내쉬며 머리카락을 정리하고는 책을 의자 위에 내려놓았다.

"나는 이번 일 그냥 넘어갈 수 없어. 에르만 황실에 정식으로 배상 청구할 생각이다."

나는 메르넨이 조금 전까지 읽고 있던 책을 흘끔 보았다. ≪사절단의 외교 활동과 본국의 이해관계에 관한 지침서≫. 그러고 보니 에바드 마테가 직접 책을 선별해 주었다고 들었다. 메르넨만을 위해 준 게 아니라 나와 라미스, 모두에게 함께 읽어 보라 준 참고 서적들이다.

"에바드 마테가 이번 일을 돕는 이유가 아린느 때문은 아니란다."

내가 책을 흘끔거리는 걸 알았는지 메르넨이 대답했다. 나는 시선을 돌려 그녀의 얼굴을 보았다.

"그럼?"

"배상 청구서를 올릴 때, 에바드 마테의 세브리안 자작 승계를 함께 요구하기로 했어. 그 조건으로 그가 우릴 돕는 거야."

"아린느를 위해서는 아니지만, 아린느가 좋아하긴 하겠다."

내 말에 메르넨이 눈썹을 추켜세웠다. 매서운 그녀의 반응에 나는 어깨를 으쓱이며 웃었다.

"아직 와볼트의 황태자가 죽지 않았는데. 그는 어떻게 될까?"

"어차피 죽을 사람을 뭘 신경 쓰니?"

메르넨의 대답에 관심 있는 주제라는 듯 라미스가 입을 열었다.

"와볼트 황족은 제거해야 혼란이 야기되지 않아. 와볼트는 메시리아와 관습은 다르지만, 언어상의 차이는 크지 않잖아. 법을 바꾸지 않고 조세만 부과하지 않는다면 평민들은 큰 불만이 없겠지."

그 말이 맞다. 나는 라미스의 대답에 고개를 주억거렸다. 그래, 미하엘은 그렇고. 에드윈은? 결론적으로 큰 의미 없는 짓이었지만, 그는 나를 적국의 황태자에게 팔았다. 물론 그 덕에 미하엘이 나를 이용 가치가 있는 사람이라 판단하고 살려 둔 건 행운이었다. 에드윈이 처음 내 정보를 팔았을 땐, 내가 죽든 말든 관계없이 자신의 이익을 위해 나를 팔아넘겼을 거다. 어찌 되었든 에드윈 역시 용서할 수는 없었다.

나를 흘끔 보던 메르넨이 한숨처럼 입을 열었다.

"너와 내가 입은 피해는 악착같이 손해 배상을 청구해 받아 낼 거고, 에드발인지 뭔지 하는 나부랭이는 아르시온 라미스가 처리할 거다. 그러니 그건 네가 신경 쓰지 마. 넌 아버지를 먼저 만나는 게 중하지 않겠어?"

나는 고개를 끄덕였다. 그리고 마드렐이 새로 가져다준 가방에서 성경책을 꺼내 라미스에게 건넸다. 그는 피곤한 얼굴로 마차 벽에 기대앉아 있다가 의아한 얼굴로 성경책을 받아 들었다.

"대충 읽어 보긴 했는데 이 상황에서 꼼꼼히 읽는 것까지 바라는 건 무리야. 그러니 네가 직접 설명해. 이 성경책은 뭐니?"

그가 성경책을 펼쳤다. 메르넨은 우리를 잠시간 바라보다가 다시 책을 가져와 펼치며 독서를 시작했다.

"모사 아네스의 계시라 이는 창조신이 그에게 주사 반드시 속히 일어날 일들을 그 종들에게 보이시려고 그의 천사를 그 종 위고에게 보내어 알게 하신 것이라."

라미스가 책을 접었다. 우리는 모두 씻지 못해 엉망인 몰골이다. 여전히 피로 점철되어 있으나 그럼에도 빛이 나는 그의 외모에 나는 잠시 감탄했다. 그가 퀭한 눈으로 성경책을 한 번 보고는 나를 보았다. 그가 잠시 두 손을 들어 마른세수를 했다.

"이자벨의 말을 듣고 나도 정확히 알았다. 다른 건 필요 없어. 이 문구가 가장 중요하지. 나도 해석하는 데 제법 걸렸어. 그 성경책을 읽어 보라 하신 건 모르제 백작님이셨거든."

라미스가 내게 성경책을 건넸다. 나는 받아 들었지만 굳이 책을 펼쳐 보지는 않았다.

"그 구절에서 말하는 아네스의 종 '위고'가 바로 모르제 백작님이야. 정확히는 초대 모르제 백작께서 위고라는 이름을 가지셨다 들었어. 파수꾼 가문이라니 이제야 그 구절이 정확히 이해가 가는군."

하지만, 나는 여전히 이해할 수 없었다. 아마 아버지께 모든 걸 설명 듣기 전까지는 계속해서 이해할 수 없으리라. 라미스가 베노튼 성당의 성경책에서 볼 것은 그 하나라고 했으니 아마 더 볼 건 없을 것이다.

나는 미련 없이 성경책을 가방 안에 넣었다. 그리고 돌아본 창밖에선 어느덧 태양의 끄트머리가 고개를 내밀고 있었다. 어느덧 호베른이다. 나는 호베른에 도착하자마자 아버지를 먼저 볼 것이라 생각했는데 내가 먼저 마주한 사람은 아버지가 아닌 조반니였다.

♥ ♥ ♥

　처음 호베른에 도착했을 땐 정신없는 일정으로 일주일이 순식간에 지나갔다. 사절단 도착 이후 국무 회의가 열리는 회의실의 불이 꺼지지 않는다는 소문이 나돌 정도로 이번 전쟁의 열기가 대단했다. 덕분에 수도 호베른에 있는 모르제 저택에 귀가한 나는 아버지도 다른 고위 귀족들과 마찬가지로 에르만 궁전에 살다시피 하신다는 이야기를 들었다. 국무 회의가 한차례 끝날 때마다 대규모 인사이동이 있기 일쑤였고 사람이 걸러지기 일쑤에 법이 수십 번 조정되기도 했다.

　호베른에 도착한 지 사흘 만에 와볼트의 황제가 작고했다는 승전보가 날아들었다. 단연 이 소식을 바로 접한 에르만 궁전을 시작으로 호베른은 축제 분위기였다. 그 와중에도 내 대신 검에 맞고 쓰러진 미하엘에 관한 소식은 없었다.

　이자벨의 말과 다르게 소설 ≪포도밭 소녀≫는 출간되지 않았다. 이유는 알 수 없지만, 이자벨은 인쇄소의 문제라며 눈치를 봤고 나는 그녀를 추궁하기를 관뒀다. 지금 그것보다 중요한 건 아버지를 만나는 거라 생각했기에 내 온 신경이 아버지에게 쏠려 있었다.

　어머니를 비롯한 모르제의 가신들은 나와 메르넨이 저택에 도착하자마자 눈물을 쏟았다. 그들은 내가 와볼트 황태자의 시녀로 들어가며 첩보원 역할을 했다는 사실까진 듣지 못한 모양이었다. 굳이 언급할 필요가 없어 나는 그저 오열하는 어머니를 달래 드렸다.

그 와중에 아린느는 눈물과 함께 발광하며 나와 메르넨에게 죽은 줄 알았다고 소리를 질러 대는데 나중에는 그 고성을 참을 수 없어 방으로 밀어 넣어 가뒀다. 아직 세브리안 자작가에 돌아가지 않은 건가 싶었는데, 에바드 마테가 자리를 비워 불안해하는 자작 부부를 달래느라 내내 본가에 들어가 있었다가 나와 메르넨을 보기 위해 잠깐 모르제 저택에 들렀다고 한다.

"폐하께서 널 찾으신다고 하네. 이상하구나. 함께 간 메르넨은 찾지 않으시던데."

어머니는 조반니의 부름에 이상한 점을 콕 집어 말씀하셨지만, 황명이었기에 큰 반발은 하지 못하셨다.

"아직 상처가 다 아물지 않았는데."

황실에 입궁하기 위해 드레스를 입고 나오는 나를 보며 어머니가 다시금 울먹이셨다.

"아가, 정말 괜찮은 거니?"

원래도 말라 날카로운 인상이셨던 분이 메르넨과 내 걱정으로 끼니도 거르셨다니 더 매서운 인상으로 거듭나셨다. 내 걱정에 손수건으로 곱게 눈물을 찍어 내시는데도 그 엄중하고도 매서운 얼굴이 보여 긴장을 늦출 수 없었다. 나는 허리를 세워 몸가짐을 바르게 했다.

"라미스도 함께한다면 좋았을 텐데."

근래 모르제 저택에서 지내는 라미스를 언급하시며 어머니가 걱정하셨다. 라미스가 축복의 탑 프리제의 핏줄이라는 걸 아신 뒤로는 줄곧 그를 눈여겨보시더니 최근 모르제 저택에서 지내는 라미스를 보고는 그에게 갖고 계시던 부정적인 생각들을 전면 수정하신 듯했다.

"바쁜 사람인데요, 뭐."

라미스는 호베른에 도착하자마자 와볼트의 일들을 보고하기 위해 황제의 명으로 뻔질나게 에르만 궁전을 들락거리는데, 어머니는 그런 점도 마음에 드셨나 보다. 내 말에 곧 수긍하는 얼굴을 하시더니, 라미스가 제법 능력과 수완이 좋다며 칭찬을 늘어놓으신다. 나는 그런 어머니의 칭찬에 대강 수긍하고는 재빨리 계단을 내려갔다.

"뮈젤! 손수건은 챙겼니?"

어머니의 말에 나는 한숨을 내쉬며 그녀를 돌아봤다.

"전 이제 어린아이가 아닙니다!"

내가 아직도 햇병아리 아기인 줄 아는 어머니의 행태에 기겁하며 외치자 어머니는 여전히 걱정스러움을 감추지 못하시고는 나를 보았다.

"힘들면 힘들다 하고!"

"황제 폐하를 뵈러 가는 거라고요, 어머니."

내 말에 나를 따라 계단을 내려오시던 어머니가 코웃음을 치신다.

"부상이 심한 귀족 영애에게 여독을 풀 시간도 주지 않고 부르시는 것도 예의가 없음이야! 설마 우리 아가가 아프다는데 널 나무랄 이가 있을까! 베르데도 힘써 줄 거다! 그치는 그래야 해! 사절단에서 너희를 빼내는 것도 못한 머저리 아니겠니!"

매섭게 질책하는 사람이 황제라는 걸 어머니도 인지하셨을 텐데 거침이 없으시다. 세간에 귀부인 중에서도 가장 귀족답다 평가되는 어머니께서 아버지까지 언급하시며 일평생 입에도 담지 않으실 단어까지 담으셨다. 머저리라니. 오죽 걱정이 되셨으면 평소에 하지도 않는 소리들까지 하실까 싶어 나는 내려오시는 어머니를 안아 드렸다.

"걱정 마세요, 어머니. 저 이제 정말 하나도 안 아파요. 괜찮아졌어요."

그러자 어머니가 다시 훌쩍이셨다.

"정말이니?"

"네. 정말 힘들면 어머니 말씀대로 아프다 이야기할게요. 그러니 너무 걱정 마세요."

내 말에 그제야 어머니가 나를 놓아주셨다.

"하여간. 그 핏줄이 어딜 가질 않는 모양이야. 기어코 모든 걸 가져야 하는 족속이지. 그런 피가 흐른단다, 지금의 폐하께도. 네게도 혹여 무언가를 바라신다면 이거 하난 명심해라, 아가."

어머니가 저택 문을 나서는 내게 마지막까지 충고하셨다. 떠올려 보니 어머니는 선황의 약혼자셨다. 조반니의 아버지 되는 사람의 오랜 친우이자 약혼녀이기도 했으니 어쩌면 조반니에 대해서도 잘 알고 계실지 모른다.

"무엇보다 네 행복을 우선하는 길을 택하거라. 그리고 네가 그 뒷감당을 걱정할 필요는 없다. 네 뒤에는 모르제가 있잖니."

그래서 어머니는 황후가 아닌 아버지를 택하신 건가요? 상황에 맞지 않는 질문이 나올 뻔한 걸 간신히 참아 삼키고는 나는 고개를 끄덕였다. 어머니는 내가 마차에 오르는 순간까지도 걱정스러운 표정을 감추지 못하셨다. 아마 내가 저택에 돌아오기 전까진 내내 걱정하실 게 눈에 선해서 마음이 불편했다.

하지만 이미 마차는 출발했고 제아무리 어머니라지만 황명을 거역할 수는 없는 법 아닌가. 나는 불편한 기분으로 에르만 궁전으로 향했다. 황제궁으로 향하는 길에 재판장을 지나쳐야 했는데 나는 문득 로망떼의 재판이 떠올랐다.

소설 ≪메시리아≫대로라면 승소했어야 할 로망떼가 패소했다. 거기에 내 역할이 지대했음은 부정할 수 없었다.

너. 인. 걸. 알. 고. 있. 어.

재판에서 패소했음에도 당당한 얼굴로 내게 그 말을 전했던 로망떼의 얼굴이 또렷하게 떠올랐다. 그 당시 에드윈도 마지막 공판에 참석했었는데, 그는 로망떼의 승소를 지지하는 사람이었다. 소설 ≪포도밭 소녀≫는 그때 로망떼의 손에 넘어갔던 건 아닐까.

당시 로망떼가 패소하는 데 결정적인 증거가 되었던 물품은 바로 이자벨이 준 서간이다. 라미스와 포도 수확을 하고 있는 내게 그 서간을 전해 주러 이자벨이 에드윈과 함께 직접 덴버 아저씨의 포도밭을 찾아왔었다.

'마할이 불법 경매를 한다는 소식을 듣고 경매장에 헨더슨가의 사람들을 매복시켰는데, 마할의 경매사가 뮐러로 서간을 보내는 걸 현장에서 집포했죠. 심지어 그 경매사는 경매 협회에 등록도 되지 않은 불법 경매사더군요. 불법 경매에 민간 경매 사라니. 딱 마할에 어울리는 아류 경매더군요. 그 서간에 파르젠의 눈물 상자에 관한 이야기가 언급되어 있습니다. 그렇지 않아도 오늘 레이디 모르제께 그 서간을 전해 드리고자 이곳에 방문했죠. 포도 수확 축제는 겸사겸사.'

'이걸 왜 제게……'

'델몬 로제르의 마지막 공판에 입회한다는 이야기를 들었죠. 저보다 클라베 로랑께서 이것을 소지하고 계시는 것이 더 이로울 것이라 판단했습니다.'

그 당시 나는 정말 그녀의 말을 믿어 의심치 않았다. 단순히 경쟁 상단을 응징하기 위함이라고 생각했었다. 그런데 다시 와 생각해 보니 당시 이자벨은 나에 관한 모든 사실을 알고 있었을 게 분명했다.

아버지에게 주어도 해결될 서간을 내게 건넨 건 에드윈을 의식했기 때문일지도 모른다. 이미 그의 속내를 간파한 이자벨이 그에게 경고를 하기 위함이 아니었을까? 모든 게 네 뜻대로 되지만은 않을 것이라는. 그것에 위기감을 느낀 에드윈이 소설 ≪포도밭 소녀≫를 빼돌려 로망떼를 회유했다면, 앞뒤가 맞는다.

황궁에 도착하자마자 나를 제일 먼저 반긴 사람은 어김없이 황제의 늙은 의전관 할아버지였다. 황실 식구 모두의 유년 시절을 옆에서 지켜보았다는 노인. 그가 나를 꽃 내음 가득한 응접실로 안내했다. 생화가 가득한 응접실 내부는 꽃향기가 지나치게 풍겨서 괴로울 지경이었다.

나는 인상을 찌푸리고 안으로 들어섰다가 테라스에 서 있는 조반니의 너른 등짝을 발견했다. 그가 내 기척을 알아차리고는 돌아섰다. 확실히 그는 전보다 훨씬 안색이 좋았고 잘 먹고 잠을 잘 잔 건지는 몰라도 얼굴에서 빛이 나는 듯도 했다. 그가 나를 발견하더니 기분 좋은 얼굴로 나른하게 웃었다. 응접실 안으로 들어오며 그가 내게 손을 내밀었다.

"안색이 좋지 않군, 뮈젤. 오랜만이야. 자네의 소식은 들었어. 내 기대를 저버리지 않았더군."

대체 그가 내게 기대했던 것이 무엇일지 궁금했는데 내 손등 위로 가볍게 키스하는 조반니를 보고 있자니 괜스레 울분만 차올랐다. 그가 내게 자리에 앉을 것을 권했다. 나는 자리에 앉자 다과를 내오는 시녀들을 보았다. 그녀들이 테이블 위로 김이 모락모락 피어오르는 따뜻한 귤차와 초콜릿 비스킷을 한 접시 내오고 사라지는 것을 멍하니 보다가 고개를 들었다.

"제 소식이란 건, 와볼트 황태자의 시녀가 되어 죽을 고비를 여럿 넘겼다는 이야기로 가득했을 텐데. 폐하께선 제가 죽기를 기대하셨던 건가요?"

턱을 문지르며 나를 빤히 관찰하던 그가 눈썹을 추켜세웠다.

"아아. 물론 자네가 첩보원 역할을 완벽하게 수행하길 기대한 건 아니지만, 잘 해결해 낼 거라고 믿었네. 만약 내 예상대로 그대가 정말 다음 대를 이을 파수꾼이 맞는다면 말이야."

그놈의 파수꾼. 나는 피곤한 얼굴로 한숨을 내쉬었다. 명치께 뭉쳐 있던 모든 근심들이 부대껴 나와 무겁고도 뜨거운 숨이 됐다. 예상하지 못한 일도 아니다. 모르제가 파수꾼 가문이라면 그걸 황제가 모르는 게 우습다.

"모든 건 아네스의 뜻대로."

조반니가 나를 보며 어깨를 으쓱였다. 나는 비스듬히 고개를 기울여 그를 보았다. 그리고 의도적으로 말을 골랐다. 신의 뜻대로라니. 우습다. 내게 귀찮은 설명을 미리 입막음하기 위한 구실로밖에 보이지 않았다. 그래서 오래 전, 그가 와볼트에서 미하엘에게 황제의 자질에 대해 설명했던 내용을 떠올렸다.

"폐하는 신도 사로잡을 수 있어야 진정한 황제라 말씀하신 분 아니었습니까."

내 말에 조반니가 눈썹을 추켜세웠고 턱을 괸다. 나는 돌을 던졌다. 그가 파수꾼 가문을 어디까지 아는지. 이 말의 출처에 의구심을 갖는다면 그는 내가 가진 '기억을 보는 능력'을 모르는 게 분명했다. 그가 내 말을 곱씹듯이 두어 번 탁자를 두드리고는 다시 나를 보았다.

"그래, 그런 말을 한 적이 있지. 근데 그 말을 한 상대가 영애는 아닌데?"

그는 대번에 시선에 살의를 띠고 나를 관찰하듯이 눈을 가늘게 뜬 채 나를 보았다. 황제의 살의란 게 전과 달리 소름 돋게 무섭지 않았다. 나는 입가에 미소를 달고 웃었다.

"제 능력을 모르시는군요."

그는 내 능력을 모른다. 이제는 완전히 흥미로운 얼굴로 팔짱을 끼고는 나를 오만하게 내려다보았다. 그가 불편한 얼굴로 내게 기분이 상했음을 드러냈다.

"규칙이다, 파수꾼 가문에 관여하지 않는 건. 너희는 메시리아의 그림자이자 기둥 아닌가? 너희 족속들은 한 번도 세간에 드러나 주목받는 것을 원한 적 없었지."

나도 아직 '파수꾼 가문'이란 것에 대해서 모르지만, 조반니도 제대로 알고 있는 건 아닌 듯했다. 하지만 그 명맥과 역사는 알고 있는 듯했다. 그는 파수꾼의 자세한 역할 따위는 제가 알 필요가 없다는 듯이 당당했다. 그러고는 탁자 위에 모락모락 피어오르는 귤차를 보더니 고개를 갸웃거렸다.

"차가 식는다, 뮈젤."

그 말에 나는 귤차가 든 찻잔을 들었다. 그러자 불만스레 추켜세워진 그의 눈썹이 제자리를 찾아 내려왔다. 그러고는 내가 찻잔을 기울여 천천히 귤차를 마시자 이제는 만족스럽게 의자에 기대앉아 나른한 미소를 지었다. 내가 찻잔을 테이블 위에 내려놓기가 무섭게 그가 비스킷 접시를 내 앞으로 밀었다.

"이건 왜 손도 대지 않느냐? 평소의 너답지 않다."

마치 나와 매우 친한 사이인 것처럼 친근하게 군다.

"누가 들으면 평소의 제가 비스킷에 미쳐 환장한 영애인 줄 알겠습니다."

내 말에 그가 다시 고개를 갸웃거린다.

"아니었나? 네가 보통 미식가여야지."

"포도주를 좋아하는 사람들은 대체로 미식가입니다. 그리고 그게 비스킷에 미쳐 환장한 거랑 무슨 연관이 있습니까?"

그리고 말은 바로 해야지. 내가 먹는 걸 늘 탐내던 인간은 그가 아니던가? 나는 하고 싶은 말을 꾹 눌러 삼켰다. 황제 앞에서 그런 말을 할 정도로 바보는 아니다.

"그러고 보니 살도 빠진 것 같군. 상처도 좀 보이고?"

"송구합니다. 황태자에게 맞은 상처가 아직 아물지 않아 이런 미흡한 모습으로 입궁했습니다. 하나, 여독을 풀 시간을 주지 않으신 건 폐하십니다."

"정중한 말투로 내 탓을 하는군? 그새 대화의 기술이 늘었군 그래."

"미치광이 황태자를 상대했더니 그렇습니다."

"끙."

그가 한숨을 내쉬며 이마를 짚었다. 그는 한참 동안이나 무언가를 생각하며 말이 없었다. 나는 그 앞에 얌전히 앉아 귤차를 마셨는데 그 와중에도 그는 내게 비스킷 권하기를 멈추지 않았다. 나중에는 뭐 하자는 건가 싶어 미간을 모으고 그를 보았는데 그제야 나와 시선을 맞춘 그가 입을 열었다.

"네가 다음 대를 이을 파수꾼이라면 그 전쟁 통에서도 반드시 살아나올 거라 여겼다. 그뿐이다. 와볼트 황태자의 시녀로 들어간 일에 대해선 나도 할 말이 없군."

사실 그를 탓할 것은 없다. 첩보원 역할을 한 건 순전히 내 욕심과 의지 때문이었으니. 당시엔 그렇게 해서라도 메르넨과 내 안위가 보장받기를 바랐다.

게다가 황제가 한낱 장기짝에 불과한 영애에게 변명하듯이 이유를 늘어놓고 있는 상황도 우스웠다. 그가 내게 다른 영애들과 다르게 특별 대우를 한다는 것쯤은 안다. 그게 다음 대를 이을 파수꾼이 나라는 사실을 처음부터 알고 있었기 때문일까? 나는 곤란한 얼굴로 내 얼굴을 빤히 바라보고 있는 그를 보다가 물었다.

"왜 제게 잘해 주시는 겁니까?"

"재밌어서."

대답은 망설임도 없었고 심지어 지나치게 빨랐다. 나는 찡그리다만 애매한 얼굴로 그를 보았다.

"그뿐입니까? 파수꾼 가문 때문이 아닙니까?"

내 물음에 그가 괴상한 얼굴로 나를 보며 웃었다.

"파수꾼이 뭐 대단한 줄 아나 보군."

"아닙니까?"

"아니다. 메시리아의 권능과 영광을 위해 존재하는 게 바로 파수꾼 가문의 숙명이지. 그 이상도 이하도 아니다. 그들이 가진 능력과는 무관하게."

나는 할 말을 잃었다. 정확히는 아는 게 없어 특별히 대꾸할 말이 떠오르지 않았다. 그저 찻잔을 쥐고 있다가 아, 오늘 차를 끓인 시녀의 피부가 조금 새카맣구나 따위의 기억만이 내 생각을 잠식했다.

"아직 베노튼 성당의 성경책을 읽어 보지 않았나 보군? 하지만 그 책을 사 간 지는 벌써 한참이 지났을 텐데?"

그 말에 나는 고개를 치켜들고 그를 보았다.

"베노튼 성당의 성경책이요?"

"그래. 파수꾼 가문의 영애가 그 책을 찾는다 하여 난 당연히 다음 대를 이을 파수꾼이 그대가 아닐까 생각했지. 그래서 일부러 베노튼 성당에 성경책 하나를 네 몫으로 남겨 뒀었는데? 원래 그 책은 일반인이 구할 수 없어. 교황의 승인을 받아야 한다."

그 말에 나는 불현듯 베노튼 성당의 성경책은 지나치게 구하기 어려운 책이란 사실이 떠올랐다. 그럼에도 불구하고 나는 너무도 손쉽게 예약하자마자 책을 받아 들지 않났다. 그건 라미스에게 선물하기 위함이었고 라미스에게 그 책을 읽어 보라 언질을 준 건 아버지였으니 난 후에 당연히 아버지가 그랬거니 생각했었다.

"본래 모르제 백작이 상소를 올리면 내가 승인해 주는 게 관례다. 그럼에도 이번만은 예외로 복잡한 절차 없이 선심을 썼건만. 아직 안 읽었나?"

조반니가 혀를 찼다. 나는 생각지도 못한 내 과거에 그의 손길이 닿아 있었으리라고는 예상치도 못했다. 그래서 충격으로 가만 굳어 있었는데 귤차를 마시던 조반니는 그가 파수꾼 가문이 대단치 않다 해서 내가 시무룩한 줄 알았나 보다. 그가 곧 어깨를 으쓱였다.

"기죽을 것 없다. 그것과 별개로 넌 웃기니까."

그는 마치 손녀의 기를 살리려고 애쓰는 할아비 같은 얼굴로 나를 격려했다.

열려 있는 테라스 커튼이 어설프게 펄럭였다. 온갖 잡생각으로 간질거리는 내 심장만큼이나 부산스럽고 조잡스러운 움직임으로 펄럭이는 꽃분홍색 커튼을 보다가 나는 꽃향기에 잠시 파우치에서 손수건을 꺼내 재채기를 했다. 가만히 그런 나를 바라보던 조반니는 그제야 응접실 내부에 가득 찬 꽃들을 둘러보았다. 그는 오른손으로 턱을 괴고 가만히 내 얼굴을 보았다. 나는 벌겋게 변했을 코를 훌쩍이며 손수건을 접어서 다시 파우치에 넣었다.

"삭막한 곳에 있다 왔으니 이런 걸 보면 좋아할 줄 알았지."

조반니는 변명하듯 어깨를 으쓱이며 씨익 웃었다. 물론 변명하듯이 한 말이지만 얼굴에는 미안한 기색 하나 없었다. 난 마주 어깨를 으쓱이며 말을 삼켰다. 결국 그의 본론은 무엇이었을까. 직접 나를 위한 시간까지 쪼개어 만난 이유를 알고 싶었으나 그는 내게 그런 이유를 친절하게 설명할 인사가 아니다. 의자 등받이에 등을 기대앉아 편하게 차를 마시던 조반니는 이마 위로 흐트러지는 머리카락을 쓸어 넘기며 턱을 치켜들고 나를 내려다보았다.

그는 아마 내가 무슨 말이 하고 싶은지 진작에 알아차렸을 것이다. 그러고도 아무것도 모르는 사람인 양 시치미를 떼고 있다. 그가 고민하듯 오른쪽 눈썹을 추켜세우더니 턱을 괴고는 내게 윙크했다.

내가 기억하는 조반니, 실제 황제 조반니는 이렇게 익살스럽고 유쾌한 인물이 아니다. 그리고 단 한 번도 그런 모습을 보았다거나, 혹은 그런 소문을 들은 적도 없었다. 그런데 나와 함께 하는 매 순간 조금씩 변하더니 이제는 호탕한 옆집 아저씨 같기도 하다.

"하고 싶은 말이 있나?"

그의 물음에 내가 고개를 끄덕였다. 나는 멀뚱멀뚱 그의 눈을 똑바로 쳐다보고 물었다.

"저를 부르신 까닭이 궁금합니다."

직접적으로 묻지 않으면 그는 결국 또 아무것도 하지 않은 채 나를 돌려보낼 것이다. 그가 나를 만남으로써 수많은 업무가 지연됐음을 안다. 지금도 문밖으로 의전관이 초조하게 기다리고 서 있을 것이다. 시간이 남아 나를 만나는 게 아니라 없는 시간을 만들어 나를 본다는 것을 알고 있기에 정말로 궁금했다. 그가 나를 부른 까닭.

"없다. 그냥 네가 보고 싶었을 뿐인데."

조반니가 피식 웃음을 터트리며 후루룩 차를 마셨다. 뜨거운 김이 모락모락 공중에 피어오르고 있었고 내 의문 또한 연기처럼 피어올랐다. 질문해야 한다. 아닌 척하지만 조반니는 분명 내게 무언가를 원하고 있었다.

"저는 폐하의 진심이 듣고 싶습니다."

내 말에 그가 눈썹을 추켜세웠다.

"내 말을 의심하는군."

그 말에 내가 대답하지 않자 그가 웃었다. 그는 나를 검지로 가리켜 삿대질하며 호탕하게 웃었다.

"그래, 그거야. 레나타는 어리숙해서 내가 하는 말은 그냥 믿지. 그리 지혜로운 척해도 오르베네트 역시 다르지 않았다. 인간에겐 기본적인 오만함이 있다. 결국엔 저밖에 생각하지 못하는 천성 말이야."

그가 찻잔을 테이블 위에 올려 두고는 내가 손대지 않은 비스킷을 집어 한입 물었다. 나는 얌전히 그가 하는 요량을 지켜보았는데 그는 그런 내 심정을 꿰뚫어 보았다는 양 느긋함을 즐기며 차를 마셨다.

"그대는 달라."

"다르지 않습니다."

"아니, 달라."

"그렇다면 그건 파수꾼 가문의 후계자이기 때문이겠죠."

"그런 것도 없지 않겠군. 파수꾼 가문에서 남아가 태어나지 않은 적은 처음이거든."

내가 그거 보란 듯이 고개를 끄덕이고 있자 조반니가 미간을 모으고는 팔짱을 꼈다.

"하지만 그런 이유는 아니야. 자넨 나를 과소평가하는 경향이 있어."

"그럴 리가 있겠습니까, 제가 감히."

"그래. 그러니까 네가 감히 그런다 이거야."

말도 안 되는 억지다. 내가 설사 조반니를 소설 ≪메시리아≫의 주인공이라 여기며 제삼자의 입장에서 그를 관찰했다고 하더라도 황제인 그를 과소평가한 적은 결단코 없었다. 애초에 그의 아랫사람 신분으로 나고 자랐는데 어찌 그를 폄훼할 수 있을까. 나는 결국 입을 다물었다. 무어라 되도 않지만 입바른 말이라도 지껄여야 하는데 목구멍까지 알 수 없는 울분이 차올라 입을 다물었다.

조반니가 차를 마시며 그런 나를 흘끔 보았다. 그는 잠시 미간을 모으고 무언가를 생각하듯 인상을 쓰다가 다시 나를 흘끔 보았다. 그 순간 그의 새파란 눈동자가 시리도록 차가워서 나는 등줄기부터 올라오는 소름에 허리를 곧게 폈다. 그가 손가락으로 찻잔의 주둥이를 살살 쓰다듬으며 입을 열었다.

"그래. 미하엘이 그대에게 집착적인 모습을 보였다는 건, 들었다."

조금 전과 다르게 그는 무게 추를 단 듯 숨이 긴 호흡으로 미하엘을 언급했다. 그것도 마치 오랫동안 알고 지내 온 친분 있는 동생을 언급하듯이 '미하엘'의 이름을 부르며. 긴장으로 손바닥에 식은땀이 찼다. 나는 잠시 목을 가다듬고 고개를 끄덕였다.

"그렇습니다."

"다친 곳이 있나?"

조반니가 내 얼굴을 뚫어져라 쳐다봤다. 그 날카로운 시선에 안면에 마비가 올 듯했다. 나는 주먹을 말아 쥐고 천천히 말을 골랐다. 그리고 눈을 감은 뒤, 짧게 한숨을 쉬고 다시 조반니를 보았다.

"없습니다."

"거짓말하기는. 미하엘이 그대에게 손을 댔나?"

나는 다시 울컥. 울음이 차올라 입을 다물었다. 조반니가 팔짱을 끼더니 혀를 끌끌 찼다.

"루카스가 죽고 나서 손버릇이 이상해졌어. 어린 여자애를 학대하는 인간 망종까진 아니었는데."

그렇게 중얼거린 조반니가 팔짱을 풀고는 테이블 앞으로 몸을 숙여 내게 시선을 맞췄다.

"그래서 다친 곳이 어디지?"

나는 대답하지 않았다. 그러자 그가 눈썹을 추켜세웠다.

"뭐젤. 그대가 말 안 하면 내가 못 알아낼 것 같은가?"

나는 얌전히 두 손을 모으고 눈을 내리깔았다.

"그저 태어나서 처음으로 남자에게 맞아 보았습니다."

"그냥 맞은 건 아닐 테고."

"뺨을 맞았습니다. 구둣발로 배를 걷어차이기도 했고. 목이 졸리기도 했습니다."

"그래, 구둣…… 뭐? 걷어차여? 목이 졸렸다?"

막말로 그 '새끼'라고 말하고 싶은 걸 애써 눌러 삼켰다. 조반니는 구둣발로 걷어차였다는 말과 목이 졸렸다는 말에 놀란 모양이었다. '어린 여자애를 학대하는'을 언급하면서 그 정도 폭력도 생각하지 않은 건가? 어처구니가 없었다.

"주먹으로 맞은 것도 아니고 구둣발로?"

"주먹으로 때린 건 괜찮습니까?"

내 말에 조반니의 표정이 굳었다. 그는 농담할 기분이 아니란 듯이 나를 노려보았다. 나는 입술을 비죽 내밀고 퉁명스레 대답했다.

"어린 여자애를 학대하는 인간 망종이라는 표현을 쓰시기에 모두 아시는 줄 알았습니다."

"아니. 그건 그냥 한 말이었는데. 구둣발이라. 게다가 목을 졸라? 기가 차는군."

조반니의 얼굴에서 웃음기가 사라졌다. 그의 이마에 핏대가 섰다. 그가 잠시 화를 눌러 삼키듯이 눈을 감고 이마를 매만졌다. 한참을 그렇게 눈을 감고 있던 그가 조용히 눈을 뜨고 나를 향해 물었다.

"억울한가?"

"네."

"그래, 사실은."

기다렸다는 듯이 빠른 내 대답에 조반니가 한숨을 내쉬었다. 그는 다시 의자 등받이에 등을 기대며 고개를 뒤로 젖혔다. 그리고 나는 그가 마른세수를 하며 꺼내는 다음 말에 집중했다.

"일주일 내내 라미스가 내게 상소를 올렸단 말이지. 나를 아주 졸졸 쫓아다니며 괴롭혀 넌덜머리가 났단 말이다. 심지어 멜보르크, 네바다 귀족 전부 합세해서 그 녀석 등을 떠미는 모양새야."

"예?"

"국제법 위반으로 황제인 나를 고발하겠다고 협박하더군. 그 정신 나간 자식이."

"정말 라미스가 그렇게 말했습니까?"

"아니, 그렇게 말한 건 아니지만 그렇게 말한 것과 다름이 없었어. 네가 와볼트에서 당했던 일들을 보상해 주지 않으면 민중 폭동이라도 일으킬 기세다. 황실 모독으로 몰아서 죽여 버릴까 했는데, 자네 일로 세간에 워낙 유명세를 타고 있는 인물 아닌가? 전쟁으로 정세가 혼잡한 시국에 축복의 탑 눈치도 봐야 하고 말이지."

요새 라미스가 뻔질나게 에르만 궁전에 들락거렸던 이유도 그 때문이었던가 보다. 나는 조소했다.

"축복의 탑 눈치를 보십니까? 애초 시리엔을 핑계로 덴테 프리제의 권력을 삼분하실 계획 아니셨던가요?"

턱을 괴고 있던 조반니가 움직임을 멈췄다. 그가 눈썹을 추켜세우고 나를 보았다.

"내가 그대에게 그런 계획을 언급했었던가?"

그런 적은 없다. 그럴 것 같아서 물었던 것이었는데, 그가 지금 그렇다고 시인했으니. 나는 웃었다.

"아니십니까? 전 그저 소문이 무성하기에 당연히 그러신 줄 알았습니다."

내 말에 조반니가 턱을 쓰다듬다가 어깨를 으쓱였다. 그저 떠본 거였는데 너무 쉽게 넘어갔다. 그리고 조반니도 그걸 인정하듯 허탈하게 웃었다.

"내가 그대의 농간에 넘어갔군."

"넘어오신 겁니까? 전 당연히 아닐 줄 알고 긴장하고 있었습니다."

"긴장하는 태도가 아닌데?"

내 아부성 발언이 재미있는지 조반니가 흥미로운 얼굴로 나를 보았다.

"그래서 말이지. 그댄 어찌하였으면 좋겠나? 미하엘이든 시리엔이든, 뭐든 그대와 연관이 있지 않은가?"

"정확히 말해선 오르베느트 엘쉬가죠. 그들과 직접적으로 문제가 얽혀 있는 건 엘쉬가잖아요."

"글쎄, 내 나라의 국민은 자네지, 오르베느트가 아니네. 냉정하게 말해서 그녀를 위해 내가 해야 할 일은 없지. 그럴 의무도 없고, 책임도 없어. 난 오롯이 자네만 책임지면 돼. 그러니 말해 보아라."

조반니가 팔짱을 끼고 내게 고갯짓했다.

"그대가 원하는 바가 무언지."

원하는 바라. 사실 떠오르는 게 하나 있긴 했다. 그러나 곧장 대답하지 않고 나는 말을 골랐다. 그러자 얌전히 내 대답을 기다리며 생각에 잠겨 있던 조반니가 다시금 화가 치밀어 오른 얼굴로 뒷말을 덧붙였다.

"간단하게 전부 죽여 버리는 건 어떤가? 어차피 종래에는 사형당할 인사들이다."

그렇게 말을 했지만, 사실 조반니가 그들을 쉽게 죽일 인사는 아니다. 그들의 이용 가치를 최대한 뽑아 먹은 뒤가 아니라면, 그리 간단하게 죽여 버리진 않을 게 분명했다. 하지만 그래, 말이라도 지금껏 저렇게 속 시원하게 하는 사람도 없었다.

그런 말을 하는 장본인이 사실은 방관자였다 할지라도. 날 그 사지에 밀어 넣은 장본인이라 할지라도. 내 일을 도와주지 않았다 하여 그를 자신의 자리에서 최선을 다하지 않았다고는 말할 수 없다. 그래서 얄밉기는 했으나, 싫어할 수는 없는 사람이다.

"제가 원하면 다 들어주실 겁니까?"

"아니. 내가 수용할 수 있는 선에서."

어차피 애초에 기대하지도 않았다. 나는 응접실에 들어온 시녀가 차를 새로 끓이는 것을 지켜보다가 이제는 제법 여유가 넘치는 얼굴로 웃음을 터트렸다.

"이제 몰리브 대륙의 지주 아니십니까? 그런 폐하께서 못 하시는 일도 있습니까?"

"허. 미하엘이 그런 아부를 가르치던?"

조반니의 황당하다는 반문에 나는 인상을 찌푸렸다. 시녀가 내 앞으로 새로 찻잔을 내려놓고 응접실을 나갔다. 나는 찻잔을 쥐고 들어 올리며 조반니를 힐난했다.

"폐하, 아무리 그래도 제게 그 이름을……."

조반니는 찻잔을 쥔 손가락을 잠시 까딱이더니 고개를 끄덕였다.

"흠. 이건 내가 무례했군. 사과하지."

"사과하실 필요까진 없으신데."

"아니 눈을 뒤집어 까고 째려보기에 사과하라는 줄 알았지."

"제가 언제 폐하를 그 째, 흠, 어쨌든 사람은 눈을 뒤집어 깔 순 없습니다."

"말이 그렇다는 거지. 재미없게시리. 사람이 변했어."

"폐하."

"아, 그래. 알았네!"

삐친 게 역력한 얼굴로 조반니가 입술을 비죽거렸다. 나는 한숨을 내쉬었다. 들었던 찻잔을 도로 내려놓았다. 내가 정말로 원하는 바를 말하면 그가 온전히 들어줄까? 확신은 없었다. 조반니는 자신의 정갈한 손톱을 만지작거리면서 내게서 관심이 돌아선 양 입을 다물었다.

난 손수건을 꺼내 꽃향기에 다시 한 번 재채기를 한 뒤, 한숨을 내쉬었다. 소리를 듣고 문을 열고 들어온 시녀가 내 앞으로 물 잔을 놔 주었다. 나는 물 한 모금을 마시며 심호흡했다. 꽃이 놓인 화분의 수가 지나칠 정도로 많은 응접실 내부는 화려했지만, 정신이 혼미할 정도로 과했다. 그리고 그건 조반니가 의도한 바가 아니었을까.

자신의 뜻을 관철시키기 위해 수를 써서 마치 신경을 가득 쓴 것처럼 생색내며 손님 대접을 하는 귀족들을 많이 보았다. 그러니까 조반니가 제아무리 나를 생각한다고 해도 그는 별수 없는 황제라는 이야기다. 나는 한숨을 내쉬고 손수건을 다시 파우치에 집어넣었다.

"앞으로 벌어질 콜린 사태를 폐하께서 묵과해 주시길 바랍니다."

내 말에 그제야 고개를 든 조반니가 흥미롭다는 듯이 웃었다. 그는 자신의 붉은 입술을 손가락 끝으로 문지르며 잠시 생각하듯 말이 없었다.

"콜린 사태라?"

"미하엘과 시리엔, 그리고 로망떼를 콜린으로 한데 묶어 지옥으로 보내 버릴 겁니다."

"미하엘이 어디 있는 줄 알고?"

"라미스가 찾아낼 거라 믿어요."

조반니에게 먼저 도움을 청하진 않을 거라는 의견을 은근슬쩍 어필했다. 그러자 역시나 그게 마음에 들지 않는다는 양 그가 인상을 찌푸렸다.

"미하엘은 내가 데리고 있는데?"

나는 찻잔을 들어 차를 호록 들이켰다. 내 침묵을 기다려 줄 수 있다는 태도로 조반니가 비스킷을 반으로 잘라 먹으며 깨작거렸다. 조반니가 즐거운 듯 콧노래를 흥얼거렸다. 그리고 난 그제야 그의 의중을 알았다.

"애초 저를 부르신 까닭은 미하엘 때문이시군요."

조반니가 웃으며 어깨를 으쓱였다. 미소가 참 해맑았다.

"가 볼 텐가?"

그가 자리에서 일어나서 내게 손을 내밀었다. 거절할 수는 없었다. 내가 그의 손 위에 작은 손을 포개자 그가 내 손등 위에 키스했다. 가벼운 호의 표시였지만, 그가 어떤 황제였는지 떠올린다면 참 낯간지러운 행동이 아닐 수 없었다. 나는 문밖에 서 있던 의전관이 그 모습을 보고 황급히 시선을 돌리는 것을 보았다. 더불어 그의 뒤로 늘어져 있던 결재를 기다리는 귀족들의 시선도.

조반니는 회의 시간을 공지하며 결재를 기다리는 이들을, 재검토하여 브리핑할 것으로 입막음했다. 지나다니는 사람들로 북적이는 복도를 파도 가르듯 가르고 지나가는 조반니의 뒷모습을 보다가 문득 미하엘을 떠올렸다. 아직도 맞은 곳들이 욱신거린다. 나는 뺨을 움켜쥐고 아랫입술을 깨물었다.

"몸 성히 있다면 분할 것 같군요."

복도 가장자리로 죄 비켜난 사람들 사이로 조반니의 뒤를 따라 걸으며 내가 말했다. 그러자 조반니가 낮은 목소리로 웃었다.

"그건 그대가 판단하기에 달렸지."

조반니의 붉은 입술이 호선을 그리는 찰나의 순간이었다. 와볼트에서처럼 누군가를 만진 적도 없는데 알 수 없는 기억이 나를 잠식했다.

['그건 그대가 판단하기에 달렸지.'

집무실 한가운데. 조반니가 몰인정한 시선으로 나를 힐난했다. 엘쉬가보다도 부드러워 보이는 그의 금발 머리카락은 허리까지 내려와 있었으며, 피부는 지금보다 창백했고 생기가 없었다. 사람을 집어삼키고 선 악귀처럼 표정마저도 빈약했다. 그 앞에 앉은 나는 부들부들 떨며 두 손을 모았다.

'선처 부탁드립니다, 폐하. 그분은 제 정혼자십니다.'

맞은편 소파에 앉아 있는 조반니가 다리를 꼬았다. 의미 없는 움직임이었다. 그러나 지켜보는 나는 그의 행동 하나하나를 놓치지 않고 빠짐없이 눈에 담았다. 그가 다시 나를 비웃었다.

'그놈이 그댈 사랑한다 생각하나? 그놈은 오로지 오르베느트 엘쉬가뿐이다. 너 따윌 안중에 둔 적은 없다는 말이지.'

'압니다.'

내 대답이 마땅치 않았는지 그가 인상을 찌푸렸다.

'난 로헨을 살려 둘 생각이 없다. 그러니 판단 잘하도록. 네가 아무리 파수꾼 가문의 유일무이한 후계자라 할지라도 난 자네가 옳지 못한 판단을 하는 순간 죽일 거다.'

조반니가 붉은 입술을 혀로 핥으며 웃었다. 턱을 치켜든 오만한 그의 표정을 끝으로 장면이 바뀌었다. 호베른의 코젤만 스트리트 어딘가에 있을 카페 내부였다. 맞은편에는 성가신 얼굴로 귀를 후비는 이자벨이 있었고 난 서류 더미를 테이블 위에 올려놓으며 비장하게 두 손을 모았다.

'당신이 로앙지스란 걸 알아요.'

그제야 그녀가 놀란 얼굴로 벌떡 자리에서 일어났다. 당황한 듯 횡설수설하더니 급하게 겉옷을 챙겨 나가려는 그녀의 팔을 내가 붙들었다.

'소설을 하나 써 주세요.'

이자벨이 그제야 멈춰 서서 나를 괴상한 시선으로 보았다. 머리부터 발끝까지 훑는 시선이 불쾌하다 느껴지진 않았다. 오히려 희극인을 보는 것처럼 재미있어서 난 웃으며 테이블 위에 올려 둔 서류 더미를 그녀에게 다시 건넸다.

'소설 제목은 ≪메시리아≫예요']

걸음을 멈추고 충격에 휩싸여 있는 내가 다시 정신을 차린 건 조반니가 팔을 잡아당겼을 때였다. 앞서가던 그는 내가 따라오지 않자 왔던 길을 되돌아와서는 내 팔을 부여잡아 제게로 끌어당겼다.

"왜. 갑자기 그 녀석을 보려니까 겁이 나나?"

조반니가 내 코앞에 저의 얼굴을 들이밀며 물었다. 순간적으로 그의 뜨거운 입김이 얼굴을 간질였다. 나는 그제야 현실로 돌아와 그의 해맑은 얼굴을 보았다. 얼빠져 있는 내가 재미있다는 양 웃는 얼굴엔 생기가 가득했다. 난 한 발자국 물러나 그에게서 떨어지며 고개를 저었다.

"죄송합니다. 가시죠, 폐하."

실없기는. 그가 고개를 절레절레 흔들며 중얼거리더니 이내 내 머리카락을 헤집어 놓고는 등을 돌렸다. 조반니의 너른 등짝을 보고 걸으며 난 생각했다. 분명 그건 조반니의 기억을 읽은 게 아니라 내 기억이었다. 내 안에 잠재된 기억. 혼란이 생겼다.

나는 정말로 소설 ≪메시리아≫ 속에서 환생한 게 맞는 걸까?

"거의 다 왔습니다."

내 뒤에 있던 의전관 노인의 목소리가 들려왔다. 조반니가 알고 있다는 듯이 코너를 꺾어 지하실로 내려갔다. 난 그를 따라 돌가루 잘게 부서지는 돌계단을 내려갔다. 당연히 지하 밀실이 나올 거란 기대가 있었다. 그러기엔 아래로 내려가는 돌계단이 지나치게 볼품없었다. 그러나 내려오니 그저 또 다른 복도와 방들이 나열된 공간이 나왔을 뿐이다. 차가운 공기가 콧속을 스몄다. 뒤를 돌아보니 나를 따라 내려온 사람은 의전관 노인뿐이었다. 그는 때가 묻었는지 노랗게 변한 손수건으로 코를 틀어막고 내 뒤를 따라왔다.

나는 말없이 조반니를 따라 복도를 걸었다. 감옥에 둬도 시원찮을 놈들을 이런 멀쩡한 방에 가둬 놨다는 건가 싶어 의아했던 찰나였다. 복도 끝까지 걸어간 조반니가 낡고 붉은 벽돌들을 손으로 더듬어 만지더니 곧 일정한 패턴으로 벽돌을 터치했다. 그러자 벽이 크지 않은 소음과 함께 돌아갔다. 예상대로 밀실이 있었다.

"에르만 황실의 일원들도 모르는 밀실이다."

조반니가 누군가를 만진 적도 없는데 알고 기대어 서서 웃는 품새가 마치 먹이를 바라는 강아지처럼 살가워서 껄끄러웠다. 나는 일단 부담스러운 기분으로 그를 보았다.

"그런데 왜 제게 이런 밀실을 공개하는 건가요?"

"말했잖나. 그대 원하는 바를 들어주겠다."

그렇게 말하며 조반니가 내게 손을 내밀었다. 나는 얌전히 그의 손을 붙잡고 어두운 지하실을 다시 내려갔다.

삼면이 모두 쇠창살로 둘러싸인 지하 밀실은 횃불조차 없어서 빛 한 줌 없이 어둑했다. 의전관 노인이 어디선가 가져온 랜턴을 내게 건넸다. 뒤돌아본 조반니가 내게 손짓했다. 나는 랜턴을 들고 그의 옆으로 다가갔다. 랜턴을 들고 앞으로 나가자 시야가 조금 트였는데 그 순간 무언가가 튀어나와 쇠창살 사이로 손을 뻗었다. 그 손이 곧장 내 팔목을 잡았고 참기 힘든 악취와 함께 기다란 머리카락 사이로 시뻘건 눈이 보였다.

"그아아아아 기기기…… 가가가가가!"

"꺄아아아!"

발작하듯 놀란 내가 랜턴을 떨어뜨렸는데 그 순간 랜턴 안에 있던 초의 불이 사그라들었다. 다시 어둠이 찾아왔다.

"불을 다시 가져와."

"네, 알겠습니다."

어둠 속에서 조반니의 목소리가 들려왔고 이어 의전관 노인이 대답하는 소리가 들려왔다. 하지만 나는 움직일 수가 없었다. 태어나서 그런 건 본 적이 없다. 사람의 형체로 보였지만 사람 같지가 않았다. 다시 어둠이 오자 '그것'은 조용해졌다.

"선대 황제 폐하가 계실 때부터 있었던 것들이다."

"죄목이 뭐예요? 사람인가……. 꺄악!"

"시끄러워 죽겠군. 나다, 뮈젤."

누군가가 내 팔을 단단히 부여잡고 끌어당기기에 놀라 소리를 질렀는데 조반니가 성가시다는 어투로 내게 말했다. 나는 멀어지는 조반니의 팔을 당겨 그의 옷소매를 단단히 잡았다. 황족 모독으로 죽여 버리기 전에 놓으라는 조반니의 말을 무시하고 덜덜 떨고 있는데 어둠 속에서 낯설지 않은 목소리가 들려왔다.

"뮈젤?"

미하엘이었다.

"뮈젤이구나!"

"내 목소리는 잊었나 보군, 미하엘."

조반니가 가소롭다는 말투로 대답했다. 그러자 미하엘의 목소리는 더 이상 들리지 않았다. 때마침 의전관 노인이 새 랜턴을 가져왔다. 그가 이번엔 조심하라며 내게 랜턴을 건넸다. 나는 볼품없이 떨리는 손으로 랜턴을 쥐었는데 그런 나를 흘끔 본 조반니가 내게서 랜턴을 빼앗아 들었다. 우리는 조금 전 괴상한 사람이 나왔던 곳이 아닌 그 왼쪽 쇠창살 앞으로 걸어갔다.

"자. 봐라."

조반니가 곧 랜턴을 들어 쇠창살 앞으로 손을 내밀었다. 그러자 그 앞엔 메마른 피를 뒤집어쓴 미하엘이 단비를 찾듯 간절한 얼굴로 나를 바라보고 있었다. 나는 그 소름 돋는 시선에 조반니의 소매를 잡은 손에 힘을 줬고 그 바람에 조반니가 흘끔 나를 보았다.

"한 명 더 있어. 자세히 봐라."

그리고 난 미하엘의 뒤로 쪼그려 앉은 채 덜덜 떨고 있는 여자 한 명을 보았다. 붉은 머리카락이 핏자국이라고 해도 좋을 만큼 지저분한 몰골의 여자.

"시리엔?"

"그래, 메시리아를 상대로 우스운 농간을 벌였으니 이만한 벌이 적당하다."

"뮈젤."

미하엘이 쇠창살 사이로 내게 손을 뻗었다. 조반니가 그런 그를 보며 삐뚜름하게 미소 지었다.

"뮈젤, 넌 멀쩡하구나?"

나를 바라보는 미하엘의 눈빛이 반짝였다. 그 순간 발끝부터 소름이 돋았다.

"내가 네 대신 검을 맞아 그런가?"

흠. 조반니가 미하엘의 말에 흥미롭다는 시선으로 나와 그를 번갈아 보았다.

"재미있군. 뮈젤 대신 검을 맞았다라."

조반니의 말을 무시하며 미하엘을 나를 보았다. 그는 마치 조반니가 이곳에 없는 것처럼 말을 이었다.

"나를 데려가 줘, 뮈젤."

조반니의 말을 무시한 채 미하엘이 내게 다시 말을 걸었다. 나는 조반니의 뒤에 숨어 코웃음을 쳤다.

"내가 미쳤니? 너 아직 덜 맞았구나?"

"아니, 충분히 맞았어."

와중에 꼬박꼬박 대답한다. 보기에도 미하엘의 상태는 멀쩡해 보이지 않았다. 그는 말을 하기도 힘겨워 보이는 얼굴이었는데 쇠창살을 부여잡은 손이 달달달 떨리고 있었다. 보이는 그의 살갗이나 얼굴에도 상처와 말라붙은 마른 핏물로 가득해 어디까지가 상처고 피인지 분간이 가질 않아 더 심각해 보였다.

"내가 여기 온 건 널 어떻게 처리할지 판단하기 위해서야, 머저리 같은 폐태자야."

'폐태자'. 아마도 미하엘이 가장 싫어하는 단어를 꼽자면 그것이 아니었을까. 예상대로 미하엘이 발작하듯이 쇠창살 사이로 손을 뻗으며 으르렁거렸다. 침 튀겨 가며 내게 소리를 질러 대는데 발음이 뭉개져서 뭐라고 말하는지조차 잘 들리지 않았다.

조반니가 쪼그려 앉아 뻗은 미하엘의 손을 발로 걸어찼다. 그 순간 팔이 꺾여 우둑 소리가 났다. 미하엘의 찢어질 듯한 비명 소리가 지하 감옥을 가득 울렸다. 내가 흠칫 놀라 뒷걸음질 쳤지만 조반니는 알 수 없는 얼굴로 그런 나를 한 번 돌아봤을 뿐이었다. 미하엘이 다시 잠잠해졌다. 그리고 언제부터 날 보고 있었는지 시리엔이 고개를 돌려 나를 똑바로 노려보고 있었다. 랜턴 불빛의 반경이 그리 크지 않아 그녀의 형체가 다 보이지는 않았는데, 그 어둠 속에서조차 그녀의 노려보는 섬뜩한 눈이 빛났다.

"왜 시리엔과 미하엘을 같이 가둔 거예요?"

내 물음에 조반니가 어깨를 으쓱였다.

"별다른 이유가 있었던 건 아니다. 그냥 미하엘에게 마땅한 자리가 여기뿐이었어."

나를 노려보던 시리엔이 쪼그려 앉은 상태로 고개를 숙이더니 음산한 모습을 한 채, 랜턴 불빛이 닿지 않는 어둠 속으로 사라졌다.

"큽. 크억……! 흐윽흐윽. 뮈젤!"

미하엘이 울었다.

"난 황제가 될 사람이다. 난 그렇게 타고났다. 흐윽……."

그는 거의 속삭이듯 말하며 흐느꼈다. 초점 없는 눈이 검은 바닥 어딘가에 꽂혀 있었고 목적 잃은 분노가 허공 속에 흩어졌다.

"넌 파수꾼이잖아! 뮈젤! 난 다 봤어! 다 봤다고, 그 소설!"

미하엘이 한 손으로 쇠창살을 부여잡고 흔들며 발광했다.

"소설?"

미하엘의 감정엔 전혀 관심 없다는 태도를 고수하던 조반니는 그의 말 중 의문이 가는 구석을 짚어 나를 돌아봤다. 그는 그저 한 단어를 반문했지만, 뒤에 생략된 물음을 나는 이미 알았다.

"저도 그 소설에 대해 궁금한 게 많은 사람입니다. 자세한 건 저 말고 아버지께 여쭤세요."

"그럼 자세한 거 말고. 그대가 아는 간단한 내용이 뭔지 들어 보지."

조반니가 내 손을 치워 내고 팔짱을 낀 채 물었다. 오만하게 치켜든 턱짓으로 그는 내게 그의 물음에 대한 답을 할 것을 종용했다.

"《포도밭 소녀》라는 로앙지스의 소설이에요. 제가 주인공이고. 저와 모르제 가문에 대한 내용으로 이뤄진 소설이죠."

"흠. 로앙지스의 소설이라면 상대 주인공은 아르시온 라미스?"

그는 미하엘의 울음소리를 배경 음악 삼아 흥미롭게 웃었다. 그 말에 나는 생각지도 못한 사실을 깨달았다.

"그렇군요. 로맨스 소설이면 상대 주인공이 있을 텐데. 안타깝게도 그 소설은 로맨스물이 아니라 영웅전이었거든요."

"그 소설을 자네가 갖고 있나?"

"아니요. 미하엘의 궁에서 엘쉬가가 빼내 온 것 같아요."

"그녀가 왜?"

"그걸 이용하려는 사람이 많습니다, 폐하. 엘쉬가도 그중 한 명인가 보죠."

"그렇겠군."

조반니는 진중하지 않는 얼굴로 수긍했다. 그러나 그렇다고 내 주제에 그를 탓할 수도 없어 그냥 흐느끼는 미하엘을 흘끔 보았을 뿐이다.

"그래, 아직 풀어야 할 것들이 많군. 재미있겠어."

내 옆얼굴을 뚫어져라 바라보며 조반니가 말했다. 그의 목소리는 새 장난감을 찾은 어린아이처럼 들떠 있었다. 나는 그제야 고개를 돌려 그의 얼굴을 보았다. 랜턴 빛에 그늘진 그의 얼굴은 어둠 속에도 저 홀로 빛을 머금은 듯 찬란했다.

"저는 힘들어요, 폐하."

내 말에 조반니가 다시 고민하는 낯빛으로 내 얼굴을 쳐다봤다.

"힘들면 쉬어."

그리고 그렇게 말하는 그의 얼굴엔 진심이 있었다. 나는 한숨을 내쉬었다. 그러자 그가 그제야 만족스러운 얼굴로 내 어깨를 두드렸다. 여전히 귓가에는 미하엘의 알 수 없는 웅얼거림과 함께 울음소리가 들렸다.

"뭐 이미 알고 있겠지만, 엘쉬가와 로헨은 아직 귀국하지 않았다. 그들이 메시리아에 귀환하면 다시 이야기하는 걸로 하지. 네 계획도 그때 다시 듣겠다."

그렇게 말하며 조반니가 등을 돌렸다. 틈도 없이 멀어지는 그의 뒷모습에 나는 새삼 등 뒤로 드리워진 어둠을 인지하고 소름이 돋았다.

"폐하! 저도 같이 나가요!"

"뮈제엘! 가지 마!"

미하엘의 소름 끼치는 절규가 들려왔고 나는 순간 걸음을 멈췄다.

'황족에겐 혈연이란 의미 없는 것.'

'하나뿐인 혈육을 와볼트로 유배시키는 메시리아의 황제나 아들을 모른 척하는 와볼트의 황제나. 피차일반이라는 말은 이럴 때 쓰는 거군.'

'난 네 능력이 탐이 나.'

'어때? 정말로 내 사람이 되는 건?'

수많은 그의 말들이 주마등처럼 머릿속을 어지럽히다가 사라진다. 나는 잠시 미하엘을 돌아봤다. 어둠 속에서 미하엘은 울고 있었다. 울음소리는 차가운 벽 사이를 관통하지 못하고 그렇게 메아리쳐 그에게로 다시 돌아갔다.

"뭐 하나."

조반니의 부름에 난 다시 정신을 차렸다. 그리고 미하엘을 뒤로한 채, 황급히 조반니의 뒤를 따랐다.

이미 경황없는 불찰이 잦았다. 그리고 조반니 내게 그것을 탓하지 않았다. 외려 기뻐하는 기색을 표하다 못해 친근한 척 굴기까지 했다. 그의 의중이 무엇이었을까를 논하는 것만으로 머리가 아팠다. 그러니까 그가 내게 친근하게 굴 이유가 없다는 게 문제였다. 이렇게 고분고분하게 내게 원하는 바를 들어 주겠노라 할 만한 인사가 아니란 거다. 분명 그가 그만한 행동을 할 이유가 있거나, 혹은 그가 그만한 행동을 할 이유가 되는 값어치를 내 대신 누군가가 지불했거나.

나는 조반니의 용건이 끝난 뒤, 경망스러운 기분으로 또각또각 요란스러운 구둣발 소리를 내며 국가 정책실로 걸어갔다. 지나가는 인사들이 죄 반가운 얼굴로 내게 다가왔다가 내 험악한 얼굴을 보고 물러섰다. 첨예한 내 기분을 쉬이 파악하지 못한 머저리들이 종종 말을 걸었는데 안타깝게도 그들은 내게 가볍게 무시당했다. 얼굴도 몇 번 본 적 없는 인간들이 이런 데서 마주치니 죄 말 좀 붙여 보겠다 난리다.

광란한 구둣발 소리와 함께 목적지에 다다른 나는 목적을 묻는 시종들과 기사들을 슬며시 노려보았다. 가만히 그 상황을 지켜보던 눈치 빠른 시종 하나가 모르제 백작 영애라 고하자 그제야 그들의 안면이 바뀌었다. 라미스를 찾아왔다는 걸 그제 파악한 것이다.

나는 수 분간 지체된 문이 열리고서야 라미스를 마주할 수 있었다. 물론 내가 예상하던 방식의 인사는 할 수 없었다. 그가 사람들에게 둘러싸여 베건스의 멱살을 틀어 쥔 채 서 있었기 때문이었다.

"라미스?"

주위에서 요란스럽게 소리치던 이들도 죄 나를 구세주 바라보듯 눈을 빛냈다.

"뭐 하니?"

그가 나를 발견하고는 베건스의 멱살을 쥔 손에 힘을 뺐다. 그러자 베건스가 짜증스럽게 그의 손을 치워 내고 목을 어루만졌다.

"라미스! 아무리 그래도 공개적으로 이건 너무하는 거 아니냐!"

"시끄러워. 너야말로 이 정도에서 끝낸 걸 고마워해. 네가 내 친우가 아니었다면 넌 오늘부로 짐 싸야 했어."

라미스의 대답에 베건스가 황당하다는 듯이 두 손을 들어 보였다. 그가 나를 발견하고는 억울하다는 듯이 어깨를 으쓱이더니 한숨을 내쉬고는 우리를 지나쳐 밖으로 나갔다. 웅성거리는 소리들을 뒤로하고 라미스가 나를 향해 물었다.

"어쩐 일이야?"

"아니, 그전에 지금 이건 무슨 상황이야?"

"베건스가 내 후임으로 왔길래. 친절히 업무 지시를 내려 줬을 뿐."

"친절히? 너 멱살 잡던데?"

내 말에 라미스는 베건스가 사라진 자리를 흘끔 노려보고는 인상을 찌푸렸다.

"내 업무 지시가 부당하다며, 내 말을 무시했어."

그 말에 나는 그의 업무 지시가 무엇인지 궁금해졌다. 그러나 그가 내 물음에 쉬이 대답해 줄 인사가 아니란 걸 안다. 어떤 방식으로 그에게 그 '업무 지시'를 캐물어야 할까 고민하는데 그가 다시 말을 이었다.

"어차피 황제의 동생을 지지하는 반역도다. 와볼트에서 널 버리고 레나 부인과 함께 꽁무니 뺀 놈이야."

"말 가려 해, 라미스. 그렇게 따지면 네바다 귀족들은 전부 반역도 아니니?"

"아니지. 황제의 동생을 황제(皇帝)로 만드는 걸 실행에 옮긴 이는 몇 없지."

라미스가 주위를 살피며 속삭이듯이 내게 말했다. 나는 실소했다. 그러고 보니 나를 로헨의 짝으로 들이밀려고 무던하게 노력하던 인사 중, 가장 선두에 있던 이가 베건스라는 말을 들은 적 있었다. 라미스는 주위에 몰려든 인사들을 향해 손을 휘저으며 전부 꺼지라며 외쳤다. 사람들이 그의 눈치를 살피며 멀어지는 듯했으나 우리의 대화가 궁금한지 다시금 다가온다. 덕분에 라미스의 목소리가 한층 더 낮아졌다.

"어쨌든 그 녀석이 와볼트에서 살뜰히 널 챙겼으면, 네가 그런 꼴도 안 당했을 거 아니야? 저 혼자 빠져나가? 그런데도 그 녀석은 끝까지 라르메 황제의 동생을!"

라미스가 다시금 열이 받은 얼굴로 한숨을 내쉬었다. 그러자 근처에서 안절부절못하던 인사들 중 하나가 재빨리 손수건을 꺼내 와 라미스에게 대령했다. 그러나 라미스는 필요 없다며 손수건을 치워 냈고 짜증스럽게 주위를 살피더니 내 손을 끌고 사무실 내부에 홀로 독립된 커다란 파티션으로 나를 데려와 앉혔다.

"따지고 보면 나를 챙기지 못한 책임은 레나 부인에게 있어. 그리고 어쨌든 둘만의 문제는 둘이 해결하지, 왜 공개적으로 사무실에서 애를 괴롭혀?"

내 말에 그가 황당하다는 얼굴로 흥분해서는 내 앞에 서서 허리를 숙이고 의자 팔걸이에 한 손을 기댔다. 덕분에 그의 얼굴이 가까워졌다.

"애를 괴롭혀? 내가? 괴롭혀? 난 내 업무 지시를 따르지 않은 것에 대한 책임만 물은 거라고!"

내가 제 편을 들어 주지 않아서인지 라미스가 불만스러운 표정으로 얼굴을 붉히며 툴툴거렸다. 마치 어린아이 같다. 라미스답지 않은 유치한 행동에 나는 기가 찬 얼굴로 물었다.

"어쨌든 너답지 않게 공개적으로 네 개인감정 들먹인 건 맞잖아. 너 그래서 지금 네가 잘했다는 거야?"

"흥."

흥? 나는 기가 찬 얼굴로 그의 새하얀 얼굴을 들여다봤다. 그가 비스듬히 시선을 비켜섰다.

"지금 흥이라고 했냐?"

라미스는 내 말에 대꾸하지 않고 내 손목을 잡아 집무실을 나왔다. 요 근래 업무가 이 구역으로 집중된 탓인지 국가 정책실을 비롯한 국정 사무실 근방으로 복도건 사무실이건 사람들이 정신없이 오가며 바쁜 분위기였다. 그에게 전할 말이 있어 온 건데 주객이 전도된 것 같다. 아니면 내가 무슨 말을 뱉을지 몰라 지레 겁을 먹고 저리 급하게 은밀한 장소를 찾고 있는 것일지도 몰랐다. 어쨌든 중요한 건 라미스는 결국 빈 회의실을 찾았고 그곳에 나를 앉혀 놓고 한숨을 내쉬었다. 그는 책상에 엉덩이만 걸터앉아 팔짱을 끼고 한숨을 내쉬었다.

"그래서, 용건이 뭐야?"

사무적인 물음이다. 그는 내게 질문을 하면서도 연신 다른 생각을 하느라 정신이 없어 보였다. 기실 내가 바쁜 그를 방해하고 있는 건 맞으니 할 말은 없었다. 이마에 송골송골 맺힌 땀이 그가 얼마나 고되게 일을 하고 있었는지를 대변하고 있었다. 그러나 안쓰러워하는 감정은 고작 찰나에 지나갔고 그 자리를 서운함이 채웠다.

"용건 없으면 난 찾아오지도 못하니?"

내 투덜거림에 라미스가 한숨을 내쉬었다. 그리고 나는 깨달았다. 라미스와 사이가 호전될 기미가 드러나면 먼저 나서서 그에게 시비를 거는 사람이 다름 아닌 나였다는 사실을. 문득 반성의 시간이 필요한 시점이지만 반성까지는 하고 싶지 않은 이중적인 마음으로 라미스를 보았다.

"그런 말이 아니잖아, 뮈젤."

그가 조금 전보다 몇 배는 피곤해 보이는 얼굴로 미간을 문질렀다. 나는 조금 수그러든 태도로 고개를 끄덕였다. 어차피 처음부터 요지는 그게 아니었다. 메르넨은 내가 에르만에 입궁

했다는 소식을 들으면 정신없이 황실에 청구할 피해 보상 청구서를 만들 게 뻔했다. 그리고 라미스 또한 내가 들여다보지 않아도 알아서 잘 처리하겠지만, 자신이 처리한 일을 완벽하게 해내고 자랑이라도 하고 싶어 입을 여는 메르넨과 달리 라미스는 일이 잘 마무리돼도 굳이 그것을 입 밖에 꺼내어 말하지 않는 스타일이다.

"그래. 뭐, 그런 말을 하러 온 건 아니고. 에드윈의 일은 잘 돼 가나 궁금해서."

내 물음에 라미스는 걱정 없다는 얼굴로 어깨를 으쓱였다.

"헨더슨 상단에서 증거 자료를 전부 제출해 줘서 편하게 됐지."

헨더슨 상단에서 에드윈의 처벌 자료를 순순히 내어 줬다고? 나는 괴상한 얼굴로 라미스를 보았다. 그러자 그도 어깨를 으쓱였다.

"나도 영문을 모르겠어. 이자벨도 아니고 베론 몰트리 헨더슨이 직접 에르만 궁전까지 와서 내게 넘겨줬어. 그걸로 모르제 백작님께 진 빚도 다 갚았다며, 에드윈은 이미 돌이킬 수 없는 강을 건넜다고 말하더군."

아버지와 베론 몰트리 헨더슨 사이에 이자벨도 모르는 거래가 더 있었나 보다. 그래, 이상하긴 했다. 타고나길 장사꾼 가문에서 타고나 손익 계산을 철저히 하는 헨더슨 상단의 주인인데, 단순히 아버지가 파수꾼 가문이라고 해서 순순히 자신의 딸을 내어 주며 도와줄 리가 없지 않은가. 나는 라미스의 말이 끝나자마자 자리에서 일어났다. 그가 놀라서 나를 따라 몸을 일으켰다.

"왜 그래, 뮈젤?"

"아버지에게 가 봐야겠어. 진실을 알고 싶어. 더는 못 기다리겠어."

어차피 아버지는 로헨이 귀국하기 전까진 집으로 돌아오실 수 없을 정도로 바쁜 분이시다. 그럴 땐 내가 직접 움직여 만나는 게 빠르지 않겠는가. 내 생각에 동의하듯 라미스가 내 어깨를 두드렸다. 그는 무슨 생각을 하는지 알 수 없는 얼굴로 나를 바라봤다.

"네게 닥친 일들과 너희 가문 일을 전부 이해할 수 없어. 아직도."

그의 말에 나는 고개를 끄덕였다.

"괜찮아. 메르넨도 이해 못 하는 일이야. 오직 나와 아버지만이 이해할 일이지."

내 말에 라미스는 무거운 짐을 진 사람처럼 그늘진 얼굴로 내게 물었다.

"네가 알게 될 진실이 무엇일지는 모르겠지만, 설사 그게 너를 힘들게 한다 하더라도. 뮈젤."

그가 잠시 말을 끊고 내 머리를 쓰다듬었다.

"네 옆엔 내가 있다는 걸 잊지 마."

그렇게 말하는 라미스의 얼굴은 어두웠다. 나는 웃으며 고개를 끄덕였다.

"알겠으니까 걱정 그만해. 이 걱정쟁이야."

내 말에 그가 그제야 하얀 이를 드러내며 피식, 하고 웃음을 터트렸다.

"세상에 그런 단어가 어디 있나? 걱정쟁이라니. 문법에 맞지 않는 단어야."

"이 와중에 문법을 따지고 있다니 너도 참 너답다."

내 말에 그가 웃음을 터트렸다. 그리고 나는 그의 웃음을 뒤로한 채 회의실을 나왔다. 곧장 아버지에게 갈 생각이었는데, 떠올려 보니 지금 시간에 아버지가 있는 곳을 난 몰랐다. 기억을 읽으면 조금 쉬울까? 나는 차가운 대리석 바닥을 구둣발로 짓이겨 누르다가 손을 들어 벽을 더듬었다. 여전히 복도엔 사람이 많았고 지나다니면서 그런 나를 괴이하게 바라보는 이도 한둘이 아니었다. 결국 나는 손을 뗐다. 잠깐 사이에 식은땀이 송골송골 이마에 맺혔다. 온갖 기억들이 얽혀 그저 어지럽고 토할 것 같은 느낌만 들었다. 뒤늦게 회의실을 나온 라미스가 그런 나를 발견하고는 의아한 얼굴로 고개를 갸웃거렸다.

그는 바쁘게 뛰어가는 사람들을 피해 내게 다가오다가 걸음을 멈췄다. 복도 끝자락에서 심하게 곱슬곱슬한 머리카락을 지저분하게 흔들며 라미스를 부르는 사내가 있었기 때문이다. 라미스가 내게 뻗던 손동작을 멈추고 그를 향해 돌아보자 그가 관자놀이를 타고 흐르는 땀들을 닦아 내는 듯한 모션을 하더니 인파를 헤치며 이쪽으로 뛰어왔다. 처음 보는 얼굴의 사내인데 볼살이 탱탱하고 뽀얀 게 라미스보다는 앳되어 보였다.

"사무장님! 사무장님!"

곱슬머리 사내는 복도 끝자락에서부터 요란스럽게 종이 쪼가리를 펄럭이며 뛰어왔다. 라미스가 언제부터 사무장이 된 거지? 내가 의아한 얼굴로 그를 돌아보는데 라미스가 주책바가지를 바라보는 시선으로 뛰어오는 사내를 보았다. 그를 그런 시선으로 바라본 것은 라미스뿐이 아니었는지 바쁜 와중에도 모두가 한 번씩 곱슬머리의 요란스러운 사내를 돌아보았다.

"무슨 일이야?"

라미스가 제 앞에 서서 숨을 헐떡이는 남자를 보며 물었다. 그러자 그가 눈을 동그랗게 뜨고 외쳤다.

"들으셨습니까? 지금 축복의 탑에서 시위가 벌어졌답니다!"

그 말에 지나가다 그 말을 들은 사람들이 죄 발걸음을 멈추고 곱슬머리 사내를 보았다. 이목이 제게 집중된 걸 아는지 모르는지 그는 흥분한 얼굴로 발을 동동 구르고 있었다.

"아이 씨! 지난달에 투자액을 모조리 회수했어야 했습니다! 브릴다가 꼬드겨서 제 자금 절반을 멜본의 관저에 투자한 거 아시죠? 그게 몽땅 날아가게 생겼습니다, 지금! 그 녀석이 원로 의원들의 반발이 거세서 사무장님이 후계자 후보로 다시 오를 것 같다는 말만 안 했어도! 그 말이 참 그럴듯해서 멜본에 투자한 건데!"

사내가 서류를 든 손으로 머리를 쥐어뜯더니 울먹이며 자신의 억울함을 호소했다. 그러나 주변에 이를 듣던 이들은 죄 그보다는 축복의 탑에 더 관심이 많아 보였다. 그건 라미스 또한 별반 다르지 않은 모양새였다. 나는 쪼르르 라미스 옆으로 다가가 라미스보다는 작지만 그래도 나보다는 큰 키의 사내를 올려다보며 눈을 반짝였다. 그러자 라미스가 그런 나를 흘끔 보고는 자신의 등 뒤로 밀어 넣었다.

"축복의 탑에서 시위가 벌어졌다고?"

"그게 말이 돼?"

"자기밖에 모르는 집단들 아니었나? 축복의 탑에서 시위가 벌어졌다니 지나가던 와볼트인들이 다 놀랄 일이군!"

라미스는 짐작 가는 일이라도 있는지 별로 놀라는 눈치는 아니었다. 그는 팔짱을 낀 채 가만히 곱슬머리의 사내를 바라보다가 그가 손에 거의 구기다시피 들고 있는 서류를 빼앗아 읽었다.

"주도자가 베르모토 교황? 이게 사실인가? 보고서 제대로 작성한 거야?"

서류를 읽던 라미스가 눈썹을 추켜세우고 반문하자 주위가 경악으로 물들었다.

"맙소사! 하늘도 놀랄 일이로군! 그 고상한 인간들이?"

누군가가 그렇게 외치자 복도가 다시 웅성이며 시끌벅적해졌다. 흥분해서 그런지 발간 볼을 하고 흐르는 땀을 닦아 낸 곱슬머리의 사내가 고개를 끄덕였다.

"처음 시위를 주모한 건 학자들이지만, 지금 시위 선두에 있는 건 성직자들이라고 합니다."

나는 영문을 모르겠단 얼굴로 얘기를 들었다. 대체 이게 다 무슨 얘긴지 도통 알 수가 없다.

"간단하게 설명하자면 시리엔이 관주로 선정됐을 당시에도 덴테 프리제의 불법적인 개입이 있었으며, 이번 시리엔의 살인 청부 사건을 알고도 모른 체했다는 소문이 퍼진 모양입니다. 게다가 후계 싸움에서 패한 엘쉬가 후계자로 선정된 것에 의문을 제기한 이가 한둘이 아니었나 봅니다. 메시리아로 망명 신청한 전적이 있는 사람을 관주는 물론, 축복의 탑 사람으로도 인정하지 않겠다는 의지 강경한 내용입니다."

그 말을 듣자 복도가 요란스러워졌다. 그리고 그 말을 듣고도 라미스는 별 관심 없는 얼굴로 고개를 끄덕이더니 들고 있던 서류를 곱슬머리 사내에게 던졌다.

"그 지역은 돌아가는 꼬락서니가 이미 파산 직전이었는데 이제 터진 게 이상한 거야. 그리고 그런 지역에 투자한 너는 정말 멍청한 녀석이고."

라미스의 말에 곱슬머리 사내가 마치 사형 선고라도 받은 사람처럼 절망적인 얼굴로 바닥에 주저앉았다. 라미스는 그런 그를 보며 혀를 끌끌 차고는 내 손을 붙잡고 그곳을 벗어났다. 나는 라미스와 함께 건물 밖으로 나오면서도 연신 조반니를 떠올렸다. 그가 만일 이 소식을 듣는다면 나를 다시 불러 농담 따먹기라도 하고 싶어 입이 간질간질할 것이다. 라미스는 축복의 탑의 정세가 어지러워짐과 동시에 할 일이 배로 늘어난 모양인지 연거푸 한숨만 내쉬다가 이내 짜증스러운 얼굴로 투덜투덜 돌아갔는데, 그 뒷모습이 그렇게 피곤해 보일 수가 없었다.

☕ ☕ ☕

그리고 그로부터 로헨의 소식이 들려온 것은 나흘 뒤였다.

마치 정세의 혼란은 모르제 저택과는 무관한 것처럼 얄팍하지만 평화로운 분위기만이 저택 안을 감돌았다. 어쩌면 어머니가 그렇게 의도하고 꾸민 느낌일지도 모르나 마음만은 편안해졌다. 요즘 같은 시국에 호베른 거리를 돌아다녀서 좋을 것은 없는지라 저택의 사용인들도 죄 밖을 나가지 않아 저택 내부는 조금 부산스러워도 사람 냄새가 났다. 어쩌면 그 점이 이 평화로운 분위기에 한몫을 더했는지도 모르겠다. 내내 가슴팍 사이를 뭉쳐 돌아다니던 불쾌감이 제법 소화되는 기분이 들었다.

나는 서재에 들러 로앙지스의 신간(이 와중에 이자벨은 꾸준히 소설을 집필하고 있었다. 그런데 더 짜증 나는 건, 그 소설이 너무너무 재미있다는 점이다)을 들고 방으로 들어가려던 참이라 발걸음이 종잇장처럼 가벼웠다.

그러나 2층 홀에서 재잘거리는 여자들의 소란스러운 목소리가 그런 내 발목을 잡았다. 켕기는 거리낌이 아니라 머리를 들이밀고 올라오는 작은 호기심일 뿐이다. 무슨 일인가 궁금해서 살펴보니 아린느가 2층 홀에서 시녀들을 죄 모아 머리를 맞대고 그녀들과 알 수 없는 주제로 토론을 벌이고 있었다. 생전 보지 못했던 생소한 광경임은 분명했다. 그렇게 생각한 건 나만이 아니었는지 홀을 지나쳐 가던 사용인들이 흘끔거리며 그네들을 곁눈질하고 있었다.

아린느 성격에 진짜 제대로 된 논쟁거리를 두고 시녀들과 의견을 나눌 리 만무했다. 홀 입구에 서서 자세히 들어보니 에바드(아린느의 남편)가 보낸 편지를 두고 시녀들의 의견을 모으는 중인 것 같았다. 연애사도 아니고 이제는 부부가 되었으니 남편과의 사랑싸움 얘기를 또래 귀족 영애들과 나누기는 민망스러웠던 모양이다. 그나마 심적으로 편안한 시녀들을 불러 모아 놓고 그네들의 의견을 취합하는 것을 보니.

아린느답지 않게 심각한 표정으로 시녀들의 의견을 듣고 있었는데 그녀가 무서워 더듬거리면서도 제 할 말 다 하는 시녀들이 조금은 대견스럽기도 했다.

"뭐 하니?"

내가 가만히 문가에 기대서서 그 모습을 구경하고 있자 지나가던 메르넨이 걸음을 멈추고 홀 안을 들여다보았다. 그녀가 아린느가 카펫 위에 경황없이 앉아 있는 것을 보고는 인상을 찌푸렸다.

"번잡스러운 것."

그녀는 대번에 아린느가 무얼 하는지 알아채고 혀를 찼다. 나는 박장대소하고 싶은 것을 눌러 참고 바닥에 거침없이 주저앉아 시녀들과 머리 맞댄 아린느의 뒷모습을 가엽게 바라보았다.

"무슨 편진지는 모르겠지만, 에바드가 별 뜻이 있어서 쓴 건 아닐 텐데 뭘 저렇게까지 고민해?"

내 말에 메르넨이 코웃음 쳤다. 그러다가 무슨 생각이 떠올랐는지 메르넨이 눈빛을 달리하고 나를 돌아보았다.

"너 기억나니?"

그녀가 한쪽 입꼬리를 올리며 여상하게 웃었다.

"에바드 마테의 내연녀. 아린느한테 경고장 보내 놓고 잠적

했잖니."

그 말에 나는 겨우겨우 옛날 일을 뒤집어 꺼내었다. 그러고 보니 에바드 마테가 라미스에게 빚진 게 무엇인지 궁금해서 내연녀는 까맣게 잊고 있었다.

"아르시온 라미스가 아는 여자였던가 보더라."

"라미스 로니야."

내 지적에 메르넨이 대수롭지 않은 얼굴로 '어떤 이름이든 관심 없어.'라고 대답했지만 내가 연신 땍땍거리자 짜증스러운 얼굴로 나를 노려보며 '그래! 라미스 로니!'라고 소리쳤다. 그 바람에 아린느가 우리를 돌아봤다. 그녀는 아직도 우리가 무사히 돌아왔다는 감격에서 벗어나지 못한 채라 방정맞은 웃음소리를 내며 우리에게 달려왔다.

"뮈젤, 메르넨! 잘 왔다!"

아린느가 반갑게 나와 메르넨의 손을 잡고 홀 안쪽으로 끌고 들어왔다. 커다랗고 붉은색과 갈색의 실타래로 얽힌 카펫 위에 가릴 것 없이 주저앉은 아린느가 나와 메르넨에게 편지를 건넸다. 우리가 등장하자 모여 있던 시녀들이 일사불란하게 흩어져 제 할 일을 찾아 사라졌다. 그중 몇몇은 어딜 가냐며 채근하는 아린느 탓에 남아 있어야 했지만 불편한 눈초리였다.

"이 편지 좀 읽어 봐. 에바드가 이번에 나를 또 못 만나러 온다지 뭐야? 도통 나를 생각하긴 하는 건지 모르겠다니까!"

아린느가 바닥에 앉아 투덜거리자 메르넨이 대번에 경박한 거지를 바라보듯 혐오스러운 시선으로 그녀를 보았다.

"봐줄 테니까 못 일어나겠니? 하여간 교양 없는 건 알아줘야

해. 어디 가서 모르제 백작가의 영양이었다 말하지 마라. 가문 망신이다."

메르넨이 내 손에 들린 서간을 빼앗아 들며 말했다. 그 말에 아린느가 콧김을 씩씩 뿜으며 자리에서 일어났다. 그런다고 또 순순히 일어나는 그녀의 모습이 우스워 실실 웃다가 메르넨의 훈계에 입을 다물고 그녀와 함께 에바드의 서간을 읽었다. 서간엔 정말로 아린느가 저리 신중하게 고민을 할 만큼 깊은 내용이 있던 것도 아니었다. 간결하게 안부 인사 하고 본인의 스케줄을 언급하고, 잘 지내고 있으라는 인사가 다였다. 사실 조금 정 없어 보이긴 했다.

메르넨이 별것도 아닌 일로 시간을 빼앗겼다며 아린느의 얼굴에 서간을 집어 던졌다. 당연히도 아린느가 흥분으로 붉어진 얼굴로 메르넨에게 달려들었다. 그런데 하필이면 중간에 내가 있어서 메르넨과 아린느의 사이에 몸이 끼어 괴로움을 호소해야만 했다. 그걸 아는지 모르는지 그녀들이 서로의 머리칼을 움켜쥐고 비명을 질러 댔는데, 이 소란에 결국 어머니가 뒷목을 잡으시며 홀 안으로 들어오셨다.

아린느가 경망스럽게 바닥에 엎어져 엉엉 울음을 터트리자 어머니가 골이 아픈 얼굴로 이마를 짚으셨다. 메르넨이 짜증스럽게 헝클어진 머리칼을 빗다가 바닥에 떨어진 서간을 보고 무언가 생각이 났다는 듯이 나를 휙 돌아보았다.

"그래, 그 여자 말이야."

메르넨이 대뜸 운을 떼자 어머니도 아린느도 그녀를 돌아봤다. 그러나 그런 시선에도 아랑곳없이 그녀가 무언가를 깊게 생각하는 듯이 미간을 찡그러지더니 손뼉을 쳤다.

"에바드의 내연녀. 테보르 상단의 딸인데, 원래는 축복의 탑 출신이던가 봐. 라미스의 고향 친구라 그러던데. 왜, 있잖아. 아린느랑 에바드 마테에게 협박 편지를 보냈다가 어느 순간 소식이 딱 끊겼잖아. 라미스가 서간 하나로 그녀의 입을 다물게 해 버렸다고 들었다."

"네가 그걸 어떻게 알아?"

내 물음에 그녀가 어깨를 으쓱였다.

"아버지가 말씀하시던 걸 들었단다."

"뭐야! 지금 에바드가 그런 조잡한 땅에서 살던 여자랑 놀았단 거야?"

메르넨의 말에 아린느가 다시 길길이 날뛰었다. 하지만 그 말은 되레 나를 화나게 했다.

"야! 지금 그 말은 우리 라미스가 조잡한 땅 출신이라는 거야?"

내가 흥분해서 그녀에게 삿대질하자 아린느가 신경질적인 얼굴로 내 손을 쳐 냈다. 단순히 쳐 낸 게 아니라 손목에 멍이 들 지경이다. 내가 그녀에게 달려들자 아린느가 대번에 내 머리칼을 움켜쥐었고 나는 코르셋을 하지 않은 그녀의 뱃살을 밀어냈다. 아린느가 비명을 내지르며 질색하고는 내게서 떨어져 나갔다.

"이런 미, 미⋯⋯!"

그런데 문제는 배를 움켜쥐고 내게 삿대질하는 그녀의 반응이 심상치 않았단 점이다. 가만히 우리를 지켜보시던 어머니가 두 손을 모아 입을 가리셨다. 메르넨마저 당혹스러운 얼굴로 멈춰 서서 아린느를 보았다. 아린느가 눈물을 그렁그렁 매달고 나를 노려보자 어머니가 가느다란 목소리로 한마디 뱉으셨다.

"오, 신이시여!"

어머니가 대번에 아린느를 품에 안으셨다. 메르넨은 한숨을 내쉬었고 괜스레 나는 죄인이 된 것처럼 숙연해진 얼굴로 아린느와 어머니를 바라보았다. 그녀가 아이를 가진 모양이다.

"아린느. 아가, 이 기쁜 소식을 왜 전하지 않은 거니?"

어머니의 물음에 아린느는 침묵으로 답을 대신했다. 가만히 그들을 지켜보던 메르넨이 팔짱을 낀 채 혀를 찼다.

"뻔하지 뭐. 에바드 때문 아니겠어요?"

그 말에 나도 동감했다. 메르넨의 말이 어머니의 화를 부추 겼던 모양이다. 그녀가 단단히 결심한 얼굴로 아린느를 품에서 놓아주었다. 아린느가 얼떨떨한 얼굴로 어머니를 바라봤지만 어머니는 이미 확고히 결심이 선 얼굴로 메르넨을 보았다.

"이 망할 자식. 내가 직접 만나 봐야겠구나."

망할 자식은 분명 '에바드 마테'를 칭하는 호칭이 틀림없었 다. 나는 내가 지금 뭔가 잘못 들은 것 같아 귀를 후볐다. 방 금 우리 고상하고 고상하신 어머니께서 '망할 자식' 같은 말을 입에 올리신 것 같았는데. 그때 마침 메르넨이 팔을 걸으며 어 머니에게 손을 내밀었다.

"같이 가는 게 좋겠어요, 어머니. 그 망할 자식 면상을 저도 좀 봐야겠습니다."

사람 하나 찢어 죽일 것같이 살벌한 눈빛으로 두 여자가 손을 맞잡고 홀을 나갔다. 아린느는 아직 얼떨떨한 얼굴로 머저리같이 서 있었고 나는 한숨을 내쉬며 바닥에 구겨진 서간을 주워 들었다.

"네 뱃살을 만진 건 미안해. 하지만 얘기를 하지 그랬어."

내 사과에 아린느가 코웃음을 쳤다. 당분간 조용할 날은 없겠다.

🍵 🍵 🍵

외출을 하고 싶었지만, 황실에서 조반니에게 파란만장한 이야기를 들은 지 얼마 되지 않았다. 나는 어머니의 걱정스러운 당부를 이해 못 하는 것도 아닌지라 내내 방 안에 틀어박혀 있었다. 한낮의 태양은 그런 나를 비웃듯 머리 꼭대기에 솟아 있었고 태양의 그림자가 짙게 남은 서글픈 오후는 금세 찾아왔다. 어머니와 메르넨은 서재에서 머리를 맞대고 에바드를 어떻게 하면 잘 혼낼지 구상하는 중이었고 아린느는 정말 임신한 게 맞는지 막강의 체력을 보여 주던 예전과 다르게 빨리 피곤한 기색을 표하며 방으로 들어갔다.

나는 1층 계단에 눕듯이 앉아서 손에 든 커다란 바게트를 뜯어먹고 있었다. 그런 내 옆에 붙어서 연신 잔소리를 퍼붓던 베버는 곧 지쳤는지 어머니가 부르자 내게서 벗어날 수 있다는 기쁨에 표정 관리 할 생각도 않고 가벼운 걸음으로 사라졌다.

내 아래에 앉아 책을 보고 있는 마드렐에게 저녁 메뉴를 물었지만, 휘밍 셰프는 사전에 메뉴를 공개하지 않는 사람이라 마드렐이 메뉴를 알 리가 만무했다. 나는 곧 다시 흥미가 떨어진 얼굴로 계단에 앉아 커다란 대문을 바라보았다. 마드렐은 내가 누군가를 기다리는지 아는 듯했으나 섣불리 아는 체하지는 않았다. 그런 점에 있어선 베버와 너무 달랐다.

"어머, 뮈젤! 이런 데서 뭐 하는 거니?"

어머니의 비명 소리가 들리자 나는 그제야 몸을 일으켰다. 부드러운 빵 조각을 우물거리며 어머니를 올려다보았다. 어머니는 내 발치에 떨어진 서간을 보고는 그제야 내가 왜 1층 계단에 앉아 있는지 이해하신 모양이었다.

"아버지를 기다리고 있던 모양이구나."

어머니의 말에 나는 고개를 끄덕였다.

"라르메 전하께서 귀환하셨다는 소식 들으셨어요?"

"별로 궁금한 이야기는 아니다."

어머니의 단호한 대꾸에 나는 웃었다.

"궁금해하셔야 할걸요. 아버지가 라르메 전하를 모셔 온다고 했거든요."

나는 바닥에 떨어진 서간을 주워 계단 위에 서 계신 어머니에게 다가가 건넸다. 그리고 단번에 저택은 뒤집어졌다. 휘밍 셰프만이 이 소식을 알고 있던 모양인지 덤덤하게 제 할 일을 하고 있었을 뿐이다. 어머니가 내 차림을 보고 호들갑을 피웠지만 나는 여기서 더 차려입을 생각이 없었음으로 완고히 거절하고 어머니의 치장을 권유했다. 그리고 어머니가 하는 수 없다는 얼굴로 먼저 올라간 사이에 아버지가 저택에 당도했다는 소식이 들렸다.

계단에서 일어났다. 한 번이 아니다. 그는 내게 면목 없는 무례를 수번 저지르지 않았나. 하나 아무리 반길 마음이 없어도 귀족으로서의 체면이란 게 있어 대충 옷가지를 바르게 정돈했다.

분명 피곤한 티를 내던 아린느는 언제 소식을 들었는지 레이스가 주렁주렁 달린 로브 아 랑글레즈를 입고 나타났다. 그러나 예상외로 메르넨은 예의 치장도 하지 않은 평상복으로 나왔다. 그 모습을 본 어머니의 잔소리에도 굴하지 않고 초라한 행색이다. 메르넨답지 않은 모습에 어머니는 연신 놀라움을 감추지 못하셨다. 그건 못마땅함이라기보다는 메르넨답지 않은 태도에 대한 걱정이었다. 아직 모르제 사람들은 와볼트 사절단 사건의 자세한 내막까지는 모르고 있으니 그럴 만도 했다.

당시 나와 메르넨이 메시리아 황실에게 받은 처사를 아는 사람은 아마 사절단원들과 황실 사람들, 주요 관직에 한자리씩 꿰찬 인사들뿐이다. 그리고 아버지. 아버지 역시 그 사실 알고 계실 거다.

호베른에 있는 저택은 그 규모가 모르제 저택에 비할 바는 아니지만 그래도 포도주 사업으로 남는 돈이 많은 알짜배기 가문답게 고풍스럽다. 고풍스럽다 하면 본디 화려함이 아니라 얼마나 우아하고 깔끔하냐의 문제다. 문 앞에 일렬로 선 사용인들의 태가 좋은 행색들만 봐도 그 집안의 분위기를 가늠할 수 있는 법이다. 일렬로 선 사용인들, 그리고 맨 끝에 나와 메르넨, 그리고 아린느와 어머니가 섰다. 어머니는 조금 긴장하신 것도 같았다. 보통 황족의 행차라 하면 한 달 전부터 절차를 밟아 오기 마련이다. 그런데 이렇게 대뜸, 어머니에게는 기별도 없이 내게만 편지 달랑 한 장 보내왔으니 아버지답지 않은 행동이긴 했다.

어머니가 한일자로 입술을 굳게 다무셨다. 그렇지 않아도 메마른 인상이 더 뾰족하고 날카로워 보였음은 말할 것도 없었다. 어머니의 눈빛이 서늘하게 좌중을 압도했다. 사용인들이 죄 긴장해서 몸가짐을 바로 하는 것이 보였다. 그리고 그렇게 한참이 지났다.

저택 앞에 도착했다고 했는데, 아무리 기다려도 두꺼운 문은 열리지 않았다. 기다리다 지쳤는지 아린느가 결국 바닥에 주저앉아 불만을 토로했다. 어머니의 핀잔에도 아랑곳없는 아린느는 버려두고 어머니는 술렁이는 사용인들에게 주의를 준 뒤, 다시금 옷매무새를 고치셨다.

"들어오십니다."

그제야 집사의 목소리가 들렸다. 게으른 여자의 표본답지 않은 재빠름으로 아린느가 자리에서 일어났다. 무겁게 열리는 문 사이로 동글동글한 아버지의 얼굴이 먼저 보였다. 오랜만에 정복을 차려입으신 아버지가 전보다 더 푸석한 피부와 초췌한 얼굴로 모습을 드러내셨다. 아버지는 문 앞에 정렬한 사람들 사이를 지나가다가 나와 메르넨을 발견하고는 놀라신 듯 걸음을 멈추셨다.

"이 아비가."

아버지가 떨리는 목소리로 우리 앞에 서서 죄인처럼 고개를 숙이셨다. 메르넨이 인상을 찌푸렸다.

"미안하구나."

아버지의 표정엔 말로 형연할 수 없는 울화가 담겨 있었다. 가슴께 보깨던 감정의 몽우리들이 말로 되어 나오지 못하고 온통 울음과 화로 점철된 얼굴이다. 내내 그런 아버지의 모습을 보며 인상을 찌푸리고 있던 메르넨의 뺨 위로 소리 없는 눈물방울이 떨어졌다. 드레스를 쥐어 잡은 그녀의 손이 부들부들 떨리고 있었다.

"아버지께서 사과하실 일이 아닙니다."

울음기 어린 목소리로 메르넨이 대답하자 어머니마저 두 손을 모아 얼굴을 묻으셨다. 사용인들은 들어도 듣지 않은 척 보아도 보지 못한 척 숙연하게 고개를 숙이고 있었다.

"뮈젤이 와볼트 황태자의 첩보원 역할을 했습니다. 거기다 메시리아의 모든 사절단이 저희를 적국의 땅에 버리고 도망쳤죠. 알고 계셨습니까?"

메르넨의 악문 잇새로 나온 물음에 어머니와 아린느가 동작을 멈추고 고개를 들어 우리를 보았다. 아버지가 한숨을 내쉬었다. 때마침 정문으로 로헨의 모습이 보였다. 아버지가 등을 돌려 그가 들어오는 것을 확인하고는 다시 깊은 한숨을 내쉬었다.

"일단 라르메 전하께서 오셨으니 그 얘긴 우리끼리 하자."

그 말에 메르넨의 표정은 종잇장보다 가볍게 구겨졌다. 강한 불신과 거리낌으로 로헨을 노려보는 그녀의 표정을 보지 못한 이가 없었다. 그러나 나는 메르넨과 달랐다. 외려 머리끝부터 모든 감각이 마비라도 된 것처럼 차가워지는 기분이었다. 그가 무슨 말을 내뱉든 감정적으로 받아들이지 않을 수 있다는 쓸데없는 자신감마저 붙을 정도였다.

로헨은 여전히 키가 컸고 남색의 롱 코트와 흑갈색 정장, 검은 구두의 매치가 여전히 와볼트의 젠틀한 신사처럼 멋있었다. 그는 마치 초상을 치르러 온 사람처럼 애통한 얼굴이었다. 그 애통함이 어쩌면 애절함일지도 모른다고 느끼는 순간 나는 밀려오는 엘쉬가 생각에 역겨움이 치밀어 올랐다.

"메시리아에 무한한 축복과 영광을. 볼티드 라르메 전하를 뵙습니다."

한 사람씩 말하기도 우스워 어머니와 메르넨, 아린느와 내가 한꺼번에 인사했다. 로헨이 고개를 숙여 우리의 인사를 받았다. 아버지는 좀 전보다 한참은 더 나이가 든 얼굴로 마른세수를 하시고는 우리를 이끌고 계단을 올라갔다. 만찬장으로 향하는 길에도 우리는 모두 말이 없었다. 눈치 없던 아린느마저 흥미를 잃은 얼굴로 조용히 로헨의 얼굴만 흘끔거렸을 뿐이다.

만찬장에 들어서자마자 메르넨은 식전술에서 준비되지 않은 몰란자르산 레드 와인을 대뜸 주문했다. 그쯤에서 어머니의 제지가 있어야 했지만 어머니는 아무 말 없이 물을 드셨다. 호의적이지 않은 반응에 민망할 법도 한데 로헨은 여전히 속을 알 수 없는 얼굴로 앉아 있었다. 그는 사과로 운을 뗐다.

"퇴근하는 백작을 붙잡은 건 납니다. 로랑 모르제 영애에게 전할 말이 있어, 실례인 줄 알면서 저녁 식사 시간에 이리 찾아왔습니다."

로헨의 말에 어머니는 그런 황송스러운 사죄는 하지 않으셔도 된다며, 손사래를 치셨다. 물론 아린느를 제외하고 전부 썩좋은 표정은 아니었다.

"나도 전하께서 무슨 이야기를 전하고 싶은지 모른다."

메르넨의 날카로운 시선에 아버지가 진땀을 흘리시며 변명하셨다. 때마침 한입 거리의 식전 음식 아뮤즈부쉬가 준비됐다. 먹음직한 치즈가 올라간 구운 버섯 요리다. 그러나 아무도 아뮤즈부쉬에는 손도 대지 않은 채, 입맛 없는 얼굴로 의미 없는 눈빛을 허공으로 보내고 있었다.

"뮈젤, 그리고 메르넨 아델 뒤프레. 와볼트에서 벌어진 일들에 관해 사죄드리고 싶습니다."

메르넨이 잔을 내려놓았다. 그녀의 냉랭한 시선이 잠시 접시위를 맴돌았다. 메르넨이 숨을 한 번 깊게 들이쉬고는 사람 좋아 보이는 미소로 겉껍질을 둘러쓰고 로헨을 바라봤다.

"실렌 줄 알고 오셨다 하셨죠, 전하. 사죄는 지금 이 자리에서 할 말이 아닌 듯합니다."

메르넨의 말에 로헨이 입을 다물었다. 다시금 불편한 침묵이 내려앉았다. 그는 포크를 들어 버섯을 깨작이며 들추기만 하면서 내 눈치를 살폈다. 그래서 나는 보란 듯이 포크로 버섯을 푹 눌러 찍어 야금야금 썰어 삼켰다. 결국 그 뒤로 한마디 대화도 이어지지 않은 채 아뮤즈부쉬가 시종들 손에 들려 나갔다. 메르넨이 연거푸 적포도주를 들이켜며 긴 숨을 뱉어 냈다. 그럴 때마다 아버지가 걱정스러운 시선으로 그녀를 보았지만,

메르넨의 사람을 찢어 죽일 듯한 맹렬한 시선이 움직이면, 깜짝 놀라 시선을 회피하셨다.

오르되브르로는 전통 에스카르고가 나왔다. 그리고 그것을 본 아린느는 제가 좋아하는 요리가 나왔다며 생각 없이 들떠 있었다.

"그게 용건의 끝이신가요?"

나는 달팽이를 발라 소스에 버무려 입에 넣으며 물었다. 평소 같았으면 예의 없다며 타박했을 어머니와 메르넨이 아무 말이 없어 나는 야무지게 달팽이를 씹어 삼키며 로헨을 봤다. 그가 가라앉은 시선으로 말없이 앉아 있다가 초라한 시선으로 나를 바라봤다. 그리고 늘 그래 왔듯이 나는 그가 그런 아련한 시선을 할 때마다 가슴 한구석이 시렸다. 그건 결코 유쾌한 기분이 아니다.

"아니요."

그의 대답에 모두의 이목이 그에게로 집중됐다.

"≪포도밭 소녀≫라는 소설, 읽었습니다."

그리고 대뜸 나온 그의 말에 메르넨이 놀란 얼굴로 자리에서 벌떡 일어났다. 메르넨의 격한 반응엔 로헨만 놀란 것이 아니었다. 어머니는 경악을 금치 못하셨다. 돌이켜 생각하면 그리 예상 못 할 반응도 아니었다. 어머니에게 메르넨은 교양 있는 귀족 영애의 표본이었으며, 늘 완벽한 딸이었다. 어머니 입장에선 변해 버린 메르넨이 낯설 수 있었다.

로헨의 난해한 심정을 이해할 수 있는 사람은 아이러니하게도 나뿐이었다. 나는 늘 그 점이 궁금했으나 마땅한 해결책은 물론 실마리도 없었다. 때로는 엘쉬가보다도 내가 더 로헨에 관해 많이 알고 있는 것 같은 느낌이 들 때도 있었다. 그에게로 향하는 맹랑한 호기심이 고개를 쳐들다가도 결국엔 아무것도 알아낼 수 없어서 괴로운 것도 나 자신이었다.

제각기 머릿속으로 무슨 생각을 하는지 소란스러운 표정들이 정적을 메웠다. 아버지는 특별히 놀라거나 하지 않으셨다. 원래가 배포용이었기 때문일까? 아버지의 얼굴엔 그저 로헨의 처사에 대한 심경 복잡한 표정만이 감돌았다.

로헨은 제가 뱉은 말을 곱씹듯 한참이나 조용했다. 그러자 메르넨이 짜증스러운 얼굴로 다시 자리에 앉았다. 로헨은 메르넨이 자리에 앉아 자세를 정돈하는 것을 가만 보다가 아버지를 보며 입을 열었다.

"그 소설, 엘쉬가에게 있습니다."

로헨의 말에 아버지는 덤덤한 얼굴로 고개를 끄덕이셨다. 아버지는 ≪포도밭 소녀≫ 따위야 어찌 되든 상관없는 태도를 취하셨다. 그러자 로헨은 난감한 얼굴을 했다. 하지만 반대로 메르넨은 저답지 않게 아버지를 매섭게 노려보는 반응을 보였다. 나는 메르넨의 그 노기 띤 눈빛이 어머니와 어쩜 저리 똑 닮았을까 하고 쓸데없는 생각을 했다. 아버지는 메르넨의 고집스러운 시선을 받고 식은땀을 흘리셨다. 그 모습이 조금 애처로워 보이기는 했다.

"너무 덤덤하십니다. 아버지, 알고 계셨습니까?"

메르넨의 물음에 아버지는 황급히 고개를 저었다.

"알고 있었을 리 없지 않느냐. 다만, 누군가의 손에 배포가 될 것이란 건 예상한 일이다. 그럴 목적으로 만든 소설이고."

그 말에 로헨이 놀란 얼굴로 아버지를 보았다.

"그 소설을 정말 백작이 썼습니까?"

아린느와 어머니는 영문 모를 얼굴로 우리의 대화를 들었다. 때로는 모르는 게 약일 수 있다는 말이 절실하게 와 닿았다. 나도 이 모든 진실을 모르고 싶었다. 새삼 덴버 아저씨의 포도밭이 그리워졌다.

"정확히 말하자면, 제가 직접 쓰진 않았습니다. 대신, 로앙지스에게 그 소설을 쓰라 지시했지요."

아버지의 말에 로헨이 심각한 얼굴이 되어 포크와 나이프를 내려놓았다.

"그럼 파수꾼 가문에 대한 소문이 사실이었습니까?"

로헨의 거센 질문에 아버지는 고개를 끄덕였다.

"대대로 황족만이 파수꾼 가문을 알고 계시죠."

"그럼 폐하께서 《포도밭 소녀》란 책의 존재 여부를 아시면 좋아하지 않으시리란 것도 알고 계시군요."

그 말에 아버지는 인자한 얼굴로 웃으셨다.

"아무리 국가 기밀이라지만, 저희 가문도 일단 살아야 하지 않겠습니까."

아버지의 말은 어쩌면 '그러니 상관 말라'는 협박처럼 들리기도 했다. 그 뜻을 로헨도 알아차렸는지 입을 다물었다.

"그 소설을 전하께서 어디까지 읽으셨는지 모르겠지만, 소설에 관해선 아이들도 부인도 알지 못합니다."

그 말에 로헨이 놀라서 고개를 들고 나를 보았다. 그의 눈동자가 초점 없이 흔들리고 있었다.

"영애…… 도, 모르십니까?"

나를 두고 로헨이 물었다. 나는 물 한 잔을 들이켜고 다 맛보지 못한 에스카르고가 다시 시종의 손에 들려 나가는 것을 안타깝게 바라봤다. 나는 로헨의 집요한 시선에 그저 웃었다. 찬웃음이었다.

"전 제가 가진 능력도 모르는 머저리는 아니랍니다. 지금 당장 전하의 모든 과거를 들출 수도 있어요."

그렇게 말하고 내가 손을 뻗자 그가 화들짝 뒤로 물러났다. 덕분에 요란스러운 의자 소리가 만찬장 내부를 긁어 내렸다. 모두의 시선이 그에게로 향하자 그가 민망한 얼굴로 나를 보았다. 어머니와 아린느만이 상황의 귀추를 알지 못해 정말로 당황한 얼굴이었다. 그들이 이내 나를 똑바로 보았다. 내게 해명을 요구하는 아린느와 어머니의 시선을 무시하고 나는 로헨의 눈을 마주 봤다. 지금까지 그와 나 사이에 감돌던 미묘한 감정을 모두 제쳐 두고 내 능력을 알게 된 그의 반응을 보건대, 그는 결국 여기까지였다. 그러나 기실 그게 내 능력을 알게 된 일반적인 사람들의 현실적인 반응이긴 했다. 나는 씁쓸하게 웃었다.

"그게 궁금해서 여기까지 찾아오신 것 아닙니까?"

내 자조에 로헨이 반박하고 싶은 얼굴로 입술을 달싹였다.

"아니요, 뮈젤. 당신 때문에 왔습니다. 당신에 대한 제 감정을 명확히 알고 싶어서."

그 말에 어머니가 놀라서 식기류를 떨어트리셨다. 메르넨은 당장이라도 자리를 박차고 나가고 싶단 얼굴로 로헨을 노려봤다. 이젠 그가 황족이든 어떻든 아무 상관 없단 얼굴이다. 거의 로헨을 찢어 죽일 듯이 노려보며 손을 부들부들 떨던 그녀가 입을 열었다.

"정말 체할 것 같군요."

로헨도 그녀가 그렇게 반응하는 이유를 알고 있어서일까. 메르넨의 경거망동한 행동에도 특별히 개의치 않은 얼굴이었다.

"소설 따위를 보고서야 저희에게 사죄할 마음이 생긴 전하께 무슨 말을 해야 할지."

내가 기가 찬 목소리로 대답했다. 로헨이 고개를 저었다.

"소설 때문이 아니라고 말하고 싶군요."

아니라고 말한 것도 아니고 그렇다고 대답한 것도 아니다. 난 애매모호함을 싫어한다. 그는 지금 저 자신도 어찌할 바를 모르는 어정쩡한 마음 하나로 달려와 저를 받아 달라 떼쓰고 있는 것과 다를 바 없었다.

"엘쉬가는 어쩌고 오셨죠?"

내 물음에 올 것이 왔다는 얼굴로 로헨이 비장한 표정을 지었다.

"그녀가 포도밭 소녀를 배포했습니다."

그 말에 대뜸 아버지가 크게 웃음을 터트렸다.

"전하, 앞서 말씀드렸다시피 소설 ≪포도밭 소녀≫는 배포 목적으로 만들어진 소설이었습니다. 그걸 도와준다면 저희야 고맙지요."

아버지의 어처구니없는 대답에 나도 메르넨도 동의했다. 포도발 소녀를 배포해 봤자 모르제 가문에 타격을 줄 리가 없었다.

"그 말을 전하러 전하께서 친히, 이곳까지 오신 겁니까?"

내 물음에 로헨이 입을 다물었다. 엘쉬가는 어찌하였나. 지리멸렬한 변명, 그것이라도 들어야겠다고 생각했었다. 그러나 이제 와 그것도 전부 부질없다는 것을 깨달았다. 나와 메르넨이 그에게 특별히 실망했던 점은, 그가 메시리아를 위했다고 하나 그보다 엘쉬가를 더 중시했던 건 사실이기 때문이다. 그가 엘쉬가를 두고 황제와 거래하려고 들지만 않았으면, 와볼트의 기사들이 선제공격을 하기 위해 연회장에 들이닥칠 일은 없었을 거다. 그럼 예정대로 메시리아의 기사들이 연회장을 포위했을 테고 그렇다면 지금보다 더 많은 사람을 살릴 수 있었을 거다. 더불어 나와 메르넨이 죽을 뻔한 위기에 처하지 않아도 되었고 말이다.

로헨을 사랑하는 것도 아니고 그에게 애정이 있는 것도 아니다. 무엇 때문에 그에게 이런 보상 심리를 갖고 있는지는 모르겠으나 어쨌든 나는 그에게 크게 실망했다. 그래서 결국 자리에서 일어났다. 누가 이 무례를 알게 된다면 손가락질을 받을지언정 더는 이 자리에 앉아 있을 수가 없었다. 자리에서 일어난 나를 로헨이 망연자실한 얼굴로 바라봤다.

"입맛이 없어서요. 먼저 실례하겠습니다. 부디 이 무례를 너그럽게 용서하시길."

내 말에 메르넨도 로헨에게 고개 숙여 같은 말을 하고는 내 뒤를 따라 나왔다. 나는 고요한 복도를 또각또각 울리는 일정한 구둣발 소리에 뒤를 돌았다. 메르넨이 아무런 표정 없는 얼굴로 조용히 내 뒤를 따라오고 있었다.

"왜 따라오니?"

내 물음에 메르넨이 코웃음을 쳤다.

"내 방도 이쪽이란다."

나는 아무런 반박도 하지 못하고 다시 걸음을 옮겼다. 그러나 방으로 들어갈 것처럼 굴었던 메르넨은 내가 정원으로 발걸음을 돌리자 나를 따라 정원으로 발을 돌렸다. 나는 결국 멈춰 서고는 그녀를 다시 돌아봤다.

"따라오는 거 맞네!"

"나도 정원 나가려고 했어."

그 대답에 나는 과장되게 어깨를 으쓱이며 짜증스러운 한숨을 토했다.

"중요한 건 엘쉬가가 그따위 소설책으로 무얼 하느냐가 아니라, 아버지가 알고 계신 진실이다."

그 말에는 나도 전적으로 동의한다는 얼굴로 한숨을 내쉬었다. 정원 어귀에 처량하게 널브러진 내 옆에 메르넨이 따라 앉았다. 드레스 자락에 축축한 풀물이 드는데도 개의치 않고 메르넨이 하늘을 올려다보았다. 별들이 하늘 끝에서부터 폭포수처럼 흐르고 있었다. 은하수 '몰란자르'의 밤하늘이다. 우리는 한참이나 그렇게 밤하늘을 바라보며 앉아 있었고 몸에 한기가 돈아 춥다고 느낄 즈음 베버가 우리를 찾았다.

2부 8장. 기억을 걷는 시간

만찬이 끝났다. 그리고 아버지가 나와 따로 할 말이 있다는 전갈을 보내셨다.

별이 보이지 않아 검은 하늘이 더 검어진 밤이었다. 로헨은 오늘 모르제 저택에 하룻밤 묵게 될 것이다. 불빛 어른거리는 창문가 어느 한군데 로헨이 들어앉아 있을 생각을 하니 침잠하는 기분을 말로 다 형연할 수 없어 서글펐다. 그리고 집무실에 앉아 나를 기다리고 계실 아버지의 얼굴을 떠올리자니 거듭 고달팠다.

계단을 오르는 발걸음의 무게가 수심을 곱씹은 듯 천근같은 의미와 무게를 지니고 있다고 나는 막연히 생각했다. 아버지의 집무실 앞에 대기하고 있던 시종이 내 도착을 알렸다. 곧이어 아버지의 목소리가 들렸고 시종이 문을 열었다. 아버지는 방

안 어디쯤 서 계셨다. 마치 우리의 시간들이 인생 어디쯤 멈춰 있는 것처럼. 그리고 그 가운데 서서 아버지는 나를 보고 계셨다. 언제나 그렇게 나를 보고 계셨던 것처럼.

"뮈젤, 왔구나."

아버지는 덤덤한 목소리로 대답하셨지만, 눈 속에 담긴 수많은 감정의 소용돌이를 난 보았다. 아버지는 감격하는 것 같다가도 매우 슬퍼하셨고 또는 후회로 점철된 눈빛 같기도 했으며, 기뻐하시는 것 같기도 했다. 결론적으로 아버지는 내 얼굴을 보자마자 금방이라도 눈물을 터트리실 것만 같았다.

"아버지께 여쭙고 싶은 게 많아요. 아니, 꼭 들어야 할 말이고. 아버지께서 제게 꼭 해 주셔야 하는 말들이죠."

아버지는 조금 움츠러든 낯빛으로 나를 책상 앞 소파로 인도했다. 그곳에 우리는 서로 마주 보고 앉아 시녀가 차를 내올 때까지 시선을 비스듬히 피해 서로의 손등만 바라보았다.

"네가 몰랐으면 하는 일들이 있었다."

아버지가 말씀하셨다.

"과거에도 지금에도 여전히 그 생각엔 변함이 없구나."

나는 대답하지 않았다. 아버지가 그러길 바라셨기 때문이다. 아버지는 말의 흐름이 끊어지길 원하지 않으셨다. 물론 아버지가 원하셨어도 나는 스스로 말을 끊지 않았을 테다. 수많은 의미를 달고 무거워졌을 아버지의 말들을 끊을 만큼 날 선 가위가 내겐 없었다.

"하지만 이젠 너도 알아야겠지. 모르제 가문의 후계자들은 대대로 회귀 능력이 있단다. 중대한 국가 비상사태에 쓰일 능력이지. 그 능력은 일생에 단 한 번 쓸 수 있고. 그 능력을 나는 너를 위해 사용했단다, 뮈젤."

아버지는 그렇게 말씀하시곤 내 얼굴을 보며 미소 지으셨다. 회귀의 능력이라고? 나와 다르다. 내 능력은 기억을 읽어 과거를 보는 것이지, 회귀 따위의 능력은 없었다. 그리고 섬광처럼 어떤 생각이 머릿속을 스치고 갔다. 그렇다면 난 소설 ≪메시리아≫에서 환생한 게 아니라 회귀를 한 걸까? 그저 파수꾼 가문의 능력이 있어 완전하진 않지만, 소설 ≪메시리아≫ 따위의 기억은 갖고 있었기에 그런 터무니없는 생각을 했던 걸까?

그렇다면 내가 간혹, 겪은 적 없는 과거의 내 기억을 보았던 게 설명이 된다. 그 기억들은 전부 회귀 전 기억들일 게 분명했다.

"전…… 어릴 적부터 제가 ≪메시리아≫란 소설 속에서 환생했다고 믿고 있었어요."

내 말에 아버지는 정말로 놀란 얼굴을 하셨다.

"소설 ≪메시리아≫라……. 네게 그 정도로 영향을 끼칠 만한 소설이긴 했다."

아버지의 대답을 당장은 이해할 수 없었다. 내게 과거를 보는 능력이 있는 것처럼 아버지께 시간을 돌리는 능력이 있다면, 이 무수한 시간들 속 아버지는 어느 곳에 서 계신 걸까? 어느 시간 속에 서서 우리 자매들을 지켜보는 것일까. 내가 내딛는 이 걸음 하나도 아버지의 능력이면 의미 없는 발걸음이 될 수 있다. 그렇다고 생각하니 조금 두려웠다. 아버지는 놀라는 내 얼굴을 보다가 수많은 말을 생략한 채, 내게 떨리는 손을 내미셨다.

"내가 가진 기억들이 뭔지 넌 짐작하기도 어려울 거다. 직접 보거라."

아버지가 말씀하신 의미, 그리고 내밀어진 손의 의도를 알았다. 하지만 나는 내게 애처롭게 내밀어진 아버지의 손을 잡기가 조금 두려웠다. 내가 망설이고 있는 그 찰나의 시간들까지도 아버지는 모두 기다려 주셨다.

[빗발치는 고적에 고막이 먹먹하던 한낮이었다. 하늘 위를 군림하던 태양을 모두 감춘 먹구름이 매섭게 지나가며 빗물 뱉어내던, 그런 정신없는 한낮. 빗줄기는 마치 더러운 것을 모조리 씻겨 버릴 듯이 거셌고, 그런 빗물의 결연한 의지가 엿보였던 탓일까. 우산을 쓴 사람이 거의 없었다. 비명과 울음 난무한 메시리아의 수도 한가운데. 아버지는 난리 통이 되어 버린 호베른의 어디쯤 계셨다. 고르지 않은 돌바닥 위로 철퍽철퍽 아버지의 구둣발이 짓이기고 지나갔고 옷자락은 전부 젖어 있었다. 아버지는 품에 든 서류들을 옷 안으로 집어넣어 소중히 품고 계셨고 발걸음은 점점 급박해졌다. 그러다가 아버지의 시선이 호베른 광장에 닿자 걸음은 한층 속도가 느려졌다. 호베른 광장 분수대 앞에 올라선 사내가 정신없이 쫓기듯 달려가는 사람들을 향해 무언가를 외치고 있었다.

'진정하십시오, 여러분! 와볼트 군대는 모두 퇴각했습니다! 진정하세요! 진정하십시오!'

사내는 메마른 인상과 다르게 낮은 중저음의 목소리를 갖고 있었고 성량 또한 풍부했다. 그의 점잖은 말투는 묘하게 듣는 이에게 신뢰감을 주는 느낌이 있었다. 평범한 갈색 머리칼에 바스러질 것 같은 메마른 체구였지만, 눈, 눈이 굉장히 또렷하고 맑았다. 새파란 눈.

아버지의 걸음은 다시 빨라졌다. 사내는 울음을 터트리는 아이들부터 노인들까지 모두 안심시키고자 노력했고 어지러운 광장 한복판에서 교통정리에 나섰다. 이상하게도 낯설지 않은 장면이다. 내가 환생했다고 믿었던 소설 ≪메시리아≫에선, 그러니까 회귀 전엔, 와볼트와 메시리아 사이에 제3차 레르마 전쟁이 있었다. 그곳에서 로헨과 엘쉬가가 메시리아의 이름으로 승전보를 올리지 않았던가. 내가 믿었던 소설 ≪메시리아≫가 사실은 소설이 아니고 내가 직접 겪었던 미래의 일이라니 믿기지가 않았다. 회귀라니, 그런 게 가능할 리가. 다른 사람들이 내 능력에 관해 들으면 아마 이런 기분일까.

'남자분들은 조금만 더 기다려 주시고 여자들, 아이들과 노인들 먼저 지나가겠습니다! 잠시만요! 잠시만! 거기! 기다려 주세요! 네네! 감사합니다! 자! 지나갑니다! 지나가요! 거기 마차는 잠시 멈추세요!'

곧이어 사내를 지원해 줄 열댓 명의 군인들이 분수대 앞으로 모였다. 모두 에르만 황실의 제복을 입고 있었다. 분수대 위에 서 있던 사내는 그들의 등장에 안도한 표정으로 웃었다. 땀인지 빗물인지 분간 안 가는 빗속에서 사내는 사람들의 안전을 위해 꽤 열심히 일했다. 그리고 그 사이, 아버지는 정확히 그에게로 다가갔다.

'자네, 이런 곳에 있으면 어떡하나!'

아버지가 우악스럽게 사내의 옷깃을 잡아 바닥으로 끌고 내려왔다. 사내는 당황하지 않고 침착하게 아버지를 보았다.

'오셨군요.'

'자네, 마지막으로 볼티드 라르메 전하를 뵈었다고 하지 않았나!'

아버지의 비명 같은 외침에 사내가 그제 당황하며 아버지의 입을 틀어막았다.

'백작님! 말씀 좀 조심하십시오!'

굳어진 사내의 얼굴을 가까이서 마주하자 기억이 났다. 그는 아버지의 보좌관이었다.

'자네도 상황의 다급함을 알지 않는가! 지금 전하는 어디 계시지?'

'모르겠습니다. 전장에 계시겠죠! 참모시니까요!'

보좌관의 친절하지 못한 대답에 아버지가 그의 멱살을 틀어쥐었다.

'그러니까 그게 어디냔 말일세! 지금 내 딸! 내 딸이 그곳에 있다네!'

'네?'

그가 당황해서 반문하자 아버지가 비명처럼 윽박을 지르셨다.

'자네는 알지 않았나! 뮈젤의 약혼자가 라르메 전하란 것을! 오래전부터 뮈젤이 전하를 흠모했다는 것도!'

아버지의 외침에 보좌관은 진정으로 당혹스러운 얼굴이었다.

'하지만 이미 1군부터 3군까지 전부 라르메로 출전했…….'

아버지는 그의 말을 끝까지 듣지 않고 돌아서셨다.]

    잠시 현실로 돌아와서 숨을 골랐다. 조금 전 내가 본 기억은 내가 보길 원하던 시간대가 아니다. 나는 조금 더 전, 조금 더, 조금 더 오래전의 기억부터 알고 싶었다. 잡고 있는 아버지의 손이 따뜻했다. 내가 현실로 돌아온 걸 직감으로 느끼셨는지 아버지가 내 손등에 다른 한 손도 포개시며 웃으셨다.

    "뮈젤. 넌 특별하다."

    그렇게 말씀하셨지만, 나는 동의할 수 없었다. 이렇게 힘든 과정을 거쳐야 하는 특별함이라면, 난 그냥 평범하고 싶다. 아직도 미하엘에게 맞은 뺨과 배가 욱신거리는 것 같았다.

    "특별하기 때문에 그런 전쟁터에 내던져진 거겠죠?"

    넬라이기에 레나 부인을 따르는 건 어색한 일이 아니었다. 그러나 내가 정식 넬라가 아니었고 조반니의 추천으로 넬라에 들어온 여자였다는 걸 떠올리면 얘기가 다르다. 조반니가 고의적으로 나를 사절단 명단에 넣었고 아버지와 라미스는 그걸 막느라 고군분투했지만, 끝내 막아 내질 못했다. 아버지는 괴로운 얼굴로 고개를 숙이셨다.

    "미안하구나. 모두 나의 업보다. 모르제 가문에서 남아가 나오지 않은 건 처음이었다. 그 부작용인지 메르넨도 아린느도 그리고 너도, 회귀 능력 같은 건 없었지. 그래서 이번 대에 우리 가문의 역사가 끊길 것이라 생각했다. 황실에 보고해야 했지만, 그러지 않았다. 그런데 네가 열네 살쯤이었을 거다. 그때 넌 회귀 능력이 아닌 다른 특별한 능력을 내게 보여 줬다. 그래, 아마 정확히 열네 살은 아니었을 거다. 넌 오래도록 그 능력을 숨겨 온 것처럼 보였고 어떤 한 남자 때문에 흥분해서 내게 그 능력을 감출 생각도 못 했지."

아버지는 한숨을 내쉬고는 한 손으로 마른세수를 하셨다. 주름이 한층 깊어진 것 같았고 더 고독하게 나이가 드신 것 같은 느낌이 들었다.

"그게 바로 라르메 전하다. 그 때문에 넌 큰 실수를 저질렀고, 결국 죽음에 이르렀지. 난 그런 널 되살리기 위해 죽어 가는 네 영혼을 데리고 과거로 돌아온 거란다. 그게 내 업보란다, 뮈젤. 대의를 위해서가 아닌 개인의 사리사욕을 채우기 위해 가진 힘을 사용했고 미래를 개인의 욕망대로 완전히 틀어 버렸지. 와볼트 일은 그 과정에서 튀어나온 가시 같은 사건이었다."

아버지는 심장에 새겨진 그때의 고통을 떠올리듯 괴로운 표정으로 인상을 찡그리셨다. 곧 울음이라도 터트리실 것 같은 얼굴이었다. 하지만 그럼에도 난 의문을 참을 수 없었다.

"그렇다면 나와 메르넨의 희생은 타당한 것이었다는 건가요?"

그 말에 아버지는 충격을 받으신 듯 동작을 멈추었다. 그가 눈을 동그랗게 뜨고 나를 보았다. 제가 들은 말이 믿기지 않는다는 표정이었다.

"내가 그랬을 거라 생각하느냐."

나는 아버지의 상처 받은 얼굴에 미안한 얼굴로 고개를 저었다.

"너희를 그렇게 만든 버러지 같은 놈들에게 모두 소송을 걸었다. 내가 그들 모두를 가만둘 성싶으냐!"

아버지의 비명에도 나는 침착하게 그를 바라보며 반박했다.

"폐하와 레나 부인이 주동자인 걸 아시잖아요."

그 말에 아버지는 코웃음을 치셨다.

"뮈젤, 모르제가 그냥 변방의 귀족인 줄 아느냐? 아니다. 너도 이미 알지 않느냐. 우린 파수꾼 가문이자, 이 제국에서 가장 특별하다. 어쩌면 황족보다도 더 특별한 존재지. 모르제 가문은 황실의 비밀을 가장 가까이서 지켜보았으며, 누구보다 황족에 대해 가장 잘 알고 있다."

나는 우리가 있는 장소가 아버지의 집무실임을 알면서도 황급히 주위를 둘러보았다. 황족 모독이 될 수도 있는 말을 서슴없이 내뱉는 아버지가 조금은 낯설었기 때문이다.

"너와 메르넨에게 최고의 보상을 해 줄 것이다. 더는 아무도 너희를 건드리지 못하도록. 뮈젤, 네가 원한다면 널 황후로도 만들어 줄 수 있단다."

그렇게 말하고 미소 지으시는 아버지는 진심이셨다. 황후로 만든다는 말이 진심이 아니란 것쯤은 안다. 아버지께 그만한 영향력이 있다는 말을 하고 싶어 쓴 비유겠지.

나는 아주 오래전 기억부터 더듬었다. 그렇게 천천히 쉽게 기억을 찾아낼 수 있었던 건 아버지의 의지와 기다림이 큰 역할을 했다. 그는 내가 그의 기억 속을 헤집는 것을 묵묵히 기다려 주었다.

[나의 태곳적 기억보다 더 오랜 기억이다. 아버지가 아주 어린 시절. 난 한 번도 본 적 없는 선대 모르제 백작, 그러니까 할아버지가 차가운 얼굴로 아버지를 바라보고 계셨다. 할아버지의 얼굴은 언제나 초상화로만 보았었다. 그때도 그는 늘 근엄한 표정으로 뒷짐을 진 채, 날카롭게 눈을 빛내고 계셨었다. 그리고 실제로 본 그의 모습은 초상화의 그 기운과 다르지 않았다. 외려 놀라운 것은 선대 모르제 백작 부인이신 할머니였다. 초상화로 기억하기로는 선대 모르제 백작 부인은 깡마른 체구에 볼이 움푹 팬, 다소 깐깐한 스타일의 여자였다. 그러나 아버지 어린 시절의 그녀는 다소 풍만한 풍채를 가진 인자한 미소로 깔깔깔 즐거운 웃음을 터트리는 유쾌한 분이셨다.

땅거미가 지평선 너머로 어른거리는 한적한 오후였다. 요새처럼 산 비탈길에 지어진 모르제 백작 저택의 전망 좋은 3층 테라스 밖에서 아버지가 하릴없이 마을을 내려다보고 계셨다. 아버지의 조그만 손등을 바라보니 어림잡아 아버지 나이 10세가량 되었던 것 같다.

'어머, 사랑스러운 베르데. 여기서 뭐 하고 있니?'

다소 풍만하지만 초상화에서보다 10년은 더 젊어 보이는 할머니께서 다가와 아버지에게 물었다. 그제야 아버지가 고개를 돌려 그녀를 보았다.

'어머니, 전 모르겠어요.'

'뭘 말이니?'

'레르마 전쟁이 끝난 지 10년이 넘었어요. 그런데도 왜 평민들의 빈곤은 나아지지 않는 건가요?'

아버지의 물음에 젊은 얼굴의 할머니가 감탄하시며 그의 머리를 쓰다듬으셨다.

'오, 베르데. 우리 요정, 대견하게도 그런 생각을 하고 있었구나.'

할머니는 테라스가 놓인 의자에 앉아 아버지의 양손을 따뜻하게 붙잡으셨다.

'그들이 빈곤하다고 생각하니?'

'네. 끔찍하게도요. 왜 아버지는 그들을 돕지 않으시는 거죠? 저택에 있는 음식들을 나눠 줄 수도 있잖아요.'

할머니는 잠시 아버지의 결연한 의지가 담긴 눈빛을 바라보는가 싶더니 자리에서 일어나셨다.

'네 생각이 그렇다면, 우리가 한번 음식을 나눠 줄까? 어떻게 생각하니?'

그녀의 말을 기다렸다는 듯이 아버지가 고개를 끄덕이셨다.

'좋아요, 어머니! 지금 당장이요!'

할머니는 아버지의 손을 잡고 평민들에게 나눠 줄 음식들을 손수 장만하셨다. 저택의 모든 사용인들이 나와 호기심 어린 얼굴로 그들을 구경했으며, 할머니는 커다란 바구니 여러 통에 몇 번이나 빵을 나눠 담으시고는 시종들을 선별해 마차에 실으셨다. 저택은 산 중앙 비탈길에 있었으므로 마을로 내려가기 위해선 마차를 끌어야만 했다. 아버지는 마차에 오른 뒤, 신이 나서 창밖을 내다보았고 할머니가 그런 아버지를 바라보며 입가에 인자한 미소를 띠고 계셨다. 창밖으로 비쳐 오는, 저무는 햇살과 포근한 바람, 고소한 빵 냄새로 가득한 마차 안. 모든 게 완벽해 보이는 그런 그림이었다.

그들은 빵을 든 시종들과 함께 모르제 영지 중앙 광장으로 향했다. 가는 길에 보이는 모습은 생각보다도 더 심각했다. 내가 알던 활기 넘치던 사랑스러운 영지가 아니었다. 길가엔 사람이 거의 없었고 상점들은 대부분 문을 닫았다. 길거리엔 부랑자가 많았고 그들은 할머니와 아버지를 발견하고는 흉흉하게 눈을 빛냈다. 그러나 그뿐, 그들은 그 이상 접근하지 않았다. 그것만 해도 다른 지역의 부랑자들에 비해 모르제 부랑자들이 비교적 점잖다는 것을 알 수 있다. 내가 기억하는 전쟁 후유증으로 고생하던 평민들은 조금 더 심각하고 조금 더 경악스러웠으니까.

처음엔 모두 줄을 서서 배급을 받았다. 중앙 광장에서 매일 해가 정수리 위로 떠오를 때면 아버지와 할머니가 나타나 배고픈 자들에게 빵을 나눠 줬다. 어린 아버지는 매번 뿌듯해하셨고 할머니는 속을 알 수 없는 얼굴로 그런 아버지를 바라보셨다. 어쩌면 조금 걱정스러운 기색처럼 보이기도 했다. 그리고 일주일쯤 되었을 때부턴 할머니께서 기사들을 대동하고 길거리에 나서셨다. 그리고 부랑자들은 당연하다는 듯이 줄을 기다리고 서서 할머니와 아버지께 왜 이리 늦었냐며 성을 냈다. 저택으로 돌아온 뒤에도 아버지는 그 모습을 이해하지 못했다. 그러나 할머니는 그런 아버지의 머리칼을 쓰다듬으며 다른 질문을 하셨다.

'밀이 다 떨어졌단다. 이번 밀농사가 좋지 않아 우리도 음식 자재가 많이 부족한 참이구나. 우리가 먹을 음식과 사용인들의 식사량을 줄여서 도와줘야 하는데. 어떻게 생각하니, 베르데?'

아버지는 조금 망설이고는 걱정스러운 얼굴로 대답했다.

'조금 무섭지만, 그들은 여전히 도움이 필요해요.'

'그래, 그럼. 내일부턴 우리의 식사를 줄이자꾸나.'

할머니가 할아버지에게 무어라 말씀하신지는 모르겠지만, 할아버지도 그 다음 날 줄어든 식사량에 의문을 제기하지 않으셨다.

'이보시게! 양이 왜 줄었소!'

'이게 빵인가? 돌인 줄 알았네! 이걸 우리보고 먹으라는 거요!'

한 달에 접어들 즈음엔 부랑자들이 그들이 가져오는 빵에 대해 평가를 하며 불만을 토로했다. 부랑자들이 들고 있던 빵을 할머니 얼굴에 집어 던지며 조롱했다.

'다음부턴 더 가져오시오!'

그들이 웃음을 터트렸다. 아버지는 이번엔 정말로 화가 나셨다. 그러나 그들의 조롱은 멈출 줄을 몰랐다.

'저들만 좋은 옷 입고 좋은 밥 먹고 따뜻한 이불 속에서 자면서! 우리보고 이딴 걸 먹으라고!'

한 사내의 외침에 주위에 있던 사람들이 동시에 함성을 외쳤다. 아버지는 그땐 정말로 겁에 질리셨다. 그러나 할머니는 침착하셨다. 부랑자들이 힘을 합쳐 모르제 백작 저를 부수자고 외쳐 댔다. 아버지가 두려움에 젖은 얼굴로 할머니를 보았다. 그러나 그녀는 여전히 덤덤한 얼굴이었다. 모든 상황을 이미 예상했다는 표정이었다.

'백작 저택을 부수면?'

할머니의 작은 목소리에 거대한 함성이 멈췄다.

'백작 저택에 있는 물건들을 모두 훔친다고 해도 너희 모두가 나눠 가질 순 없을 거다. 모두가 함께 나눠 가진다고 해도 개인에게 돌아오는 건 푼돈이겠지. 겨우 몇 달 만에 식량이 부족해 너희는 다시 길에 나와 이렇게 구걸을 하겠지.'

할머니의 말에 분노한 이들이 달려들었다. 아버지는 결국 울음을 터트리셨다. 달려드는 이들을 모르제 사병들이 나서서 막아섰다. 그러나 할머니는 아버지의 손을 잡은 채 동요하지 않고 다음 말을 이었다.

'모르제 백작가(家)에서 내일 아침, 너희에게 일자리를 줄 것이다. 원하는 자들은 내일 아침 해가 떠오르는 시각 몰트라미스 언덕으로 모여라. 노후가 보장된 평생의 일자리를 선택하겠나, 아니면 일시적인 약탈이나 일삼으며 평생을 굶주려 살겠나. 그건 너희 선택이다.'

할머니의 말 한 마디, 한 마디는 사람을 압도하는 기백이 있었다. 그렇게 말한 할머니는 망설임 없이 등을 돌려 마차로 향하셨다. 아버지는 할머니의 손을 붙잡은 채 계속 울고 계셨는데 마차에 올라타자마자 할머니가 그런 아버지를 안아 올려 품에 안으셨다.

'베르데, 쉿. 괜찮아. 이제 괜찮단다. 오, 우리 아가. 많이 놀랐구나.'

할머니가 그렇게 한참을 안고 달랜 뒤에야 아버지는 진정하셨다. 때마침 마차가 출발했다. 아버지가 연신 할머니께 사과했다. 어린 아버지는 저 때문에 할머니께 큰일이 났을지도 모른다고 생각했던 모양이다. 할머니는 웃으셨다.

'아버지는 그들을 돕지 않는 게 아니란다. 더 효과적이고 확실하게 그들을 구제할 방법을 찾고 계셨지. 어설픈 동정은 도움이 되지 않는단다, 베르데. 이번 경험을 마음에 새겨 교훈으로 삼으렴.'

그렇게 해서 시작된 것이 경사지 농업이다. 그 이전부터 포도주 재배 등 여러 가지 농업이 있었으나 수많은 인력을 투입해 체계적으로 포도 재배를 하고 본격적으로 사업을 일궈 큰 성과를 이룬 건, 그때가 처음이었다. 그 이전엔 전쟁이 잦아 척박한 환경 탓에 사람들이 포도주 시장에 관해선 그렇게 크게 관심을 두지 않았을 때였다. 할아버지는 틈새시장을 공략하고 계시다가 적절한 타이밍에 사업을 크게 벌여 성공하신 케이스였다.

그 일이 있고 몇 년 후. 아버지가 열여섯 살, 아카데미 학생이었던 시절의 이야기다. 축복의 탑에서 '학자들의 밤'이 열린다는 소식에 너도나도 신청서를 제출했다. 아버지는 공부를 잘하는 학생은 아니지만 인망이 두텁고 지혜롭다는 명성이 있었다. 신청서를 제출하지 않았음에도 아카데미 교수가 추천서를 넣어 아버지는 원치 않게 축복의 탑으로 향하게 되었다. 그리고 아버지는 그곳에서 로니 힐러프를 만났다. 그녀는 내가 알던 모습보다 훨씬 젊었다. 또한, 어느 여자와도 비교할 수 없을 정도로 아름다웠다. 화려한 금발에 싱그러운 미소까지 걸쳐 있으니 말로 형연할 수 없는 빛이 났다.

'안녕하세요. 보르바체트의 로니 힐러프입니다.'

그녀가 먼저 아버지께 손을 내밀었다. 당시 아버지는 수석이 아니었음에도 학교의 대표자로 선별되셨다. 그러나 수석조차도 그 점에 의문을 표하지 않을 정도라 힐러프는 '아버지에 대해 궁금해했다. 그들은 그 첫 만남 이후로도 종종 멜본의 저택 정원에서 만남을 가졌다. 그 어느 날도 그런 나날들의 연속 중 하나였다. 그들은 정원 풀밭에 아무렇게나 앉아 웃고 떠들며 대화를 하고 있었다.

'축복의 탑은 작아요. 그래서 늘 더 넓은 세계, 다른 나라들이 궁금하죠.'

힐러프의 말에 아버지가 유쾌하게 웃으셨다.

'그럼 다음번에 모르제 영지에 방문해 주세요. 메시리아 관광을 꼭 시켜 드린다 약조하겠습니다.'

아버지의 말에 힐러프가 수줍게 웃었다.

'힐러프.'

그리고 그때였다. 사나운 목소리가 정원에 날카롭게 울렸고 아버지는 의아한 얼굴로 돌아봤다. 힐러프의 얼굴이 불쾌감으로 일그러져 있었기 때문이었다.

'내가 아무도 만나지 말라고 했잖아. 위험하다고.'

그 말을 들은 아버지 역시 인상을 찌푸리셨다. 아버지가 바라본 곳에는 조금 나이가 든 라미스가 서 있었다. 그러니까 라미스와 너무나도 닮아서 외려 역겨운 젊은 프리제가 서 있었다.

프리제의 미모는 뛰어나다. 그건 부정할 수 없는 사실이다. 그가 매서운 눈으로 힐러프와 아버지를 번갈아 노려보아도 그리 악당처럼 보이진 않았다. 그게 내겐 불쾌했다. 그는 악당이어야만 했다.

아버지는 의아한 얼굴로 프리제와 힐러프를 번갈아 보았다.

아버지는 당시에도 유쾌하게 웃으시며 분위기를 환기시키는 성격 좋은 분이었다. 그는 자리에 일어난 뒤 웃으며 프리제에게 손을 내밀었다. 그러나 프리제는 아버지의 손을 맞잡지 않았다. 그저 경멸스러운 시선으로 아버지를 노려보고는 힐러프를 끌고 멜본의 저택 안으로 사라졌다.

물론 아버지는 조금 당황하셨지만 개의치 않으셨다. 그는 곧 그 일은 잊고 동기들과 모여 날이면 날마다 토론과 술판을 벌이셨다. 날마다 벌어지는 술판은 이자벨의 술 파티와 다르지 않았는데, 의외였다는 점은 아버지가 주동자였다는 점이고 이자벨의 아버지인 베론 몰트리 헨더슨은 술 조달자였다는 점이다.

베론은 평소 아카데미에서 아버지와 그리 친한 편도 아니었으며 외려 조용하고 존재감 없던 아이였다. 그러나 그는 머리가 비상하여 수석을 놓치지 않았고 모범생이었으며, '학자들의 밤'의 초대 인물 영순위이기도 했다는 건 에드윈을 생각해 보면 예상 가능한 일이기는 했다. 그런 그가 아버지가 주도하는 술 파티에 기다렸다는 듯이 술 조달을 완벽하게 하고 있으니 모두가 놀랄 수밖에.

아버지가 거나하게 취해서 실없는 웃음을 터트리며 젊은 베론 아저씨께 포도주 잔을 내밀었다.

'난 네가 재미없는 녀석인 줄 알았어.'

그 말에 베론이 기분 좋은 미소를 지었다. 그러나 뒤이어 나온 목소리는 베론의 대답이 아닌 다른 여자의 목소리였다.

'저도 다들 글자만 외우는 따분한 분들인 줄 알았는데, 이런 재미있는 파티라니 의외네요.'

힐러프였다. 그녀는 어디서 가져왔는지 포도주 잔을 들고 아버지와 베론을 향해 미소 지었다. 매력적인 미소였다. 그러니까 생기 넘치는 모습. 얼굴이 빼어나게 아름다워서가 아니다. 아름다운 외모는 외려 프리제에게 있었다. 그녀는 단지 그 분위기와 찬란함이 눈부셨다. 천사 같았다.

'누구…….'

베론의 의문에 아버지가 호탕하게 웃으며 힐러프의 잔에 건배했다.

'이 친구는 보르바체트의 로니 힐러프. 축복의 탑 사람이네.'

아버지의 소개에 베론이 그제야 떨떠름한 얼굴로 고개를 끄덕였다. 힐러프는 베론에게도 무척이나 관심이 많아 보였다.

'프리제에게 들었어요. 메시리아 아카데미 수석이라고.'

힐러프가 커다란 입매로 웃으니까 시원시원하고 유쾌해 보였다. 그녀가 베론을 향해 손을 내밀었고 베론은 어색하게 그녀의 손을 맞잡았다. 그러다가 그는 문득 그녀 말의 괴이함을 눈치채고는 그녀를 보았다.

'프리제 말입니까? 멜본의 덴테 프리제?'

베론의 기겁한 외침에 잠시 이목이 집중되었다. 힐러프는 당황하지 않고 신나게 고개를 끄덕였다. 파티장은 다시 시끌벅적해졌다.

'네. 덴테 프리제. 저도 한때는 멜본의 후계자였어요. 그와는 잘 아는 사이죠.'

베론은 그녀를 바라보며 경이로운 얼굴을 했다. 아마 그 시기에 그가 가까이서 접하고 대화를 나눌 수 있는 인물들 중에서 힐러프가 가장 지위가 높았으리라.

그 후로 그들은 멜본에서 종종 어울렸다. 함께 술을 마시는 것은 물론 도서관에서 책을 읽거나 토론을 벌이거나 산책을 나가거나 하는 일도 잦았다. 그러나 메시리아인들은 모른다고 해도 당시 축복의 탑에서 힐러프의 인기란 거의 나라 최고라고 할 수 있을 정도였다. 그녀의 얼굴을 모르는 사람이 없어 그녀를 따라 아버지와 베론 역시 금세 유명세를 탔다. 어느새 그들은 서로를 편하게 대했고 짧은 기간이었지만 제법 깊은 친우 사이가 되었다.

'학자들의 밤' 토론회 당일이었다. 베론은 잔뜩 긴장했는지 손에서 부적처럼 쥔 깃펜을 놓지 않았다. 아버지는 역시나 기대에 들뜬 목소리로 즐거워하며, 주위 친우들과 수다를 떠셨다. 학자들의 밤이 열리고 멜본의 세 번째 저택에서 멜본의 원로 위원들은 물론 축복의 탑에서 내로라하는 학자들이 전부 착석한 강연실 문이 열렸다.

결과는 완벽하게 토론을 이끈 사람으로 베론이 상을 받았다. 아버지는 전혀 아쉬운 기색이 아니었으나 몇몇 원로 위원들의 눈에 띄어 종종 그들의 말벗이 되어 주기 위해 티타임을 열었다.

아버지는 늘 멜본의 저택에서 기이한 술 파티를 여셨다. 처음엔 그의 방에서 작게 시작한 파티가 마침내는 멜본의 연회장까지 무료로 대관해(학자들이 무려 모금을 해서 아버지께 대관료를 지불해 줄 테니 파티를 열어 달라 사정했을 지경이었다) 귀족들의 연회를 보는 듯이 성대해졌다.

이자벨은 우리 아버지에 비하면 새 부리만도 못한 주량을 가진 여자였다. 아버지는 보는 내가 정신 아득해질 정도로 진탕 술을 퍼마셨고 그럼에도 취하지 않으셨다. 거기다 파티는 메시리아 학교 졸업 파티처럼 문란하지도 않다. 정말 술만 주야장천 퍼마시는 파티라니 보는 내가 토할 지경이다.

'오늘 파티엔 샴페인이 없는데?'

취기가 올라 싱글벙글 웃음을 터트리는 아버지께 다가와 말을 붙인 사람은 힐러프였다. 그녀는 적포도주 잔을 들어 보이며 아버지를 향해 웃었다. 아버지는 기분 좋은 미소를 지으며 바보처럼 허허허 웃으셨다.

'오늘은 모두 취할 목적으로 모였으니까! 허허허허!'

내가 보기에도 아버지는 좀 바보 같았다. 그러나 힐러프는 그저 아버지의 말이 재미있다는 얼굴로 소녀처럼 해맑게 웃었다.

'그것참, 재밌는 이유네.'

힐러프가 아버지 옆자리에 앉았다. 춤곡이 연속해서 이어지는 파티장은 거의 광란의 현장이었다. 힐러프가 어깨를 들썩이면서 아버지를 돌아봤다.

'베르데, 나와 한 곡 추지 않을래?'

그녀가 아버지에게 손을 내밀었고 아버지도 흔쾌히 그녀의 손을 잡았다. 때마침 귀여운 선율의 춤곡 폴카가 흘러나왔다. 그들은 통통 튀는 선율에 맞춰 까르르 웃음을 터트리기도 하고 바닥에 널브러진 사람들을 피해 뛰어다니며 즐겁게 춤을 췄다. 아버지의 기억으로 본 그들의 추억은 매우 흥미로웠고 유쾌했으며 아름다웠다. 청춘들의 눈부셨던 시절 한가운데 내가 있는 것 같아 나도 알 수 없는 감격이 느껴지기도 했다.

그리고 드디어 제법 길었던 축복의 탑에서의 체류 기간이 끝났다. 아버지는 아쉬워했고, 아버지를 떠나는 멜본의 학자들과 원로 위원들은 더 아쉬워했다. 아버지는 힐러프에게 고백하며 그녀에게 메시리아로 귀화할 것을 권했다. 그러나 힐러프는 보르바체트의 관주로서 이를 거절했다. 그리고 그 이전에 그녀는 프리제의 이름을 올렸다. 그는 보살핌이 필요한 아이라 그를 두고 축복의 탑을 떠날 수 없다 하였다. 아버지는 한 번 보았던 프리제의 강렬한 인상을 잊지 못했고 다시금 그녀의 입을 타고 나온 '프리제'의 이름에 오한을 느꼈다.

'프리제는 나더러 위험한 인물이라 말했지만, 내가 보기엔 그와 어울리는 게 더 위험해 보여.'

아버지의 말에도 힐러프는 그저 고집스럽게 웃었다.

'하지만 베르데, 난 축복의 탑 사람이야. 이곳에서 나고 자랐지. 넌 아마 모를 거야. 내가 메시리아에서 나고 자란 널 모르는 것처럼. 그래서 네게 이해를 바라진 않아. 그러니 베르데, 부디 우리 행복한 추억들만 남기며 헤어지자.'

아버지는 처음부터 그녀를 열렬히 사랑하여 뱉은 말은 아니었는지 그 말에 쉽게 동의했다. 그렇게 그들의 아름다운 추억은 막을 내렸다.

오랜만에 돌아온 아버지는 그 후로도 한참을 수도 호베른, 메시리아 학교에서 시간을 보냈고 모르제 영지로는 간간이 편지를 보내기만 했다. 그렇게 1년이 지났고 오랜만에 돌아온 모르제 저택은 귀곡성이라고 해도 믿을 만큼 서늘했으며 한기가 느껴질 정도로 사람 기척이 없었다. 그를 반긴 사람이라고 할머니와 아버지의 시종, 그리고 집사뿐이었다.

'아버지께 무슨 일 있으신가요?'

그 물음에 할머니가 고요한 얼굴로 고개를 끄덕이셨다.

'때가 온 모양이구나.'

'네?'

의미를 알 수 없는 할머니의 대답에 아버지가 방문하자 그녀는 그저 희미하게 웃으셨다.

'아버지께 가 보거라, 우리 사랑스러운 요정.'

할머니의 말에 아버지가 저는 요정이 아니라며 툴툴거리시며 계단을 오르셨다. 어렴풋이 기억하기로 할머니는 모르제 저택에 남아가 아니라 여아를 낳고 싶어 하셨다고 들었었다. 여아를 낳으면 꼭 '요정'이라고 불러 주겠다고 다짐했었는데 힘들게 낳은 자식 하나가 바로 아버지였단다. 듣기로 그래서 아버지가 작위 수여를 하기 전까진 끝끝내 아버지께 '요정'이라는 칭호를 붙이셨다고.

아무튼 각설하고 아버지는 할아버지 집무실 앞에 서서 한 번의 가벼운 심호흡을 하고 문을 열었다. 할아버지는 집무실 책상 앞에 앉아 조용히 서류를 보고 계셨다. 아버지가 일부러 요란스럽게 발을 굴리며 저의 등장을 알렸음에도 한참이나 말이 없으시더니 아버지가 책상 앞 소파에 하릴없이 앉고야 아버지를 보셨다.

'그래, 베르데 왔구나.'

할아버지의 말에 아버지는 어깨를 으쓱였다.

'아버지께서 부르셨잖아요. 저택 사용인들은 모두 내보내신 겁니까?'

'그래.'

아버지의 물음에 할아버지는 선뜻 긍정하시고는 자리에서 일어나셨다. 그러곤 느긋하게 걸음을 옮겨 아버지의 앞자리에 앉으셨다. 할아버지의 고집스러운 눈매와 날카로운 턱 선을 보고 있으려니 자연스럽게 메르넨이 떠올랐다. 메르넨은 어쩌면 할아버지를 닮은 건지도 모르겠다.

'황실의 부름이 있었다.'

할아버지에 말에 느긋하게 앉아 있던 아버지가 황급히 자세를 바로 세우고 그를 보았다.

'에르만 황실 말입니까……?'

'황태자 전하의 별세를 알리는 전보가 왔다.'

그 말을 들은 아버지는 거의 경기를 하셨다. 물론 경악한 건 아버지만이 아니었다. 나도 아버지를 따라 놀랐다. 당시의 황태자란 건 조반니를 말한다. 그런데 조반니가 죽었다니?

'황태자 전하는 이제 겨우 걸음마를 뗀 아기님 아닙니까!'

할아버지는 차분한 얼굴로 아버지가 진정하기를 기다리셨다가 입을 여셨다.

'독살이다.'

그렇게 그들은 에르만 궁전에 입궁했다. 황태자의 장례는 짧고 간소하게 치러졌다. 독살에 관한 진실 규명이 아직도 진행 중에 있었기 때문이었다. 그러나 황제, 그러니까 선대 황제께선 이미 독살을 사주한 이가 누군지 알고 계신 것 같았다. 아버지는 영문도 모른 채 장례가 끝난 뒤, 할아버지를 따라 황제 폐하를 알현했다. 그리고 그곳에서 아버지는 기이한 경험을 하게 됐다.

황제의 응접실. 그곳에 마주 앉아 황제가 괴로운 얼굴로 신음했다. 조반니를 닮은 금발이 아니었다. 주황색 머리카락. 그저 금발의 색소만 빠진 것처럼 보잘것없는 색이지만 결이 참 보드랍고 예뻤다. 그는 조반니보다는 로헨에 가까운 부드러운 인상의 꽃중년이었다. 선대 황제이자 조반니와 로헨의 아버지인 그는 레르마 전쟁에 온 힘을 쏟느라 뒤늦게 자식을 봤다고 했다. 그게 바로 조반니와 로헨이라고 알고 있었다.

'돌려다오. 어렵게 얻은 아이다. 너희 가문은 그런 역할을 한다고 들었다. 메시리아의 파수꾼!'

황제가 괴로운 얼굴로 양손에 얼굴을 파묻었다.

'조반니를 돌려다오! 그 아이는 메시리아의 미래다. 다시 살아날 가치가 있는 아이야!'

황제의 말에 나는 당황하지 않을 수 없었다. 조반니라고 했다. 그럼 정말로 조반니가 죽었다는 말이다. 할아버지는 담담하게 대답하셨다.

'후회하실 겁니다.'

그 말에 황제가 잠시 멈칫했으나 곧 다시 울 것 같은 얼굴로 고개를 끄덕였다.

'괜찮다. 아이만 돌아온다면.'

'모르제 가문은 죽은 사람을 살리는 재주는 없습니다.'

할아버지의 말을 대체 어떻게 하면 긍정으로 들을 수 있었는지는 모르겠지만 황제는 환희에 찬 표정으로 할아버지의 양손을 잡았다.

'고맙구나. 고맙다, 모르제 백. 내 이 은혜를 잊지 않으마!'

황제의 마지막 말에 할아버지가 처음으로 웃으셨다.

'폐하께선 잊으실 겁니다.'

대화는 그걸로 끝이었다. 할아버지가 아버지의 손을 붙잡고 응접실을 나왔다. 아버지는 할아버지와 손을 잡아 보는 게 처음 이라며 조금 낯설어했다. 그리고 그게 아버지 기억의 끝이었다. 다시 아버지가 깨어났을 땐, 황실이 아니었다.

문득 현실 감각을 인지했을 때, 아버지는 메시리아 학교를 처 음 입학하던 때의 패기 넘치던 소년 베르데로 돌아와 있었다. 과거로 돌아왔는데 아무도 그 사실을 알지 못했다. 처음에 아버 지는 아버지만이 그 사실을 인지하고 있다고 생각했다. 그러나 시간이 흐르고서야 아버지는 본인만이 과거로 돌아온 게 아니란 걸 깨달았다. 아버지는 영문을 모른 채 할아버지를 찾아갔고 나 는 짐작했다. 회귀 능력을 사용한 건 할아버지셨다.

빛나고 눈부시던 추억의 일부가 사라졌다. 아름답게 타오르던 불꽃이 재가 되어 부서지는 걸 목격하는 기분은 어떨까? 아버지 에게 모든 건, 영문도 모르고 시작됐다. 아버지는 과거로 돌아 왔다는 사실을 바로 인지하지는 못했다. 에르만 궁전에서 파수 꾼 가문의 능력을 사용해 조반니를 살려 달라던 선대 황제의 마 지막 말을 끝으로 할아버지와 손을 잡고 나오던 기억까지 있었 는데 정신을 차리고 보니 메시리아 학교였기 때문이다.

아버지가 제일 먼저 확인하신 것은 날짜였다. 그의 나이 열일

곱이었는데 다시 열네 살이 되어 있었다. 처음엔 꿈인 줄 알고 메시리아 학교에서 수업을 듣고 친구들과 어울렸다. 그러나 하루가 지나고 이틀이 지나고 일주일이 지나자 꿈이 아니란 사실을 인지했다. 그리고 그 사실을 인지하자 아버지는 곧장 수업도 듣지 않고 모르제 영지로 내려왔다.

아버지는 영지로 내려가는 마차 안에서 아무것도 하지 않았다. 중간에 들른 마을 여관에서 잠을 청한 것 외에는 마차 안에서 잠을 청하지도, 책을 보지도 마부와 농담을 나누지도 않았다. 그저 마차에 앉아 가만히 창밖만 하염없이 내다보던 아버지는 무슨 생각을 하고 계셨을까.

마침내 도착한 모르제 영지 끝에 포도밭이 보였다. 덴버 아저씨의 포도밭과 만델린 아주머니의 포도주 양조장, 쉐브란 애넘이 활기 넘치던 시절은 지금이 아니라 더 옛날, 덴버 아저씨와 만델린 아주머니도 젊고 아빠도 젊었던 딱 그 시절이다. 아버지는 마차를 타고 언덕을 오르다가 덴버 아저씨, 그때는 젊은 청년이었던 덴버를 만나고 마차에서 내렸다. 아버지의 기분이 조금 나아진 게 느껴졌다. 아버지에겐 잃어버린 3년을 상기하지 않아도 그 이전의 추억이 충분히 많았던 사람 중 하나가 덴버였을 것이다. 덴버 아저씨는 아버지가 어릴 적 할머니와 함께 빵을 나눠 주다 만난 길거리 부랑자 중 한 명이었다. 만델린 아주머니 역시 그중 한 명이었으며, 모두 할아버지의 도움으로 포도 농사에 뛰어들어 큰 성과를 거둬들이며 아버지와 함께 승승장구하던, 눈부시게 잘나가던 시절의 사람들이었다.

'잘 지냈지?'

아버지의 반가운 인사에 주름 하나 없이 말끔한 인상의 덴버 아저씨가 웃었다.

'엊그제도 똑같이 인사하셨습니다. 왜 이틀 만에 다시 내려오셨어요? 메시리아 학교 일로 바쁘다 하셔 놓고?'

그 말에 아버지가 머쓱한 얼굴로 뒷머리를 긁적이셨다.

'그랬었나……'

때마침 포도밭 일꾼들이 왁자지껄 모여들어 아버지를 발견하곤 호들갑스럽게 인사를 나누었다. 그들 모두 전쟁의 여파로 고아가 되거나 일자리를 잃은 길거리 부랑자였던 이들이다. 아버지는 그들에게 손 인사를 건넨 뒤 덴버 아저씨의 어깨를 친근하게 툭, 치고 다시 마차로 발걸음을 돌렸다. 흔히 보기엔 아무렇지 않은 듯했으나 마차의 문을 여는 아버지의 손은 이미 갈피를 잃은 사람처럼 부들부들 떨리고 있었다.

'회귀'라는 시간 강탈을 직접 경험해 보지 않은 나로서는 아버지의 떨리는 손을 보고야 아버지의 감정 상태를 아주 조금, 이해했을 뿐이다. 아버지는 그 자세로 잠시 멈춰 있다가 심호흡을 한 뒤, 덴버 아저씨를 돌아봤다.

'만델린에게도 안부 전해 줘!'

아버지의 말에 덴버 아저씨가 고개를 갸웃거렸다.

'이틀 전에 안부 인사 하셨잖아요?'

그 물음에 아버지는 웃으셨다.

'알아. 하지만 그래도 안부 전해 줘.'

아버지는 그렇게 이해할 수 없는 말을 남기고 덴버 아저씨에게 대강 손 인사를 한 뒤 마차 안으로 들어갔다. 그리고 모르제 저택에서 만난 할아버지는 이미 아버지가 방문할 것을 예견한 사람처럼 무덤덤한 얼굴이셨다. 집무실에 가만히 앉아 아버지를 맞은편에 앉힌 할아버지는 시녀들이 차를 내오자 말없이 차만 홀짝였다. 아버지가 답답한 얼굴로 엉덩이를 들썩이는 것을 흘 끔 본 할아버지가 드디어 입을 여셨다.

'가문의 능력이다.'

그리고 그렇게 가볍게 말씀하셨다.

'시간 여행을 할 수 있는 능력 말입니까?'

아버지의 놀란 물음에 할아버지가 웃으셨다.

'시간 여행이라니 재미있는 표현이구나. 아쉽게도 그 능력에 관해 정해진 명칭은 없다. 아무도 그 능력에 대해 모르기 때문이지. 과거로 돌아가도 그 사실을 아는 사람은 능력을 물려받은 이들뿐이란다.'

아버지는 단번에 이해하지 못하셨지만 할아버지는 아버지의 이해를 바라지 않으셨다. 분명한 건 아버지의 아버지, 그리고 그 아버지의 아버지를 통해 물려받은 선천적인 능력이 바로 인생에 딱 한 번, 시간을 돌릴 수 있는 능력을 갖고 태어난다고 한다.

'저도 시간을 돌릴 수 있습니까? 어떻게 하면 됩니까?'

아버지의 말에 할아버지는 미소 지으셨다.

'때가 되면 자연스럽게 안단다.'

아버지는 이해하지 못하셨고 할아버지는 더는 말씀하지 않으셨다. 그래서 아버지는 직접 알아보기로 결심하셨다. 본래 포도 사업 확장을 위해 경제학과를 전공과목으로 공부하시던 분이 정치학과로 전향했으며, 고위 관리직 인사들은 물론 고위 귀족의 자제들과도 친분을 쌓기 시작했다. 그 맥락에는 메시리아 학교 수석이자 이자벨과 에드윈의 아버지인 베론 몰트리 헨더슨도 있었다.

당시 헨더슨은 마할에 비하면 보잘것없이 작은 상단이었다. 그 상단을 지금의 수준까지 끌어올린 데는 아버지의 공이 컸다고 할 수 있다. 베론과의 추억이 모두 사라지고 자신을 알아보지 못하는 베론 아저씨를 보며 아버지는 공허한 기분을 감추지 못하셨다. 짧은 시간 동안 쌓은 친분이라고 하기엔 그 시간이 아버지에겐 너무 소중했던 시간이었던 모양이다.

'넌 정치보단 사업에 더 잘 어울려.'

아버지가 베론에게 말했다. 당시 베론은 헨더슨 상단을 물려받을 생각이 전혀 없었다. 그런 보잘것없는 상단보다야 나라의 세금을 받아먹고 안정적으로 사는 공무원이 더 제게 득일 것이라는 계산이 그에겐 있었다. 그러나 아버지가 그에게 제안한 포도 수출 사업이 제법 그의 구미를 당겼던 모양이었다. 베론은 그 이후로 정치학과에서 경제학과로 전향했다.

나는 문득, 베론이 말한 아버지에게 진 빚은 어쩌면 이때를 얘기하는 걸지도 모르겠다는 생각이 들었다.

그렇게 온갖 손익을 계산하며 인간관계를 형성하던 중, 황실 주최 토론회가 열린다는 공지가 붙었다. 아버지는 황실에서 주최하는 토론회 따위엔 전혀 관심이 없으셨는데 당시 어울리던 머셍 공작가의 장자인 마리옹이 이 토론회에 참석한다고 해서 하는 수 없이 그를 따라 참가 신청서를 제출했다. 그리고 참가 한 에르만 궁전에서 아버지는 어머니를 만나셨다.

어머니는 뛰어난 외모도 아름다운 분위기도 갖고 있지 않았다. 평범한 외모에 고아한 기품. 그저 귀족 여인의 표본이라 불릴 만한 인상이었다. 어머니는 아버지보다 연상이었고 당시 스물한 살로 이미 혼기가 꽉 찬 나이였다. 선대 황제가 토론회에 참석했고 어머니가 서기로 참석했다. 귀족 여인이 재판이나 토론회에서 서기를 보는 일은 드물었다. 선대 황제에 관한 이야기는 너무 많이 들어 안다. 그 전 황제가 작고하고 15세의 어린 나이에 황위를 물려받은 그는 제2차 레르마 전쟁에 뛰어들어 3년 만에 전쟁을 승리로 이끌어 종전시킨, 역사에 길이 남을 만한 황제였다고 했다. 당시 어머니는 선대 황제와 열 살 이상의 나이차에도 불구하고 꽤 오랫동안 친우 사이를 유지해 왔다.

황제에겐 두 딸이 있었는데 아들은 없었다. 그러던 중, 황태자가 태어났다. 바로 조반니였다. 황후는 조반니를 낳고 며칠 동안 시름시름 열병에 시달리다 결국 별세했다. 황후의 서거 소식에 어머니와 황제와의 관계가 재조명되었다. 다음 황후로는 어머니가 될지도 모른다는 소문이 돌기도 했었다. 그러나 그 소문은 1, 2년이 지나자 사그라들었고 어머니는 별 탈 없이 황제와의 친우 관계를 잘 유지하셨다.

아버지는 어머니를 눈여겨보셨다. 여성으로서의 호감이 아니라 인간적인 호감이었다. 당시 아버지는 '가문의 비밀', 그 외에는 관심이 없으셨다. 그가 어머니께 관심을 둔 이유는 단순히 어머니가 '황제의 오랜 친우'라는 타이틀을 갖고 있었기 때문이었다.

'말씀 좀 여쭙겠습니다.'

토론회가 끝난 뒤, 자리를 정리하고 나가는 어머니를 아버지가 붙잡았다. 어머니는 아버지를 보고 흥미로운 얼굴로 친절히 웃었다.

'모르제에서 오셨군요.'

어머니가 먼저 아버지께 악수를 청했다. 아버지는 토론장을 나서는 사람들을 피해 어머니의 손을 잡았다. 아버지가 호쾌하게 웃으시며 어머니의 손을 움켜쥐었다.

'절 아시는군요. 처음 뵙겠습니다, 멀츠베르앙.'

아버지의 인사에 어머니가 하얀 이가 보이도록 활짝 웃으셨다. 그렇게 웃는 건 나도 처음 볼 정도로 해맑았다.

'절 아시는군요. 처음 뵙겠습니다, 모르제.'

어머니가 아버지의 멘트를 반복하며 손을 떼자 아버지가 머쓱한 얼굴로 뒤통수를 긁으셨다.

'차 한잔하시겠습니까?'

아버지의 물음에 어머니가 잠시 토론장 안에 황제가 앉았던 빈자리를 보고는 고개를 끄덕였다.

'좋아요.'

그들은 호베른의 레스토랑에서 따로 저녁 식사를 함께했다. 둘 다 특별한 이성으로서의 호감이 아니라 사람으로서의 호감을 두고 만남을 가졌다. 당시 어머니는 스물을 넘기셨고 아버지는 겨우 열 넷이었으니 이성적인 호감이 생길 리가 만무했다. 어머니는 황제와 친분이 있는 만큼 정치에 관해 잘 알았고 그 방면에선 아버지와 대화가 잘 통했다. 당시 아버지의 지대한 관심이

'모르제 가문의 비밀을 알고 있을 황족'에게 쏠려 있었으므로 어머니는 최고의 대화 상대였다.

그들은 종종 그렇게 만남을 가졌고 그 만남이 지속되어 2년이 지나가자 제법 가까운 친우가 되어 있었다. 베론과는 포도주 수출 사업 건으로 함께하는 시간이 많다 보니 자연스럽게 어머니와 베론, 그리고 아버지가 함께 어울리는 일도 잦았다. 그러던 중 '학자들의 밤' 초청서가 날아왔다. 베론은 마다하지 않았고 아버지는 회귀 전과 달리 신청서를 제출하지 않으셨다. 의외였던 점은 어머니였다. 아버지의 미래가 틀어진 탓일까, 어머니가 뜬금없이 귀족 영애 최초로 '학자들의 밤' 토론회에 지원서를 제출했는데 그 지원서가 승인되었다. 황제의 입김이 있었는지는 모를 일이다.

어쨌든 베론과 어머니는 '학자들의 밤'을 위해 떠났고 아버지는 홀로 호베른에 남으셨다. 그리고 할아버지께서 아버지께 서간을 보내셨다. 황실에서 주최하는 연회 초청서였다.

연회장에서 오랜만에 만난 할아버지는 조금 수척해 보이셨다. 살이 전보다 많이 빠지신 것도 같았다. 그래서 그렇지 않아도 날카로워 보이는 인상이 조금 신경질적으로 보이기도 했다. 아버지를 발견한 할아버지께서 반갑게 인사했다.

'네게 소개해 줄 사람이 있다.'

할아버지는 아버지를 데리고 곧장 연회장을 빠져나왔다. 그들이 향한 곳은 황태자가 기거하는 성이었고 할아버지가 소개해 줄 사람이란 건 조반니였다. 아버지는 조금 당황하신 것도 같았지만 침착하게 대응하셨다. 어린 조반니는 침대에 누워 새근새근 잠을 자고 있었다.

'황태자 전하 아니십니까? 이렇게 허가 없이 방문해도 되는 겁니까?'

아버지의 물음에 할아버지가 고개를 끄덕이셨다.

'그래, 우린 모르제 아니더냐.'

할아버지의 말을 아버지는 이해하지 못하셨다.

'여기 누워 있는 이 아기는 황태자도 무엇도 아니다. 우리에겐 그저 되돌린 시간의 원인이다. 보상엔 언제나 대가가 따르는 법이지. 그 여파는 정해진 틀을 벗어난 이 작은 아기에게서 시작될 거다.'

할아버지가 말을 끊으시고는 아버지를 바라보았다.

'내가 전에 얘기하지 않았느냐. 모르제의 힘은 황실을 위해서만 사용해야 한다고.'

'네. 얘기하셨었죠.'

'정말 그래야 할 것 같으냐?'

아버지는 할아버지의 의도를 파악하지 못하고 고개를 갸웃거리셨다.

'잘 모르겠습니다.'

'나도 잘 모르겠구나.'

그렇게 대답한 할아버지가 허탈한 웃음을 지으셨다.

'아무도 모른다. 우리가 어떤 능력을 사용하는지 그들을 위해 어떤 희생을 감수하는지. 넌 과거로 돌아와 지난 2년간 어떤 기분을 느꼈는지 말할 수 있겠느냐?'

그 말이 기폭제라도 되었던지 아버지가 단번에 괴로운 신음을 뱉으셨다. 어쩌면 울음이 뭉개진 소리 같기도 했다.

'황제 폐하께서 내게는 부탁을 하셨지만, 선대까지는 아무런 부탁도 받지 않고 자발적으로 나서서 황실을 도왔다. 그런데 나는 정말로 모르겠구나. 그게 정말 누굴 위한 능력인지도, 누굴 위한 행복인지도, 누굴 위한 희생인지도 말이다. 난 이미 그 능력을 이용해 레르마 전쟁을 일으킨 선대 황제를 보았다. 그 이전의 선례들도 있었지. 우리의 능력으로 너무 많은 사람이 피를 흘렸다. 그러니 똑똑히 지켜 보거라, 베르데. 우리의 희생이 그만한 가치가 있었는지를.'

할아버지가 결연한 의지가 담긴 시선으로 잠든 조반니의 얼굴을 바라보았다. 아버지 역시 복받치는 감정으로 조반니를 보고는 결국 고개를 내렸다.]

아버지의 기억 속에서 빠져나와 내가 정신을 차린 건, 달도 외로운 오밤중이었다. 침대에 누워 있었고 아버지는 침대 옆에 의자를 끌어다 앉아 내 손을 잡고 계신 채 잠이 들어 계셨다. 닫힌 창문으로 스며드는 어스름한 달빛에 오한이 드는 밤이었다.

잠든 아버지의 숨결에 고단함이 묻어 있었다. 내 손을 부여 잡은 굳은살이 박인 손은 귀족의 손이라기엔 다소 거친 감이 있었다. 오랜 시간 집중을 해서 그런지 현기증이 났지만 나는 다시 아버지의 기억을 엿보기로 결심했다. 아니, 나는 그 기억을 반드시 봐야만 했다.

[다시 아버지의 기억 속을 헤집었다. '학자들의 밤'을 위해 떠났던 어머니가 축복의 탑에서 힐러프와 함께 돌아오셨다. 둘의 친분은 제법 대단해 보였다. 마치 회귀 전 아버지와 베론, 그리고 힐러프의 우정처럼 보이기도 했다. 사실 힐러프는 어머니가 좋아할 만한 여성상이었다. 아름다웠고 고귀했으며, 기품이 있었다. 어쩌면 엘쉬가는 힐러프를 빼닮았는지도 모르겠다.

힐러프와 짧지만 깊은 친분을 다진 어머니가 축복의 탑에 남아 있으려는 그녀를 설득해 메시리아 관광을 시켜 주기로 했단다. 그녀를 다시 마주한 아버지는 침잠한 기분으로 그녀를 보았지만, 당연히 그녀는 아버지를 알아보지 못하셨다. 그래서 새롭게 그녀와 인사를 나눈 아버지는 괴로워하셨고 서글퍼하셨다.

어머니는 그런 아버지의 감정 상태를 느끼곤 의아해하셨다. 그리고 이내 아버지가 힐러프에게 첫눈에 반한 것이라 지레짐작하셨다. 그래서 아버지와 힐러프가 따로 만날 수 있는 자리를 종종 만들었고 그러는 와중에 어머니는 아버지를 사랑하는 스스로의 감정을 깨달으셨다. 아버지는 눈치채지 못하셨지만, 아버지와 달리 그녀를 제삼자의 입장으로 바라보는 내 시선에서 다르게 느껴졌다. 어머니는 이미 아버지를 사랑하고 계셨다.

메시리아 관광을 마친 힐러프가 축복의 탑으로 돌아가는 날 아버지께 축복의 탑 관광을 제안했다. 어머니는 한 발자국 물러나 관조하셨고 아버지는 어떤 감정의 기복이 있었는지 제안을 승낙하셨다. 어머니는 황제의 부름으로 그 여행에 참여하지 못하셨고 아버지와 힐러프만이 축복의 탑행 마차에 오르게 되었다.

축복의 탑에서 아버지는 다시 새롭게 모든 인간관계를 형성하셨다. 회귀 전의 술 파티는 없었지만 다양하고 특별한 활동들을 했다. 학자들의 토론회에 참석하는 것은 물론 축복의 탑 원로들과 식사를 하러 다녔으며(정치적인 목적을 위해서였다), 고아원에서 봉사 활동을 하기도 했다.

그러던 와중에 프리제와의 마찰이 있었다. 축복의 탑에서 눈에 띄는 행보를 보이는 아버지에 대한 마땅치 않음이었다. 아버지는 쉬이 고향으로 돌아갈 기미를 보이지 않으셨고 그러던 와중 힐러프와의 스캔들이 불거졌다. 힐러프에 대한 집착과 열등감으로 똘똘 뭉친 프리제의 분노가 폭발한 순간이었다.

그는 이성을 잃고 메시리아의 귀족보다 비교적 다루기 쉬운 힐러프를 살해할 계략을 꾸리다가 아버지에게 낱낱이 들키고 말았다. 아버지는 그의 계략을 베르모토 교황께 밀고하는 것으로 조용히 상황을 마무리 지었고 프리제는 한동안 교황청의 눈치를 살펴야 했다.

아버지는 축복의 탑에 꽤 오래 머무셨다. 그러는 동안 아버지의 명성은 나날이 높아졌고 아버지는 그것을 정치적으로 이용하기 좋은 패라 여기셨다. 아버지는 과거와 달리 힐러프와 별다른 추억을 쌓지 않은 채 메시리아로 귀국했다.

그리고 에르만 황실에 내내 틀어박혀 있던 어머니는 달라져 있었다. 전에 없던 냉정함으로 아버지를 대하셨고 황제와 비밀 약혼을 했다 말했다. 아버지는 제법 충격을 받으셨다. 황제와 어머니와의 나이 차이를 떠나서 어머니가 보기와 달리 얼마나 감상적인 분이신지를 알고 계셨기 때문이다. 그런 어머니가 정치적인 입장을 들먹이는 다소 속물적인 귀족으로 변모해 있었다. 그러곤 아버지를 기피하셨고 힐러프의 편지에 답신을 보내지도 않을뿐더러, 편지 자체도 읽지 않으셨다.

아버지는 그런 어머니의 모습을 보며 속상해하셨지만, 그녀를 다시 변화시킬 별다른 방도를 찾지는 못하셨다.

그렇게 다시 1년이 지나고 아버지는 힐러프가 아이를 낳았다는 소식을 전해 들으셨다.

힐러프의 대부이자 판체트의 관주인 로보 란스테 의원이 보낸 서간에 적힌 소식이었다. 전에 축복의 탑에서 만나 내게 '판체트의 로보 란스테라고 합니다. 모르제 백작과는 연이 깊은 사이랍니다.'라고 하며, 자신을 아버지의 친우라고 소개하던 란스테 원로 의원의 얼굴이 떠올랐다. 이제 보니 그는 힐러프의 대부였고, 힐러프로 인해 아버지와 연이 닿아 친분을 쌓은 사람이었나 보다.

란스테 의원이 전하길 힐러프가 결혼도 하지 않고 아이를 낳았다는 것이다. 그리고 그 아이가 바로 오르베느트 엘쉬가였다. 그러고서 엘쉬가의 아버지가 교통사고로 즉사했다는 소식이 적혀 있었다.

아버지는 곧장 축복의 탑행 마차에 올랐다. 조문을 하기 위해서였는데 축복의 탑에선 당시 성대한 축제가 있던 탓에 프리제의 명령으로 장례를 치를 수 없게 되어 있었다. 그래서 대부분의 사람들이 힐러프에게 남편이 있었는지 그 남편이 작고했는지 알지 못했다. 그 사실을 아는 이는 이제 프리제, 아버지, 그리고 힐러프의 대부인 로보 란스테뿐이었다.

엘쉬가는 멜본의 저택에 위탁되어 프리제의 품으로 들어갔다. 힐러프가 거의 실성한 사이 프리제는 엘쉬가를 자신의 아이로 호적을 올렸다. 힐러프가 이를 알아차렸을 땐 이미 늦었었다. 축복의 탑 모든 이들에게 엘쉬가는 프리제의 딸이라는 인식이 심겨 있었다. 그 모든 과정을 한발 떨어져 축복의 탑에 머물며 아버지가 보았다.

아버지는 한동안 보르바체트에 머물며 병들어 가는 힐러프를 보살폈다. 그리고 어느 날은 보르바체트로 프리제가 찾아왔다. 엘쉬가를 빌미로 결혼을 제안한 것이다. 힐러프는 이를 거절했고 그녀를 권력으로 밀어붙여 납치하려는 프리제의 계략에 제지를 건 사람이 바로 아버지였다. 그날로 아버지는 힐러프의 대부인 로보 란스테를 보르바체트로 불러 그녀를 보살필 것을 부탁했다. 프리제를 경멸하는 부류에 속하던 란스테 의원은 아버지의 부탁을 흔쾌히 승낙했다. 프리제는 란스테 의원이 온다는 소식을 전해 듣고 다시 멜본의 저택으로 줄행랑을 쳤다. 아버지는 란스테 의원에게 힐러프를 맡긴 뒤 곧장 프리제를 쫓아 멜본의 저택으로 향했다.

멜본의 저택에선 프리제가 제국의 황녀 못지않은 재력을 과시하며 엘쉬가를 키우고 있었다. 그는 진심으로 엘쉬가를 사랑하는 것처럼 보였다. 그리고 그런 그에게 아버지가 경고했다.

'나는 당신의 사기극을 두 눈으로 똑똑히 보았습니다. 더는 당신의 기만을 좌시하지 않을 겁니다.'

그 말에 프리제는 코웃음을 쳤다. 아무리 아버지의 명성이 높아졌다 한들 프리제는 축복의 탑 지도자였고 아버지는 한낱 방문객에 불과했기 때문이다. 그렇게 매일같이 프리제와 실랑이를 벌이던 와중 메시리아로부터 서간이 날아왔다. 할머니의 필체로 쓰인 편지였다. 할아버지가 위독하다는 소식을 듣고 아버지는 떨어지지 않는 발걸음을 애써 떼어 모르제 영지로 돌아왔다.

병세가 깊어진 할아버지를 대신해 모르제 저택의 업무를 도맡아 처리하느라 세월의 흐름도 느끼지 못하고 아버지는 정신이 없으셨다. 그러던 중에 침실에서 일어나질 못하던 할아버지가 기력을 찾으시고 몸을 일으킬 수 있을 정도가 되었을 때 아버지를 불러 알 수 없는 말씀을 하셨다.

'베르데, 너는 달라도 된다.'

며칠 동안 밤을 지새워 업무 처리를 했던 아버지가 피곤한 얼굴로 할아버지를 보았다. 할아버지는 살이 빠져 피골이 상접한 몰골이었음에도 마음만은 평온한 얼굴이 되어 아버지를 보며 웃으셨다.

'네가 가진 힘은 오로지 널 위해서 쓰거라.'

'아니요.'

할아버지의 말에 아버지가 고개를 저었다.

'그 힘에 관해 아직도 알아낸 것은 없지만, 알아낸다 하더라도 달라지진 않아요. 그 힘은 죽을 때까지 사용하지 않을 겁니다. 이런 경험을 다시 하고 싶지 않아요. 절 위해서도 그 힘을 쓰는 날은 없을 겁니다.'

아버지의 단호한 말에 할아버지의 입가에 만족스러운 미소가 그려졌다.

'그렇다면 나는 네게 능력에 관한 무엇도 알려 주지 않을 생각

이란다. 잊어라.'

그렇게 대화는 끝이 났다. 할아버지의 병세가 호전되고 아버지가 메시리아 학교로 돌아갔을 때는 이미 주위 친우들이 모두 졸업한 뒤였다. 이미 졸업하고 헨더슨 상단을 운영하던 베론이 직접 찾아와 아버지에게 심심한 위로를 건넸다. 어머니의 소식은 쉬이 접할 수 없었고 그보다 빠르게 접한 건 힐러프의 소식이었다.

로보 란스테가 전한 서간엔 엘쉬가 어느덧 두 살이 되었고, 힐러프가 결국 프리제와 결혼하게 되었다는 충격적인 소식이 담겨 있었다.

그러나 뜻밖에도 가장 소식을 알기 어려웠던 어머니가 힐러프의 이야기를 전해 듣고 부리나케 아버지를 찾아왔다. 아닌 척해도 힐러프와 깊은 친분을 쌓았던 터라 늘 그녀가 마음에 걸렸다 했던 어머니였다.

그 해 아버지는 메시리아 학교를 졸업하셨고 어머니와 축복의 탑으로 향했다. 그러나 그들은 철통 보안으로 힐러프는 고사하고 프리제의 머리카락 한 올도 볼 수가 없었다. 아무리 애원해도 힐러프 역시 그들을 만나 주지 않았다. 결국 허탈하게 메시리아로 돌아온 아버지와 어머니가 호베른의 레스토랑에서 술잔을 기울이며 눈시울을 붉히다가 서로의 예상치 못한 모습에 웃음을 터뜨렸다. 그동안은 몰랐던 부분들을 알게 되며 새로워하다가 종래에는 특별한 감정이 서로의 가슴속에 싹트는 것을 느끼는 것 같았다.

'난 당신이 힐러프를 마음에 두고 있는 줄 알았어요.'

어머니의 말에 아버지가 머쓱한 얼굴로 웃으셨다.

'제가 오해를 살 만한 행동들을 많이 하긴 했죠.'

'그렇죠. 전부 오해를 살 만한 행동이었어요.'

어머니의 직설적인 대답에 아버지가 당황하시며 어쩔 줄 몰라 하자 어머니가 유쾌하게 웃으셨다. 어머니가 그렇게 밝고 명랑하게도 웃을 수 있는 분이란 걸 나는 처음 알았다. 젊은 시절의 어머니와 아버지란, 내겐 너무 낯선 모습임은 분명했다.

'힐러프는 프리제를 사랑해요. 또 연민하죠.'

어머니의 말에 아버지는 크게 놀라셨다. 경악하신 것도 같았다.

'그녀가 말하던가요?'

'아니요. 여자의 감이란 게 있어요.'

'별로 믿음직스러운 감은 아니로군요.'

아버지의 대답에 어머니가 날카로운 시선으로 아버지를 노려보았다. 그러자 아버지가 당황하며 진땀을 뺐다. 그리고 그 모습은 지금의 아버지, 어머니와 다르지 않은 모습이라 친근했다.

'힐러프를 마음에 두고 있는 것도 아니라면 왜 그렇게 그녀를 신경 쓰는 거죠?'

어머니의 물음에 아버지가 입을 다무셨다. 어머니는 직감적으로 아버지의 표정과 감정 상태를 파악했다. 무섭도록 예민하신 분이다. 어머니는 차분하고 냉정한 시선으로 단호하게 말했다.

'그게 무엇이든 과거의 잔상이라면 그쯤 하세요. 지나간 시간을 붙잡고 있는 것만큼 의미 없는 것도 없답니다.'

어머니는 어쩌면 아버지가 힐러프에게서 지나간 첫사랑의 모습을 찾는 건 아닐까, 오해를 하고 계셨다. 그러나 아버지는 다른 의미로 어머니의 말에 큰 깨달음을 얻으셨다. 아버지는 그 말에 충격을 받은 것도 같았다. 집착하고 있던 모든 사념으로부터 해방된 기분이라도 겪은 것처럼 감탄도 하셨다.

그리고 그 후로 어머니를 바라보는 아버지의 시선이 달라졌다. 어머니가 황제의 약혼자라는 사실을 아직 잊고 있지 않아 적극적으로 구애하는 일은 없었지만, 그들은 제법 설레고도 비밀스러운 관계로 발전해 갔다. 조반니 일곱 살 적에 그의 첫째 누이인 리노아 부인이 어머니에게 직접적으로 파혼할 것을 요구했다.

'모르제 백작 영식과의 관계를 압니다. 아버지는 이미 병세가 악화되셨고, 약혼 기간만 몇 년입니까. 영애의 나이도 있고 이대로 파혼을 요구한다 한들 세간의 비난 따위는 없을 겁니다.'

냉정한 말이었지만, 어머니는 홀가분한 기분으로 파혼을 신청했다. 어차피 그녀가 약혼자라는 사실도 세간에 알려지지 않았기에 파혼 역시 조용히 치러졌다. 그리고 마침내 어머니와 아버지가 결혼하셨다.

결혼 후, 바로 다음 해에 메르넨을 낳으셨고, 그 뒤로 아린느를 낳으셨다. 그러나 내 예상대로라면 내가 태어나기 한 해 전에 라미스가 태어났다는 소식을 아버지께서 전해 들으셨어야 한다. 그러나 축복의 탑 소식은 그 후로 발길이 끊겼고 내가 태어났다.

할아버지는 메르넨이 태어날 즈음 돌아가셨다. 아버지에게 할아버지가 돌아가시던 날의 기억이 가장 강렬했던 모양인지 그

부분이 가장 뚜렷하고 선명하고 디테일하게 보였다. 할아버지는 돌아가실 때까지 아버지 걱정을 하셨고 또 어머니 배 속에 있는 메르넨 걱정을 하셨다.

'사내아이만 아니면 된다.'

할아버지가 어머니와 아버지께 말했다. 그리고 끝끝내 아버지에게 파수꾼에 대한 이야기는 언급도 하지 않으셨다. 침대에 누워 눈이 감기는 순간까지도 사내아이는 안 된다며 외치던 할아버지의 집념이 통했던 탓일까.

첫째로 여아인 메르넨이 태어났고 둘째도 셋째도 여아였다. 아버지는 이어서 모르제 백작가를 물려받았다. 그리고 내가 태어나고 난 직후 할머니가 돌아가셨다. 내가 태어나고 36개월쯤 되었을 때, 죽어 가던 선대 황제가 어머니와 아버지를 부르셨다.

병세 지독한 와중에도 여자를 들여 황자를 보았던 사람이 바로 선대 황제였다. 그리고 그렇게 태어난 황자가 바로 로헨이다. 리노아 부인이 그토록 로헨을 좋아하지 않던 이유도 거기에 있었다. 로헨의 어머니는 정식으로 들인 황후도 아니었으며, 지방 출신의 보잘것없는 귀족 여인이었다. 종래엔 독살을 당했지만, 들기론 본래도 병을 달고 살 정도로 연약한 여자였다고 한다.

그리고 그런 선대 황제가 죽어 가던 병실에 어머니와 아버지를 부른 건, 정실로 들인 황후도 아니고 이름 없는 귀족 여인에게서 난 로헨을 보살펴 달라는 턱없는 부탁을 하기 위해서였다. 아버지껜 파수꾼 가문의 의무를 거들먹거리셨고 어머니껜 친우로서의 부탁을 하셨다. 아버지에게 '파수꾼 가문'은 금기어나 다름이 없었는데 선대 황제의 턱없고 무례한 요구를 승낙한 것은 뜻밖이었다. 그래서 그 해에 나와 로헨의 약혼식이 치러졌다. 선대 황제는 그 모습을 보고 편안히 눈을 감았다.

이어 황제 즉위식을 마친 조반니가 5년 뒤, 로헨을 와볼트로 유배시켰다. 로헨은 1년에 한 번, 황제의 생일에만 메시리아에 방문할 수 있었고, 그때마다 나와 함께 식사를 했다. 누가 보아도 난 사랑에 빠진 꼬맹이였다. 일곱 살 무렵부터 로헨을 좋아했으며, 그 후로 한 번도 그를 좋아하지 않은 적이 없었다. 그가 그 사이 와볼트에서 엘쉬가를 만나 사랑을 싹 틔우는 줄도 모르고 마냥 그를 좋아했다. 철없이. 내가 모르는 나의 모습, 내가 모르는 나의 과거는 생소했고 조금 역겹고 불쾌하기도 했다.

내가 열 살 적이었다. 로헨은 1년에 겨우 한 번 볼 수 있는 사람이었고, 그 때문에 그가 모르제 영지에 방문할 시기가 되면 설레서 잠도 설쳤다. 그리고 그날은 그에게 주겠다며, 마을에서 힘겹게 꽃을 꺾어 와 꽃다발을 만들었던 날이었다. 그가 메시리아에 방문할 때면 늘 와볼트의 기사들과 대동했는데, 그들은 양 갈래 머리를 하고 발그레한 뺨으로 해맑게 웃는 나를 귀여워했다. 기억하기로 당시는 로헨이 엘쉬가를 막 좋아하기 시작한 시기였다. 그래서였을까. 그는 고작 열 살 남짓 어린아이가 순수하게 내민 꽃다발에 담긴 약혼자라는 이름의 무게를 읽고 부담스러워했었다.

'전하께 드리려고 꽃을 꺾어 왔어요.'

로헨은 그저 곤란한 얼굴로 웃었다.

'꽃을 꺾는 건 좋지 않아요, 모르제 영애.'

'왜요?'

다시 되묻는 내 천진난만한 얼굴은 모르는 사람이 보아도 철이 없어 보였고 한심해 보였다. 아버지는 그저 한숨을 내쉬며 그 모습을 관조하셨고 로헨은 아버지를 흘끔 보고는 어색하게 웃었다.

'꽃도 살아 있는 생명체입니다. 모든 살아 있는 것을 아끼고 사랑해 주세요.'

그렇게 말하며 로헨은 다정하게 웃어 보였고 어린 나는 그 모습에 눈을 반짝이며 따라 웃었다.

'아이가 아직 어려 그렇습니다.'

가만히 지켜보던 아버지가 말하자 로헨은 잠시 생각하는 얼굴로 말을 곱씹다가 곧 어린 나를 돌아봤다.

'엘쉬가라면 그녀에게 더 좋은 말과 조언을 해 줬을 것 같은데 전 그녀처럼 화술에 능하지 못해 영애께 도움이 되질 못하는군요.'

로헨의 말에 아버지는 의문을 느끼고 고개를 갸웃하셨다.

'실례지만, 전하. 엘쉬가는 누구입니까?'

아버지의 물음에 로헨이 정말 처음 보는 미소로 환하고 사랑스럽게 미소 지었다.

'오르베느트 엘쉬가. 축복의 탑 출신이자 와볼트에서 사귄 제 친우입니다.'

그리고 아버지는 그때부터 이미 예견하셨다. 내가 아무리 그를 좋아해도 그가 나를 돌아보는 일 따윈 없을 거란 걸.

반대로 조반니는 내가 로헨을 좋아하는 걸 재미있어 했다. 그는 로헨이 나를 좋아하지 않는다는 사실을 알았다. 그리고 조반니가 로헨을 견제할 것을 예견한 선대 황제가 파수꾼 가문을 약혼자로 지목했다는 사실도 조반니는 알았다. 그러면서도 나를 전혀 개의치 않았던 사람 역시 조반니였다. 그 해에 조반니가 로헨과 약혼한 나에 대한 호기심을 품었다. 그래서 아버지에게 나를 보고 싶다 했고 아버지는 나를 데리고 에르만 황실에 입궁했다. 그때 난 처음으로 황실에 발을 들여 보았다.

'이 아이가 바로 그 아이로군.'

조반니는 제 나이도 어리면서 나를 꼬맹이 취급했다. 아버지가 어색하게 웃으며 고개를 끄덕였다.

'맞습니다, 볼티드 라르메 전하와 약혼한 아이가 모르제 가문의 세 여아 중 막내인, 이 아이랍니다.'

'이름이.'

'뮈젤 클라베 로랑 모르제입니다.'

조반니의 말에 어린 내가 또박또박 대답했다. 그러자 조반니가 흥미로운 시선으로 나를 보았다.

'너한테 묻지 않았다. 버릇이 없군.'

조반니의 냉랭한 대답에 아버지가 허리 숙여 사죄를 올렸으나 어린 나는 불만 가득한 얼굴로 조반니를 노려보았다.

'폐하께서도 어릴 적엔 버릇이 없으셨다 들었습니다.'

'뮈젤, 그게 무슨 말버릇이냐!'

'푸하하하하하하.'

조반니가 그렇게 해맑게 웃는 모습은 결단코 처음 본다. 아버지는 내 걱정으로 진노하시며 나를 책망하셨고 어린 조반니는 재미있다며 혼내는 아버지를 말렸다.

'재미있는 아이니 종종 내 말 상대로 에르만에 들르면 좋겠군.'

조반니의 그 한마디로 인해 내게 혹독한 예절 교육의 문이 열렸다. 덕분에 로헨의 앞에서 험한 꼴은 안 보였지만 종종 조반니에게 비웃음을 당했다.

'대체 몇 살인데 아직 예절이 그 모양이냐.'

티타임 중에 난데없이 조반니가 나를 책망했고 열두 살의 어린 내가 투덜거렸다.

'레나타보다는 제가 낫습니다.'

그 말에 할 말이 없었는지 조반니가 입을 다물었다. 아버지는 이미 내 말버릇 따위는 해탈한 사람처럼 그저 사람 좋게 웃었다. 웃음으로 내 무례를 무마해 보려는 속셈이었지만, 조반니는 아버지에겐 눈길조차 주지 않으셨다.

때마침 레나타가 문을 박차고 들어왔다. 그녀는 잔뜩 기대에 부푼 얼굴로 머리에 화관을 쓰고 들어왔다. 조반니를 보며 눈을 반짝이는 게 오늘 예쁘다는 소리를 듣지 못하면 집으로 돌아가지 않을 기세다. 조반니가 단번에 피곤한 얼굴을 했고 레나타가 나를 밀어내며 조반니의 맞은편에 앉았다. 결국 구석으로 밀려나 앉은 내가 투덜거리며 차를 마시자 선심 쓰듯 레나타가 내게 화관 하나를 던져 주었다.

'너도 볼티드 라르메 전하께 잘 보이고 싶으면 그걸 쓰고 가렴.'

'이걸 쓰면 예뻐 보일 수 있는 거야?'

어린 내가 되묻자 조반니가 헛웃음을 터트리며 우리를 잔뜩 비웃었다.

'말 같지도 않은 소리 집어치우고 화관 내려놓아라. 둘 다 꽃하곤 어울리지 않는다.'

레나타는 울음을 터트렸고 나는 다시 구시렁대며 화관을 레나타 얼굴에 던졌다. 그때까지만 해도 모두가 어렸다. 그리고 그제야 난 회귀 전에 내가 조반니와 레나타와 오랜 우정을 쌓은 친우였다는 사실을 알게 되었다. 레나타는 오래전 선대 황제가 점찍은 조반니의 짝이었고 그 사이에 난 로헨으로 인해 둘과 친해진 케이스였다.

한두 해가 지나고 조반니와 레나타, 그리고 내 관계도 생각보다 깊어질 즈음에 로헨이 엘쉬가를 데리고 메시리아에 나타났다. 때는 조반니의 생일을 일주일 앞둔 시기였다. 로헨이 엘쉬가와 한 쌍처럼 붙어 다닌다는 이야기에 내가 울며불며 아버지께 떼를 썼다. 어떻게든 그 둘을 떼어 내 달라는 말도 안 되는 패악을 부렸고 그런 나를 예나 지금이나 메르넨이 철없다며 경멸했다.

조반니는 기본적으로 로헨을 좋아하지 않았다. 그는 꼭 메르넨이 내게 하는 것처럼 로헨의 철없음을 경멸한다 말했다. 그의 감정적인 판단에 저는 어쩔 수 없이 와볼트에 전쟁을 선포해야 한다 말했다. 그 점은 내가 알던 것과 달랐다. 전쟁을 원하던 사람은 처음부터 조반니라고 여겼던 내 판단이 틀렸던 모양이다. 조반니는 로헨 때문에 어쩔 수 없이 전쟁을 택했다. 그리고 귀신처럼 그의 마음을 파악한 엘쉬가 적절하게 그를 위로했다.

'그녀가 신경 쓰이는 건 사실이다.'

조반니가 아버지에게 말했다. 아버지는 그 점을 마뜩지 않아 하셨다.

'황후는 메시리아인이어야 합니다, 폐하. 볼티드 라르메 전하 측 세력을 삼분하기 위해선 그래야 합니다. 아시잖습니까.'

'자넨 그게 레나타라 말하고 싶은 거군.'

조반니의 말에 아버지가 입을 다무셨다. 그러자 조반니가 한쪽 입꼬리를 올려 웃었다.

'난 차라리 뮈젤이라면 괜찮을 것 같은데 말이야.'

'예?'

아버지의 놀란 반문에 조반니가 호쾌하게 웃었다.

'요새 로헨 덕분에 철이 들었지 않나.'

'하지만 뮈젤이 라르메 전하를 사랑하는 감정은 철없는 어린아이의 풋내기 사랑이 아닙니다. 그 아이를 얕보지 마십시오.'

'그래, 상사병이 중증이란 건 잘 안다.'

그 말에 이번엔 아버지가 할 말을 잃고 입을 다무셨다.

'자네도 알겠지만, 레나타는 황후에 어울리는 아이가 아니다. 뮈젤은 다른 남자한테 빠져 있고 말이야. 반면에 오르베느트 엘쉬가는 똑똑하고 매력 있는 여자지.'

'뮈젤이 라르메 전하를 사모한다 하지만, 라르메 전하가 사랑하는 여인은 뮈젤이 아닙니다. 폐하, 그가 사랑하는 여인은 오르베느트 엘쉬가죠. 동생의 연인을 빼앗으시겠다는 말입니까? 선택지가 그 셋뿐인 건 아니지 않습니까? 왜 이리 극단적이십

니까!'

아버지의 말에 조반니가 짜증스러운 얼굴로 두 손을 들었다.

'난 복잡한 게 싫네. 그렇다고 마음에도 없는 여자랑 메시리아의 장래를 논하긴 더더욱 싫다. 이래도 안 되고 저래도 안 되고, 난 그냥 내 하고 싶은 대로 하겠네!'

그래서 조반니가 택한 사람이 결국은 엘쉬가였다. 그는 엘쉬가를 극진히 모시는 한편 로헨을 홀대했고 그 사이를 파고들어 로헨을 위로한 사람은 다름 아닌 회귀 전의 나였다. 로헨을 사랑하는 뮈젤은 내가 보아도 낯선 내 모습이었다. 그러나 내 표정만 보아도 단번에 느낄 수 있는 것들은 있었다. 내가 얼마나 마음 깊이 로헨을 사랑하고 생각했었는지. 그 마음이 심연처럼 깊고 아득한 사랑이라 쉬이 부서지지도 않는 감정이었음을. 로헨이 단 한 번도 나를 본 적이 없었음에도 오롯이 그만 바라보는 지독한 사랑이었다. 로헨은 저를 바라보지 않는 엘쉬가를 사랑하는 외로운 사랑이었고, 우리의 외사랑이 결국에는 조반니마저 감탄시킬 정도였다.]

다시금 내가 깨어났을 때 아버지는 깨어 계셨다. 내가 어떤 계기로 로헨을 사랑하게 되었는지 아버지는 짐작하지 못하셨지만 나는 알았다. 다정하고 따뜻한 황족을 처음 만났었다. 어린 로헨은 첫 만남에서부터 신사적이었고 미소가 예쁘다고 생각될 정도로 자주 웃었다. 그래서 호감이 생겼고, 만남을 거듭할수록 그 감정은 차곡차곡 쌓여 갔다.

결정적으로 내가 그를 좋아하게 된 건, 내가 감기에 걸렸다는 소식을 듣고 단번에 모르제 영지로 달려온 그의 태도에 있었다. 그는 온갖 몸에 좋은 약들을 챙겨 와 나를 직접 간병했다. 메시리아에 있는 짧은 시간이 그에게 얼마나 소중한지를 알기에 더 고마웠고 감동했다. 그래서 그가 나를 사랑한다고 착각했던 모양이다. 나는 그 일을 계기로 사랑이라는 감정을 점차 알아 가기 시작했다. 로헨은 와볼트로 유배된 이후로도 종종 그렇게 나를 감동시킬 만한 이벤트를 많이 했다. 그리고 그런 행동들이 그가 나를 '이성'으로 느끼고 있어서가 아니라 약혼자에 대한 '의무' 때문이었단 사실을 알게 되기까지는 한참이 걸렸다.

"좀 더 남은 모양이구나."

아버지의 물음에 그제야 상념에서 벗어난 내가 고개를 들었다. 침대 옆 협탁 위에는 식어 가는 스튜와 빵이 놓여 있었다. 아버지가 웃으며 내게 스튜를 가리켰다.

"힘을 쓰느라 기력이 없을 터인데, 식사라도 하는 게 어떻겠느냐."

그 말에 내가 고개를 끄덕이자 아버지가 웃으셨다. 나는 침대에 앉은 채로 쟁반 위에 놓인 스튜를 스푼으로 떠먹으며 아버지를 보았다.

"볼티드 라르메 전하께선……."

말을 하다 말고 목이 멨다. 그의 이름을 꺼내는 것조차 이젠 버거웠다. 아버지는 그 이유를 안다는 얼굴로 한숨을 쉬셨다.

"아직 저택에 머무신다. 너와 할 이야기가 있다더구나. 너와 이야기를 나누기 전엔 떠나지 않으실 모양이다."

나는 괴로운 얼굴로 인상을 찌푸렸다.

"과거를 전부 보고 난 뒤라면 더더욱 전하의 얼굴을 뵐 수 없을 것 같아요."

내 대답에 아버지가 고개를 끄덕이셨다.

"네가 원하지 않는다면 구태여 만날 필요 없다. 시간이 흐르면 지쳐 먼저 돌아가시겠지."

아버지의 대답에 나는 다소 안심하곤 마저 식사를 끝마쳤다. 식기구를 모두 치운 아버지가 다시금 내 손을 잡으셨다.

"네가 원한다면 언제든지 시작하거라."

아버지의 말에 나는 고개를 끄덕이고는 곧장 눈을 감았다.

[조반니가 엘쉬가와 함께하는 시간은 점점 많아졌고 그럴수록 엘쉬가에 대한 그의 호감도가 높아졌다. 그러는 사이 네바다 귀족들이 로헨을 앞세워 정치 판도를 뒤집을 계략을 꾸리고 있었다. 거기까진 내가 알던 소설 ≪메시리아≫와는 전개가 같았다. 그리고 조반니는 그 모든 걸 미리 예견한 사람처럼 태연했다. 그는 로헨이 엘쉬가를 따라 유배지를 벗어난 것으로 이미 전쟁은 피할 수 없다는 사실을 염두에 두고 있었다. 회귀 전의 조반니는 예상을 벗어나지 않고 여지없는 황제의 모습으로 메시리아에 군림했다. 조반니는 그가 아닌 황제는 생각해 볼 수 없을 정도로 황제의 자리에 완벽한 인사였다.

그는 메시리아의 황제로서 로헨이 유배지를 벗어난 것에 대한 책임을 와볼트의 황제에게 물어야 했다. 그리고 그걸 구실 삼아 레르마와 경계를 두고 있는 주변 거점 지역들을 모조리 흡수할 생각이었다. 그러기 위해선 다시 전쟁을 해야 했다. 조반니는 로헨이 유배지를 벗어나지 않았더라면 애초 '전쟁'까진 생각하지 않았을 거라고 말했다. 과연 그 말이 어디까지 사실인지는 알 수 없지만.

당시 내 나이가 열여섯이었다. 한번은 메르넨이 아버지를 따로 불러 나에 대한 이야기를 꺼냈다. 회귀 전의 메르넨에게 약혼자가 있었다. 그리고 메르넨은 결혼 준비로 바쁜 와중에도 내게 잔소리하기와 간섭하기를 멈추지 않았다. 그 시절의 어머니는 막내인 나를 귀애하셨고 예뻐하기만 하셨기에 메르넨이 어머니 대신 악인이 되어 내게 엄하게 굴었던 것 같다.

'아버지, 전 뮈젤이 걱정됩니다.'

메르넨이 아버지에게 말했다.

'저 망나니 같은 녀석이 지금이라도 라르메 전하를 따라 전장에 나가겠다고 성화를 부릴 것만 같아서……'

그녀의 말에 아버지는 별다른 반박을 하지 않으셨다. 외려 수긍하며 난색을 보이셨다. 아버지가 보기에도 난 위험한 상태였다. 지금 내가 보기에도 불안정해 보이는데 아버지가 보기엔 오죽하셨을까. 당시의 나는 레나타가 엘쉬가를 괴롭힐 때 은근슬쩍 그녀를 도와주는 것은 물론, 로헨의 뒤를 쫓아다니며 그를 보좌하고 심하게는 정권 판도를 뒤집을 기회만을 노리고 있는 네바다의 귀족들과 로헨이 만날 수 있도록 도와주기도 했다.

그런 판국이니 조반니 눈엔 내가 얼마나 한심하고 위태로워 보였을까 말하지 않아도 알 만했다. 보다 못한 그가 망아지처럼 날뛰는 나를 불러 자중하라고 말할 정도였다. 물론 그의 말을 내가 곱게 들은 적은 없었다. 오죽했으면 조반니가 아버지를 불러 나를 말리라고 부탁을 했을까.

'뮈젤 말일세. 저대로 가다간 로헨 녀석과 엮여. 그게 무슨 의미인 줄 자넨 알지 않은가?'

현재의 조반니는 귀밑으로 내려오는 짧은 금발이지만, 회귀 전의 그는 허리까지 내려오는 긴 금발이었다. 그래서 늘 머리를 뒤로 묶고 다녔는데 그게 또 차분하고 매서워 보이는 인상에 단단히 한몫을 차지했다. 그가 날카롭게 치켜뜬 눈으로 아버지를 노려보자 아버지는 피곤한 기색을 보이며 고개를 끄덕였다.

'철이 들어서 얌전해지긴 했는데 고집이 쇠심줄이야. 세상 물정을 모르는 아이란 말일세.'

조반니는 마치 딸을 부탁하는 아버지 같은 모습이었다. 그 말을 듣고 있던 진짜 아버지는 황당해하는 눈치셨지만, 조반니는 아랑곳하지 않았다.

'이번 전쟁에서 로헨을 최전방으로 배치할 걸세. 무슨 뜻인지 알겠나? 제발 뮈젤 좀 잘 다독이게.'

아버지는 조금 불쾌한 태도로 조반니를 보았다. 아버지는 조반니가 나를 걱정하는 게 기분 나쁜 게 아니었다. 조금 더 깊고 높은 차원의 불쾌감이었다.

'전 뮈젤의 아비입니다. 누구보다 그 아일 아끼고 사랑하고 위합니다. 제가 그 아이에게 해가 되는 일을 가만 볼 거라 생각하십니까? 전 외려 폐하께서 이렇게까지 뮈젤을 신경 쓰는 이유를 모르겠군요.'

조반니가 움직임을 멈췄다. 그는 응접실 내부에 가만히 앉아 있다가 느릿한 시선으로 아버지의 눈을 마주했다. 냉기가 가득 실린 그의 날 선 시선이 매서웠다.

'내가 왜 이러는 줄 모른다고? 가장 가까이서 지켜본 인사가 바로 자넨데?'

그렇게 되묻는 얼굴도 차가웠다. 그러나 난 보았다. 그의 시린 눈동자에 순간적으로 불꽃이 튀어 오르는 것을. 누군가를 한 번도 사랑해 본 적 없는 사람처럼 메마른 장작 같던 인사가 바로 조반니였다. 그랬던 그의 감정이 뜨거운 잿더미가 내려앉아 불이 붙은 듯 화들짝 타올랐다. 쉽게 타오르고 이성을 되찾아 냉정하게 꺼진 불빛이지만 나는 이미 보았다. 그의 메마른 나뭇가지에 불이 붙는 것을.

'황후로 적합한 여자는 레나타지만, 완벽한 황후의 자질을 갖춘 여자는 엘쉬가야. 하지만 내가 진짜 원하는 사람이 누구였는지 자네는 알지 않나, 모르제 백.'

'……주위 눈이 많습니다. 거두실 것이 아니라면 뮈젤에 대한 신경은 그쯤 써 주셔도 충분합니다.'

아버지의 말에 조반니가 짜증스러운 얼굴로 입을 다물었다. 그리고 그제야 난 아버지가 그렇게 화를 내는 이유를 알았다. 아버지는 조반니의 애매한 태도에 화가 난 것이다. 그가 말한 '진짜 원하는 짝'이 누구인진 알 수 없지만, 이제 와 제삼자의 입장으로 상황의 전말을 살펴보고 있자니 조반니가 이해되지 않는 것도 아니었다. 그는 누구보다 냉정해야 하는 '황제'였다. 선대 황제가 마무리했다고 하나 전쟁의 잔재를 정리해야 하는 건 모두 조반니의 몫이었다. 그 부담감은 감히 내가 생각할 수 있는 종류의 것이 아니다.

'그래, 자네 의견 잘 알겠어. 예나 지금이나 변함이 없군그래.'

조반니의 말에도 아버지는 아랑곳하지 않았다. 그 이후로도 조반니는 나를 따로 불러 로헨을 그만 포기하라며 설득하다가, 끝에는 폭언을 하기도 했다. 아버지의 기억이라 나를 따로 불러 뭐라고 했는지는 모르겠지만 내가 조반니를 만나고 올 때면 늘 내 표정이 좋지 않았다. 아버지는 조반니의 부름이 반복되면서 좋지 못한 예감을 느끼셨는지 부쩍 서재를 뒤적이는 일이 많았다. 파수꾼 가문의 무언가를 찾는 것처럼 보이기도 했다.

그러던 중에 조반니가 다시금 아버지를 따로 불렀을 땐 예상치 못한 말을 꺼냈다.

'자넨 이게 뭔지 알고 있나?'

조반니가 자신의 팔목을 걷어 팔뚝에 박힌 점을 보여 줬다. 특별한 문양이 그려진 것은 아니었지만, 그냥 점이라고 하기엔 색이 붉었다. 그가 아버지에게 그 점을 보여 주는 의도가 무얼까. 아버지의 기억이라 표정을 읽을 순 없지만 의아해하는 기색은 느껴졌다. 당시는 조반니가 와볼트에 개전을 선포하기 이틀 전이었다. 상황의 긴박함을 알고 있기에 아버지는 조반니가 그를 불러 그 말을 하는 의도를 더더욱 파악하지 못했다.

'모르겠습니다.'

그러자 조반니의 표정이 괴상하게 변했다. 그는 의자에 등을 기대고 앉아 실망한 얼굴로 아버지를 보았다.

'자넨 파수꾼 가문의 후계가 아니었나?'

'말씀의 의도를 모르겠습니다.'

아버지의 말에 조반니가 아버지를 가늠하는 눈초리로 눈을 가늘게 뜨고 노려보았다.

'표식이지 않나. 자네들이 파수꾼 가문의 힘을 사용한 표식.'

그 말에 아버지는 크게 놀라신 듯했다. 아버지가 혼란스러워하며 대답하지 못하자 한참 동안 그 모습을 지켜보던 조반니가 크게 웃음을 터트렸다.

'농담이었네. 표식 같은 건 없어.'

그 말에도 아버지는 웃지 않았다. 조반니가 아버지를 시험했다는 사실을 알았기 때문이다. 그리고 그제야 조반니가 개전 선포 이틀 전에 아버지를 불러 능력에 관한 이야기를 꺼낸 의도를 알았다. 그는 전쟁을 구실 삼아 파수꾼의 능력을 휘두를 생각이었다. 그 생각에 나는 앞서 울컥 눈물이 날 것만 같았다. 회귀 후 힘들어하던 아버지를 안다. 그렇기 때문에 예견된 또 한 번의 회귀가 생각나 눈물이 날 것 같았다. 그 고통을 지켜보지 않은 사람은 아마 모를 것이다. 나 역시 그 모습을 보았다 해서 그 고통의 깊이를 전부 알 순 없을 것이다.

조반니는 곧 웃음을 멈추고는 서늘한 얼굴로 어깨를 으쓱였다.

'파수꾼이 파수꾼의 능력을 모르다니. 이젠 그 능력을 쓰지 못하는가?'

'능력에 관해 아십니까.'

그러자 조반니가 웃었다.

'자네들이 과거로 시간을 돌릴 수 있는 능력 말인가?'

그리고 그 말에 충격을 받은 건 아버지가 아니라 나였다.

'파수꾼이 어떤 역할을 하고 있는지는 모르시는군요.'라는 내 물음에 '룰이다, 파수꾼 가문에 관여하지 않는 건. 너희는 메시리아의 그림자이자 기둥 아니냐. 너희 족속들은 한 번도 세간에 드러나 주목받는 것을 원한 적 없었지.'라고 대답했던 조반니를 기억하기 때문이다. 하지만 돌이켜 생각해 보면 그것 또한 애매한 대답이다. 따지고 보면 내가 '파수꾼의 역할'에 대한 질문을 했고 그것에 대한 대답이 '룰'이라는 것이었으니, 그가 정확히 파수꾼의 능력을 모른다고 말한 건 아니었다.

'알고 계시는군요.'

아버지의 덤덤한 대답에 조반니가 턱을 괴었다.

'자네도 그 능력에 관한 건 알고 있군?'

'선대 모르제 백작께서 그 능력을 어떻게 사용했는지 아십니까?'

아버지의 물음에 조반니가 눈을 반짝였다. 결론적으로 그가 바라던 대화의 흐름이었던가 보다. 아버지는 해탈에 가까운 웃음을 터트리셨다. 그 웃음소리는 마지막엔 거의 울음소리처럼 들리기도 했다.

'황제 폐하를 위해 사용했습니다.'

모르제 가문의 선대 백작들이 시간을 돌린 세월을 전부 합친다면 모르제는 메시리아의 역사보다 수십 년은 앞선 세월을 살고 있다고 말할 수 있을 것이다. 아버지가 웬만한 일에는 화조차 내지 않으셨던 건 본래 아버지의 성격이라기보다는 가문의 능력에 관한 영향이 더 컸던 건 아니었을까?

'아버님을 지칭하는 건가?'

'아니요.'

아버지의 말에 테이블 위로 손가락을 까딱거리던 조반니의 손짓이 멎었다. 그는 믿을 수 없다는 얼굴로 아버지의 얼굴을 노려보았다.

'나를 말하는 건가?'

그러자 아버지가 고개를 끄덕였다.

'네. 폐하께선 한 번 작고하신 적이 있습니다.'

그리고 그 말에 지은 조반니의 표정은 대단했다. 내가 본 적도 상상할 수도 없는 그의 표정이었다. 동요하는 조반니라니.

'내가 그 말을 믿어야 하나?'

조반니의 질문에 아버지는 황당해하셨다. 생각을 거치지 않은 질문이란 느낌이 들었기 때문이다. 조반니는 제가 뭐라고 질문했는지조차 인지 못 할 것이다. 아버지는 잠시 창밖을 내다보시며 시간을 확인하셨다. 때마침 응접실 문밖으로 다음 일정을 재촉하는 의전관의 목소리가 들려왔다. 아버지는 느릿한 동작으로 이마를 매만지며 물었다.

'안 믿으시겠습니까?'

아버지의 황당하단 물음에 조반니가 입을 다물었다. 그러고 한참이 지났다. 조반니는 인상을 찌푸린 채 아버지가 앞에 앉아 있다는 사실마저 잊은 듯이 생각에 잠겨 있었다. 그러자 아버지는 한결 차분해진 듯 식은 찻잔을 기울여 차를 홀짝였다. 때마침 시녀들이 들어와 새 차로 내오고 아버지가 따끈한 차를 다시 마실 때도 조반니는 고개를 들지 않았다.

'폐하께선 독살당하셨습니다.'

아버지의 조용하지만 힘 있는 음성에 조반니가 그제야 고개를 들었다.

'내가? 대체 언제?'

'폐하께서 태어나신 지 다섯 해 되는 무렵이었습니다.'

그 말에 조반니가 험악하게 인상을 썼다.

'다섯 살이라. 그땐 로헨도 태어나기 전일 텐데?'

'볼티드 라르메 전하를 낳으신 귀부인이 이름 없는 지방 귀족으로 알려져 있지만, 방계 쪽으로 얽힌 가문에 판델만 후작가가 있습니다.'

'그 여자가 남아를 낳을지 여아를 낳을지 어찌 알고?'

'태어나는 아이의 성별은 그들에게 중요치 않았을 겁니다.'

'내 누이들은 아예 배제했군.'

'레나 부인께선 어릴 적부터 몸이 약하셨고 리노아 부인은 일찍이 아이를 낳을 수 없는 몸이 되셨으니까요.'

조반니와 그의 누이들, 그러니까 레나 부인과 리노아 부인은 조반니와 나이 차이가 제법 많이 났으니 그럴 만도 했다. 조반니는 혼란에 혼란을 거듭한 얼굴이었다. 아버지에게 파수꾼 가문의 능력을 저를 위해 써 달라 부탁하려다가 이미 제가 능력을 써 먹었다는 걸 알아 버린 것만 같은 얼굴이다.

'선대에 선대로부터 전해 듣기로 파수꾼 가문의 능력은 일생에 단 한 번 사용할 수 있다고 들었다.'

'그렇습니다. 선대 모르제 백작께서 폐하를 위해 그 능력을 사용하셨고, 제 능력은 아직 유효합니다.'

아버지는 들키기 싫은 비밀을 들킨 사람처럼 떨떠름하게 자신의 능력은 아직 남았다고 보고했다. 하지만 그럼에도 조반니의 안색은 나아질 기미가 없었다.

'그래, 고맙네. 그 말은.'

조반니가 잠시 말을 끊고는 한숨을 뱉었다.

'그 말은 꼭 해야 할 것 같군. 고맙네.'

아버지는 조반니의 감사 인사를 듣고 무겁게 침묵했다. 그리고 조반니는 한동안 나와 아버지를 따로 부르지 않았다. 그리고 이제 문제는 나였다. 아버지의 신경은 온통 내게로 쏠려 있었다. 아버지가 아침에 눈을 뜨시면 제일 먼저 찾는 사람이 나였다. 나중엔 어머니도 걱정하실 정도로 내 행동이 대범해졌다. 로헨을 따라갈 요량으로 신분을 숨긴 채, 의무병 지원서를 황실에 제출하려다가 아버지께 걸려 된통 혼이 나고 거의 한 달가량을 모르제 저택 내에 갇혀 있기도 했었다.

'전쟁 참여 지원? 간호 병력? 네가? 그게 가당키나 하더냐?'

그 소식을 전해 들은 조반니가 잔뜩 열이 받은 얼굴로 내게 소리를 질렀다. 과거나 지금이나, 회귀 전이나 현재나 조반니가 내게 소리를 지른 적은 결단코 그때가 처음인 듯했다. 그가 붉어진 얼굴로 어처구니없다는 듯이 내게 외쳤다.

'멍청하게 구는 것도 정도껏이어야지 참아 넘길 것 아니냐! 대체 내가 너를 두고 어디까지 인내해야 해!'

내가 놀라서 울먹이자 그제야 화를 누그러트린 조반니가 한숨을 내쉬며 소파에 앉았다. 외출 금지령이 풀리자마자 아침 댓바람부터 나와 아버지를 에르만 황실로 불러들인 조반니가 제 집무실에서 내게 소리를 지른 것이다. 그러니 내가 놀랄 수밖에.

당시의 나는 조반니의 심중을 헤아릴 수도, 헤아리고 싶은 마음도 없어 보였다. 그가 정말 엘쉬가를 좋아했던 게 아니라면 그가 좋아한다는 그 여자는 누구였을까? 당시의 내 눈에는 그가 정말로 누구에게 관심이 있는지, 엘쉬가에게 마음이 있는지 없는지 따위는 관심이 없어 보였다. 한심할 정도로 로헨만 바라보는 여자, 그게 바로 나였다.

'모르제 백작이 제출서가 넘어가기 직전에 발견했으니 천만다행이지, 아니었으면 넌 지금 나와 백작이 어찌할 새도 없이 그 잔혹한 전쟁터 한가운데에 있었다!'

그러자 울먹거리던 내가 두 눈을 동그랗게 뜨고 조반니를 노려보았다.

'제가 괜찮다는데 다들 왜 그러시나요? 제발 절 좀 내버려 두세요!'

마치 사춘기 딸내미의 반항을 처음 목격한 아버지처럼 조반니가 충격 받은 표정으로 나를 보았다. 그리고 그는 정말로 내게 화가 난 것처럼 보이기도, 실망을 한 것처럼 보이기도, 상처를 입은 것처럼 보이기도 했다.

'내가 널 죽게 놔두란 말이냐? 그래?'

'이렇게 간섭하실 거라면 그냥 죽게 두세요! 폐하께선 그렇게 사랑하시는 오르베느트 엘쉬가에게나 신경 쓰시지 그러세요!'

'뮈젤! 네가 미쳤구나! 죄송합니다, 폐하!'

결국 난 아버지께 등짝을 맞았다. 그리고 대화가 안 통하는 나를 보며 조반니는 화병 난 얼굴로 뒷목을 잡고 고개를 뒤로 젖혀 한숨을 내쉬었다. 그는 소파에 앉아 아버지와 나를 향해 손짓했다. 서 있지만 말고 앞에 앉으라는 뜻이다. 나는 그처럼 이성적인 남자를 본 적도 없는 것 같다. 그는 분노로 일그러진 얼굴을 하고도 제 감정대로 우리를 내쫓지 않았다.

'모르제 백.'

'예, 폐하.'

조반니의 나직한 음성에 아버지가 정중하게 대답했다. 내가 보았던 아버지의 모습 중에 이처럼 피곤해 보이는 그를 본 적이 없는 것 같다. 아버지 옆자리에 앉은 나는 대체 무슨 생각을 하는지 고개를 숙이고 그저 곱게 모은 두 손을 파르르 떨고 있었다.

'난 전쟁을 무를 생각이 없어. 로헨을 선처해 줄 생각도 없다. 그 녀석은 자신이 저지른 일에 책임을 져야지. 그게 뭘 의미하는지 알겠나?'

조반니의 말에 아버지가 대답 없이 고개를 끄덕이셨다. 그러자 조반니가 고뇌하는 얼굴로 옆에 앉은 내 얼굴을 흘끔 보았다.

'뮈젤은 내 사람이야. 계속 이런 식이면 에르만 황실에 강제로라도 묶어 둘 거다. 그게 싫다면 자네 선에서 잘 달래게. 제발, 모든 게 끝날 때까지만이네.'

그리고 가만히 그들의 대화를 듣던 내가 결국 다시 입을 열었다.

'폐하께서 라르메 전하께 뭐라고 하셨는지 다 알아요. 그를 죽이겠다고 하셨죠. 협박도 하셨고요.'

'뮈젤!'

내 말에 아버지가 기겁하셨다. 하지만 아랑곳없이 내가 차분하게 말을 이었다.

'오르베느트 엘쉬가를 포기하고 와볼트로 돌아가거나 그도 아니라면 전쟁터에서 죽으라고 하신 것 압니다. 그리고 그걸 무를 생각이 전혀 없으신 폐하의 의지도 알아요. 그 외로운 분에게 어찌 다들 이렇게 냉혹하신지 모르겠어요. 차라리 저도 죽여 주세요. 저도 라르메 전하를 따라 죽겠습니다.'

그때 아버지가 내 뺨을 때리셨다. 그리고 나는 아버지의 손이 부들부들 떨리는 것을 보았다. 아버지는 울고 계셨다. 정말로 난 남자에 미쳐 아무것도 보이지 않는 멍청이였던 걸까. 과거의 내 모습은 보면 볼수록 부끄럽고 한심했다. 처음 보는 아버지의 울음에 지켜보는 나도 가슴에 멍울이 져 보깨고 있는 것처럼 무겁고 미어져 너무 아팠다.

그리고 이야기를 듣던 조반니는 다른 의미로 충격을 받은 얼굴이었다.

'네가 그걸 어찌 아느냐?'

조반니의 물음에 내가 붉어진 뺨을 부여잡고 그를 보았다. 눈물이 그렁그렁 맺혀 있는 초록빛 눈동자가 애처로웠다. 나를 바라보는 아버지의 마음도 함께 찢어지는지 가슴을 부여잡으시고 테이블을 한 손으로 짚으신 채 깊은 숨을 내쉬셨다.

'보았습니다.'

내 목소리가 심하게 떨렸다. 갈라지고 뭉개져 잘 알아듣긴 힘들었지만 조반니는 알아듣고 의아한 얼굴로 되물었다.

'뭘?'

'폐하의 과거를요.'

그땐 아버지도 놀라 고개를 드셨다. 거의 경기를 일으키듯 일어나 나를 보시는 아버지는 찬물을 뒤집어쓴 듯 정신이 바짝 든 얼굴이었다.

'그게 무슨 소리냐, 뮈젤?'

아버지의 믿을 수 없다는 물음에 내가 양손을 맞잡고 만지작거리며 잠시 고민하더니 결국 긴 속눈썹을 내리깔고 한숨을 내쉬며 대답했다.

'제게 과거를 볼 수 있는 능력이 있습니다.'

그리고 그 말에 조반니의 집무실 안에는 무거운 침묵이 감돌았다. 그 자리에 있는 사람은 분명 나였지만, 내가 아니었다. 내기억이 아닌 아버지의 시선이었으며, 아버지의 기억 속의 나였다. 그래서 내가 봐도 도대체 내가 무슨 생각인지 모르겠다. 과거의 나란 인간은 보면 볼수록 한심하고 답답한 아이였다.

'믿을 수 없구나.'

아버지의 중얼거림에 내가 예상했다는 얼굴로 웃었다.

'못 믿으실 줄 알았어요. 하지만 사실이에요.'

'못 믿는 게 아니다. 나는……'

아버지가 나를 바라보며 말을 잇지 못하셨다. 가만히 우리를 지켜보던 조반니가 턱을 괴고 나를 빤히 바라보다가 조용히 입을 열었다.

'그렇군. 다음 파수꾼이 뮈젤이었군.'

내가 알아듣지 못한 얼굴로 그를 보았지만, 나보단 아버지의 대답이 더 빨랐다.

'모르제의 능력은 타임리프입니다. 뮈젤은 파수꾼과 무관합니다.'

'아니, 관련이 있다. 모르제 가문에 남아가 태어나지 않은 건 처음이지 않나? 여아가 파수꾼의 능력을 이어받는다면 그 능력의 형질이 바뀔 수도 있는 것 아니겠나.'

조반니의 얼굴은 전에 없이 심각했고, 더 고단해 보였고, 무거운 과제를 이어받은 학생처럼 복잡해 보였다. 대화의 흐름이 바뀌자 내가 어리둥절한 얼굴로 조반니와 아버지를 번갈아 보았지만 그들은 내게 별다른 설명을 해 주지 않고 각자의 생각에 빠져 있었다.

그리고 그 순간이었다. 또 다른 기억이 나를 덮쳤다. 아버지의 기억이 아니었다. 그건 분명, 타인의 기억을 엿보는 게 아니었다. 전에도 한번 본 적 있는 '진짜' 내 기억이었다.

회귀 전, 조반니와 아버지에게 내 능력을 밝힌 이후의 어느 날이었다. 로헨이 최전방에 배치되었다는 소식을 들은 내가 심한 배신감에 몸서리를 쳤다. 그렇게 내 능력을 모두 밝히며 조반니에게 선처를 호소했건만 내 의견이 티끌도 반영되지 않은 것이다. 결국 나는 조반니를 찾아갔다.

처음엔 반가워하며 농담 따먹기를 하던 그가 '로헨' 얘기가 나오는 순간 안면을 바꿨다. 다른 사람에겐 냉혹하고 잔학한 '황제 조반니'였지만, 그는 내게 그런 모습을 보인 적이 한 번도 없었다. 그래서 그가 그런 얼굴로 나를 바라보자 당황하고 긴장하여 갈 곳 잃은 시선으로 그의 눈을 회피했다. 뒤이어 내가 할 말들은 전부 예상했다는 듯이 그가 내 말을 가로막고 짜증스러운 한숨을 토했다.

'그래. 그럼 나를 설득해 보게, 모르제 영애.'

줄곧 나를 뮈젤로 부르던 그가 공식 석상에서 나를 부르듯 딱딱한 음성으로 말했다. 그러곤 그가 어쩔 줄 몰라 하는 나를 보며 감정 하나 실리지 않은 얼굴로 서늘한 미소를 지었다.

'로헨이 이 전쟁에서 빠져야 하는 이유가 뭔지, 나를 설득해 봐.'

그러자 내가 억울한 얼굴로 항변했다.

'폐하를 알아요. 제가 어떤 논리와 근거를 대도 모두 반박하실 거잖아요.'

하지만 그는 아랑곳하지 않고 냉정하게 내 말을 잘랐다.

'그건 그대가 판단하기에 달렸지.'

집무실 한가운데, 그가 몰인정한 시선으로 나를 힐난했다. 그의 얼굴은 전에 본 적 없이 창백했고 생기가 없었다. 사람을 집어삼키고 선 악귀처럼 표정마저도 빈약했다. 변한 그의 모습에 그 앞에 앉은 내가 부들부들 떨며 두 손을 모았다.

'선처 부탁드립니다, 폐하. 그분은 제 정혼자이십니다.'

맞은편 소파에 앉아 있는 조반니가 다리를 꼬았다. 의미 없는 움직임이었다. 그러나 지켜보는 나는 그의 행동 하나하나를 놓치지 않고 빠짐없이 눈에 담았다. 그가 다시 나를 비웃었다.

'그놈이 그댈 사랑한다 생각하나? 그놈은 오로지 오르베느트 엘쉬가뿐이다. 너 따월 안중에 둔 적은 없다는 말이지.'

'압니다.'

내 대답이 마땅치 않았는지 그가 인상을 찌푸렸다.

'난 로헨을 살려 둘 생각이 없다. 그러니 판단 잘하도록. 그대가 아무리 파수꾼 가문의 유일무이한 후계자라 할지라도 옳지 못한 판단을 한다면, 난 그댈 죽일 거야.'

그리고 그 말은 비극의 시작이었다.

다시 아버지의 기억으로 돌아왔다. 전쟁은 이미 시작되었고 그 선두에 로헨이 있었다. 그리고 축복의 탑 후계자인 오르베느트 엘쉬가가 로헨을 보좌하며 승승장구하고 있다는 소식으로 호베른의 열기는 대단했다. 하지만 그것도 오래가진 못했다. 레르마 지역은 메시리아와 와볼트를 잇는 경계 지역으로 메시리아의 수도 호베른과는 그리 멀지 않은 위치에 있었다. 그런데 어느 순간 메시리아 군사들이 와볼트 군사에 밀려 퇴각하고 있다는 소문이 돈 뒤 바로 호베른과의 접점 지역인 륄르보르까지 메시리아 군사가 밀려났다. 그로 수도 호베른은 거의 아수라장이었다. 아버지는 한동안 나를 감시했다. 내겐 말하지 않고 몰래 사람을 붙여 놓았고 때로는 직접 뒤를 밟기도 했다. 그러던 중이었다.

호베른의 코젤만 스트리트 어딘가에 있을 카페로 들어가는 내 뒷모습은 누가 보아도 수상했다. 후줄근한 갈색 로브를 뒤집어쓰고 카페로 들어간 나를 따라 아버지가 들어갔다. 아버지는 내가 보이지 않게 코너에 있는 자리에 앉았다. 내 맞은편에는 성가신 얼굴로 귀를 후비고 있는 이자벨이 있었고 난 서류 더미를 테이블 위에 올려놓으며 비장하게 두 손을 모으고 있었다. 다행히 거리가 있었지만 카페에 손님이 없어서인지 내 목소리가 잘 들렸다.

'당신이 로앙지스란 걸 알아요.'

내 말에 이자벨이 놀란 얼굴로 벌떡 자리에서 일어났다. 당황한 듯 횡설수설하더니 급하게 겉옷을 챙겨 나가려는 그녀의 팔을 내가 붙들었다.

'소설을 하나 써 주세요.'

이자벨이 그제야 멈춰 서서 나를 괴상한 시선으로 보았다. 머리부터 발끝까지 훑는 시선이 불쾌하다 느껴지진 않았다. 오히려 희극인을 보는 것처럼 재미있었는지 내가 웃으며 테이블 위에 올려 둔 서류 더미를 그녀에게 다시 건넸다.

'소설 제목은 ≪메시리아≫예요.'

전에도 본 적 있다. 그럼 그때 내가 본 건 회귀 전 기억인 걸까? 아무리 보아도 믿을 수 없는 장면이다. 그 미친 소설을 쓰게 만든 사람이 바로 나였다고? 회귀 전의 나는 정말로 기억에서 지우고 싶을 정도로 끔찍한 구제 불능이었다. 이자벨이 내게 서류를 받아 들고 대충 내용을 훑었다. 그녀는 내용을 끝까지 읽지도 않고 접었다. 더는 볼 수 없는 내용을 읽었다는 양 인상을 가득 찌푸리고 나를 노려보았다.

'내가 왜 그래야 하죠?'

이자벨의 반문에 내가 제법 고집 있어 보이는 얼굴로 대답했다.

'사람 목숨 하나 살리는 겁니다. 보상은 물론 넉넉히 해 드릴게요.'

가만히 듣고 있던 아버지가 한숨을 내쉬었다. 하지만 아버지의 바람이 통했는지 이자벨이 단칼에 거절의 의사를 보였다.

'미안하지만 거절할게요. 이걸 쓰면 전 반역자가 되는 거잖아요?'

'책임은 제가 지겠습니다. 가명으로 출판하는 것조차 꺼림칙하다면 제 이름으로 출판해 주세요.'

'아뇨. 그래도 사양하겠습니다.'

이자벨이 일어나서 나가려고 하자 내가 재빨리 서류를 들어 그녀의 품에 안겼다.

'한 번만 더 끝까지 읽어 보시고 결정해 주세요. 다 읽어 보시고 그때도 거절하시겠다면 마땅히 받아들일게요.'

내 집념이 통했던 걸까. 이자벨이 질린다는 얼굴을 하고는 꺼림칙한 물건을 받은 것처럼 서류를 들었다.

'지금 우는 거 아니죠? 그렇게 귀여운 얼굴로 애처롭게 눈물을 글썽이면 내가 나쁜 년 같잖아요?'

그녀가 고개를 절레절레 흔들며 서류를 들고 카페를 나갔다. 그리고 그 앞에 남아 있던 내가 떨어지는 눈물을 손으로 훔치며 매무시를 추스르고 뒤이어 카페를 나갔다.

아버지는 그대로 곧장 이자벨에게 향했다. 아버지는 이자벨이 베론의 딸이란 걸 이미 알았다. 그래서 그녀가 이후 갈 만한 장소가 헨더슨 상단이란 걸 알고 미리 그곳에서 기다리고 있다가 그녀를 만났다. 상단 로비에 있는 소파에 앉아 있던 아버지가 자리에 일어나 들어오는 그녀를 불렀다.

'오후에 내 딸을 만난 걸 알고 있네.'

아버지의 말에 이자벨이 황당한 얼굴로 아버지를 보았다.

'댁 따님이 누구인지 전 모르겠습니다만.'

'자네에게 소설을 써 달라고 한 여자 말일세.'

그때 이자벨의 얼굴에 순간적으로 '절망적인' 감정이 스쳐 갔다. 순식간에 자신이 반역자로 몰릴 것을 상상한 모양이었다.

'난 모르제 백작이라네. 베론의 친우이자 네게 소설을 부탁한 아이의 아버지이지.'

'그…… 런데요?'

이자벨은 아버지가 베론의 친우라는 말에 조금 안도한 것도 같았다.

'그 아이가 준 소설은 버리게. 그리고 잊어. 출판을 거절한다고 그 아이에게 통보하게나. 그렇게만 해 준다면 그 아이가 주기로 한 보상을 내 대신 주지.'

이자벨에겐 오히려 그편이 바라던 바였을 거다. 그녀가 흔쾌히 승낙하고 그것으로도 불안해 서로 서명을 하기로 했다. 서명이란 메시리아에서 일종의 신분을 증명하는 약식의 증서와도 같은 효력을 발휘하기도 한다. 서명한 이상 계약을 한 것과도 같아 더는 그 내용을 무를 수 없게 된다. 그래서 아버지는 서로 서명을 한 뒤에서야 안심한 기색으로 귀가하셨다.

그리고 이어진 기억은 전에도 내가 본 적 있는 기억이다.

빗발치는 고적에 고막이 먹먹하던 한낮이었다. 아버지는 난리통이 되어 버린 호베른의 어디쯤 계셨다. 내가 며칠이나 실종되어 저택에 돌아오지 않자 모르제 가문이 발칵 뒤집혔다. 전쟁통에 사람을 찾기란 어려운 일이다.

아버지는 호베른 광장에서 사람들을 대피시키고 있는 보좌관을 발견하고 대뜸 그의 옷깃을 잡았다.

'지금 전하는 어디 계시지?'

'모르겠습니다. 전시에 계시겠죠! 참모시니까요!'

보좌관의 친절하지 못한 대답에 아버지가 그의 멱살을 틀어쥐었다.

'그러니까 그게 어디냔 말일세! 지금 내 딸! 내 딸이 그곳에 있다네!'

아버지의 외침에 보좌관은 진정으로 당혹스러운 얼굴이었다.

'하지만 이미 1군부터 3군까지 전부 라르메로 출전했······.'

아버지는 그의 말을 끝까지 듣지 않고 돌아섰다. 그리고 그 다음 기억은 놀랍게도 전쟁 한복판이었다. 일주일이 지나도 나를 찾을 수 없자 아버지는 사라진 나를 찾기 위해 직접 전쟁터 안으로 들어가신 것이다. 메시리아 군대는 뤼르보르까지 들어온 와볼트 군사들을 밀어내고 다시금 레르마까지 진출해 있었다. 아버지가 전쟁에 지원하자 특별 참모의 자리가 주어졌다. 아버지는 검술에 능하지 못한 문관이었다. 때문에 아버지를 보좌하는 기사는 무려 1군 사령관인 뤼브앙 경이 맡았다. 전투 지휘는 총사령관과 2군, 3군 사령관 그리고 로헨이 있으니, 뤼브앙 하나쯤은 빠져도 된다는 조반니 혼자만의 결론이었다. 결론적으로 뤼브앙 경이 빠지는 덕택에 1군은 부사령관 지휘하에 전투가 시작됐다.

동부 레르마 2회전.

아버지는 언덕 위에 서서 아군과 적군이 난잡하게 얽힌 전투

현장을 보았다. 와볼트와 메시리아 간의 협상이 결렬되었다. 그리고 와볼트는 예의 없는 태도로 협상을 결렬하고 돌아서는 1군 기사단 꽁무니를 급습하였다. 그로 인해 전투는 갑작스럽게 진행되었다. 일단 협상으로 보병들은 모두 뒤로 차출한 상태였다. 때문에 레르마 지역에서의 두 번째 국지전은 기병전이 되었다.

'애초 와볼트에게 전투는 무리가 아니겠습니까? 군사 2천여 명으로 어찌 8천 명의 군사를 상대한단 말입니까?'

아버지의 근방에 있던 뤼브앙 경은 자랑스러운 얼굴로 제 나라 군사들을 보았다. 전황이 호각지세로 전개되었던 것은 전투가 벌어진 지 불과 한 시간도 되지 않았다. 뤼브앙 경은 연신 검을 쥔 손을 쥐었다 펴면서 안절부절못했다. 아버지는 흘끔 그런 그를 보고 있다가 한숨처럼 웃으며 말했다.

'잠시라면 다녀와도 좋네. 자네 같은 사람이 여기서 어찌 지켜만 보고 있겠나.'

그러자 뤼브앙 경의 얼굴이 활짝 피었다. 전쟁터 한복판에 있는 뤼브앙 경은 내가 알던 모습과는 많이 달랐다. 정중하고 예의 바르던 모습은 다 어디 가고 방정맞고 활기 넘치는 사내만 남아 있었다.

'감사합니다, 부대장님! 잘 보십시오. 제가 중앙 보병을 가로질러 가겠습니다. 파도가 갈리듯 두 갈래로 길이 나뉠 테니, 그 진귀한 장면을 이 명당에서 잘 지켜보고 계십시오!'

뤼브앙이 설레는 얼굴로 검을 휘둘렀다. 그리고는 곧장 고삐를 흔들었다. 그러자 단숨에 자리를 박차고 그의 모습이 저만치 멀어졌다. 고삐를 채워야 하는 것은 말이 아니라 뤼브앙이었을

지도 모르겠다. 아버지는 미동도 없이 서서 좌중을 훑었다.

뤼브앙이 앞질러 나서자마자 무섭게 휘둘러진 검에 하늘로 피가 솟은 적이 수십 번이다. 아버지는 잘도 망아지같이 뛰어다니며 보병 부대를 가르는 뤼브앙을 보았다. 이미 그가 가르고 나아가는 길을 따라 들어간 전위 기병들이 순식간에 중앙을 격파하고, 와볼트의 본대에 육박하였다.

주력 부대가 연달아 격파되기 시작하자 와볼트 군대에 혼란이 거듭 찾아왔다. 이미 난투가 되어 전장은 아수라장. 개전 두 시간에 접어들자, 전세는 메시리아 군대에게로 완전히 기울었다. 이제 30분도 되지 않아 전투가 끝날 것이다. 아버지는 나설 생각도 없이 그저 언덕 위에 서서 상황을 지켜보았다.

이런 난전 속에 로헨을 찾는 일은 쉽지 않았다. 아버지는 전투에 참여하고서 지금까지 한 번도 로헨을 본 적이 없었다. 미친 사람처럼 나를 찾아다니다가 전쟁터에서 쫓겨날 뻔하곤 결국 찾는 것을 포기했다. 로헨이 나타나면 필시 그 옆에 내가 있으리라 확신했기 때문이었다.

그러던 와중에 아버지가 화살을 받았다. 퇴각의 기미가 보일 정도로 전세가 기울자 전장을 벗어나 도망치는 와볼트의 기사 중에 아버지를 발견한 이들이 있던 것이다.

아버지가 검을 빼어 들었지만 당연히 그들만큼 검을 휘두르지는 못하셨다. 멀리서 아버지를 용케 발견한 뤼브앙이 넘어오고자 했지만 달려드는 사람들을 상대하며 오는 게 쉽지는 않았다. 달려드는 기사가 한 명에서 두 명으로 늘어나자 아버지는 검을 들어 그들을 상대하는 것만으로도 버거워하셨고 도망의 기회를 찾기에도 체력이 부족해 힘겨운 상황이었다.

'아아악!'

아버지를 힘겹게 몰아붙이던 이들이 순식간에 떨어져 나갔다. 아버지가 바닥에 주저앉아 힘겹게 숨을 헐떡이다가 고개를 들었다. 그리고 그 자리엔 화려한 금발에 피를 잔뜩 뒤집어쓴 남자가 장정 둘을 단칼에 베어 내고는 짜증스러운 얼굴로 아버지를 돌아보았다. 오렌지색 눈동자에 매서운 시선으로 아버지를 위아래로 훑고는 신경질적으로 인상을 찌푸린 남자는 다시 보아도 분명 라미스였다.

다시금 아버지의 기억 재생에 제동이 걸렸다. 또다시 '내 진짜 기억'이 예고 없이 들이닥쳤기 때문이다.

호베른의 수도 어딘가. 며칠째 빗줄기가 주룩주룩 내리는 우울한 나날의 연속이었다. 아버지가 외출 금지령을 내리기도 했었고, 이자벨에게 소설 《메시리아》 출판 의뢰도 맡겼겠다, 난 그저 마음 편히 호베른에 있는 모르제 저택에서 쉬고 있을 요량이었다. 전쟁은 아직 끝날 기미가 보이지 않았고 로헨을 걱정한다 한들 달라질 건 없었다. 그러던 중에 이자벨에게 서간이 날아왔다. 서간엔 소설을 집필할 수 없다는 내용이 적혀 있었다. 그리고 원고는 안전하게 동봉하여 급보로 부쳐 주겠단다.

나는 얌전히 저택 안에 있겠다는 생각도 말끔히 접고 드레스를 챙겨 입었다. 그리고 곧장 베버와 그 밑 시녀들을 대동하고 헨더슨 상단으로 향했다. 코젤만 스트리트 끝자락에 마차를 세웠는데 그곳 역시 다른 거리와 마찬가지로 아수라장이었다. 최대한 저택 밖을 나가지 말라며 진저리를 치던 아린느의 모습이 영 거짓은 아니었다. 이런 혼란 속에 누군가가 범죄를 저지르고 납치를 하고 도둑질을 한들 아무도 모르겠다는 생각이 들었다. 그리고 그런 생각이 들자 오싹했다.

베버의 재촉이 무색하게 나는 달리다시피 헨더슨 상단을 찾아 들어갔지만, 이자벨을 만날 수는 없었다. 정말로 부재중인 건지, 아니면 부재중이라 거짓을 고하는지 알 길이 없었기에 상단 직원들이 이자벨의 부재를 알리는 말에 하는 수 없이 돌아서야만 했다. 하늘은 어둑했고 길거리는 신원 조회도 불가능할 것 같은 부랑자들이 넘쳐 났다. 그리고 나는 그 사이를 헤쳐 베버와 황급히 마차로 향하다가 레나타를 발견했다.

'레나타!'

내가 반갑게 그녀를 부르자 그녀가 나를 돌아봤다. 그녀는 내 얼굴을 발견한 순간 크게 안도한 얼굴로 울음을 터트렸다.

'살려 줘. 살려 줘, 뮈젤!'

그녀가 내 어깨를 부여잡고 울었다. 근처에 서 있던 베버가 당황한 얼굴로 우왕좌왕하며 주위를 살폈다. 지금의 나와 다르게 당시의 나는 침착한 얼굴로 베버에게 팔머 할아범을 남겨 두고 경비병을 불러올 것을 지시했다. 레나타가 잔뜩 흐트러진 머리칼과 번진 화장으로 울며 자리에 주저앉았다. 다리에 힘이 풀린 모양이다. 난 그녀를 잘 달래며 마차로 데려가 앉혔다.

늘 싸우며 아웅다웅하는 사이였지만 그래도 회귀 전 나와 레나타는 제법 친분이 깊은 친우였다. 그런 그녀를 그대로 내버려둘 만큼 내가 매정하지도 못했다. 사실 지금의 나였더라도 저런 상황이 닥친다면 얼마나 처우를 잘 해낼지 모르겠다. 전쟁을 겪어 보지 않았으며, 뒷골목의 부랑자라곤 모르제 탈리간의 불량배들밖에 본 적 없는 나로서는 저런 상황에 대한 면역력이 약해 처우를 잘 해낼 자신이 없었다.

'무슨 일이야?'

마차에 앉은 그녀에게 물었다. 양팔로 스스로를 감싸 안으며 덜덜 떨고 있던 레나타가 고개를 들고 나를 보며 다시 울음을 터트렸다.

'누, 누가 날 죽이려고 했어.'

그 말에 상황 판단을 마친 나는 일단 그녀를 진정시키고 마차 문을 열었다. 어서 이곳을 벗어나야 한다. 그런 마음으로 팔머 할아범을 부르려는 순간 누군가에게 입이 틀어 막혀 시야가 가려졌고 그대로 까무룩 기억을 잃었다. 내가 다시 깨어났을 때는 달도 가린 구름이 매섭게 빗물 뱉어 내던 한밤중이었다. 귀를 아프게 울리는 고적 소리에 나는 질퍽한 진흙 바닥에서 눈을 떴다. 죽음의 냄새가 급급하게 코를 찌르는 어둠이었다.

핏물이 간간이 고인 바닥에서 몸을 일으킨 나는 나무 기둥에 밧줄로 몸이 꽁꽁 묶여 있었다. 나를 납치한 이들은 축복의 탑 고유의 억양을 사용하는 사내들이었고 나를 레나타로 오인하고 있었다. 당시 아수라장이었던 코젤만 스트리트를 떠올리자면 이상할 것도 없었다. 게다가 레나타의 납치를 지시한 사람은 충격적이게도 오르베느트 엘쉬가였다. 그들은 나를 전쟁터 매춘부로 팔아 버릴 예정이라고 밝혔다. 당시의 나는 그런 상황이 오자 외려 차분해졌다. 그들이 얼마만큼 그 분야에서 베테랑일지는 알 수 없었지만, 당시의 모든 사람들은 전쟁이 처음이었을 것이다. 그들이 메시리아와 와볼트 사이에서 능숙하게 나를 팔아넘기기에는 다소 어려움이 있을 거란 예감이 있었다.

그들은 내게 손대진 않았지만 괴팍했고 무례했으며, 손이 매웠다. 내가 고집스러운 모습을 보일 때마다 두터운 손바닥이 날아와 내 뺨을 때렸다. 그것도 몸이 상하지 않는 선에서 가해진 폭행이었지만 아픈 건 아픈 거였다. 그들 일행은 총 넷이었으며, 나는 말수레 위에 묶여 이동했다. 우여곡절 끝에 도착한 곳이 레르마 동부. 당시 전투는 1회전이 끝나고 협상 중에 있었다. 납치범들이 나를 팔아넘길 곳은 와볼트였다. 우연의 일치였다. 내가 로헨을 따라 전쟁터에 왔을 거란 예상은 아버지의 착각으로 끝이 났지만, 결과적으로 난 그곳에 있었다.

'레나타가 아니라 뮈젤? 뭐. 별수 없네요.'

팔아넘기기 전에 엘쉬가와 접선을 하기로 했었던 모양이다. 레르마 동부 1회전이 치러진 자리에 막사가 세워졌고 그 사이 언덕에 우리가 있었다. 그때 한번 엘쉬가를 만났는데 그녀가 나를 보며 웃었다. 그 웃음은 우아했고 군더더기 없이 맑았으며, 현명한 여자가 자비로운 판단을 내리듯 자애로웠다. 그녀가 자상한 동작으로 진흙더미 위를 구른 내 머리카락을 쓰다듬었다.

'원래 영애가 목적은 아니었어요. 하지만 이왕 이렇게 된 거 잘됐어요. 어차피 당신 역시 폐하와 어울리지 않았잖아요.'

엘쉬가가 원래 이런 여자였나? 얌체 같긴 했어도 이렇게 직접적으로 손을 쓰는 사람은 아니었는데. 내가 표독스러운 얼굴로 그녀를 노려보다가 그녀의 얼굴에 침을 뱉었다.

'그렇게 발악해 봤자 당신은 영원한 메시리아의 이방인이야. 축복의 탑으로 꺼져.'

내 말에 손수건으로 얼굴에 뱉어진 침을 닦으며 그녀가 인상을 찌푸렸다.

'당신이 뭘 안다고 지껄여? 난 축복의 탑 사람이 아니야! 프리제의 딸도 아니지. 그러니 그곳에 미련도 의무도 없어! 후계 자리? 개나 주라지! 뭐, 진짜로 개만도 못한 인간이 그 자리에 오르려고 발악하고 있지만 말이야!'

지금의 엘쉬가는 자신이 힐러프와 다른 남자의 딸이라는 사실을 모르고 있다. 하지만 과거의 그녀는 그 사실을 알고 있었나 보다. 라미스야말로 프리제와 힐러프의 진짜 자식이었고 그녀와 그는 동복 남매라는 사실 말이다. 하지만 과연 그 사실을 어떻게 알았을까? 지금과 달리 회귀 전엔 라미스가 축복의 탑에서 자랐던 걸까? 그래서 그녀가 이런 행동을 보이는 걸까? 그 기억을 끝으로 난 그들이 억지로 먹인 수면제의 약효를 이기지 못하고 잠들었다.

다시 아버지의 기억으로 넘어왔다. 순식간에 여러 기억을 왔다 가는 순간 머리가 조각날 정도로 강렬한 통증이 왔다. 하지만 그 통증은 찰나에 지나갔고 이내 안정을 찾으면 완전히 멎기도 했다.

라미스가 아버지를 구해 준 직후, 라미스는 엉망으로 흐트러진 머리칼을 대강 쓸어 넘기고는 옷자락을 털고 있었다. 그런다고 털릴 핏자국이 아니었지만 그의 몸짓엔 가득 성가심과 짜증이 묻어 있었다.

'고맙소.'

아버지의 인사에 그제야 그가 아버지를 다시 보았다. 아버지를 위아래로 훑고 차갑게 웃는 모습은 지금의 라미스와는 너무 달랐다.

'감사 인사는 필요 없습니다. 보아하니 메시리아인 같은데, 오르베느트 엘쉬가가 어디 있는지 아십니까?'

그가 검을 휘둘러 어깨 위에 걸치고는 시건방진 얼굴로 아버지에게 물었다. 아버지는 떨어진 검을 주워 들고 일어나 웃었다.

'메시리아의 진영에 있지 않겠나? 자네는 와볼트의 기사도 아닌 것 같네만, 정체가 뭔가?'

'오르베느트 엘쉬가를 죽이러 온 사자라고 해 둡시다.'

그렇게 말하며 스산하게 웃는 라미스는 정말로 섬뜩하고 무서웠다. 얼굴에 들린 광기가 라미스를 그가 아닌 것처럼 보이게 만들었다. 때마침 뤼브앙이 왔다. 그가 검을 세우고 경계하자 라미스는 대번에 성가시단 얼굴로 아버지에게 손 인사를 건네곤 사라졌다.

'아시는 분입니까?'

뤼브앙의 물음에 아버지가 고개를 저었다.

'축복의 탑 사람 같네.'

축복의 탑. 그 단어를 꺼내는 아버지는 새삼스러운 그리움을 느끼셨는지 그 말을 계속 곱씹으셨다. 그렇게 동부 레르마 2회전이 메시리아의 승리로 막을 내렸다. 애초 조반니의 목적은 레르마를 끼고 와볼트가 확보한 거점 지역을 전부 점령하는 것이었다. 레르마까지 밀고 들어온 와볼트를 겨우 밀어냈으니 이제부터가 진짜 전쟁의 시작이었다. 메시리아의 동부 레르마 진영에서 아버지는 그제야 로헨을 만날 수 있었다. 그러나 로헨 주변에 나는 없었다. 내 소식에 관해선 전혀 모르고 있을뿐더러 관심도 없었던 로헨의 모습을 보고 크게 실망한 아버지는 금세 또 다른 절망감에 빠지셨다.

아버지는 어머니와 메르넨에게 편지를 쓰셨다. 호베른에서 뮈젤을 찾고 있을 그녀들에게 진전이 있었냐는 물음과 전장에는 뮈젤이 없었다는 절망적인 소식을 담아 편지를 동봉하며 아버지는 긴 한숨을 내쉬셨다.

'무슨 문제 있으십니까?'

뤼브앙의 물음에 아버지가 고개를 절레절레 흔드셨다.

'그러게 말일세. 어디서부터 잘못된 것인지 모르겠어.'

아버지의 말에 뤼브앙은 잠시 고민하는가 싶더니 주머니에서 손안에 들어올 정도로 작은 종이 뭉치를 아버지께 건넸다.

'베노튼 성당의 성경책입니다. 제가 좋아하는 구절만 필사한 거고요. 도움이 크게 되지는 않겠지만, 그래도 마음의 안정은 주지 않겠습니까?'

그 말에 아버지가 옅은 미소를 지으시며 종이 뭉치를 받아 들었다. 그리고 아버지는 진심으로 고마워하셨다.

'고맙네. 꼭 훼손 없이 돌려주겠네.'

뤼브앙은 웃으며 막사를 나갔고 아버지는 개인 막사 침대 위에 한참 동안 앉아 계셨다. 그러다가 뤼브앙이 건네준 성경 뭉치를 보고는 자리에서 일어났다. 아예 바깥바람을 쐬러 가실 요량이었나 보다. 아버지는 레르마 동부 거점 지역인 람브로를 두고 전략 회의가 한참인 이들에게 양해를 구한 뒤 그곳을 벗어나 나왔다. 진영 100미터 반경 앞으로는 강이 흘렀는데 답답하고 절망적인 마음을 달래기엔 적합해 보였다. 랜턴을 들고 강 앞에 앉은 아버지가 성경 종이를 꺼냈다. 한 글자 한 글자 빽빽하게 채워진 종이는 뤼브앙의 절실한 마음을 대변하고 있었다.

위고 계시록 1장
(계 1:1) 모사 아네스의 계시라 이는 창조신이 그에게 주사 반드시 속히 일어날 일들을 그 종들에게 보이시려고 그의 천사를 그 종 위고에게 보내어 알게 하신 것이라.

그리고 그 구절을 본 아버지가 충격에 휩싸이셨다.
'위고라면 설마…….'
아버지의 말에 무엇을 짐작하고 계시는지 알았다. 위고라면 초대 모르제 백작의 이름과도 같다. 모르제 가문에서 그 이름을 모르는 사람은 없을 것이다. 전에도 본 적 있는 성경 구절이다. 그때는 아무런 관심도 갖지 않았는데 아버지의 추측 어린 감탄사에 선대 모르제 백작의 이름이 떠올랐다. 파수꾼 가문의 시작을 알렸다고도 할 수 있는 분.

계속해서 저 문구가 내 앞에서 아른거리는 이유가 정말로 위고, 파수꾼이란 이름 때문일까? 아버지가 베노튼 성당의 성경책을 라미스에게 읽으라고 했던 이유는 무엇일까. 아버지는 한참 동안 그 구절만 반복해서 중얼거리셨다. 아버지의 생각을 읽을 수는 없지만 당시의 아버지 또한 지금 나와 같은 의문을 품고 계셨던 듯했다.

'시간을 돌려다오. 시간을…….'

아버지가 두 손을 모아 기도하듯 중얼거리셨다. 아버지는 할아버지께 시간을 돌리는 능력을 쓰는 일은 절대 없을 것이라 말했고, 그로 인해 파수꾼에 관한 걸 전부 듣지 못하셨다. 아마 과거를 돌리는 능력을 어떻게 사용해야 할지도 감을 잡지 못하고 계실지도 몰랐다.

'제발 내 딸을…….'

아버지의 중얼거림이 계속될 즈음이었다. 아버지의 시야로 깜깜한 밤중에 커다란 키의 장정이 누군가를 업고 강을 건너가는 모습이 보였다. 업혀 있는 사람이 얼핏 보아도 작은 체구의 여자였다. 그리고 나는 그게 누군지 짐작할 수 있었다. 가장 가까운 곳에서 10년 넘게 지켜본 남자다. 제아무리 회귀 전이었고 그의 성격과 모습이 지금과 다르다고 해도 내가 라미스를 몰라볼 순 없었다. 엘쉬가를 베어 버린다고 했던 사람답지 않게 업고 있는 여자가 다치지 않게 배려하며 강을 건너는 모습이 인상적이었다.

그리고 그의 등에 업힌 여자를 발견한 아버지의 눈이 뒤집혔다. 아버지는 그게 나라고 확신한 모양이었다. 물론 만약 체구가 커서 한눈에 봐도 내가 아닌 것 같은 여자였어도 아버지는 지금처럼 막무가내로 뛰어가셨으리라.

'잠시만! 잠시만 기다려 주시게!'

강을 건너던 라미스가 걸음을 멈췄다. 어스름한 달빛에 어렴풋이 금빛 머리카락이 반짝였다. 아버지의 다급한 외침에 라미스가 걸음을 멈췄다.

'뭐요?'

라미스는 아버지를 알아봤다. 하루 전도 아니고 불과 낮에 만났으니 잊는 것도 이상했다. 아버지가 한걸음에 강물 속으로 발을 디뎠다. 라미스가 경계 서린 눈초리로 뒷걸음질을 치는 사이 아버지가 그의 코앞으로 다가왔다. 강물은 허벅지까지 차올랐다. 아버지는 들고 있던 성경 종이를 재킷 안주머니에 넣고 라미스의 어깨를 잡았다.

'그 아이! 그 아이의 얼굴을 좀 보겠네!'

아버지의 외침에 라미스가 매우 짜증이 난 얼굴로 아버지를 노려봤다.

'뭐 하잔 겁니까?'

그러나 그의 물음에도 아랑곳없이 아버지가 그의 등 뒤에 업혀 있는 여자아이의 고개를 들었다. 다름 아닌 나였다.

'오 뮈젤! 뮈젤, 우리 아가!'

아버지의 반응에 이상함을 느낀 라미스가 고개를 들고 아버질 보았다.

'아는 여잡니까?'

'내 딸이네, 내 딸! 실종된 딸이라네.'

'허. 실종이라······.'

라미스가 기가 막힌다는 얼굴로 중얼거렸다. 아버지가 결국 눈물을 터트리셨다. 손을 벌벌 떨며 내 얼굴을 쓰다듬으며 흐느끼셨다.

‘고맙네, 정말 고마워. 자네가 우리 부녀의 목숨을 한 번씩 살렸군.’

감사 인사에도 라미스는 개의치 않은 얼굴로 웃었다.

‘그것보다 이 여자가 당신 딸이라면, 당신도 알고 있었습니까? 그녀가 납치되었었다는 걸.’

‘뭐……!’

‘축복의 탑 사람들이었습니다. 오르베느트 엘쉬가의 지시가 있었다고 자백하더이다. 그녀를 와볼트에 매춘부로 팔아넘기려는 중에 내가 발견했죠.’

라미스의 말에 아버지가 그의 모습을 다시금 훑었는데 오밤중이라 달빛에 모습이 잘 보이진 않았지만, 얼핏 보아도 모습이 낮보다 더 처참했다. 핏물로 점철된 모습 위로 화려한 금발과 아름다운 미모는 마치 죄를 진 사람을 데려가기 위해 강림한 지옥의 사자 같았다.

‘혼자서 납치범들을 상대했다는 건가? 허…… 자네, 대체 정체가…….’

아버지의 중얼거림에 라미스가 어깨를 으쓱였다.

‘뭐, 그건 중요하지 않습니다. 그녀는 제가 마저 업고 가죠. 나도 어차피 당신네 막사에 볼일이 있으니.’

그 말이 무엇을 뜻하는지 아버진 알았다. 아버지의 목숨을 살리며 엘쉬가를 찾던 라미스. 그가 그녀를 죽이러 왔다고 밝힌 지 채 하루도 지나지 않았다.

라미스는 아버지의 의견 따윈 듣지 않았다. 그는 포대를 들듯이 가볍게 나를 어깨에 걸쳤다. 그러나 나는 그 가벼움에 놀랐다. 행동에 관한 가벼움이 아니라 이 당황스러운 상황을 맞이하는 그의 태도가 능숙해서 놀랐다. 그는 완전하게 타인인 나를 거두고도 꺼리거나 번거로워하는 기색이 전혀 없었다. 심지어 어깨에 둘러메고 내 엉덩이를 두어 번 두드리며 성희롱하기를 서슴지 않았다. 확실히 내가 아는 라미스와는 너무 다른 모습이었다.

그는 막무가내로 아버지를 앞세워 메시리아 진영으로 들이닥쳤다. 달도 뜨지 않은 스산한 밤중이다. 핏자국이 튄 금발이 뺨에 달라붙어 있었는데, 그 와중에도 피부는 희멀게서 어두운 밤중에 보고 있자니 소름이 끼치도록 포학해 보였다. 라미스는 마치 솜뭉치 속을 바늘로 파고들 듯 진영 안에 발을 디뎠다. 기민한 행동과 다르게 그의 얼굴은 덤덤했다. 그러나 그 모습은 오래가지 않았다. 기괴한 모습의 그를 보고 경계 어린 시선의 기사들이 앞을 막아섰기 때문이다.

그리고 아버지는 보았다. 실핏줄이 드러난 라미스의 시뻘건 눈이 살벌하게 돌변하는 모습을. 그가 허리춤으로 손을 가져가자 아버지가 황급히 그의 앞을 막아섰다.

'내가 신분을 보장하겠네.'

아버지의 등장에 기사들이 곧장 길을 터주고 고개를 숙였다. 그들은 아버지께 더는 라미스의 정체를 묻지 않았다. 아버지는 피곤한 얼굴로 한숨을 쉬었다.

'어디에 눕히면 됩니까?'

라미스가 아버지를 흘끔 보자 아버지가 다시 식은땀을 흘리며 앞장섰다.

'이쪽으로 오시게.'

곳곳에 횃불 밝히는 기사들이 지나가며 아버지께 인사하다가
도 라미스와 그에게 업힌 나를 보고 의아해했다. 라미스가 지나
가는 자리마다 어수선함이 짙게 남아 있던 차에 진영 가운데쯤,
아버지의 막사에 다다랐다. 거친 등장, 그리고 껄끄러운 행동들
과는 다르게 나를 내려놓는 그의 손길은 다정했다. 검을 찬 살
인자 같은 행색과는 대조되는 동작이었다. 그는 잠시 눈을 뜨지
못하고 기절해 있는 내 얼굴을 빤히 보았다. 흙투성이에 너저분
한 모습이었는데 나를 바라보는 라미스의 표정은 조금 신선했
다. 그는 호감으로 점철된 감정을 싣고 나를 바라보는 것 같았
다.

'정말 이 여자가 백작님 딸입니까?'

그가 내게서 시선도 떼지 않고 물었다. 팔짱을 끼고 떨떠름하
게 그 모습을 바라보던 아버지가 고개를 끄덕였다.

'내 딸이야. 정말 고맙네. 이는 꼭 보상하겠네.'

그러자 라미스가 대뜸 웃음을 터트렸다.

'어떻게 말입니까?'

예상치 못한 질문이었던 모양이다. 아버지는 방망이로 후려
맞기라도 한 사람처럼 당황하셨다. 아버지는 언제나 빈말을 하
지 않으시는 분이었고 메시리아의 예법이란 게 그랬다. 돌려 말
을 할지언정 내뱉은 말은 체면이 있어 반드시 지키곤 했다. 그
게 귀족의 덕목이라고 생각했기 때문이다. 아버지는 잠시 고민
하는 얼굴로 그와 기절한 나를 번갈아 보았다.

'자네가 원하는 보상이 따로 있는 겐가?'

아버지의 물음에 그가 물끄러미 내 얼굴을 보았다.

'백작님의 딸이요.'

'뭐?'

아버지가 다시 당황하자 그가 웃었다. 새하얀 이를 드러내며 환히 웃는 미소는 과거에도 여전히 아름다웠다.

'첫눈에 반했습니다.'

그러나 첫눈에 반했다고 하기엔 내 몰골이 지금 내가 보기에도 너저분하고 초췌한 게 지나치게 심각한 상태였다. 난 도무지 그가 어느 부분에서 내게 반했다고 한 것인지 이해할 수 없었다. 그건 아버지 또한 같은 생각이셨는지 험한 몰골의 나를 한 번 보시고는 인상을 찌푸리셨다.

'이 아이는 모르제 백작 가문의 후계자야. 자네 보상 문제는 추후에 다시 이야기하는 걸로 하지.'

대답을 미리 예견한 사람처럼 라미스는 아버지 말의 마침표가 끝나자 등을 돌렸다. 그는 미련 없이 어깨를 으쓱이고는 허리춤에 차고 있던 검을 뽑아 들어 휘두르곤 어깨에 올렸다. 늠름한 장군 같았지만 현실은 침입자였다. 그가 고개만 돌려 아버지를 향해 고갯짓했다.

'그럼 그보다 급한 일을 해결하러 가 보죠. 엘쉬가의 막사가 어딥니까?'

'바로 뒤에 있네만. 설마 여기서…….'

아버지가 그의 팔을 잡으려 했을 땐 이미 늦었다. 그는 날렵했고 정확했다. 곧장 엘쉬가의 막사를 열고 들어간 라미스의 흉흉한 분위기 때문에 주변을 순찰하던 기사들이 소란스럽게 모여들었다. 아버지가 허겁지겁 라미스를 말리러 갔지만 이미 그녀의 막사에 들이닥친 그가 그녀의 멱살을 틀어쥐고 그녀의 목에 검을 겨누고 있었다.

순식간에 메시리아 진영이 뒤집어졌다. 제일 흥분한 건 엘쉬가의 막사 안으로 뛰어 들어온 로헨이었다. 그의 머리카락은 잔뜩 흐트러져 있었지만, 너저분한 라미스와는 대조되도록 말끔한 차림새였다. 그리고 나는 그토록 화가 난 로헨을 처음 봤다.

막사 주변을 포위한 기사들의 수가 벌써 수십이다. 어차피 메시리아군 진영 안이었으니 라미스는 수천 기사 속에 포위된 것과 같았다. 그러나 곧바로 그들이 라미스를 쳐 낼 수 없었던 건 엘쉬가가 괜찮다며 다가오는 이들을 제지했기 때문이다. 아버지는 한숨과 함께 양손에 얼굴을 묻으셨다.

'그쯤 하는 게 좋겠는데, 동생아.'

엘쉬가가 다정한 미소로 말했다. 그제야 아버지가 다시 고개를 들었는데 엘쉬가의 그 말이 불러온 파장이 엄청났다. 라미스가 엘쉬가의 동생이란 건 곧 축복의 탑의 또 다른 후계자 자격을 가진 사람이란 뜻이다. 엘쉬가의 의도였는지는 알 수 없었다.

엘쉬가를 그렇게나 끔찍이 여겼던 사람치고 로헨 역시 라미스의 존재 자체는 몰랐던 모양인지 충격 받은 얼굴이었다. 피를 죄 뒤집어쓴 라미스의 모습은 누가 보아도 확실히 기괴했다.

'네가 벌써 황후가 된 줄 아나? 넌 아직 축복의 탑 사람이야.'

'나도 알고 있어.'

라미스의 말에 엘쉬가가 방긋이 웃으며 대답했다.

'하지만 라미스, 내가 황후가 되진 않았어도 황후 후보쯤은 된단다. 지금의 네 행동, 후회하게 될 거야.'

엘쉬가의 말에 가만히 지켜보던 아버지가 나서셨다.

'그분은 나와 내 딸의 목숨을 살렸다. 그게 무얼 의미하는 줄 아는가? 모르제 백작가의 은인이라는 뜻이라네.'

아버지는 경멸 섞인 어투로 말하곤 라미스에게 멱살 잡혀 있는 엘쉬가를 벌레 보듯 바라보셨다.

'아직 예정만 되어 있을 뿐, 정식 '후보'로도 오르지 못한 자네 따위보다야 '우리 은인'의 가치가 더 높을 것 같은데? 자네가 말한 후회는 없을 걸세.'

아버지는 엘쉬가를 미워하셨다. 엘쉬가가 제아무리 지혜롭고 현명한 여자라고 소문이 났어도 내 영향 때문일까. 아니면 아버지가 선구안이 있으셨던 걸까. 아버지는 처음부터 엘쉬가를 마음에 들어 하지 않으셨고 그 마음은 나를 버린 로헨이 엘쉬가를 사랑하면서 더 짙어졌다. 아버지의 말이 끝나자 라미스는 재미있다는 얼굴로 아버지를 돌아보며 웃었다.

'자. 그렇다는군?'

그리고 그가 검을 추켜올렸을 때 그를 막은 건 다름 아닌 아버지셨다.

'그러나 그것이 자네가 이 자리에서 저 여잘 처단할 이유가 되진 못하지.'

라미스는 대번에 불쾌한 얼굴로 아버지를 노려봤다.

'내가 그 말에 따를 것 같아? 당신네들의 더러운 정치놀음에 전선에서 죄 없이 죽는 병사들이 보이지 않는 건가? 그들의 목숨 따윈 하찮고 이 여자의 목숨은 그보다 고결하다 말할 텐가?'

라미스가 아버지를 향해 으르렁거린 뒤 엘쉬가의 머리채를 휘어잡았다. 그녀가 비명을 내지르자 막사 안이 아수라장이 됐다. 하지만 보는 내 입장에선 통쾌하기 그지없었다.

'죽으면 거지든 황제든, 뭐가 대수인가? 죄 다를 바가 없다.'

그가 검을 치켜들고 그대로 휘둘렀다. 그러나 잘린 건 엘쉬가의 목이 아니라 머리카락뿐이었다. 허리까지 내려오던 엘쉬가의 긴 머리카락은 목 언저리로 지저분하게 잘려 있었다. 로헨이 그녀에게 달려오고자 했지만 그를 제지한 건 다시 라미스였다. 라미스는 그대로 엘쉬가의 멱살을 틀어쥐고 검을 치켜세운 채, 주위를 둘러봤다.

'너희들의 명령 따윈 필요 없어. 난 이 계집과 피가 섞인 남매다. 그것인즉 이럴 자격이 있다는 말이지. 프리제의 인장이 찍힌 허가증도 있다. 이 길로 에르만 황실에서 황제를 만날 터이니 날 막을 수 있는 겁 없는 자가 있다면 와라. 모조리 목을 베어 주지.'

라미스는 지옥에서 강림한 악귀 같았다. 벌겋게 충혈된 눈으로, 진득한 핏물을 뒤집어쓴 채 검을 휘두르고 있으니 그럴 만도 했다. 그리고 아버지는 다시 한 번 충격을 받으셨다. 라미스가 힐러프의 딸인지, 아니면 프리제가 다른 여자를 들인 것인지 당장은 알 길이 없었기 때문이다. 그대로 라미스는 엘쉬가를 개처럼 끌고 에르만 황실로 향했다.

나는 다행히 오래가지 않아 깨어났다. 그것도 달리는 마차 안에서 아무 일 없던 사람처럼 눈을 떴다. 아버지는 내 두 손을 붙잡고 고요히 눈물을 흘리셨다. 그리고 그 앞에 앉은 나는 어쩔줄 모르는 얼굴로 아버지의 손을 맞잡았다. 나는 창백한 얼굴로 손을 덜덜 떨며, 아버지의 이마에 얼굴을 맞대었다. 그러곤 소리 내 엉엉 울음을 터트렸다. 무서웠다는 말을 중얼거리며 덜덜 떠는 나를 아버지가 안쓰러운 얼굴로 안아 주었다.

회귀 전의 나는 내가 보아도 낯선 성격의 여자였다. 마차 안엔 아버지와 나 둘뿐이었고 라미스와 엘쉬가는 뒤따라오는 마차에 타고 있었다. 그리고 갑작스럽게 깨어난 나를 배려해 일행은 근처 마을에 잠시 쉬어 가기로 했다. 마차에 내린 나는 뒤따라온 마차에서 라미스가 내리는 것을 보며 놀랐다.

'당신, 여행객의 거리에서 보았던……!'

그 반응이 뜻밖이었다. 나는 납치보다 훨씬 이전의 기억을 끄집어냈다. 여행객의 거리라면 메시리아의 수도 호베른에 있는 여행객의 거리를 말하는 게 분명했다. 내 반응에 아버지가 의아한 얼굴로 라미스와 나를 번갈아 보았다. 엘쉬가는 관심 없단 얼굴로 인상을 찌푸리고 마차 안에 얌전히 앉아 있었다.

내가 주섬주섬 드레스 자락에서 꽃무늬 자수가 들어간 주머니를 꺼냈다. 나는 곧장 그 주머니를 라미스를 향해 내밀었다.

'행운의 돌이에요. 여행객의 거리에서 가판 상점 소년에게 구입한 돌이요. 당신이 그랬잖아요. 원래 당신 물건이라면서요.'

나는 핏기 없는 얼굴로 아버지의 부축을 받으며 그에게 다가갔다.

'돌려 드릴게요. 아무래도 저한텐 효과가 없는 것 같아요.'

내게서 행운의 돌이 담긴 주머니를 받아 들고 라미스가 의아한 얼굴을 했다.

'계속 제게 불운만 찾아와요. 그 돌, 행운을 주는 게 맞나요?'

내 물음에 그가 웃었다.

'그건 저도 모르죠. 이 돌은 매개체일 뿐인걸요.'

'네?'

'으레 강력한 믿음에는 현실로 바꾸는 힘이 있습니다. 그러나 생각만으로는 어려우니 물체의 힘을 빌리는 거죠. 이 돌이 행운의 돌이라고 믿는다면, 당신에겐 정말로 행운이 생길 거란 말이에요.'

'무슨 말인지 모르겠어요.'

그 말에 라미스가 유쾌한 얼굴로 웃었다. 엘쉬가를 찢어발기겠다고 선언하던 살인자의 얼굴과는 대조되도록 다정한 미소로.

'믿으라는 얘깁니다. 의심하지 마시고, 믿으세요. 그 소년이 말하지 않던가요? 천사님이 그 돌을 줬다고.'

그가 다시 내게 행운의 돌을 줬다. 나는 다시 돌을 받아 들고 이해할 수 없다는 얼굴로 미간을 모았다.

'그 소년에게 이 돌을 준 사람이 당신이라면서요. 그럼 당신이 천사인가요?'

내 물음에 그는 고민조차 않는 얼굴로 고개를 기울여 나를 보았다.

'그럴 수도 있죠. 제가 천사일 수도?'

그의 말에 아버지가 비웃음을 던졌다. 그가 얼마나 많은 사람을 죽이고 여기까지 왔는지 직접 보았기 때문일지도 몰랐다. 그러나 라미스는 아버지의 반응 따위 신경 쓰지 않았다.

'저 진지해요. 그러니 농담은 말아 주세요.'

난 웃음기 하나 없는 얼굴로 그를 노려보았다. 그러자 그가 고민하는 척 턱을 괴고 나를 봤다.

'저도 진지한데.'

그러곤 그가 내 머리를 부드럽게 쓰다듬었다.

'그보다 깨어나셨군요.'

그리고 그 말에 내가 황급히 놀라 그와 아버지를 번갈아 보았다. 아버지가 한숨을 내쉬며 일단 근처 식당에 들어가 앉을 것을 권했다. 라미스는 자신의 손목과 엘쉬가의 손목에 밧줄을 매달아 묶어 놨다. 그래서 그가 움직이자 엘쉬가가 신경질을 부리며 마차에서 내려왔다. 그리고 엘쉬가를 발견한 내 얼굴에 떠오른 증오는 대단했다. 핏기 없는 얼굴로 힘도 못 쓰고 있다가 엘쉬가의 얼굴을 보자마자 그녀에게 달려들었기 때문이다. 달려드는 나를 보고도 그녀는 주눅 든 기색이 전혀 없었다. 외려 가소롭다는 표정으로 나를 비웃었다.

상황을 진정시키고자 라미스가 나를 둘러업고 식당 안으로 들어갔다. 나를 살려 준 사람이 라미스라는 이야기를 듣고 그에게 감사 인사를 할 겨를도 없었다. 정신이 나간 얼굴로 엘쉬가를 물어뜯기 위해 발악했기 때문이었다. 결국 라미스는 우리와 식사하기를 포기하고 엘쉬가를 다시 개처럼 끌고 마차 안으로 들어갔다.

그리고 아버지는 아무렇지 않은 척, 나를 달래셨다. 내가 좀 진정이 되자 스튜를 뜨기 위해 스푼을 드셨는데 그 손이 덜덜덜 떨리고 있었다. 아버지는 결국 스푼을 내려놓고 양손에 얼굴을 묻으셨다.

호베른에 도착하고 저택에서 며칠 쉬며 컨디션 회복을 한 뒤, 아버지와 나는 곧장 에르만 궁전에 입성했다. 조반니는 나와 아버지가 집무실 안으로 들어오는 모습을 보자마자 자리에서 뛰쳐나와 나를 끌어안았다. 당시 어이없게도 레나타를 대신해 납치를 당했었으니, 억울한 상황이긴 했다.

나를 끌어안은 조반니가 화가 머리끝까지 올라 소리를 지르자 내가 울음을 터트리며 엘쉬가가 범인이었다는 사실을 밝혔다. 아버지는 우리를 진정시키고자 진땀을 빼셨고 시간이 흘러 조금 진정된 얼굴로 우리 모두는 자리에 앉았다.

'엘쉬가였다고.'

조반니가 글자 한 자, 한 자를 칼끝으로 꾹 눌러 찍듯 힘을 주었다. 나는 착한 학생처럼 고개를 끄덕이다가 다시 울음을 터트렸다. 그 순간만큼은 정말 엘쉬가와는 비견할 수 없을 정도로 가녀린 소녀 같았다. 그런 내 얼굴을 조반니가 착잡한 시선으로 바라봤다.

'도저히 그냥은 못 넘어가겠군.'

내가 우는 모습을 지켜보던 조반니는 흥분으로 벌겋게 달아오른 얼굴을 하고 있었다. 그는 깊은 한숨을 내쉬고 싶은 얼굴로 숨을 들이켰다. 그러나 시원한 한숨은 끝내 나오지 않았다.

'자중하십시오. 신중하셔야 합니다.'

그리고 그런 그를 다시 진정시키는 건 아버지 몫이었다. 그리고 어느 정도 상황이 정리되자 라미스가 엘쉬가를 데리고 에르만 궁전에 입성했다는 보고를 받았다.

'넌 따라올 필요 없다.'

조반니는 아버지와 함께 일어서며 내게 말했다.

'여기 있어.'

거절은 거절하겠다는 얼굴과 단호한 말투가 위압적이었다. 그러나 나는 고개를 저었다. 처음부터 엘쉬가를 볼 생각으로 에르만 궁전에 들어왔던 거였다. 엘쉬가를 만나는 것에 거리낌은 있었으나 그게 무서운 감정은 아니었던 듯했다.

'아니요. 제가 당사자인걸요.'

조반니는 그 말을 이해했다. 그는 더는 내게 의사를 묻지 않고 내 손을 잡았다. 우리는 라미스와 엘쉬가가 기다리고 있는 응접실에 들어갔고 나는 그제야 멀쩡한 모습의 라미스를 볼 수 있었다. 눈부신 금발에 새하얀 얼굴, 그리고 험악한 인상까지. 반경 10미터 이내 접근 금지라는 팻말을 얼굴에 써 붙인 것만 같은 표정이다.

그러나 그는 조반니의 뒤를 따라 내가 들어오는 것을 보며 반가운 얼굴로 웃었다. 난 사람의 얼굴이 그렇게 극적으로 바뀌는 것이 생소하단 얼굴로 그를 봤다. 조반니는 우리 둘의 친분을 이해할 수 없는 얼굴을 했다.

'아는 사이인가?'

조반니의 물음에 내가 고개를 끄덕였다.

'아, 네. 조금.'

내 대답에 라미스가 마땅치 않은 얼굴로 손을 휘저었다.

'조금이라고 말하긴 조금 그런데.'

당연히 나는 황당한 얼굴로 그를 보았다.

'네?'

'행운을 주고받은 사이니까.'

진지한 얼굴로 하는 말이 괴상했다. 조반니는 그 말을 듣고는 바람 빠지는 웃음소리를 냈다. 그러나 뜻밖에도 라미스 역시 재미있단 얼굴로 웃음을 짓고는 고개를 절레절레 흔들었다. 이상한 타이밍에서 죽이 잘 맞는다. 물론 둘이 같은 뜻으로 웃은 건 아닐 테지만 말이다. 나와 아버지, 그리고 조반니가 자리에 앉자 라미스가 바로 본론을 꺼냈다. 그의 옆자리에 앉은 엘쉬가가 연신 초조한 얼굴로 양손을 꼼지락거렸다.

라미스는 엘쉬가의 친필로 쓰인 편지와 납치 사례금을 꺼내 보였고, 엘쉬가는 조반니가 편지를 읽자마자 눈물을 터트리며 억울함을 호소했다. 그 모습이 참 추레하고 보잘것없어 보였다. 조반니는 신경질적인 동작으로 편지를 구기며 엘쉬가를 노려봤고 엘쉬가는 조반니의 매서운 시선에 울음을 그쳤다.

'그래서 원하는 건?'

조반니의 물음에 라미스가 웃었다.

'당연히 목숨입니다.'

'구체적으로.'

'이 여자를 제 손으로 직접, 죽일 수 있게 해 주십시오, 폐하.'

조반니는 그 말을 듣고 한참 동안 라미스를 빤히 바라보았다.

'이유나 묻지. 왜 그토록 그녀를 죽이고 싶어 하지? 그년 자네의 누이 아니던가?'

'그녀는 패륜을 저질렀습니다. 어머니를 죽인 원수입니다.'

라미스의 말에 조반니는 단번에 타당한 이유라는 얼굴로 고개를 끄덕였다.

'난 어머닐 죽이지 않았어, 라미스!'

엘쉬가의 물음에 라미스가 조소했다.

'10년 전 네가 어머니를 밀고하지 않았다면 반역자라 누명을 쓰고 작고하시는 일도 없었을 거다.'

'뭐?'

엘쉬가는 충격을 받아 아무 말도 하지 못했고, 되물은 것은 아버지였다.

'히, 힐러프가 죽어?'

라미스와 엘쉬가는 동복 남매다. 힐러프, 즉 어머니가 같은 남매였고 당시 엘쉬가는 제 어머니가 힐러프인 줄도 모른 채 그녀를 죽음으로 이끌었다.

'뮈젤의 납치를 지시한 여자 아닌가. 미안하지만 자네에게 넘겨줄 순 없다. 그보다 더한 형벌을 내려도 시원찮아.'

조반니는 팔짱을 끼고 앉아 거만하게 턱을 추켜올렸다. 그러나 라미스는 동요하지 않았다.

'뭔가 오해가 있는 것 같습니다. 전 폐하께 허락을 구한 게 아닙니다. 그저 한 나라의 지도자께 예의를 지킨 것일 뿐. 그녀는 축복의 탑 사람이지 메시리아 사람이 아니니까요.'

조반니는 조금 화가 난 것도 같았으나 그의 표정은 워낙 읽기가 어려워 정확히 그가 어떤 감정 상태로 라미스를 바라봤는지는 알 수 없었다. 그러나 그는 생각보다 쉽게 라미스의 말에 수긍했다.

'그래, 내가 축복의 탑과 척을 져서 좋을 건 없지.'

조반니는 그렇게 말한 뒤 엘쉬가의 처분을 전적으로 라미스에게 맡길 것을 지시했다. 그리고 그 후에 문제는 그들이 아닌 내게서 발생했다. 다름 아닌 소설 ≪메시리아≫가 세간에 발표된 것이다. 로앙지스의 이름으로. 소설은 로앙지스의 명성만큼이나 인기가 있었다. 그러나 곧 그것은 금서로 낙인찍혔고 곧이어 흉흉한 분위기가 나라 안팎을 감돌았다. 로헨에 관한 동정론이 퍼지며 엘쉬가와 조반니에 대한 반감이 커진 것이다.

분명 소설 ≪메시리아≫의 표지에는 실존 인물과는 관련이 없는 허구라는 사전 경고가 붙어 있었다. 그러나 사람들은 소설과 현실을 구분하지 못하고 소설 속 이야기를 현실에 대입하기도 했으며, 분명 소설 속 이야기라고 알고 있는 사람들도 무의식중에 현실과 소설 이야기를 착각하는 경우가 종종 발생하기도 했다. 금서로 낙인찍힌 이후에 그 열기는 대폭 하락했다. 그럼에도 암암리에 거래가 되고 있었으며, 그 문제로 조반니가 한동안 골머리를 썩었다.

그리고 그 장면을 끝으로 나는 다시 다른 기억 속으로 휩쓸렸다. 아버지의 것이 아니었다. 지나치게 선명하고 낯설지 않은 게 분명 내 기억이었다.

더러운 것을 모조리 씻겨 버리겠다는 의지 가득한 빗물이 땅 밑으로 기어들어 가는 어두운 낮이었다. 베버가 옆에 있었고 누군지 모를 기억의 주인공에게 우산을 씌워 주고 있었다. 고르지 못한 돌바닥은 일정하지 않았지만 반들거리며 빛났고, 우리가 서 있는 곳은 한낮의 울화와 같은 빗속에도 바삐 지나가는 사람들로 가득한 호베른 광장이었다. 이건 전에도 본 적 있는 기억이었다.

'아가씨 아무래도 백작님께 사실을 고하는 것이…….'

베버가 심각한 얼굴로 나를 봤다.

'지금 그 소설을 읽어 보지 않은 사람은 나밖에 없을걸? 대체 그게 왜 금지 소설인지 모르겠단 말이야. 분명 그럴 만한 내용이 없는데.'

물론 당시의 나는 소설의 내용을 이미 모두 알고 있었다. 물론 그건 자만 어린 추측이었다. 내가 직접 쓴 원고였고 로앙지스가 교열만 해서 출간했을 게 분명하다고 생각했다. 당시의 나는 순진하게 반드시 그럴 것이라고 믿어 의심치 않았다.

'하지만…….'

베버가 잔소리를 늘어놓으려는 찰나에 누군가가 다가왔다. 검은 로브로 온몸을 칭칭 감았는데 비바람에 로브 자락이 살짝 벗겨지고 나는 슬그머니 들어난 그의 얼굴을 보았다. 에드윈이었다.

'말씀하신 장미입니다.'

그가 검은 천으로 둘둘 말린 물건을 내게 건넸다. ≪메시리아≫ 책이었다. 베버가 품에서 돈주머니를 꺼내 에드윈에게 건넸다. 그는 로브를 고쳐 쓰더니 내게 인사를 건넸다.

'반가웠습니다, 뮈젤 클라베.'

당시 에드윈은 내가 말하지 않았음에도 나를 알고 있었다. 그 점이 분명 이상했는데도 나는 전혀 이상한 점을 눈치채지 못했다. 소설에 정신이 팔려 있었기 때문이었다. 그리고 저택으로 돌아와서 소설을 읽은 나는 기함을 토했다. 내가 쓴 원고가 아니었기 때문이다. 소설은 각색이 되어도 심각하게 되어 있었다.

나는 유배지를 벗어난 황족이라며 세간의 질타를 받는 로헨이 동정받기를 원했을 뿐이었다. 그런 작은 소망이었다. 큰 뜻이 있었다면, 소설보단 행동으로 나섰을 것이다.

현실과 많이 다르지 않게, 그렇지만 사람들이 로헨에게 동정심을 느낄 수 있을 정도로만 내용을 바꿔 소설로 만들었다. 조반니에게 사랑하는 여인을 빼앗기고 전장에서 쓸쓸히 죽어 간 황족 정도로 미화해서 로맨스 소설을 썼을 뿐이다. 물론 이자벨은 그것만으로도 풍기문란으로 반역죄를 선고받을 것이라 지레 겁먹었지만 말이다.

그러니까 난 그것만으로도 충분하다고 생각했다. 그것만으로도 충분히 위험 요소를 안고 있지만 크게 문제될 것은 아니라고 단정했다. 그러나 지금 세간에 떠도는 소설 ≪메시리아≫는 그 정도의 수준이 아니다. 난 결단코 이렇게까지 각색된 금서를 바란 적이 없었다.

각색된 소설 속에선 조반니가 로헨에게서 엘쉬가를 납치, 감금하는 것은 물론 강간까지 서슴지 않았다. 게다가 사건이 벌어지는 일련의 권력 암투에선 멜보르크가 사리사욕을 채우기 위해 조반니의 이름을 빌려 로헨을 죽이기까지 한다.

아버지는 나를 의심했으나 당시의 나는 당연히도 억울할 수밖에 없었다.

'로앙지스에게 다시 한 번 소설 배포를 부탁했는데, 거절당했어요. 게다가 소설 ≪메시리아≫는 제가 쓴 내용과 달라요. 아무래도 로앙지스가 각색한 모양이에요! 전 폐하를 그런 악인으로 만든 적이 없단 말이에요!'

그러나 이미 사건은 걷잡을 수 없이 심각해졌고, 때마침 전장에서 로헨이 작고했다는 소식이 들려오자 상황은 더 심각해졌다. 에르만 황실에선 로앙지스를 잡기 위해 혈안이 되어 있었고 그 배후에 내가 있다는 소문이 들려왔다.

그러던 와중 이자벨이 로앙지스로 밝혀졌고 곧장 에르만 황실로 끌려갔다고 베론이 울며불며 아버지께 찾아왔다. 그러나 아버지가 해 줄 수 있는 것은 없었다. 베론은 그런 아버지께 배신감을 느꼈고 베론에게 어떤 이야기를 들었는지 이자벨이 그 원고를 쓴 원작자는 '뮈젤 클라베 로랑 모르제'라고 밝혀 내가 위험해졌다.

그러던 중 라미스가 모르제 영지를 찾아왔다. 모르제 저택의 응접실에서 만난 그는 다급하게 찾아온 사람처럼 몰골이 지저분했다. 그러나 나를 대하는 태도는 생각보다 차분하고 침착했다. 아버지는 무례를 무릅쓰고 황급히 우리가 있는 응접실의 문을 두드렸다. 라미스는 아버지의 예상치 못한 등장에도 상관없다는 태도로 일관했다. 아버지가 내 옆에 앉았다.

'떠납시다.'

그가 내게 말했다. 지나치게 덤덤해서 마치 '오늘 요 앞 시장에 놀러갔다 오자'는 것처럼 들렸다. 내가 그의 의도를 파악하지 못하고 고개를 갸웃거리자, 아버지가 정색하셨다.

'그대가 지금 무슨 말을 꺼내고 있는지 아는가?'

아버지의 말에 라미스가 고개를 끄덕였다.

'압니다. 반역자로 몰린 여자에게 함께 도주하자고 말하는 중이죠.'

내가 놀란 토끼 눈을 하고 몸을 앞으로 기울였다.

'뭐라고요?'

내 놀란 외침에 그는 대수롭지 않은 질문을 들은 것처럼 태연하게 차를 마셨다.

'사형 외의 선고가 내려지는 일은 결단코 없을 겁니다. 그러니 방법은 하나뿐입니다. 도망갑시다.'

'아니, 대체 당신이 왜.'

'행운을 가지고도 불운만 찾아온다고 했잖습니까?'

라미스는 내가 손안에 움켜쥐고 있는 행운의 돌을 봤다. 아버지가 그의 시선을 따라 나를 보았다.

'이번엔 믿어 보세요. 천사의 행운.'

그가 내게 손을 내밀었다. 아버지가 참담한 시선으로 나와 라미스를 보았다. 나는 한참 동안 내게 내밀어진 그의 손을 바라만 보았다. 라미스는 물론 아버지조차 내게 재촉의 말을 꺼내지 않았다. 그리고 나는 결국 고개를 저었다.

'폐…… 를 끼칠 순 없어요. 늘 사고만 치던 철없는 딸이었는데, 이번 일에서까지 도망칠 순 없어요. 제가 저지른 일은…… 제가 마무리해야죠.'

나는 울음이 터질 것 같은 얼굴로 대답했고 아버지는 괴로운 듯 마른세수를 하셨다. 재판이 열렸고 당연히 난 패소했다. 그 과정에서 난 조반니를 단 한 번도 사적으로는 물론 재판에서조차 얼굴을 볼 수가 없었다. 사태는 더 심각해졌고 멜보르크 귀족들이 주도적으로 내 사형을 주도했다. 끔찍한 기억의 연속이었다. 차마 눈 뜨고 기억을 마저 볼 수 없을 정도였다.

소설 ≪메시리아≫로 떠들썩한 와중에 조반니가 아버지를 불렀다.

'난 뮈젤을 살릴 수 없다.'

아버지를 부르고 한참 동안 말이 없던 조반니가 뱉은 첫마디였다.

'하지만 자넨 뮈젤을 살릴 수 있지.'

그리고 아버지는 그가 하고 싶은 말이 무엇인지 정확히 간파하셨다.

'파수꾼 가문의 그 힘. 뮈젤을 위해 써 주게.'

아버지와 어머니는 나를 살리기 위해 노력하셨다. 메르넨과 아린느라고 다르지 않았다. 평소 나와 그렇게 죽고 못 살더니 안간힘을 쓴다며, 사실은 반역자 가문으로 낙인찍힐 게 두려워 그러는 거 아니냐는 조롱에 제 성질 못 이기고 치고받고 돌아오던 아린느나 평소 친분 있던 명망 높은 귀부인들을 만나고 다니며 사실을 밝히고자 노력했던 메르넨이나, 모두 내겐 지나치게 생소한 모습이었음은 확실했다.

그러나 그들의 그런 눈물 나는 노력에도 불구하고 나는 결국 사형대 위에 올랐다. 나를 사형대 위로 올린 것에 가장 큰 공헌을 한 이들은 멜보르크 귀족들이었다. 그들은 소설로 인해 망가진 명예를 회복하고자 안간힘을 썼다. 그 자리엔 어머니도, 메르넨도, 아린느도 있었다.

아버지는 네바다의 귀족들과 함께 사형 집행장 맨 앞줄에 앉아 계셨다. 그리고 내가 공개 처형장에 오르고서야 나는 몇 달만에 조반니를 가까이서 볼 수 있었다. 그는 잘 빚은 인형처럼 표정이 없었다. 내가 모든 것을 해탈한 얼굴로 서 있다가 그에게 인사했는데 그가 내게 알 수 없는 말을 했다.

'잊지 않겠다. 다시 돌아가도 절대, 잊지 않겠다고 약속하마.'

물론 당시의 나는 그 말이 무슨 뜻인지 알지 못했다. 그게 아버지가 파수꾼 가문의 힘을 사용해 과거로 시간을 돌린 후의 얘기라는 걸 당시의 나는 몰랐다. 조반니가 내게서 멀어지자 양손과 발목에 밧줄이 묶였고 곧 목에도 밧줄이 단단하게 묶였다.

아버지가 너무 가까이 계셨다. 아버지는 눈을 감고 계셨다. 동요하고 싶지 않으셔서 그랬는지는 모르겠다. 아무런 표정이 없었고 아버지는 끝내 눈을 뜨지 않으셨다. 곧 사형 집행장의 사형 선고가 내려지고 바닥이 꺼졌다. 내가 발버둥을 치며 괴로워하는 사이 아버지가 눈을 뜨시고는 결국 참지 못하고 자리에서 일어나셨다.

'안 돼!'

주위에 있던 귀족들이 죄 일어나 아버지를 붙잡았다. 아버지는 벌겋게 달아오른 얼굴로 오열하셨다. 목에 핏대가 섰고 주위가 떠나가라 소리를 지르셨다.

'안 된다! 안 돼에엑! 뮈젤! 내 사랑스러운 딸!'

공개 처형이라 주위엔 수많은 군중들이 있었지만, 아버지의 오열에 소란도 멈췄다. 아버지의 발악에 가까운 울음소리가 처연하게 울려 퍼졌다. 아버지는 결국 바닥에 엎어지셨다.

'미안하다, 미안하다. 으아아아아! 뮈젤!'

머리를 감싸고 오열하는 아버지께 어머니와 메르넨, 아린느가 달려와 안겼다. 가족 모두가 함께 울었다. 한동안 곡소리가 처형장을 떠나지 않았다.

그리고 평생 파수꾼 가문의 힘을 쓰지 않겠다고 선언하신 아버지는 오열하시며 저도 모르는 간절한 염원으로 힘을 사용해 시간을 돌렸다. 돌아온 시간은 내가 여섯 살 적이다. 아버지는 로헨과 약혼하기 이전으로 시간을 돌리셨다. 그리고 전과 마찬가지로 조반니는 아무것도 기억하지 못했다.]

나는 하루 종일 잠들어 있었다. 아버지의 손을 놓지 않은 채로. 로헨은 결국 기다리는 것을 포기하고 에르만으로 돌아간 후였다. 아버지의 야윈 얼굴을 보고 있자니 울컥 눈물이 흘렀다. 침대맡에 머리를 기대고 잠든 아버지를 보며 나는 울음을 터트렸다. 참으려 해도 자꾸 울음소리가 새어 나와 아버지가 뒤척이며 깨어났다. 아버지는 울고 있는 나를 보고 놀라서 몸을 일으키셨다.

"뮈젤, 무슨 일이냐!"

아버지가 내 양어깨를 움켜쥐며 물었다. 하지만 나는 봇물 터지듯 밀려오는 눈물에 엉엉 울음을 터트리며 아버지의 품에 안겼다. 눈물은 쉬이 멈추지 않았다. 무슨 말이라도 하고 싶었는데 무슨 말을 해야 할지도 모르겠다. 그저 아버지의 사랑이 눈물겨워서, 그 감정이 너무 벅차서, 나라는 그릇에 다 담을 수 없을 정도로 대단해서 말로 다 표현할 수가 없었다.

"이제야 끝이 났구나."

아버지가 나를 품에 안고 등을 두드렸다. 아버지는 마땅히 예상한 얼굴로 덤덤했다. 그러나 나는 그러지 못했다. '그 힘에 관해 아직도 알아낸 것은 없지만, 알아낸다 하더라도 달라지진 않아요. 그 힘은 죽을 때까지 사용하지 않을 겁니다. 절 위해서도 사용하는 일은 없을 거예요.' 아버지는 할아버지에게 다짐하듯 그 말을 하셨다.

그 결심이 어떤 희생 위에 만들어졌는지를 안다. 같은 시간을 두 번이나 겪으면서 아버지가 얼마나 힘들어하셨는지를 난 보았다. 그런데 그 힘든 걸 철없는 나 때문에 무려 세 번이나 겪으셨다. 그 고통이 감히 상상이 가질 않아서 슬펐다. 누군가 심장을 움켜쥔 것처럼 가슴이 미어졌다. 목이 메어 울음을 삼키며 나는 눈물을 흘렸다.

"죄, 죄송해요, 아버지……."

"쉬. 쉬이, 뮈젤. 그만 울어라. 난 괜찮다."

괜찮지 않은 걸 안다. 내가 슬픈 이유는 그래서다. 아버지는 언제나 내게 괜찮다고 말하실 거니까. 회귀 전에는 메르넨이 모르제 가문의 후계자였다. 당시 아버지는 내가 가진 능력을 내가 다 커서야 알게 되셨으니까, 뒤늦게 내 능력을 알았다 한들 이미 정해진 후계자 자리를 내게 물려줄 순 없었을 거다. 그 이전에 내가 사고를 치고 다니다가 죽어 버렸으니까.

그러나 회귀 후, 파수꾼 가문의 능력을 이어받은 딸이 나라는 사실을 알고 나서는 얘기가 달라졌다. 아버지는 회귀 후엔 모르제 가문의 후계자를 정하지 않으셨다. 그러나 누구나 다 그 후계자가 내가 되리란 걸 암묵적으로 알았다. 모르제 포도 경매 관리는 아무에게나 위임하는 게 아니다. 그 관리권을 내게 쥐여 주셨으니, 그게 후계 공표를 대신하는 증표가 된 것이다.

내 눈물은 그칠 줄 몰랐고 소식을 듣고 달려온 어머니의 품에 안겨 다시 한 번 눈물을 터트렸다. 그런 나를 메르넨이 착잡한 얼굴로 보았고 아린느만 영문을 몰라 어리둥절한 얼굴로 우리 모습을 지켜보았다. 나는 그날 탈진해서 기절할 때까지 눈물을 흘렸다.

내가 다시 깨어났을 땐, 달도 서늘한 새벽이었다. 나는 퉁퉁 부은 눈을 하고 침대에서 일어났다. 베버가 협탁에 물 주전자와 물컵을 두고 갔었나 보다. 나는 물을 따라 마시곤 창가 앞으로 다가갔다. 신고 있는 실내화가 바닥을 지익지익 끌었다. 커튼을 걷으니 창밖이 보였다. 하늘색이 푸르게 밝아 있는 모양이 곧 있으면 해가 뜰 것 같았다.

로헨이 모르제 영지를 떠나 에르만 궁전으로 들어간 지 이제 이틀이 지났다. 곧 있으면 귀족 청부 살인죄로 기소된 시리엔의 공판이 열릴 것이다. 그 자리에 조반니가 프리제에게 증언을 요청했다지. 아마 내일쯤 프리제가 호베른에 도착할 것이다.

난 드레스 룸 옷장 바닥에 자물쇠를 걸어 놓은 보석함을 꺼냈다. 그리고 바닥에 아무렇게나 앉아 보석함을 열었다. 로망떼가 사교 파티를 열었던 당시, 밀러 백작 저에서 몰래 훔쳐 온 콜린이 담겨 있는 함이다. 엘쉬가가 에르만 궁전으로 돌아왔다고 하던데, 축복의 탑 후계자가 왜 자꾸 에르만 궁전을 제 집 드나들듯 드나드는지 모르겠다. 뭐, 덕분에 앞으로 내가 벌일 일들이 조금 수월해진 것 같지만 말이다.

"아가씨, 벌써 일어나셨어요? 어머, 왜 그런 데 앉아 계세요?"

베버가 방 안에 들어오다가 일찍 일어난 나를 보고 놀라며 물었다. 나는 그녀에게 들고 있던 보석함을 들어 보이며 웃었다.

"이제 이걸 사용할 때가 왔어."

베버는 이해력이 빠르다. 내가 그걸 어떤 식으로 사용할지 대충 예상하고 있던 모양이었다. 그녀는 진지한 눈빛으로 양손을 가지런히 모으고 나를 봤다. 결의에 찬 시선이었다.

"제가 잠입하는 건 잘해요. 저한테 맡겨 주세요."

그녀의 말에 난 해맑게 웃었다. 원래는 미하엘과 시리엔, 그리고 로망떼를 한데 엮으려고 했지만, 그럴 필요가 없었다.

"엘쉬가의 방에 넣을 거야. 그리고 마할 상단에도 넣어 둬야지. 기억나? 콜린 사건으로 문제를 일으킨 로망떼를 엘쉬가가 두둔했던 거. 이번엔 어떤 변명으로도 둘이 마약으로 엮이는 걸 피해 갈 수 없을 거야."

내 말에 베버가 두 손을 모으고 눈을 반짝였다.

"그럼요. 제가 뒤처리는 완벽히 하겠습니다."

나는 콜린이 든 보석함을 들고 종종걸음으로 나가는 베버의 뒷모습을 바라봤다. 그녀가 나간 뒤에도 나는 한참이나 바닥에 힘없이 앉아 있었다. 아버지의 과거를 본 여파에서 벗어나기가 쉽지가 않았다. 기억의 잔재가 뿌리부터 깊게 남아 나를 집어 삼킨 탓이다.

시리엔은 어차피 패소할 게 분명했고 미하엘은 사형 확정이다. 문제는 에드윈. 그는 대체 무슨 억하심정이 있어서 회귀 전에도 후에도 이렇게 나를 괴롭히는 걸까.

2부 9장. 가려진 진실을 보는 눈

소문이 퍼졌다. 내가 적국 황태자의 시녀로 들어가 첩보 역할을 했다는 사실과 레나 부인이 나와 메르넨을 전쟁터에 버리고 떠난 일이 세간에 알려졌다. 그 파장은 대단했다. 귀족들은 물론 메시리아 학생들까지 나서서 이 일에 대한 에르만 황실의 입장을 밝히고 해명할 것을 촉구했다. 레나 부인은 묵과했고 조반니는 그로 골치를 좀 썩는 모양이었다.

내가 어느 정도 안정을 찾았다는 소식이 들렸는지 사교 파티 초대장이 쇄도했다. 그 의도란 게 안 봐도 뻔해서 나는 모조리 거절하고자 했다. 그러나 뜻밖에도 메르넨이 와서 내게 몇몇 가문을 골라 참석할 것을 권했다. 그녀는 내 서재까지 찾아와서 책상 위에 쌓여 있는 초대장을 걸러 냈다.

"전부 다 참석할 필요는 없어. 정치적으로 입지 있는 가문세 곳만 참석하도록 해.”

메르넨이 책상 위에 초대장 몇 개를 펼쳐 놓고 검지로 찍었
다.

“여기, 그리고 여기, 여기.”

나는 그녀가 손가락으로 고른 초대장을 뽑았다. 그녀가 꼽은
사교 파티는 판델만 후작 가문, 샤마르 후작 가문, 몬트리 백
작 가문이었다. 나는 실타래가 꼬인 기분으로 초대장 뭉치들을
보다가 메르넨의 얼굴을 보았다.

“여기 공작가도 있는데 공작가는 두고 북방 후작 가문에 백
작 가문? 무슨 기준이야?”

메르넨은 다른 초대장들을 가차 없이 전부 휴지통에 던졌다.
그리고 책상 위에 세 가문의 초대장을 펼쳐 놓고 턱을 괴고
그것을 빤히 바라봤다.

“판델만은 볼티드 라르메 전하를 우조하잖아. 이번 사건의
핵이라고 할 수 있어. 그리고 샤마르는 백작 부인과 꼬띠아르
가 사교계에서 그 입지와 영향력이 대단하지. 게다가 소문을
조장하기로는 최고야. 우리에게 지금보다 더 친근하게 굴어도
나쁠 것 없지. 그리고 몬트리는 멜보르크의 정보망이야. 게다
가 적진이니까, 기분은 나쁘지만 그만큼 얻어 낼 게 많을 거
야.”

나는 그녀의 말을 듣고 있다가 책상 위에 펼쳐진 세 개의 초
대장을 가만히 바라봤다. 그리고 잠시 후 고개를 들고 깊은 생
각에 잠겨 있는 메르넨을 보았다.

“모르제 가문의 후계자로는 역시 네가 어울려.”

메르넨은 그 말을 듣고도 특별한 반응이 없었다. 그녀는 곧 내게 별 시답잖은 소리를 한다고 핀잔을 주고는 용건이 끝났다며 서재를 나갔다. 혼자 남은 나는 초대장을 뜯어 날짜와 장소를 확인했다. 제일 먼저 파티가 열리는 곳은 샤마르 후작가였다. 다행히 장소는 수도 호베른이다.

일주일 뒤, 나와 메르넨은 샤마르 후작가의 사교 파티에 참석했다. 아린느가 저만 빼놓고 파티에 간다며 패악을 부렸지만 그녀에겐 초대장이 가지 않은 걸 어쩌랴. 샤마르 후작 가문의 둘째 영애, 꼬띠아르는 언제나 내게 호의적이었다.

이번에도 역시 내 등에 날개를 달아 주며, 나를 띄우기를 서슴지 않았다. 그녀가 베건스와 친분이 깊은 사이라는 건 마음에 걸렸으나 어쨌든 그녀는 사교계 인사들에게 내게 유리한 방향으로 사건의 전말을 소개했다. 황제를 책망할 순 없으니 표적이 된 건 당연히 사절단의 대표였던 '레나 부인'이었다. 레나 부인은 사람을 만나지 않는 사람이라 소문은 점점 부풀어져만 갔다.

"전 영애가 참 좋아요."

꼬띠아르가 내게 윙크했다. 흑발에 새하얀 피부, 그리고 입술도 새빨갛게 칠한 데다가 입가에 점까지 있으니 정말로 완벽하게 매력적인 여자였다. 그녀가 커다란 입매를 활짝 벌리며 웃었다.

"모르제 영애들을 버리고 내뺀 '레나 부인의 일행' 중에 케쉬번 자작이 있었죠?"

꼬띠아르의 웃는 얼굴을 보며 나는 고개를 끄덕였다. 내가 그렇게 메르넨을 챙겨 달라고 했건만, 베건스도 나와 메르넨을 두고 레나 부인만 챙겨 나가기에 급급했던 게 사실이다. 상황의 급박함을 떠올리자면 이상할 건 없었다. 우리를 챙겨야 하는 건 레나 부인의 몫이지, 그는 자신에게 주어진 일을 하기에도 벅찼을 거다. 변명을 해 주고 싶지는 않지만 사실이 그랬다.

"맞아요."

내 대답에 그녀가 골치 아픈 얼굴로 고개를 저었다.

"그 녀석은 한 가지밖에 볼 줄 몰라요. 선대 케쉬번 자작의 꿈을 본인의 과업으로 삼고 있는 인사라……. 자신의 의견보단 언제나 선대 케쉬번 자작의 방식을 따르려고 들죠."

내게 그런 말을 해 봐야 소용없다. 난 베건스에게 관심이 없을뿐더러 그런 사실을 안다고 해서 앞으로의 일에 도움이 될 것 같지도 않았다. 나는 무성의하게 고개를 끄덕였다.

"이해해요."

내 대답에 영혼이 없었다는 걸 그녀도 알았다. 그녀가 미소를 지었다.

"글쎄요. 우리 모두는 타인이잖아요. 우리는 아무도 서로의 사정을 온전히 이해하지 못할 거예요."

맞는 말이다. 내가 동의하자 그녀가 그제야 샴페인 잔을 들고 내게 건배를 요청했다. 나는 반가운 기분으로 오랜만에 술잔을 기울였다. 파티는 성공적이었고 '레나 부인'을 곤란하게 만들겠다는 메르넨의 목표도 어느 정도 성취한 듯싶었다. 그녀는 좋은 징조라며 장부를 만들었다. 황실에 손해 배상금으로 얼마를 요청해서 합의를 볼지 손익 계산을 수시로 했다.

두 번째로 참석한 판델만 후작가의 사교 파티엔 아린느도 함께했다. 그녀는 파티장에 들어서자마자 제가 임신했단 소식을 발 빠르게 사람들에게 전파하고 다니느라 바빴다.

"오랜만에 뵙네요, 로랑 모르제."

메르넨과 아린느의 경박함에 관한 험담을 하는 중이었는데 루소아가 다가왔다. 루소아 리쥬 안드레아 판델만. 판델만 후작가의 영애다. 거기다 라미스에게 집적거리던 여자 중 한 명이기도 했다. 부드러운 밀빛 머리카락을 반 묶음 했는데 그게 또 어찌나 청순한지. 남자들이 왜 루소아를 좋아하는지 알 것도 같았다. 오늘 파티에 참석한 여러 남자들이 차마 영애들이 모여 있는 무리로 다가오진 못하고 멀리서 루소아를 바라만보고 있었다.

멀리 있던 아린느는 대체 언제 왔는지 나와 메르넨 옆에 서서 루소아를 위아래로 훑었다. 아린느는 예쁜 영애들을 좋아했다. 예쁘고 아름다운 사람과 어울려야 제 급도 그만큼 올라간다고 생각했기 때문이다. 뭐, 그 말에는 어느 정도 공감한다.

"뒤프레 모르제도 오랜만에 뵈어요."

내게 인사했던 것과 다르게 루소아는 메르넨에게 눈웃음을 지으며 인사했다. 그래서 심기가 불편했는데 무시당한 건 아린느도 마찬가지여서 분이 나 있었다. 아린느를 화나게 만들면 곤란해지는 건 파티 주최 측이다. 레나타 못지않게 파티장에서 깽판을 칠 깜냥이 되는 몇 안 되는 여자 중 하나가 아린느였기 때문이다.

나는 몰란자르 적포도주를 마시며 가만히 그녀들을 관찰했다. 루소아의 목표는 처음부터 나였던 모양이다. 메르넨과 호의적으로 이야기를 하면서도 연신 나를 흘겨보기를 멈추지 않았다. 하지만 그녀는 내게 다가오지 못했다. 뿔난 아린느가 그 사이를 가로막고 있었기 때문이다. 아린느를 상대하고 내게 오기엔 제가 생각해도 버거웠던 모양이다.

루소아와 이야기를 나누던 메르넨도 쓸데없는 잡담으로 얘기가 길어지자 성가셨는지 짜증스럽게 인상을 찌푸렸다. 그리고 때마침 메르넨과 친분 있는 귀족 영애들이 무리 지어 다가왔고 그 틈에 그녀는 루소아에게 벗어날 수 있었다.

다가온 영애들은 나와 아린느에게도 반갑게 인사했다. 루소아는 파티 주최 가문의 영애였으니 주인공과 다름없었다. 영애들의 이목이 자연히 루소아에게 집중되자 그제야 그녀는 만족스러운 듯 자애로운 미소를 지어 보였다. 가만 보면 그녀도 어딘가 엘쉬가를 닮은 구석이 있는 것 같다.

줄줄이 소시지처럼 하나둘 우리가 있는 곳으로 사람들이 모이기 시작했다. 간드러지는 웃음소리와 함께 보이지 않던 꼬띠아르가 갑자기 등장했다. 그녀는 파티 주인공과 다름없는 루소아는 가뿐히 무시하고 내게 다가와 인사했다.

"여기서도 보네요. 반가워요, 레이디 뮈젤."

나는 웃으며 그녀에게 새 포도주 잔을 내밀었다. 우리는 건배하고 포도주 잔을 홀짝였다. 주위에 모여 있던 영애들은 루소아의 지루한 잡담이 계속되자 즐겁게 대화하고 있는 나와 꼬띠아르를 연신 흘끔거렸다. 그리고 그 기색을 루소아 또한 느꼈는지 자존심이 상한 얼굴로 우리를 노려봤다.

"그러고 보니 오늘 사교 파티에 아르시온 라미스께도 초대장을 보냈는데 함께 오시진 않으셨네요."

루소아가 라미스를 운운하자 소녀들이 기다리던 주제가 나왔다는 얼굴로 기뻐했다. 한창 로맨스를 좋아할 나이들이긴 했다. 그녀들은 반짝이는 눈망울을 하고 나를 보았다.

"최근 가장 유명했던 스캔들이잖아요."

최근이라기엔 시일이 좀 지나긴 했는데. 한 소녀가 말을 꺼내자 기다렸다는 듯이 주위 소녀들이 너도나도 입을 열었다.

"맞아요. 엊그제 우연히 에르만 황실에서 아르시온 라미스를 뵈었는데 여전히 아름다우시더라고요!"

"그분은 원래 미모가 뛰어나셨잖아요. 게다가 메시리아 학교에서 수석을 놓친 적이 없다던데요?"

"아아. 부러워요, 로랑 모르제!"

"약혼을 하셨으니 이제 결혼만 남은 건가요?"

나는 이어지는 질문들에 거북스러운 감정과 불편함이 먼저 들었다. 가만히 상황을 관망하던 꼬띠아르가 팔짱을 낀 채 포도주를 한 모금 마시고는 소녀들 앞에 섰다. 그녀는 늘씬하고 키가 컸으며, 좌중을 압도하는 카리스마가 있는 여자였다. 그런 여자가 소녀들 앞에 서니 마치 동생들 앞에 선 큰언니 같았다. 그녀가 웃으며 소녀들을 향해 말했다.

"그런 질문은 실례라고 생각합니다. 때가 되면 어련히 당사자가 직접 밝힐 일을 이렇게 예의 불고하고 캐묻다니. 교양이 부족하시군요."

꼬띠아르의 말에 소녀들이 화들짝 놀라 입을 다물었다. 아린느는 다른 무리로 사라진 지 오래였고 메르넨은 끼어들 생각 없이 상황을 지켜만 보았다. 그러자 틈을 노리고 있던 루소아가 재빨리 내게 다가왔다.

"약혼은 무슨. 아직 두 분 약혼도 하지 않으셨다 들었습니다. 그럼 뭐, 특별한 사이라고 할 순 없겠군요."

그 말이 맞다. 라미스와 나는 현재 무리 없는 관계를 유지하고 있지만, 내가 결혼을 부정한 건 사실이었다. 라미스도 나도 언급하진 않았지만 사실 우리의 감정이란 곧 쓰러질 듯 외줄타기 하는, 아슬아슬한 그런 것이었다.

그러나 그 말을 타인에게 듣는 건 기분이 달랐다. 더군다나 사정도 모르는 루소아에게 그런 소리를 듣는 게 달갑진 않았다. 갑자기 열이 확 받았는데 누군가 뒤에서 내 어깨를 감싸 안았다. 주위 소녀들이 붉게 달아오른 얼굴로 열렬한 비명을 내질렀다. 마치 팬클럽이 만들어지는 현장에 서 있는 것만 같은 상황이었다.

"라미스?"

등을 돌리자 라미스가 사무복도 벗지 않은 차림으로 서 있었다. 목에 맨 크라바트가 꽉 조였는지 성가신 얼굴로 크라바트를 느슨하게 당겼는데 소녀들이 그 모습을 보며 또 소리를 지르고 좋아했다. 그러나 난 그녀들을 이해할 수 없었다. 대체 어느 부분에서 좋다고 소리를 지르는 거지?

"여긴 어쩐 일이야?"

내 물음에 그는 곧장 대답하지 못했다. 인상을 가득 찌푸린 채 숨을 고르고 있었다. 급하게 뛰어왔는지 숨소리가 거칠었다. 그는 번잡하고 소란스러운 파티 분위기가 마음에 들지 않는 듯했다.

"아. 사교 파티는 이제 딱 질색이야. 바빠서 불참한다고 서간을 보내긴 했는데."

그가 이마 위로 흐트러진 머리칼을 뒤로 쓸어 넘기고는 더운지 커프스단추를 끌렀다. 주위는 여전히 라미스 때문에 소란스러웠다.

"망할 놈의 브릴다. 네가 파티에 참석한다는 소식을 이제야 알려 주더군."

브릴다? 그의 부관을 말하는 모양이다. 그가 옆구리에 한 손을 얹고 웃으며 내 머리를 쓰다듬었다. 그리고 그 순간 너무 아무렇지 않게 반역자인 나를 책임지려고 했던 과거 그의 얼굴이 겹쳤다.

'압니다. 반역자로 몰린 여자에게 함께 도주하자고 말하는 중이죠.'

마치 나들이나 가자고 하는 것 같은 투로 내 짐을 함께 짊어져 주려고 했던 과거의 그 말이다. 당시 그는 나를 몇 번 본 적도 없으면서, 정말로 나한테 반한 사람 같았다.

내가 딴생각 중인 걸 눈치챘는지 라미스가 내 볼을 살짝 꼬집었다.

"바빠서 한동안 못 봤잖아. 너 보러 온 거야."

라미스의 말에 파티장이 떠나가라 요란스러운 소녀들의 비명이 이어졌다. 귀청 떨어지겠다며 귀를 틀어막은 라미스가 주위에 있던 소녀들을 노려봤다.

어쨌든 오랜만이긴 했다. 아버지의 기억을 통해 회귀 전 그를 보고 나서인지 그를 보는 감회가 조금 새로웠다.

라미스가 흐름을 깨 준 건 확실했다. 여자들만 모여 있어 다가가기 힘든 분위기가 라미스로 인해 누그러졌다. 주위에서 파고들 틈만 노리던 남자들이 때를 놓치지 않고 들이닥쳤다. 나와 라미스의 대화를 지켜보며 루소아가 손톱을 물어뜯고 있었다. 그녀는 분한 얼굴로 몇 번이나 우리에게 다가오려고 시도했다. 그러나 그녀에게 말을 거는 남자들 때문에 번번이 가로막히곤 했다. 나는 통쾌한 얼굴로 그녀를 봤다. 내 시선이 다른 곳에 가 있는 걸 눈치챈 라미스가 그제야 루소아를 바라봤다.

"친해?"

라미스가 루소아를 고갯짓으로 가리키며 물었다. 그는 정말로 루소아를 알아보지 못했다. 그리고 별로 알고 싶은 눈치도 아니었다. 나는 당연히 황당한 얼굴로 그를 볼 수밖에 없었다.

"너 때문에 알게 된 여자잖아? 나 원래 쟤랑 말도 안 튼 사이였어."

그러나 라미스는 여전히 고개를 갸웃거리며 관심 없단 얼굴로 다시 돌아섰다. 그는 고단한 얼굴이었음에도 다크서클 하나 없이 새하얀 피부를 자랑하고 있었는데, 웃고 있지 않을 땐 그 희멀건 피부 때문인지 몰라도 조금 사나워 보이기도 했다. 그는 여전히 요란스러운 소녀들을 짜증스레 쳐다봤는데, 그의 매서운 시선에도 소녀들의 열렬한 반응은 꺼질 줄 몰랐다.

"오랜만이군요, 아르시온 라미스."

용케도 사람들 사이로 빠져나온 루소아가 라미스에게 인사했다. 라미스는 내 지저분한 옷매무시를 정돈해 주느라 바빴고 루소아가 제게 인사하는 줄도 몰랐다. 결국 루소아가 짜증이 난 목소리로 두어 번 인사하고야 라미스가 성가신 얼굴로 그녀를 보았다.

"실례지만 성함이?"

그리고 그 물음에 루소아가 대번에 기가 막힌 얼굴로 헛웃음을 터트렸다.

"루소아예요. 루소아 리쥬 안드레아 판델만."

"아, 네. 판델만."

그리고 판델만이라는 이름에 라미스는 그제야 기억이 난 얼굴로 한숨을 쉬었다. 그러나 그녀가 누구인지 알았다고 해서 그의 태도가 돌변하진 않았다. 외려 더 귀찮아진 얼굴로 루소아를 봤다. 근처에 서 있던 메르넨과 꼬띠아르가 흥미진진한 얼굴로 우리를 구경했다. 별 시답지 않은 우리의 상황을 두고 서로 감상평을 주고받으며 애기를 나누는데 둘이 참 죽이 잘 맞는 듯싶었다.

루소아는 제 이름을 밝혔음에도 라미스가 별다른 반응 없이 돌아설 것처럼 굴자 마음이 급해진 모양이다. 황급히 우리에게 가까이 다가와 다른 말을 꺼냈다.

"로랑 모르제와 아직 약혼하지 않으셨다고 들었어요."

그 말이 확실히 라미스의 흥미를 끌긴 했다. 그가 그녀에게로 완전히 돌아섰다. 그가 팔짱을 낀 채, 계속하란 듯이 고개를 끄덕였다. 루소아는 그게 긍정적인 반응이라고 여긴 모양이다. 밝아진 얼굴로 환하게 미소를 지었다.

"그렇다는 건, 모르제 영애와 결혼할 마음이 없다는 뜻이잖아요. 벌써 반년이 지났는걸요."

그리고 루소아의 말에 라미스는 성의 없는 얼굴로 고개를 끄덕였다. 루소아가 기대에 찬 얼굴로 그의 대답을 기다리고 있었다. 잠시 침묵이 흘렀고 라미스는 귀찮은 얼굴로 그녀의 얼굴을 봤다.

"할 말은 그것뿐입니까?"

"네, 네?"

루소아가 당황한 얼굴로 되묻자 라미스가 내 손을 잡아끌었다.

"무례한 질문엔 답을 할 필요가 없으니까요. 그럼 전 바빠서."

라미스가 나를 붙잡은 손을 흔들어 보이며 루소아를 향해 웃었다. 숨죽이고 상황을 지켜보던 소녀들이 다시금 비명을 내질렀다. 사춘기 소녀들의 호들갑이 전보다 더 요란하다. 라미스가 귀를 막고는 소녀들을 쳐다봤다. 그리고 영문을 모르겠단 얼굴로 나를 봤다.

"왜 저러는 거야?"

"나도 몰라."

내가 어깨를 으쓱이자 라미스가 고개를 절레절레 흔들었다. 마침 눈이 마주친 꼬띠아르가 아주 음흉한 미소를 지으며 내게 포도주 잔을 들어 보였다. 나는 그녀를 향해서도 어깨를 으쓱여 주었다. 라미스는 내 손을 잡고 무리를 빠져나왔다. 디너 파티였던 만큼 파티장은 넓었고 그녀들 무리에서 벗어나니 조용해서 숨통이 트일 정도였다.

그는 어깨에 케이프를 단 코트인 인버네스 코트를 입고 있었다. 소매가 짧은 인버네스 코트라 셔츠 소매의 커프스단추를 손쉽게 만질 수 있었는데 그는 커프스단추를 푸는 것으로 모자랐는지 아예 코트를 벗었다. 뭐, 실내니까 겉옷을 벗는 게 당연하긴 했다. 파티장에서 사무복 차림은 시선을 끄는 복장이었으니 말이다. 안에는 더블 단추가 달린 밤색의 베스트를 입고 있었는데, 역시 파티복은 아니라 눈에 띄긴 했다.

그는 들고 있던 코트를 시종에게 건넨 뒤, 새 포도주 잔을 받아 들었다. 그리고 목에 맨 크라바트를 다시금 느슨하게 당기고는 긴 한숨을 뱉었다. 확실히 그의 눈이 조금 붉어진 것 같다. 요새 에르만 황실의 공무원들은 지나치게 바빠 며칠 밤을 새우는 건 기본이라던데. 영양제라도 사다 먹여야 하나?

"피곤해 보인다."

가만히 그를 지켜보던 내가 말했다. 그제야 고개를 들고 나를 본 그가 고단하게 웃었다.

"뭐. 요새 정세가 불안정하잖아."

그는 잠시 목을 가다듬고는 내게 가까이 다가왔다. 그러고는 내가 들고 있던 빈 잔을 빼앗아 지나가는 시종의 쟁반 위에 올려놓고 새 잔을 꺼내 내게 건넸다. 언제나 날 챙기는 사람은 라미스뿐이다. 게다가 그게 지나치게 자연스러워서 평소엔 나조차도 잊고 있을 때가 많았다.

"바쁘지만, 할 만해."

그가 어깨를 으쓱이며 웃더니 포도주를 홀짝였다. 그는 커프 스단추가 풀려 달랑거리는 소매를 걷어 접었다. 그의 단단한 팔뚝이 드러나자 지나가던 영애들이 흘끔흘끔 그를 쳐다봤다. 그는 남들의 시선에는 아랑곳없이 무언가를 생각하듯 다른 곳을 쳐다보고 있었다. 한참을 그러고 있다가 그가 다시 입을 열었다.

"몸 쓰는 것보단 낫지. 도서관 사서는 되지 못했지만 말이야."

그가 내 손을 잡고 더 가까이 당겼다. 그가 나를 당기지 않았으면, 지나가는 남자와 부딪힐 뻔했다. 그리고 덕분에 라미스와는 더 가깝게 붙게 됐다. 숨소리가 들릴 정도로 우린 가깝게 서 있었다. 나는 괜히 시선을 내리깔았다.

"몸을 써 본 적 있는 사람처럼 말하네."

내 중얼거림을 들었나 보다. 그가 내 머리를 헤집었다.

"네가 몰라서 그렇지, 나 체력 좋아."

그가 내 잔에 잔을 맞댔다. 유리잔이 부딪히며 경쾌한 소리를 냈다.

"검도 잘 다루고."

그는 포도주 잔을 마시며 나를 봤는데 기분이 좋은 모양인지, 좀 전과 달리 유쾌한 얼굴이었다.

"검을 잘 다룬다고?"

내 물음에 그가 괴상하단 얼굴로 고개를 갸웃했다.

"전에도 말했잖아. 황실 기사단에서 스카우트 제의가 들어왔다고."

회귀 전에 검을 다루던 사람이어서 그런 걸까? 하지만 회귀 후엔 검과는 담을 쌓고 지낸 학자 아니었나? 나는 혼란스러운 얼굴로 그를 봤다. 그러고 보니 와볼트 펠리움 궁전에서 훈련된 기사들을 상대로 검을 능숙하게 다루는 그를 보고 의아해했던 적이 있었다.

"그리고 에드윈 말이다."

그의 말에 나는 정신을 차렸다. 그는 턱을 괴고 생각에 잠긴 얼굴로 서 있다가 내가 바라보자 싱긋 웃어 보였다.

"그를 당장에라도 구금할 수 있는 서장이 승인됐거든. 내일부터 지명 수배를 시작할 거야."

"죄목이 뭔데?"

"금서 배포. 소설 ≪메시리아≫라고 들어 봤어?"

라미스의 말에 나는 온몸의 피가 차갑게 식는 걸 느꼈다. 들다 못 해 있을 수 없는 책 제목이었다.

"에드윈에게 원본과 복사본이 있다는 정황을 법무 군관에게 발고했어. 전에 헨더슨 상단에서 증거 자료를 제출했다고 했잖아. 그게 바로 소설 ≪메시리아≫야."

'그 내용이란 게. 네바다 귀족들은 라르메 전하를 앞세워 역모를 꾀하고, 황제 폐하께서는 라르메 전하를 죽이시고 오르베느트 엘쉬가를 갈취하는, 뭐 그런 입에 담기도 힘든 것들이 있어서…….'

문득, 얼마 전에 이자벨이 내게 모르제 백작의 부탁으로 새로 쓴 소설이라고 보여 준 책이 떠올랐다. 회귀 전 로앙지스가 각색한 소설 ≪메시리아≫의 내용과 일치했다. 그 정도면 금서 배포라는 죄목으로 적절하긴 했다. 아버지는 회귀 전 나를 죽음으로 몰고 간 범인을 잡기 위해서 그때와 똑같은 금서 ≪메시리아≫를 만든 게 분명했다.

라미스는 양심의 가책 하나 없는 얼굴로 팔짱을 끼고는 웃었다.

"그 소설. 모르제 백작님께서 이자벨에게 집필을 요구했다고 들었지만, 뭐."

라미스는 마치 고민하듯 고개를 갸웃거리더니 내 눈을 똑바로 쳐다봤다.

"증거 조작이라고 들어 봤어?"

내가 아무 말도 못 하고 웃자 그가 내 머리를 쓰다듬었다.

"어쨌든 에드윈은 이제 빠져나갈 구멍이 별로 없어."

"뭐. 나도 증거 조작을 할 예정이라 할 말은 없네."

내 대답에 라미스가 당황한 얼굴로 나를 봤다.

"뭐?"

"너는 하면서 난 하지 말란 법 있어?"

내 물음에 그도 할 말은 없었는지 헛기침을 하며 한 손으로 마른세수를 했다.

"무슨 일인데?"

"작년에 로망떼 저택에서 콜린을 조금 훔쳐 왔었거든. 그거 엘쉬가의 방과 마할 상단에 넣어 두려고."

내 말에 라미스가 크게 웃음을 터트렸다. 주변에서 담소를 나누던 이들이 죄 우리를 쳐다봤다. 라미스는 개의치 않고 유쾌하다는 얼굴로 나를 보며 눈웃음을 짓더니 새하얀 이를 드러내고 통쾌한 웃음을 터트렸다.

"하여간에 뮈젤, 너는……."

그가 내 머리칼을 헤집으며 잔웃음을 터트리고는 고개를 절레절레 흔들었다. 그리고 그때 멀리서 우리를 흘끔거리던 남정네 무리가 천천히 우리에게 다가오더니 라미스에게 알은체를 했다.

"오, 이게 누구신가. 라미스 로니!"

"라미스 로니라니. 아르시온 라미스가 된 지가 언젠데!"

"잠시 얘기 좀 하지! 졸업하고 오랜만에 보는데."

메시리아 학교의 친우들인 모양이다. 그들이 라미스를 반가워하며 인사했고 라미스는 대번에 귀찮은 얼굴을 하고는 나를 흘끔 보았다. 마치 허락을 구하듯이 바라보는 시선이어서 나는 그의 등을 떠밀었다.

"다녀와."

내가 너무 단칼에 그를 떠밀자 서운했던 모양이다. 라미스는 한껏 섭섭한 얼굴을 하고 친구들에게 걸어갔다. 나는 파티장 한구석에 서서 그런 라미스를 구경하며 포도주를 홀짝였다. 회귀 전에도 그와 내가 인연이 있었다는 사실을 알아서일까. 그리고 그때도 라미스가 나를 좋아했다는 사실을 알아서일까. 아니면 그가 첫눈에 반한 사람이 나라고 말해서일까. 그를 바라보는 내 감정이 새삼 혼란스러웠다. 아니 어쩌면 그보다는 조반니 때문일지도 몰랐다.

그저 내 예상일뿐이지만, 조반니는 나를 좋아했었던 것 같다. 그 엘쉬가를 두고 말이다. 그럼 그동안 내가 알고 지켜 오려고 했던 소설은 무슨 의미가 있는 것인가. 나는 지금까지 쓸데없는 곳에 시간 낭비를 해 오고 있었던 거다. 그게 못 견디게 한심해서 미칠 지경이다. 회귀 전이나 후나 나는 달라진 게 아무것도 없는 민폐 덩어리였다. 그 사실이 나를 미치게 했다.

와하하하!

라미스를 둘러싼 남정네들이 즐겁게 웃음을 터트렸다. 사람은 끼리끼리 어울린다던데, 라미스와 어울리는 남자들이라 그런지 죄다 키도 훤칠하고 멀끔하게 생겼다. 그런 남자들이 무리 지어 있으니 파티장의 여자들이 죄 흘끔거리며 시선을 둔다. 별 관심은 없었는데 이상하게 오늘 파티의 질이 나쁘면서도 좋은 것 같다. 사교 파티만 나가면 나와 어울리던 친구들이 내게 알은척했다가 곧 내 표정을 보곤 돌아갔다. 표정으로 내 기분을 파악한 모양이다. 이럴 땐 건드리지 않는 게 좋다는 걸 오랜 경험으로 깨달은 친구들이다. 그 점이 좋아 친구를 했던 거지만.

라미스가 친구들 속에서 대화를 하다가도 중간중간 자꾸 고개를 돌려 나를 보았다. 내가 잘 있나 수시로 확인하는 것 같았다. 그런데 그게 마치 감시보단, 구조 요청 같았다. 그는 마치 똥 마려운 강아지처럼 안달복달하며 나를 향해 눈을 반짝였는데, 그 모습을 보고 있는 게 재미있었다. 아니, 아까 그 귀족 영애들은 죄 무시를 해 놓고 저들에겐 왜 그러질 못하는 거지? 친분이 있는 사람에겐 다른 건가? 아니면 유달리 오늘 내게 자신의 귀여움을 어필하고 싶은 걸까? 내가 자기를 챙겼으면 싶은 건가? 오만가지 생각으로 머릿속이 뒤엉켜 있는데 라미스가 다시금 나를 쳐다봤다.

나는 결국 한숨을 내쉬고 그에게 손짓했다. 그러자 그가 환하게 달라진 얼굴로 미소를 지으며 내게 한걸음에 달려왔다.

"뭐젤, 왜?"

아니, 불러 달라는 것처럼 쳐다봐 놓고 내게 이유를 묻는 그를 나는 잠시 어이없단 시선으로 보았다. 나는 헛웃음을 터트렸다. 게다가 나를 보며 오렌지색 눈동자를 반짝이는데 마치 꼬리를 흔드는 것 같은 착각마저 들었다. 그래서 난 자동으로 그의 머리를 쓰다듬어 주었다. 강아지 같다. 오늘 얘가 뭘 잘못 먹었나? 취한 것 같진 않은데. 나는 내 대답을 기다리는 그를 보다가 입을 열었다.

"아니, 그냥. 보고 있는데도 보고 싶어서."

너무 오랜 시간의 기억들을 살피고 와서인지 라미스를 보는 것도 마치 수십 년 만인 것 같았다. 그래서 내뱉은 그 말은 진심이었다. 그런데 그게 라미스에겐 마른 장작에 불을 지피는 말이었나 보다. 아니면 최면에서 깨어나게 해 주는 마법의 언어라도 되었나? 그는 마치 그 말을 기다렸다는 듯이 내 손을 붙잡고 파티장 밖으로 걸어 나갔다. 너무 거침없이 앞으로 나아가기에 도리어 내가 당황스러웠다.

"어디 가?"

나는 들고 있던 포도주 잔을 지나가는 시종의 쟁반 위에 황급히 올려 두고 그의 발걸음에 보폭을 맞추었다. 그는 마치 이상한 질문을 들은 사람처럼 고개를 갸웃거리더니 나를 돌아봤다. 코트는 벗은 지 오래고, 베스트의 더블 단추에 소매 커프스단추까지 푼 데다가 머리는 잔뜩 헝클어져 있었다. 확실히 어딘가 불량스러운 모습이다. 그가 눈썹을 추켜세웠다.

"보고 있는데도 보고 싶다며?"

그가 거칠게 목에 맨 크라바트를 잡아당기더니 결국 풀어서 바닥에 던져 버렸다. 이자벨과 내기 술판을 벌이고도 이겼던 인사다. 그런데 지금의 그는 마치 포도주 몇 잔을 마시고 취한 것 같았다. 그런데 아무리 봐도 취한 얼굴은 아닌데. 그 정도로 평소답지 않은 모습임은 분명했다. 그는 시원해진 목을 어루만지더니 붉은 입술을 늘어트리며 미소 지었다.

"더 자세히 보게 해 줄게."

뭘?

파티장을 빠져나왔다. 내가 종종걸음으로 그를 따라가자 그가 갑자기 걸음을 멈추고 나를 향해 씨익, 웃음을 지었다. 의아한 얼굴로 그를 보자 그가 내 어깨와 무릎 뒤에 손을 집어넣고 나를 안아 들었다. 인형을 안듯 너무 가뿐하게 들어서 놀란 나는 재빨리 그의 목에 팔을 둘렀다.

"뭐, 뭐 해!"

내가 당황해서 외치자 그가 유쾌하게 웃었다.

"뭐 하긴, 널 안고 가는 중이지."

그가 내 머리 위에 입 맞추곤 단숨에 판델만 후작 저택의 계단을 내려왔다. 저택 앞에서 기다리던 팔머 할아범이 반갑게 인사했다.

"너한테 보여 줄 곳이 있어."

그가 번쩍 들어 마차 안에 내려 주었다. 내가 자리를 잡고 앉자 그가 훌쩍 마차 안으로 들어온다.

"오늘 왜 이렇게 기분이 좋아?"

내 물음에 그는 아무런 일도 아닌 것처럼 웃고는 마차 문을 닫았다. 팔머 할아범이 고삐를 당겨 마차를 출발시켰다. 나는 덜그럭거리는 마차 안에 앉아 있다가 재빨리 창문을 열어 밖을 보았다. 판델만 후작 저택이 멀어지고 있었다. 어차피 판델만 영지가 아니라 호베른에 있는 저택이었으니 시내로 나가는 데 오래 걸리진 않을 테다.

"할아범! 우리 내려 주고 메르넨하고 아린느한테 가 봐!"

내 말에 팔머 할아범이 껄껄 웃음을 터트리며 알고 있다고 대답했다. 나는 웃으며 자세를 바로 했는데 라미스가 턱을 괴고 그런 나를 보며 미소 짓고 있어서 새삼 놀랐다.

"정말 이상하네."

내 말에 그가 턱을 괸 손을 풀고 팔짱을 끼며, 다리를 꼬아 앉았다.

"뭐가?"

"아니. 평소 너답지 않은데."

그는 웃으며 어깨를 으쓱였다.

"나다운 게 뭔지 궁금하군."

그의 질문에 나는 머쓱한 얼굴로 웃으며 고개를 저었다.

"글쎄."

그가 그런 싱거운 대답이 어디 있냐며 나를 핀잔했지만 나는 대답하지 않았다. 라미스는 크라바트를 풀어 던져 놓고도 목이 갑갑한지 셔츠의 위쪽 단추 두 개를 끌렀다. 그러곤 이마 위로 흐트러진 머리칼을 다시 뒤로 쓸어 넘겼다.

"우리 어디 가는 거야?"

내 물음에 그가 기대하는 얼굴로 눈을 반짝였다.

"내 집."

그 말에 나는 의아해서 고개를 갸웃했다.

"지금 모르제 영지에 내려가기엔 시간이……."

"호베른에 새로 계약한 집이 있어. 아무래도 에르만 황실의 숙소는 불편해서 말이지. 모르제는 너무 멀고."

내가 넋을 놓고 그를 보았는데 그는 내 표정을 못 보고 턱을 괸 채, 말을 이었다.

"내달 작위 수여식도 있으니 저택에 사람을 고용하는 일도 시급하고. 요새 정말 시간이 없어."

"작위 수여식?"

내 놀란 물음에 그가 이상한 질문을 들었다는 표정을 지었다.

"와볼트에 다녀오느라 늦어졌으니까. 더는 미룰 수가 없어."

"무, 무슨 작위?"

그 질문에 그가 정말 모호한 얼굴로 나를 보았다. 조금 서운한 표정인 것 같기도 했다.

"뮈젤. 나 에르만 황실 공무원이야. 그것도 직급이 아주 높아. 너도 알잖아."

그리고 그제야 생각이 났다. 메시리아 학생들은 졸업하고 황실에 취직하면 작위를 받는다. 물론 영지를 소유하고 있는 귀족들에 비할 바는 아니지만, 메시리아에 공헌을 한 높은 직급의 인재라면 얘기가 달라진다. 너무 당연한 사실이다. 누가 말해 줘야 아는 게 아니라 오히려 몰랐다고 하면 상대에게 관심이 없었다는 것을 증명하는 꼴이라 상당히 실례였다. 라미스가 저렇게 내게 서운한 얼굴을 하는 것도 이해가 갔다.

나는 어색한 얼굴로 웃으며 사과했다.

"미안해."

내 사과에 라미스는 삐걱거리는 의자처럼 떨떠름하게 고개를 끄덕였다.

"그래, 뭐. 괜찮아. 그럴 수도 있지."

그답지 않게 오히려 나를 향해 웃었다. 거리감이 느껴지는 반응이다. 스스로 판 무덤이려니, 하려다가도 이번엔 괜히 내가 서운했다. 그렇게까지 반응할 필은 없잖아? 그렇게 생각하다가 스스로의 한심함에 놀랐다. 맙소사. 나를 어쩌면 좋니. 결국 자책하며 난 고개를 숙였다.

"도착했습니다."

팔머 할아범의 말에 라미스가 문을 열고 먼저 내렸다. 그러곤 나를 향해 손을 내밀었다. 나는 그의 손을 잡고 마차에서 내렸다. 어두운 밤중에도 저택이 얼마나 커다란지 알겠다. 나는 대번에 기겁했다. 호베른에 있는 모르제 저택보다 크다.

"너 혼자 지내는데 저택이 왜 이렇게 큰 거야?"

내 말에 라미스도 동의하는 얼굴로 웃었다.

"급하게 계약하느라……. 마땅한 곳이 여기뿐이더군."

그가 어깨를 으쓱이며 잡은 내 손을 이끌었다.

"그럼 들어가자. 아직 가구를 들이지 않아서 비어 있긴 해도."

그가 열쇠로 대문을 따고 안으로 들어갔다.

"너한테 제일 먼저 보여 주고 싶었거든."

나는 그의 손을 잡고 현관까지 뻗어 있는 어두운 길을 걸어 들어갔다. 라미스가 현관문 옆에서 랜턴을 찾아 들고 불을 붙였다. 화르륵 타올라 불붙은 랜턴을 들자 주위가 밝아졌다. 그리고 그 순간, 환청처럼 귓가에 목소리가 들렸다.

'재미있는 꼬마네.'

라미스의 목소리였다.

'뭐? 꼬마가 아니라고?'

바닥을 굴렀는지, 누구랑 싸웠는지 모르겠지만 라미스의 얼굴엔 생채기가 가득했다. 핏물 배어 있는 뺨을 대강 닦으며, 상대방의 대답에 당황하는 그의 얼굴이 보였다.

'그럼 쟨 대체 몇 살이야? 맙소사. 열여섯?'

한 번도 들어 본 적 없는 낯선 어투다. 그리고 그의 모습과 목소리는 환청처럼 머릿속을 스쳐 지나갔다. 과거 기억의 파편이다. 그것도 회귀 전 기억. 회귀 전 기억들은 늘 무언가에 자극을 받아야 파편처럼 떠오른다. 갑갑한 일이다. 아버지의 과거를 봤다고 해서 내 회귀 전 기억들이 온전하게 돌아오는 기적 따위 없었다.

내 능력은 그 사람이 가진 기억을 토대로 과거를 보는 것이지, 타임리프라도 한 것처럼 과거를 객관적으로 살펴볼 수 있는 것은 아니라 나 스스로에겐 사용할 수 없었다. 그러니 아마도, 내가 회귀 전의 기억을 되찾는 일은 없을 것이다. 영원히.

"뮈젤?"

나는 번쩍 고개를 들었다. 라미스가 한 손에 돌멩이를 들고, 다른 한 손엔 랜턴을 들고 나를 의아하게 바라보고 있었다.

"왜?"

내 물음에 그가 눈웃음을 지으며 돌을 든 손을 내밀었다.

"행운의 돌. 아린느 뒤망 페레데의 결혼식 피로연이 끝나면 바로 주려고 했었는데, 축복의 탑 일도 그렇고 와볼트도 그렇고, 경황이 없었잖아."

나는 얼떨결에 행운의 돌을 받았다. 행운의 돌을 보면, 이제 과거의 그가 생각난다. 아버지의 과거는 내게 지나친 영향력을 행사했다. 그러고 보니 '행운의 돌'에 관해선 제대로 기억을 읽은 적이 없는 것 같다. 늘 미루고만 있었는데 문득 라미스가 이번 생에서도 호베른 여행객의 거리 꼬마에게 행운의 돌을 주었는지가 궁금해졌다.

"뮈젤. 들어와."

라미스가 문을 열고 한쪽으로 비켜선 채 내게 고갯짓했다. 현관문을 열자 나무 벽이 보였다. 결 좋은 나무 벽 앞엔 콘솔이 놓여 있었고 콘솔 위엔 누구인지 알 수 없는 초상화가 걸려 있었다. 내가 의아한 얼굴로 그를 보자 그가 어깨를 으쓱였다.

"이 저택의 전 주인. 가문이 몰락한 모양이야."

그리고 그는 현관 복도를 지나며 초를 밝혔다. 저택은 굉장히 넓었다. 그리고 몰락한 가문의 전 주인은 원래 돈이 많은 가문의 귀족이었던 모양이다. 복도를 지나가며 벽에 걸린 초상화들을 살펴보았는데 초상화 속 인물들은 죄 값비싼 옷들을 입고 있었다. 사업에 잘못 손을 대는 바람에 그 많은 재산을 빚으로 날려 먹고 저택은 최후까지 지키다가 결국 매물로 내놓은 모양이었다. 그렇다는 건 역사가 오래된 꽤 전통 있는 저택이란 뜻이다. 게다가 저택의 위치도 호베른의 중심가였다.

그러다 보니 당연히 신진 귀족의 저택답지 않게 고풍스럽고 예스러운 분위기가 있었다. 우아했다. 정말로 라미스만큼이나 우아한 저택이었다.

"웅프레스 자작이 추천한 집사가 다음 주에 오기로 했어. 저택 관리인들은 집사가 들어온 뒤에 고용할 거야. 아마 정리도 그때부터 시작하겠지."

내가 초상화를 보고 있자 불을 다 밝힌 라미스가 돌아와서 내게 말했다. 그는 내 손을 잡고 아치형의 현관 복도 앙티샹브르(Antichambre)를 지났다. 손님용 살롱들과 파티 살롱들을 지나자 천장이 높고 아치형 계단이 둘러싼 중앙 홀이 모습을 드러냈다. 사각형의 구조로 이뤄진 모르제 저택과 다르게 라미스의 저택은 모두 아치형을 기본으로 하고 있었다. 그래서 나는 감탄했다.

"멋지다."

그 말에 라미스는 으스대는 기색 없이 내 손을 잡아 중앙 홀의 문을 열고 정원으로 나갔다. 그는 정원 입구에 놓인 의자를 가져와 나를 그곳에 앉혔다. 마치 모든 게 사전에 준비가 되어 있었던 것처럼 말이다. 그리고 그가 어딘가로 사라졌다. 나는 고요한 정원에 앉아 정리가 되지 않아 엉망이지만, 예쁘게 핀 꽃들을 어둠 속에서 바라봤다.

저택 안으로 들어갔던 라미스가 숨을 헐떡이며 정원으로 나왔다. 그가 내게 꽃다발을 내밀었다. 나는 꽃다발을 받아 들고 그를 올려다봤다. 그의 오렌지색 눈동자가 반짝이며 빛이 났다. 아름다웠다. 라미스는 내가 앉은 의자 등받이에 한 손을 걸치고 기대섰다. 그리고 다른 한 손은 바지 주머니 속에 찔러 넣고는 내게 시선을 맞추기 위해 몸을 숙였다. 그의 시선이 가까워졌다. 그가 내 이마에 부드럽게 키스했다. 그의 감정이 고스란히 전해지듯 입술이 닿은 이마가 화끈거렸다.

"뮈젤. 나랑 결혼하자. 그 전에 물론 약혼도 하고."

그가 바지 주머니에 꽂고 있던 손을 꺼내어 내게 내밀었다. 그의 손엔 반지가 있었다. 나는 그의 얼굴을 아무런 생각 없이 바라만 봤다. 백지가 된 머릿속을 누군가가 깃펜으로 낙서라도 하는 것 같은 기분이 들었다. 완벽하게 꼬인 생각으로 만신창이다. 침묵이 길어졌다. 그러자 그제야 그가 묘한 시선으로 내 얼굴을 살폈다.

"뮈젤?"

원래의 나였다면 그에게 손등을 내밀었을 거다. 그러나 나는 그러지 않고 침묵했다. 라미스가 그제야 자세를 바로 하고 섰다. 그는 잠시 나를 빤히 바라보다가 내 머리를 다정하게 쓰다듬었다. 나는 결국 눈을 감았다. 라미스의 한숨 소리가 귓가에 들려왔다. 그는 나를 재촉하지도 책망하지도 않았다. 그의 사정을 알고 있었기에 난 청혼이 왜 이렇게 늦었냐고 나무랄 수도 없었다. 게다가 지금 그 청혼에 대답하지 않은 나는 그럴 자격도 없다.

아버지의 기억을 읽은 뒤로 내 귓가에 끊임없이 들려오는 목소리가 있었다.

'잊지 않겠다. 다시 돌아가도 절대, 잊지 않겠다고 약속하마.'

감정 따윈 애초에 버린 듯 메마른 목소리로 덤덤히 하는 말이 너무 애절해서, 도저히 잊을 수가 없었다.

"화······."

겨우 입술을 뗐는데 목이 다 갈라졌다. 라미스가 바지 주머니에 반지를 도로 집어넣고는 내게 잠시만 기다리라며 다시 저택 안으로 사라졌다. 한참 후에 나온 그가 내게 물 잔을 건넸다. 나는 물을 마시곤 그를 올려다보았다.

그는 바지 주머니에 양손을 넣곤 내 앞에 서서 고개를 숙인 채, 내 대답만 기다리고 있었다. 그 모습은 마치 사형 선고를 기다리는 죄인 같았다. 그가 왜 죄인이어야 하나.

"확인해야 할 게 있어. 대답은 그 뒤에 할게."

내 말에 그가 고개를 들었다. 그의 눈동자가 흔들렸다. 그는 내게 일어난, 나조차도 모르겠는 감정 변화가 무엇인지 알고 있는 사람 같았다. 그는 차분한 표정으로 나를 봤다. 모든 일을 담담하게 받아들이고자 심혈을 기울이는 사람 같기도 했다.

"그······ 래."

그가 힘겹게 대답하고는 내가 들고 있는 물컵을 받아 들었다.

"기다릴게. 늘 그랬던 것처럼."

그가 대답했다. 그의 의지는 견고했다. 완벽해야만 했던 밤이 무너져 내렸다. 난 그를 혼자 저택에 내버려 두고 그곳을 나왔다. 조반니를 만나야겠다. 내 꼬인 감정을 풀어 줄 사람은 그뿐인 것 같았다.

그러나 황제라는 사람이 내가 만나야겠다고 마음먹었다고 단번에 만나질 수 있는 사람이 아니었다. 나는 에르만 궁전으로 입궁 신청을 해 두고 승인이 떨어질 때까지 며칠을 기다렸다. 그러는 와중에 소설 ≪포도밭 소녀≫가 출간됐다. 엘쉬가 손을 쓰기 전에 로앙지스라는 이름으로 이자벨이 선수를 쳤다.

그리고 소설이 발표되고 나서 나는 왜 이자벨과 아버지가 인쇄소의 문제를 들먹이며 출간 일정을 늦췄는지를 알았다. 와볼트 사건이 마무리된 직후 읽었던 소설과 많이 달라져 있었다. 당시의 내용에는 모르제 백작가의 내력이 밝혀지지 않았다면, 새로 출간된 소설에는 모르제 백작가의 타임리프 능력은 물론 아버지가 시간을 돌려 나를 구해 온 사건까지 모두 서술되어 있었다.

하루에도 수십 통, 모르제 저택으로 서간이 날아들었다. 사실 여부를 묻기 위한 문의가 줄을 이었다. 파수꾼 가문에 관한 이야기를 두고 아버지는 황제 폐하가 입을 열기 전까진 묵과하겠다는 입장을 고수하셨다. 그러자 이번엔 화살이 조반니에게로 향했다.

"이번에 긴급회의가 소집됐대. 아버지도 그래서 못 오시는 거고. 에바드도 며칠째 야근이라지 뭐야."

저녁 식사 중에 아린느가 내 눈치를 살피며 말했다. 아버지는 에르만 궁전에서 며칠째 돌아오지 못하고 계셨다. 어머니가 아린느에게 핀잔을 주시며 내 눈치를 살폈다. 메르넨이 그 둘을 보며 고개를 절레절레 흔들곤 나를 봤다.

"파수꾼의 이름과 돌연변이 같은 네 능력 때문이지, 뭐."

"내가 무슨 돌연변이야! 우리 가문에 남아가 태어나지 않아서 그런 거지!"

말 한번 신랄하게 내뱉는다. 그러나 이번엔 내 말에 어머니가 속상해하셨다. 사내아이를 낳지 못해 미안하다고 자책하자 메르넨도 나도 당황해서 어머니를 위로하기 바빴다.

로앙지스의 파급력만큼이나 소설은 인기가 있었다. 벌써부터 와볼트로까지 수출됐다고 하니 그 영향력을 알 만도 했다. 우리 세 자매와 어머니는 사교 파티 초대장으로 골머리를 앓았다. 사교계를 좋아하는 어머니는 물론 메르넨과 아린느마저도 초대장에 모두 거절 의사를 표했다. 아버지가 침묵을 고수하는 마당에 사교 파티에 나가 함부로 입을 놀릴 수는 없는 노릇이다.

아린느는 요새 소설 ≪포도밭 소녀≫ 이야기에 푹 빠져 있었다. 로앙지스의 소설인 만큼 ≪포도밭 소녀≫는 사교계 인사들이 좋아할 만한 로맨스가 듬뿍 들어간 연애 소설이었다. 전에 이자벨이 소설 ≪포도밭 소녀≫는 사람들이 모르제를 경외시할 정도의 과장된 이야기로 점철된 로맨스 소설이라고 얘기했었다. 그걸 증명하듯 로맨스는 터무니없었다.

엘쉬가와 조반니가 주인공인 소설 ≪메시리아≫와 달리 소설

≪포도밭 소녀≫의 주인공은 나와 라미스였다. 과거에 남자(로헨)에게 크게 덴 나와 그런 날 사랑한 라미스, 그리고 파수꾼의 능력으로 시간을 돌린 아버지. 여기까진 내가 알던 현실과 비슷했다. 그러나 과거로 돌아오고도 모든 걸 기억하는 라미스와 모든 기억을 잊은 조반니, 그리고 엘쉬가를 사랑하면서도 점점 내게 호감을 느끼는 로헨의 모습은 도무지 이해할 수 없는 구도의 사각 관계였다.

소설에서 나오는 사건과 인물 관계 및 로맨스는 실화가 아니라는 경고장이 소설의 맨 첫 장에 쓰여 있었다. 그러나 소설을 읽은 사람들은 여전히 현실과 허구의 세계를 제대로 구분하지 못했다.

"그래서 넌 세 명의 남자 중 누굴 선택할 건데?"

소설과 현실을 구분 못 하고 저런 명청한 질문을 하는 아린느를 보니 알 만했다. 나는 방문 앞에 서서 묻는 아린느의 얼굴에 쿠션을 던졌다. 아린느가 투덜대면서 방문을 닫고 사라졌다. 소설의 조연에서 소설의 주인공이 되는 일은 어렵지 않았다. 그게 이자벨의 깃펜 하나로 이뤄지는 마법 같은 일이라니, 정말로 내가 이 세계의 주인공이라도 된 것 같긴 했다.

내가 조반니를 만나기 위해 에르만에 입궁 신청 했다는 소문이 금세 퍼졌다. 메르넨마저 조반니를 만나는 목적에 대해 물을 정도였으니 말 다 했다. 우리 세 자매와 어머니는 저택에 틀어박혀 있으면 그만이었다. 그러나 대외 활동을 해야 하는 아버지와 라미스는 달랐다. 그들이 움직이는 곳마다 사람들의 시선이 따라붙었다. 그 시선은 금세 소문이 되어 저택에만 있는 우리 귀에 들릴 정도였으니 조반니와 로헨이라고 그 소란에서 크게 벗어날 순 없었을 거다.

아버지와 라미스에서 그치는 것이 아니라 황제의 이야기까지 얽혀 있어 이 정도면 황족 모독을 운운할 만도 한데 정작 황제는 이 이야기에 관해 아무런 언급도 하질 않았다. 외려 국무회의에서도 아버지를 여러 번 두둔하는 발언을 하기도 했다고 한다.

그 와중에 로헨이 모르제 저택에 방문 신청을 했다고 한다. 어머니는 흔쾌히 초대 승낙을 하고자 했지만 아버지와 내가 극렬히 반대했다. 로헨을 보고 싶지 않았다. 회귀 전의 이야길 몰랐으면 모를까, 알게 된 이상 그를 멀쩡한 얼굴로 볼 자신이 없었다. 회귀 전에 그런 일을 겪고도 회귀 후의 난 달라짐이 없었다. 그동안 내가 로헨을 얼마나 신경 쓰고 챙기려 들었는지를 떠올리면, 내 스스로가 한심하고 역겨워서 참을 수가 없다.

여자 주인공 엘쉬가와 남자 주인공 조반니를 두고 내가 왜 로헨에게 더 많은 관심을 주고 그를 도와주려고 했던 건지 이제야 알았다. 제3차 레르마 전쟁 발발을 막기 위해 그를 돕는다는 명목으로 얼마나 그에게 신경을 많이 썼던가. 그 모습을 본 아버지는 또 얼마나 가슴이 아프셨을까. 아버지가 네바다의 성향이면서 왜 중립을 지키고자 하셨는지를 이제야 알게 되었는데, 내가 어떻게 멀쩡한 정신으로 로헨의 얼굴을 마주 보겠나.

일주일 만에 입궁 신청이 승낙됐다. 그리고 시리엔의 공판

날짜가 잡혔다. 시리엔 공판에 증인으로 참석하게 위해 호베른을 방문한 프리제의 소식도 간간이 들렸다.

내가 입궁한다는 소식을 듣고 아린느가 한걸음에 내 방으로 달려왔다. 그녀는 소설에 있는 파수꾼 가문의 비밀이 허구가 아니라 사실이라는 애기를 듣자마자 내게 손대는 걸 극히 꺼렸다. 덕분에 싸울 일도 없고 조용하긴 했다. 그리고 저택에 갇혀 지내는 일주일 내내 나를 기피하다가 입궁한다는 소식에 달려온 그녀도 어지간하다고 생각했다.

"폐하가 청혼하실까? 널 좋아하시잖아."

외출 준비를 하는 내내 방문 앞에 서서 저런 쓸데없는 질문을 해 댔다. 나는 기가 막혀서 대꾸도 하지 않았다. 그러자 상상의 나래를 펼치며 어쩔 줄을 몰라 하는 게 아니겠는가. 나는 결국 그녀의 상상에 제동을 걸었다.

"소설은 소설일 뿐이야."

"하지만 파수꾼 애기는 사실이라며. 네가 다른 사람의 그 기, 기억을 본다는 것도 사실이고."

아린느가 내 눈치를 살피며 애기했다. 나는 할 말을 잃고 그녀를 봤다.

"로맨스 부분을 제외하면 모두 사실이야. 눈은 장식이야? 소설 첫 페이지에 실화를 바탕으로 재구성한 로맨스 소설이라고 쓰여 있잖아! 그건 소설일 뿐이지, 황제 폐하께서 실제로 날 좋아하는 건 아니라고!"

회귀 전에는 그랬을지 몰라도 지금의 조반니는 아닐 것이다. 아마도.

"그럼 에르만 궁전엔 왜 들어가는 거야?"

아린느의 물음에 나는 피곤한 얼굴로 관자놀이를 문질렀다.

"근데 넌 집에 안 가니? 언제까지 여기 있을 거야? 넌 이제 세브리안이잖아!"

"세브리안이 아니라 정확히는 엔프레도 남작 부인이지! 아직 에바드가 자작 승계를 하지 못했는걸!"

내 외침에 아린느가 콧방귀를 뀌고는 나갔다. 멀어지는 뒷모습에 뭐라고 쏘아붙이려다가도 나는 힘없이 말을 삼켰다. 지켜보던 베버가 나를 따라 한숨을 내쉬고는 내 복장을 점검했다. 난 평소와 같은 그녀를 보고 의아함을 느꼈다.

"베버, 나 만지는 거 기분 안 나빠?"

내 물음이 그녀를 마음을 아프게 한 모양이다. 그녀가 울 것 같은 얼굴로 내 머리를 쓰다듬었다.

"제가 아가씨께 무슨 비밀이 있다고 기분이 나쁘겠어요. 그리고 아가씨도 원해서 가지신 능력이 아니잖아요."

나는 그 말에 목이 멨다. 모든 능력엔 장단점이란 게 있다. 남들에겐 없는 이 능력은 편리함보단 불편함이 더 컸다. 이런 능력 따위 갖고 싶다고 생각해 본 적 없었다. 손끝에 닿는 모든 것의 기억을 내가 원하지 않아도 읽을 수 있다는 건 정말 괴로운 일이다. 원하지 않은 방대한 양의 정보들이 긴장하고 있지 않으면 쉴 새 없이 내게로 들이닥친다. 물론 닿기만 한다고 그 사람이 가진 기억을 무조건 다 읽을 수 있는 건 아니다. 그러나 내가 읽어야겠다고 마음먹고 누군가의 과거를 본 것보다도, 보고 싶지 않은 과거를 어쩔 수 없이 보게 된 적이 더 많았다.

자칫하면 내가 살아가는 현실과 남의 기억을 구별하지 못하고 정신병자가 될 수도 있는 일이다. 그렇게 되지 않은 것만으로도 다행이라고 생각한다. 거기에 더불어 회귀 전의 일들을 기억하지 못하는 것 또한 내겐 천만다행이다. 여기에 회귀 전 기억까지 떠오르면 그때야말로 내 정신은 붕괴될지 모르니까.

베버와 함께 에르만 궁전으로 향하는 마차에 올랐다. 모르제 가문의 문양이 새겨진 마차가 호베른의 거리를 지나자 사람들의 따가운 시선이 창밖을 내다보지 않아도 느껴졌다. 부정적인 것보단 긍정적인 호의가 더 많았다고 해도 지나친 관심은 숨이 막혔다. 그리고 그런 시선들은 에르만 궁전에 들어가고서도 계속됐다.

나를 반긴 건 키가 작고 붉은 머리칼을 가진 조반니의 어린 시종이었다. 키가 덜 자란 어린 시종은 긴장으로 잔뜩 굳은 어색한 얼굴로 내게 인사했다. 나는 피곤한 얼굴로 그의 안내를 받았다. 지나가는 사람들이 흘끔거려도 아무렇지 않게 태연한 태도를 보일 수는 있었다. 로헨을 만나기 전까진 말이다.

그는 소식을 듣고 나를 기다린 사람처럼 응접실 앞에 서 있었다. 내가 기겁하고 뒷걸음질 치자 나를 안내해 주던 시종이 의아한 얼굴로 나를 돌아봤다.

"뮈젤, 얘기 좀 하고 싶습니다. 제겐 통 기회를 안 주시기에 이렇게라도 해야 했습니다."

기이한 감각이 발끝부터 퍼지기 시작했다. 소름이 돋았다.

"전 전하께 들을 말도 해 드릴 말도 없습니다."

정확히는 그와 엮이고 싶지도, 대화를 나누고 싶지도 않았다. 회귀 전에도 후에도 어차피 우린 그럴 만한 관계가 아니었다. 그러나 로헨은 마치 그것 이상의 관계가 우리 둘 사이에 있는 것처럼 굴었다. 이제 와 이해할 수 없는 일이었다. 로헨의 애달픈 얼굴을 보고 있자니 울컥, 목이 멨다.

아버지의 기억을 통해 본 과거는 그저 그렇게 살펴본 정도가 아니다. 난 당시의 내가 로헨을 얼마나 좋아했는지 그 감정을 직접적으로 보고, 듣고, 느꼈다.

"당신을 좀 더 알고 싶었습니다. 제가 그대를 생각하는 이 감정의 정체가 뭔지 저도 모릅니다. 그러니 제게 기회를 주세요, 뮈젤."

"엘쉬가는 어쩌고요?"

"그녀와는 관계없습니다. 제가 그녀를 사랑하는 마음과 그대에게 느끼는 이 감정은 별개의 문제니까요."

궤변이다. 어째서 그게 별개인가? 더는 들을 필요가 없다. 그와 더 말을 섞으면 욕이라도 튀어나올 것 같았다. 나는 등을 돌렸다. 황급히 그를 피해 걸어가는데 그가 끈질기게 내 뒤를 따라왔다.

"뮈젤! 제 얘기를 끝까지 들어 주세요!"

나는 귀를 틀어막았다. 걸음은 점점 빨라졌다. 내 빨라진 걸음만큼 나를 뒤따라오는 로헨의 걸음도 빨라졌다. 대체 그는 회귀 전이나 후나 내게 왜 이러는 걸까. 대체 무슨 억하심정으로 내게 이렇게까지 모질게 구는 건가. 이도 저도 아닌 애매함으로 나를 얼마나 옭아매고 싶어서 저러는 걸까. 그리고 그런 애매함에 넘어갔던 회귀 전의 나는 또 어떻고!

"뮈젤!"

소름 끼치는 로헨의 외침에 나는 결국 울음을 터트렸다. 드레스 자락에 발이 걸려 바닥에 엎어졌는데 그런 내게 로헨이 황급히 다가왔다. 내 팔을 잡아 일으키려는 그의 손을 뿌리치고 바닥에 앉아 나는 울음을 터트렸다. 고개를 들 수가 없었다. 소리를 내고 싶지 않았는데 울분에 차서 입술을 비집고 소리가 새어 나왔다.

"전하께서 제게 이러지 않으셨으면 좋겠습니다. 전 전하가 밉고 싫어요!"

그러나 내 말과 울음을 '여자들의 앙탈' 정도로 여겼던 걸까. 로헨이 어쩔 수 없다는 얼굴로 한쪽 무릎을 꿇고 앉아 내 머리를 쓰다듬었다. 다행히 우리가 있는 복도엔 지나다니는 사람이 없었다. 내가 우는 걸 본 사람도 없을 거다. 그건 다행이다. 나는 내 머리를 쓰다듬는 그의 손을 치워 냈다. 그에게 황제의 동생이라는 지위만 없었어도 있는 힘껏 거칠게 쳐 내고 싶었다.

회귀 전은 말할 것도 없고 회귀 후에도 나는 그에게 조건 없는 호의를 보였었다. 그러나 그때도 그는 오로지 엘쉬가뿐이었다. 그리고 내게 호감이 있다 말하는 지금도 그는 엘쉬가를 사랑한다고 말한다. 내가 그를 미워하는 건 그가 나를 사랑해 주지 않아서가 아니다. 그를 사랑했던 건 회귀 전의 나지, 지금의 내가 아니니까.

내가 소름 끼치게 역겨운 건 그의 애매한 태도에 있었다. 라미스가 아니었다면 회귀 후에도 난 어김없이 로헨을 보고 사랑에 빠졌을지도 모르는 일이었다. 이 모든 일의 시작은 모호한 그의 태도와 멍청하게 그런 그에게 사랑에 빠진 나였으니까.

그리고 바닥에 앉아 울고 있는 나와 그런 나를 어쩌지 못하고 있는 로헨 앞으로 구세주처럼 조반니가 등장했다. 그는 잠시 황당한 얼굴로 나와 로헨을 보았다. 그답지 않게 당황한 것처럼 보이기도 했다. 우리를 보고 상황 파악을 하기 위해 잠시 침묵했으니까.

"이게 대체 무슨 짓이지?"

상황 파악을 마친 그가 무미건조한 물음을 던졌다. 그 말을 기다렸다는 듯이 로헨이 나섰다.

"잠깐 저희끼리 할 얘기가 있습니다, 폐하."

로헨은 그 말을 하며 내 어깨에 손을 얹었다. 나는 어깨에 닿은 그의 손을 치워 냈다. 조반니가 그런 우리의 모습과 눈물을 흘리고 있는 내 얼굴을 살폈다. 그러곤 이해할 수 없는 얼굴로 로헨을 봤다.

"그러니까 내 손님에게 무슨 짓이냐고 물었다, 로헨."

그제야 로헨도 정신이 든 모양이다. 그는 잠시 눈물로 엉망이 된 내 얼굴과 조반니를 번갈아 봤다. 결국 그가 한숨을 내쉬며 자리에서 일어났다.

"실례가 많았습니다. 뮈젤, 다음에 다시 뵙죠."

그는 나와 조반니에게 사과하고는 돌아섰다. 내가 조반니와 약속이 있어 에르만에 방문했다는 사실을 잠시 잊고 있었던 모양이다. 나는 멀어지는 로헨의 뒷모습을 바라보다가 훌쩍이며 손수건을 꺼내 눈물을 닦았다. 조반니가 짜증스러운 얼굴로 내게 손을 내밀었다.

"일어나지?"

나는 내게 내밀어진 손을 보고 그의 얼굴을 올려다봤다.

"아직 모르시나 봅니다. 전 만지면 모든 것의 과거를 볼 수 있습니다. 그건 이제 모든 사람이 다 아는데."

그러자 조반니가 코웃음 쳤다.

"내 기억을 읽으면 누가 손해인지 모르는군. 황제가 가진 기억들이 옆집 똥개의 과거 따위와 같은 줄 아느냐? 내 과거를 보면 너만 괴로울 거다."

전에도 그의 기억을 읽은 적이 있었다. 특별한 경우가 아니라면 그의 일과는 대부분 회의로 시작해 업무로 끝난다. 신빙성 있는 말이다. 나는 안심하고 그의 손을 잡고 일어났다. 그가 엉망인 몰골의 나를 보고 고개를 절레절레 흔들었다.

"먼저 응접실에 가 있을 테니 그 꼴 좀 어떻게 하고 와."

"시녀는 밖에 두고 왔는데."

내 말에 조반니는 가지가지 한다는 얼굴로 나를 잠시 노려봤다. 그러다가 한숨을 내쉬고 바지 주머니에서 손수건을 꺼내 눈물 때문에 내 얼굴에 붙은 머리카락을 떼어 냈다. 가득 인상을 찌푸리고 내 뺨의 눈물 자국을 닦아 낸 그는 들고 있던 손수건을 내게 던졌다.

"그건 너 가져."

"세탁해서 드릴게요."

"필요 없다."

"폐하께서는 이상한 부분에서 관대하시네요."

내가 코를 훌쩍이며 대답하자 그가 기가 찬 얼굴로 나를 봤다.

"난 언제나 드넓은 마음의 소유자였어!"

"그러시구나."

나는 조반니가 준 손수건으로 콧물을 닦으면서 대답했다. 그러자 그가 거의 혐오스럽다는 얼굴로 기겁했다. 그러곤 내 말을 정정해 준다.

"그런 게 아니라 그런 거야."

"무슨 말인지는 모르겠지만, 알겠습니다."

"알겠는 게 아니라 그렇다니까, 뭐젤?"

"아, 네."

"그러니까……."

조반니가 끝내 말끝을 흐리더니 순간적으로 화가 치밀어 올랐는지 나를 다시 노려봤다. 그러곤 양손을 들어 보이며 고개를 절레절레 흔들었다.

"대체 뭐 하는 건지 모르겠군. 일단 가지!"

그가 짜증스럽게 앞장서 걸었다. 그러고 보니 오늘은 의전관 노인과 시종들도 대동하지 않은 채 오로지 혼자였다. 나는 그의 뒤를 따라 응접실 안으로 들어갔다. 그제야 어디 있던 건지 모를 시녀들이 들어와 테이블 위에 다과를 세팅했다. 조반니와 나는 따뜻한 차를 앞에 두고도 마시지 않았다. 한참 동안 침묵을 고수하다가 끝내 입을 연 사람은 조반니였다.

"아까 로헨과는 무슨 일 있었나?"

대답하고 싶지 않은 질문이었다. 나는 한참을 우물쭈물 망설이다가 겨우 입을 뗐다.

"엘쉬가를 사랑하지만, 저와도 잘해 보고 싶으신가 봐요. 이성적으로요. 본인은 그 뜻이 아니라고 하셨지만."

그 말을 들은 조반니의 표정은 대단했다. 제가 들은 게 그 뜻인가 싶은 의문의 얼굴과 함께 떠오른 혐오.

"그 녀석이 그랬다고?"

나는 대답하지 않았다. 침묵이 긍정의 대답이라고 생각했는지 조반니가 헛웃음을 터트렸다.

"최근 들었던 얘기 중에 가장 우스운 얘기로군."

그게 그저 우습기만 한가? 뭐, 당사자가 아니니 그는 내 기분을 이해할 순 없을 거다. 그러나 나는 그와 로헨 얘기를 계속하고 싶지 않았다. 내 마음이 은연중에 전해졌는지 그도 더는 내게 로헨 얘기를 꺼내지 않았다.

"그래, 내게 하고 싶은 질문이란 게 뭔가?"

나는 마른침을 삼켰다. 묻고 싶은 질문이 너무 많아 어떻게 좋은 말로 풀어내야 할지 모르겠다. 여기서 뭔가를 풀어내거나 해결해 내지 못하면 나는 앞으로 과거에 얽매여 한 발자국도 나아갈 수 없을 것 같았다. 나는 어서 이 응어리들을 떨쳐 내야 했다. 그런 나를 기다리고 있는 한 사람을 위해서라도.

"잊지 않겠다고 하셨습니다. 정말로. 잊지 않으셨습니까?"

그래서 드디어 나는 그에게 물었다. 그가 기억한다면 나는 그에게 할 말이 있었다. 그리고 그가 기억하지 않는다고 해도 나는 그에게 해 줄 말이 있었다.

그는 기억하지 못했다. 턱을 괴고 미동 없는 그에게선 그런 분위기가 풍겨 왔다. 의도를 파악하기 위해 움직이는 눈동자가 대답을 대신했다. 그의 새파란 눈동자는 얼음을 조각해 넣은 것처럼 온기가 없었지만, 수만 가지의 뜻을 품고 있는 눈이기도 했다. 말을 하지는 않았지만 느낌으로 알 수 있는 것들이 있다. 지금까지 나는 조반니를 이 세상에서 가장 알기 어려운 인물이라고 생각했었다. 하지만 '감정'이 살아 있던 시절의 그를 보고 나니, 오만하게도 그를 알 것 같다는 생각이 들었다.

아버지는 그가 부탁하지 않았어도 나를 위해 과거로 시간을 돌리셨을 분이다. 모든 걸 포기하고 내게 손을 내민 라미스와 달리 조반니는 그만의 방식으로 나를 위했지만, 결국은 황제이기를 선택했다. 그가 결정을 내리기 이전으로 돌아왔다고 해도 그때의 그가 그 선택을 했었다는 건 달라지지 않는다. '시간'이란 굴레는, 이 세상엔 번복할 수 있는 것이 아무것도 없다는 것을 증명하는 신의 경고 같은 것이니.

"타임리프를 했군."

잠시 말을 하는 걸 잊은 건 아닐까 걱정이 될 즈음 그가 입을 열었다. 한참이나 침묵을 고수하던 것치곤 크게 의미 있는 물음이 아니었다. 나는 그저 식어 가는 찻잔을 만지작거리기만 했다. 조반니는 내 손길을 따라 내 찻잔을 노려보았다. 무의미한 동작은 그만두고 제 말에 대답을 해 달라는 무언의 압박 같았다.

"과거에 무슨 일이 있었지?"

그가 재차 물었다. 나는 실소를 터트리지 않을 수 없었다. 지금 나를 사랑하지 않는 사람에게, 그것도 무려 황제에게, '과거에 당신이 나를 사랑했었어요'라고 말할 수 있을까?

그가 과거를 기억하기를 기대하고 이곳에 앉아 있는 게 아니다. 나는 처음부터 지금까지 그에게 단 한 번도 기대라는 걸 해 본 적이 없었다. 그가 과거를 기억하는 것 자체가 내게 중요한 건 아니었다. 중요한 건, 그가 어떤 상태에 놓여 있든 내가 그에게 반드시 해야만 하는 말이 있다는 것이다.

나를 위했던 그의 마음에 대한 인사. 무엇으로도 그 마음에 대한 보상을 할 수는 없지만, 나는 그에게 최소한 감사하는 마음 정도는 가지고 있어야 했다.

"파수꾼 가문의 능력이 타임리프라는 걸 처음부터 알고 계셨죠? 지난번 제겐 파수꾼 가문의 능력은 모른다고 하셨으면서."

나는 습관처럼 찻잔을 다시 만졌다. 조반니가 대번에 그 동작을 거슬린다는 시선으로 바라봤다. 그는 그뿐 아니라 내 대답도 마음에 들지 않는지 테이블 위로 손가락을 두어 번 까딱거리더니 테이블을 두드려 노크했다. 내 시선을 끌기 위함이다. 내가 고개를 들고 그를 보자 그제야 그가 만족스러운 얼굴로 입을 열었다.

"뮈젤. 네 능력을 모르는 건 사실이었다. 네가 후계자라는 걸 알았을 때도 당연히 타임리프의 능력을 가진 줄 알았지."

그 말을 한 뒤, 그도 나도 입을 다물었다. 조반니의 표정은 보이지 않았으나 그가 할 말을 잃었기 때문에 입을 다문 게 아니란 건 안다. 조금 갑갑하던 차에 차를 새로 내오려던 시녀가 환기를 위해 창문을 열었다. 그러고 보니 오늘 응접실엔 정신을 혼미하게 하는 이상한 화분들이 없었다. 게다가 시종들과 의전관까지 데려오지 않은 건, 오늘은 나를 시험할 생각이 없다는 뜻으로 받아들여도 될 것 같다.

"선대 모르제 백작은 이미 작고했으니 그 능력은 무의미하고. 지금의 모르제 백작이 능력을 사용한 게 되는 건가?"

그가 다시 내게 물었다. 그는 내가 다른 곳으로 시선을 돌리는 게 마땅치 않은 사람처럼 굴었다. 나는 잠시 허공에 시선을 주고 고민했다. 뭐라고 대답을 해야 할까. 하지만 굳이 내 입으로 직접 과거 얘기를 할 필요는 없었다.

"지금 세간에 화제가 되고 있는 소설 ≪포도밭 소녀≫를 읽어 보셨습니까?"

조반니는 팔짱을 끼곤 다리를 꼬아 앉은 채 심기 불편한 얼굴을 했다. 그는 하얗게 칠이 벗겨진 응접실 테이블의 끝부분을 노려보았다. 그야말로 내키지 않는 주제가 나오면 시선을 돌린다. 대답하진 않았지만 표정을 보아하니 읽은 모양이다.

"그 소설의 과거 부분이 전부 사실이라고 하면 믿으시겠습니까?"

그는 한숨을 내쉬었다. 대답하기 위해 잠시 심호흡이 필요한 모양이라 나는 얌전히 기다려 주었다.

"모르제 백작이 타임리프를 하기 전 이야기들 말인가? 나를 위해 선대 모르제 백작이 타임리프를 하고 너를 사랑한 내가 너를 위해 타임리프를 부탁했던, 그 이야기?"

조반니가 검지로 관자놀이를 문지르며 내게 물었다. 나는 고개를 끄덕였다.

"믿을 수 없다."

"폐하께 믿어 달라 얘기한 건 아니었습니다."

내 말에 그가 불편한 표정을 지었다. 어쩌면 불쾌한 것도 같았다.

"그럼 네 목적이 뭐지? 내게 그 말을 하는 목적 말이다."

나는 자리에서 일어났다. 일어서서 내려다본 조반니의 얼굴엔 처음으로 당혹감이란 감정이 서려 있었다. 그는 파수꾼 능력을 정확히 알고 있는 이상 다른 사람들처럼 소설을 그냥 보고 넘길 수 없었으리라. 그리고 설마 했던 것들이 내게서 확인 사살을 당하고 나자 그로서도 혼란스러웠으리라.

그제야 그가 사람 같았다. 과거의 그에겐 '감정'이 있었는데 왜 현재의 그에겐 '감정'이 없는지 이제야 알겠다. 과거와 달리 현재의 그에겐 그럴 만한 사람이 나타나지 않았기 때문이다. 그는 '사랑'하고 싶지 않아서가 아니라 '사랑'할 수 있는 대상이 없었기 때문에 사랑이란 걸 해 보지 못했던 게 아닐까.

그가 앉아 있는 자리 앞으로 걸어가 나는 무릎을 꿇고 앉았다. 목이 따끔거리며 아파 왔다. 그의 사랑이 결국 '황제'라는 이름으로 접히고 말았다고 해도, 사랑이다. 그 감정의 무게는 남이 함부로 판단할 수 있는 게 아니었다. 조반니는 말없이 그런 나를 바라만 봤다. 무릎을 꿇은 난 그대로 그에게 고개를 숙였다. 목이 멨다. 고개를 숙인 뒤 말을 꺼내야 했는데 목에 메어 말보단 울음이 나올 것 같았다.

"무엇에 대한 사과지?"

조반니가 짜증스러운 목소리로 물었다. 그는 지금의 상황이, 그리고 내 태도가 물렁거리는 사과를 씹은 듯이 불쾌한 모양이었다. 그가 목에 맨 크라바트를 풀어 바닥에 패대기쳤다. 그는 이제 화가 나 있었다.

"사과가 아니라 감사 인사입니다."

내 말에 그가 다시 입을 다물었다. 그리고 난 고개를 들었다. 바라본 그의 얼굴이 형연할 수 없는 표정으로 구겨져 있었다. 그의 목이 벌겋게 달아올라 있었다. 지금 그의 감정 상태가 격하다는 걸 단적으로 알 수 있었다. 조반니는 짜증스럽게 셔츠의 제일 위쪽 단추를 끌렀다. 단추는 그의 거친 손길에 아예 떨어져 바닥을 굴렀다. 그는 의자 팔걸이에 양팔을 걸치고 다리를 꼬아 앉으며 나를 내려다보았다.

"너는 타임리프 능력이 없다. 그렇다면 그 과거들을 너 역시 몰라야 맞지. 그런데도 그런 태도라는 건, 타임리프 능력이 없어도 파수꾼 가문의 피가 흘러 과거를 기억하는 건가?"

"아니요. 전 회귀 전 일을 기억하지 못합니다. 하지만 '포도밭 소녀'를 읽으셨다면, 폐하께서도 아실 겁니다. 전 모든 사물과 사람이 가진 기억을 볼 수 있습니다. 아버지의 기억을 읽었습니다. 제 능력, 상상도 하지 못하실 겁니다. 단순히 과거를 문자로 읽듯이 알게 되는 게 아닙니다."

말을 하면서도 감정이 복받쳐서, 마치 다시금 그때의 기억 속으로 다시 돌아간 것 같아서 괴로울 지경이었다. 내 사형대 앞에 선 아버지의 찢어질 듯한 오열이 아직도 귓가에 맴돌아서. 아마 이런 정신 상태라면 난 조금만 더 있으면 이제 무엇이 내 기억이고 무엇이 다른 이의 기억인지 헷갈릴 지경에 이를 거다.

"그 사람이 되어 그 사람이 겪었던 과거를 보고 들어요. 그 느낌은 아마 아무도 이해하지 못할 거예요. 아버지조차도요."

그가 복잡한 시선으로 나를 봤다. 나를 이해할 수 없지만 이해할 것 같다는 뭐 그런 이상한 표정이었다.

"그래서 폐하께 감사해요."

"내가 너를 살려 준 것에 대한 감사? 아니면 내가 너를 사랑했었다는 것에 관한 감사인가?"

"아니요. 황제로서의 선택을 내려 주신 것에 대한 감사 인사입니다."

내 말이 조반니를 씁쓸하게 했던 모양이다.

"그 소설의 내용이 사실이라면 넌 예나 지금이나 단 한 번도 나를 사랑한 적이 없군. 내가 널 사랑해서 그런 선택을 했었는데도 말이지."

"폐하께선 역대 메시리아의 황제 중 가장 황제다운 황제이십니다. 메시리아엔 없어선 안 되실 분이죠. 폐하께선 과거를 기억하고 계셨다고 해도, 과거와 같은 사건들이 벌어져도, 절 선택하지 않으셨을 겁니다."

조반니는 정말로 기분이 나쁘다는 얼굴로 무릎 꿇은 나를 노려봤다.

"그래, 그 말이 맞다. 내가 황제라는 사실을 망각한 질문을 했군."

"저를 사랑하십니까?"

내 물음에 조반니는 반사적으로 양손을 들어 보이더니 결국 짜증스럽게 자리에서 일어났다. 그가 바닥에 밟히는 크라바트를 거칠게 발로 차 내고는 머리를 헤집었다. 그는 양손을 허리에 얹고 등을 돌려 한숨을 내쉬었다. 그의 너른 등이 조금 외로워 보였다. 하지만 그의 외로움은 누군가 씻어 줄 수 있는 것이 아니다. 황제라는 권위가 가진 본질적인 외로움이었으니까.

"지금 날 놀리는 거냐, 뮈젤."

등을 돌려 나를 내려다보는 조반니의 시선은 매서웠다.

"과거엔 레나타만큼이나 너를 오래 봐 왔다고 하지만, 지금은 아니다. 네가 다른 여자들보다 특별한 건 사실이지만, 난 널 알게 된 지 얼마 안 됐어. 그런데도 그런 질문을 하는 저의가 뭐지?"

"전 과거를 기억하진 못해도 첫눈에 보는 순간 라르메 전하께 호감을 느꼈거든요."

조반니가 그런 내 말을 비웃었다.

"미안하지만 네 말대로 난 황제다. 너와는 달라."

난 그가 그런 대답을 하리란 걸 알았다. 그리고 내가 그런 표정이자 조반니가 또 마땅치 않았는지 눈썹을 추켜세우고 팔짱을 꼈다.

"내가 과거와 마찬가지로 네게 사랑이란 감정을 느꼈다면 네 대답은 뭐였지?"

"죄송합니다. 그런 가정은 생각해 보지 않았어요."

내 말에 조반니가 헛웃음을 터트렸다. 그는 팔짱을 풀고 이마에 손을 얹더니 허탈한 얼굴로 연신 헛웃음을 뱉었다. 그가 황당하단 얼굴로 잠시 말을 잇지 못하더니 곧 냉정한 얼굴의 그로 다시 돌아왔다.

"잔인한 대답이군. 나를 너무 잘 아는 대답이라 소름이 끼칠 정도야. 그 말이 맞다, 뮈젤."

그가 어깨를 으쓱이더니 내게 손을 내밀었다.

"설사 정말로 내가 널 사랑한다 해도, 내 입으로 네게 그 말을 해 주는 일은 없을 거다. 난 황제로 남아야 하는 사람이니."

그가 내게 손을 내민 채 흔들었다. 손을 잡으라는 뜻이다.

"그만 일어나."

난 내밀어진 그의 손을 가만 바라만 봤다. 보통의 여자라면 내밀어진 그의 손을 잡았겠지만 내겐 특수한 능력이 있다. 잠시 그가 그 사실을 망각하고 내게 손을 내민 건 아닐까? 고민했다. 그러자 그는 내 생각을 안다는 듯이 눈썹을 찌푸렸다.

"내가 아까도 말했지. 난 어차피 숨기는 과거의 기억 따윈 없다."

그가 허리를 숙여 내 손을 잡아끌더니 단숨에 나를 일으켰다. 다리가 저릿저릿해서 인상을 찌푸렸다. 그러자 그가 그런 나를 비웃었다.

"그리고 내 과거를 봐 봤자 너만 손해일 걸 뻔히 아는데, 내가 널 만지는 걸 꺼릴 이유가 있을 것 같으냐?"

나는 결국 웃었다. 그리고 내가 웃자 그제야 조반니의 얼굴이 한결 편안해졌다. 그는 응접실 밖에 있던 시녀들을 불러 온갖 과자와 차를 내올 것을 지시했고 나는 그런 그를 해괴한 얼굴로 보았다.

"먹는 거 좋아하지 않았느냐."

자리에 앉자마자 그가 괜스레 변명의 말을 꺼냈다.

"폐하께서 그렇게 돼지 취급을 할 만큼 많이 먹은 적은 없어
요."

내 단호한 말에 그가 서운한 얼굴을 했다.

"내가 볼 때 넌 항상 무언가를 먹고 있지 않았느냐? 먹는 게
아니라면 항상 포도주가 있었지. 그럼 그건 내 앞이라 적게 먹
은 거였어? 이상하군. 그것도 적게 먹은 건 아니었는데."

질문하다가 마침내는 혼잣말하는 그를 보고 나는 대답하길
포기했다. 때마침 다과가 준비됐다. 마카롱과 타르트, 머핀과
쿠키를 비롯해 초콜릿과 머랭그까지 온갖 종류의 디저트가 준
비됐다. 내가 당혹스러운 얼굴로 그것들을 보고 있는데 그가
내 앞으로 접시들을 밀었다.

마치 손녀한테 진수성찬을 차려 주고 맛있는 건 모조리 손녀
앞으로 밀어 넣는 할아버지 같은 모양새다.

"포르번 자작이 알샤에의 로브토 시리엔 공판에 너와 프리
제, 그리고 라미스를 증인으로 신청했더군. 참석할 생각이냐?"

시리엔이 나를 죽이려고 했던 건 미하엘만큼이나 용서할 수
없는 부분이었다. 나는 고개를 끄덕였다. 그런 나를 보던 조반
니가 턱을 쓰다듬었다.

"굳이 참석하지 않아도 증거가 많아서 사형당할 거다. 게다
가 와볼트 일로 사형대의 피가 마를 날이 없어 그 여자 하나
쯤이야, 굳이 공판을 거치지 않아도 쥐도 새도 모르게 없앨 수

는 있는데. 프리제를 봐서 굳이 하는 재판이다."

"네. 알아요. 그래도 제 눈으로 보고 싶어요. 그녀가 사형 선고 받는 순간을."

내 말에 그가 고개를 끄덕였다.

"그래, 그건 그렇고 오늘 오전 로망떼와 엘쉬가 콜린으로 기소됐다던데. 그 소식도 들었나?"

하나같이 이어지는 물음들이 이미 내가 사건의 중심에 있다는 걸 다 알고 하는 질문이다. 콜린으로 그 둘을 한데 묶은 게 내 짓이라는 걸 그는 알고 있었다. 그 정도로 나와 베버가 허술하진 않았고 그 정도로 그 일이 복잡한 것도 아니었다. 그런데도 그가 그 일을 알고 있는 게 참 대단해 보였다. 그는 회귀 전의 일을 제외하고는 마치 모든 걸 아는 사람 같다.

"지금 심문하시는 건가요?"

"아니. 기특해서 물어본 거야."

조반니가 뜨거운 차를 후룩 마시며 대답했다. 나는 그 말이 황당해서 잠시 할 말을 잃었다.

"누가 보면 폐하께서 저를 키우신 줄 알겠습니다."

"굳이 따지자면 맞지 않느냐. 전에도 말했지만, 내가 잘 키운 나라에서 잘 커 왔으니 넌 내가 키운 게 맞다."

"아, 그러십니까."

"그래, 그렇다니까. 그 철없던 꼬맹이가 언제 이렇게 커서는 제법 잔머리 굴릴 줄도 알고."

"폐하!"

내가 결국 그를 부르며 외치자 그가 껄껄껄 웃음을 터트렸다. 다시금 원래의 그로 돌아온 모습이다. 나는 결국 허탈하게 긴장을 풀었다. 결국엔 그를 따라 어이없어 웃음을 터트리기도 했다.

"그나저나 사랑하는 사이란 게 원래 그런 건가? 아르시온 라미스와 하는 질문까지 똑같아."

나는 잠시 그가 하는 말을 이해하지 못하고 멍청하게 그의 얼굴을 보기만 했다. 그러자 그가 재미있다는 눈빛으로 나를 보며 웃었다.

"옛날에 그도 너와 같은 질문을 한 적이 있다. 모두 잊었냐고 말이다."

너무 어릴 적이라 잊고 지냈던 일이 떠올랐다. 당시 덴버 아저씨의 포도밭에서 라미스를 처음 만난 이후 나는 아버지께 그에 대해 이야기를 했다. 아버지는 나와 라미스가 만났다는 이야기를 꽤 흥미롭게 들으셨다. 아버지는 나와 라미스의 만남을 종용하진 않으셨지만, 우리가 만날 수 있는 환경을 조성해 주셨다. 어머니는 내가 포도밭에서 노는 것을 굉장히 싫어하셨는데 아버지의 설득으로 그런 나를 내버려 두셨다. 그래서 나는 종종 포도밭에서 라미스와 어울려 놀 수 있었다.

그리고 2년 뒤 어느 날, 성경 공부를 마치고 라미스를 만난 내가 포도밭을 나뒹구는 작은 조약돌 하나를 주워 그에게 선물했다. 당시의 그는 내가 주는 것이라면 그게 뭐든 좋아했었다. 그때도 내가 흙바닥에서 돌을 줍는 걸 보고도 그는 내가 준 선물이라며 좋아했었다. 그리고 그렇게 기뻐하는 그의 모습이 좋아 난 그런 말을 했던 것 같다.

'내일 시험 본다며. 행운의 돌이야. 으레 강력한 믿음은 꿈을 현실로 바꾸는 힘이 있다고 그랬어. 이 돌이 네게 행운을 줄 거야.'

정확히 기억나지 않지만, 분명 그런 말을 했던 것 같다. 당시 라미스는 모르제 가문에서 붙여 준 개인 교사에게 교육을 받고 있던 시절이었다. 그리고 그 말에 라미스는 둔기로 머리를 얻어맞은 것처럼 아무 말도 하지 못했다. 그가 얼떨결에 내게 행운의 돌을 받아 들고 한참 동안 돌만 뚫어져라 보더니 누가 그런 말을 했냐고 물었던 것 같다. 그때 내 대답이.

'기억이 안 나. 그런데, 굉장히 멋진 사람이었던 것 같아.'

그리고 그 말을 끝으로 라미스가 펑펑 눈물을 흘렸던 것 같다. 그렇게 우는 라미스를 나는 아마 그 이전에도 그 이후에도, 그리고 지금까지 본 적이 없었던 것 같다. 그리고 그 다음 그가 했던 말은 지나치게 또렷하게 기억났다.

'멋진 사람이라고 해 줘서 고마워, 뮈젤. 내가 네 천사잖아.'

앞선 대화들이 정확하게 기억나지 않는 옛 기억이라면, 마지막 그의 그 말은 조금 전 들은 것 같이 생생히 기억나는 말이었다. 마치 조각나 봉인된 기억이 풀리듯이 떠오른 기억. 지금 조반니의 말을 듣고 잊었던 어린 시절의 기억이 떠오른 건, 우연히 아닐지도 모른다. 어쩌면 라미스는 그때 모든 과거가 기억났는지도 모른다. 그리고 아버지는 그 모든 사실을 알고 계셨을지 모른다.

"다른 말은 없었나요?"

내 물음에 쿠키를 와그작 씹어 먹던 조반니가 고개를 저었다.

"네겐 미안하지만 난 널 사랑했던 기억이 없거든. 그래서 그 외 다른 대화를 하진 못했지."

그는 전혀 미안하지 않은 얼굴로 미안하단 단어를 뱉었다. 그것조차도 참 그다운 일이다.

"축복의 탑에서 일어난 시위 진압에 진전이 없었던가 보군."

그러고 보니 지난번 라미스의 사무실을 찾아갔을 때 그의 부관이 얘기했던 일이 떠올랐다. 학자들이 시작한 시위에 성직자들까지 가세하여 베르모토 교황이 주도자로 시위단을 이끌고 있다는 내용.

축복의 탑에는 시리엔이 관주로 선정됐을 당시에도 덴테 프리제의 불법적인 개입이 있었으며, 이번 시리엔의 살인 청부 사건을 알고도 모른 체했다는 소문이 퍼졌었다. 게다가 후계 싸움에서 패한 엘쉬가가 후계자로 선정된 것에 의문을 제기한 이가 생기기 시작했다고 했었다. 주로 그것은 학자들에게서 시작됐고 마침내는 성직자들은 물론 시민들까지 가세해 일이 커졌다고 한다. 메시리아로 망명 신청한 전적이 있는 사람-엘쉬가-을 관주는 물론, 축복의 탑 사람으로도 인정하지 않겠다는 의지 강경한 내용의 시위였다.

"그들이 주장하는 후계자는 아르시온 라미스다."

그리고 나는 레몬 과즙을 마신 것처럼 정신이 번쩍 들어 그의 얼굴을 보았다.

"네?"

얼떨떨한 물음에 조반니가 혀를 차고는 차를 들이켰다.

"엘쉬가를 추방하고 라미스를 후계자로 올려 달라는 게 그들

의 주장이다. 아마 베르모토 교황이 지금쯤이면 그를 설득하고
자 호베른에 와 있을 거다."

찻잔을 만지는 손이 미끄러졌다. 덜그럭거리며 찻잔 받침 위
에서 휘청거렸다. 나는 찻잔을 얌전히 제자리에 놓았고 조반니
가 그 모습을 웃으며 보았다.

"가 봐야겠군?"

"어, 어디서……."

내 물음에 조반니는 별걸 다 물어본다는 표정으로 얼굴을 찌
푸렸다.

"그걸 내가 어떻게 아나? 여행객의 거리 쪽에 살롱과 식당이
많으니 그쪽으로 가지 않았겠나. 베르모토 교황이라면 오랜만
에 호베른에 왔으니 거기서 보자고 하겠군. 그치는 옛날 사람
이라 아직도 그쪽 동네가 가장 인기 있는 지역인 줄 알지. 요
샌 다들 코젤만 스트리트로 옮겨 갔는데 말이야."

내키지 않는 얼굴과 다르게 신이 나서 줄줄 내뱉는 말을 들
어 보니 묻지 않았으면 큰일 날 뻔했다. 그가 찻잔을 내려놓고
요연한 얼굴로 앉아 있는 내게 마카롱 접시를 밀었다. 그가 내
게 마카롱을 손짓했고 나는 정신없는 얼굴로 블루베리치즈 마
카롱을 손에 잡고 한입 베어 물었다. 그러자 조반니가 고개를
끄덕이며 만족스러운 얼굴로 차를 마셨다.

"난 아직 네게 황후가 될 생각이 없냐는 질문을 철회하지 않
았다."

"철회하시는 게 좋을걸요. 폐하께선 혼기가 지난 지 한참이
시잖아요. 지금 소문에 폐하께서 그 나, 남, 남……."

나는 결국 말끝을 흐렸다. 그러자 조반니가 유쾌하게 웃음을 터트렸다.

"계속 해 봐라, 뮈젤."

나는 뽀로통한 얼굴로 아랫입술을 내밀었다.

"폐하께서 나, 남색가라는 소문이 돌고 있다고요."

"아. 내가 여자를 들인 지 오래되긴 했군. 하지만 생각해 봐, 뮈젤. 난 정신이 없어. 원래 전쟁이란 뒷수습이 제일 어려운 거 알아?"

당연히 모른다. 나는 입을 꾹 다물었다. 조반니는 그럴 줄 알았다는 얼굴로 내게 고갯짓을 했다.

"가 봐, 그만."

"네?"

"신경 쓰여 미칠 것 같지 않으냐? 아르시온 라미스 말이야."

조반니는 웃었고 나는 결국 그곳을 나왔다. 에르만 궁전의 분위기는 어수선했다. 그럴 만도 했다. 최근의 전쟁이 제3 차 레르마 전쟁의 수준이 아니라 와볼트를 완벽하게 몰락시켰을 정도니 말이다. 지금 와볼트 제국에 주둔해 있는 2만 명의 메시리아 병력과 1만 명의 지원 병력이 귀환하기를 오매불망 기다리는 부모의 심정이란 이런 것일까. 나는 초조한 마음으로 마차에 올랐다.

여행객의 거리엔 사람이 많지 않았다. 지금 시기에 메시리아나 와볼트나 여행을 다닐 사람이 별로 없기 때문이겠지. 나는 시녀들도 없이 여행객의 거리를 활보하다가 가판 상점을 보았다. 그러다가 파우치에 들어 있는 행운의 돌이 생각난 건, 그 돌의 출처가 이곳이기 때문이겠지.

"오랜만이네요, 누나."

내게 행운의 돌을 판매했던 어린 소년이 여전히 그곳에 앉아 있었다. 그는 나를 발견하자마자 만면에 미소를 달고 나를 봤다. 날 기억하다니? 우리가 만난 건 작년이었다. 그리고 그것도 아주 잠깐 스치듯이 말이다. 그리고 생각이 거기까지 미치자 나는 반사적으로 파우치에 들어 있는 행운의 돌을 꺼내 그에게 보여 줬다.

"이거 천사님이 주셨다고 했잖아. 행운의 돌. 기억나?"

내 물음에 소년이 해맑은 미소로 고개를 끄덕였다. 나는 재빨리 파우치에 있는 라미스의 초상화를 꺼내 소년에게 보여 줬다.

"그 천사님이 혹시 이 남자니?"

내 물음에 소년이 웃었다.

"맞아요. 당신을 위해 내가 보낸 천사."

뭐? 나는 황당한 얼굴로 소년을 내려다보았다. 그가 계속해서 알 수 없는 말을 했다. 주위의 소음이 멎는 느낌이었다. 놀라서 주위를 둘러보는데 사람들은 여전히 우리 따윈 신경 쓰지 않고 제 갈 길을 가거나 제 할 일을 하고 있었다. 소년은 여전히 좌판 앞에 앉아서 나를 올려다보며 미소를 짓고 있었다. 그리고 바라본 그의 눈동자 속엔 말로 다 형언할 수 없는 깊은 심연이 들어 있었다.

"네, 네 천사라고? 라미스가?"

소년은 여전히 웃는 얼굴로 고개를 끄덕였다.

"가장 순수한 영혼에게서 나온 아름다운 영혼이지."

가장 순수한 영혼이란 힐러프를 말하는 것 같았다. 나는 순간 온몸에 털이 곤두서는 느낌을 받았다. 소년의 정체를 궁금해하기 이전에 그를 향한 무조건적인 경외심이 들었다. 나조차도 알 수 없는 기이한 감정이었다. 그런 내 상태를 파악한 듯 소년이 웃었다.

"라미스는 인간이 아닌…… 건가요?"

"인간 맞아. 그냥 그렇게 부르는 건 내 마음이야."

긴장하고 한 질문이라 그런지 소년이 답하자 나는 다리에 힘이 풀렸다. 바닥에 주저앉자 가판 좌판 앞에 앉아 있는 소년과 그제야 눈높이가 맞았다.

"당신은 누구시죠? 신…… 이신가요?"

"믿지도 않으면서 신을 찾는구나."

소년은 흥미롭다는 얼굴로 나를 봤다.

"신을 믿지 않는 네가 위고의 핏줄이라니 재미있어. 너희 가문이 가진 능력은 신이 선물한 능력인데 말이지."

그가 아네스 신일까? 정말 신이 맞긴 한 건가? 이 작은 소년이 나를 농락하는 건 아닐까? 나는 두려운 얼굴로 소년을 봤다.

"라미스도 당신의 존재를 아나요?"

"너는 그가 모르길 바라는구나. 언제나 네 바람은 이뤄졌지."

그 말은 라미스가 알고 있었는데 내 바람으로 인해 모르게 되었다는 걸까? 아니면 그는 처음부터 몰랐던 걸까. 하지만 그

동안 그의 반응을 생각해 보면 그는 파수꾼에 대해서도 모르고 있었으며, 신과 자신이 관련이 있다는 사실조차 전혀 모르고 있었다. 그러나 소년은 내 감상 따윈 개의치 않고 말을 이었다.

"베노튼 성당의 성경책은 너희 가문을 위해 신이 남긴 발자취인데, 그걸 읽고도 아무 생각이 들지 않는 파수꾼은 네가 처음일 거다."

그때 문득 그 예언이 떠올랐다. 모사 아네스의 계시라 이는 창조신이 그에게 주사 반드시 속히 일어날 일들을 그 종들에게 보이시려고 그의 천사를 그 종 위고에게 보내어 알게 하신 것이라. 라미스는 내게 그 문구가 가장 중요하다고 했었다.

'이자벨의 말을 듣고 나도 정확히 알았다. 다른 건 필요 없어. 이 문구가 가장 중요하지. 나도 해석하는 데 제법 걸렸어. 그 성경책을 읽어 보라 하신 건 모르제 백작님이셨거든.'

'그 구절에서 말하는 아네스의 종 '위고'가 바로 모르제 백작님이야. 정확히는 초대 모르제 백작께서 위고라는 이름을 가지셨다 들었어. 파수꾼 가문이라니, 이제야 그 구절이 정확히 이해가 가는군.'

그는 그때 거기 표기된 천사가 자신이란 걸 알았을까? 적어도 아버지는 알고 계셨을 게 확실했다. 정신없는 얼굴로 소년을 멍하니 보고 있자니 그가 내 생각을 읽은 것처럼 고개를 끄덕였다.

"위고는 우리가 사랑한 아이다. 그래서 능력을 주었는데 그 능력으로 인해 그 아이의 자손이 불행에 닥쳤으니 어찌 탄식

하지 않을 수 있으랴. 그래서 나의 천사를 네게 보낸 것이니라."

위고라면 초대 모르제 백작을 말하는 게 분명했다. 나는 먼 곳을 바라보던 소년의 시선이 내게 꽂힌 것을 보았다.

"한 번은 나의 뜻이었으나, 한 번은 네 아비의 뜻이었다."

"그게 무슨 말……. 어?"

소년의 말에 질문 공세를 쏟기 위해 고개를 들었는데. 가판 앞엔 아무도 없었다.

여행객의 거리에서 라미스를 찾지 못했다. 그래서 라미스 찾기를 포기하고 나는 그의 저택으로 편지를 보내 놓은 뒤, 모르제 영지로 내려가기 위해 준비했다. 어머니와 메르넨은 호베른의 소란을 버티지 못하고 모르제 영지로 먼저 내려갔다.

모르제 가문은 오래된 파수꾼 가문이라 언제나 영광과는 거리가 먼 그림자 집단이었다. 그런데 빛이 드리워 그림자가 사라졌으니 마치 발가벗겨진 것 같은 그런 기분이었다. 모르제 가문에 내려진 특별한 능력에 대한 진위 여부를 밝혀 줄 것을 촉구하는 상소가 나날이 조반니 앞으로 올라온다고 들었다. 그런데도 그가 침묵하는 이유는 뭘까. 영원히 비밀로 남겨 달라고 했던 초대 모르제 백작과 에르만 황실의 약조 때문일까. 하지만 그 약조는 아버지가 먼저 파기하셨으니 굳이 지킬 필요가 없는 것 아닌가? 예나 지금이나 조반니의 마음은 헤아리기가 어렵다.

오늘 아침, 마드렐과 함께 마차에 짐을 실으며 엘쉬가와 로망떼가 붙잡혀 들어갔다는 소식을 들었다. 어머니와 메르넨과 함께 먼저 모르제 영지에 내려간 베버가 들으면 뿌듯해할 일이다. 라미스는 축복의 탑으로 돌아갈까? 그의 청혼을 거절한 게 아닌데 지금에야 그의 입장을 헤아려 보니 거절이라고 생각할 수도 있겠다 싶었다. 내가 큰 실수를 한 건 맞다. 그렇다고 그렇게 축복의 탑으로 미련 없이 돌아가 버릴까? 그의 처진 어깨가 떠올랐다. 당장이라도 그에게 달려가고 싶었다. 하지만 그렇게 내 마음대로 해 버리기엔 그에게 이기적으로 굴었던 세월이 너무 길었다.

"준비 끝났습니다."

마차 앞에 서서 대답하는 마드렐을 보며 나는 마차에 올랐다. 우리 마차가 출발하고 짐마차가 뒤이어 따라왔다.

"와볼트 황태자의 처형식이 나흘 뒤에 열린다고 하는데, 못 보겠네요."

마드렐의 말에 그제야 나는 미하엘을 떠올랐다. 정신을 혼미하게 하는 사건들이 많아서 미하엘이 죽을 날짜가 코앞에 왔다는 사실도 잊고 있었다. 와볼트에서 일어난 폭동이 심각한 수준이라 미하엘의 사형 집행을 서두르는 모양이었다.

폭동의 선두에 라다안이 있다는 소식을 들은 것도 같다. 와볼트가 메시리아 서부와 맞닿아 있어서 와볼트에서 무슨 일이 생기면 서부 사람들은 늘 두려움에 떤다. 모르제가 서부 지역임에도 그 두려움에서 안전할 수 있었던 건, 험한 라하르트 산맥이 둘러싼 요새였기 때문이다. 특히 라하르트 산맥은 지리적 요건이 좋지 않아 전투를 하기도 쉽지 않고 지형이 험해 산을 넘기도 전에 길을 잃고 죽는 사람이 많은 곳이었다. 그러나 와볼트로부터 몰래 잠입하거나 도망치는 루트로는 효과적이긴 했다.

덴버 아저씨가 라하르트 산맥에서 엘쉬가의 브로치를 주웠던 일이 떠올랐다. 엘쉬가도 아마 라하르트 산맥을 넘어왔으리라.

"그러게. 그건 꼭 봐야 했는데."

내 중얼거림을 들은 마드렐이 그런 나를 위로했다.

"그래도 백작님께서 상황이 잘 마무리된 후엔 올라와도 된다고 하셨잖아요."

그 말이 맞다. 우리가 모두 모르제 영지로 돌아가는 건 아버지의 뜻이 가장 컸다. 본인이 불붙인 폭죽이니 본인이 끄는 게 옳다고 하셨다.

"그래도 엘쉬가랑 로망떼 공판 전까지는 올라올 수 있겠지."

내 말에 마드렐이 무언가 생각이 난 얼굴로 내게 물었다.

"아르시온 라미스께선 공판 증인 참석을 거절하셨다던데. 혼자 팬찮으시겠어요?"

"뭐?"

그건 내가 처음 듣는 얘기였다. 조반니도 그런 말은 없었는데? 내가 놀라 묻자 외려 마드렐이 당황했다.

"아, 그게. 축복의 탑 후계자로 거론되고 있잖아요. 시위대 반응을 보면 라미스 님을 납치라도 할 기세던데. 그 일로 정신이 없으신가 봐요. 어제 백작 부인께서 하는 얘길 들었어요."

"라미스가 왔었어?"

내가 놀라서 발작하듯이 묻자 마드렐이 어깨를 움츠리고 고개를 세차게 끄덕였다.

"네. 아가씨가 에르만 궁전에 들어갔을 때요. 무슨 일이었는지 저는 정확히 몰라요."

내가 조반니와 이야기하는 사이 라미스가 저택에 다녀간 모양이었다. 베르모토 교황을 만나기로 한 얘기를 하려고 왔었나? 알 길이 없다. 내가 여행객의 거리에서 돌아오자 아버지가 곧장 모르제 영지로 내려갈 것을 간곡히 부탁하셨고 내가 없는 동안 채비를 끝낸 메르넨과 어머니가 먼저 영지로 내려갔었다. 그러던 중에 그녀들이 내게 라미스 이야기를 할 틈은 없었을 거다. 그 점은 이해한다.

나는 피로에 젖은 한숨과 함께 마차 벽에 고개를 기댔다. 그런 내게 마드렐이 담요를 덮어 주었다.

"로벵에 도착하면 깨워 드리겠습니다. 주무세요. 서부 지역은 폭우 때문에 지형이 험해져서 평소보다 며칠 더 걸릴지도 몰라요."

나는 고개를 끄덕이고 눈을 감았다.

☕ ☕ ☕

마드렐이 나를 깨운 것은 오밤중이었다. 깨어나자마자 나는 퀴퀴하게 젖은 나무 냄새를 맡았다. 밖에선 추적추적 내리는 빗소리가 감질나게 들려왔다. 빗물에 젖은 나무 마차에서 나는 냄새가 참 고리타분했다. 마드렐이 내게 손수건을 적셔 주었고 나는 그걸로 대강 얼굴을 정리했다. 개인적으로 로벵 후작 가문을 좋아하지 않는데, 아버지가 미리 연통을 넣은 탓에 로벵 저택에서 하루 머물러야 했다.

마부가 우산을 든 채 문을 열어 줬고 나는 마드렐과 함께 마차에서 내렸다. 마드렐이 오들오들 떨며 비를 맞았다. 나는 그 모습을 불편한 얼굴로 바라보다가 마부가 여분의 우산을 가져다주자 재빨리 그걸 펼쳐 마드렐에게 주었다. 그녀가 연신 내게 허리를 숙였다. 베버같이 유능한 시녀라면 알아서 제 몫을 챙길 텐데 마드렐은 조금 어리숙한 면이 있어 챙겨 주고 싶게 만들었다.

"오셨군요. 뮈젤 클라베 로랑 모르제. 로벵 후작 가문에 오신 것을 환영합니다."

비가 오는지라 현관 앞까지 마중 나온 집사가 내게 인사했다. 보통 집사들은 업무에 치여 밥 먹을 시간도 없어 깡마른 인사가 대부분이다. 아무래도 접대를 많이 하게 되는 자리다 보니 미관상 체중이 많이 나가는 남자는 집사로 채용하지 않는데 로벵 가문의 집사는 그렇지 않았다. 뚱뚱한 편은 아니었지만 술을 좋아하는 편인지 배만 불뚝 나와 보기 썩 좋은 모습은 아니었다.

"안에 로벵 후작 부부께서 영애를 기다리고 계십니다."

숱 많은 머리에 기름을 발라 정리한 집사가 새하얀 이를 드러내며 웃었다. 나는 그가 내미는 손을 잡았고 뒤에서 마부가 들고 있던 우산을 접었다. 마드렐도 제가 쓰던 우산을 황급히 접고 내 뒤를 졸졸 쫓아왔다. 후작 가문 사람들의 초상화가 걸린 현관 복도를 지나 대기 살롱을 안내받았다. 그곳에서 따뜻한 차를 마시며 기다리고 있자 다시 집사가 나를 안으로 안내했다. 몇 개의 살롱을 지나 중앙 홀이 모습을 보이자 후작 부부가 화기애애하게 담소를 나누며 내 쪽으로 걸어오고 있었다. 그들이 나를 발견하자 반가운 미소를 지어 보였고 후작 부인이 내 양손을 꼭 잡았다.

"저택으로 방문하신 건 오랜만이군요, 레이디 뮈젤."

후작 부인의 인사에 나는 떨떠름한 얼굴로 고개를 끄덕였다.

"네. 그렇군요."

후작 부부는 나를 좋아했다. 그리고 나를 제외한 우리 가족은 모르제에서 호베른을 지날 때 꼭 로벵 가문에서 지내고 갔으니 특출한 행동을 하는 내가 튀어 보이는 건 당연지사다. 보통의 귀족이라면 친분이 있든 없든 지나가는 영지의 저택에서 머물다 가는 게 당연한 일이었으니. 하지만 난 후작 부부 때문은 아니고 이 부부의 아들 때문에 이 저택에 머물기가 싫었다.

"뮈젤 왔다며?"

멀리서부터 뛰어오는 모양새가 딱 봐도 뤼미에르였다. 깔끔하고 짧은 갈색 머리카락에 오밀조밀한 얼굴, 시원한 입매, 눈밑 점까지. 라미스의 발끝에도 미치지 못했지만, 어쨌건 그는 그 잘난 외모를 활용해 서부 지역 최고의 바람둥이로 명성이 높았다.

내가 어릴 적에 아주아주 잠깐 그를 짝사랑한 적이 있었다. 내가 제일 싫어하는 폴모리츠 남작 영애와 사귄다고 해서 짝사랑도 그만뒀지만 말이다.

"어머, 뤼한텐 누가 소식을 전한 거니? 미안하구나, 뮈젤."

그리고 내가 뤼미에르 때문에 저택에 오지 않는다는 사실을 모두가 알고 있었다. 후작 부인이 한쪽 볼에 손을 얹고 미안하단 얼굴로 내게 사과했다. 로벵 후작은 껄껄 웃으며 뭐 어떠냐며 식사나 하지 않겠냐고 했지만, 시간이 이미 오밤중이고 그들의 복장을 보아하니 잠에 들 타이밍이지 식사할 타이밍은 아니었다.

내가 식사를 사양하자 후작 부부는 그만 방으로 돌아갔다. 나도 손님방으로 집사에게 안내를 받아야 할 타이밍인데 썩을 놈의 뤼미에르가 내 앞에 서서 비키질 않았다.

"뮈젤, 내 방에서 자도 돼."

뤼미에르가 잘생긴 얼굴로 바보같이 웃으며 내게 손을 내밀었다. 그를 처음 본 마드렐은 이런 무례한 사람이 다 있냐며 화가 나서 씩씩거렸고 나는 그를 무시하고 걸어갔다.

"라미스 그놈은 어차피 떠날 놈이잖아. 축복의 탑 다음 후계자로 그놈이 거론되고 있는 건 이제 누구나 다 아는 사실 아니야?"

뤼미에르가 내 뒤를 졸졸 쫓아오며 바보 같은 소리를 지껄였다. 내가 라미스와 밀당이나 하던 옛날이라면 그를 잘 구슬려 라미스의 질투를 유발해 보겠다며 유치한 짓을 했겠지만 지금은 아니다. 지금은 그런 철없는 짓을 할 때가 아니지 않나.

"끼 부리는 건 퍼시한테나 가서 해."

내 말을 어떻게 들었는지 뤼미에르는 외려 그 말에 희망을 얻은 망아지처럼 날뛰었다. 집사가 안내해 주는 방의 문을 열고 들어가려는데 그가 연 문을 닫고 그 앞에 등을 기대더니 나를 보며 말했다.

"아, 그런 거였어? 뭐젤, 걱정 마. 나 이제 여자 싹 다 정리했어. 여자관계 깔끔해."

나는 문고리를 잡고 있다가 기가 차서 그를 노려보았다. 그가 잘생겼다고 하나 라미스의 외모를 따라갈 순 없었다. 아린느는 그가 라미스와는 다른 매력이 있어 사람을 끌어당긴다지만 난 이해할 수 없었다. 매력으로 보나, 외모로 보나, 성격과 능력으로 보나 모두 라미스에게 한참이나 뒤진다.

게다가 바람피우는 건 습관이다. 그리고 인간은 습관이란 걸 버리지 못하는 습성이 있어서 고무줄처럼 늘어나는가 싶다가도 다시 제자리로 돌아오곤 만다. 나는 애초에 폴모리츠 남작 영애와 그가 사귄다고 했을 때, 내 마음에서 그를 아주 지웠고 단 한 번도 그를 돌아본 적이 없었다.

"넌 네가 잘생긴 줄 알지?"

내가 팔짱을 끼고 같잖다는 투로 묻자 그가 해맑은 얼굴로 고개를 끄덕였다.

"나 잘생겼어."

"라미스보단 아니야."

내 말에 할 말을 잃은 그를 밀어내고 나는 마드렐과 함께 방 안으로 들어왔다. 어차피 다시 잘해 보자고 한 그의 말엔 진심이 없다는 걸 안다. 원래 달콤한 거짓말을 좋아하는 인간이라 내뱉는 말 중 믿을 게 거의 없었다. 아마 여기 다른 여자가 있었으면 곧바로 그 여자에게 돌아섰을 놈이다. 그런데 끈질기기는 어찌나 끈질긴지. 이래서 로벵 저택엔 오고 싶지 않았다.

"뭐 저런 인간이 다 있어요?"

"그러게. 저런 인간이 있더라."

마드렐의 말에 나는 체념하며 대답했다. 참 피곤한 밤이었다.

겨우겨우 잠들고 일어난 아침에 나는 로벵 가문에 찾아온 뜻밖의 손님을 보고 놀랐다. 로벵 후작 부부와 인사를 하는 남자는 다름 아닌 라미스였다.

라미스의 행색은 엉망이었다. 급하게 달려온 모양인지 머리칼은 잔뜩 흐트러져 있었고 겉옷으로 걸치는 쥐스토코르는 어디에 버렸는지 흰 셔츠 위에 웨이스트코트만 걸쳐 입은 꼴이었다. 봄이라고 해도 아직은 쌀쌀한 날씨였다. 그런데도 실내복만 갖춰 입은 꼴로 밖을 돌아다녔다니. 라미스의 성격을 생각해 보면 믿기 어려운 모습이다. 게다가 흰 셔츠가 바닥을 구른 것처럼 너저분했고 웨이스트코트엔 몇 방울이지만 검붉은 게 튀어 있었는데 아무래도 핏자국 같았다.

"아르시온?"

로벵 후작은 당황한 얼굴로 그를 보았다. 라미스는 대답 없이 누군가를 찾고 있었고 그의 뒤로 그의 부관이 나왔다. 지난번에 '브릴다'라고 했던 사람 같은데. 이름만 듣고 여자인 줄 알았는데 남자였다. 게다가 빼빼 마른 몸에 결 좋은 머리칼을 보아하니 여자애라고 꽤나 놀림을 받았을 것 같다.

"대체 무슨 일이시오?"

로벵 후작의 물음에 브릴다가 라미스를 대신해서 대답했다. 그는 들고 있던 서류 가방에서 종이 쪼가리를 하나 꺼냈다.

"현재 지명 수배 중인 에드윈 칼터 헨더슨이라고⋯⋯."

에드윈? 나는 계단을 내려갔고 라미스가 그런 나를 발견했다.

"뮈젤!"

그가 단숨에 내게 뛰어와 나를 품에 안았다. 로벵 후작 부부는 잠시 우리를 보는가 싶더니 다시금 브릴다가 하는 얘기에 귀를 기울였다. 나를 품에 안은 라미스가 내 어깨에 얼굴을 묻고 한숨을 내쉬었다. 내가 영문을 몰라 어리둥절해하는 사이 고개를 든 그가 내 어깨를 잡고 얼굴을 살폈다.

"괜찮아?"

나는 얼떨떨한 얼굴로 고개를 끄덕였다. 그리고 그의 허리춤에 꽂혀 있는 검을 보았다. 그는 내 머리를 쓰다듬으며 다시 긴 한숨을 뱉었다. 그리고 나는 그의 더블 단추에 튀어 있는 두어 방울의 검붉은 핏자국을 보고 스산한 의문이 들었다.

"무슨 일 생겼구나."

"와볼트 반란군이 라하르트 산맥을 넘어왔어."

"뭐? 라하르트 산맥을? 말이 돼?"

"폴모리츠 영지로 내려갔던 모양이더군."

"모르제 근방이잖아!"

와볼트에서 일어난 폭동의 선두에 라다안이 있다는 소식을 들은 적 있다. 와볼트가 메시리아 서부에 맞닿아 있어서 와볼트에서 무슨 일이 생기면 메시리아 서부 지역 사람들은 늘 두려움에 떤다. 그리고 그 두려움은 현실이 되었다.

모르제가 요새인 이유는 라하르트 산맥을 끼고 있었기 때문인데 라하르트 산맥을 넘어오다니 라다안이 보통 독한 건 아닌 모양이다. 라하르트 산맥은 전투는커녕 제대로 된 길을 찾기에도 험한 지형이다. 애초 깊숙이 산속으로 들어가면 살아서 나오긴 어렵다고 할 수 있다. 그런 산을 넘어오다니. 믿을 수 없었다.

"걱정 마. 모르제는 메시리아 최고의 요새잖아? 그러니 이제 가자. 집으로."

라미스가 내게 손을 내밀었다. 그리고 그 손을 잡으려는데 뒤에서 누군가 나를 끌어당겼다.

"이곳도 안전해. 로벵 가문의 병력을 무시하는군. 자네 말을 들어 보니 지금 시기엔 밖으로 나가는 것보단 여기 있는 게 안전할 것 같은데? 리하르트 산맥도 넘은 군대가 모르제쯤이야."

뤼미에르였다. 라미스가 대번에 살벌한 얼굴로 내 팔을 잡은 뤼미에르를 노려보았다.

"이곳이 안전하다고? 폴모리츠와 모르제에서 호베른으로 향하려면 반드시 지나야 하는 이곳이? 장담할 수 있나?"

시작됐다. 라미스의 집요한 화법. 뤼미에르가 황당한 얼굴을 했다.

"만약 반란군이 쳐들어온다고 해도 도망갈……."

"만약? 내 사전에 만약이란 존재하지 않아. 당신의 그 불확실한 예측으로 뮈젤을 위험에 빠트릴 순 없다."

뤼미에르의 말을 끊고 라미스가 내게 손을 내밀었다. 가자는 뜻이다. 나는 자연스럽게 그의 손을 잡고 나가려는데 다시금

뤼미에르가 내 옷소매를 잡았다. 예의 없이 소매를 잡아당기다
니! 나는 신경질적으로 뤼미에르를 돌아봤다. 그런데 그가 곧
장 내 손목을 잡아서 제게로 억지로 당기는 게 아닌가. 나는
그때 짧게 욕설을 뱉은 라미스가 반사적으로 검 집으로 손을
가져가는 것을 보았다.

"어머, 어머! 뤼미에르! 뭐 하는 짓이니?"

브릴다와 이야기가 끝난 모양인지 로벵 후작 부인이 우리에
게 달려와 뤼미에르의 손을 떼어 냈다. 그녀가 곧장 나와 라미
스에게 사과했다.

"애가 흥분하면 앞뒤 가릴 것이 없어요. 무례를 용서하세요."

후작 부인의 사과에 나와 라미스는 비로소 뤼미에르에서 벗
어날 수 있었다. 긴 인사치레를 할 것 없이 상황이 상황인지라
우리는 짧은 인사 후 저택을 나왔다.

마드렐이 허겁지겁 내 뒤를 따라오며 내 매무시를 정리해 주
었다. 라미스는 여전히 뤼미에르를 곱씹으며 욕설을 뱉고 있었
다. 욕하는 라미스라니. 생소했다. 나는 마차에 오르면서도 멀
뚱히 그의 얼굴을 빤히 바라봤다. 우리가 마주 보고 앉자 이윽
고 마드렐과 브릴다가 각각 우리 옆자리에 착석했다.

나는 얌전히 자리에 앉아 피곤한 얼굴의 라미스를 봤다. 그
가 무릎에 양팔을 기대고 허리를 숙인 채, 양손에 얼굴을 묻었
다. 긴 한숨과 함께 마른세수를 하는 그를 가만히 바라보며 입
술을 달싹이다가 결국 나는 하고픈 말을 삼켰다. 묻고 싶은 게
많지만 일단 그의 기분이 진정된 다음에 물어야 할 것 같았다.
평소의 나라면 앞뒤 잴 것 없이 편하게 물었겠지만, 라미스의

청혼을 보류한 후 첫 만남이었다. 아무리 나라도 이 어색함을 멀쩡히 견디기는 힘들었다.

"에드윈이 라하르트 산맥의 지도를 라다안에게 넘겼어. 메시리아 학교 재학 중에 지리학 교수가 그에게 연구 목적으로 빌려줬었던 모양이야."

아무것도 묻지 않았는데 초췌한 얼굴로 고개를 든 그가 창문에 팔꿈치를 기대고 내게 말했다. 내가 그의 얼굴을 빤히 바라보자 그가 어깨를 으쓱였다.

"궁금해할 것 같아서."

그렇게 말하곤 그가 턱을 쓰다듬었다. 그의 옆자리에 앉은 브릴다는 이번 사건과 관련된 이야기를 제가 브리핑하고 싶어서 안달이 난 얼굴로 엉덩이를 들썩이고 있었다. 그는 마른 체형에 잉크가 거뭇거뭇 묻은 셔츠 자락이나 서류 가방을 든 폼이 부정할 것 없이 학자 타입이었다. 그는 바짓단에 라미스보다 더 심하고 너저분하게 핏물이 튀어 있었다. 라미스가 내 시선을 눈치채곤 골치 아픈 얼굴로 고개를 저었다.

"오는 길에 에드윈의 정보원을 만났거든. 대화로 해결하려고 했는데 쉽지 않아서."

라미스의 말에 잊고 있던 장면이 떠올랐는지 브릴다가 창백한 얼굴로 고개를 숙였다.

"죽였어?"

"응."

나는 너무도 자연스럽게 말하는 그를 두고 다시금 의문이 들었다. 아무리 전쟁으로 사람이 죽어 나가는 세상이라지만, 사람을 죽이는 건 쉽지 않다. 특히나 평생 검이라곤 잡아 본 적 없는 학자라면 말이다. 라미스는 내가 평생을 보아 온 남자다. 그가 검을 잡는 것을 본 적이라곤 없었다. 그런데 와볼트에서도 그렇고, 지금도. 나는 그의 무릎에 놓인 검 집을 노려봤다.

"에드윈은 대체 왜 그러는 걸까."

내 한탄스러운 말에 브릴다가 고개를 들고 나를 봤다.

"세상에 불만을 가진 사람이라면 그럴 수 있죠. 저도 메시리아 학교 출신이라 그런 인간들을 많이 봤거든요."

그는 에드윈의 심정에 매우 공감한다는 표정으로 말을 이었다.

"생각해 보세요. 에드윈 칼터 헨더슨은 어릴 적부터 머리가 좋기로 유명했어요. 메시리아 학교에서도 늘 수석을 놓치지 않았죠. 그렇게 영리한 자라면, 자신의 자리에 의문을 느끼고 불만을 품을 수 있겠죠. 아무리 똑똑해도 신분이란 벽엔 한계가 있으니까요."

브릴다는 에드윈이 그동안 벌인 짓들의 세세한 내용까진 잘 모르니까 그렇게 판단할 수도 있다고 생각했다. 라미스는 창틀에 팔꿈치를 기대고 손등에 고개를 기댄 채 우리 대화를 듣고 있었다.

"그렇지만 라미스도……"

"사무장님과는 다르죠. 축복의 탑 후계자셨잖아요. 원래부터 고귀한 태생이셨으니까 에드윈과는 비교할 수 없어요. 게다가 곧 에뒤프 백작님이 되실 분이시고."

응?

"잠깐, 잠깐, 잠깐만."

내가 두 눈을 동그랗게 뜨고 브릴다의 말을 잘랐다. 놀란 얼굴로 라미스를 돌아봤는데 그는 손등에 고개를 기댄 자세 그대로 미동도 없었다. 마치 모든 반응을 예상했다는 태도였다.

"라미스 로니 아르시온 에뒤프. 새로 하사받을 이름이야. 에뒤프 백작 위를 받을 예정이거든."

"배, 백작?"

내 물음에 그가 조용히 고개를 끄덕였다. 놀라서 몸을 앞으로 기울이고 있었는데 마차가 덜그럭거리는 바람에 그의 무릎 위로 엎어졌다. 라미스가 헛웃음을 터트리고는 나를 일으켰다. 연신 초조한 얼굴로 라미스와 내 눈치를 살피던 마드렐이 재빨리 내 드레스 자락을 정리해 줬다.

"놀랄 것 없어. 영지가 아니라 작위만 받은 거니까."

"그래도 백작인데?"

영지가 있건 없건 그렇다면 에바드나 뤼미에르보다 신분이 높은 거였다.

"원래는 에르만 황실에 취직하면서 남작 위를 받기로 되어 있었지."

라미스가 팔짱을 끼고 뒤로 등을 기대며 말을 이었다.

"와볼트의 황태자를 잡은 공이 크다고 판단한 모양이야."

그 말에 나는 단번에 앞뒤 상황을 이해했다. 적국의 황태자를 잡았는데 그만한 보상이라면 타당했다. 그리고 한참의 대화가 이뤄지던 그때였다. 마차가 급정거했고 나는 다시 라미스의 품 안으로 엎어졌다. 브릴다가 호들갑을 떨며 일어서자 라미스가 한 손으로 나를 품에 안은 채, 한 손으로 그를 제지했다. 라미스는 곧장 입술 위로 검지를 올리며 조용할 것을 당부했다. 마차 밖이 부산스러웠다. 라미스는 마부가 있을 벽을 노크했다.

"무슨 일인가."

그의 물음에 마부가 당혹스러운 목소리로 답했다.

"반란군이 이 길을 지나간 모양입니다."

그 말을 들은 라미스는 검을 든 채, 곧장 마차 문을 열고 밖으로 나갔다. 그리고 그의 뒤를 브릴다가 따라 내렸다. 주위를 둘러본 라미스가 그들을 따라 내리려는 나와 마드렐의 행동을 제지했다.

"내리지 않는 게 좋겠어, 뮈젤."

내가 드레스 자락을 든 채 마차에 서 있자 라미스가 짜증스러운 얼굴로 자신의 머리칼을 헤집었다. 그가 충격 받은 얼굴로 자리에 주저앉은 브릴다를 끌어다가 마차에 쑤셔 넣었다. 그러곤 마부의 상태를 체크한 뒤, 마차에 오른 그가 무겁게 자리에 앉았다.

"시체 더미야. 봐서 좋을 광경은 아니지. 군복 문양을 보아하니 폴모리츠 가문의 사병들이군."

"폴모리츠 사병들이 왜 여기까지? 그럼 모르제가 위험한 거 아니야?"

라미스는 내 물음에 힘겹게 부정했다.

"폴모리츠를 지났다면 곧장 로벵으로 갈 거다."

그래도 내가 불안한 얼굴을 하자 라미스도 내 기분을 이해한다는 얼굴로 말이 없었다. 그러자 눈치를 보던 브릴다가 마차를 출발시켰다. 라미스는 내가 창밖을 확인하지 못하도록 잠시 내 두 눈을 가렸다.

한참의 시간이 흐르고 그가 가린 손을 떼어 내자 마드렐의 울음소리가 들려왔다. 마드렐은 베버에 비해 심신이 미약한 아이였다. 그동안 많은 일을 겪고도 꿋꿋하게 있던 게 의아했을 정도로. 나는 마드렐에게 손수건을 주며 그녀의 등을 토닥였다. 그녀의 울음은 오래가지 않았다. 나와 라미스, 그리고 브릴다에게 사과를 하며 손수건으로 눈물을 짜내고는 덜덜 떨리는 두 손으로 손수건을 부여잡았다.

그리고 맞은편에서 가만히 눈을 감고 생각에 잠겨 있던 라미스가 눈을 떴다.

"잠깐. 만약 에드윈이 라다안 첸들러 경과 함께 움직인다면?"

그 말을 하며 라미스의 얼굴이 살벌하게 일그러졌다.

"내가 에드윈이라면 파수꾼 가문의 후계자를 납치해서 협상을 시도하겠군."

그 말을 끝으로 라미스가 마부에게 마차를 세우라고 소리쳤다. 마차가 길 한복판에 멈춰 서자 그가 재빨리 나를 안고 마차에서 내려왔다. 당황한 브릴다와 마드렐이 뒤따라 마차에서 내렸다. 라미스가 나를 안은 채, 숲 속으로 전력 질주 해서 뛰었다. 그리고 마치 기다렸다는 듯이 마차 주변에 숨어 있던 기사들이 튀어나와 우리를 뒤따라 추격해 왔다. 브릴다와 마드렐이 금방 붙잡혔다.

"라미스! 마드렐! 마드렐이!"

그러나 마드렐을 신경 쓸 겨를도 없이 그만 포위됐다. 라미스가 짜증스러운 얼굴로 생전 들어 본 적도 없는 욕설을 뱉었다. 놀란 내가 고개를 들자 그가 성가신 얼굴로 머리를 쓸어 넘기더니 나를 바닥에 내려놓고는 자신의 등 뒤로 밀어 넣었다. 둘러싼 기사들 사이로 에드윈은 보이지 않았고 멀리서 라다안이 걸어오는 모습이 보였다.

"젠장할. 로벵에서부터 마차를 미행했군."

라미스가 검을 꺼내 들었다. 그의 말을 듣고 나자 이해가 갔다. 처음부터 나를 납치할 생각이 아니었다고 해도, 폴모리츠를 휩쓸고 이미 로벵까지 갔다가 나를 발견했다면. 그럴 생각이 없다가도 나를 납치해야겠다는 생각을 하게 될 수도 있다는 생각이 들었다. 물론 거기까지 생각할 사람도 에드윈뿐이겠지만 말이다.

"영애를 다치게 할 생각은 없다."

오랜만에 만난 라다안의 얼굴은 전보다 더 야위어 있었다. 그의 검은 머리카락은 땀에 푹 젖어 있었다. 그의 말을 라미스가 비웃었다. 공부만 했던 학자라기엔 주눅 든 기색도 없었고 외려 검을 치켜들었다. 그러므로 자꾸 그의 과거를 의심하게 된다.

"반란군의 말을 믿는 바보가 있을까."

라미스는 등 뒤에 선 내 손을 강하게 움켜쥐었다. 내가 덜덜 떨고 있음을 느낀 탓이리라. 그는 뒤도 돌아보지 않고 내게 말했다.

"약속할게. 너 혼자 두지 않겠다고."

라다안이 기사단을 향해 손짓했다. 라다안의 기사단이라면 와볼트 황실의 정예 군단일 게 분명했다. 그런 이들을 라미스가 어떻게 상대할까.

"그럼 무력을 행사하는 수밖에."

라다안의 말이 끝나자마자 주위를 에워싼 기사들이 검을 치켜들고 한꺼번에 달려들었다. 그리고 라미스는 나를 등지고 날아다녔다. 그 표현이 정확할지도 몰랐다. 그는 정말 내 주위를 돌며 내게서 떨어지지 않은 채로 기사들을 상대하고 있었다. 그것도 황실 정예 기사들의 실력과 거의 비등한 검술로 말이다.

라미스가 달려드는 기사의 머리칼을 움켜쥐고 검을 휘두르자 피가 하늘로 솟구쳤다. 곧장 반 바퀴 뒤를 돌아 허리춤으로 밀고 들어오는 검을 피해 아래로 다리를 휘둘렀다. 그러곤 넘어진 기사의 배에 검을 꽂은 뒤, 뒤통수를 노리는 기사의 목에 칼을 꽂으니 다시금 피가 튀었다.

나는 결국 자리에 주저앉아 귀를 틀어막고 눈을 감았다. 와볼트의 지옥 속이 다시금 떠올랐다. 와볼트 기사들의 수가 압도적으로 많았다. 이건 아무리 실력이 좋아도 이길 수가 없는 싸움이다. 한참 동안 소란이 이어졌다. 비명이 난무하는 지옥 같았다. 그리고 잠시 뒤, 주위가 조용해졌다. 라미스의 거친 숨소리와 멀리서 천천히 걸음을 떼는 소리만 들려왔다.

눈을 뜨고 보니 라다안이 한 손을 든 채, 기사들을 제지하고 있었다. 그리고 둘러본 주위가 시체 더미였다. 놀라서 입을 막고 숨을 들이켰다. 핏물 뒤집어쓴 라미스가 짜증스럽게 검에 묻은 피를 털어 내며 나를 흘끔 돌아봤다. 그러나 그는 곧 다시 내 앞을 막아섰고, 라다안과 그의 기사들을 향해 검을 치켜들었다.

라다안은 당혹스러운 얼굴로 라미스를 보고 있었다. 그럴 만도 했다. 그가 아는 라미스는 검 한번 잡아 보지 못한 샌님이었을 테니.

거칠게 숨을 들이켜고 라미스가 검을 휘둘러 어깨에 올렸다. 검 끝에서 길게 늘어지는 검붉은 핏자국이 바닥으로 떨어졌다. 그리고 그것과 라미스는 한 치 괴리감도 없었다. 마치 회귀 전, 그의 모습을 보듯 익숙한 손놀림이었다. 창백한 얼굴에 튄 핏자국을 대강 문질러 닦은 뒤, 그가 라다안을 보며 신랄한 얼굴로 그를 비난했다.

"에드윈에게 홀리기라도 했나? 이틀 뒤면 너희 황태자의 목이 호베른에 걸릴 텐데 아주 한가로워 보이는군."

피 묻은 금발을 뒤로 쓸어 넘기며 라미스가 턱을 치켜들고 오만하게 와볼트의 기사들을 노려봤다. 그리고 그 말에 그들이 광분했다. 나라 잃은 반란군이다. 그들의 참혹한 심정을 어찌 내가 다 헤아릴 수 있을까. 라미스를 공격하려는 기사들을 차분한 얼굴의 라다안이 제지했다. 그는 한 손으로 입술과 턱을 문지르곤 피곤한 얼굴로 검을 검 집에 넣었다.

"그 말이 맞다. 우리에겐 시간이 없어. 게다가 이런 추잡한 방식은 기사도에 어긋나지."

라다안의 말에 그제야 기사들이 정신을 차린 모양이었다. 그들이 하나둘 바닥에 주저앉아 벌벌 떨고 있는 내게 시선을 던졌다. 하지만 엄밀히 그들 입장에서 생각하면 그들은 아직도 메시리아와 전쟁 중일 것이다. 그런데 전쟁 중에 기사도가 웬 말인가. 피 터지는 싸움판에선 물불 가리지 않는 그들의 잔학함을 알기 때문에 그 말에 모순이 느껴졌다.

"너희에게 라하르트 산맥의 지형도를 넘긴 에드윈 칼터 헨더슨. 그의 행방을 말하라."

라미스가 검을 한 바퀴 휘둘러 거친 동작으로 검 집에 집어넣었다. 그러나 마치 훈련받은 군인처럼 절도가 있었다. 그 일련의 행동을 지켜보던 라다안은 험악하게 일그러진 얼굴로 그를 노려봤다.

"대답할 의무 없다. 자네 말대로 이러고 있을 시간이 없어서."

라다안의 지시가 떨어지자 부상자를 이끌고 기사들이 부산스럽게 움직였다. 그러자 라미스가 그라고는 믿을 수 없을 정도로 잔학한 표정으로 아직 죽지 않은 기사들을 데려가지 못하게 발로 눌러 밟았다.

"으아악!"

부상자를 데려가고자 손을 뻗은 기사가 당황한 얼굴로 고개를 들어 라미스를 보았다. 그리고 나 역시 당혹스러운 얼굴로 그저 두 손으로 입을 틀어막고 그 모습을 보았다. 라미스는 검을 뽑아 들고 제게 달려드는 기사들을 가볍게 쓰러트린 뒤, 라다안을 향해 검을 세웠다. 피로 점철된 모습으로 시체 더미 위에 검을 뽑아 든 그의 모습은 마치 지옥에서 올라온 사자처럼 보이기도 했다.

"오는 건 너희 자유겠지만. 가는 건 아니지. 에드윈 칼터 헨 더슨. 지금 어디 있는지 말하라. 전부 죽여 버리기 전에."

라미스가 피를 철철 흘리고 있는 기사를 발로 지그시 눌러 주자 바닥에 밟힌 기사가 비명을 질렀다. 그러곤 다시금 허공을 도약하며 달려드는 몇 명의 기사들의 복부를 발로 쳐 내곤 공중에서 한 바퀴 돌아 얼굴을 발로 날려 버렸다. 보고도 믿을 수 없는 날렵함이다. 게다가 라미스 혼자서 기사단 전체를 전멸시킬 수 없다는 걸 알면서도 그의 기세가 너무 포악해서 그럴 수도 있겠다는 착각이 들었다.

나는 너무 놀라 숨을 들이켜다가 결국 딸꾹질했다. 그것도 하필이면 적막이 감돌았을 때 말이다.

"끅."

검을 치켜든 남자들의 황당하단 시선이 내게 쏟아졌다. 벌겋게 달아오른 얼굴로 입을 틀어막았는데 건너편에 서 있던 라다안이 칠칠치 못하다는 얼굴로 나를 보며 혀를 찼다. 이 타이밍에 그에게 하고 싶은 말이 있었는데 하필 딸꾹질이라니. 나는 심호흡하곤 입을 열었다.

"라다! 끅!"

결국 라미스마저 말문이 막힌 얼굴로 나를 돌아봤다. 창피함에 쥐구멍에라도 숨고 싶을 지경이다. 하지만 라다안이 내 다음 말을 기다리는 표정으로 가만 서 있어서 하던 말은 끝맺어야 했다. 나는 다시 심호흡하고 두 눈을 꼭 감은 채 외쳤다.

"에드윈하고 의리! 끅! 지켜야 하는 사이 아니잖아요!"

그리고 내 말이 끝나자 라미스가 한숨을 내쉬며 들고 있던 검을 내렸다. 그리고 잠깐의 침묵 후에 라다안도 라미스를 따라 한숨을 내쉬었다.

"갑자기 진이 빠지는군. 영애 말이 맞습니다. 그가 어떻게 되든 전 관심 없습니다."

"그럼 알려 주세요! 끅! 메르넨을 봐서라도!"

"거기서 메르넨이 왜 나옵니까?"

골치 아픈 얼굴의 라다안이 내게 되묻고는 경계의 날을 세우고 있는 기사들을 향해 손짓했다. 기사들이 일제히 검을 내렸다. 그리고 그들은 라미스의 눈치를 살피며 조심스럽게 쓰러진 부상자를 챙겼다. 라미스는 짜증스러운 얼굴로 발을 치우곤 그들이 부상자를 데려갈 수 있게 비켜섰다. 그러는 와중에 딸꾹질이 멈췄다. 나는 신경질적으로 신발에 묻은 핏물을 흙바닥에 문대는 라미스의 손을 잡았다. 그러자 나를 돌아본 라미스는 검 집에 검을 집어넣고는 나를 안아 들었다. 나는 그의 목에 팔을 두르고 라다안을 봤다.

"알려 주세요. 에드윈의 행방."

"모르제 영지에 있을 겁니다."

라다안의 말에 나는 다급한 얼굴로 라미스의 품에서 내려왔다.

"뭐라고요?"

"등잔 밑이 어두운 법이니까요."

그렇게 말한 라다안은 패닉에 빠진 나를 보더니 라미스를 흘끔 노려봤다.

"그자야말로 평생 검 한번 잡아 보지 않은 학자입니다. 할 수 있는 거라곤 머리 쓰는 것뿐이죠. 아르시온 라미스, 그대와 달리."

들고 보니 그것도 그랬다. 에드윈 혼자선 모르제 사병들을 뚫고 저택으로 들어갈 수 없다. 그는 검을 잡을 줄도 모르는데다가 체력도 썩 좋은 편은 아니었다. 라미스는 라다안이 그를 콕 집어 지적한 말에 심기 불편한 얼굴을 했지만 별다른 변명을 하지는 않았다.

"모르제가 숨기 적절한 곳이던가?"

내 물음에 라미스가 고개를 끄덕였다.

"그렇다고 하면 그럴 수도 있겠군. 메시리아 최고의 관광지니까. 라하르트 산맥 때문에 막다른 도시기도 하고."

라미스가 나를 다시 안아 들었다. 라다안은 우리를 보고 고개를 절레절레 흔들고는 부상자를 수습한 뒤, 사망자를 보곤 착잡함과 분노, 그리고 후회로 점철된 얼굴을 한 채 고개를 숙였다. 그리고 라미스는 저로 인해 누가 죽었든 다쳤든 신경 쓰지 않고 등을 돌렸다. 당황하는 나를 잠시 내려다본 라미스는 고단한 얼굴로 중얼거렸다.

"모두 저들의 선택이다. 나 역시 선택을 했을 뿐."

그리고 그 순간 나는 그가 낯설어 입을 다물었다. 브릴다와 마드렐이 매무새가 잔뜩 흐트러진 몰골로 뛰어왔다. 마차는 보이지 않았고 결국 우리는 근방 마을까지 긴 걸음을 해야만 했다. 그 와중에도 라미스는 나를 품에서 놓지 않았다.

그리고 예상보다 하루 더 걸려서 도착한 모르제는 평화로웠다. 그리고 내가 도착하자 저택 앞까지 마중 나온 어머니와 메르넨이 달려와 나를 껴안았다. 어머니는 그렇다 쳐도 메르넨이 나를 껴안으니 참 어색했다. 어머니는 통통 부은 눈을 하고 계셨다. 손수건으로 눈물을 찍으시며, 폴모리츠 영지 소식을 듣고 내 걱정에 잠을 못 이루셨다고 한다.

"네 아비가 굳이 모르제 영지로 내려가라고만 안 했어도!"

어머니의 외침에 나는 그녀를 달래기 바빴다. 어머니는 라미스의 두 손을 꼭 붙잡고 연신 고맙다는 말을 아끼지 않았다. 게다가.

"에뒤프 백작 위를 하사받는다고 전해 들었네. 난 자네가 처음부터 뮈젤과 참 잘 어울리는 한 쌍이라고 생각했었어. 근데 자네 검은 언제 익힌 겐가?"

"어머니!"

나는 결국 라미스에게서 어머니를 떼어 놓았다. 나도 오면서 알게 된 사실을 어머니는 대체 언제부터 알고 계셨던 건지 모르겠다. 라미스 뒤를 캐고 다니지 않는 이상 그럴 수가 있나? 메르넨은 말없이 눈물을 닦고는 라미스와 브릴다를 저택 안으로 안내했다.

☕ ☕ ☕

피곤한 나날의 연속이었다. 모르제 영지에 돌아온 것도 얼마만인지 모르겠다. 그동안 쌓인 피로와 스트레스 때문인지 침대에 눕자마자 나는 잠에 빠져들었다. 내가 눈을 떴을 땐 이른

새벽이었다. 열린 창문으로 불어오는 스산한 바람에 나는 이불로 몸을 돌돌 감쌌다. 다시 잠에 들고 눈을 떴을 때 창밖으로 태양이 막 떠오른 아침 풍경이 보였다. 나는 겨우 몸을 일으켜 앉았다. 창밖으로 옹기종기 모인 마을 저택 지붕들이 보이는 게, 모르제 영지가 맞았다. 해결해야 할 일, 알아야 할 일투성이다. 하지만 아무것도 하고 싶지 않았다. 나는 몸에 힘을 빼고 철퍼덕 침대에 누웠다. 살랑이는 바람결에 부드럽게 눈을 감으니 다시 잠에 빠져들었다.

그리고 그 다음 눈을 떴을 땐 한낮이었다. 개운한 기분으로 침대에서 잠들고 일어난 건, 몇 달 만인 것 같았다. 평화로움과 고요함이 가져다주는 행복. 잠시 그걸 망각하고 있었다. 내겐 이런 평화가 어울리는데.

"일어나셨어요?"

마드렐이 방 안으로 들어왔다. 나는 잠에서 덜 깬 얼굴로 고개를 끄덕이고는 침대 밖으로 다리를 빼고 앉았다. 고개를 숙인 채 두 눈을 끔뻑거리고 있자 마드렐이 적신 수건을 내게 건넸다. 나는 하품을 하며 젖은 수건으로 얼굴을 닦은 뒤 기지개를 켰다. 마드렐은 방 안의 커튼을 모조리 치고 열린 창문을 더 활짝 열어 환기를 시켰다. 나는 바닥에 끌리는 이불을 발로 대강 걷어서 침대 위에 올린 뒤, 욕실로 들어갔다.

"다들 뭐 해?"

씻고 나온 내가 옷을 고르며 묻자 이불을 정리하던 마드렐이 고개를 들었다.

"백작 부인께선 메르넨 아가씨와 식사 중이시고요. 브릴다리브레께선 독서 중이세요. 그리고 아르시온 라미스께선 말을 타고 저택 근방을 산책 중이세요."

내가 흰 슈미즈를 고르자 마드렐이 코르셋을 착용하지 않아도 된다며 좋아했다. 코르셋을 입으면 괴로운 건 난데 왜 제가 좋아하는지 모르겠다. 나는 파란색 실크 띠를 허리에 묶으며 흰 프릴이 달린 망사 장갑을 손에 꼈다.

"오랜만에 포도밭에 가야겠다."

내 말에 마드렐이 드레스 룸에서 나무 바구니를 챙겨 왔다.

"아니야. 포도밭에도 바구니 있어."

내가 바구니를 거절하자 마드렐이 서운한 얼굴로 고개를 끄덕였다.

"혹시나 하고요. 거기 포도 맛있던데."

그래서 나는 웃었다.

"지금 포도 수확할 시기가 아니야. 그냥 덴버 아저씨 잘 계시나 보고 올 거야. 에드윈이 거기 있으면 더 좋고."

"그냥 사병들을 풀어서 찾는 건 어때요?"

"이미 모든 길목을 차단했지. 요란 떨면 영지민들만 불안해할 뿐이야. 조용히 다녀올게. 그런 건 이제 잘할 수 있어."

마드렐이 고개를 끄덕였다. 나는 그녀에게서 양산을 받아 들고 저택을 나왔다. 따로 마차를 부르지 않고 걸어가려는데 멀리서부터 말을 탄 라미스가 오고 있었다. 그가 나를 발견하곤 고삐를 틀어 멈춰 섰다. 핏물 뒤집어쓴 어제와 달리 오늘의 그는 멀끔했다. 모자를 쓰고 있던 그가 모자 끝부분을 올리곤 나를 내려다봤다.

"포도밭에 가려고?"

그의 말에 나는 고개를 끄덕였다.

"지금은 가도 포도 못 먹어."

그가 정말 심각한 얼굴로 말했다.

"포도 안 먹어!"

불만스러운 내 외침에 라미스가 큰 소리로 웃음을 터트렸다. 그는 재미있다는 얼굴로 웃고는 말에서 내려왔다. 저택 앞까지 나를 마중 나온 마드렐을 향해 말의 고삐를 쥐여 주곤 내게 다시 돌아왔다.

"같이 가지."

먼저 앞서 걸어가는 나를 따라온 그가 말했다. 나는 그를 쳐다보지 않고 대충 대답했다. 짐작이지만, 거의 확실하기도 했다. 나는 그가 회귀 전을 모두 기억한다고 확신했다. 아네스가 그를 아끼는 천사라고 했으니 이상할 것도 없었다. 그러나 정확한 진실을 알기 전에 나도 혼자서 생각을 정리할 시간이란 게 필요했다.

"혼자 갈 수 있어."

내 말에 나를 멈춰 세운 라미스가 정말 의아하단 표정을 지었다.

"나한테 묻고 싶은 거 있잖아."

"뭘?"

"내가 어떻게 검을 다루……! 너 설마……."

그가 잠시 말을 잃고 나를 바라보며 입술만 달싹였다. 그러더니 번뜩 무언가 생각이 난 얼굴로 내게서 떨어졌다. 놀란 얼굴로 나를 한참 동안 바라만 보던 그가 마른세수를 하더니 자신의 머리칼을 헤집었다. 그러곤 기도하듯이 모은 두 손을 입가에 대곤 촉촉한 눈동자로 나를 빤히 바라만 봤다. 어쩌면 감격에 겨운 것도, 충격에 젖은 것도, 슬픔에 젖은 것도 같았다. 그가 잠시 후 목이 멘 목소리로 물었다.

"아는구나?"

뭐라고 대답해야 할까. 모른다고? 모르지만 안다고? 그는 기쁜 것 같으면서도 괴로운 얼굴이었다. 나는 사람 표정에서 이렇게 다양한 감정이 복합적으로 혼재되어 있는 것을 본적이 없었다.

라미스는 커다란 손으로 자신의 입을 가리고 한숨을 내쉬었다. 감정을 추스르는 그의 눈이 붉게 충혈되어 있었다. 나는 그가 눈썹을 찌푸리고 감정을 억누르는 것을 가만 지켜보았다.

"언제부터 알았어?"

조금 진정이 된 그가 혼란스러워하는 내 얼굴을 보며 차분하게 물었다. 충분히 대답할 수 있는 질문이었는데도 대답하지 못했다. 하지만 라미스는 나를 너무도 잘 안다. 그의 입가에 짧은 비소가 스쳐 갔다.

"그래서 청혼도 거절했던 거군."

자조적인 투로 그가 말했다. 무어라 변명을 하고 싶어도 변명의 여지가 없었다. 라미스는 차갑게 가라앉은 눈동자로 나를 봤다. 나는 그가 상처 받았다는 사실을 알았다.

"황제에게 갔었어?"

"응."

"그가 잊지 않았으면, 어쩌려고 했지?"

그가 덤덤한 목소리로 물었다. 그러나 그는 분명 떨고 있었다. 그에게 오해라고 말하고 싶어도 모든 건 변명이 되리란 걸 알았다.

"그건 중요하지 않았어. 폐하께서 과거를 잊었든 잊지 않았든, 나는 그에게 고맙단 인사를 하려고 했을 뿐이니까. 그게 먼저라고 생각했어."

라미스의 표정은 나아질 기미가 없었다.

"그래, 어차피 너와 나 사이엔 특별한 추억이랄 게 없었어. 별것 없는 그 기억이 이렇게 오랫동안 여운이 남을 줄은 나도 몰랐지."

목이 메어 갈라지는 목소리로 라미스가 말했다. 그리고 나는 착잡한 심정으로 그 말을 들었다.

"그건 나였지만, 내가 아니야."

"알고 있어. 내가 첫눈에 반한 건 그 시절의 너였지만."

그가 이를 악물고 내 손을 잡았다. 그는 내 손을 잡고 손등을 어루만지더니 고개를 숙였다.

"내가 사랑하고 있는 건 지금의 너니까."

그의 목소리가 떨렸다.

"네가 평생, 과거의 일을 모르고 살기를 바랐다."

내가 이해하기 어려운 감정으로 그가 나를 보고 있었다. 나는 뭐라고 대답을 해야 할지 갈피를 잡지 못하고 그를 그저 보기만 했다. 그가 눈썹을 잔뜩 찡그린 채 괴로운 얼굴을 했다. 그러곤 한 손으로 자신의 얼굴을 가렸다. 내게서 모습을 감추듯 시야를 가리는 그를 보고 있자니 가슴이 아팠다.

그래서 나는 그를 끌어당겨 감싸 안아 줬다. 그의 뒷머리를 쓰다듬으며 그를 껴안았다. 그가 내 어깨에 얼굴을 묻고 숨죽였다. 그의 뜨거운 숨과 헤아릴 수 없는 온도의 눈물이 내 어깨로 흘러내려 뭉개졌다.

그의 몸이 떨리고 있어서 나는 말보단 침묵을, 밀어내기보단 감싸 안기를 선택했다. 그의 등을 부드럽게 쓸어내리며 그를 안아 주자 그가 더 깊이 나를 끌어당겨 안았다.

"네가 죽을 걸 알면서도 너를 잡지 못했어. 그 참담함은······."

그가 얼마나 오랫동안 혼자서 그 감정들을 삭여 왔는지 짐작도 되질 않는다. 나는 여전히 회귀 전 기억이 없다. 그래서 모든 걸 알고 있는 그를 보는 게 조금 피로웠다. 그가 내 어깨를 붙잡고 떨어졌다. 그의 감정이 고조될수록 내 기분은 바닥으로 곤두박질쳤다. 나는 결국 고개를 떨궜다.

그의 심정을 알 수는 없지만 이미 아버지의 과거가 얼마나 힘겨웠는지를 보았다. 라미스가 가진 감정이 아버지보단 덜할 것이라고 내 선에서 감히 장담할 수가 없었다. 그래서 힘겨웠다. 완벽하게 이해할 순 없지만, 조금은 이해할 것도 같아서. 벅찬 감정에 고인 눈물이 아래로 떨어졌다.

"뮈젤?"

"나, ······해."

내가 웅얼거리자 그가 당황한 얼굴로 내 뺨을 잡고 고개를 들어올렸다. 눈물이 주체하질 못하고 뺨을 타고 흐르고 있었다.

"기억 못 해."

나는 두 눈을 느리게 깜빡이며 라미스의 오렌지색 눈동자를 마주봤다. 눈을 깜빡일 때마다 더 많은 눈물이 흘러내렸다.

"나 기억 못 해. 라미스. 회귀 전 기억, 그거 아버지 과거를 봐서 아는 거야."

그러곤 나는 복받치는 감정을 주체 못 하고 얼굴을 찡그렸다. 그런데 라미스는 외려 내 우는 얼굴을 보고 헛웃음을 터트렸다. 그는 내 턱을 잡고 고개를 이리저리 돌리며 내가 우는 모습을 보더니 나를 다시 끌어당겨 안았다. 충격을 받아야 할 사람은 나인데 더 슬퍼하는 건 그였다.

"처음부터 알고 있었던 거야?"

어쩔 수 없이 드는 배신감에 나는 자기혐오를 느끼며 그에게 물었다.

"내가 전쟁을 막겠다고 날뛰던 것도, 로헨과 엘쉬가를 신경 쓰던 이유도, 전부……."

내가 땅을 파고 들어갈 기세로 좌절하자 그가 당황하며 내 손을 잡았다.

"뮈젤, 회귀 전에 내가 몰랐던 건 회귀를 했어도 몰라. 대부분은 나도 새로 알아 간 것들이었어. 그리고 나도 처음부터 기억했던 건 아니야."

나는 문득 어린 시절, 내가 그에게 행운의 돌을 줬던 일을 떠올렸다. 내가 준 돌을 받고 펑펑 울며 '내가 네 천사잖아.'라고 말하던 라미스를.

내가 대답 없이 훌쩍이고 있자 그가 나를 번쩍 안아 들었다.

그는 내 울음 때문인지 기분이 조금 나아진 것처럼 보였다. 나는 자연스럽게 그의 목에 팔을 둘렀다. 그가 내 뒷머리를 헝클어트리고는 앞으로 걸어갔다.

"일단 진정하고 얘기하자."

"어디 가?"

내가 그의 목에 매달려서 묻자 그가 덤덤한 목소리로 대답했다.

"포도밭 가려고 했던 거 아닌가?"

"아니. 맞아."

그리고 나는 얌전히 그의 품에 안겨 포도밭까지 향했다. 오랜만에 온 포도밭인데 사람이 없었다. 라미스와 나는 늘 함께 가던 언덕을 찾아 올라갔다. 언덕 위에 자리를 잡고 앉자 아래로 드넓은 포도밭 경치가 보였다. 라미스가 먼저 들판에 누웠다. 나는 잠시 포도밭을 내려다보다가 그를 따라서 누웠다. 하늘이 참 파랬다. 그리고 그 위를 떠다니는 새하얀 구름이 마치 따뜻한 솜 같았다. 조용히 눈을 감고 있으니 주위가 고요했고 평온했다. 우릴 감싼 건, 살랑거리는 바람 소리와 움직이는 풀 소리뿐이었다. 그리고 라미스의 숨소리까지.

나는 눈을 뜨고 고개를 돌려 라미스를 봤다. 그와 눈이 마주쳤다. 그는 처음부터 나만 보고 있었다. 내 쪽으로 아예 돌아누워 손등에 머리를 기대고 나를 빤히 바라봤다. 그는 정말로 언제 울었냐는 듯이 말끔했고 태연했다. 나는 속을 알 수 없는 그의 얼굴을 멀뚱히 마주 보았다.

"오늘이 와볼트 황태자의 처형 날이야."

그가 말했다. 안고 있어서 그의 표정이 보이질 않았지만, 목소리가 덤덤했다. 나는 고개를 끄덕였다.

"알아."

"엘쉬가도, 로망떼도, 시리엔도 곧 있으면 공판이 시작되겠지."

"그렇겠지."

"이제 우리 손을 떠났어. 그들은 마땅한 벌을 받을 거다. 그러니 네가 더는 거기에 얽매이지 않았으면 좋겠어."

그는 침착한 얼굴로 내 표정을 살폈다. 나는 얌전히 고개를 끄덕였다. 그러고도 그의 시선이 계속되자 괜스레 긴장한 얼굴로 턱을 당겼다. 그 모습을 본 그가 피식. 헛웃음을 터트렸다. 내가 영문을 몰라 두 눈을 동그랗게 뜬 채, 어리둥절하고 있자 그가 내 머리칼을 거칠게 헤집었다.

"네 선택에 맡길게."

그가 내게 손을 내밀었다. 이전과 다른 의미다. 그건 자신의 과거를 보아도 좋다는 뜻이었다.

"거절해도 돼. 실망하지 않아."

그는 여전히 내게 손을 내밀고 있었다.

"늘 그렇듯 기다릴 거니까."

그 말에 나는 투덜거렸다.

"그러다가 평생 기다리기만 한다?"

내 말에 라미스가 소리 내어 웃었다. 그는 내 반응이 재미있다는 얼굴로 고개를 끄덕였다.

"원래도 그럴 생각이었어."

그런 대답이라면 나는 어떤 대답으로도 반박할 수 없다. 나는 결국 그의 손을 잡았다.

[아주 오래전 기억으로 거슬러, 거슬러 올라갔다. 회귀 전 기억이다. 내가 알던 것처럼 그는 힐러프의 손에서 자랐다. 다만 다른 점은 라미스도 힐러프도 축복의 탑을 떠나지 않았다는 점이다.

겉으로 보기엔 평화로웠다. 일단은 프리제도 라미스를 아들로 받아들이긴 했다. 그러나 라미스를 아들로 취급한 적은 없었다. 힐러프도 딸인 엘쉬가와 비슷한 부분이 많았다. 그녀는 지혜롭고 굳세고 자애로운 여성이지만, 어린 라미스에게만은 예외였다. 그녀는 프리제에게 강제로 범해졌고 그로 인해 태어난 라미스를 사랑하지 않았다. 라미스는 일찍이 누군가에게 사랑받는 것을 포기했다. 정작 그를 사랑해야 할 프리제조차 자신과 피한 방울 통하지 않은 엘쉬가를 친딸로 여겼기 때문이다.

사랑만 받고 자라 온 엘쉬가와 달리 라미스는 눈칫밥을 먹고 자랐다. 그래서 아무것도 모르는 엘쉬가와 다르게 더 방대하게 많은 것을 보고 듣고 자랐다. 엘쉬가는 구김 없이 밝았고 그래서 거침이 없었다. 힐러프보다 먼저 멜본의 저택에서 커 온 엘쉬가는 프리제를 친아빠로 여겼고 나중에 들어온 힐러프와 라미스를 사생아와 그의 엄마 정도로 취급했다. 힐러프가 어미임을 주장하기엔 프리제가 아기 때부터 심어 놓은 세뇌의 힘이 강했다.

결국 힐러프는 프리제에게서 권력을 탈환하려는 계획을 세웠다가 엘쉬가로 인해 무너졌다. 라미스는 그 모든 과정을 바로 옆에서 지켜봤다. 힐러프는 자살했고 라미스는 자살한 힐러프의 사체를 봤다. 힐러프의 죽음이 자신과는 무관하다고 여기던 엘쉬가는 자신감으로 똘똘 뭉친 여자였다. 그리고 그 자신감을 갖고 와볼트로 유학을 갔다. 프리제는 유학 기간으로 단 3년을 약속했지만, 그 뒤로 엘쉬가가 영영 축복의 탑으로 돌아오지 않으리라곤 생각하지 못했을 것이다.

그 사이 라미스는 꾸준하게 권력을 키워 나갔다. 제2차 레르마 전쟁 이후, 강제 해체된 병참대와 정찰대 인원들을 모조리 모아 그 기능을 복구한 게 다른 아닌 라미스였다. 병참대 우두머리 역할을 할 정도로 그는 검술이 뛰었다. 그리고 그에게 검술을 배우게 한 사람은 다름 아닌 힐러프였다. 그녀는 라미스가 기억나지 않을 정도로 아주 어릴 때부터 그에게 검술을 가르쳤다. 프리제의 핏줄이라 라미스를 미워하긴 했어도 아들은 아들인지라 그에게 살아남을 방도 하나는 모색해 준 것이다.

그러나 제아무리 능력을 키워도 프리제는 그에게 후계자 자리를 내줄 생각이 없었다. 그는 오로지 엘쉬가가 돌아오기만을 기다렸다. 그래서 라미스는 축복의 탑에 엘쉬가가 없는 그 시기가 그녀를 죽이기 가장 적절한 시기라고 생각했다. 그에겐 브레이크가 없었다. 멈출 줄도 모르고 그저 앞으로 속도를 높여 달릴 줄만 알았다. 그는 엘쉬가가 메시리아에 있다는 소식을 듣고 메시리아로 떠났다. 그리고 그곳에서 그는 나를 만났다.

처음 그가 본 내 인상은 멍청한 여자 정도였다. 호베른 길거리에서 우연히 마주쳤는데 당시의 나는 바보 같은 얼굴로 로헨의 뒤를 졸졸 쫓아다니고 있었다. 데이트를 하는 것처럼은 보였는데 로헨은 내게 눈길조차 주지 않고 있었다. 라미스는 레스토랑 테라스에 앉아 그 모습을 흥미롭게 지켜보고 있었다.

'전하, 이건 어떤 것 같아요?'

길거리 가판대에서 브로치를 집어다가 옷깃에 가져다 대는 나를 보고 로헨은 그저 무성의한 얼굴로 웃었다.

'예쁩니다. 영애가 하는 것들, 다 예뻐요.'

로헨은 자꾸 물어보는 내가 귀찮아서 그렇게 대답했을 것이 분명했다. 그럼에도 그 말에 내 얼굴은 화사하게 피어난 꽃처럼 아름다워졌다. 사랑에 빠진 여자의 얼굴이란 으레 그렇듯, 행복에 겨워 햇살처럼 눈부신 빛을 발하고 있었다.

나를 비웃고 있던 라미스는 그 변화에 잠시 넋을 놓았다. 그는 내가 로헨 옆에 딱 붙어 재잘거리며 멀리 사라져 한 줌 재가 될 때까지도 넋을 놓고 있었다. 그리고 나는 그제야 깨달았다. 그가 첫눈에 반했다고 한 게 어떤 의미였는지.

내가 사라진 자리를 빤히 바라보고 있는 라미스에게 누군가 다가왔다.

'경. 누굴 그렇게 보십니까?'

축복의 탑에서부터 라미스와 함께 온 정찰대 일원이 있었다. 엔더 요나스. 아는 이름이다. 내가 축복의 탑에 있을 때, 내게 하버라고 소개했던 병참대 기사. 그는 유독 라미스를 따랐던 전속 부관으로 밤톨처럼 짧게 깎은 머리에 눈썹 옆으론 짧은 흉터가 있었다. 게다가 옆집 친구처럼 친근하게 생긴 외모에 호감형 인상이 정찰 업무보단 첩보 업무에 더 잘 어울릴 법했다. 게다가 생긴 것처럼 그는 말이 많았는데 당시의 라미스에겐 그런 사람이 필요해 보였다. 한참이나 내가 사라진 자리만을 하염없이 바라보던 그가 돌연 요나스를 봤다.

'아니다. 알아보라 한 건?'

에르만 궁전으로 정찰을 다녀온 그가 라미스에게 엘쉬가의 소식을 전했다. 라미스는 그녀가 에르만 궁전에 있다는 소식을 전해 듣곤 한참 동안 기가 차 아무 말도 하지 못했다.

'아예 망명을 할 셈인가?'

라미스의 말에 요나스가 어깨를 으쓱였다.

'요새 메시리아가 그녀 때문에 떠들썩합니다. 어딜 가나 화제의 주인공이라 정보를 얻기도 쉽더군요. 황후가 되고 싶은 모양입니다.'

그 말을 라미스가 비웃었다.

'말도 안 되는 소리.'

'아, 그렇지. 다음 주에나 궁전 밖으로 나온다고 하더라고요. 황제의 동생과 호베른 여행객의 거리에서 식사 약속이 있다고 했던 것 같은데.'

요나스의 말에 라미스가 성의 없는 동작으로 고개를 끄덕였다. 그보다 난 요나스의 정보력에 감탄했다. 아무래도 그는 첩보 역할이 제격인 것 같다.

'저는 오르베느트가 처음부터 마음에 들지 않았어요. 이렇게 배신할 줄 알았다니까요?'

그 말에 라미스는 대꾸하지 않았다. 그저 레스토랑 테라스에 앉아 차를 홀짝일 뿐이었다. 그리고 일주일 뒤, 그들이 다시금 호베른 여행객의 거리를 찾았다. 고르지 못한 흙바닥에 길목이 넓었는데 그럼에도 반은 사람으로, 반은 노점상으로 가득 메워진 거리였다.

라미스는 요나스와 함께 사람들 사이를 비집고 들어갔다. 그리고 노점상들 사이로 작은 나무 좌판에 보잘것없는 액세서리를 진열해 놓은 소년이 있었다.

라미스도 처음엔 소년에게 관심을 두지 않았다. 그런데 이상하게 소년이 눈길을 끌었다. 노점상 사이에 아주 좁게 자리를 펴고 있는 소년은 행색이 깔끔했고, 얼굴엔 아무런 표정이 없었다. 생기가 죄 빨린 인형 같았다. 겨울인데도 소년은 얇은 셔츠에 깔끔하지만 구멍이 난 바지를 입고 있었다. 신발은 신지 않았다.

소년 앞으로 지나가는 사람들은 소년을 보지 못했다. 주위에 나이 든 노인들뿐이라 작고 왜소한 소년이 눈에 띌 만도 한데, 아무도 소년을 보지 않았다. 단순히 지나가느라 보지 못한다고 여기기엔 정말 단 한 사람도 소년을 돌아보지 않는 게 이상했다.

소년은 울고 있었다. 울며 좌판을 정리하는 소년을 지나쳐 라미스는 한참이나 앞으로 나아갔다. 그럼에도 소년이 눈에 밟힌 건지 아니면 동정을 했던 건지 몇 번이고 뒤를 돌아봤다.

'이상하네. 분명 이 레스토랑이라고 했는데?'

요나스가 잠시 걸음을 멈추고 길을 헤맸다. 라미스는 팔짱을 낀 채, 요나스를 기다리다가 작은 돌들이 구둣발에 차여 굴러다니는 모습을 봤다. 그것을 빤히 내려다보던 라미스는 작은 조약

돌 하나를 주워 왔던 길을 다시 되돌아갔다.

'앗, 경! 어디 가십니까! 경!'

요나스의 다급한 외침에도 아랑곳하지 않고 인파를 헤쳐 걸어간 라미스가 소년 앞에 멈춰 섰다. 소년의 좌판 위엔 낡은 나무 빗과 모서리가 부서진 펜던트, 빛이 바랜 반지처럼 보잘것없는 액세서리투성이였다. 그냥 봐도 길에서 주운 것들이 분명했다. 소년이 멍한 얼굴로 고개를 들었다. 그리고 라미스와 눈이 마주치자 놀란 얼굴로 눈을 동그랗게 떴다.

'자.'

라미스가 손에 들고 있던 작은 조약돌을 건네자 소년이 얼떨떨한 얼굴로 그것을 받았다.

'행운의 돌이다.'

소년의 표정은 괴상했다. 묘하게 일그러진 것 같기도 웃는 것 같기도 했다. 난 사실 그 소년이 정말 신 아네스인지도 의문이었지만 일단 라미스를 지켜보았다.

'아무리 봐도 그냥 돌 같아요.'

소년의 말에 라미스가 웃었다. 그 시절의 라미스가 진심으로 웃는 건 처음 봤다. 소년에게서 자신의 어릴 적 모습이라도 본 것일까?

'그 돌이 네게 행운을 가져다줄 거다. 믿어라. 강하게 믿으면, 현실로 바뀌는 법.'

그러자 소년이 해맑게 미소를 지었다. 마치 사라질 것처럼 존재감 없던 아이가 갑자기 환한 빛으로 밝아진 느낌마저 들었다.

'당신은 천사군요.'

소년의 말에 라미스는 대꾸하지 않았다. 겨우 따라온 요나스가 당황한 얼굴로 소년과 라미스를 번갈아 봤다.

'경께 그런 면이 있는 줄 몰랐습니다.'

'무슨 말인지 모르겠군.'

'불쌍한 아이를 도와…….'

'도와준 적 없다. 동정해서 도와줄 생각이었다면 적선을 했겠지. 하나 그렇게 번 돈은 오래가지 못한다. 근본적인 문제가 바뀌지 않는 이상.'

요나스가 그 말에 감격한 얼굴로 고개를 끄덕였다.

'그런데 엘쉬가는?'

라미스의 물음에 요나스가 곤란한 얼굴로 뒤통수를 긁었다.

'아. 그게, 약속이 내일로 미뤄졌다더군요.'

라미스는 걸음을 멈추고 한숨을 내쉬었다. 그의 뒤로 걸어오던 사람들이 갑자기 멈춰 선 라미스에게 욕설을 퍼붓곤 길을 비켜 지나갔다. 요나스가 지나가는 사람들과 라미스의 눈치를 살폈다. 라미스가 짜증스레 관자놀이를 문지르고는 고개를 끄덕였다.

'그럼 오늘은 그만 가지.'

그래서 그 다음 날은 요나스 없이 라미스 혼자 여행객의 거리를 찾았다. 요나스와는 떨어져서 행동하기로 했고 라미스는 그때 다시 나와 마주쳤다. 그는 정말로 아주 멀리서도 단번에 나를 알아봤다. 내 앞엔 엘쉬가와 로헨이 나란히 서 있었고 나는 로헨과 심각한 얼굴로 대화를 나누고 있었다. 나는 결국 눈물을 터트렸다. 울면서 인파 속을 헤치고 라미스 쪽으로 걸어왔다.

로헨이 돌아서는 나를 본 건 찰나의 순간이었다. 그는 다시 엘쉬가가 하는 말에 귀를 기울이며 등을 돌렸다.

앞도 안 보고 두 손으로 얼굴을 막고 뛰어갔으니, 사람들에 치여 곧 나는 바닥에 엎어졌다. 창피함인지 아니면 서러움인지 모를 얼굴로 내가 결국 소리 내어 엉엉 울음을 터트렸다. 지나가는 사람들이 파도처럼 갈라졌다. 그 사이로 울고 있는 내게 라미스가 다가갔다.

'괜찮습니까?'

라미스의 물음에 내가 세차게 고개를 저었다.

'하나도 안 괜찮아요!'

곱게 땋아 올린 머리가 엉망으로 흐트러져 있었다. 얼마나 거칠게 넘어졌는지, 네크라인에 장식된 리넨 원단으로 만든 피슈가 엉망으로 뜯겨져 있었다. 아, 가만 보니 로브 아 랑글레즈 드레스를 입고 있었다. 저 드레스엔 피슈가 생명인데, 맙소사.

라미스는 가만히 엎어져서 일어날 생각을 안 하는 내 팔을 부여잡고 일으켰다. 그는 나를 일으켜 세우곤 드레스 자락을 펴 주고 머리칼을 정돈해 줬다. 나는 엉엉 우느라 바빠서 그가 무얼 하는지도 모르고 있었다. 라미스는 이윽고 네크라인에서 덜렁거리는 피슈를 뜯어냈는데 그제야 내가 놀라서 고개를 들었다.

'뭐, 뭐 하는……!'

내가 당황해서 말을 얼버무리는데 한 소년이 다가와 내 드레스 자락을 잡아당겼다. 나도, 라미스도 의아한 얼굴로 소년을 내려다봤다. 그리고 라미스는 소년의 얼굴을 알아봤다. 행운의 돌을 줬던 소년이었다.

'이거.'

소년이 들고 있던 조약돌을 내게 내밀었다. 라미스는 없는 사람 취급을 받은 것처럼 황당하다는 듯이 소년을 봤다. 내가 훌쩍이며 소년을 보자 소년이 해맑은 얼굴로 웃었다.

'행운의 돌이에요.'

'행운의 돌?'

내가 되물었다. 그리고 라미스는 팔짱을 낀 채, 기가 막힌다는 얼굴로 소년을 바라봤다.

'지금 이 돌이 제일 필요한 사람은 누나 같아서요.'

나는 코를 훌쩍이며 돌을 받았다. 그러자 소년이 내게 손을 내밀었다. 내가 영문을 몰라 고개를 갸웃거리자 소년이 해맑은 얼굴로 대답했다.

'1두카예요.'

그리고 그 말에 라미스가 결국 한마디 거들었다.

'그만하지? 내가 준 돌로 장사를 하다니.'

그제야 소년의 시선이 라미스에게로 향했다. 소년은 그때와 같은 옷이었다. 회귀 전에도 그리고 회귀 후에 나를 만났을 때도, 그리고 얼마 전에 보았을 때도 늘 같은 옷을 입고 있었다. 그것도 어제 빨래를 한 옷을 입은 것처럼 깔끔하게 말이다.

'제게 주셨으니 이젠 제 것이잖아요.'

내 시선이 라미스에게로 향했다. 내가 보기에도 조금 멍청한 표정으로 그를 보고 있었다. 라미스는 한숨을 내쉬었다. 그리고 그 한숨을 긍정으로 받아들인 소년이 내게 다시 빈손을 내밀며 재촉했다. 나는 결국 어리둥절한 얼굴로 떨어진 파우치에서 돈을 꺼내 소년에게 주었다. 돈을 받은 소년이 내게 손짓했다. 귀를 기울여 달라는 손짓이었다. 내가 슬며시 귀를 기울이자 소년이 뭐라고 속삭였다.

라미스가 팔짱을 낀 채, 짜증스러운 얼굴로 소년과 나를 보았다. 내가 흘끔 라미스를 보았다. 소년이 따라서 라미스를 보더니 정말로 사랑스러운 얼굴로 웃었다.

그 돌, 천사님이 주신 거라고 했어요.

내겐 보이지 않게 입 모양으로만 말한 소년이 곧 제자리를 찾아 돌아갔다. 라미스는 성가신 얼굴로 머리를 쓸어 넘기고는 재킷에서 1두카를 꺼내 내게 건넸다.

'원래는 제 것입니다.'

그러자 내가 고개를 저으며 돌을 움켜쥐었다.

'저 소년에게 준 돌이라면서요.'

라미스는 성가신 한숨을 뱉었다. 예기치 못한 상황에서 시간이 지체된다고 느낀 탓일까?

'그렇게…… 됐었죠.'

'그럼 저 소년 것이죠. 그리고 저 소년이 제게 팔았으니까 이젠 제 것이고요.'

라미스는 대답하지 않았다. 나는 결국 그에게서 돈을 받지 않았다.

'저한텐 이런 게 필요해요. 행운이요.'

그리고 내가 절박한 목소리로 말했다. 라미스는 말없이 그런 내 간절함을 보기만 했다. 내 얼굴은 눈물로 범벅되어 엉망이었다. 그렇지만 그 간절함이 지금의 내가 보기에도 인상적이었다. 하지만 그 말을 끝으로 나는 라미스에게 더는 말을 붙이지 않고 사라졌다. 많은 인파를 꿋꿋하게 헤치며 사라졌고 라미스는 한참 동안 그렇게 멍하게 그 자리에 서 있었다. 마치 내 모습과 내가 한 말을 곱씹어 삼키듯이 말이다.

엘쉬가를 만나기란 쉽지가 않았다. 어떻게 알고는 귀신처럼 라미스의 손아귀에서 빠져나가곤 했기 때문이다. 그러는 도중 제3차 레르마 전쟁이 발발했고 그 전쟁 속으로 엘쉬가가 들어갔다는 소식이 들렸다. 라미스는 그 소식을 반가워했다. 엘쉬가를 죽이기엔 최적의 장소라고 판단했기 때문이다.

'경. 아예 차라리 와볼트 군사로 위장하는 건 어떻습니까?'

요나스의 말에 라미스가 차갑게 말을 잘랐다.

'그럴 시간 없어.'

달빛도 차가운 한밤중. 그들이 있는 곳은 레르마 동부 지역이었다. 레르마 동부 1회전이 끝난 후였고, 그 자리에 막사가 세워져 있었다. 그리고 그 사이 언덕에 요나스와 라미스가 있었다. 그리고 난 그 장소가 낯설지 않다는 사실을 알았다. 그곳은 내가 납치되었던 곳이었다.

'그런데 국지전이라지만, 오르베느트는 전투에 나오지 않을 것 아닙니까? 그럼 어떻게 죽인답니까?'

'그럼 죽이기가 더 쉽지 않겠나. 교전에 나가지 않은 병력 정도야 어렵지 않지.'

'그래도 그게 생각보다 만만치……!'

'쉿.'

라미스는 요나스의 입을 틀어막고 자리를 옮겼다. 덤불 속으로 몸을 숨기니 한참 뒤에 수레를 끌고 네 명의 남자가 나타났다. 그들은 찬찬히 주위를 살피더니 질퍽한 진흙 바닥을 짜증스러워하며 수레를 끌고 그들이 숨어 있는 쪽으로 걸어왔다. 요나스와 라미스는 긴장한 얼굴로 검 손잡이를 쥐고 있었다.

구름도 없는 한밤이라 달이 밝았다. 지저분하게 핏물 고인 바닥을 질퍽거리며 걷던 그들이 수레에서 사람을 꺼내 바닥에 던졌다. 흙탕물을 뒤집어쓰고 너저분한 모양이었지만, 드레스를 입고 있었고 그 화려함의 정도가 한눈에 봐도 귀족 여자임을 알 수 있었다. 요나스가 놀라서 몸을 일으키는 것을 라미스가 붙잡아 막았다.

남자들은 곤란한 얼굴로 진흙 속에 기절한 여자를 보았다. 키나, 체격이나, 입은 옷이나, 상황이나, 어느 모로 보나 저 여자는 분명 나였다.

'어쩌지?'

키가 작은 남자가 난감하다는 듯이 쓰러진 나를 발로 툭툭 건드렸다.

'조금 있으면 그 여자가 올 텐데.'

'그럼 얼굴 잘 보이게 묶어 둘까? 깨어나서 발버둥 치면 곤란해.'

그들은 축복의 탑 고유의 억양을 사용하고 있었다.

'전쟁 창부로 팔기엔 좀 아까운 얼굴인데……. 귀엽잖아.'

'원래 그런 얼굴이 제일 인기가 많아.'

그들은 기절한 나를 두고 성적 농담을 주고받으며 낄낄대기를 서슴지 않았다. 기절한 나를 일으켜 나무에 꽁꽁 묶자, 밝은 달밤에 내 얼굴이 선명하게 보였다. 라미스가 엉덩이를 들썩였다. 흥분한 그가 금방이라도 뛰쳐나갈 기세를 보이자 기절할 듯이 놀란 요나스가 라미스를 온몸으로 부여잡았다.

그리고 내가 눈을 떴다. 거기서부턴 전에도 본 적 있는 장면들이다.

그들은 내가 고집스러운 모습을 보일 때마다 두꺼운 손바닥이 날아와 내 뺨을 때렸다. 그 때, 엘쉬가가 등장했다. 그리고 그 장면을 보는 라미스에게선 정말 상상하기 어려울 정도의 살의가 뿜어져 나왔다.

'원래 영애가 목적은 아니었어요. 하지만 이왕 이렇게 된 거 잘됐어요. 어차피 당신 역시 폐하와 어울리지 않았잖아요.'

내가 표독스러운 얼굴로 그녀를 노려보다가 그녀의 얼굴에 침을 뱉었다.

'그렇게 발악해 봤자 당신은 영원한 메시리아의 이방인이야. 축복의 탑으로 꺼져.'

내 말에 손수건으로 얼굴에 뱉어진 침을 닦으며 그녀가 인상을 찌푸렸다.

'난 축복의 탑 사람이 아니야. 프리제의 딸도 아니지. 그러니 그곳에 미련도 의무도 없어! 후계 자리? 개나 주라지!'

엘쉬가가 강한 힘으로 내 뺨을 때렸고. 나는 다시 기절했다.

'개만도 못한 인간이라…….'

라미스가 거칠게 덤불 사이로 나왔다. 엘쉬가는 갑작스럽게 등장한 라미스를 보며 놀라 뒷걸음질 치며 기겁했다. 지옥에서 강림한 악귀라도 본 사람처럼 겁에 질려 있기도 했다. 라미스는 한숨을 내쉬며 목을 주무르며 싸늘하게 엘쉬가를 노려봤다.

'그래서 도망갔군? 와볼트로.'

라미스가 천천히 그녀에게 다가가자 그녀가 납치범들을 향해 발악하듯이 외쳤다.

'뭐 하는 거니! 막아!'

그녀의 외침은 마력과도 같은 힘이 있다. 그녀의 외침에 마치 조종당하는 인형들처럼 납치범들이 라미스에게 달려들었다. 그 대로 엘쉬가는 꽁무니를 뺐다. 요나스가 굳이 끼어들기도 전에 라미스는 단숨에 네 명을 검으로 베어 죽였다. 요나스가 엘쉬가의 뒤를 쫓아갔지만, 막사가 가까워서 멀리 가지도 못하고 돌아왔다.

돌아서 걸어오던 요나스는 라미스의 얼굴을 보고 창백하게 질린 표정을 했다. 그 정도로 그에게선 지독히도 살벌한 기운이 풍겼다. 그는 재킷에 튄 핏자국을 보곤 재킷을 벗어 바닥에 집어 던졌다. 그의 숨소리는 거칠었고 그의 기분은 정돈되질 않았다. 그는 만신창이가 되어 있는 나를 한참이나 보기만 했다. 보다 못한 요나스가 한마디 거들었다.

'경. 제가 밧줄을 풀겠습니다.'

'필요 없어. 내가 해.'

라미스는 검으로 밧줄을 끊고는 쓰러지는 나를 한 손으로 받았다.

'어? 이 여자. 어디서 본 적 있는 것 같은데. 아는 여자입니까?'

요나스의 어리둥절한 물음에 라미스가 잔뜩 화가 난 목소리로 대답했다.

'자꾸 생각나는 여자. 신경 쓰여 미치겠군.'

그리고 그 말을 들은 요나스가 두 손으로 입을 막고는 감격에 겨운 얼굴을 했다.

'와. 고백입니까? 제가 반할 뻔했습니다.'

그리고 그는 라미스에게 걷어차였다.

요나스는 그 뒤 도주로를 정비하기 위해 라미스와 헤어졌고 라미스를 기꺼이 나를 안은 채 메시리아의 막사로 향했다. 레르마 동부 2회전 때 막사로 들이닥칠 생각이었던 라미스는 아버지를 만나고 생각을 바꿨다. 그 뒤로는 내가 봤던 아버지의 기억과 맞물렸다. 라미스는 나를 업고 아버지의 막사로 들어갔다. 그는 나를 내려놓고도 기절해 있는 내 얼굴을 빤히 보았다.

'첫눈에 반했습니다.'

그리고 나는 그 말이 그제야 이해가 갔다. 그가 내게 첫눈에 반하는 그 기이한 광경을 모두 보았기 때문이다. 앞뒤 상황을 모르시는 아버지는 침착하셨다.

'이 아이는 모르제 백작 가문의 후계자야. 자네 보상 문제는 추후에 다시 이야기하는 걸로 하지.'

라미스는 아쉬워하지 않았다. 그리고 난 회귀 전의 아버지가 라미스에게 보상을 한 걸 보지 못했다. 그 보상이란 게 회귀 후로 이어졌던 건 아닐까? 라미스는 곧장 엘쉬가의 막사로 향했고 이후로도 내가 보았던 기억과 같았다.

라미스는 무자비하게 엘쉬가의 막사로 쳐들어가 그녀의 멱살을 틀어쥐고 그녀를 위협했다. 전에 봤던 것처럼 로헨은 화가나 있었고 나는 그렇게 화가 난 로헨의 모습은 처음 보았다. 그러나 안절부절못하며 성을 내면서도 라미스에게 다가가지 못하는 로헨을 보며 나는 통쾌한 기분을 느꼈다.

과거의 라미스는 직진 신호만 있어 가릴 것이 없는 전마 같았다. 그리고 그게 내 마음을 청량하게 만들었다. 그가 하는 모든 행동이 내 속을 시원하게 만들었다.

엘쉬가의 도발과 엘쉬가의 머리채를 휘어잡은 라미스. 그녀의 비명에 아수라장이 된 막사. 피로 점철된 모습의 라미스는 엘쉬가를 바라보는 표정도 딱 그만큼 오싹했다.

'너희들의 명령 따윈 필요 없어. 난 이 계집과 피가 섞인 남매다. 그것인즉, 이럴 자격이 있다는 말이지. 프리제의 인장이 찍힌 허가증도 있다. 이 길로 에르만 황실에서 황제를 만날 터이니 날 막을 수 있는 겁 없는 자가 있다면 와라. 모조리 목을 베어 주지.'

라미스는 지옥에서 강림한 악귀 같았다. 벌겋게 충혈된 눈과 진득한 핏물 뒤집어쓴 모습으로 검을 휘두르고 있으니 그럴 만도 했다. 그는 엘쉬가의 머리채를 휘어잡고 그녀를 개처럼 끌고 마차로 이동했다.

아버지는 허겁지겁 막사에서 나를 안아 들고 마차로 이동했고 그런 우리의 앞길을 막은 건 로헨뿐이었다. 그러나 제아무리 로헨이라고 해도 거친 라미스에게 상대가 될 리 만무했다. 그는 라미스가 으르렁거리며 휘두른 검 몇 번에 자리에 주저앉았다.

'대체 나한테 이러는 이유가 뭐야? 아버지가 시키시든? 왜 날

내버려 두지 못하는 건데?'

엘쉬가가 눈물범벅이 된 얼굴로 마차에 오르며 물었다. 그녀의 표독스러운 시선이 라미스에게로 꽂혔지만, 라미스는 그저 코웃음을 쳤다. 그는 자리에 앉아 다리를 꼬고 엘쉬가를 바라봤다.

'곧 죽을 여자가 궁금한 것도 많군.'

그렇게 말하고 미소 짓는 라미스는 진심이었다. 입은 웃고 있었으나 눈은 웃고 있지 않았고 사람 하나 죽일 요량으로 노려보는 눈빛에는 살의가 가득했다. 엘쉬가는 날뛰다가도 그의 눈빛 한 방에 겁을 먹고 움츠러들었다. 마차 안엔 그와 그녀 둘뿐이었다. 그녀는 두려운 얼굴로 옷깃을 여미고 연신 그의 눈치를 살폈는데 라미스는 몇 번 그녀를 보고는 아예 눈을 감았다.

모든 걸 갖고도 그것에 만족하지 못하는 엘쉬가가 내 형제였다면. 그리고 라미스의 상황이었다면. 어쩌면 그 자리엔 내가 있었을지도 모르는 일이다.

내가 갑작스럽게 깨어난 탓에 일행은 근처 마을에 잠시 쉬어 가기로 했다. 라미스는 어디서 가져왔는지 모를 밧줄을 꺼내 엘쉬가의 양 팔목과 자신의 팔목에 단단히 묶었다. 발버둥 치는 엘쉬가를 발로 한 번 걷어차자 비명을 내지른 그녀가 겁에 질린 얼굴로 뒷걸음질을 쳤다. 라미스가 한숨을 내쉬고는 성가신 얼굴로 매듭을 단단히 묶었다.

'마음 같아선 당장에 죽여 버리고 싶은데 말이지.'

라미스의 중얼거림에 엘쉬가가 놀란 토끼 눈을 하고 딸꾹질했다. 그러나 라미스는 개의치 않고 마차 문을 열고 나갔다. 그리고 나를 발견하곤 걸음을 멈췄다. 내가 당황한 얼굴로 라미스를 가리켰다. 그리고 이어서 행운의 돌에 관한 이야기를 주고받았다.

라미스가 움직이자 그와 함께 묶인 엘쉬가가 신경질을 부리며 마차에서 내려왔다. 그리고 엘쉬가를 발견한 내 얼굴에 떠오른 증오는 대단했다. 핏기 없는 얼굴로 힘도 못 쓰고 있다가 엘쉬가의 얼굴을 보자마자 그녀에게 달려들었기 때문이다. 달려드는 나를 보고도 그녀는 주눅 든 기색이 하나 없었다. 외려 가소롭다는 표정으로 나를 비웃었다.

당연히도 라미스가 대번에 나를 둘러업고 식당 안으로 들어갔다. 그러나 엘쉬가를 향해 매섭게 달려드는 나 때문에 결국 라미스는 우리와 식사하기를 포기했다. 그리고 그는 엘쉬가를 다시 개처럼 끌고 마차 안으로 들어갔다.

'정말 역겨울 정도로 혐오스럽군.'

마차에 집어넣으며 뱉는 라미스의 거친 말에, 엘쉬가는 좀 전처럼 주눅 든 기색이 없었다. 외려 당당하게 라미스를 노려보고 있었다.

'그럼 지금 죽여 버리지 그러니? 지금 죽여! 왜? 못 죽이겠지? 말만 뻔지르르하게 하지 말고 죽이란 말이야! 어차피 넌 날 못 죽여! 그렇지?'

발작하듯 외치는 엘쉬가의 독기 어린 말에도 라미스는 그저 빤히 그녀를 바라보기만 했다. 그는 밧줄로 묶은 팔목을 한번 만지고는 짜증스럽게 고개를 기울여 마차 바닥에 엎어진 엘쉬가를 내려다보았다.

'너도 죽고 싶은 것 같아 보이니 다행이군. 넌 프리제 앞에서 죽을 거다. 걱정하지 마라.'

그리고 그 말의 진심을 알아차린 엘쉬가의 얼굴이 창백해졌다. 그런 그녀를 흘끔 본 라미스는 바닥에 엎어진 그녀가 걸리적거리자 발로 걷어차곤 자리에 앉았다.

호베른에 도착하고 라미스는 엘쉬가와 에르만 궁전에 입성했다. 조반니의 지시로 며칠을 에르만 궁전에서 보낸 라미스는 내가 에르만으로 입성해서야 조반니를 만날 수 있었다.

엘쉬가의 멱살을 틀어쥐어 그녀를 응접실로 끌고 온 그는 곧 응접실 의자에 던지듯 그녀를 밀어 넣었다. 엘쉬가는 이제 반항할 힘도 남아 있지 않은 건지, 아니면 라미스가 두려운 건지 힘없이 자리에 앉았다.

조반니와 나, 그리고 아버지가 응접실 안으로 들어왔다. 라미스는 여전히 반경 10미터 이내 접근 금지라는 팻말을 얼굴에 써 붙인 것만 같은 기운으로 앉아 있었다.

그러나 라미스는 조반니의 뒤를 따라 내가 들어오는 것을 보며 반가운 얼굴로 웃었다. 사람이 그렇게 극적으로 바뀌는 건 누가 보아도 이상한 일이긴 했다. 라미스의 호의는 모래알같이 작았던 첫 만남과는 다르게 점점 그 크기가 달라지는 것처럼 보였다.

모두가 자리에 앉자 라미스가 바로 본론을 꺼냈다. 그의 옆자리에 앉은 엘쉬가가 연신 초조한 얼굴로 양손을 꼼지락거렸다. 엘쉬가의 몰골은 엉망이었다. 마치 학대라도 받은 사람처럼 보였지만 겉으로 보기에는 다친 곳 없이 멀쩡하긴 했다.

라미스는 엘쉬가의 친필로 쓰인 편지와 납치 사례금을 꺼내 보였고, 엘쉬가는 조반니가 편지를 읽자마자 눈물을 터트리며 억울함을 호소했다. 조반니는 엘쉬가의 말을 듣는 시늉조차 하지 않았다. 그는 매서운 시선으로 엘쉬가를 노려보곤 라미스를 봤다.

'그래서 원하는 건?'

조반니의 물음에 라미스는 나와 조반니를 한 번 번갈아 봤다. 그리고 잠시 이상한 눈초리를 했지만 곧 본론으로 들어와 어깨를 으쓱이며 웃었다.

'이 여자를 제 손으로 직접, 죽일 수 있게 해 주십시오.'

조반니는 그 말을 듣고 한참 동안 라미스를 빤히 바라보았다. 라미스는 황제의 시선 아래도 눈 하나 깜빡하지 않고 웃고 있었다. 라미스는 힐러프를 사랑하는 동시에 미워했다. 그래서 그녀와 닮아 가는 엘쉬가를 혐오했으며, 프리제가 그녀에게 집착하는 것을 역겨워했다. 힐러프와 엘쉬가를 향한 프리제의 집착을 직접적으로 보고 자란 그다. 그가 결국 가장 파멸시키고 싶어 하는 사람은 다름 아닌 프리제였다.

'뮈젤의 납치를 지시한 여자 아닌가. 미안하지만 자네에게 넘겨줄 순 없다. 그보다 더한 형벌을 내려도 시원찮아.'

라미스는 동요하지 않았다. 외려 태연한 얼굴로 조반니를 비웃기까지 했다.

'뭔가 오해가 있는 것 같습니다.'

비틀린 웃음이 터져 나왔다. 라미스에게선 방 안의 모든 사람을 단칼에 죽일 것만 같은 위험한 기운이 풍겼다.

'전 폐하께 허락을 구한 게 아닙니다. 그저 한 나라의 지도자께 예의를 지킨 것일 뿐. 그녀는 축복의 탑 사람이지 메시리아 사람이 아니니까요.'

조반니는 조금 화가 난 것도 같았으나 그는 생각보다 쉽게 라미스의 말에 수긍했다. 그리고 결국 엘쉬가의 처분은 전적으로 라미스에게 맡겨졌다.

엘쉬가는 펑펑 울었다. 고양이에게 물린 쥐새끼처럼 발악에 가까운 비명을 내지르며 라미스에게 끌려갔다. 에르만 궁전에서 나온 라미스는 그를 기다리고 있던 요나스에게 엘쉬가를 넘겼다.

'프리제가 올 거다. 그녀를 가둬 놔.'

라미스의 지시에 요나스가 즐거운 얼굴로 웃었다. 그는 겁에 질린 엘쉬가의 손목을 잡아끌고 사라졌다. 라미스는 호베른의 광장 어딘가에 우두커니 서서 그들의 뒷모습을 지켜보았다. 그는 곧 재킷 안주머니를 뒤적이다가 시가를 꺼내 입에 물고는 불을 붙였다. 시가 연기가 뿌옇게 공중에 흩어졌다. 그는 정강이까지 내려오는 적갈색의 쥐스토코르를 벗어 손에 든 뒤, 연기를 후욱 뱉었다. 무슨 생각을 하는지는 모르겠지만 뭔가 공허한 것처럼 보이기도 했다.

그가 프리제를 만난 건 그로부터 열흘 뒤였다. 요나스는 호베른에서 사들인 저택에 엘쉬가를 가둬 놓았다. 라미스는 저택의 정원에서 시가를 피우고 있었다. 정원에 놓인 의자에 앉아 다리를 꼬아 앉고는 오른손은 시가를 잡고 왼손은 주머니에 꽂아 넣었다. 내가 알던 라미스의 모습과는 심하게 괴리감이 느껴질 정도로 모양이 거칠었다.

라미스는 프리제가 저택 안으로 들어온 걸 알고 있었다. 요나스가 저택 입구에서부터 요란을 떨었기 때문이다. 아무도 없는 썰렁한 공간이라 그 소음은 제법 크게 저택 내부를 울렸다. 저택 입구에서부터 무언가 부서지고 누군가 소리쳤다.

이윽고 프리제가 난잡한 모습으로 정원에 들이닥쳤다. 라미스는 시가를 바닥에 던지곤 발로 지그시 눌러 밟았다. 그가 자리에서 일어나서 뒤를 돌자 프리제가 달려들었는데 그는 라미스의 털끝 하나 건들지 못했다. 라미스가 가볍게 달려드는 그를 피했을뿐더러, 발을 걸어 바닥으로 패대기쳤기 때문이다. 바닥에 엎어진 프리제가 붉게 충혈된 눈으로 괴성을 내질렀다.

'이 괴물 같은 노오옴!'

프리제의 외침에 라미스가 호쾌하게 웃었다. 너무 시원하게 웃어서 섬뜩할 지경이었다.

'괴물 맞아.'

그는 바닥에 엎어진 프리제의 주위를 천천히 돌며 기분 좋은 얼굴을 했다.

'당신 덕분에 괴물이 됐거든.'

부모에게 사랑받지 못하고 늘 증오만 받았던 아이. 그리고 자살한 어머니의 사체를 본 아이. 그렇게 자라 온 아이가 정말로 멀쩡할 수 있었을까. 프리제는 라미스가 메시리아로 직접 찾아가 엘쉬가를 데려오겠다고 했을 때만 해도 이런 상황을 예측하지 못했던 모양이다.

요나스가 밧줄로 온몸이 묶인 엘쉬가를 끌고 왔다. 바닥에 엎어져 있던 프리제가 소리를 지르며 발악하자 라미스가 발로 그를 내리눌렀다. 프리제는 체력 단련 따위는 해 본 적 없는 정치가다. 그가 완력으로 군인인 라미스와 요나스를 이길 수 있을리가 없었다.

'내가 혼자 왔을 거라 생각하느냐, 라미스. 지금 멜본의 사병들이 저택을 포위하고 있어.'

당연하게도 라미스는 그 말에 동요하지 않았다. 그건 요나스또한 마찬가지였다. 프리제의 시선이 이번엔 요나스에게로 향했다.

'잘 생각하는 게 좋을 거다, 꼬맹이. 어떤 게 현명한 선택인지.'

그러자 요나스가 해맑은 얼굴로 웃었다.

'당신과 이 여자가 로니 힐러프만 죽였겠습니까? 축복의 탑에서 돈 없고 힘없는 자들은 핍박을 받았습니다. 저희 어머니는당신들 때문에 죽을 뻔했지 말입니다. 아르시온 경이 도와주지않았다면 아마도 그랬을 겁니다.'

요나스의 말에 프리제가 예상치 못한 복병을 만난 듯이 얼굴을 일그러트렸다. 그러더니 괴성에 가까운 비명을 지르며 몸을버둥거렸다. 라미스는 자신의 발 아래서 버둥거리는 그를 보고웃었다. 요나스에게 붙잡힌 엘쉬가는 프리제를 보고 내내 눈물만 흘리고 있었다. 그녀는 프리제가 찾아온 것을 반가워하지 않았다.

'엘. 우리 아가! 괜찮은 게냐?'

라미스와 비슷한 얼굴로 그렇게 묻는 프리제의 얼굴엔 섬뜩할 정도의 광기가 있었다. 그리고 엘쉬가가 축복의 탑을 벗어난 이유를 나는 어쩐지 이해할 것도 같았다. 라미스는 그런 프리제를 혐오스러운 감정으로 지켜봤다.

'당신이 진짜 아버지가 아니란 걸, 쟤도 알아.'

불쌍한 이에게 적선하듯이 라미스가 혀를 차며 말했다. 그리고 그 말에 변하는 프리제의 표정이 놀라웠다. 그는 웃었다. 그리고 울었다. 어린아이처럼 눈물을 흘리는 프리제를 바라보면서도 라미스는 아무런 감흥을 느끼지 못했다.

'너 진짜 죽여 버릴 거야.'

마치 저주를 읊듯 중얼거리는 엘쉬가의 말에 라미스가 이번엔 그녀를 돌아봤다. 지저분하게 풀어 헤쳐진 머리카락 사이로 그녀의 섬뜩한 눈동자가 보였다.

'어머니, 아버지에게 버림받은 걸 나한테 화풀이하는 거잖아아아!'

엘쉬가가 비명을 지르며 버둥거렸다. 그러나 요나스는 보기보다 힘이 좋았고 라미스가 괜히 축복의 탑에서부터 데려 온 인사가 아니었다. 엘쉬가는 울분을 터트리며 비명을 지르고 애원하고 프리제를 향해 욕설을 뱉기도 했다.

그러자 그 모습을 바라보는 프리제가 외려 고요해졌다. 라미스는 검을 뽑아 들었다. 그의 날카로운 검날을 발견한 엘쉬가의 발악이 더 강해졌고 프리제는 조용히 그 모습을 지켜보았다.

'하하하하하하! 너 같은 걸 인간으로 키워 준 것만으로도 감사해야지! 나를 죽여 봤자 그게 무슨 의미야!'

엘쉬가가 미친 여자처럼 웃음을 터트리고는 눈을 치켜뜨고 라미스에게 말했다. 그리고 라미스는 한숨을 내쉬고는 고개를 저었다.

'화풀이? 웃기는군. 모든 굴레의 시작은 너였다. 네 죽음의 이유는 그것이야.'

그리고 라미스는 그대로 엘쉬가의 목을 벴다. 피가 하늘로 솟구쳤고 엘쉬가의 몸은 보잘것없이 바닥으로 떨어졌다. 요나스는 그제야 손을 털었다. 프리제는 저를 속박하는 게 없었음에도 그 모습을 그저 넋 놓고 바라만 봤다.

그 점이 인상적이었다. 마치 세상 모든 삶의 의미를 포기한 사람처럼 구는 게. 그토록 사랑했던 힐러프가 죽고, 이제는 엘쉬가마저 죽었으니 정말로 삶의 이유를 잃기라도 한 걸까?

'넌 내 아들이다.'

프리제의 난데없는 말에 라미스는 물론 요나스도 코웃음을 쳤다. 그러나 무릎을 꿇고 넋이 빠진 프리제는 미동도 없었다.

'외모로만 보면, 내 아들이 아니라고 부정할 수 없을 정도로 나를 닮았다.'

라미스는 날카로운 검날에 흐르는 피를 쓱 보곤 프리제에게 걸어갔다. 라미스의 검끝으로 엘쉬가의 핏물이 떨어졌다.

'그런데도 넌 왜, 나는 물론 힐러프조차도 닮지 않은 괴물이 된 것이냐.'

'그건.'

라미스가 다시금 검을 들었다. 프리제가 울고 있었다.

'죽은 어머니와 한번 의논해 보지 그래.'

라미스의 검이 하늘을 찔렀다. 그리고 곧장 반원을 그리며 아래로 추락했다. 엘쉬가의 것보다 더 많은 피가 라미스의 얼굴과 몸에 튀었다. 핏물이라는 게 찐득하고 살아 숨 쉬는 것처럼 뜨거워서 한 번에 씻어 내기가 참 어렵다. 라미스는 바닥에 보잘 것없이 쓰러진 프리제를 바라보면서 무슨 생각을 했을까.

그래서 회귀 후엔 엘쉬가와 프리제에게 그토록 관심이 없었던 걸까. 내가 그들에 관해서 물어도 늘 시큰둥했던 그의 반응을 기억한다. 그리고 그토록 자르고 싶은 것들을 힘겹게 잘라 냈음에도 다시 모든 게 처음으로 돌아왔을 때, 그의 기분이 어땠을 지 상상하기도 어려웠다.

가만히 서서 핏물과 뒤섞인 프리제의 사체를 보는 라미스는 어쩐지 고단해 보였다. 멜본의 저택을 포위한 기사들이 들이닥쳤다. 그러나 그들은 라미스의 털끝 하나도 건드리지 못했다. 축복의 탑 지도자와 후계자가 모두가 죽은 현장을 보았음에도 그들은 그에게 검을 휘두르지 못했다. 그건 어쩌면 라미스의 엄청난 기백과 무게 때문일 수도 있고 축복의 탑의 지도자와 후계자가 모두 죽었으니 현재 축복의 탑을 이끌 사람은 라미스뿐이기 때문일 수도 있었다. 라미스는 요나스를 데리고 당당하게 저택을 나왔다. 결국 엘쉬가와 프리제의 사체 처리는 마침 멜본에서 온 기사들이 담당하게 되었다.

그리고 그제야 라미스도 내 소식을 전해 들었다. 사실 전해 들을 것도 없이 호베른이 발칵 뒤집어질 정도로 대단한 사건이긴 했다. 금서 ≪메시리아≫에 대한 얘기를 듣고 라미스는 요나스를 통해 책을 구했다. 라미스는 그 책을 정독했다.

'배후에 그런 내용을 쓰게 지시한 여자가 그때 그 여자 있잖아요. 동부 레르마에서 경께서 살려 주신 그 여자라는 소문이 있던데. 정말 본인이 그런 내용을 쓰라고 지시했을까요?'

책을 다 읽고 놀라서 입을 다물지 못하는 요나스에게 라미스는 어깨를 으쓱였다.

'그런 건 별로 관심 없어.'

그리고 때마침 에르만 황실에서 로앙지스라는 가명을 쓰고 있는 이자벨을 잡았고 이자벨이 그 소설의 원작자가 '뮈젤 클라베로랑 모르제'라고 밝혔다.

'이야. 메시리아도 재미있는 일이 참 많네요.'

요나스가 흥미로운 얼굴로 말했다. 라미스는 그 말에 별다른 대구를 하지 않았다. 그들은 코젤만 스트리트에 있는 레스토랑 테라스에 앉아서 여유롭게 차를 마시고 있는 중이었다. 그리고 그때 그들은 행과 열을 맞춰 코젤만 스트리트를 지나가는 메시리아 기사단을 보았다.

'벌써 그 여자 잡으러 가는 건가?'

턱을 괴고 그 모습을 보던 요나스가 말했다. 그리고 그 말이 끝나자마자 라미스가 황급히 자리에서 일어났다.

'아, 아르시온 경! 어디 가십니까?'

테이블에 찻값을 올려 두고 레스토랑을 빠져나오는 라미스의 뒤를 요나스가 황급히 따라왔다.

'모르제로 간다. 그 여자를 축복의 탑으로 데려갈 거니까, 가는 길목 정리해 둬.'

라미스의 말에 요나스가 뒷목을 잡고 기겁했지만 라미스는 듣지도 않고 곧장 모르제로 내려갔다. 그리고 그는 모르제 저택의 응접실에서 나를 만났다.

급하게 모르제로 내려와서 지저분했던 몰골과 다르게 그는 차분했다. 그리고 그의 시선에서 보는 나는 심하게 초췌했다. 늘 빛이 나고 밝았던 얼굴이 거무죽죽했다. 라미스는 그렇게 변한 내 모습을 조금 힘들고 아픈 시선으로 바라봤다.

'떠납시다.'

지나치게 덤덤한 어투다. 다시 들어도 그 말은 마치 '오늘 요 앞 시장에 놀러 갔다 오자'는 것처럼 들렸다. 나는 그의 의도를 파악하지 못하고 고개를 갸웃거렸다. 나를 대신해서 대답한 건 옆자리에 앉은 아버지였다.

'그대가 지금 무슨 말을 꺼내고 있는지 아는가?'

라미스는 조금 간절한 것도 같았다. 그는 내가 상처를 받고 다치는 것을 굉장히 꺼리는 사람처럼 보이기도 했다. 그리고 당시 나와 아버지는 그의 그런 반응을 이해하지 못했다.

'압니다. 반역자로 몰린 여자에게 함께 도주하자고 말하는 중이죠.'

그는 정말 진심이었다. 그는 내가 죽기를 바라지 않았다.

'뭐라고요?'

내 놀란 외침에 그는 대수롭지 않은 질문을 들은 것처럼 태연하게 차를 마셨다.

'사형 외의 선고가 내려지는 일은 결단코 없을 겁니다. 그러니, 방법은 하나뿐입니다. 도망갑시다.'

'아니, 대체. 당신이 왜.'

'행운을 가지고도 불운만 찾아온다고 했잖습니까?'

라미스는 내가 손안에 움켜쥐고 있는 행운의 돌을 봤다. 회귀 전의 그와 나는 너무도 다른 사람이었다. 나는 지나치게 밝았고 아무런 생각이 없었으며 열정적이었다. 그 에너지가 라미스와는 본질적으로 너무 달랐다. 그랬던 내가 그렇게 나락으로 떨어지는 게 안타까웠던 걸까?

'이번엔 믿어 보세요. 천사의 행운.'

라미스는 내내 망설임이 없었다. 그가 내게 손을 내밀었다. 아버지가 참담한 시선으로 나와 라미스를 보았다. 나는 한참 동안 내게 내밀어진 그의 손을 바라만 보았다. 라미스는 물론 아버지조차 내게 재촉의 말을 꺼내지 않았다. 그리고 나는 결국 고개를 저었다.

'폐…… 를 끼칠 순 없어요. 늘 사고만 치던 철없는 딸이었는데, 이번 일에서까지 도망칠 순 없어요. 제가 저지른 일은…… 제가 마무리해야죠.'

나는 울음이 터질 것 같은 얼굴로 대답했고 아버지는 괴로운 듯 마른세수를 하셨다. 라미스는 결국 나를 설득하지 못했다. 그게 그를 괴롭게 했던 모양이다. 그는 저택 입구에 서서 한 손에 얼굴을 묻고 한참을 그렇게 서 있었다. 그의 짙은 한숨 소리가 무게를 달고 땅으로 내려앉았다.

'자네 정말 진심이었나.'

어느새 다가온 아버지가 라미스에게 물었다. 아버지의 얼굴엔 고통과 절망만이 가득했고. 그렇게 물어보는 목소리엔 간절함이 가득했다. 그런 아버지를 흘끔 보고 다시 등을 돌린 라미스는 고개를 끄덕였다.

'아니었으면, 이곳까지 왔겠습니까.'

라미스의 대답에 아버지는 수긍한 듯 대답이 없었다. 라미스는 잠시 하늘을 올려다보았다. 구름 한 점 없이 맑은 날이었다.

'보상해 주신다고 하셨습니다.'

라미스의 말에 아버지가 앞으로 걸어 나왔다. 라미스는 그제야 등 뒤에서 나오는 아버지를 돌아봤다.

'백작님께서 모르제 영애를 살려 주신 은혜 잊지 않겠다, 보상해 주시겠다고 하셨습니다.'

'기억하네.'

아버지의 눈동자가 조금 커졌다. 초점이 정신없이 흔들리고 있었다. 무얼 기대하는진 모르겠지만 아버지는 다음에 올 라미스의 말을 기다리고 있었다. 라미스는 그런 아버지를 아무런 표정 없는 얼굴로 내려다보고는 말을 이었다.

'다시 말하겠습니다, 백작님. 딸을 제게 주십시오. 지금, 당장.'

그리고 그 말을 들은 아버지가 웃음을 터트렸다. 아버지는 진심으로 기뻐하셨다. 그리고 그 웃음은 희망적으로 보이기도 했고, 흐느낌처럼 들리기도 했다. 아버지는 어깨를 들썩이고 두 손에 얼굴을 묻으셨는데 웃음은 결국 울음으로 번졌다. 라미스는 팔짱을 끼고 가만히 아버지의 울음이 잦아들기를 기다렸다.

한참 뒤에 아버지가 라미스의 양어깨를 부여잡았다. 아버지의 눈이 울음과 환희로 붉게 충혈돼 있었다.

'모르제엔 시간을 돌리는 능력이 있다네. 그 보상, 절대 잊지 않겠네.'

다만, 그게 지금은 아니니 오늘은 그만 돌아가게. 아버지는 라미스가 회귀를 해도 기억을 못 할 거라 단언하셨다. 그래서 라미스에게 가문의 비밀을 스스럼없이 말했던 모양이다. 아버지는 단호했고 라미스는 그 말을 수긍하지 못했다.

라미스는 끝까지 저항했고 메시리아 군사들이 나를 끌고 가는 길에서도 그들을 막아서는 데 망설임이 없었다. 요나스가 놀라서 라미스를 말렸지만, 라미스는 군사들에게 검을 휘두르며 나를 지옥 속에서 구제하려고 노력했다. 그러나 그런 눈물 나는 노력에도 불구하고 나는 결국 사형대 위에 올랐다.

내 양손과 발목에 밧줄이 묶였고 곧 목에도 밧줄이 단단하게 묶였다. 아버지가 가까이 계셨다. 그리고 라미스는 메시리아의 기사들에게 양팔이 포박된 채, 멀리서 그 모습을 보았다. 곧 사형 집행장의 사형 선고가 내려지고 바닥이 꺼졌다.

라미스의 다리에 힘이 풀렸다. 그가 무릎을 꿇었고 그를 포박한 기사들은 라미스를 내버려 뒀다. 내가 발버둥을 치며 괴로워하는 사이 아버지가 눈을 뜨시고는 결국 참지 못하고 자리에서 일어나셨다.

'안 돼!'

아버지의 비명 소리가 하늘을 울리는 것만 같았다. 라미스는 조용히 눈을 감았다.

'안 된다! 안 돼에엑! 뮈젤! 내 사랑스러운 딸!'

공개 처형이라 주위엔 수많은 군중들이 있었지만, 아버지의 오열에 소란도 멈췄다. 아버지의 발악에 가까운 울음소리가 처연하게 울려 퍼졌다. 아버지는 결국 바닥에 엎어지셨다.

'미안하다, 미안하다. 으아아아아! 뮈젤!'

한동안 곡소리가 처형장을 떠나지 않았다. 그리고 과거로 시간이 돌아갔다.]

다시금 눈을 떴을 때, 나를 바라보고 있는 라미스의 다정한 눈동자가 보였고 나는 울고 있었다.

"아직 다 못 봤어."

목이 메어 목소리가 갈라졌다. 내 거친 목소리에도 라미스는 그저 나를 바라만 볼 뿐 대답이 없었다. 우리는 들판에 서로의 손을 붙잡고 마주 누워 있었다. 태양이 기울고 있었다. 곧 있으면 석양이 지는 오후가 될 것이다. 라미스가 조용히 손을 뻗어 내 머리카락을 정돈해 줬다.

"보고 싶지 않으면, 그만 봐도 돼."

그의 말에 내가 고개를 저었다. 나는 다시 그의 손을 잡고 눈을 감았다.

[처음의 라미스는 아무것도 기억하지 못했다. 그는 여전히 축복의 탑에 있었고 프리제와 힐러프의 손 아래 고통을 받고 있었다. 그는 어머니의 증오와 프리제의 냉대 속에 새겨지는 상처를 벗 삼아 하루하루를 보내고 있었다.

그리고 그런 축복의 탑으로 아버지가 찾아오셨다. 힐러프는 아버지를 반가워하셨고 프리제는 그를 기피했다. 아버지는 본인께서 알고 계신 비밀들로 프리제를 위협했다. 프리제가 힐러프를 살해하려고 세웠던 계획들과 엘쉬가를 납치해 본인의 호적으로 올린 것. 그것을 빌미로 힐러프와 결혼하게 된 무수한 그의 잘못들을 언급했다.

프리제는 끝내 힐러프와의 이혼에 동의하지 않았다. 그러나 때는 이때다 싶은 힐러프가 강경하게 프리제를 핍박하자 감정이 상한 프리제가 아예 그녀를 축복의 탑에서 추방시켜 버렸다.

힐러프는 모든 것을 두고 혼자 떠나고자 했다. 그런 그녀에게 라미스를 떠맡긴 건 아버지셨다.

축복의 탑에서 추방된 힐러프는 아버지의 도움으로 메시리아에 터를 잡았다. 첫 번째 그녀의 터전은 메시리아 중 다인종이 모여 사는 가장 혼잡한 지대로 기후가 변덕스러운 메시리아의 북부 라드라토였다.

어린 라미스에게는 타지 생활이 낯설고 적응키 어려웠다. 라드라토 같은 험한 지역에서는 더더욱 힘들어했다. 힐러프는 라미스를 증오했지만, 마지못한 핏줄의 정이란 건 남아 있었던 모양이다. 결국 라미스를 위해 지역을 떠돌던 그녀가 마지막에 정착한 곳이 메시리아 최고의 무역 도시 생마드리욜이었다.

힐러프와 라미스는 라미스 나이 7세에 처음으로 제론 퓨벌쳐를 만났다. 제론은 좋은 사람이었다. 그는 흔쾌히 라미스를 양자 삼았고 힐러프는 제론에게 그를 떠밀었다.

'라미스, 기억하렴.'

'네 어미는 보르바체트의 로니 힐러프란다.'

힐러프가 라미스를 사랑해서 뱉은 말이 아니었다는 사실을 이제야 알았다. 단순히 출신 성분을 따지기 위한 것이 아니다. 그녀는 제가 잘못되면 라미스가 그 뒤를 이어 자신이 못다 한 일을 마무리해 주길 바랐다. 염치없게도.

그녀는 그 후로 제론 퓨벌쳐에게 라미스를 맡기고 축복의 탑으로 돌아갔다. 권력 탈환을 위해서였다. 그러나 그것이 엘쉬가로 인해 무산되고 프리제에게 붙잡혀 르돈 지역으로 유배 결정된 힐러프는 결국 자결로 생을 마감했다. 회귀 전과 달리 라미스는 힐러프의 자살한 사체를 두 눈으로 목격하지 않아도 됐다.

그리고 힐러프의 죽음으로 제론 퓨벌쳐는 생마드리욜에서의 어업을 접었다. 힐러프의 소식을 듣고 찾아온 아버지의 제안 때문이었다. 아버지는 그들에게 또 한 번의 제안을 하셨다. 아예 라미스를 제 옆에 두고 후원하겠다는 결정을 하신 것이다.

라미스는 힐러프의 죽음에 눈물 흘리지 않았다. 라미스는 어릴 적부터 쓰러져 넘어져도 뒤를 돌아보지 않는 아이였다. 좌절하여도 후회로 점철된 역사를 만드는 법은 없던 소년이 라미스였다. 그리고 그제야 나는 그런 그의 성격을 이해했다.

아버지와 어머니의 동의로 모르제 가문의 후원을 받게 된 라미스는 제론과 함께 모르제 영지로 터를 이주하였고, 모르제의 후원 자금을 빌어 제론이 카타벌트 1번지에 빵 가게를 개업했다. 라미스는 회귀 전과 많이 달라졌다. 제론은 정말 좋은 사람이었다. 그는 늘 라미스를 믿고 지지해 주었으며 아낌없이 사랑을 주는 사람이었다.

그리고 그와 내가 만났다. 덴버 아저씨의 포도밭에서 그를 처음 만나고 친분을 쌓은 거라고 생각했는데 그건 내 착각이었다. 모르제로 이주하고 아버지께 인사드리기 위해 모르제 저택을 방문했을 때, 그는 나를 봤다. 응접실 창문 너머로 메르넨과 아린느와 웃고 떠드는 모습의 내 모습을 그가 보고 있었다.

'자네가 로니 힐러프의 아들이군.'

아버지가 손을 내밀어 라미스에게 악수를 청했다. 라미스는 어색한 자세로 아버지의 손을 맞잡아 악수했다. 아버지 역시 힐러프와 직접적으로 왕래를 하고 라미스와 제대로 인사를 나눈 건 처음이었다.

'내가 자네를 후원하게 된 계기는 덴테 프리제가 축복의 탑의 주인이 되었다는 점에 있다네.'

아버지는 프리제가 모든 걸 파멸시킨 과거를 알고 계셨다. 아버지가 삼킨 뒷말을 나는 이해했다.

'이해하기 어렵습니다.'

라미스의 대답에 아버지가 미소 지으셨다.

'걱정 말게나. 자네가 조금만 더 크면 이해하게 될 걸세. 프리제와 힐러프는 관계가 원만한 남매가 아니었지. 힐러프가 축복의 탑을 벗어나 생마드리욜에 정착한 건 현명한 선택이었네. 그녀를 위해서도, 자네를 위해서도 말이지. 아마 계속 축복의 탑에 남아 있었다면 자네도 오르베느트 엘쉬가 꼴이 나지 않았겠는가. 자네가 프리제의 손아귀 아래 자라지 않은 건 천만다행이라네. 제론 퓨벌쳐는 좋은 인물이야. 아버지를 자랑스러워하게나.'

'전 언제나 아버지를 존경합니다.'

그의 대답을 아버지는 크게 만족하셨다. 아버지는 라미스의 손을 잡아끌고 창가에 섰다. 창밖에는 나와 메르넨, 아린느, 그리고 어머니의 모습이 보였다. 아린느와 내가 바닥에 무릎을 꿇고 손을 들며 벌을 서고 있었고 우리 앞에 선 어머니께선 호들 갑스러운 몸짓으로 우리들에게 훈계를 하고 계셨다.

'가장 큰 아이는 메르넨, 갈색 머리카락의 고양이 같은 아이가 둘째 아린느라네. 그리고 몸집 자그마한 금발 아이는 막내 뮈젤이지.'

라미스는 내게서 눈을 떼지 못했다. 그의 시야에 잡힌 건 오로지 나뿐이었다. 나는 그가 자매들 중 나만을 넋 놓고 지켜보는 걸 알았다. 그리고 나는 그제야 깨달았다. 아무리 어리다고 하지만, 알 수 있었다. 그는 내게 첫눈에 반했다. 회귀 전 내게 반할 때와 같은 모습이었다.

'뮈젤은 특별한 아이라네.'

내게서 눈을 떼지 못하는 라미스를 보고 아버지가 말했다. 그제야 라미스가 아버지의 얼굴을 보았다. 아버지의 입가에는 지워지지 않을 정도로 진한 미소가 걸려 있었다.

'우리 앞으로 잘해 보지. 꼬마 로 카벤.'

라미스는 아버지가 내민 손을 맞잡으며 어색한 얼굴로 웃었다. 라미스는 그 이후로도 저택에서 나를 지켜봤다. 그뿐 아니라 마을로 나갈 때면 나를 지켜보고 있었다. 이윽고 포도밭에서 나와 첫 만남을 가졌다.

그 후로 우리는 늘 함께했다. 그리고 함께하는 나날들 속에서 행복해하는 라미스를 보았다. 그는 언제나 울고, 웃고, 감정 표현을 진하게 남기는 나를 신기해했다. 그리고 그런 나를 지켜보는 걸 그는 좋아했다.

행복한 나날들이 계속되던 어느 날. 성경 공부를 마치고 라미스를 만난 내가 포도밭을 나뒹구는 작은 조약돌 하나를 주워 그에게 선물했다.

'내일 시험 본다며? 이 돌이 네게 행운을 가져다줄 거야. 강력한 믿음은 꿈을 현실로 바꾸는 힘이 있다고 그랬거든.'

내 대답에 라미스는 머리에 강한 충격을 받은 것처럼 아무 말도 하지 못했다. 그는 돌을 받아 들고 손을 덜덜 떨었다. 한참이나 돌을 받아 들고 쳐다보다가 간신히 입을 떼고 물은 말이, '어디서 들은 말이야?'였는데.

'기억이 안 나. 그런데 굉장히 멋진 사람이었던 것 같아.'

나는 해맑은 얼굴로 그렇게 대답했다. 그리고 라미스가 펑펑 눈물을 흘렸다. 돌을 품 안에 꼭 쥐고 오열했다. 그는 안절부절 못하는 나를 끌어안고 엉엉 울었다.

'멋진 사람이라고 해 줘서 고마워. 뮈젤, 내가 네 천사잖아.'

라미스는 마치 봉인 해제가 된 듯 그것으로 모든 과거를 기억했다. 라미스는 시간을 돌리는 능력이 있다는 아버지의 말을 기억했다. 그래서 그는 곧장 아버지께 찾아갔다. 아버지도 처음엔 라미스가 과거를 기억하는 일 따윈 전혀 생각지도 못한 사람처럼 놀랐었다. 그러나 곧 차분히 가라앉은 얼굴로 라미스를 보며 웃었다.

'그대에게 해 주기로 한 보상, 잊지 않겠다고 하지 않았나. 난 잊지 않았네.'

결국 라미스는 다시 울음을 터트리고 말았다.]

눈을 뜬 나는 결국 들판에 엎드려 울었다. 요란스럽게 우는 것도 라미스에게 어떤 식으로 비칠까 몰라 소리 죽여 울 수밖에 없었다. 옆에 누운 라미스의 기척이 느껴졌다. 그가 손을 뻗어 내 뒤통수를 다정하게 쓰다듬었다. 무겁게 움직이는 손동작이 위로의 말을 대신했다. 정작 위로해야 할 사람은 난데 라미스는 외려 나를 위로했다.

나는 울다가 고개를 들어 그의 표정을 살폈다. 문득 그가 어떤 표정을 짓고 있는지가 궁금했기 때문이다.

"왜?"

그는 나를 보며 미소 짓고 있었다. 미소는 마치 사라질 것만 같았고 그의 얼굴은 이보다 더한 행복은 없다는 듯이 사랑에 충만한 것처럼 보였다. 나는 몸을 일으켜 누워 있는 그에게 안겼다.

여러 빛깔의 긴 꼬리를 매단 태양이 고개를 넘고 있었다. 노을 진 하늘은 금세 어둑해졌고 온 세상의 모든 고요가 우리에게 집중했다. 라미스는 나를 마주 안으며 한 손으론 내 등을, 한 손으론 내 뒤통수를 토닥였다. 나는 그의 너른 가슴에 얼굴을 묻었다.

"이제 알아서 미안해."

"미안할 건 없어."

"내가 아무것도 모르고 로헨과 엘쉬가를 도울 때, 얼마나 한심하고 멍청해 보였을지 생각하면……."

라미스는 대답하지 않았다. 백 마디 말보다 나를 위로하듯 쓰다듬는 그의 커다란 손동작이 더 마음에 와 닿았다. 늘 내 옆에 있던 사람인데, 오늘따라 그의 너른 품이 한없이 크게만 느껴졌다.

신은 인간에게 극복할 수 있을 만큼의 시련만 준다고 했다. 하지만 그러기엔 아버지와 라미스가 겪은 시련이 너무 커다랬다. 내가 그의 과거를 떠올리며 부들부들 떨고 있자 라미스가 작게 웃음을 터트렸다.

"내 인생은 괜찮아. 너희 아버지를 만났고 제론을 만났고, 그리고 너를 만났으니까."

하지만 괜찮다고 해서 이미 겪은 일들이 없어지는 건 아니지 않은가. 게다가 나는 힘든 그에게 도움이 된 적이 한 번도 없었다. 그게 못 견디게 서글펐다. 라미스는 내가 울음을 그칠 때까지 그저 가만히 기다려 주었다.

소란스러운 소음들이 들려왔다. 덴버 아저씨네 일꾼들이 돌아온 소리다. 라미스가 나를 안은 채로 몸을 일으켜 앉았다. 나는 그의 무릎 위에 앉아 코를 훌쩍였다. 라미스가 손가락으로 내 눈물을 닦아 주었다. 멀리서 우리를 발견한 덴버 아저씨의 목소리가 들려왔다.

"뮈젤!"

그 익숙한 목소리에 나는 고개를 들었다. 라미스가 그런 내 모습을 보고 고개를 저으며 웃었다. 나는 자리에서 일어나 주위를 둘러보았다. 이윽고 포도밭 사이로 덴버 아저씨의 모습을 찾았고 라미스가 내 등을 떠밀었다.

"가 봐, 뮈젤."

그 말이 탄력이 되었다. 종종종종 뛰어가는 나를 덴버 아저씨는 웃으며 안아 주셨다.

"아이고, 뮈젤. 열일곱인데 아직도 아이 같아서 결혼은 어찌 하려고 그래?"

말을 그렇게 해도 아저씨는 나를 품에 안고 등을 두드리며 다독여 주었다. 덴버 아저씨와 아저씨의 포도밭을 인간이 가진 여러 감정 중 하나로 정의하자면, 나의 행복과 추억을 담당하는 가장 중요한 축이었다. 이 세계가 부서진다면 나는 아마 그 충격에서 헤어 나오기 어려울 것이다. 뒤에서 라미스가 다가왔다. 덴버 아저씨와 라미스가 인사하는 소리가 들려왔고 나는 그로부터 한참 동안 덴버 아저씨의 품에 안겨 어리광을 피우다가 떨어졌다.

아저씨는 모여든 포도밭 일꾼들에게 일거리를 던져 준 뒤, 내 머리카락을 헤집었다.

"차 한잔할 테냐. 너와 차를 마시고 싶어 하는 아이가 있다."

그리고 나는 본능적으로 알았다. 이 상황에, 이 시간에, 이 장소에서 내게 차를 마시자고 할 사람은 없었다. 그런데도 그런 사람이 나타난 거라면.

"에드윈이로군."

그래, 에드윈이다. 라미스의 덤덤한 대답에 덴버 아저씨가 난감한 얼굴로 변명하듯이 어물쩍 중얼거렸다.

"그래, 맞다. 그 녀석, 만델린한테 듣자 하니 지명 수배범이라던데. 비실비실한 게 힘이 있어 보이진 않더구나."

라미스는 내 결정에 따르겠다는 얼굴로 나를 쳐다봤다. 나는 가만히 두 손을 모으고 있었다. 에드윈과 차 한잔이라니. 나는 고민하는 것처럼 보였지만, 이 문제가 여기서 어설픈 말로 넘길 수 있는 종류의 것도 아니란 걸 안다. 사실은 고민할 것도 없었다. 그래서 결국 고개를 끄덕였다. 어차피 덴버 아저씨의 오두막이 아니면 만델린 아주머니의 양조장에 숨어 있을 거라고 예상은 했던 터였다. 그가 모르제에서 있을 곳이라곤 거기뿐이니까.

라미스는 내 옆에 꼭 붙어 걸었다. 그가 무슨 생각을 하고 있는 지 알 수는 없었지만, 적어도 기분이 좋지 않다는 건 알겠다. 덴버 아저씨는 저기압으로 보이는 라미스의 눈치를 살폈다. 라미스가 축복의 탑 출신이라는 사실이 밝혀진 뒤, 라미스는 덴버 아저씨를 본 적이 없었다. 그의 신분이 밝혀지고 그와 덴버 아저씨가 만나는 게 이번이 처음이란 얘기다. 덴버 아저씨는 갑자기 신분이 높아진 라미스를 어색해했다. 그러나 애석하게도 내가 해 줄 일은 없었다. 익숙해져야 했다. 라미스는 곧 백작 위를 하사받을 사람이니까.

덴버 아저씨의 오두막은 여전했다. 오두막까지 오는 사이에 해가 완전히 저물었다. 오두막엔 불이 켜져 있었다. 들어선 오두막엔 에드윈이 있는 듯 없는 듯 고요히 앉아 있었다.

덴버 아저씨는 우리의 눈치를 살피면서 차를 끓였다. 나는 아저씨가 가만히 차를 끓이고 우리에게 찻잔을 내어 주곤 재빨리 오두막을 나가는 걸 가만히 보았다. 탁. 오두막의 나무 문이 닫히는 소리가 들리자 라미스는 에드윈에게 거칠게 다가가 멱살을 틀어쥐었다. 내가 말릴 새도 없이 그는 곧장 주먹으로 에드윈의 얼굴을 가격했다. 군인인 시절의 그를 보아서일까. 아니면 근래 들어 그가 그래야만 하는 사건이 많아서일까.

어쨌든 최근 1년 사이의 라미스는 내겐 너무도 낯설었음은 분명했다. 그를 알아 온 10여 년의 세월이 모두 무색하리만치 말이다.

"어떤 이유를 말해도 넌 오늘 내 손에 죽을 거다."

멱살을 틀어쥐고 내뱉는 라미스의 말은 한 자, 한 자 씹어 삼키듯 억눌려 있어 섬뜩했다.

"도망갈 생각은 없어요. 이제는 도망갈 곳도 없고."

에드윈은 겁먹지 않았다. 그건 그의 악바리 근성 때문이라기보단, 모든 것을 체념한 자의 무기력이었다. 에드윈은 후줄근한 차림만큼이나 너덜너덜해진 감성으로 힘없이 바닥에 주저앉았다. 라미스는 가타부타 무언가를 하기도 전에 전투력을 상실한 에드윈의 모습을 보고 짜증스럽게 손을 털었다.

오두막 테이블엔 덴버 아저씨가 준비해 주고 간 찻잔이 놓여 있었다. 라미스는 내게 안쪽 자리에 앉을 것을 권했고 그도 따라서 자리에 앉았다. 에드윈은 여전히 바닥에 힘없이 앉아 테이블 기둥에 등을 대고 있었다.

찻잔에선 김이 모락모락 피어올랐고 라미스는 감정을 진정시키고자 차를 마셨다. 그러곤 곧 혀가 데어 눈썹을 찌푸리곤 찻잔을 내려놓았다. 나는 결국 물컵을 찾아 그에게 물을 떠다 주지 않을 수 없었다. 내게서 물컵을 받은 라미스의 얼굴이 화사하게 변했다. 찌푸린 눈썹이 순식간에 동그랗게 펴지는 기이한 모습을 보며 나는 결국 웃었다.

"두 분은 여전하군요."

에드윈이 힘겹게 자리에서 일어나며 말했다. 그 순간 욱한 라미스가 몸을 앞으로 틀자 에드윈이 화들짝 놀라 자리에 주저앉았다. 희극이 따로 없었다. 에드윈은 정말 만신창이가 된 것 같은 창백한 얼굴로 라미스를 보았다.

곱슬곱슬한 금발도 며칠은 머리를 감지 못한 것처럼 지저분했고 옷도 흙탕물을 굴렀는지 색이 다 바래 있었다. 예전에는 그가 귀엽다고 생각했는데 지금의 그는 행색뿐 아니라 그라는 사람 자체도 모두 빛바랜 초상화 같았다.

"이유가 뭐야?"

처음으로 내가 입을 열었다. 에드윈은 다시 자리를 털고 일어나고야 우리 맞은편 자리에 온전하게 착석할 수 있었다. 그는 움츠리고 자리에 앉아 테이블만 노려봤다. 라미스가 그의 맞은편에 앉아 못마땅한 얼굴로 매섭게 그를 노려보고 있었다.

"나를 적국에 팔아 버린 이유가 뭐냐고. 내게 무슨 억하심정이 있어서."

"걸림돌이었으니까."

"뭐?"

에드윈이 그제야 고개를 들었다. 감정이 죽은 듯한 그의 눈동자가 내게 향했다.

"제가 하고자 하는 모든 일에 당신이 방해가 돼서요."

라미스가 코웃음을 쳤다.

"네가 하고자 하는 일이 뭐였는데?"

"메시리아의 괴멸."

나와 라미스의 입에서 동시에 탄식이 터져 나왔다. 너무 기가 막혀서 순간적으로 할 말을 잃은 탓이었다. 개인적인 희망,

복수, 아니면 야망이라든지 여러 가지의 이유를 생각해 봤는데 제가 태어난 나라의 몰락 같은 거창한 이유일 줄은 몰랐다.

"라르메 전하를 황제의 자리에 앉히는 게 목표가 아니었어?"

내 말에 에드윈이 피식 웃음을 터트렸다.

"그러니까 괴멸이죠."

하하하하. 라미스가 에드윈의 대답에 황당한 얼굴로 웃었다. 에드윈은 여전히 움츠린 어깨를 하고 표정 변화 없는 얼굴로 우리를 보고 있었다.

"라르메 전하를 황제로 지지했던 이유가 정말 메시리아의 몰락이라고?"

내 물음에 에드윈이 어깨를 으쓱였다.

"뮈젤, 와볼트에서 평생을 살았던 사람이 메시리아의 지도자가 될 수 있다고 생각해요?"

"메시리아의 몰락을 왜 바라는 건데?"

라미스가 물었다. 그리고 난 그때 브릴다의 말이 떠올랐다.

'세상에 불만을 가진 사람이라면 그럴 수 있죠. 저도 메시리아 학교 출신이라 그런 인간들을 많이 봤거든요.'

'생각해 보세요. 에드윈 칼터 헨더슨은 어릴 적부터 머리가 좋기로 유명했어요. 메시리아 학교에서도 늘 수석을 놓치지 않았죠. 그렇게 영리한 자라면, 자신의 자리에 의문을 느끼고 불만을 품을 수 있겠죠. 아무리 똑똑해도 신분이란 벽엔 한계가 있으니까요.'

설마 했었는데 에드윈의 이유가 정말 그것이라면, 신분이란 굴레 속에 우연히 포식자 계층에 태어나 호의호식하는 나로서는 할 말이 없다고 잠깐 생각했다. 물론 그것도 에드윈이 내게 아무 짓도 하지 않았다는 전제가 있어야 공감해 줄 수 있는 얘기다. 죽을 뻔한 위기를 여러 번 겪은 나로서는 그에게 분명 할 말이 있었다.

"신분 제도에 환멸을 느껴요. 이 지독한 인생 굴레의 흐름을 끊어 줄 사람이 라르메 전하라고 생각했어요. 그뿐이에요. 전 세상이 바뀌길 바랐을 뿐이죠. 깨어 있는 사람이라면, 제가 대의를 위해서 희생한 것뿐이란 걸……."

"야."

나는 기가 막혀 에드윈의 말을 끊고 자리에서 일어났다. 살벌한 얼굴로 에드윈을 노려보던 라미스가 당황해서 내 팔을 잡아당겨 나를 진정시켰다.

"그건 대의고 뭐고 아무것도 아니야. 그건 세상이 바뀌는 게 아니라 너 하나 바뀌는 거지. 네 목적으로 모든 사람을 파멸시키고 너 하나 만족하는 게 대의야? 그건 그냥 자기만족이지!"

"전 사람을 죽이지 않았어요. 제가 직접적으로 다치게 한 사람도 없고요."

"하! 야, 몸을 써야만 사람 죽이니? 넌 다른 사람을 이용해서 사람을 죽이잖아! 게다가 넌 한 번이 아니었고! 심지어는 그러기 위한 계략까지 꾸몄으니까! 너 때문에 내가 몇 번을 죽을 뻔했는지 알아!"

나는 테이블 위를 넘어 에드윈에게 달려들었다. 에드윈의 멱살을 틀어쥐고 라미스가 때린 반대편 뺨을 주먹으로 날리고 그의 머리칼을 움켜쥔 채 그의 복부를 발로 걷어찼다. 라미스가 와서 나를 말렸고 나는 흥분을 이기지 못하고 라미스의 팔에 매달려 에드윈을 향해 주먹을 휘둘렀다.

키도 나보다 훨씬 큰 게 불쌍한 척하는 건지 에드윈은 구석에 움츠리고 앉아 양팔로 머리를 감싸고 있었고, 라미스는 당황한 얼굴로 온몸을 날리며 버둥거리는 나를 뒤에서 끌어안은 채 쩔쩔매고 있었다.

라미스가 쩔쩔매고 있는 모습을 보고 있으니 괜스레 민망해서 나는 자세를 바로 했다. 라미스가 안도의 한숨을 내뱉었다. 그리고 차분히 진정한 나를 보곤 달래듯 머리를 쓰다듬었다. 마치 강아지가 된 것 같은 기분이다. 만약 지금 라미스에게 검이 있었다면, 에드윈은 사지 멀쩡한 몰골로 있지는 못하지 않았을까.

라미스는 내내 승마복 차림이었는데 베이지색과 남색이 뒤섞인 격자무늬 조끼를 벗어 의자 위에 아무렇게나 걸쳤다. 조끼를 벗으니 흰 셔츠에 조드퍼즈 바지, 그리고 무릎 밑까지 올라오는 갈색 부츠만 신은 간편한 차림이 되었다. 어쨌든 그에게 지금 검은 없었다.

라미스가 내게 빈자리를 고갯짓으로 가리켰다. 진정이 되었으면 앉아서 얘기하자는 뜻 같았다. 그러나 그의 바람대로 나는 얌전히 자리에 앉지 못하고 거친 숨을 내쉬며 에드윈을 노려봤다.

"저도 억울합니다!"

에드윈의 외침에 내가 욱해서 움찔거리자 에드윈이 울음을 터트렸다.

"당신은 귀족이면서도 어떻게 그런 능력까지 가지고 있는 겁니까! 신은! 신은 어째서……!"

그는 말을 잇지 못하고 열 살 먹은 아이처럼 큰 소리로 울음을 터트렸다. 그를 이해하지만 동정심이 들지는 않았다. 사회적 문제의 분노 분출 방향이 잘못되었다는 건 확실했으니까. 나는 바닥에 주저앉아 엉엉 울고 있는 그를 노려보았다. 주먹을 쥔 손이 부들부들 떨렸다. 바닥엔 깨어진 찻잔이 널브러져 있었다.

"큰 힘에는 큰 책임이 따른다는 소리 못 들어 봤어?"

나는 이를 악물고 그를 노려보며 대답했다.

"난 내 능력을 좋아한 적보다 저주한 적이 더 많았어. 모든 걸 남 탓으로 돌려 버리는 네가 이해할 수 있을 리 없겠지만."

"배가 부른 자에게서 나올 수 있는 소리로 들리는군요."

구석에 앉아 있던 에드윈이 울며 대답했다. 나는 결국 드레스 자락을 쥐었다. 그 모습을 본 라미스가 내게 손을 뻗었는데 그보단 내가 발을 뻗어 에드윈을 걷어차는 게 빨랐다.

나는 깨달았다. 에드윈의 잘못된 점을 지적하고 무엇이 잘못됐는지 이해시킬 필요가 전혀 없었다. 이제 와서 에드윈에게 도덕심을 심어 줘서 달라지는 건 아무것도 없었다. 나는 양심의 가책 없이 그의 얼굴을 구둣발로 걷어차고 다시 머리칼을 움켜쥔 채, 주먹을 날렸다.

에드윈이 비명을 내지르며 내 머리카락을 잡아당겼는데 나는 곧장 그의 다른 팔뚝을 이를 세워 물어뜯었다.

"으아아악!"

에드윈이 다시 고통스러운 비명을 질렀고 나는 그의 턱을 주먹으로 쳤다. 라미스는 어쩌지 못하고 거의 포기한 얼굴로 현란하게 주먹질을 하는 나를 지켜봤다. 오두막의 요란한 소리를 듣고 덴버 아저씨가 헐레벌떡 문을 열었다. 그리고 아수라장이 된 오두막 안을 보곤 놀란 얼굴로 입을 벌렸다.

나와 에드윈은 서로의 머리카락을 움켜쥐고 있었고 내 구둣발은 에드윈의 윗배에 놓여 있었다. 그 덕에 드레스 자락은 종아리까지 걷어져 있었는데 라미스가 한숨을 내쉬며 내 드레스 자락을 발목까지 차분히 내려 줬다.

"아직 할 말이 끝나지 않았습니다."

라미스는 놀란 표정 그대로 미동 없는 덴버 아저씨를 가만 보다가 문을 닫았다. 그러자 정신이 든 에드윈이 신음을 뱉었다. 그의 코에선 피가 흐르고 있었는데 코뼈가 부러진 모양이었다.

"대체 왜 모르제니? 그냥 호베른으로 가서 나가 죽지, 왜 여기 숨었냐고!"

"말할 사람이 필요했어요!"

에드윈이 눈물과 피로 범벅이 된 얼굴로 외쳤다.

"제 얘기를 들어 줄 사람이 필요했어요! 뮈젤은 늘 제게 친절했으니까……."

"너한테 잘해 준 여자를 죽이려고 했냐! 번지수 잘못 찾았다, 이 사기꾼 새끼야!"

"뮈젤, 그런 말은 대체 어디서 배운 거야?"

라미스의 외침을 무시하고 나는 주먹으로 에드윈의 머리통을 후려쳤다. 머리가 단단해서 그런지 주먹이 조금 아프긴 했다. 그리고 나는 그대로 돌아서서 오두막 안의 서랍장을 뒤적였다. 라미스는 한숨을 내쉬면서도 내가 깨어진 찻잔 조각을 만지거나 밟지 않도록 주의를 줬다. 나는 이윽고 내가 원하던 것을 찾았다. 라미스는 내 손에 들린 밧줄을 보며 웃었다.

"묶으려고?"

"응."

나는 그대로 저항도 않는 에드윈의 몸을 밧줄로 꽁꽁 묶었다.

"넌 사형이야. 이 망할 자식!"

라미스는 이제 내 말투 따윈 완전히 포기한 얼굴로 어깨를 으쓱이고는 내가 묶은 매듭을 다시 단단히 조였다. 우리는 온몸을 꽁꽁 묶은 에드윈을 모르제 사병들에게 넘겼다. 지명 수배범인 에드윈을 우리가 잡아오자 모르제 저택의 모든 사람들이 놀라서 달려 나왔다. 저택 입구에서 나와 라미스는 한참 동안 어머니에게 걱정 어린 잔소리를 들어야만 했다. 그리고 에드윈은 이틀 뒤, 신고를 받고 내려온 호베른 관할 기사들에게 신병이 양도됐다.

모든 사건은 그렇게 일단락된 것 같았다. 그로부터 또 며칠 뒤, 아버지에게서 서간이 왔다. 반란군이 정리되었으니 올라와도 좋다는 소식이었다. 호베른으로 올라가는 길에도 반란군 소식에 메르넨은 내내 눈물을 쏟았다. 나와 어머니와 메르넨이 함께 탔고 라미스와 브릴다는 다음 오는 마차를 타고 이동했다. 라미스는 백작 위를 받아야 했고 어머니와 나는 오로지 메르넨을 위해서 호베른으로 올라가는 길이었다.

어머니는 메르넨의 사랑을 알기 시작한 후부터 그들의 열렬한 사랑을 반대했다. 그들의 사랑은 이루어질 수 없는 데다가 위험하기까지 했다. 그건 부정할 수 없는 사실이었다. 우는 메르넨이 안타까워 거짓말로 위로해 주고 싶어도 그럴 수가 없을 정도였으니까.

"와볼트의 황태자는 반란군이 급습한 탓에 결국 사형대 위로도 못 오르고 즉살당했다던데."

나는 차마 메르넨이 읽지 못한 아버지의 편지를 떠올리며 말했다.

"라다안은 현장에서 붙잡혔대."

내 말에 어머니가 기다렸다는 듯이 입을 열었다.

"프릴시아 선생이 와볼트의 군사령관이었다니. 대체 왜 호베른도 아니고 모르제까지 와서 프릴시아 선생 따윌 했던 거라니?"

어머니의 외침에 나도 고개를 끄덕였다. 나도 그 점이 궁금했었다. 그러나 와볼트에서 자신의 부관들 앞이란 사실을 잊고 스스럼없이 내 매무시를 정돈해 주던 모습이나 틈만 나면 잔소리를 하던 행동들을 떠올리면 이상하게도 '예절 선생'이라는 게 그와 참 어울렸다. 조용히 울고 있던 메르넨이 흘끔거리며 나를 쳐다봤다.

"그가 찾는 사람이 라르메 전하였잖니. 어디서 네가 전하의 피앙세가 될 뻔했다는 얘길 주워들었나 봐. 어차피 그가 모르제에 온 것도 일주일에 한 번뿐이잖니."

메르넨이 코를 훌쩍이며 대답했다. 그리고 그 말에 어머니가 놀라셨다.

"라르메 전하의 피앙세? 맙소사. 그걸 어찌 알았을까? 나와, 너희 아버지밖에 모르는 일이었는데."

어머니의 물음에 메르넨이 어깨를 으쓱였다.

"당사자인 라르메 전하께서 말하기라도 했나 보죠."

메르넨의 말에 어머니가 그럴 수도 있겠다며 고개를 주억거리셨다. 라다안 얘기는 그다지 흥미로운 관심사가 아니라서 나는 그저 의미 없이 고개만 까딱거렸다.

평소보다 빠르게 호베른에 도착했다. 도착한 시간은 밖으로 돌아다니기도 어려운 밤중이었다. 그래서 우리는 오랜만에 호베른의 저택에서 저녁 식사를 했다. 브릴다는 바쁜 일정으로 에르만 궁전에 입성했고 라미스만 남아 우리 세 여자와 함께 식사했다.

"아린느가 걱정이네. 내일은 아린느를 불러야겠다. 임신 중에 조심해야 할 텐데."

식사 중 어머니의 말에 연어 샐러드의 소스를 버무리던 메르넨이 웃었다.

"세브리안 자작 부부께서 아린느의 임신 소식을 듣고 좋아하셨다는 소식 못 들으셨어요? 거기서 중한 대접을 받고 있다더군요."

메르넨의 말에 어머니의 얼굴이 활짝 꽃피었다. 어머니는 두 손을 모아 손뼉을 치시며 기뻐하셨다. 이제 우리 가족 중에서 가장 걱정해야 할 사람은 메르넨 하나뿐이다. 늘 사고만 치던 아린느, 그리고 말괄량이였던 나와 다르게 바르고 모범적인 딸이 바로 메르넨이었는데, 이렇게 상황이 역전될 줄 누가 알았겠는가. 어머니는 아린느의 얘기를 듣고 기뻐하면서도 메르넨의 눈치를 보기 바쁘셨다.

라미스는 내 맞은편에 앉아 얌전히 식사를 했는데, 그 와중에 어머니는 라미스의 눈치도 살피며 그에게 음식이 입에 맞는지를 수시로 체크하셨다.

"아, 그 소식 들으셨어요? 결국 레나타가 황후로 내정되었다던데."

물을 마시곤 메르넨이 말했다. 나는 무슨 소식통처럼 소식을 전하는 메르넨을 희한하게 바라봤다. 오늘따라 그녀답지 않게 말이 많았다.

"그럴 거라고는 생각했어. 그래도 대단하네. 폐하께선 멜보르크의 괴멸을 바랐던 걸로 아는데."

내 중얼거림에 라미스가 고개를 들었다. 그의 지긋한 시선에 나는 어깨를 으쓱였다.

"그냥 그렇다고."

식사는 무성의한 소문들의 남발로 대화를 이어 가다가 끝이 났다. 어머니는 식사를 마치고 내 이마에 키스하신 뒤 방으로 올라가셨다. 나는 메르넨의 처진 뒷모습을 보다가 고개를 돌렸다. 앞에는 라미스가 나를 기다리고 있었다.

"갈 거야?"

내 물음에 그가 당연한 질문을 들은 듯이 고개를 끄덕였다.

"저택에 사용인들이 들어오기도 했고. 정리가 아직 안 끝나서 신경 쓸 게 많아."

그렇게 대답한 그는 자연스럽게 내 머리를 토닥였다. 마치 연인을 대한다기보단 예뻐하는 동생을 대하는 듯해서 기분이 이상했다. 그가 모든 과거를 기억하고 있기 때문에 나보다 정신 연령이 더 높을 수는 있었다. 그러나 그렇다고는 해도 대부분 일상에서의 그는 나를 연인보단 동생처럼 대했다. 내가 그를 친구처럼, 오라버니처럼 대하듯이 말이다. 그리고 나와 라미스는 함께해 온 세월 대부분을 그렇게 보내 왔다. 그래서 이제 와 그런 것들이 어색할 것도 없었는데 갑자기 나는 그가 나를 대하는 모든 것이 낯설어졌다.

라미스는 당황으로 굳어 있는 나를 의아하게 바라봤다. 무엇이 문제냐는 듯, 눈썹을 추켜세웠는데 나는 그저 아무렇지 않은 양 고개를 저었다. 내가 한번 부정을 하고 나니 그도 더는 묻기가 민망했던지 그저 머리를 다시 한 번 토닥이고는 등을 돌렸다.

나는 계단을 내려가는 그의 뒷모습을 한참 동안이나 바라봤다. 1층까지 내려가고도 내 시선을 느낀 모양인지 그가 나를 돌아봤다. 지켜보고 있는 나를 발견한 그의 입가에 너무도 예쁘고 눈부신 미소가 그려졌다. 그는 행복해 보였고 이 행복을 더는 깨부수고 싶은 생각이 없어 보였다. 그는 내가 청혼을 거절한 후로 내게 더 이상 다가오지 않았다. 그 이상 다가오면 모든 게 깨어질 사람처럼 말이다.

나는 그를 향해 손을 흔들어 주고는 방으로 돌아왔다. 방으로 돌아와 드레스를 벗어서 바닥에 아무렇게나 던졌다. 욕실에 들어가 씻고 잠옷으로 갈아입은 뒤, 침대에 누울 때까지도 내 심장은 웅웅거리며 진동하고 있었다. 뺨이 뜨거웠고 새벽이 올 때까지 라미스의 미소가 머릿속에서 지워지지 않았다. 나는 결국 밤을 지새웠다.

2부 10장. 남은 건 그대의 대답

오랜만에 에르만 황실에서 살롱이 열렸다. 메르넨과 어머니는 내게 호베른 중앙 광장에는 절대로 가지 않을 것을 당부했다. 그곳에 미하엘의 목이 걸려 있는 탓이었다. 메르넨은 호베른에 와서도 저택 밖으로 나갈 생각을 하지 않았다. 어머니는 그런 그녀가 걱정되어 함께 저택을 지키는 중이었다. 나는 어쩔 수 없이 모르제 가문의 여자들을 대표해서 살롱에 참석해야만 했다.

에르만 궁전으로 들어가려면 반드시 중앙 광장을 지나쳐 가야 했다. 팔머 할아범은 결국 특단의 조치로 마차 창문에 커튼을 달았다. 하지만 그런 것들은 전부 소용없었다. 나는 결과를 보고 싶었고 호베른 중앙 광장에 다다를 즈음 커튼을 걷었다.

중앙 광장에는 지나다니는 사람이 없었다. 분수대 앞, 기다란 나무 꼬챙이에 떡하니 걸려 있는 미하엘의 머리 때문이었다. 중앙 광장을 지나는 사람은 없어도 미하엘의 머리를 구경하기 위해 모여든 사람은 제법 많았다. 사람들 틈에 가려 미하엘의 머리가 잘 보이지 않는 게 다행이었다.

'내가 폐하를 쓸데없이 원망한다는 말이 하고 싶은 거냐?'

'전 그저 제가 하고 싶은 말을 했을 뿐입니다.'

'그래서 네가 하고 싶은 말은 황태자로 태어난 내 잘못이니 참고 살아라, 그 말이냐?'

'참고 살라는 말이 아니었습니다. 타고난 태생은 바꿀 수 없는 것이니 시각을 달리해 보란 말씀을 드리는 겁니다. 행복이란 감정은 먼 곳에 있는 게 아니거든요.'

'지금 보니 말재주가 있군.'

'어때? 정말로 내 사람이 되는 건?'

다른 이들에겐 얼굴도 모르던 적국의 황태자였을지 몰라도 나는 아니었다. 아무리 악감정만 남아 있었다지만 살아 있는 그와 대화를 나누고 부딪치며, 불꽃처럼 튀어 오르는 그의 생명력을 보지 않았나. 머리만 꽂혀 있는 것을 보고 멀쩡할 자신은 사실 없었다. 나는 결국 커튼을 내렸다.

이번 살롱 파티는 리노아 부인의 성에서 열렸다. 그리고 살롱에서 나는 오랜만에 레나타를 보았다. 내가 들어오는 것을 발견한 그녀가 내게 달려와 안겼다. 에드윈이 잡혀간 마당에 이자벨이 있을 거란 생각은 안 했는데, 그 자리엔 그녀도 있었다. 나는 쭈뼛쭈뼛 자리에서 일어나 나를 반기는 그녀의 인사를 받았다.

안면 있는 귀족 영애들과도 인사를 나누고 자리에 앉자 리노아 부인이 들어왔다. 이번 파티는 레나타가 황후의 자리에 내정된 것을 비공식적으로 축하하는 자리였다.

"에드윈은 참수형을 당할 거예요. 폐하의 의지가 강경하다는 얘길 들었거든요."

한참 수다가 지속되는 가운데 옆자리에 앉은 이자벨이 내게 말을 걸었다. 이자벨이 움직이자 리노아 부인이 그녀를 보고 손뼉을 쳤다.

"그렇지, 레이디 헨더슨. 차보단 포도주를 선호하지 않았나요?"

리노아 부인이 이자벨을 위해 포도주를 주문해 주는 기이한 광경을 목격하고 나는 경악에 가까운 얼굴로 이자벨을 보았다. 저 깐깐한 여자를 어떻게 구워삶았는지 모르겠다. 내 놀라운 시선에 이자벨이 어깨를 으쓱였다.

"이번에 저희 가문에서 수입한 남 대륙의 흰여우 털이 탐이 나시나 봐요."

이자벨의 말에 나는 수긍하는 얼굴로 고개를 끄덕일 수밖에 없었다. 어쨌든 헨더슨 가문은 메시리아 최고의 상단이었으니까. 이자벨의 앞으로 몰란자르 포도주가 놓였고, 이자벨은 나를 향해 윙크하더니 시종에게 잔을 하나 더 받아 내게 포도주를 따라 줬다.

그리고 차와 포도주가 모두 세팅되자 리노아 부인이 티스푼으로 찻잔을 두드리며 이목을 집중시켰다. 그녀의 얼굴이 무척이나 밝았다.

"자. 모두 레나타의 황후 내정을 축하하는 의미로 박수를 보내죠."

영애들이 모두 아부 가득한 말로 박수를 하며 레나타를 축하했다. 레나타는 정말로 행복해 보였다. 그녀는 두 손을 모아 입술 위에 얹으며 눈물을 글썽거렸다. 사실 그녀의 성격에도 문제가 있지만 그동안 엘쉬가 때문에 고생한 것도 사실이다. 나는 축하 인사가 오고 가는 사이 다시 이자벨을 돌아봤다.

"에드윈이 가문의 명예를 더럽혔잖아요. 괜찮아요? 아니 그보단, 당신의 동생이잖아요. 아무렇지 않나요?"

나는 멀쩡한 얼굴로 포도주를 마시는 이자벨을 보며 물었다. 이자벨은 잠시 포도주 잔을 내려다보면서 말이 없었다. 그녀는 다른 영애들이 한창 나누는 대화를 듣고 있다가 어설프게 웃었다.

"언젠간 이런 일이 벌어질 거라 예상은 했어요. 그래도 괜찮을 순 없겠죠."

그녀가 포도주를 비웠다.

"하지만 되돌릴 수도 없잖아요. 받아들여야죠. 저보다는 아버지가 많이 힘들어하셔요. 아버지가 쓰러지시면 헨더슨은 누가 지킨답니까? 아버지가 평생을 걸쳐 일궈 놓은 업적인데. 저라도 정신 차리고 있어야죠."

"위로가 되진 않겠지만. 힘내요."

"아니요. 저는 영애께 그런 말을 들을 자격이 없어요. 에드윈 때문에 겪은 일이 많으신데."

이자벨과는 친구를 하기로 했는데. 어느새 우리는 다시금 존

댓말을 주고받으며 어색한 사이로 돌아와 있었다. 그래도 그녀는 애써 웃으며 내게 포도주 잔을 내밀었다. 나 역시 겸연쩍은 기분으로 그녀와 건배했다.

쨍그랑.

그때 찻잔 깨지는 소리가 울렸다. 레나타였다. 레나타는 잔뜩 화가 난 얼굴로 부들거리고 있었고 맞은편에 앉은 영애가 놀란 얼굴로 그녀를 보고 있었다. 맞은편에 앉은 영애는 다소 눈치가 없기로 유명했는데 그녀가 레나타에게 '폐하께선 오르베니트 엘쉬가를 사랑하시는 줄 알았어요.' 따위의 말을 지껄여서 그녀의 분노를 산 모양이었다.

기세가 금방이라도 테이블을 엎어 버릴 것만 같았다. 하필이면 리노아 부인도 잠시 자리를 비운 틈이다. 이자벨이 작게 휘파람을 불었다. 레나타가 자리를 박차고 일어났는데, 그녀답지 않게 달려들지 않고 화를 잘 참아 삼키고 있었다. 저도 황후가될 사람이라 이제는 자중해야 한다는 걸 아는 모양이다. 조금 기특한 모습이다.

때마침 들어온 리노아 부인은 상황을 보고 놀란 듯했으나 곧 레나타가 찻잔만 깨트렸을 뿐 아무것도 하지 않은 것을 굉장히 장하게 여겼다.

"그나저나 오늘 저녁에 반란군 처형식이 있다고 들은 것 같아요. 끔찍해라."

한 영애의 물음에 리노아 부인이 차를 마시며 고개를 끄덕였다. 레나타는 다시 자리에 앉았고 새로운 찻잔이 준비되었다.

"그들의 목을 베어 와볼트의 황태자와 함께 중앙 광장에 걸어 둘 모양인 것 같더군요."

리노아 부인의 말에 나는 너무 놀라 입을 다물지 못했다. 메르넨도 그 사실을 알까? 나는 살롱이 파하자마자 곧장 달려 나갔다. 드레스 자락을 들고 뛰어나가는 내게 인사하는 사람을 죄 무시하고 급하게 마차로 향했다.

"뮈젤? 뮈젤!"

그리고 라미스를 만났다. 너무 예상치 못한 만남이라 나는 당황했다. 지금은 머리도 엉망이고 화장도 다 지워진 것 같은데. 드레스도 다른 색으로 입을 걸 그랬다. 아무래도 오늘 입은 드레스는 얼굴이 좀 칙칙해 보이는 것 같았다. 내가 당황하는 사이 라미스가 내 손목을 잡았다.

"어딜 그렇게 급하게 가는 거야?"

거칠게 숨을 몰아쉬고 고개를 드는 라미스의 이마에 땀방울이 맺혀 있었다. 나는 그가 턱으로 흐르는 땀을 짜증스럽게 닦는 모습에 잠시 정신이 혼미해지는 기분을 느꼈다. 머릿속이 하얘졌다. 라미스가 재차 내 이름을 부르는데 무슨 말을 해야 할지 생각이 나질 않았다. 그야말로 정신이 없었다. 나는 그의 시선에 긴장해서 마른침을 삼켰다. 그리고 생각했다. 내가 왜 이러지? 이런 기분은 정말 처음이었다.

그의 뒤에는 베르모토 교황이 있었다. 회색 머리칼의 인자한 얼굴로 그가 내게 인사했다.

"오랜만에 뵙는군요."

나는 드레스 자락을 들고 무릎을 굽히며 그에게 인사했다.

"축복의 탑으로 돌아가신 줄 알았어요."

내 대답에 베르모토 교황은 라미스를 흘끔 바라보곤 껄껄 웃음을 터트렸다.

"아르시온과 아직 할 말이 덜 끝나서 말이죠."

나는 불안한 시선으로 라미스를 보았다. 라미스는 교황의 말에 골치 아픈 국면을 맞이한 사람처럼 인상을 찌푸렸다. 우리는 에르만 궁전의 정원 한가운데 서 있었고 멀리서 리노아 부인의 살롱 파티에 초대되었던 영애들이 우르르 쏟아져 나오는 게 보였다. 그제야 나는 메르넨에게 급히 가 봐야 하는 용건이 떠올랐다. 그러나 그렇다고 라미스를 이대로 두고 쉬이 떠날 수는 없었다. 베르모토 교황이 라미스를 찾아 메시리아까지 온 목적을 알고 있기 때문이었다.

축복의 탑 지도자. 그들은 프리제와 엘쉬가의 국외 추방을 목표로 하고 있었고 다음 지도자로 라미스가 오르길 바랐다. 베르모토 교황은 라미스를 설득하기 위해 이 자리에 있는 것이다.

"어딜 그렇게 급하게 가는 건데?"

라미스가 아까 했던 질문을 다시 했다. 나는 그제야 목을 가다듬고 입을 열었다.

"메르넨한테. 오늘 중앙 광장에 라다안이……."

말을 하다가 나는 복받쳐 오는 감정에 한숨을 내쉬었다. 아무리 적국의 군사령관이었고 내게서 등을 진 적도 있었다지만, 내게 피해 준 적 없는 인사고 늘 나를 챙겨 주려 했던 나의 스승이었다. 그에게 관심 주지 않았다고 생각했는데 그동안 쌓아 온 정이란 게 있었다. 그게 생각보다 작은 감정이 아닌 모양이다. 나는 결국 두 손으로 입을 틀어막았다.

가만 지켜보던 베르모토 교황께선 자리를 피해 주셨다. 나는 우르르 내게 다가왔던 영애들이 내 표정을 보고 슬그머니 자리를 피해 가는 걸 보았다. 눈물이 나오진 않았지만 그가 죽을 거란 사실은 쉽게 받아들이기 어려웠다. 전쟁 중에도 수백, 수천이 죽어 간다지만, 전쟁 후에도 그 점은 마찬가지였다. 내부의 사람들을 걸러 내고 적국의 수장들의 목을 치고. 하루에도 수십, 수백 명씩 죽어 나가고 있는 상황에서 라다안이 그 반열에 올랐다고 놀라울 건 아니었다.

"뮈젤. 괜찮아?"

라미스가 내 양어깨를 붙잡고 눈높이에 맞춰 허리를 숙였다. 나는 멍한 얼굴로 고개를 끄덕였다.

"그게, 라다안이…… 그…… 미하엘이 죽었던……. 메르넨이 이 사실을 아는지 모르겠어."

내 횡설수설에도 라미스는 차분히 내 말을 들어 주었다. 그리고 그는 내 손을 잡고 정원을 지나 모르제 가문의 마차 앞까지 나를 데려다주었다. 그가 손수 마차의 문을 열어 주었다. 나는 빨리 가야 함을 알면서도 섣불리 마차에 오르지 못했다. 라미스가 의아한 얼굴을 했다. 나는 그제야 정신이 들었다.

"축복의 탑에 갈 거야? 교황 성하께서 널 찾아온 이유를 알아."

내 물음에 라미스의 얼굴에서 표정이 사라졌다. 그는 주위를 살피고는 팔짱을 끼더니 해야 할 말을 고르는 듯한 얼굴로 내 얼굴을 빤히 쳐다보았다. 나는 얌전히 서서 그가 대답하기를 기다렸다.

아닌 듯 자꾸 시선이 그의 촉촉하고 붉은 입술로 내려갔다. 지금 그럴 때가 아닌데, 그의 입술이 참 예쁘다는 생각이 들었다. 늘 저런 예쁜 입술로 내 이름을 불러 줬었나? 저 입술로 내게 예쁘다 말하고 사랑을 속삭이고, 그리고 아린느의 결혼식에서 키…… 그 키……. 갑자기 얼굴이 화끈 달아올랐다.

"뮈젤?"

"으응?"

라미스가 내 이름을 여러 번 부르고야 정신이 들었다. 그가 묘한 시선으로 내 얼굴을 보고 있었다. 나는 순간 창피해졌다. 뺨이 붉게 달아오른 것 같은데 라미스가 내 이마에 손을 얹었다.

"열이 조금 있는 것 같은데."

나는 당황해서 내 이마에 얹힌 그의 손을 재빨리 치웠다.

"응. 열 있어. 저택에 얼른 들어가 봐야 해."

내 말에 라미스는 내 행동을 이해할 수 없다는 표정을 했다.

"정말 괜찮아?"

그의 물음에 나는 고개를 끄덕이고 마차에 올랐다. 그리고 마차를 출발시키려는데 라미스가 마차 문을 다시 열었다. 나는 갑작스럽게 비치는 그의 얼굴에 화들짝 놀랐다. 라미스가 정말로 이상하다는 시선으로 나를 봤다. 하지만 그는 곧 해야 할 말을 떠올리고는 입을 열었다.

"뮈젤. 아직 내 대답 안 들었잖아."

나는 고개를 끄덕였다. 마저 말을 해 보라는 뜻이었다.

"축복의 탑에 다녀올게."

"뭐?"

내가 놀라서 몸을 일으켰다. 덕분에 마차 천장에 머리를 찍었는데 너무 아파 눈물이 조금 나왔다. 라미스가 놀라서 마차 안으로 들어와 내 머리를 살폈다. 하지만 나는 그보단 그가 한 말이 더 중요했다.

"축복의 탑에 간다고? 정말이야?"

내 불안한 물음에도 그는 내 심정을 아는지 모르는지 태연하게 고개를 끄덕였다. 그가 내 이마에 키스했다.

"걱정 마. 금방 다녀올게. 마지막으로 해결해야 할 일이 있어서 그래."

하지만 그래도 불안했다. 나는 그의 옷깃을 쥐었다. 그가 웃음을 터트렸다. 나는 불만스러운 얼굴로 입술을 비죽거렸다.

"백작 위 받아야 하잖아."

"그건 축복의 탑에 다녀와서 하기로 했어."

내가 심술궂게 입술을 내밀자 그가 정말로 어린아이를 대하듯 나를 토닥였다. 내 이런 행동들이 너무 어린아이 같은가? 여자로 보이지는 않는 건가? 나는 그에게 어엿하게 성숙한 여자로 보이고 싶었다.

그게 문제였다. 나는 더 이상 그에게 친구나 동생 같은 대접을 받고 싶지 않았다. 지금 같은 행동들은 내가 생각해도 성숙한 행동은 아니었다. 나는 결국 체념의 한숨을 뱉고는 고개를 끄덕였다. 그리고 애써 웃어 보였다.

"잘 다녀와. 나도 여기서 잘하고 있을게."

라미스가 내 뺨에 키스했다. 나는 다시금 터질 것같이 붉어진 얼굴로 뺨을 손으로 쥐었다. 라미스가 즐겁게 웃음을 터트렸다. 이 키스는 무슨 의미일까? 내가 청혼을 거절했지만, 그는 분명 기다린다고 했었다. 그럼 정말로 예전과 같은 마음으로 나를 기다리고 있는 걸까? 그 전에, 예전에도 그는 지금의 내 마음과 같은 심정으로 나를 보고 있었을까?

말은 쿨하게 했지만 한동안 그의 얼굴을 보지 못할 거란 생각에 나는 가슴이 아팠다. 너무 싫어서 참을 수 없을 것 같았는데 그 모습을 그에게 들키고 싶진 않았다.

"고마워, 뮈젤."

라미스가 웃었고 마차 문이 닫혔다. 나는 마차가 덜그럭거리며 움직이는데도 뺨을 움켜쥔 채, 정신을 차리지 못했다.

저택으로 돌아온 나는 곧장 메르넨에게 달려갔다. 내가 너무 요란스럽게 굴어서 어머니마저 달려 나오실 정도였다. 메르넨의 방문을 거칠게 열었다. 멀리 침대 위엔 퉁퉁 부은 눈으로 나를 쳐다보는 그녀가 있었다.

"이럴 시간이 없어, 메르넨. 어서 나가자. 옷 갈아입어."

나는 방문의 커튼을 치고 그녀의 손을 잡아끌어다가 욕실에 처박았다. 그리고 드레스를 고른 뒤, 욕실에서 나오는 그녀에게 옷을 입혔다. 무기력하게 내게 이끌려 다니면서도 그녀가 신경질적으로 중얼거렸다.

"왜 이러는 거야?"

"해가 저물 즈음 반란군 처형식이 있다고 했어."

내 말에 드레스를 입던 메르넨의 동작이 멈췄다. 그녀의 붉게 충혈된 눈이 나를 쳐다봤다. 그녀는 자신이 들은 말을 믿지 못하겠다는 얼굴이었다. 뒤따라온 어머니가 방안에 들어와 그 말을 듣고 놀라서 두 손으로 입을 막으셨다.

"메르넨, 갈 필요 없다."

어머니의 단호한 말에 청개구리 심보라도 생긴 건지 메르넨이 다시금 드레스를 입기 시작했다. 그녀의 입매가 단단히 큰 결심을 한 듯 굳게 다물어져 있었다. 어머니가 한숨을 쉬었다. 메르넨을 말릴 생각을 하지 않으시곤 돌아가셨다. 내게 준비가 끝나면 알려 달라 하시고는 당신도 준비하시겠다 하시며 방문을 닫으셨다.

나는 드레스를 입은 메르넨의 머리카락을 정돈해 주었다. 때마침 베버가 부랴부랴 들어와 메르넨의 화장을 도왔다.

"많이 신경 쓸 필요는 없어. 어차피 금세 다 지워질 거다."

통통 부운 눈을 보고 속상해하던 베버가 화장에 열을 올리는 것을 보고 메르넨이 충고했다. 그리고 그 말에는 나도 동감했다. 라다안이 처형장에 들어가는 순간 그녀의 몰골은 엉망이 될 게 분명했다. 메르넨은 검은 드레스를 입었다. 장례 드레스는 아니었지만, 라다안을 향한 애도의 표식인 듯했다. 그녀의 눈동자는 망설임이나 흔한 흔들림 없이 견고했다. 손수건은 잊지 않고 챙기는 게 그녀 스스로도 울 것이란 예견을 하고 있는 듯했으나 지금 표정만으론 절대 그럴 일이 없을 것만 같았다.

하지만 가는 뒷모습이 가련했다. 누가 보아도 그녀를 부축해 주고 싶을 정도로 비실거렸는데, 표정만큼은 참 억척스러웠다.

여지없이 그녀다웠다. 그게 날 조금이나마 안도하게 했다.

어머니는 초췌한 얼굴로 나오셨다. 그녀의 삶에 예기치 않은 불안정함이 계속되자 고단함이 묻은 탓이다. 어릴 적엔 평범했던 세 딸이 갖은 풍파를 겪게 될 줄 몰랐을 거다. 그리고 그 풍파를 곱게 자란 어머니는 쉽게 이해하지 못하셨다. 그럼에도 어머니란 그릇이 그 모든 것을 담아 줄 정도로 커다랗기는 해서 그녀는 늘 우리를 제 품 안에 넣어 다독여 주시곤 했다.

팔머 할아범은 근심이 가득 어린 얼굴로 메르넨과 어머니를 보았다. 그는 마지막으로 나까지 오르는 것을 보곤 조심히 마차를 출발시켰다. 마찻길은 호베른의 중앙 광장에 다다를 즈음에 정체를 빚었다. 무수히 많은 관중으로 길에 혼선이 생겼다. 결국 우리는 마차에 내려서 걸어가기를 선택했다.

사람들 틈을 비집고 앞으로 나아가는 것도 힘에 겨웠다. 어머니는 결국 앞으로 나아가는 것을 포기하셨다. 그녀가 우리에게 먼저 가라 손짓했고 나와 메르넨은 손을 잡고 사람들을 헤치고 앞으로 나아갔다. 앞으로 나아가는 와중에 사람들의 함성이 하늘을 찌를 듯이 울려 퍼졌다.

메르넨이 화들짝 놀라 귀를 틀어막았다. 그 덕에 손을 놓쳐 나는 메르넨과 멀어졌다. 잠깐만 시간을 지체하자 이제는 메르넨이 어디 있는지조차 보이지 않았다. 나는 한숨을 내쉬고는 결국 앞으로 걸어 나갔다. 어차피 꼭 함께 봐야 할 필요는 없었다.

참수형이었다. 밧줄로 줄줄이 소시지처럼 묶인 남자들이 사형대 위로 올라갔다. 사람들이 손을 들어 야유와 함성을 질렀는데 그 소리가 미친 듯이 시끄러워 나도 결국 귀를 틀어막을 수밖에 없었다. 키가 작아 앞이 잘 보이지 않아서 나는 결국 자리의 맨 앞까지 헤집고 나아가야만 했다.

겨우겨우 앞자리에 도착하자 나는 앞으로 나온 것을 후회해야만 했다. 참수형을 당할 기사들이 지나치게 가까이 보였기 때문이다. 그들의 목이 잘리는 것도 아마 이렇게 가까이서 봐야 할 것이다.

사형 집행인이 올라왔다. 그의 손에는 보기만 해도 섬뜩한 도끼 한 자루가 들려 있었다. 그는 곧장 커다란 천으로 얼굴을 가린 남자들을 지나쳐 군중 앞에 섰다. 남자들은 일렬로 서 있었다. 사형 집행인은 커다란 키에 덩치가 일반인의 두 배가량은 되어 보였다. 머리카락 한 올 없는 대머리에 인상은 험악했는데 그가 도끼를 휘두르면 그냥 즉살될 것처럼 섬뜩했다.

그가 남자들의 머리에 둘러진 천을 한 명씩 벗겼다. 그럴 때마다 군중은 환호했다. 그리고 나는 그때 그중 라다안이 없다는 사실을 알아차렸다. 나머지는 다 죽고 남은 이들이 겨우 스물이었다. 그러나 앞선 이들의 목이 잘려 나가고 뒤를 이은 이들이 올라와도 라다안은 없었다.

뭔가 잘못되었다. 나는 재빨리 사람을 헤치고 메르넨을 찾으러 나갔다. 해는 떨어졌고 곳곳에 횃불이 밝혀졌다. 요란한 함성들을 사이로 나는 재빠르게 뒤로 빠져나왔다.

그리고 그곳에서 메르넨과 라다안을 보았다. 말도 안 되는 상황 전개에 너무 경악스러워서 그들에게 달려가려다가 그들이 서로를 껴안는 것을 보고 멈춰 섰다. 그들에겐 둘만의 시간

이 필요해 보였다. 그래서 돌아섰는데 근처에 계시던 어머니가
울며 내게 달려와 나를 안으셨다.

"우리는 이만 들어가자꾸나. 막상 저러니 내가 반대를 못 하
겠구나."

어머니는 메르넨을 결국 말리지 못하셨다. 나는 고개를 끄덕
였고 우리는 마차로 걸음을 옮겼다. 그때였다. 호베른 서쪽 광
장에 있는 커다란 종탑에서 종소리가 울려 퍼졌다. 주위가 영
문을 몰라 웅성거리는 소리로 요동쳤다.

그리고 사형장 쪽에서부터 들려온 충격적인 소식은, 로헨이
죽었다는 소식이었다. 멜보르크 귀족들의 소행이었다. 로헨의
죽음과 멜보르크라……. 그 둘 모두 조반니가 그토록 치워 버리
고 싶었던 인사들이다. 재판과 사형 집행이 정신없이 진행되고
있어 누군가를 처리하기 가장 손쉬운 이 시국에 이런 중대한
사건이 벌어진 게 과연 우연일까? 로헨이 죽었다는 소식은 마
치 10년 묵은 체증이 내려가는 듯했으나 역시 누군가 죽었다
는 게 그리 유쾌한 소식은 아니었다.

어머니는 너무 놀라 호들갑을 떠셨다. 그녀의 걱정이 시작되
면 감당하기가 쉽지 않았다. 메르넨과 라다안을 그냥 두겠다는
사실도 잊고 결국 그 둘 모두를 끌고 모르제 저택으로 돌아왔
다. 물론 그 둘의 시간을 방해하지 않겠다고 선언하시며 어머
니는 나를 데리고 방으로 돌아갔다. 궁금했지만, 나 역시 묻지
않고 그들을 방해하지 않았다.

엘쉬가와 시리엔의 마지막 공판이 미뤄지고 미뤄져, 오늘까지 왔다. 그녀들보다 중요한 재판이 앞서 열렸었기 때문이다. 멜보르크 귀족들이 전부 재판에 소환되어 아직까지 힘겨운 공판을 이어 가는 나날이었다. 정치적인 이슈가 넘쳐 나는 시국이다. 그로 인해 모르제 가문에 대한 사건은 저 멀리 잊힌 지 오래였다.

덕분에 나는 살롱을 방문해도 크게 주목받지 않아 마음껏 꿈을 펼칠 수 있었다. 그러니까, 술 말이다. 가는 곳마다 이자벨이 있었다. 정말 내가 가는 살롱 파티에는 늘 그녀가 있었다. 그 덕분에 우린 늘 포도주를 마셨는데 살롱에서 우리의 태도를 나무라는 사람이 없었다. 그리고 그 탓으로 술이 조금 는 것 같았다.

요새 사교계에 대두되는 사건이 있다면 단연 레나타였다. 멜보르크 귀족 중 로헨 살해 계획에 일등 공신으로 꼽히는 인사가 바로 퀼트 공작이었기 때문이다. 그 때문에 요새 레나타는 사교계에 잘 나오질 않았다. 황후 될 사람의 가문을 없앤다니. 조반니가 의도한 바일까. 아니면 그도 어쩔 수 없는 상황이었을까?

세브리안 자작가는 멜보르크에 속하는 가문이었는데 에바드가 네바다에 속하는 모르제 가문의 아린느와 결혼한 뒤로는 거의 중립을 선언한 가문이기도 했다. 그 덕에 화를 면할 수 있어서 그들은 아린느에게 무척이나 감사하고 있다는 소식을 들었다. 멜보르크에 속하는 귀족 영애들은 대부분 살롱에 초대되어도 참석하지 않았다. 그런데 몬트리 백작가의 엘리라든지 폴모리츠 남작가의 퍼시라든지 하는 머리 빈 여자애들은 간혹 살롱에 참석해서 다른 귀족 영애들의 먹잇감이 되기도 했다.

"그런 식으로 모두를 매도하지 마세요! 저희 아버지는 곧 무죄를 선고받고 풀려나실 거랍니다!"

엘리의 찢어질 듯한 비명 소리가 에르만 황실 정원에 가득 울려 퍼졌다. 레나 부인의 티타임이었는데 그녀가 참석하지 않아 제일 상석엔 머셍 공작가의 영애가 앉아 있었다.

"2주가 지났음에도 여전히 고전을 면치 못한다면서요? 정말 무죄라면 바로 풀려났어야 하지 않나요?"

샤마르 후작가의 꼬띠아르가 재미있다는 얼굴로 빈정거렸다. 그러자 엘리가 악악 비명을 지르며 울분을 토했다. 그러게 쓸데없이 티타임엔 나와서 사서 욕을 먹고 있는지 모르겠다.

"뛰쳐나갈까?"

다시 말을 놓기로 한 뒤로 이자벨은 나와 절친이 되었다. 그녀가 모르제산 포도주를 마시며 내게 물었다. 나는 어깨를 으쓱였다.

"엘리 고집 알잖아. 아닐걸? 버틸 것 같아. 문제는 퍼시지. 쟨 아마 뛰쳐나갈걸?"

내 말이 끝나자마자 다른 테이블에 앉아 있던 퍼시가 찻잔을 집어 던지고는 자리를 박차고 나갔다. 정원을 가로지르고 뛰어나가는 뒷모습에 그쪽 테이블 영애들이 까르르 비웃음을 터트렸다. 나와 이자벨은 서로를 바라보며 동그랗게 뜬 눈으로 어깨를 으쓱였다. 이자벨이 내 앞에 놓인 접시 위로 비스킷을 옮겨 주었다. 나는 열심히 그녀가 가져다주는 술안주를 주워 먹으며 포도주를 들이켰다.

"오늘 엘쉬가 마지막 공판이 있다는데 가 볼래? 참관 신청을 해 뒀어."

이자벨의 물음에 나는 고개를 저었다.

"난 참관 신청 안 했는데."

내 대답에 이자벨이 씩 웃었다.

"내가 네 것까지 했어."

나는 결국 티타임이 끝난 뒤, 이자벨의 손에 이끌려 엘쉬가의 마지막 공판에 참석하게 되었다. 그리고 보게 된 공판은 아주 인상적이었다. 우리는 재판이 한참 진행되고 거의 끝날 즈음에 들어가게 되었는데 증인으로 참석했던 프리제가 재판장을 아수라장으로 만들어 놓고 있었다.

엘쉬가에게 국외 추방은 물론 축복의 탑 후계자 자리 박탈과 함께 카아몰리브 연안 내 모든 국가에서 추방령이 내려졌다. 와볼트도 메시리아가 흡수했으니 카아몰리브 연안은 거의 메시리아 소관이라고 봐도 무방했다. 거기다 더해 제2차 레르마 전쟁 이후로 메시리아의 간섭을 받고 있던 곳이 축복의 탑 아니었나.

"전부 죽여 버리겠다! 전부 죽여 버릴 거야!"

프리제가 품 안에서 작은 단검을 꺼내 휘둘렀다. 재판장엔 조반니도 있었다. 게다가 그는 상당히 귀찮은 얼굴로 프리제를 보고 있었다.

"그만하시죠! 당신이 그러는 거 하나도 고맙지 않으니까!"

눈물에 젖은 얼굴로 엘쉬가가 프리제를 향해 외쳤다. 그녀는 더 이상 프리제를 아버지로 취급하지 않았다. 마치 모든 진실을 알게 된 여자처럼 굴었다. 기사들이 프리제를 붙잡아 포박하자 조반니는 성가신 결정을 내려야 한다는 얼굴로 프리제를 한 번 보고 혀를 찼다. 결국 그는 프리제를 재판에 따로 소환하고 할 것도 없이 그 자리에서 풍기 문란죄를 적용시켰는데, 괴이하게도 형벌은 엘쉬가와 같은 국외 추방령이었다.

재판은 그렇게 허무하게 끝이 났다. 조반니가 자리에서 일어났고 엘쉬가는 애타는 얼굴로 조반니의 얼굴만 바라봤다. 그러다가 오갈 곳 없는 그녀의 시선이 마침내는 내게 닿았는데, 나를 바라보는 그녀의 눈동자에서 불꽃이 튀었다.

"뮈젤? 당신이군요! 좋아요? 내가 이렇게 자멸하니까! 당신은 모든 걸 알고 있었지! 내가 라미스와 동복 남매라는 걸 다 알았어!"

엘쉬가가 흥분하자 주위에 서 있던 기사들이 달려들었다. 그녀가 내게 침을 뱉었는데 멀리 있어 내게까지 닿지는 못했다. 나가려던 조반니가 그 모습을 보고 고개를 절레절레 저었다. 그러고는 나와 시선이 마주치자 반가운 얼굴로 웃으며 손을 흔들었다. 지금 이 상황이 손이나 흔들 때인가? 기가 차서 앉아 있는데 엘쉬가가 기사들에게 이끌려 가면서도 내게 욕설을 뱉으며 발악하기를 멈추지 않았다.

결국 이자벨과 나는 서로 무얼 보고 나왔는지 모를 얼굴로 멍청하게 재판장을 나와야만 했다.

"괜히 보러 오자고 했네."

이자벨이 멋쩍은 얼굴로 말하기에 정신이 든 나는 유쾌한 얼굴로 웃었다.

"아니야. 고마워. 근래 들어 가장 재미있는 구경이었어."

그리고 엘쉬가와 프리제의 소식이 들린 건 나흘 뒤였다. 프리제와 엘쉬가는 얼굴을 분간하기도 힘들 정도로 사체가 훼손되어 메시리아 국경 근처에 나란히 버려져 있었단다. 훼손된 사체를 감식한 결과 엘쉬가가 프리제를 죽이고 분신자살을 한 것으로 추정한다고 하던데. 말 그대로 추정뿐이긴 했다.

사건의 경위를 묻기도 전에 라다안은 편지 한 장을 두고 사라졌다. 그는 조반니와 거래를 했고 그것으로 인해 다시 메시리아에 돌아오지 못할 거라는 편지 한 장을 두고 사라졌다. 메르넨은 그 뒤로 며칠을 방에서 나오지 않았다. 밥도 먹지 않고 눈물만 흘리는 그녀 때문에 어머니도 걱정이 되어 잠을 이루지 못하셨다.

메르넨의 슬픔만 아니라면 며칠은 평화로웠다. 도무지 라다안과 무슨 대화를 했고 어째서 라다안이 풀려났는지는 의문이었지만, 메르넨이 방에서 나올 생각을 안 하는 탓에 궁금증은 여전히 풀리지 않았다. 편지가 가진 기억을 읽을까 하다가 관됐다. 메르넨과 라다안의 일이었고, 조반니가 얽혀 있는 것도 사실은 내 관심 밖의 일이다. 그래서 더는 그 일에 집착하고 싶지 않았다.

그리고 그로부터 며칠이 지난 후, 나는 조반니의 부름을 받고 에르만 궁전에 입성했다. 살갗을 도려내는 듯이 아프고 시렸던 바람들이 모두 물러가고 봄을 알리는 포근한 바람이 불었다. 메마른 나뭇가지에 푸릇한 생명들과 색색의 꽃들이 피어오르는 봄이었다. 조반니는 시기에 맞게 에르만 황실의 개인 정원에 티타임을 차렸다. 조반니의 개인 정원에 들어온 건 처음이었다. 아마 이만한 영광을 얻은 여자는 메시리아에 몇 명 없을 게 분명했다.

조반니는 정원으로 들어오면서 나를 보고 활짝 웃었다. 그는 기분이 매우 좋아 보였다. 그의 앞길과 신경을 갉아먹으며 걸리적거리던 문제들을 하나둘 처리하고 나니 마음이 평온해진 모양이다. 레나타와의 결혼을 떠올리다가 때깔 좋아 보이는 그의 얼굴을 보고 사실은 안도했다. 그래도 그는 레나타와 오랜 인연을 쌓아 왔고 그녀를 나름대로 아끼는 사람이었다. 그래서 지금의 그가 적어도 레나타를 힘들게 하지는 않을 것 같았다.

"오랜만이군."

조반니의 인사에 나는 고개를 끄덕였다.

"폐하와 제가 자주 볼 사이는 아니죠."

내 말에 조반니가 자리에 앉으며 기가 막힌다는 얼굴로 나를 봤다.

"섭섭하군그래. 내가 네게 얼마나 잘해 줬는지 알기나 아는 건가?"

"전쟁터에 내보내는 게 잘해 주는 건가요?"

조반니는 혀를 차고는 입을 다물었다. 와볼트에서 혹독한 시련을 겪은 이야기를 꺼내면 그가 내게 할 말이 있을 리는 없었다.

"라다안이 죽지 않았더군요. 그럼 라르메 전하께서도 죽지 않았겠어요. 제 말이 맞죠?"

조반니는 팔짱을 낀 채 어깨를 으쓱였다. 그 사이로 시녀들이 테이블 위에 간단한 디저트를 세팅했다. 내 앞으론 딸기 밀푀유가 놓였다. 네 겹의 페이스트리 사이로 딸기 잼과 생딸기가 켜켜이 쌓여 있었다. 뜨거운 홍차가 핑크색 꽃무늬 찻잔에 담겨 나왔다. 나는 사랑스러운 다과 세팅에 의아한 얼굴로 조반니를 바라봤다.

"오랜만에 보는 거라 신경 좀 썼지."

"언제는 저희가 자주 봤던가요? 새삼스럽게."

"말이 참 많아."

조반니가 재미있다는 얼굴로 웃으며 홍차를 홀짝였다.

"제 물음에 아직 답을 안 하셨어요."

"답을 해야 할 의무는 없지 않나? 네가 그걸 알아야 할 필요도 없고."

냉정하게 말을 자르는 조반니를 보고 나는 고개를 끄덕였다. 그 말이 맞았다. 황제를 두고 내가 주제넘은 질문을 한 것은 맞았다. 그래서 나는 다른 주제로 이야기를 하기로 결심했다.

"레나타와 결혼, 미리 축하드릴게요."

내 말에 그가 기분 좋은 얼굴로 고개를 끄덕였다.

"내 청혼을 거절했으니. 넌 축하할 일이겠지."

"절 사랑하지 않으시잖아요."

"황제란 자리가 사랑으로 결혼을 결정할 수 있는 건 아니라서."

"그렇다면 저보단 레나타가 더 황후의 자리에 어울리는데 왜 제게 황후 애길 꺼내셨나요?"

"자신감이 없군그래. 네 가치는 황후 자리와 그리 멀리 있지 않아."

조반니는 모두 지난 일을 회상하듯 무성의한 얼굴로 대답했다. 하지만 내 가치를 운운하는 그의 말엔 진심이 있었다. 그러나 그가 내 가치를 어떻게 판단하든 그건 내게 별로 중요한 문제는 아니었다. 황제의 눈 밖에 나면 생활이 힘들어지니 눈치를 보는 건 있어도, 그에게 특별히 잘 보이고 싶은 마음은 없었으니까.

"로헨은 죽지 않았다."

조반니의 말에 나는 놀라 몸을 앞으로 기울였다. 그 반응에 조반니가 헛웃음을 터트리며 못마땅한 얼굴로 나를 나무랐다.

"왜 그렇게 로헨만 나오면 안달복달이야?"

그 말에 나는 민망해서 입술을 내밀고 툴툴거렸다.

"그런 적 없어요. 다만 그가 내 인생에 생각보다 많은 비중을 차지하고 있었다는 게 놀라워서 완전하게 관심을 끌 순 없었을 뿐이죠."

"포도밭 소녀의 이야기가 사실이라면 그럴 만도 하겠군."

포도밭 소녀라니. 나는 다시금 소설의 내용을 떠올리고 손발이 오그라드는 경험을 맛봤다. 그걸 조반니가 보았을 거라 생각하니 더 그랬다.

"죽지 않았으면 어디 있어요?"

"라다안 첸들러가 데리고 있다."

그럴 줄 알았다. 라다안이 로헨과도 연관이 있을 거라 어렴풋이 짐작은 했었다.

"로헨은 영원히 메시리아의 땅을 밟지 못할 거다. 라다안 첸들러도 마찬가지. 메시리아에 있어 봤자 분란만 가져올 뿐. 라다안에겐 죽을 때까지 로헨이 메시리아의 땅을 밟지 못하게 하라는 임무를 주었다. 메시리아 땅만 밟지 못하게 한다면 그들이 어디로 가서 어떻게 살든 관여하지 않기로 했지."

나는 고개를 끄덕였다. 완벽하게 사건의 경위를 알게 된 것은 아니지만 그것으로 의문은 풀렸다. 굳이 로헨을 죽이지 않은 건 조반니의 성품 탓일까? 그가 그렇게 자상한 사람은 아니라고 생각했는데 도무지 그의 심중을 모르겠다. 어쨌든 그로 인해 애꿎은 멜보르크만 죄를 뒤집어쓰고 재판을 받고 있었다. 그리고 그건 조반니의 의도가 확실했다. 그는 원래부터 멜보르크의 궤멸을 바라던 인사였으니.

조반니가 하는 말이 모두 사실이 아니어도 좋았다. 내겐 그것으로 충분했다. 머릿속을 간질거리던 이물질이 제거된 느낌이 들 정도로 상쾌한 기분이었다. 조반니는 그런 내 기분을 이해한 것 같았다. 그의 입가에 흐뭇한 미소가 걸려 있었다.

"난 둘 다 죽여 버리려고 했거든? 그건 아르시온 라미스의 의견이었다. 라다안이 죽으면 네가 슬퍼할 거라더군."

정확히는 내가 아니라 메르넨이지만, 내 기분도 좋진 않았을 거다. 라미스는 언제나 내 편이 아니었던 적이 없었고 나를 생각하지 않은 적이 없었다. 그럼에도 매번 내게 얘기하지 않는다고 어린아이처럼 툴툴대던 것은 나였고 그가 그런 나를 여동생 대하듯 대해도 나는 할 말이 없었다.

심장이 간질거렸다. 다시금 가슴이 미친 듯이 요동치고 있었다. 지금 이 순간 라미스의 얼굴을 보고 눈물을 터트리고 싶었다. 그리고 동시에 라미스의 앞이 아니라면 울고 싶지도 않았다.

"넌 모든 사건의 중심에 있으면서도 결국 아무런 사건에도 연관되질 않았군."

그는 나를 대견해하는 것도 같았다. 그가 자신의 앞에 놓인 딸기 밀푀유를 나이프로 먹기 좋게 잘라 내 접시와 바꾸었다.

"아주 칭찬해. 난 네 그런 점이 황후로 적합하다 여긴 거였고, 넌 몇 번을 물어도 그 제안은 거절이었지."

"전 한 사람한테 평생 사랑받으면서 행복하게 살고 싶어요."

나는 그렇게 대답하고 포크로 밀푀유를 찍었다. 그러고는 어깨를 으쓱이고 웃었다.

"여행도 다니면서요."

전부 조반니가 들어줄 수 없는 것들이다. 조반니는 졌다는 얼굴로 고개를 저었다. 밀푀유를 먹었다. 입안에서 바삭거리며 크림과 적절이 녹아 없어지는 맛이 일품이었다. 다만 라다안이 다시는 메시리아 땅을 밟을 수 없을 거란 말에 메르넨이 생각나 목이 잠시 막혔을 뿐.

"엘쉬가와 프리제는 정말 죽었을까요?"

내 물음에 밀푀유에는 손도 대지 않고 홍차를 마시며 내가 먹는 걸 구경하던 조반니가 한숨을 내쉬었다. 그는 제가 가장 듣기 싫은 질문을 들었다는 얼굴로 짜증스럽게 뺨을 씰룩였다.

"뭔가 네게 취조받는 느낌이군."

"무슨 그런 말씀을. 제가 어찌 감히……."

내 말에 조반니가 허탈한 얼굴로 웃으며 턱을 괴었다.

"그러게 말이야. 어찌 감히."

"하지만, 제 궁금증을 풀어 주기 위해 저를 부르신 것 아니었나요?"

내 말에 조반니가 크게 웃음을 터트렸다. 그가 황당한 얼굴로 나를 보더니 양손을 들어 보이며 정원이 떠나가라 화통하게 웃었다. 그가 그렇게 요란을 떤다고 쳐다볼 사람이 없을 정도로 고요한 정원이었다.

"내가 이러니 널 좋아하지. 아직도 황후가 될 생각 없나?"

"레나타한테나 잘해 주시죠."

"아르시온 라미스보단 내가 낫지 않아?"

"결단코 라미스와 폐하를 비교할 수 없어요. 라미스의 인생은 폐하와 달리, 오로지 저만을 위해서 흘러가거든요."

"너무 단호해서 심술이 날 지경이군."

나는 어쩔 수 없다는 듯이 눈썹을 올리고 어깨를 으쓱였다. 그리고 나는 라미스의 이야기가 나오자 다시금 우울해졌다. 그가 돌아오지 않은 지 벌써 한 달이란 시간이 흐른 것 같았다.

너무도 더디고 힘들어서 시간이 지나는 건 맞는지 싶을 정도로 오랜 시간이었다.

"그의 추종자들이 그를 축복의 탑으로 데려간 게 아니었나? 아직도 돌아오지 않는 걸 보면……."

조반니가 하늘에서 떨어지는 나뭇잎을 손으로 잡으며 웃었다. 그는 내 상황이 썩 재미있는 모양이었다.

"둘은 약혼도 하지 않았잖아."

나는 조금 화가 난 얼굴로 그를 노려봤다. 그게 나의 가장 아픈 곳이란 걸 알면서도 물은 거다, 그는.

"그냥 나한테 오지?"

"결혼하면 폐하께서 주례 서 주실래요? 제 아버지가 되어 주신다고 하셨잖아요. 제 손을 잡아 주시는 건 진짜 아버지가 할 거니까 대신에 폐하는 주례를 서 주세요."

그리고 나는 그렇게나 당황하는 조반니의 얼굴을 처음 봤다. 그는 상상도 해 본 적 없는 질문을 들은 사람의 얼굴이었다. 그리고 그런 얼굴을 보고 있자니 가슴속에서 뿌듯함이 밀려왔다. 조반니의 어쩔 줄 몰라 하는 얼굴이라니 정말 재미있었다.

"해 주실 거죠?"

재차 질문하자 조반니가 헛웃음을 터트리더니 한 손에 얼굴을 묻었다. 그가 금세 피곤한 얼굴로 나를 노려봤다.

"그럼 내 결혼식엔 네가 들러리를 하도록 하여라. 키도 조그만 게 딱 거기에 어울린다."

내가 자리를 박차고 일어났고 조반니가 낄낄낄 웃음을 터트렸다. 결국 나는 포크를 집어 던지며 짜증스레 비명을 질렀다.

또 내가 밀렸다.

♥ ♥ ♥

정식으로 레나타의 황후 책봉식이 진행되었다. 멜보르크 귀족들은 아직도 재판 진행 중에 있었고 그 탓에 레나타의 경사스러운 날에도 퀼트 공작은 참석할 수가 없었다. 레나타는 기뻐했지만 동시에 슬퍼하기도 했다. 부도덕한 행실들이 낱낱이 밝혀지고 있었지만, 그래도 그녀에겐 아버지였다. 그날 레나타의 눈물을 아무도 나무라는 이가 없었다.

그래도 황후 책봉을 축하하는 연회에서의 그녀는 무척이나 밝았다. 조반니도 연회에 참석하여 나름대로의 다정다감한 모습들로 레나타를 위함으로써 그동안 그녀를 둘러싼 오해와 편견들이 눈 녹듯이 사라지게 만들었다. 황제의 역할이란 게 참 그랬다. 다시 봐도 나는 그의 옆자리에 어울리지 않았다.

"뮈젤. 에바드 못 봤어?"

아린느가 잔뜩 부른 배를 만지며 내게 다가와 물었다. 보통 임신을 하면 파티 참석을 자제하는데 아린느의 열정만큼은 참 대단했다. 나는 고개를 절레절레 흔들었다.

"또 다른 계집한테 붙어 있는 거 아니겠지?"

아린느가 손톱을 세우며 물었는데 참 지겨운 질문이었다. 처음엔 에바드에게 결혼 전에 다른 여자가 있었다는 과거 때문에 아린느의 말을 모두 믿었었다.

하지만 그녀의 말과 다르게 에바드는 결혼 생활에 나름대로 충실한 편이었다. 임신한 그녀를 보기 위해 야근도 피하고 저택으로 돌아가는 덕에 애처가로 소문이 나기도 했었다. 세브리안 자작도 오죽 기특했으면, 그녀가 아이를 낳으면 미뤄 뒀던 세브리안 자작 승계를 하자고 했을 정도다.

"그만 좀 해. 에바드가 결혼 후에 다른 여자 만나는 거 봤어? 항상 너 혼자 안달복달하고 모든 건 다 추측이었잖아. 남편 피 좀 그만 말려."

"뭐? 너 말 다 했냐!"

아린느가 내게 손을 뻗었지만, 그 무거운 몸으론 내 재빠름을 당해 낼 수 없었다.

"너 그렇게 뛰면 아이한테 안 좋아."

내 충고에 아린느가 곧장 놀란 얼굴로 배를 감싸 안는다. 근처에 있던 이자벨과 꼬띠아르가 의아한 얼굴로 다가왔다가 아린느와 내 실랑이를 보고 웃었다.

"그러게 뮈젤 좀 그만 괴롭혀. 어차피 당해 내지도 못할 거면서."

꼬띠아르가 아린느를 비웃었다. 아린느는 콧김을 씩씩 뿜어 내면서도 아이를 생각하고 참아 넘기는 모양이었다.

"너흰 늘 시끄럽구나. 정말 모르제의 수치다."

멀리 있던 메르넨이 아린느가 소란을 떨자 다가와 혀를 찼다. 그녀는 언제 실연을 당했냐는 듯이 멀쩡했다. 외려 전보다 더 우아하고 기품이 있어 보였다. 그러나 알고 보면, 억지로 강해 보이는 척 구는 게 눈에 보였다. 아버지가 최근 메르넨을 모르제 가문의 후계자로 이름 올릴 거란 중대 발표를 하셨다. 그 때문일지도 몰랐다. 아니면 정말로 사랑의 아픔을 딛고 난 후라 더 강해진 것일지도 모르고.

이러나저러나 안쓰러운 건 매한가지였다. 그 독한 아린느도 메르넨이 말하니 얌전한 얼굴로 입을 닫는 걸 보면 말이다.

"우린 술이나 마실까?"

옆에서 상황을 지켜보던 이자벨이 내게 귓속말을 속삭였다. 듣던 중 반가운 소리였다. 나는 고개를 끄덕이고는 그녀와 자리를 빠져나와 술병을 찾았다. 이자벨이 내게 귀한 포도주를 발견했다며 나를 이끌었다. 사람이 많은 파티 홀의 중앙 공간이었지만, 그녀 말대로 확실히 귀한 포도주가 있기는 했다. 나는 반가운 얼굴로 그녀와 포도주를 마셨다. 때마침 레나타가 조반니와 함께 춤을 추기 시작했다.

"이런 파티장에서 할 말은 아니지만, 에드윈의 교수형이 다음 주 아니었니? 로망떼와 같은 시간에 집행된다던데."

건배하고 포도주를 홀짝이며 내가 물었다. 레나타와 조반니의 춤을 구경하던 이자벨이 아무렇지 않은 얼굴로 한손을 저었다.

"그렇게 따지자면, 나는 누나 된 입장으로 다음 주에 동생의 교수형이 있으니 이런 파티에도 나오면 안 되는 거겠지."

이자벨은 그렇게 말하면서도 씁쓸한 표정은 감추질 못했다.

"난 에드윈의 누나가 아닌 헨더슨 가문의 후계자이길 선택했어. 어릴 적부터 모두가 에드윈이 헨더슨을 귀족 반열에 오르게 하리라고 믿어 의심치 않았는데, 내가 그런 역할을 하게 되다니. 사람 인생이란 게, 참 아이러니하지?"

나는 내가 질문을 하고도 그녀의 말에 이렇다 할 대답을 할 수가 없었다. 그래서 우리는 말없이 포도주를 들이켰다. 조반니와 춤을 추며 까르르 웃는 레나타는 정말로 행복해 보였다. 그리고 레나타만큼은 아니었지만, 그래도 즐거워 보이는 조반니의 얼굴도 나름대로 인상적이었다.

춤이 끝나고 나와 눈이 마주친 조반니가 내게 손 인사를 했다. 나는 그를 향해 고개를 숙였다. 레나타도 나를 발견하고는 반가운 얼굴로 손을 휘저었다. 예전 같았으면 조반니와 눈만 마주쳐도 으르렁거렸을 인사가 이제는 제법 여유롭게 관조할 줄도 알았다.

"그런데 나랑 이렇게 만지면 정말로 내 과거를 볼 수 있어?"

이자벨은 처음부터 내 능력을 알고 있었으면서도 새삼스럽게 내게 물었다. 그러고 보니 아닌 듯 사람들이 나를 흘끔거리는 게 보였다. 나는 고개를 끄덕이고는 그녀에게 손을 뻗었다. 그러자 그녀가 기겁하면서 뒤로 물러났다. 그녀가 나를 무서워해서가 아니라 반사적인 행동이다. 그리고 그게 일반적인 반응이었다.

아버지와 라미스가 이상한 거다. 그들은 내 능력을 오래 봐 온 사람들이고 감정 조절을 해서 내 능력이 닿는 걸 어느 정도 통제할 줄 알았다. 그러나 그렇다고 해서 내가 그들의 과거를 보지 못하는 건 아니다. 아버지와 라미스의 회귀 전 기억을 읽으며 깨달은 일이다. 귀찮을 뿐이지, 내겐 집중과 노력을 하면 보지 못할 과거는 없었다.

"사람의 과거만 볼 수 있는 게 아닌데."

나는 들고 있던 포도주 잔을 흔들고는 포도주를 원샷했다. 대화를 하다 보니 포도주 병을 꽤 비운 것 같다.

"사물의 기억들도 읽을 수 있어. 이런 잔 하나조차도 말이야."

내 말에 뜻밖에도 이자벨은 눈빛을 번쩍이며 고개를 끄덕였다.

"다음 소설 주인공은 특별한 능력을 가진 여자로 만들 거거든. 너를 보고 영감을 얻었어."

"'포도밭 소녀'가 있잖아."

"그건 내가 썼지만, 내가 만든 게 아니잖아."

이자벨의 단호한 대답에 나는 긍정했다. 그리고 우리는 다시 건배했는데 뒤에서 누가 내 잔을 빼앗아 들었다. 의아한 얼굴로 등을 돌렸는데 숨이 찬 얼굴로 라미스가 나를 보고 포도주를 한 번에 들이켰다. 숨이 멎을 뻔했다. 나 이대로 죽는 거 아니겠지?

이자벨이 기겁한 얼굴로 꽁무니를 뺐다. 라미스가 등장하자 주변이 술렁였다. 근래 폭풍 같은 사건들이 많았다고 하나 라미스와 나의 연애사는 언제나 사람들의 관심거리였다. 특히 라미스가 축복의 탑으로 돌아간 건 꽤 화제가 된 일이기도 했다. 그가 돌아올까, 돌아오지 않을까로 내기 판을 벌이던 인간들도 있었으니까.

라미스는 중간에 편지를 몇 번 보냈었다. 잘 있다는 말과 하던 일이 해결되면 돌아오겠다는 말까지. 그러나 그게 언제가 될지를 얘기한 적은 없었다. 그래서 계속 불안했었다. 예전과는 달랐다. 눈에 안 보이는 그를 기다리는 내 모습이 예전과는 너무나 달랐다.

"많이 기다렸어?"

라미스가 포도주 잔을 지나가는 시종의 쟁반 위에 올려 두고 내게 물었다. 나는 대답하지 않았다. 대답할 필요가 없었다. 많이 기다렸다. 그건 사실이었다.

"너무 늦었군. 생각보다 시간이 더 걸렸어."

그의 얼굴은 고단해 보였다. 하지만 나를 바라보는 눈빛만큼은 타오르는 불꽃처럼 생명력이 있었다. 그가 내 어깨를 잡았다. 그리고 그와 맞닿은 어깨가 타들어 갈 것 같다고 나는 생각했다. 긴장으로 이마에 땀이 맺혔다. 그와 마주 보고 서 있는 이 순간이 너무 긴장되어서 숨이 막혔다.

"이번 생에선 나와 접점이 없었지만, 그래도 외면할 수 없는 사람들이 있었어. 그것들을 해결하다 보니 늦었다."

라미스는 황금색의 화려한 자수가 있는 남색의 웨이스트코트를 입고 있었다. 값비싼 직물로 만들어진 웨이스트코트에 화려한 레이스 소매와 크라바트는 정말 완벽한 파티 룩이었다. 그만큼 메시리아의 신사복이 잘 어울리는 남자도 없었다. 게다가 실내에서 웨이스트코트 위에 걸친 황금색의 아비 아 라 프랑세스 코트도 벗지 않고 있어 눈에 띄긴 했다. 멀리서 시종이 뛰어와 라미스에게서 코트를 받았다.

"화났어?"

아무 말도 없이 덜떨어진 얼굴로 그를 바라보고 있자 라미스가 내게 물었다. 나는 고개를 저었다. 긴장돼서 입이 잘 떨어지지 않았다. 그가 내 손을 잡으려고 했는데 나는 그의 손을 피했다. 손에 땀이 찼다. 장갑이 어디 있더라. 어디다 놨는지도 기억이 안 나는데.

라미스는 어쩔 수 없다는 얼굴로 웃었다. 낯설 정도로 어색한 웃음이다. 그는 내 뜻을 잘못 받아들였는지 뒤로 한 발자국 물러나 내게 선을 지켰다. 그 모습에 나는 심장이 철렁거려서 재빨리 그의 손을 잡았다.

"왜 이렇게 늦게 왔어?"

책망하는 듯한 말투에 라미스가 내 손을 잡지 않은 손으로 턱을 쓰다듬으며 나를 빤히 바라봤다. 그는 대답하지 않고 그렇게 가늠하듯 내 얼굴을 살폈다.

"무슨 일이야?"

이번엔 그가 내게 질문했다.

"너답지 않아서 그래."

그 말에 나는 잠시 나다운 게 무엇일까 생각했다. 그는 나와 손을 잡고 스킨십을 하는 이 일련의 과정들이 이제는 너무 오래되어 아무렇지 않아진 걸까? 그렇지 않을 거란 걸 알면서도 사람 마음이란 게 확인을 받지 않으면 늘 불안해진다.

"축복의 탑에는 나보다 더 능력 있고 뛰어난 인재를 관주로 선정하기로 했다. 내가 다음 지도자가 된다면, 그거야말로 권력의 대물림이 아니겠어?"

그가 내 머리를 쓰다듬었다. 여동생을 대하는 손길처럼 자상했다. 나는 이렇게 그의 손짓 하나에 심장이 터질 것같이 설레서 미치겠고 말이다.

"내가 네 청혼 보류했잖아. 안 궁금했어? 왜 물어보질 않아?"

나는 내게서 물러나 있는 그를 보고 물었다. 그러자 그가 눈썹을 추켜세우곤 나를 빤히 바라봤다. 가늘게 뜬 눈으로 나를 노려보는데 내 의중을 파악하려고 노력하는 모습이 보였다.

"기다린다고 했잖아. 난 기다리고 있었을 뿐이야."

사실 그의 대답은 내가 너무 듣고 싶은 말이었다. 사랑한다. 네가 좋다. 이런 달콤한 말보다도 더 기다렸던 대답이었다. 그리고 내가 먼저 해 주지 못해 미안하기도 했던 말이다.

라미스가 내게 다가와 나를 끌어안았다. 그의 품이 너무 크고 따뜻했다. 그리고 어쩜 이렇게 블록을 끼워 맞추듯 품이 꼭 맞을 수 있을까. 그가 왼손으로 내 어깨를 둘러 안았고 오른손으로 내 뒤통수를 토닥였다.

"뮈젤, 왜 그래. 무슨 일이야."

그가 내 귓가에 속삭였다. 그의 지독히도 낮은 음성이 귓가를 간질거렸다. 얼굴이 벌겋게 달아올랐다. 너무 떨려서 숨쉬기가 힘들었다.

"나랑 결혼해 줘, 라미스."

내 말에 라미스가 놀라서 나를 품에서 떼어 냈다. 그가 내 양어깨를 잡고 얼굴을 빤히 바라봤다. 그는 당황한 얼굴이었다. 마치 그런 대답은 평생 가도 듣지 못할 거라고 생각한 사람처럼 말이다.

"나 너랑 있는 게 너무 떨려. 네 목소리, 네 말투, 네 손짓 하나가 다 너무……."

나는 심호흡을 했다.

"떨려서 숨도 못 쉬겠어. 네가 너무 좋아."

그가 믿을 수 없다는 얼굴로 두 눈을 크게 떴다. 그가 내게서 한 발자국 떨어지더니 양손을 모아 마른세수를 했다. 그러고도 내가 한 말을 이해하지 못한 얼굴로 말을 잇지 못했다. 나는 그래서 그에게 가까이 다가가 그의 두 손을 잡았다.

나도 이제 어린아이가 아니라 내가 그에게 느끼는 이 감정의 정체를 안다. 단순히 좋아한다, 아니다 하고 단정할 수 있는 그런 쉬운 감정이 아니라 사랑이란 걸 알았다. 나는 그가 아니면 안 된다. 그를 전에도 좋아한다고 생각했지만, 지금처럼은 아니었다. 이런 감정은 아니었다. 이렇게 숨 막힐 정도로 행복한 감정은 결단코 아니었다.

"나랑 결혼해 줘, 라미스. 나 진짜 너 아니면 안 돼. 네가 없으면 숨이 막혀서 살 수가……."

라미스가 내게 달려들어 키스했다. 주위에서 거대한 환호가 터졌다. 파티장을 가득 울리는 소리였다. 파티를 즐기던 사람들이 라미스의 격렬한 키스를 발견한 탓이다. 라미스는 나를 품에 안고 뒷머리를 한 손으로 감싸 깊숙이 내게 들어왔다. 그가 내 턱을 붙잡아 내리자 그의 혀가 내 혀와 부드럽게 뒤엉켰다. 그는 숨 쉬는 법도 잊은 사람처럼 내게 강렬하게 키스했다.

아린느의 결혼식장에서 했던 키스와는 본질적으로 다른 농도 짙은 키스였다. 그가 내 허리를 끌어안자 아까보다 더, 더 깊숙이 밀착되었다. 그의 혀가 내 혀를 부드럽게 휘감았고 타액이 엉켜 묘한 기분을 느끼게 만들었다. 머릿속이 새하얘졌다. 몸이 너무 뜨거워서 터질 것 같았다.

이대로 호흡 곤란과 터질 것 같은 심장으로 죽겠다고 생각할 즈음에 그가 내게서 떨어졌다. 타액으로 그의 입술과 내 입술에 긴 선에 생겼다. 그가 혀를 내밀어 보이고는 웃었다. 그의 입술이 지나치게 붉었고 도톰하게 부풀어 있었다.

"대체 나한테 어떻게 한 거야?"

나는 덜덜 떨리는 손으로 그의 뺨을 매만졌다.

"항상 보던 얼굴인데, 이제 와서 이렇게 떨려서 숨도 못 쉴 정도로……."

내 말에 라미스의 입가에 햇살처럼 아름다운 미소가 피어났다. 그가 행복해 미칠 것 같은 얼굴로 나를 보며 신나게 웃었다. 그가 그렇게 해맑은 웃음소리도 낼 수 있다는 걸 처음 알았다.

"고마워, 고맙다. 뮈젤……."

그는 웃으면서도 벅찬 감정을 참는 듯이 인상을 찌푸렸다.

"네가 나와 같은 마음으로 나를 바라봐 준다는 건 기대해 본 적도 없었는데."

그는 양손에 얼굴을 묻고 한숨을 쉬더니 주머니에서 반지를 꺼냈다. 그러곤 내 앞에서 한쪽 무릎을 꿇고 웃었다. 찡그린 얼굴이 어쩌면 울음 같기도 했다.

"나랑 결혼해 줘, 뮈젤."

나는 망설이지 않고 그에게 손을 내밀었다. 그리고 정말로 파티장이 떠나갈 정도로 요란한 함성이 울려 퍼졌다. 레나타는 주인공 자리를 빼앗겼다며 분해했지만, 조반니가 그녀를 달래자 금세 기분이 풀려 행복하게 웃었다. 황후 자리에만 올랐지, 조반니는 아직 레나타에게 청혼하지 않은 모양이다. 그들의 결혼식이 언제가 될진 모르겠지만, 일단 그들보단 나와 라미스가 먼저 결혼하게 된 건 분명했다.

라미스는 반지가 끼워진 내 손을 붙잡고 손등에 얼굴을 묻더니, 한참 동안 그렇게 말없이 있었다. 내가 안달이 나서 한 고백에 그가 더 감격스러워하는 것을 보자니 다시금 심장이 두근거렸다. 이러다가 얼마 못 살고 죽는 건 아닌가 싶을 정도로 심장이 아팠다. 라미스는 너무나 행복한 얼굴로 웃으며 반지가 끼워진 내 손등에 키스했다.

"내가 네 천사라면, 넌 내 신이야."

라미스는 결국 내 손에 복받치는 감정을 묻어 버리듯 얼굴을 묻었다. 축복하는 사람들의 인사말로 요란스러운 와중에도 우리는 너무 행복했다.

🍵 🍵 🍵

에드윈과 로망떼의 사형 날이 왔다. 이자벨은 사형 집행장에 오지도 않았다. 나는 라미스의 만류에도 불구하고 사형 집행이 진행되는 호베른 광장에 나왔다. 맨 앞줄에 서 있다가 에드윈이 장정들에게 붙잡혀 끌려오는 것을 보고 그에게 다가갔다. 그는 그런 나를 의아하게 보다가 곧 기분 나쁜 얼굴로 나를 노려봤다.

"비웃으려면 실컷 비웃으세요."

그러고 그는 입을 다물었다. 초췌한 몰골이었다. 하지만 눈에 서린 독기가 아직 그가 생생하게 살아 있음을 느끼게 했다. 그럼에도 나는 여전히 그를 동정하지 않았다. 그가 내게 끔찍한 짓을 한 건 변함없으니까. 그러나 그것과 별개로 내게 자상했던 시절의 그를 떠올리면, 하고 싶은 말도 있었다. 지나가는 그의 뒷모습을 보다가 나는 그에게 외쳤다.

"다음엔 꼭 신분제가 없는 세상에서 태어나길 바라! 나도 기도할게!"

물론 에드윈은 내 외침에도 뒤도 돌아보지 않았다. 나는 차마 그가 죽는 모습을 볼 수 없어 돌아섰다. 그의 죄목들이 낱낱이 밝혀지고 그가 교수형에 처할 것이라는 사형 집행인의 외침이 들리자 사람들이 환성을 내질렀다. 그리고 나는 이자벨을 발견했다. 그녀는 바닥에 힘없이 주저앉아 너덜너덜한 걸레짝처럼 엉망인 몰골로 세상이 무너진 것처럼 울고 있었다. 그녀에게 차마 알은척할 수가 없어 나는 그곳을 말없이 빠져나왔다. 에드윈의 뒤를 이어 로망떼의 사형이 집행됐다. 나는 끝내 뒤를 돌아보지 않고 그곳을 빠져나왔다.

어머니가 결혼하는 사람은 그런 곳에 가면 안 된다며 주의를 주었지만, 에드윈의 마지막 가는 길은 확실히 보고 싶었다. 그리고 정말로 보게 된 그의 죽음은 나를 공허하게 만들었다. 그가 끝까지 발악하며 지키고 싶어 했던 신념이 무엇이었을까. 방법이 잘못되었지만, 그가 말하는 이 사회의 문제점은 나조차도 반박할 수 없을 정도였다. 하지만 결국 그의 뜻에는 공감하는 사람이 없어 씁쓸하고도 외로운 죽음이었다.

♥ ♥ ♥

조반니는 정말로 주례를 섰다. 전례 없는 그 모습에 메시리아가 발칵 뒤집혔으나 정작 당사자는 아무렇지 않은 얼굴로 모든 항의 문서를 기각시켰다. 덕분에 내 소박한 결혼식은 거대한 행사로 규모가 커졌다. 결혼식은 모르제 영지에서 치러졌다. 라미스가 드디어 에뒤프 백작 위를 받았는데 그는 자신의 저택보단 모든 추억이 녹아 있는 모르제 영지에서 결혼식을 올리고 싶다고 했다.

아버지는 결혼을 반대하진 않으셨는데 펑펑 눈물을 흘리셨다. 거의 사흘 밤낮으로 눈물을 흘리며 '우리 뮈젤이…….'를 반복하셨던 것 같다. 나는 그 마음을 너무나도 잘 알고 있어 아버지와 함께 서로를 끌어안고 눈물을 펑펑 쏟았다. 보다 못한 어머니가 화를 내시며 그만 울라고 말릴 정도였다.

메르넨은 모르제 백작 위를 승계하기로 했지만, 결혼은 하지 않겠다고 했다. 모르제의 대가 끊어질 거라 걱정하는 어머니에게 다음 백작 위는 나와 아린느가 낳는 아이에게 물려주겠다고 선언해서 어머니와 아버지의 걱정을 덜어 드렸다. 메르넨의 사정을 아는 누구도 그녀에게 결혼을 이유로 그녀를 책망하진 않았다. 그래도 라다안이 죽지 않고 어딘가에 살아 있으니 언젠가는 만나게 되지 않을까?

모르제는 결혼식 날짜가 정해진 뒤로 북새통이었다. 결혼식 전 후로 한 달은 여관이고 모르제 저택이고 손님으로 방이 꽉 차 있었다. 조반니는 오랜만에 호베른을 벗어난다는 사실에 꽤 들떠 있는 것 같았다. 그를 따라 레나타까지 모르제로 내려오 겠다고 성화를 부렸는데 조반니가 둘 모두 자리를 비울 순 없 다고 해서 레나타는 호베른에 남았다. 결혼식 들러리로는 이자 벨과 꼬띠아르를 비롯한 몇몇의 친한 귀족 영애들이 서기로 했다.

마담 몬토 드베르가 언젠간 내가 입을 거라 생각하고 몇 년 에 걸쳐 만든 드레스를 선물해 줬다. 모르제의 전통 색깔인 연 두색 드레스였는데, 내 드레스를 보기 위해 모르제를 방문하는 귀족들도 제법 많았다.

아린느는 만삭이어서 더 이상 거동이 불가능했다. 그래서 모 르제로 내려올 수는 없었는데 그녀 대신 에바드가 자리를 채 웠다. 결혼식 당일이 되어서도 나는 한참이나 라미스를 볼 수 가 없었다. 나도 그도 서로의 일정과 손님으로 지나치게 바빴 기 때문이었다. 정신이 없는 건 아버지와 어머니도 마찬가지였 다.

모르제의 사병만으로도 부족해서 로벵 후작가의 사병이 지원 을 나올 정도였다. 결혼 전야에는 오랜만에 포도주 경매장에 쟁여 놓은 포도주를 풀어 파티를 벌였다. 모르제 저택의 별관 이 손님으로 가득 차서 본관 건물에 심지어는 아린느의 방까 지 빌려줘야 할 정도로 사람이 많았고 또 그만큼 요란했다. 메시리아의 귀족들 대부분이 모르제로 모여들었다고 해도 과언이 아닐 정도였으니 그럴 만도 했다.

덴버 아저씨의 포도밭은 수확 철도 아닌데 구경 나온 사람들로 북적였고 포도주 양조장 쉐브란 애넘은 한 달 내내 북새통이었다. 결혼식은 야외에서 진행됐다. 원래 나도 라미스도 소박한 결혼식을 원해서 포도밭으로 정했던 건데, 조반니가 주례를 서기로 한 탓일까, 아니면 나와 라미스가 화제성을 가지고 있었던 걸까. 이후로 포도밭이나 들판에서 소박한 결혼식을 하고 싶다는 사람들이 줄을 이었다. 물론 제아무리 포도밭이라고 해도 우리처럼 규모가 이 정도로 커지면 더 이상 소박한 결혼식이 아니게 된다.

결혼식 당일, 나는 벌써부터 지친 얼굴로 한숨을 내쉬었다. 그런 나를 다독인 건 정말 뜻밖에도 메르넨이었다. 누구보다 나와 라미스의 결혼을 반대했던 인사였는데, 이제 그녀는 우리의 사랑을 부러워했다. 아버지를 나무라던 어머니도 펑펑 울어 부은 눈을 하고는 연신 나를 끌어안으셨다.

경건했던 아린느의 결혼식과 다르게 나와 라미스의 결혼식은 활기가 넘쳤다. 주례석에 있던 종이 울렸다. 나는 부랴부랴 덴버 아저씨의 오두막에 준비된 신부 대기실을 나왔다. 문 앞에는 아버지가 눈물을 흘리시며 기다리고 계셨다.

"왜 또 울고 그러세요."

마음 아프게. 내 생략된 말을 읽으셨는지 아버지는 애써 웃어 보이셨다.

"기뻐서 그러는 거란다."

아버지가 내 머리를 쓰다듬었다. 왠지 나도 눈물이 터질 것 같은 기분이었다. 그러자 아버지는 황급히 내 손을 잡으셨다.

"이렇게 좋은 날 신부를 울릴 수는 없지! 우리 얘기는 나중에 하자꾸나."

아버지가 웃으며 내 뺨을 만지셨고 나는 아버지를 따라 웃었다. 우리는 손을 붙잡고 객석 중앙에 깔린 흰 카펫 위를 걸어갔다. 사람들의 박수 소리와 환호 소리가 퍼져 나왔다. 길게 늘어선 어린아이들이 나와 아버지가 지나가는 길에 꽃을 뿌렸다. 고개를 들고 바라본 앞에는 드넓은 포도밭을 배경으로 한 라미스가 기다리고 있었다.

그가 나를 찌를 듯이 강렬한 시선으로 바라보고 있었고 난 여전히 그의 눈빛에 설레고 있었다. 잡아먹을 듯이 불꽃이 일렁이는 눈동자가 뜨거웠다. 그는 지독히도 간절한 얼굴로 나를 기다리고 있었다. 아버지에게 인사한 그가 황급히 내 손을 빼앗아 잡았다. 아버지가 못마땅한 얼굴로 그를 나무랐는데 그게 또 보는 사람 입장에선 재미있었는지 한바탕 웃음이 터졌다.

주례석에는 조반니가 서 있었다. 막상 그 앞에 서 있자니 나는 라미스의 손을 잡고 떨려 하던 것도 잊고 심각한 고민에 빠졌다. 그는 약속을 지켰다. 그렇다면 정말로 그의 결혼식에는 내가 들러리로 입장해야 하는 건가?

"뮈젤."

라미스가 가까이서 내 이름을 불렀다. 나는 고개를 들려 슬쩍 그를 보았다. 그러자 그가 붉디붉은 입술로 크게 늘어트려 씨익 웃었다.

"사랑해."

내 귓가에 그의 낮은 목소리가 간질거리며 울렸다. 귀를 타고 그 목소리가 머리를 배회하다가 심장으로 내려온 것 같았다. 나는 기겁했다. 심장이 위험했다. 내가 화들짝 놀라 벌겋게 달아오른 얼굴로 어리벙벙해하고 있자 주례사를 하던 조반니가 못마땅한 얼굴로 나를 봤다.

"거참, 신부가 신랑이 좋아서 어쩔 줄을 모르는군."

조반니의 말에 식장 여기저기서 웃음이 터졌다. 나는 부끄러운 얼굴로 고개를 숙였다. 그러자 귓가에 라미스의 즐거운 웃음소리가 들려왔다. 라미스가 내 손을 다시 꼭 쥐었다. 커다란 손이 내 손을 쥐고 깍지를 꼈다. 한 손에 내 손이 전부 들어갈 정도로 손이 컸다. 하긴 키도 커서 내가 고개를 꺾어야 할 정도였으니. 조반니는 내가 그의 말은 듣지도 않고 라미스에게만 정신 팔려 있으니 심술이 난 얼굴로 말을 끝마쳤다.

"아무튼 이것으로 주례를 마친다. 내가 황후가 되어 달라고 쫓아다녀도 단호하게 거절한 여잔데, 아무렴 잘 살겠지."

그래도 그런 말을 꼭 마지막에 했어야 했을까. 그는 아주 재미있다는 얼굴로 그렇게 말하고는 소란스러운 결혼식장을 유유히 빠져나갔다. 내가 당황해서 우왕좌왕하다가 걱정이 되어서 라미스를 봤는데, 그는 정말 아무렇지 않은 얼굴로 내 얼굴을 빤히 바라보고 있었다.

"뮈젤."

그가 내 양 뺨을 잡았다.

"고마워, 내게 와 줘서."

그의 입술이 내 입술이 닿았다. 귀가 멍멍할 정도로 큰 환호 소리가 들렸다. 사람들은 왜 이렇게 우리의 연애사에 관심이 많은지 모르겠다.

"너와 행복하게 살고 싶어. 여행도 다니고 차도 마시면서 여유롭게."

내 말에 라미스가 웃었다. 그리고 그는 다시 도서관 사서로 들어가야 하나 심각하게 고민을 했다. 나는 그의 뺨을 붙잡고 활짝 웃었다. 지금 이 순간이 너무나도 행복했다.

☕ ☕ ☕

그 후.

뜨거운 태양이 괴롭게 내리쬐는 한여름이었다. 뮈젤은 한사코 여행을 떠나겠다고 짐을 싸고 있었고 그는 휴가 일정을 올렸는데도 아직 상부에서 승인이 떨어지지 않아 초조한 상태였다. 이번에도 여행을 떠나지 못하면 큰 사달이 날 게 분명했다.

뮈젤은 이번 여행을 무척이나 기대하고 있었다. 그는 그 기대를 저버리고 싶지 않았다. 결혼하고 떠나는 첫 여행이었다. 그러나 에르만 황실에선 그를 통 쉽게 내버려 두질 않았다. 그래도 나름대로 휴가 일정을 꼬박꼬박 지켜 주기로 유명한 부서로까지 옮겨 왔는데 소문과 달리 그는 할 일이 무척이나 많았다. 그의 눈으로 보기에 에르만 황실엔 죄 무능한 인간들뿐이었다.

에뒤프 백작 저택은 호베른의 중심가에서 가장 부유하고 가장 커다란 저택으로 유명했다. 그러나 뮈젤은 그보다는 들판 있는 시골이 좋다고 콧노래를 부르곤 했었다. 그러다가도 막상 이사를 하자고 얘기하면 고개를 절레절레 흔들며 도시가 좋다고 말해서 그를 혼란스럽게 만들기도 했다.

"메르넨이 라다안에게 편지를 받았대. 만나진 못하지만 간간이 그렇게 연락을 주고받는가 봐."

모르제에서 보내온 포도를 오물오물 따 먹으며 뮈젤이 말했다. 메르넨과 라다안은 정기적으로 편지를 주고받는다고 들었다. 이번엔 로헨을 끌고 남 대륙을 넘었다는 소식이었다.

뮈젤은 소식통처럼 여기저기 소문을 물고 와 그에게 재잘재잘 이야기를 전했다. 그녀에게 차 한잔하자며 티타임을 요청하는 이들이 수두룩했다. 그러나 그녀가 정작 참석하는 살롱은 많지 않았다. 근래는 레나타가 황후가 되었음에도 그 자리를 노리는 머셍 공작 영애와의 스캔들로 문제가 많았다. 뮈젤은 그리고 그런 싸움 구경을 무척이나 좋아했다.

그녀는 지나치게 사랑스러웠다. 그녀와 결혼을 한 지 벌써 1년이 지났는데도 그녀는 여전히 예뻤다. 이제는 완전히 앳된 티를 벗고 성숙해진 데다가 키도 조금 커서 메시리아에서 손꼽히는 미인이라고 하면 늘 뮈젤이 언급되곤 했었다. 그래서 파티에 초대되었다 하면 남자들이 침을 흘리고 쳐다보는데, 일일이 그런 놈들 상대하며 기를 죽이는 것도 여간 짜증 나는 일이 아니다.

"그 옷은 챙기지 마. 노출이 많잖아."

그의 경고를 그녀는 귓등으로도 듣지 않았다. 짐을 챙기면서 미리 입을 옷들을 피팅해 보던 그녀가 그에게 와서 드레스를 한 번씩 선보였다. 그의 마음에 들지 않아 싫은 티를 내도 그녀는 잘 듣지 않았다. 그럴 거면 왜 그에게 드레스를 일일이 보여 주는 건지 모르겠다. 그는 피곤한 얼굴로 소파에 기대 얼굴을 뒤로 젖혔다. 이대로 잠이라도 잘 수 있을 것 같았다. 그리고 정말로 그는 그대로 까무룩 잠이 들었다.

정신이 들었을 땐 한밤중이었다. 아차 싶어서 일어나려는데 허벅지가 묵직했다. 의아한 얼굴로 고개를 내리자 그의 무릎을 베고 새근새근 잠이 든 뮈젤의 고운 얼굴이 보였다. 그는 잠시 숨 쉬는 것도 잊고 그대로 뮈젤의 얼굴을 바라봤다. 그는 아직도 그녀와 결혼을 했다는 사실이 꿈같아서 믿기지 않았다. 그리고 이렇게 잠든 그녀를 바라볼 때면. 금방이라도 그녀가 사라질 것만 같아서 불안했다.

처음 그녀를 보았을 땐, 이렇게까지 그녀에게 헤어 나오지 못하리라곤 생각도 못했었다. 그때도 사랑이라고 생각했지만, 과거로 다시 돌아오고선 그 감정이 옅어졌다고 생각했었다. 그러나 그녀의 행동 하나, 말투 하나에 울고 웃는 그 자신을 되돌아보고서 그는 그게 아니란 걸 깨달았다. 그는 단 한 번도 그녀를 사랑하지 않은 적이 없었다.

"우움……."

뮈젤이 뒤척였다. 그는 잠시 숨을 들이켰다. 뮈젤이 잠에서 깰까 걱정하며 그녀를 바라봤는데 새삼 행복한 얼굴로 잠이 들어 깨어날 기미가 없었다. 그가 그제야 한숨을 내쉬었다.

"라미스으……."

그녀가 그의 이름을 중얼거렸다. 그는 설레는 기분으로 그녀의 얼굴을 바라봤다. 한참 그 작은 입술을 오물거리던 그녀가 바보처럼 웃었다.

"사랑해."

작게 속삭이는 그 소리가 너무도 간질거릴 정도로 예뻐서, 숨이 멎을 정도로 아름다워서 그는 그대로 그녀를 안아 들고 일어났다. 뮈젤이 어리둥절한 얼굴로 잠에서 깨어났다. 그녀는 저를 안아 든 그를 보곤 놀라고 주위를 살폈다.

"내가 언제 잠들었지?"

그녀가 중얼거리며 눈을 비볐다. 그는 그대로 드레스 룸에서 나와 그와 그녀의 침실로 이동했다. 오늘만큼은 피곤해서 그냥 잠에 들겠다 생각했는데 그건 그의 오산이었다. 이렇게 사랑스러운 모습을 보고 어찌 그냥 잠이 들 수 있겠나. 흥분한 그 기세에 당황한 뮈젤이 당황해하며 말을 더듬는 사이 그가 그녀를 침대 위에 올려 두고 키스를 퍼부었다. 고개를 꺾어 깊숙이 그녀 안으로 파고들고 혀를 넣어 그녀의 입술 안을 침범했다.

그의 기세가 너무 강해 뮈젤이 그 무게를 견디지 못하고 뒤로 쓰러졌다. 라미스는 조심히 한 팔로 그녀의 등을 감싸고 그녀의 위에 올라타 키스했다. 그가 그녀의 턱을 움켜쥐고 모든 숨을 빨아들일 듯이 혀를 움직였다. 그가 입술을 떼자 뮈젤이 숨을 헐떡였다.

"라, 라미스으……."

그녀의 신음 소리에도 아랑곳없이 라미스가 그녀의 턱을 타고 입술을 내려 목을 혀로 핥으며 쇄골에 입술을 묻었다. 뮈젤의 등이 휘었다.

"아아. 라미스!"

그 신음 소리에 그의 이성이 끊겼다. 그는 그대로 격렬하게 몸을 움직였고, 아침까지 그녀를 놓아주지 않았다.

뮈젤은 그의 신이자, 그의 전부였다. 과거로 돌아가도 그는 똑같이 그녀를 선택할 거다. 그녀를 만나기 위해서 그 모진 경험을 해야 한다고 해도 그는 그녀를 만나기 위해서라면 여지없이 그 선택을 했을 것이다. 그녀는 아직도 그녀가 원하면 그의 모든 기억을 읽을 수 있다고 생각한다. 하지만 그는 그녀가 기억을 읽는 패턴을 어느 정도 알았고 그래서 어느 정도 제어가 가능했다. 그녀에겐 거짓말을 했지만, 후회는 없었다. 그에게도 그만이 간직하고 싶은 기억이 있었다.

예를 들어 모든 기억이 돌아와 펑펑 눈물을 흘리는 그에게 그녀가 손을 내민 적이 있었다.

'뭔지 잘 모르겠지만, 울지 마. 네가 울면 나도 울 거야. 네가 웃으면 나도 웃을 거고. 난 언제나 네 옆에 있을게. 그러니까 그렇게 슬프게 울지 마.'

그녀는 기억조차 못 하겠지만, 그는 아직도 그 작은 손을 잊지 못한다. 그녀가 그에게 손을 내미는 순간, 그는 결심했었다. 오직 이 여자를 위해서만 살겠다고.

결국 상부에서 승인이 떨어졌고 그와 그녀는 여행을 떠나게 됐다. 그런데 하필이면 포르단티라니. 포르단티 공주가 싫다면서 그에게 하소연을 하던 게 엊그제 같은데, 그녀는 그 사실은 깨끗이 잊은 듯했다. 한여름의 포르단티 바다가 그렇게 시원하고 맑다며 그곳에 휴양을 가고 싶어 안달이었다. 그래도 결론적으로 그는 늘 그녀의 말을 따랐다.

뮈젤은 포르단티로 떠나는 마차 안에서 더워하면서도 그에게 안겨 떨어질 줄을 몰랐다. 사실 조금 더웠어도 그렇게 그에게 안겨 준다면 그로서는 좋은 일이었다. 땀에 젖은 뮈젤은 관능적이기까지 했다. 그는 또 그녀와 침실에 가고 싶은 마음에 한숨을 내쉬었다. 그러자 뮈젤이 어리둥절한 얼굴로 그를 봤다.

"무슨 문제 있어?"

있다고 말하고 싶다가도 그는 고개를 저었다. 여기서 그냥 드레스를 벗겨 버릴까. 잠시 고민했지만 애써 참았다. 오늘 아침까지도 그렇게 괴롭혔는데 또 참지 못하면 정말로 그녀가 각방을 쓰자고 선언할 것만 같았다. 결국 그는 포르단티로 향하는 내내 괴로운 얼굴로 큰 고통을 참아야만 했다. 게다가 행복해야 할 휴양이 뜻밖의 마주침으로 인해 엉망이 되었다.

"저 사람, 엘쉬가랑 닮았다."

포르단티의 수도에 도착해서 관광을 시작했는데 뮈젤이 길거리에서 초라한 몰골로 지나가는 여자를 가리켰다. 원래도 그리 미인은 아니라 초라한 행색으로 있으니 더 알아보기가 힘들었다. 엘쉬가라니. 언제 적 이름인가. 그는 신경 쓰고 싶지 않아 고개를 돌렸다.

"어? 맞는데? 맙소사. 엘쉬가야! 어머, 어머!"

뮈젤의 호들갑에 그가 짜증스럽게 고개를 돌렸다. 그러자 달려오는 남자에게 뺨을 맞는 여자가 보였다. 라미스는 한눈에 알아볼 수 있었다. 뮈젤의 말대로 엘쉬가였다. 그리고 그녀를 단숨에 후려친 남자는 다름 아닌 프리제였다.

"죽은 줄 알았는데, 살아 있었어!"

쓰러진 엘쉬가는 프리제에게 뺨을 맞고도 덤덤한 얼굴로 일어났다. 며칠은 씻지 않은 것 같은 몰골의 프리제의 얼굴은 벌겋게 익어 있었다. 국외로 추방된 그들이 갈 곳 없이 힘겹게 떠도는 걸 실제로 보게 될 줄은 몰랐다. 프리제는 몸을 가누지 못하는 게 술을 잔뜩 마신 것 같았다. 평생 부유하게 자라 그 권리만 챙길 줄 알았지, 사실 그들이 지위를 내려놓고 할 줄 아는 게 무엇이 있겠는가. 그는 혀를 찼다. 프리제도 엘쉬가도, 모두 자업자득이었다.

"그냥 가지."

그가 냉정하게 말하자, 뮈젤이 고개를 끄덕이며 그의 손을 잡았다. 그런데 정작 그들의 발목을 잡은 건 엘쉬가였다.

"라미스?"

그녀가 먼저 그를 알은체했다. 그녀의 성격이라면 자존심 때문이라도 그들에게 알은체를 하지 않을 거라고 여겼다. 하지만 막상 본 그녀는 어딘가 달라져 있었다. 돌아본 얼굴엔 세상 더없이 다정한 사람처럼 두 손을 모으고 감격한 얼굴로 그를 보고 있는 엘쉬가가 있었다. 뮈젤이 두 눈을 부릅뜨고 그를 껴안았다.

"저리 꺼져!"

뮈젤의 외침에 너무 귀여워서 그는 순간 사람 많은 광장이라는 것도 잊고 그녀에게 키스할 뻔했다.

"가자, 뮈젤."

그의 말에 그녀가 세차게 고개를 끄덕이고는 그를 따라 등을 돌렸다.

"얼마 전에 로헨을 만났었어요. 그가 뮈젤, 당신의 이야기를 하더군요."

뮈젤이 동작을 멈췄다. 그는 문득 치밀어 오르는 짜증을 감추기가 어려워졌다. 로헨, 로헨, 그놈의 로헨. 회귀 전이나 후나 지독히도 그를 화나게 만드는 인물. 진작 죽여 버렸어야 했나.

"사랑이었더라. 지나고 보니, 제가 아니라 당신을 사랑했었더라. 그렇게 말하더군요. 그래서 당신을 만나고 싶어도 그렇게 하지 못하겠다고."

엘쉬가의 애처로운 말에 뮈젤이 웃었다. 황당하다는 얼굴이었다. 그 표정을 보고 있자니 그는 어쩐지 가슴속이 뻥 뚫릴 정도로 시원해지는 기분이었다.

"그래서요?"

"네?"

"로헨이라니, 진짜 기가 막혀서. 관심 없으니까 꺼지라고 전해 주세요."

뮈젤의 통쾌한 말에 라미스는 하늘을 날아갈 것 같은 기분을 느꼈다. 가슴속까지 시원해지는 느낌이었다. 엘쉬가는 잠시 제가 들은 말을 이해하지 못하고 있다가 이내 분노했다.

"내 인생은 전부 당신 때문에 틀어졌는데, 뭐? 꺼지라고! 내가 사랑하는 사람도 나를 사랑하는 사람도 전부 네가 빼앗아 갔잖아!"

엘쉬가가 뮈젤에게 달려들었지만, 그녀는 뮈젤의 털끝 하나 건드리지 못했다. 그의 발길질 한 번에 멀리 나가떨어졌기 때문이었다. 그녀는 다시 달려들려다가 그가 검을 뽑아 들자 주춤했다. 경기를 일으킬 정도로 놀라서 뒷걸음질을 치는 게 폭력을 당하는 것에 익숙한 사람 같았다. 주변에 있던 경비병이 달려오자 엘쉬가는 그대로 꽁무니를 빼었다.

"웬 부랑자가 덤벼들더군요."

그가 신분증을 보여 주며 말하자 경비병들이 재빨리 그에게 고개 숙여 사과했다. 유쾌하지 않은 만남이었다. 행복해야 할 그와 그녀의 휴가에 더럽게 오물을 뱉어 놓은 것만 같았다. 그가 고단한 얼굴로 한숨을 내쉬고 있자 뮈젤이 그에게 안겼다.

"라미스, 괜찮아?"

그녀가 사랑스럽게 두 눈을 치켜뜨고 그를 올려다봤다. 그의 얼어 있던 기분이 물처럼 흘러내렸다. 그녀는 오히려 그를 걱정하고 있었다. 하지만 걱정할 것은 하나도 없었다. 프리제와 엘쉬가에 대한 감정은 회귀 전, 그들의 목을 쳐 내는 그 순간 모두 지웠기 때문이다. 이전 그들에게 아무런 감정도 미련도 없었다.

뮈젤이 더 이상 로헨에게 아무런 감정도 느끼지 않는 것처럼 그도 엘쉬가와 프리제에게 아무런 감정도 느끼지 않는다. 그에겐 오로지 뮈젤, 그녀 하나만 있으면 되었다. 그는 고개를 끄덕이곤 그녀를 안아 들었다.

"참으려고 했는데 안 되겠다."

그의 말을 이해한 그녀가 놀라서 그를 쳐다보더니 목까지 붉어져서는 당황한 얼굴로 횡설수설했다.

"무, 무슨 그런 소릴! 지금 낮이야!"

부끄러워하는 그녀를 보고 있으니 더 참기가 어려워졌다.

"하는데 밤과 낮은 상관없잖아."

그녀의 귓가에 조용히 속삭이자 그녀가 비명을 지르며 그의 품에 얼굴을 묻었다. 그가 결국 웃음을 터트렸다. 그녀의 웃음소리, 말투 하나하나 전부, 모조리 행복했다. 그녀는 그의 세상이고 전부였다. 이 행복이 영원하기를.

<完>

외전. 끝이 보이지 않는 가시밭길을 위하여

특별한 날은 아니었다. 바람이 조금 서늘했고, 태양이 따갑게 반짝였으며 아린느는 개처럼 날뛰었다.

"뮈제에에에에엘!"

아린느의 광폭한 외침에 정원 벤치에 앉아 책을 읽던 메르넨은 짜증스럽게 고개를 들었다. 2층 열린 창문 사이로 커다란 굉음과 함께 물건 부서지는 소리가 들려왔다. 이윽고 형체를 알 수 없게 엉망이 되어 버린 천 쪼가리가 창밖으로 던져졌다. 메르넨은 황망히 앉아 2층 창문을 벗어나 낙화하는 옷가지를 바라보았다. 보아하니 뮈젤의 드레스다.

"뭐 하는 짓이야! 이 머저리야!"

뮈젤의 찢어질 듯한 비명 소리가 2층 창문을 타고 들려왔다. 메르넨은 결국 책을 접었다. 그녀의 시녀 릴다가 눈치를 살피며 2층 창문에 시선을 주었다.

"도저히 못 참겠군."

릴다가 황급히 그녀에게서 책을 받아 들었다. 릴다는 그녀의 행동을 예측하고 거슬리지 않게 보좌하는 훌륭한 시녀였다. 그녀는 곧장 뮈젤의 방으로 향할 것이고, 아린느와 뮈젤의 따귀를 한 대씩 때릴 것이다. 그러다가 아린느와 머리끄덩이를 붙잡고 바닥을 구를 게 분명했다. 아린느도 뮈젤도, 그리고 그녀도 늘 반복되는 패턴을 알면서도 매번 서로를 향해 으르렁거리기 바빴다. 보는 사람들은 이해할 수 없지만, 그들을 매일 보는 모르제 가문의 고용인들 중엔 '그런 게 자매란 걸까?'하는 반문을 하는 사람이 있기도 했다.

"대체 어떻게 어머니 아버지 밑에 저런 것들이 나왔는지 이해할 수 없어. 그렇게 혹독하게 예절 교육을 받으면서도 왜 저 모양인지. 저 계집들 교양 수업으로 얼마가 소비되는지 아니?"

잔뜩 성이 난 걸음걸이로 저택을 들어가던 메르넨이 대뜸 릴다를 돌아보며 물었다.

"사교계에 데뷔한 지가 언젠데 아직도 교양 수업을 받는단 말이니? 내가 진짜 저것들 창피해서……."

메르넨이 고개를 저었다. 릴다는 그녀의 책을 품에 안고서 불현듯 떠오른 소식을 전했다.

"그러고 보니 오늘 뮈젤 아가씨를 가르칠 새 프릴시아 선생님이 오신다던데요?"

"알 게 뭐니. 부끄러워서 그 선생을 볼 낯짝이 없구나."

메르넨이 지긋지긋하단 얼굴로 계단을 올라갔다. 마침 계단 위에선 누군가 내려오고 있었다. 단단하게 벌어진 어깨에 검은 머리카락, 그리고 새하얀 피부에 유난히 입술이 붉은 남자였다. 갖춰 입은 옷깃 사이로 탄탄한 몸매가 드러날 정도라 메르넨은 저도 모르게 그에게 시선을 주었다. 때마침 눈이 마주쳐 민망해하는 그녀에게 그가 먼저 다가와 웃으며 손을 내밀었다.

"반갑습니다, 메르넨 아델 뒤프레 모르제."

메르넨은 계단 중앙에 어설피 서서 내밀어진 손을 가만 보았다. 그는 웃으며 여전히 손을 내밀고 있었고 그녀는 마지못한 척 그의 손바닥 위에 손을 포갰다. 그의 붉은 입술이 더 짙은 호선을 그린다. 메르넨은 그의 붉디붉은 입술이 제 손등 위에 닿았다 떨어지는 걸 멍하니 지켜보았다.

"뮈젤 클라베 로랑 모르제의 프릴시아 교육을 맡게 된 제라드 벤자민이라고 합니다."

넋 놓고 그의 얼굴을 바라보던 메르넨이 화들짝 놀라 손을 뗐다.

"프, 프릴시아 교육이요?"

그녀의 놀란 외침에 제라드가 호탕하게 웃음을 터트렸다.

"제가 좀 섬세한 면이 있습니다."

메르넨의 괴상한 표정을 본 제라드가 대답했다. 그러자 그녀가 곧 미안한 얼굴로 웃었다.

"남성분께서 귀족 여성들의 교양을 가르치신다니 너무 의외여서 그만……. 실례했습니다."

메르넨은 사과를 하면서도 이해할 수 없었다. 제라드의 각이 잡힌 자세와 탄탄한 근육들은 검을 오래 잡아 온 기사에 어울렸지 뜨개질을 뜨는 법이라든지, 귀족 여성들의 걸음걸이, 티 타임에서의 화술 따위를 가르치는 프릴시아 교육 선생에는 전혀 어울리지 않았기 때문이다.

그는 곧 메르넨의 생각을 읽었다는 얼굴로 웃으며 그녀에게 가까이 몸을 기울였다.

"사실 전 검을 더 잘 다룹니다. 이를테면, 검으로 뜨개질을 할 수 있을 정도로?"

물론 말도 안 되는 소리다. 검으로 뜨개질이라니. 하지만 뒤늦게 그게 농담이란 걸 알고 메르넨은 크게 웃음을 터트렸다. 뒤에 서 있던 릴다가 놀라 동그랗게 뜬 눈으로 메르넨과 제라드를 번갈아 보았다. 새하얀 이를 드러내며 해맑게 웃는 메르넨은 분명 낯선 모습이었다.

"재미있으신 분이군요. 뮈젤을 잘 부탁드려요. 워낙에 철이 없······."

메르넨이 말을 끝내기도 전에 계단 위에서 난데없이 사과가 날아왔다. 제라드가 재빨리 낚아채지 않았으면 그대로 메르넨의 얼굴에 맞을 뻔했다. 사과에 얼굴이 맞을 뻔했다는 두려움보다 메르넨도 릴다도 제라드의 순발력에 더 놀랐다.

"잠시만 지나갈게요!"

그 틈에 계단 위에서 뮈젤이 드레스 자락을 들고 황급히 계단을 내려갔다. 더 가관인 건, 뒤를 이어 아린느가 품에 잔뜩 들고 있는 사과를 무자비하게 던지며 그녀를 따라 내려갔다는 점이다.

"죽어! 죽어 버려어!"

아린느의 독기 가득한 외침에 계단을 내려가던 뮈젤이 휙 고개를 돌려 그녀를 노려봤다.

"야! 말 다 했냐! 너나 죽어 이 망아지야!"

"아아아악! 뮈제에엘!"

아린느가 들고 있던 사과를 전부 던져 버리고는 악다구니를 쓰며 뮈젤에게 달려들었고 뮈젤은 요리조리 몸을 피했다. 도망가는 뮈젤과 그녀를 따라가는 아린느가 사라지고 난 자리에 정적이 찾아왔다.

"죄, 죄송합니다. 뭐라 드릴 말씀이……."

메르넨이 부끄러움에 새빨갛게 달아오른 얼굴로 그에게 고개를 숙였다. 그러자 제라드가 황급히 손사래를 쳤다.

"아닙니다. 오히려 활기차고 좋아 보입니다."

그가 살짝 주변 눈치를 살피더니 메르넨에게 귓속말을 하듯이 뒷말을 이었다.

"제가 물론 프릴시아 교육 선생이긴 하지만, 귀족 여인들의 속이 빈 겉치레를 좋아하는 편은 아니거든요."

그리고 그 말에 메르넨은 충격을 받았다. 제라드가 좋아하지 않는 '귀족 여인들의 속이 빈 겉치레'가 저를 말하는 것이라고 여겼기 때문이다. 그리고 그녀는 처음 본 남자가 그렇게 말했다고 해서 충격을 받는 스스로의 심정에 대해서도 이해하지 못했다. 그녀는, 그렇게 그에게 첫눈에 반했다.

메르넨은 점잔 떠는 걸 썩 좋아했다. 귀족 영애라면 응당 그래야 한다는 의무감이 아니다. 그녀에겐 타고난 교양이란 게 있었다. 모르제 백작 부인은 그런 메르넨을 자랑스러워했고 모르제 백작은 대견해 했다.

"영애께선 감정을 억누르고 계시는 걸 좋아하시는 모양이군요."

그래서 그렇게 대놓고 그런 말을 하는 제라드가 그녀는 신기했다.

제라드는 뮈젤의 교육을 위해 일주일에 한번, 모르제 저택에 찾아온다. 메르넨은 그런 그와 우연히 지나는 복도에서 마주친 적이 많은데, 그때마다 그가 친근한 척 말을 걸어왔기 때문에 한 달이 지났을 때는 제법 많은 말을 주고받는 사이가 되었다. 대부분은 뮈젤의 교육에 관한 이야기였지만, 그는 그 외에도 메르넨에 대해 궁금한 점을 묻고는 했다.

그날도 그와 그녀는 복도에서 만나 창가에 기대 서서 긴 대화를 나누고 있던 중이었다.

"아린느 뒤망 페레데와 뮈젤 클라베 로랑은 자유로운 영혼 같다고 느껴질 때가 많습니다. 그에 반해 영애는 늘 무언가를 지키고 책임지고자 하고요."

"책임이라……."

"모르제란 이름은 당신께 제일 잘 어울리는 것 같습니다."

제라드가 한 말의 의미를 메르넨은 바로 알아차렸다. 아마도 다음 대 모르제 백작에 관한 이야기를 하고 싶었던 모양이다. 하지만 그 주제는 그녀가 좋아하는 이야기가 아니다.

"마치 저에 대해 모든 걸 아는 듯이 얘기하시는군요."

"이런."

메르넨의 날카로운 대답에 제라드가 곤란한 얼굴로 볼을 긁적였다.

"그런 뜻은 아니었습니다."

"아버지가 저택에 계시지 않을 때, 가문의 권리를 제가 위임받아 처리하곤 했습니다. 그러나 전 모르제 가문의 정식 후계자가 아니에요. 사람들은 모두 뮈젤이 가문을 이어받을 거라 말하죠."

그녀의 대답에 제라드가 이해할 수 없는 얼굴을 했다. 그는 정말로 뜻밖이라는 듯이 반문했다.

"대체 이유가 뭡니까? 어느 모로 보나 모르제 가문의 후계자는 영애로 보이는데."

"글쎄요. 그건 아버지만이 아시겠죠."

메르넨이 씁쓸하게 웃었다. 그리고 그 씁쓸한 웃음은 제라드의 뇌리에 한참 동안 남아 있었다. 그와 그녀는 분명 다른 상황에 놓여 있었지만, 어딘가 모르는 내면의 세계가 비슷하기도 했다.

메르넨은 모르제 가문의 '후계' 문제에 관해 민감한 편이었다. 모르제엔 당연시 가문을 물려받을 장자가 없었다. 그래서 자연스럽게 첫째인 메르넨이 후계자가 될 것이라 사람들이 생각했었다. 모르제 백작 부인의 호들갑 속에 온갖 후계자로서의 교육을 받아온 메르넨은 2년 전, 뮈젤에게 '포도 경매 관리권'이 넘어가고 큰 충격을 받았다.

'제가 더 잘할 수 있어요.'

그렇게 말했던 그녀에게 모르제 백작은

'알고 있다. 하지만 뮈젤이 포도주를 좋아하지 않으냐. 좋아하는 사람에게 좋아하는 일을 맡긴 것뿐이다.'

정말로 그뿐이었을까? 뮈젤도 아린느도 메르넨을 두고 모르제의 후계자라고 했으며, 그녀 스스로도 '내가 모르제 가문의 후계자야.'라고 했으나, 사실 모르제 백작이 정식으로 그녀를 다음 후계라고 언급한 적은 없었다.

"당신에겐 이야기를 들어줄 사람이 필요해 보입니다."

제라드가 웃으며 그녀의 어깨를 토닥였다. 메르넨이 당황해서 뒷걸음질을 치자 제라드가 두 손을 들어 보이며 실례했다며 사과한다.

"다음엔 밖에서 차라도 한잔하시겠습니까?"

데이트 신청이나 마찬가지였다. 메르넨이 놀란 토끼 눈을 하고 그를 보았다.

"이렇게 서서 긴 이야기를 하는 것도 이제 지쳐서 말이죠. 우리 다음부터는 편하게 앉아서 대화를 합시다. 영애와는 얘기가 잘 통하는 것 같아서 대화하는 게 즐겁네요."

메르넨이 빨갛게 달아오른 얼굴로 고개를 끄덕였고 제라드는 그런 그녀가 생각보다 더 귀엽다고 생각했다.

"그러고 보니 지내는 곳은 어디신가요?"

메르넨이 그렇게 묻는 중에 그녀의 뒤에서 아린느가 대뜸 튀어나왔다. 뒤에서 그녀가 다가오는 걸 알고 있었던 제라드가 난감한 얼굴로 입을 다물었다.

"뭐야. 메르넨. 뮈젤 교육 선생님 집 주소는 왜 물어봐?"

"어맛!"

대화 중 갑자기 끼어든 아린느의 물음에 메르넨이 화들짝 놀라 비명을 내질렀다. 잠시 휘청거리는 그녀의 팔을 부여잡은 제라드가 아린느를 보며 한숨을 내쉬었다.

"영애도 뮈젤 아가씨와 함께 교육을 받으셔야 할 것 같군요."

분명 힐책이었음에도 아린느는 기쁜 얼굴로 양손으로 볼을 감쌌다.

"어머, 그렇게 저를 교육하고 싶으셨나요?"

그 말에 메르넨은 곧장 썩은 얼굴이 되었고 제라드는 성가신 얼굴로 고개를 저었다.

"되었습니다. 저는 이만 가야 할 것 같군요. 다음에 또 뵙겠습니다."

메르넨에게만 작별 인사를 하고 멀어지는 제라드를 보며 아린느가 아쉬운 얼굴로 입맛을 다셨다.

"더 있다 가시지."

아린느가 아쉬운 얼굴로 중얼거렸는데 메르넨은 평소와 다르게 그녀에게 아무런 타박도 하지 않았다. 그러자 오히려 아린느가 돌아서는 메르넨에게 들러붙어 저를 왜 나무라지 않느냐며 채근했다. 그러나 메르넨은 깊은 생각에 잠겨 아린느의 대꾸를 받아 줄 정신이 아니었다.

제라드는 어딘가 특별했다. 메시리아의 일반적인 귀족 영식들과 다른 무언가가 그에게 있었다. 그게 자꾸 그녀의 신경을 건드렸다.

메르넨은 호베른에 나올 때면 제라드를 만나 수다를 떨곤 했다. 생각보다 그는 그녀와 대화가 잘 통하는 사람이었다. 후계자가 누가 되었든 메르넨은 귀족 가문의 첫째로서 가문의 미래를 걱정하지 않을 수 없었다. 아무런 생각이 없어 보이는 아린느와 뮈젤을 보면 더 그런 책임감과 부담감이 밀려왔다. 그리고 제라드는 그런 그녀의 심정을 누구보다 깊게 이해하고 있었다. 마치 똑같은 상황을 겪고 있는 사람처럼 공감하곤 했다.

"저는 외동이지만, 동생 같은 또래의 아이와 함께 자라 왔습니다. 그래서 동생을 둔 영애의 심정을 이해할 것도 같습니다."

동생 같은 또래의 아이라. 그런 이상한 표현이 다 있다니 메르넨은 놀라운 기분으로 그의 말을 곱씹었다.

"제라드는 꼭 여자 형제가 있는 사람 같아요. 그만큼 밝아 보이기도 하고……. 여성에 관한 배려심도 많고. 남자가 프릴시아 교육을 하는 게 사실 평범한 건 아니잖아요? 제라드는 포르단티에서 여자들에게 인기가 많았을 것 같아요."

메르넨의 말에 제라드가 곤란한 얼굴로 볼을 긁적였다.

"사실, 여자를 만날 시간이 없었습니다."

여자가 없는 환경에 있기도 했고. 제라드는 뒷말을 삼키고는 웃었다.

"약혼녀도 없었나요?"

메르넨이 눈을 반짝이며 물었다. 그가 망설임 없이 고개를 끄덕였다.

"제가 조금, 많이. 바쁘게 살았거든요."

제라드가 그녀를 향해 윙크했다. 메르넨의 얼굴이 순식간에 붉어졌다. 그녀는 참 알기 쉬운 성격을 가진 여자다. 제라드는 그런 그녀의 순수한 반응들이 좋았다. 그녀와 함께할 때면 정말로 평범한 일상 속에 제가 녹아 있는 것 같은 기분이 들었기 때문이다.

"영애를 보고 있노라면 제가 메시리아에서 태어났으면 어땠을까 하는 생각이 듭니다."

고국의 사람들이 그 말을 듣는다면 대노할 말을 그가 했다. 그의 아버지가 들었다면 단번에 그의 뺨을 쳤을 만한 말이었다.

"메시리아로 귀화하면 안 되나요? 이미 거주지와 일터가 모두 메시리아에 있으니. 절차가 어렵진 않을 거예요."

메르넨이 눈을 동그랗게 뜨고 대답했다. 그녀는 진심이었다. 그래서 제라드는 웃고 말았다.

"제가 보다 복잡한 사람이라……. 하지만 고민은 해 봐야겠군요. 조언 감사합니다."

물론 빈말이다. 고민의 가치도 없었다. 그는 그런 고민을 하면 안 되는 위치에 있는 사람이다.

"조언이 되었다니, 기쁘네요."

메르넨이 점잖은 얼굴로 미소를 지었다. 그 모습이 그림처럼 아름답다고 제라드는 생각했다. 그래서 그는 다시 그런 가정을 떠올리지 않을 수 없었다. 그가 메시리아에서 태어났다면 어땠을까. 그런 가정을 생각해 볼 만큼 그는 메르녠이 좋아졌다.

🍵 🍵 🍵

메르녠이 제라드의 정체에 대해서 알게 된 건, 그로부터 한 달 후였다. 그녀는 뮈젤과 아린느에 비해 에르만 궁전에 자주 들리는 편이었다. 모르제 백작은 정식으로 후계자를 지정하지 않았음에도 불구하고 메르녠에게 후계자에게 필요한 덕목들을 가르치곤 했다.

에르만 궁전으로 모르제 백작을 찾아가는 일조차도 메르녠에겐 백작의 업무를 배울 수 있는 경험의 일종이었다. 그리고 그곳에서 메르녠은 라미스와 자주 마주쳤다. 모르제 백작은 메르녠뿐만 아니라, 라미스도 에르만 궁전으로 자주 부르곤 했다. 물론 그의 불음이 아니더라도 라미스는 황실에서 하사 받은 출입증이 있었기에 자유자재로 에르만 궁전을 들릴 수 있었지만, 메르녠에겐 '모르제 백작이 직접 부르는 가, 아닌가.' 그것에 대한 의미가 남달랐다.

뮈젤과 어울리지 않는 신분의 남자.

그게 메르녠이 라미스에게 내린 정의였다. 그를 대하는 뮈젤의 태도는 둘째 치고 모르제 백작의 태도 또한 특별했다. 그래서 메르녠은 라미스를 확실하게 모르제 사람이라고 말하기도 아니라고 말하기도 애매한 태도로 늘 그를 대하곤 했다.

"자주 뵙는군요."

에르만 궁전 복도에서 마주친 라미스가 먼저 메르넨에게 인사했다. 그녀가 떨떠름한 얼굴로 그의 인사를 받았다.

"그러게요. 지나치게 자주. 뵙는군요."

메르넨의 대답에 라미스가 웃었다. 입은 웃고 있지만 눈이 웃고 있지 않았다. 라미스는 메르넨의 속내를 간파하고 있었고 메르넨보다 더 뛰어난 감각으로 상황 판단을 하는 남자였다. 그런 노련함은 늘 메르넨의 기분을 찝찝하게 만든다.

"와볼트 사람과 포르단티 사람의 차이점이 뭔지 아십니까?"

라미스가 메르넨을 향해 물었다. 메르넨은 그를 지나치려는 찰나, 걸음을 멈췄다. 라미스는 허튼소리를 하는 인사가 아니다. 아무리 그를 좋아하지 않는 그녀여도 그 정도는 알았다.

"와볼트 사람들은 거짓말을 잘한다는 거죠."

라미스가 주머니에서 작은 단추 하나를 꺼내더니 그녀에게 건넸다. 흑갈색의 사슴 뿌리가 새겨진 독특한 문양의 단추였다.

"이게 뭐죠?"

메르넨은 단추를 받아 들고는 이해할 수 없다는 얼굴로 그를 보았다.

"영애께서 누군가를 마음에 품었다는 걸 압니다. 너무 마음에 두지 마십시오."

그때 그녀는 그가 무슨 말을 하는지 이해하지 못했다. 그녀가 라미스의 말의 의미를 깨닫게 된 건, 제라드의 재킷을 발견하고서부터였다.

그날은 뮈젤의 교육 때문에 제라드가 모르제 저택에 방문하는 날이었다. 메르넨은 들뜬 마음으로 그 어느 때보다 신경 써서 치장을 마쳤고 교육이 끝났는지 뮈젤이 제라드와 함께 복도를 걸어오고 있었다.

"제라드, 재킷 좀 바꿔요. 아니면 단추를 끼워 넣든가. 프릴시아 교육 선생님의 옷가지가 바르지 못하다니. 문제가 있는데요?"

뮈젤이 고개를 저으며 제라드의 재킷을 손가락질 했다.

"이런 들켰군요. 단추가 떨어진 걸 저도 오늘에야 알았지 뭡니까."

제라드가 민망한 얼굴로 뒷머리를 긁적였고 뮈젤은 그런 그를 놀려 먹는데 집중하고 있었다. 메르넨은 상황을 이해하지 못하고 그들에게 다가갔다.

"안녕하세요, 벤자민."

메르넨이 먼저 그에게 인사하자 뮈젤이 새초롬하게 눈을 뜨고 그녀를 보았다.

"뭐야 메르넨. 너 내가 다른 교육 받을 때는 코빼기도 안 비추면서 꼭 제라드 수업이 있을 때만 나오더라?"

뮈젤. 이 얄미운 계집. 알고도 모른 척해 줄 수는 없는 건가? 메르넨이 성가신 얼굴로 뮈젤을 보고는 웃으며 제라드에게로 시선을 돌렸다.

"재킷에 문제가 있나 봐요?"

메르넨의 물음에 제라드가 민망한 얼굴로 단추가 떨어진 소매를 내밀었다.

"단추 하나가 없다고 제자가 스승을 구박하지 뭡니까. 이래도 되는 겁니까?"

"아니. 제가 언제 구박을 했다고 그래요? 전 스승님의 부주의를 있는 그대로. 말을 했을 뿐입니다?"

뮈젤은 제가 말하고도 자신의 화법에 뿌듯한 얼굴로 입매를 굳게 다물었다. 라미스에게서 배웠는데 제대로 응용하지 못해 이상하게 마무리된 화법이다. 메르넨은 뮈젤에게 질린다는 시선을 잠시 던져 줬다.

그리고 메르넨은 불현듯 라미스가 건네준 단추를 떠올렸다. 그리고 내밀어진 제라드의 소매에 없어진 단추 자국. 뭔가 해결하지 못한 문제를 떠올린 듯한 찜찜함이 그녀를 잠식했다. 메르넨은 제라드의 반대편 소매 단추를 살폈다. 잘 보이지 않았다. 단추가 사슴 뿌리 문양인가?

"제가 도와드릴까요?"

그녀도 모르게 나간 말이다. 메르넨은 내뱉고서도 후회했다. 외간 남자의 재킷에 떨어진 단추를 꿰매 준다니. 스스로 말하고도 무슨 정신으로 그런 말을 했는지 곧장 후회했다. 뮈젤이 감탄한 얼굴로 그녀를 보고는 어깨를 토닥인다.

"와, 네가 정말 안달이 났구나. 용기는 인정해 줄게."

메르넨은 실과 바늘이 있다면 제라드의 소매 단추가 아니라 뮈젤의 입을 꿰매고 싶다는 생각이 들었다.

"꿰매 주신다면 저야 감사하죠. 혼자 살고 있는 처지라 어찌해야 하나 했습니다. 단추가 떨어져서 그렇지, 싸구려는 아닙니다. 그래서 버리기엔 아깝기도 하고."

제라드의 말대로 그가 입은 재킷은 제법 고급스러워 보였다. 싸구려 원단 따위는 아니란 걸 한눈에 봐도 알 수 있었다. 뮈젤도 그 점은 인정한다는 얼굴로 고개를 끄덕였다.

"그럼, 베버한테 부탁할까?"

뮈젤의 말에 제라드가 고개를 저었다. 그가 그 말을 한 이유는 메르넨이 직접 단추를 꿰매 준다고 했기 때문이다.

"메르넨 아델께서 직접 단추를 꿰매 주신다고 하지 않으셨습니까."

제라드가 메르넨을 향해 눈웃음을 지었다.

"저는 영애의 손때가 묻은 재킷이 더 좋을 것 같습니다."

"뭐야. 제라드 변태 같아요."

뮈젤이 기겁하며 뒷걸음질 치자 제라드가 호쾌하게 웃었다. 그러나 그는 진심이었다. 메르넨이기 때문에 하는 부탁이었다.

"귀족 영애께서 직접 수선해 준 재킷 아닙니까. 제겐 영광입니다."

그녀여서가 아니라 귀족 영애여서라? 애매모호한 그의 말에 메르넨이 실망한 얼굴로 제라드를 보았다. 뮈젤이 슬며시 그녀의 눈치를 살피더니 뒤로 걸음을 슬슬 뺀다.

"그래요 그럼 메르넨에게 수선 맡기세요. 전 라미스와 약속이 있어서 이만……."

뮈젤은 메르넨과 제라드를 번갈아 보더니 꽁무니를 뺐다. 메르넨은 말없이 제라드를 보았다.

"재킷 주세요."

메르넨의 조용한 언급에 제라드가 기분 좋게 웃으며 재킷을 벗었다.

"금방 꿰맬 수 있을 텐데 응접실에서 기다리시겠어요?"

메르넨은 재킷을 받으며 물었고 그녀의 물음에 그가 고개를 갸웃거렸다.

"금방이라면, 제가 옆에 있으면 안 됩니까?"

그리고 그 답문엔 그녀가 당황한 얼굴로 고개를 들었다. 제라드는 턱을 쓰다듬으며 알 수 없는 시선으로 메르넨을 내려다보고 있었다.

그녀는 소매 단추를 살폈다. 떨어진 오른쪽 소매가 아닌 단추가 잘 붙어 있는 왼쪽 소매에는 사슴 뿌리 문양이 새겨진 단추가 보였다. 메르넨은 라미스가 준 단추가 방에 있다는 사실을 떠올렸다. 아니야. 문양만 같은 단추일 수도 있지.

메르넨은 한숨을 내쉬고는 제라드를 향해 고개를 끄덕였다.

"그럼 응접실에 계세요. 새로 달 만한 단추를 가져올게요."

"시녀를 시키면 되지 않습니까? 영애께서 꼭 직접 가야 합니까?"

제라드가 이해할 수 없다는 얼굴로 그녀를 봤다. 메르넨은 잠시 생각하는가 싶더니 고개를 끄덕였다.

"그렇네요."

그녀는 결국 시녀를 불러 반짇고리함을 가져오도록 지시했다.

'와볼트 사람과 포르단티 사람의 차이점이 뭔지 아십니까?'

'와볼트 사람들은 거짓말을 잘한다는 거죠.'

이해할 수 없는, 여전히 이해하기 힘든 그 문장이 자꾸 메르넨의 뇌리에서 떠나질 않았다. 그녀는 직감적으로 그 말이 제라드와 관련 있는 것임을 알았다. 라미스가 뒤이어 '영애께서 누군가를 마음에 품었다는 걸 압니다. 너무 마음에 두지 마십시오.'라고 덧붙였기 때문이다. 메르넨은 제라드를 좋아한다. 아니, 아마 생각보다 더 깊이 마음속으로 그를 좋아하고 있는지도 몰랐다. 그래서 단추로부터 오는 기묘한 찝찝함이 불쾌했다.

라미스가 준 단추가 정말 제라드의 것이라면, 라미스가 누군가를 겨냥하고 한 말의 그 '누군가'가 제라드가 된다는 말이다.

"괜찮으십니까?"

응접실 내부에 앉아 모락모락 피어오르는 찻잔만 노려보는 그녀에게 제라드가 물었다.

"네."

메르넨은 아무런 대답이나 내뱉은 뒤, 찻잔을 들었다. 생각 없이 차를 후루룩 들이킨 탓에 혀가 데었다. 그녀가 눈썹을 일그러트리자 제라드가 황급히 물 잔을 그녀에게 건넸다.

"무슨 생각을 그렇게 하길래……."

그는 혀를 차곤 그녀가 물 잔을 들이켜는 걸 가만히 보았다.

"제게 할 말 없으십니까?"

턱을 괴고 있던 제라드가 단도직입적으로 물었다. 물 잔을 들고 있던 메르넨의 손동작이 멈췄다. 그녀 스스로가 생각하기에도 평소 같지 않은 말투와 행동들이 난무했다. 무엇이 두려워서 갑자기 그에게 거리를 두는 것일까. 스스로도 알 수 없었다.

"아니요."

제라드가 눈썹을 추켜세우곤 한숨을 내쉬었다.

"그렇습니까."

때마침 시녀가 반짇고리와 재킷을 들고 나타났다. 메르넨은 반가운 얼굴로 그것들을 받았고 제라드는 턱을 괴고 그 모습을 가만히 지켜보았다.

그녀는 소매 단추에 남아 있던 단추를 뜯었다.

"아니 그건 왜……."

"비슷한 단추를 찾을 수 없으니, 아예 두 소매의 단추를 모두 바꿔 버리는 게 좋을 것 같아서요."

메르넨이 흑갈색의 방패 문양이 들어간 단추 두 개를 꺼냈다. 가만히 그녀가 바느질 하는 모습을 지켜보던 제라드가 웃었다.

"사실 저도 바느질 잘합니다."

제라드의 말에 그녀가 피식, 웃음을 터트렸다.

"검으로요?"

그녀의 물음에 제라드가 눈을 동그랗게 뜨더니 크게 웃음을 터트렸다. 그 호탕한 웃음소리가 메르넨이 놀라 바느질을 멈출 정도였다.

"영애께선 재미있으십니다."

"그런 말은 처음 들어요."

메르넨이 단호하게 대답하고는 다시 바느질을 이어 갔다. 제라드가 잔웃음을 터트리며 차분한 그녀의 얼굴을 지켜보았다.

"영애께서 저와 같은 나라에서 태어났으면 어땠을까 하는 생각이 듭니다."

바느질을 하던 메르넨의 손이 멈칫했다. 그녀는 곧 태연스럽
게 바느질을 이어 갔다. 메르넨의 가늘고 기다란 손가락이 능
숙하게 움직여 단추를 꿴다. 제라드는 고지식하고 누구보다 귀
족적인 그의 아버지가 보았다면 메르넨을 매우 마음에 들어
했을 것이라고 생각했다.

자신을 향한 찌를 듯한 시선에 결국 메르넨이 입을 열었다.

"다른 나라에서 태어난 게 문제가 되나요?"

"아니요. 그저…… 그랬으면 이렇게 망설이지 않았을 것 같습
니다. 지금은 제 입장이 당당할 수 없는 입장이라……."

평소 같았으면 제라드가 메시리아의 귀족이 아니라서 그런
말을 하는 거라고 생각했을 거다. 한번 의심을 시작하니, 아무
런 증거가 없었음에도 메르넨은 그가 무언가 숨기는 게 있다
는 생각을 했다.

"지금의 입장이 어떤데요?"

메르넨이 소매 단추 하나를 달고 나머지 소매에 단추를 달기
위해 바늘에 실을 다시 꿰었다.

"적어도 당신께 당당하게 좋아한다 말을 할 수 없을 정도."

메르넨이 헛손질을 해서 바늘이 손에 찔렸다. 제라드가 화들
짝 놀라 자리에서 일어났고 그가 손수건을 꺼내 그녀의 손을
지압하며 호들갑을 떨었다.

"괜찮으십니까?"

제라드가 걱정스러운 얼굴로 물었지만, 메르넨은 벌겋게 달
아오른 얼굴을 들기가 어렵다고 생각했다. 피가 난 손가락보다

얼굴이 더 붉은 건 아닐까 하는 걱정에.

"지, 지금 뭐라고……."

메르넨이 당황해서 말을 더듬거렸다. 제라드는 그녀 앞에 한쪽 무릎을 꿇고 있었다. 그녀의 손가락을 손수건으로 감싼 채로 손을 살피던 그가 고개를 드니 너무 가까이 그의 얼굴이 보였다.

"잊어 주세요. 저는 당신을 좋아해선 안 되고. 당신 역시 저를 좋아해선 안 됩니다."

그리고 그날 후로 메르넨은 한참이나 앓아누웠다. 열이 나지 않았음에도 불구하고 열병으로 앓아누운 그녀를 두고 뮈젤과 아린느가 상사병 아니냐며 놀려댔다. 그리고 메르넨은 혼자서 눈물을 터트렸다. 그녀의 손에는 똑같은 디자인의 단추 두 개가 있었다. 흑갈색의 사슴 뿌리 문양의 단추 두 개.

메르넨은 포르단티는 물론 와볼트로도 여행한 적이 있었다. 전부터 그가 포르단티 사람답지 않다고 생각하긴 했는데. 정말로 포르단티 사람이 아닐 줄은 몰랐다. 그는 와볼트 사람이 분명했다.

☕ ☕ ☕

메르넨은 라미스를 만났다. 메시리아 학교에서 만난 그는 한번은 그녀가 찾아올 것을 예상한 사람답게 차분했다. 메시리아 학교의 빈 교실에 그들은 마주보고 앉아 한참이나 침묵했다.

시녀나 시종이 없어 찻잔 하나 없는 삭막한 만남이었다.

"단추의 주인을 찾으셨나 봅니다."

결국 긴 침묵 끝에 라미스가 먼저 말을 꺼냈다.

"……네."

그녀가 목멘 목소리로 대답하고는 단추 두 개를 꺼냈다. 라미스가 팔짱을 낀 채 그런 그녀를 빤히 바라봤다.

"그가……."

메르넨이 한숨처럼 입을 열었다.

"그가 와볼트 사람인가요?"

그녀의 물음에 라미스가 피곤한 얼굴로 마른세수를 했다.

"와볼트의 군인입니다. 정확히는 와볼트의 첩자죠."

메르넨이 들고 있던 단추를 떨어트렸다. 작별을 고하는 마지막 인사처럼 단추들이 사정없이 바닥을 굴렀다. 제라드의 말이 옳았다. 그는 그녀를 마음에 둬서는 안 되는 인물이고 그녀도 그에게 마음을 줘서는 안 되는 인물이었다. 모든 걸 포기하고 사랑의 도피라도 하지 않는다면 결코 이루어질 수 없는 관계.

"그런 위험한 인물이 뮈젤의 교육 교사라니……."

메르넨은 짐짓 뮈젤을 걱정하는 척 굴었다. 라미스는 한숨을 쉬었다. 메르넨이 자리에서 일어났다. 라미스는 아무렇지 않은 척 일어났다가 비틀거리는 그녀를 부축했다.

"괜찮으십니까?"

메르넨이 피곤한 얼굴로 그의 손을 떼어 냈다.

"요즘 들어……."

메르넨이 한숨을 내쉬며 라미스에게 돌아섰다. 라미스는 가만히 서서 그녀의 말을 경청했다. 목이 자꾸 메는지 메르넨이 침을 한번 삼키고는 말을 이었다.

"요즘 들어 다들 저한테 괜찮냐고만 물어보는군요. 아직 넘어지지도 않았는데 괜찮냐고 물어보기도 해요. 아린느에게 드레스를 양보해도 괜찮은 거냐. 뮈젤에게 후계 자리를 양보해도 괜찮은 거냐. 결혼하지 않아도 괜찮은 거냐……."

메르넨의 눈에서 눈물방울이 후두둑 떨어졌다.

"그중에서 괜찮은 게 있냐고요? 하나도 없어! 난 아무것도 괜찮지 않아!"

메르넨의 뺨을 타고 쉼 없이 눈물이 흘렀다. 라미스는 결국 재킷 안주머니에서 손수건을 꺼내 그녀에게 건넸다. 메르넨은 그의 손수건을 받지 않았다.

"그건 뮈젤에게나 줘요. 난 필요 없어."

메르넨이 본인의 파우치에서 손수건을 꺼내며 말했다.

"그러니 괜찮냐고 물어보는 겁니다."

라미스가 말했다. 메르넨이 자신의 손수건으로 눈물을 닦으며 그를 봤다.

"네?"

"뭐든 혼자 해결하려고 하니까 질문하는 거 아닙니까. 말하지 않으면 영애의 마음을 알 수 없으니까. 말하지 않으면 영애가 괜찮은지 아닌지 알 수 없습니다."

메르넨의 손동작이 멈췄다. 라미스가 내민 손수건을 한번, 그리고 그녀의 손수건을 한번 보고는 어깨를 으쓱였다. 그는 재킷 안주머니에 다시 손수건을 넣으며 자리에 앉을 것을 권했다. 그녀는 엉망인 몰골로 밖을 나갈 수가 없어 다시 자리에 앉아 옷매무새와 얼굴을 정돈했다.

"장자 없이 첫째로 태어난 귀족 영애의 습관 같은 겁니다."

그녀가 착잡한 얼굴로 대답했다. 라미스는 그 말에 아무런 군더더기도 덧붙이지 않았다.

"아버지는 알고 계신가요? 그가 와볼트의 군인이라는 걸."

"보고 드렸습니다."

라미스가 간단명료하게 답했다.

"당신은 아버지의 사람이군요."

그녀의 말에 그는 기분 좋은 얼굴을 했다.

"언제나. 모르제 백작께서 가시는 길이라면 어디든. 그분의 뜻을 따를 겁니다."

라미스는 모르제 세 자매들보다도 모르제 백작을 존경하는 얼굴이었다. 메르넨은 그 점이 새롭고 신기했다. 어떻게 그럴 수가 있지?

"그렇다면 제라드의 향후 처우는……."

메르넨답지 않게 라미스의 눈치를 살피며 조심스럽게 입을 뗐다. 그러자 라미스가 다리를 꼬아 앉으며 웃었다.

"지켜보기로 했습니다. 그의 목적은 모르제가 아니라 라르메 전하니까요."

"감사…… 합니다."

메르넨은 제가 왜 감사한지도 모르고 감사 인사를 하며 자리에서 일어났다. 그리고 그런 그녀의 뒷모습을 바라보며 라미스는 한숨과 함께 고개를 저었다. 메르넨의 앞길이 벌써부터 가시밭길이었다. 보지 않아도 라미스의 눈엔 그 장면이 훤히 보이는 듯했다.

☕ ☕ ☕

의도적으로 메르넨은 제라드를 피했다. 약속을 잡는 게 아니라면 일주일에 한번 모르제 저택에서 보는 게 고작인 인연이었다. 그조차도 뮈젤의 교육만 끝나고 용건이 없으면 가야만 하는. 그와 그녀는 서로 만나야만 하는 필요가 없는 그런 관계다.

"들었니? 이번에 뮈젤한테 또 청혼서가 왔다더라?"

모르제 저택의 살롱에서 티타임을 하던 중 아린느가 심술궂게 빈정댔다.

"사교 활동도 안 하는데 왜 자꾸 재한테만 청혼서가 들어가는 거야?"

"아버지가 후계자로 그녀를 낙점할 것처럼 굴었으니까 그렇지."

"후계자는 너 아니었니?"

아린느가 이상한 소리를 다 한다며 그녀를 보았다. 메르넨은 얌전히 앉아 책을 읽으며 찻잔을 들었다.

"포도 경매 관리를 뮈젤한테 위임했잖니. 그게 암묵적으로 그녀'도' 후계자라고 생각하고 있다는 뜻 아니겠어?"

"뭐야. 그럼 나는?"

아린느가 분개하자 메르넨이 그녀를 한번 흘끔 보고는 고개를 절레절레 흔들었다. 아린느가 한참을 혼자 화를 터트리다가 무언가 생각난 얼굴로 그녀를 돌아봤다.

"뮈젤은 그렇다 치고 넌 왜 남자 안 만나? 너한테도 들어온 청혼서가 있잖아."

"하나같이 마음에 들지 않아."

메르넨은 뜨거운 차를 천천히 들이켰다.

"까다롭기는."

"내가 까다로워서가 아니야. 난 까다롭게 굴어야만 해."

그녀가 주문처럼 그 말을 읊조렸고 아린느는 지겹다는 얼굴로 자리에서 일어났다. 아린느는 입도 대지 않은 자신의 찻잔을 흘끔 보고는 입맛을 다셨다. 그 앞에 쿠키가 놓여 있었기 때문이다. 그 고민을 알아차린 메르넨이 고개를 저었다.

"아서라. 살 빼는 중이라며. 참아."

"아, 안 먹으려고 했거든? 흥!"

그리고 아린느가 성난 걸음으로 밖으로 나가고 뮈젤이 안으로 들어왔다.

"쟨 또 왜 저래?"

뮈젤의 물음에 메르넨은 그저 어깨를 으쓱이고는 다시 책에 집중했다. 뮈젤은 아린느가 손도 대지 않은 찻잔을 후룩 들이켰다.

"다 식었네."

그러고는 곧장 초코 쿠키를 집어 먹는다. 메르넨도 체중 조절 중이라 손대지 않은 쿠키였다. 그녀는 야금야금 쿠키를 씹어 먹는 뮈젤을 보았다. 그녀의 시선을 알아챈 뮈젤이 어깨를 으쓱였다. 뮈젤은 그녀의 눈빛을 보고 '할 말도 없으면서 왜 앉아 있냐'며 타박하는 것으로 착각했다.

"제라드가 너 찾던데? 뭐 사고 쳤니?"

"사고는 네가 치는 거고."

메르넨은 다시 시선을 내려 책장을 넘겼다. 그러자 뮈젤이 그녀답지 않게 메르넨의 말을 인정했다.

"그래, 인정. 하지만 나도 축복의 탑은 가고 싶지 않았어. 라미스가 하필 거기로 끌려간 걸 어떡하니? 내가 구해 와야지."

"구해 온다고?"

메르넨은 뮈젤의 발언에 눈썹을 추켜세우고 그녀를 봤다. 뮈젤은 대수롭지 않은 얼굴로 고개를 끄덕였다.

"응. 라미스가 올 수 없으니까. 내가 가야지."

뮈젤은 적극적이다. 늘 그랬다. 자신이 생각하는 바를 언제나 숨김없이 솔직하게 표현하곤 했다. 메르넨은 갑자기 그런 뮈젤의 성격이 못 견디게 부러워졌다.

"네가 간다고 달라질 건 없잖아. 그냥 여기서 그가 오기를 기다리는 건 어때?"

메르넨의 덤덤한 물음에 뮈젤이 고개를 저었다.

"그런 건 싫어. 난 라미스를 하루라도 빨리 봐야겠어. 물어보고 싶은 것도 많고."

뮈젤은 '약혼 신청은 왜 안 하고 간 거야?' 따위의 말을 중얼거리며 투덜댔다.

"메르넨 아가씨, 제라드 벤자민 선생님께서 아가씨를 찾으셔요."

살롱 밖에서 메르넨의 시녀 릴다의 목소리가 들려왔다.

"뭐야. 진짜 뭔 일 있는가 보네?"

뮈젤이 웬일이냐는 얼굴로 메르넨을 위아래로 훑었다.

"아무리 그래도 제라드를 가까이하진 마라. 위험한 남자야."

그녀가 메르넨의 귓가에 속삭였다. 그리고 메르넨은 살롱을 나가는 뮈젤의 뒷모습을 멍하니 지켜보았다. 뮈젤도 아는 걸까? 라미스와 늘 붙어 있으니 그가 그녀에게 얘기를 한 걸까? 아니다. 라미스는 뮈젤에게 그런 위험한 발언을 실수로라도 할 만한 인사가 아니다. 그럼 뮈젤은 뭘 알고 말을 하는 걸까?

메르넨은 자리를 정돈하고 일어났다. 읽던 책을 테이블 위에 올려 두고 릴다를 따라 제라드가 기다리고 있을 응접실로 걸음을 옮겼다.

커튼이 모두 걷혀 있어 따사로운 햇빛이 내리쬐는 응접실이다. 그리고 그 가운데 앉아 있는 남자는 그림처럼 우아해 보였다. 살생하는 군인에게 '우아'라니 참 어울리지 않는 단어다. 메르넨은 그렇게 생각하면서도 제라드가 우아한 매력이 있는 사내라고 생각했다.

"많이 바쁘신가 봅니다."

그녀가 맞은편에 앉는 것을 본 제라드가 입을 열었다.

"네."

메르넨은 성의 없는 대답을 한 뒤, 릴다가 가져오는 찻잔을 멍하니 바라봤다. 사실 제라드를 보고 있기가 껄끄러웠다. 그녀는 이미 그에게 마음을 줬다. 그건 이제 와 부정할 수 없는 사실이다. 그리고 그는 그녀가 마음을 줘서는 안 되는 인물이다. 그의 손을 잡으면 그녀 앞엔 끝이 보이지 않는 가시밭길만 한창일 게 분명했으니까.

"전, 뮈젤을 따라 축복의 탑으로 갈 생각입니다."

제라드가 덤덤하게 말했다. 메르넨은 찻잔을 든 손을 헛디뎠고 찻잔이 뜨거운 찻물을 흘리며 바닥을 굴렀다. 찻잔은 깨지지 않았다. 제라드가 황급히 일어나 손수건을 꺼내 그녀의 드레스 자락을 닦았다. 찻물이 많이 튀진 않았다. 릴다가 들어와 찻잔을 수거해 가고 나자 어색한 정적이 응접실 내부를 메웠다.

"떠나실 거잖아요."

메르넨은 허탈한 기분으로 대답했다.

"네."

그는 빈말조차 하지 않았다.

"그럼 이런 거 하지 마세요. 잘해 주지 마시고. 찾아오지 마세요."

메르넨이 마른침을 삼키고 힘겹게 말했다. 그녀는 제라드의 눈도 마주치지 못했다.

"마음 써 주셔서 마음을 드렸더니…… 떠난다고 하시네요."

메르넨이 결국 찻물 닦던 손수건으로 눈물을 닦는다. 그는 한숨과 함께 두 손으로 마른세수를 하며 그녀를 보았다.

"마음…… 주셨습니까, 저한테."

"그걸 말이라고……!"

메르넨은 결국 눈을 감았다. 한참 동안 속으로 무언가 삼키듯 아무런 말이 없던 메르넨이 결국 자리에서 일어났다. 제라드는 그녀의 모습을 힘겨운 기분으로 지켜보았다.

"작별 인사는 안 하고 싶어요."

메르넨은 그대로 뒤도 돌아보지 않고 응접실을 나갔다. 제라
드는 가만히 자리에 앉아 테이블 아래 떨어진 메르넨의 손수
건을 보았다. 그는 천천히 그 자리에 그녀의 손수건을 꺼내 주
워 재킷 안에 넣었다.

"자리를 정리할까요? 아니면 차를 더 드시겠습니까?"

다른 시녀가 들어와 난잡한 응접실 분위기를 보고 그에게 의
견을 구했다. 제라드는 고개를 저으며 자리에서 일어났다.

"정리하세요. 아무것도 남지 않도록 깔끔하게."

라다안은 제라드라는 가명을 벗고 원래의 자리를 찾아 돌아
왔다. 뮈젤의 뒤를 쫓아 축복의 탑으로 향했고 그 과정에서 만
난 엘쉬가와 로헨은 예전과 다르지 않았다. 여전히 이기적인
사람들이라고 라다안은 생각했다.

"너도 크게 달라진 건 없어."

그에게 납치된 엘쉬가가 눈에 독기를 품고 내뱉은 말이다.
라다안은 그녀를 끌고 와볼트 황실로 들어가 황제에게 그녀를
받치면서도 눈 하나 까딱하지 않았다.

"수고가 많았다."

라다안의 아버지 첸들러 후작은 인사 대신 그의 노고를 치하
했다.

"해야 할 일을 했을 뿐입니다."

챈들러 후작은 라다안의 대답이 만족스럽다는 듯이 웃었다. 어차피 라다안은 그가 아버지로서 그를 환대할 것이라 기대하지도 않았다.

"스테반 공작가에 청혼서를 보낼 예정이다."

집무실을 나가려는 라다안의 발을 붙드는 말이었다. 그제야 라다안은 챈들러 후작의 책상 위에 놓인 서간을 발견했다. 챈들러 가문의 문양이 새겨진 서간이었는데 흔히 청혼서를 보낼 때 사용하는 꽃문양 봉투가 눈에 띄었다.

"당분간은 그럴 여유 없습니다."

라다안의 단호한 대답에 챈들러 후작은 여유로운 얼굴로 미소 지으며 서간을 흔들었다.

"여유를 가지란 소리 아니다. 이건 네 의무야."

통보였다. 라다안은 짜증스런 기분으로 와락 표정을 구겼다.

"마음대로 하십시오. 전 분명히 말씀드렸습니다. 여자 만날 시간? 없습니다. 혼인에 시간을 쏟을 여유 또한, 없습니다."

라다안은 곧장 챈들러 후작의 대답을 듣지 않고 집무실을 나왔다. 그리고 챈들러 후작은 라다안이 나간 빈자리를 보다가 어깨를 으쓱이고는 근처에 서 있던 시종에게 서간을 넘겼다.

"스테반 공작가로 보내도록."

챈들러 후작도 알았다. 어차피 라다안은 그의 뜻대로 따라 줄 것이다. 그는 한 번도 챈들러가에 실이 되는 일을 한 적이 없는 아이였다.

그리고 라다안은 그렇게 단정하는 챈들러 후작의 태도가 마땅치 않았다. 원래의 그였다면 후작의 말에 별다른 말없이 알겠노라 했을 것이다. 그러나.

'마음 써 주셔서 마음을 드렸더니…… 떠난다고 하시네요.'

메르넨의 목소리가 그의 귓가에서 떠나질 않았다. 그러나 뜻밖에도 그가 생각지도 못한 곳에서 마주친 사람은 메르넨이 아니라 뮈젤이었다. 미하엘의 부름으로 황태자궁으로 향하는 중이었다. 그는 황태자궁 입구에서 실랑이하는 키 작은 여자아이를 발견했다. 동글동글한 얼굴에 큰 눈을 깜박이는 게 딱 뮈젤이었다.

생각지도 못한 곳에서 무의식중에 그리고 있던 추억의 일부분과 조우하게 됐다. 라다안은 제가 있는 곳이 와볼트라는 사실도 잊은 채, 뮈젤을 살폈다. 그녀가 너무 달라진 것 없이 천진했기 때문에 상황의 괴이함을 느낄 틈도 없었다.

"영애가 여긴 어떻게……."

그는 말을 하면서도 뮈젤의 꾀죄죄한 복장을 보고 눈살을 찌푸렸다. 예나 지금이나 잔소리를 하게 만드는 소녀였다.

"대체 이런 복장으로 여긴 왜 계신 겁니까?"

라다안은 뮈젤 앞에 한쪽 무릎을 꿇고는 구겨진 드레스 자락을 손수 손으로 펴 주며 잔소리를 퍼부었다.

"제가 늘 말했잖습니까. 복장은 바르게!"

뮈젤의 소매를 똑바로 정돈해 주고 나니 이번엔 목까지 오는 단추가 삐뚤어진 게 보였다. 그가 어쩔 수 없다는 얼굴로 한숨을 내쉬며 그녀의 단추를 다시 고쳐 매 줬다.

"제가 누누이 몸가짐을 바르게 하라고 말씀드렸는데. 이 흙자국은 뭡니까? 맙소사. 여기엔 또 뭐가 묻은 거지? 지워지지도 않아!"

라다안이 침을 발라 뮈젤의 소매에 묻은 정체불명의 자국을 지웠다. 뮈젤이 순진무구한 눈빛으로 그런 그를 가만 바라보고 있었다. 그래서 잠시나마 자신의 지위를 망각했다. 그녀가 앞에 있으니 잠시나마 추억하고 싶었던 과거의 순간과 조우하는 것 같아서.

뮈젤이 미하엘의 시녀로 들어왔다는 소식보다 더 놀라운 건 메르넨도 펠리움 궁전에 입성했다는 사실이었다. 라다안은 와볼트 황제의 계획을 알고 있었다. 메르넨이 과연 이 난장 속에 멀쩡할 수 있을까?

그래서 라미스가 사절단의 탈출을 모른 척해 달라며 터무니없는 요구를 했을 때, 그는 오히려 안심했다. 서로 무장한 군사들이 들이닥칠 것을 알고 모인 연회의 막이 올랐다. 그리고 라미스의 말을 믿고 안심했던 그에게 핏물 뒤집어쓴 메르넨이 보였다. 덜덜 떠는 몸으로 시체 속을 헤집고 다니는 여자.

"왜 메르넨이 저기 있어? 왜 메르넨이!"

어디선가 찢어질 듯한 여자의 비명 소리가 들려왔다. 라다안은 혼잡한 전쟁 통에 멀리 선 라미스와 뮈젤을 보았다.

라다안은 망설이지 않았다. 곧장 메시리아의 기사들, 와볼트의 기사들을 모두 제압하고 메르넨을 안아 들었다.

"제라드?"

메르넨이 동그랗게 뜬 눈으로 그의 얼굴을 보았다. 그제야 라다안은 한 번도 그녀에게 그의 진짜 이름을 말한 적이 없다는 걸 깨달았다.

"라다안입니다. 라다안 첸들러."

"라다안, 라다안……. 뮈젤이, 우리 뮈젤 좀 찾아 줘요……."

메르넨이 그의 품에 안겨 그의 소매를 부여잡고 울음을 터트렸다. 메르넨은 그를 보고 안심했다. 그가 적국의 기사란 사실을 알면서도 너무 안심해 그만 긴장의 끈을 놓고 기절했다. 라다안은 제 품에서 기력을 잃은 메르넨을 잠시 보곤 뮈젤과 라미스에게 다가갔다.

"지금 이걸 무슨 뜻으로 받아들여야 합니까, 라다안 경."

라미스가 '경'이라 존칭한 건 다분히 의도적이었고 그 의도를 라다안도 알아차렸다.

"제 변덕입니다. 뜻을 부여하지 마십시오. 그녀에게도 그 말을 전해 주시기 바랍니다."

라다안은 눈을 감고 있는 메르넨의 얼굴을 한 번 바라보았다. 그리고 미련 없이 등을 돌렸다. 라다안은 그걸로 되었다고 생각했다. 이제 정말로 끝이다. 그러다가 문득 그는 제 검 손잡이에 매여 있는 손수건을 바라봤다. 언젠가 우연히라도 그녀를 다시 만나게 된다면 전해 주겠다고 생각한 그녀의 손수건이다. 하지만.

"이 정도는 추억으로 간직하면 안 됩니까."

라다안은 혼잣말을 중얼거린 뒤, 손수건을 한번 만지고는 검을 들었다.

그는 최후의 최후까지 와볼트라는 짐을 짊어지고 싸웠다. 하지만 끝내 그는 빛을 보지 못했다. 와볼트는 패망했다. 저를 따른 기사들과 함께 메시리아의 지하 감옥에 갇히면서도 라다안은 당당했다. 제게 주어진 짐을 책임지기 위해 많은 것을 포기하고 최선의 최선을 다했다. 누구도 그를 나무랄 수 없었다.

"로헨은 내게 골칫거리야. 그가 태어나는 순간부터 지금까지 늘."

감옥까지 친히 찾아온 조반니가 라다안을 향해 말했다. 라다안은 피곤한 얼굴로 앉아 쇠창살 사이로 보이는 조반니의 오만한 얼굴을 올려다보았다.

"그러니 그대가 나의 짐을 대신 짊어져 줘야겠다."

와볼트의 짐을 덜었다고 후련했던 건 아니었으나, 조반니가 또 다른 짐을 그에게 짊어주자 불쾌했다. 라다안의 생각을 읽은 조반니가 그를 설득했다.

"메르넨 아델 뒤프레 모르제를 생각하게. 자네가 그렇게 삶에 미련 없다는 얼굴로 죽어 버리면 슬퍼할 얼굴 말일세."

그가 메르넨과 라다안의 관계를 어떻게 알았나 했더니 라미스의 충언이 있었단다. 조반니의 마지막 말이 결국 라다안을 움직였다.

그리고 그 사실을 알지 못하는 메르넨이 뮈젤과 함께 라다안의 처형식장에 나왔다. 그녀는 검은 드레스를 입고 있었다. 라다안을 향한 애도의 표식이었다. 메르넨은 어쩌면 마지막이 될 라다안이 얼굴이 보고 싶어 나왔으면서도 그의 죽음은 보고 싶지 않다고 생각했다. 이중적인 마음이지만, 지금 그녀의 심정이 딱 그랬다.

혼잡한 사람들 틈새에서 뮈젤의 손을 놓친 메르넨은 황망히 서서 멀어져 가는 뮈젤의 금발을 바라봤다. 그리고 그 틈으로 누군가가 그녀의 손을 낚아챘다.

"메르넨."

돌린 시선에 잔뜩 초췌해져 푸석푸석한 피부와 퀭한 눈을 한 라다안이 서 있었다. 그녀는 말을 잇지 못했다. 입만 뻐끔뻐끔 하며 상황을 이해하지 못하는 사이 그가 그녀를 감싸 안았다.

"제겐 가진 짐이 많아 그대에게 그 짐을 덜어 드릴 자신이 없습니다."

그의 너른 품에 안겨 메르넨은 결국 울음을 터트렸다. 그를 만난 이후 부쩍 잦아진 눈물이다. 라다안의 커다란 손이 그녀의 뒷머리를 조용히 쓰다듬었다. 그녀는 생명 줄을 부여잡듯이 그의 옷깃을 부여잡고 펑펑 눈물을 흘렸다.

"저한테 손 한번 내밀어 주시지."

메르넨이 목멘 목소리로 대답했다.

"함께하자고 말해 주시지."

그녀의 원망 어린 목소리에 라다안이 착잡한 얼굴로 눈을 감았다.

"그랬다면 그 앞에 펼쳐진 미래가 끝이 보이지 않는 가시밭길이라도 기꺼이 걸었을 거예요."

권리와 의무. 책임이라면 이미 메르넨의 어깨에도 수만 가지 짐이 얹어져 있었다. 그러나 라다안이 그녀에게 함께하자고 손을 내밀었다면. 그 모든 걸 내려놓을 자신이 있었다. 이미 그녀에겐 힘에 겨워 버거웠던 무게였기에.

"용서하세요. 지금도 저는 당신에게 손을 내밀 자신이 없습니다."

라다안은 끝내 메르넨에게 함께 하자는 말을 하지 않았다. 그로부터 며칠간 모르제 저택에 머물렀다.

그리고 그는 불현듯 떠났다. 메르넨에게 편지 한 장을 남기며.

사랑하는 메르넨.

당신에게 따뜻한 목소리가 아닌 차가운 글자로 인사드리게 되어 매우 송구합니다. 여전히 용기 없는 저를 용서하지 마십시오. 비난하십시오. 당신의 비수라면 기꺼이 받아 드리겠습니다. 영애께선 제게 끝이 보이지 않는 가시밭길이라도 함께 걷는다고 말씀하셨습니다. 하지만 그건 제 자신이 용납할 수 없습니다. 저는 당신에게 가시밭길이 아닌 꽃길을 걷게 해 주고 싶습니다. 그런 제 욕심이 과하다 말씀하셔도 할 말이 없습니다. 다만, 기다려 주십시오.

반드시 영애께 돌아오겠습니다.

메르넨은 그 짧지도, 길지도 않은 편지 한 장을 부여잡고 몇 날며칠을 울며 밤을 지새웠다. 라다안은 긴 여행을 떠났다. 로헨이라는 족쇄를 채우고. 그게 사형을 선고하지 않은 조반니의 벌이었다.

언제 끝날지 모르는 여정이다. 그러나 언젠가는 종지부를 찍게 해 주겠다는 조반니의 기약 없는 날짜만 기다리며 그는 오늘도 내일도, 여행 중이었다.

메르넨은 모르제 백작 가문의 정식 후계자로서 교육을 시작했다. 어머니의 권유에도 그녀는 혼인을 하지 않았다. 메르넨은 메시리아 최초로 혼인도 하지 않고 백작 위를 물려받는 가주가 될 예정이었다. 다음 백작 위는 아린느, 뮈젤의 아이에게 물려주겠다고 선언하니 모르제 백작도, 백작 부인도 별다른 반박은 하지 못했다.

"작은 백작님, 편지가 왔어요."

모르제 백작 가문의 한해 지출 내역서를 작성하던 메르넨이 고개를 들었다. 릴다가 손에 편지를 들고 그녀에게 다가왔다.

"이름이 적히지 않았어요. 그분이에요."

보내온 곳도 이름도 적히지 않는 편지 한 통. 매달 말일에 라다안이 정기적으로 보내는 편지였다. 로헨을 데리고 여행하는 여정이 적힌 내용의 편지. 그저 일상이 나열된 문장 안에서 메르넨은 그의 안부를 확인했다.

한 글자, 한 글자 눌러쓴 필체 안에서 느껴지는 고민의 흔적들. 메르넨은 그마저도 사랑했다. 그렇게 편지만 주고받은 세월이 벌써 십 년이다. 뮈젤과 아린느의 아이들이 벌써 커서 메르넨에게 이모님, 이모님 말을 하기 시작했을 정도로 긴 세월이 지났다.

"작은 백작님. 그분 편집니다."

모르제 백작이 본격적으로 작위 수여를 진행하겠다고 선언한

뒤로 메르넨은 일명 '작은 백작'이라고 불렸다. 그녀는 집무실
에 앉아 있다가 릴다가 가져오는 편지를 받았다.

그날도 다른 때와 다를 것 없는 평온한 여행기가 적혀 있겠
거니. 메르넨은 생각하며 들뜬 마음으로 편지를 열었다. 그리
고 그곳에 적혀 있는 짧은 한 문장을 보고 그녀는 자리에서
벌떡 일어났다.

영애께 갑니다.

메르넨이 흥분으로 당황하여 어찌할 바를 모르고 우왕좌왕했
다. 서류가 바닥에 어지럽게 흩어지는 것도 돌아보지 않은 채
그가 집무실을 뛰쳐나왔다.

"어머, 백작님! 작은 백작님!"

릴다가 급하게 그녀의 뒤를 따라 집무실을 나왔을 때였다.
때마침 달려온 시녀가 메르넨과 릴다를 보고 토끼 눈이 되어
걸음을 멈췄다.

"무슨 일이니?"

메르넨의 급한 물음에 시녀가 우물쭈물 대답했다.

"작은 백작님을 찾아온 손님이 계십니다."

그리고 직감적으로 메르넨은 그게 누군지 알았다. 그녀는 그
대로 달렸다. 거칠 것 없이 뛰었다는 표현이 더 정확했다.

"잠시만요! 기다려 주세요, 작은 백작님!"

뒤에서 릴다의 외침이 들려왔지만 메르넨은 그조차도 듣지
못할 정도로 정신이 없었다. 황급히 계단을 내려가고 응접실을

향해 뛰었다. 그러다가 드레스 자락에 걸려 엉망으로 넘어졌는데 아픔보다는 빨리 응접실로 달려가고 싶다는 마음이 더 컸다.

"그렇게 급히 누구를 보러 가십니까?"

자리에서 일어나려던 메르넨의 머리 위로 낯설지 않은 목소리가 들려왔다. 그토록 보고 싶어 뛰어왔음에도 막상 그의 얼굴을 확인하려니 메르넨은 반가움보다는 두려움이 앞섰다. 이게 꿈이라면 어떡하지? 매일같이 반복해서 꾸던 꿈이다. 늘 꿈으로만 끝났던 순간.

"제 얼굴이 보고 싶지 않으셨던 모양입니다."

메르넨이 그제야 고개를 들었다. 그녀의 눈앞으로 새카만 흑발에 아름다운 미소로 그녀에게 손을 내밀고 있는 라다안 첸들러가 보였다. 그를 보자마자 뿌연 눈물이 시야를 가렸다. 그러자 그가 곤란한 얼굴로 웃더니 그녀의 손을 잡고 몸을 일으켜 주었다.

"전 미치도록 보고 싶었습니다, 당신이란 사람이."

라다안은 메르넨을 품에 안았고 메르넨은 라다안의 가슴에 얼굴을 묻고 엉엉 울음을 터트렸다. 그가 무어라 말을 하는지도 듣지 못한 채 무아지경으로 울음을 터트리는 메르넨을 보고 라다안은 결국 웃음을 터트렸다.

"어디 가지 마세요. 이제…… 제발 어디 가지 마요. 등 돌리지 마요. 떠나지 마요."

울음 가득한 목소리로 중얼거리는 메르넨의 간절한 소망을 들으며 라다안은 눈을 감았다.

"지난날의 제가 너무 못나 부끄럽습니다."

라다안의 중얼거림에 메르넨이 울며 고개를 끄덕였다.

"이젠 혼자 두지 않겠습니다."

그가 그녀의 손을 잡았다. 이제야 라다안은 그녀가 끝끝내 바라던 말을 해 주었다. 십 년이나 지나서야. 메르넨이 고개를 들고 그의 얼굴을 바라봤다.

"그 말 너무 늦었다는 건 알고 있죠?"

붉게 충혈된 그녀의 눈을 어루만지며 그가 고개를 끄덕였다.

"앞으로 남은 세월은 당신 옆에서 당신께 사죄하며 살겠습니다."

그리고 그 말을 끝으로 메르넨이 처음으로 밝게 웃음을 터트렸다. 라다안은 그녀의 미소를 따라 웃음을 터트리며 그녀를 감싸 안았다. 그녀의 손은 놓지 않은 채로. 그리고 앞으로도 놓지 않을 손을 부여잡고 그와 그녀는 행복한 얼굴로 웃었다.

외전. 손바닥으로 태양을 가려라

　황제의 자리는 고단하다. 그러나 조반니는 그 고단함이 무엇보다 자신과 잘 어울린다고 여겼다. 그가 마땅히 견뎌야 하는 무게다. 시간은 더디게 흘러갔고 일상은 덧없이 지루하다. 문제와 골칫거리는 늘 그와 함께했고 행복과 여유, 그리고 평안은 그와 먼 이야기였다. 그녀를 만나기 전까진.

　"레나타라고 합니다, 전하."

　일곱 살 주제에 주눅 든 기색도 없다. 다 큰 어른들 사이에 밝고 명랑한 미소로 무장한 꼬마 아이가 그에게 인사하며 웃었다. 퀼트 공작이 그런 제 아이를 사랑스럽다는 듯이 바라보고 있었다. 그것만으로도 아이가 얼마나 사랑을 받고 자랐는지 알 수 있었다. 조반니는 문득 웃음이 비집고 나왔다. 그는 사랑만 받고 자라 어둠이 없는 부류의 인간을 싫어했다. 그런 이

들은 구경하는 재미가 없었다. 레나타가 그런 부류의 아이였다.

"조라고 불러도 돼요?"

쾌활한 성격이라기엔 교양과 예의가 없었다. 그리고 겁도 없었다. 조반니는 제게 그렇게 묻는 레나타의 얼굴이 지나치게 해맑아서 할 말을 잃었다. 애초 혈육이라 할지라도 그에게 그런 식으로 격 없이 묻는 사람은 없었다.

"안 돼."

"왜요?"

"난 이 제국의 황제다. 네 친구가 아니라."

"그럼 지금부터 친구하면 되죠. 원래 처음은 친구에서부터 시작하는 게 좋다고 에이린이 그랬어요."

그녀는 거기다 끈질긴 구석까지 있었다. 에이린이 누구인진 모르겠지만, 조반니는 어쩐지 그 인간을 데려와 목을 쳐야 하는 건 아닌가 생각이 들었다. 어떨 때는 그녀가 성가셔서 퀼트 공작을 불러 역정을 낼까 하다가 그것조차 귀찮아서 관뒀다.

퀼트 공작은 제 딸을 어떻게든 그의 옆자리에 붙여 놓고자 했다. 퀼트 공작이 최종적으로 바라는 바가 무엇인지 조반니도 알았다. 황후의 자리. 사실 그는 황후의 자리에 누가 앉는다고 해도 관심이 없었다.

그래서 그의 빡빡한 스케줄 사이에 레나타와의 티타임이 고정적으로 잡혀 있어도 크게 상관은 없었다. 오히려 단조로운 일정 사이에 휴식 시간 정도로 그는 치부했다.

"그럼 친구니까 말도 편하게 해도 되지? 에이린이 친구끼리는 말을 높이는 게 아니랬어."

레나타가 그에게 말을 놓으며 태연한 얼굴로 초콜릿을 집어 먹었다. 조반니는 진지하게 그 '에이린'이라는 여자가 사실은 '역적'이 아닌가 생각했다.

그러던 중에 선대 황제가 작고하고 조반니가 제위를 이었다. 종전을 선언한 지 오래 지나지 않아 난세인 때 제위를 이어받은 조반니는 마음의 여유가 없던 사람이었다. 그랬기에 더 날이 서 있었고 매서웠으며, 속을 보이지 않았다. 그 누구에게도. 그래서 점점 숨통이 틀어 막혀 힘에 겨웠을 시기에 전염병이 메시리아 전역을 휩쓸었다. 항간에는 전쟁에서 살아 돌아온 군병들과 전쟁 포로들로 인하여 인구가 팽창되자 조반니가 인구수를 줄이기 위해 전염병을 퍼트린 것이 아니냐는 소문까지 돌았다.

"그게 말이나 되나?"

조반니가 보고를 듣고 짜증스럽게 한숨을 내쉬자, 가만 지켜보던 의전관이 난감한 얼굴로 고개를 끄덕였다.

"그간 폐하께서 보인 행동들을 보면 추측 가능한 소문이지요."

"그간 내 행동이 어땠다고?"

의전관은 조반니의 어린 시절을 모두 지켜본 노인이자, 그의 스승이기도 했다.

조반니는 그의 말에 못마땅한 얼굴로 이맛살을 찌푸리곤 그를 쳐다봤다. 그러자 그가 이마에 맺힌 땀을 손등으로 대강 닦아 내며 말을 이었다.

"모든 것에 야박하셨습니다. 국정을 다스리는 일에도, 사람을 다루는 일에도."

의전관의 말에 조반니는 반박할 말을 찾았다. 그러나 제 행동을 돌이켜보면 전부 부정할 수 없는 사실이었다. 의전관은 조반니의 침묵에 힘을 입은 듯 다시 입을 열었다.

"지금 세상이 그런 흉흉한 소문이라도 믿어 누군가를 매도하지 않으면 안 될 정도로 피폐하지 않습니까."

"그래서 그 제물로 바쳐진 이가, 저들이 사는 나라의 황제란 말인가?"

"원래 없는 자리에선 나라님 욕을 한다 그러더이다."

"누가 그런 근본 없는 소릴 했나."

"저 먼 동방에서는 그런 소리가 있다더군요."

조반니는 한숨을 내쉬며 이마를 매만졌다. 어찌 제 아비와 다르게 자신은 제가 쓴 왕관의 무게가 이토록 무겁고 거추장스러울까.

"폐하의 심중이 어떠한지 짐작합니다. 하나, 견디셔야 합니다."

의전관이 그에게 사형 선고를 내리듯 단호히 말했다.

"견디십시오, 폐하. 이 나라를 버리지 마십시오."

견디라……. 그마저도 무게가 되어 조반니의 머리 위에 걸렸다.

수도 호베른에 폭도가 들끓었다. 전염병은 좀처럼 가시질 않았고 황실에 불이 꺼질 틈 없이 회의가 연달아 이어지는데 마땅한 대책이 나오지도 않았다. 아비가 뿌린 썩은 씨앗을 제가 수확하는 기분이랄까. 조반니는 머리를 싸맸지만 전염병의 근본적인 해결책은 고사하고 퍼지는 병을 잡을 방도가 도무지 나오지 않았다.

그 해에는 퐁쉐르아부터 시작해 모든 황실 행사들이 취소됐다. 그뿐 아니라 귀족들도 들끓는 폭도들에 눈치가 보여 살롱조차 열지 않아 흉흉한 분위기가 잇달아 지속되었다. 사실 귀족들은 전염병이 옮는 것이 두려워 저들의 울타리 안으로 숨었다고 하는 게 더 옳았다.

"퀼트 영애도 당분간 황실 출입을 하지 않는다 합니다."

"잘 생각했군."

의전관의 말에 조반니가 드물게 반가운 기색으로 답을 하고는 다시 서류에 집중했다. 의전관은 고개를 절레절레 흔들고는 집무실 밖으로 물러났다. 그가 나가고 나자 시종 하나만 서 있는 집무실은 고요해졌다.

잠시간의 시간이 흐르고 조반니는 결국 들고 있던 인장과 깃펜을 내려놓았다. 매번 와서 귀찮게 굴던 아이가 오지 않는다고 제가 섭섭하기라도 한 것일까? 도무지 서류에 집중이 되질 않았다. 그렇다고 레나타를 부를 생각은 없었다. 조반니는 결

국 아무것에도 집중하지 못한 채 오전 시간을 그렇게 허비했
다. 그리고 국무회의를 가던 중, 레나타가 황실에 도착했다는
소식을 전해 들었다.

"미친 게 분명하군."

조반니는 혀를 찼다. 이 시국에 황실 출입이라니. 전염병이
라도 옮기면 어쩌려고 그러나. 그런 비판적인 생각을 하며 국
무회의에 들어선 그의 컨디션은 오전과 달리 제법 괜찮았다.
회의를 무사히 끝마치고 레나타가 기다리고 있다는 황실 정원
에 나간 그는 뜻밖의 장면들을 목격했다.

레나타가 한 소녀의 머리채를 휘어잡고 있는 광경이 그의 앞
에 떡하니 펼쳐졌다. 조반니를 발견한 퀼트 가의 사람들은 얼
굴이 새하얗게 질리는 것이 보였다.

"레나타."

조반니의 불음에 소녀의 뺨을 후려치던 레나타가 고개를 들
었다. 그녀의 성정을 몰랐던 것은 아니다. 소문으로 익히 들어
왔으니까. 그러다 소문으로 듣던 것과 실제 두 눈으로 그 광경
을 조우하는 것은 느낌이 달랐다.

"조!"

레나타가 조반니를 보자마자 서러운 듯 눈물을 왈칵 터트렸
다. 가해자가 피해자인 척 가장하는 꼴이었으나 레나타는 그런
것은 안중에도 없단 듯이 서럽게도 울었다. 오히려 그녀에게
맞은 소녀가 멍한 얼굴로 자리에 주저앉아 그런 레나타를 멀
뚱히 올려다보고 있었다.

"무슨 일이지?"

조반니의 시선이 이번엔 소녀에게로 향했다. 그의 시선에 겁을 먹은 듯 소녀가 어깨를 움츠리고는 덜덜 몸을 떨었다. 그 모습에 조반니는 눈살을 찌푸렸다. 아무리 제가 황제라 하여도 그를 마주하는 반응치고는 정상적이지 않았다.

"제깟 것들이 감히 조한테 악마라니! 나라를 악마에게 팔아먹었다니!"

레나타가 분노에 찬 음성을 내지르며 엉엉 울었다. 그러나 조반니는 그녀가 한 말보다도 그녀의 태도가 더 이해 가지 않았다. 살아오면서 지금까지 그 누구도 자신의 일처럼 그를 위해 울어 주는 사람이 없었다.

조반니는 떼를 쓰는 어린아이 같은 레나타를 가만히 지켜보았다. 그의 주변에는 그녀처럼 교양머리 없고 채신머리없는 사람도 없다. 아니 애초에 그런 작자들은 황제를 알현할 자격조차 없다. 대체 '그' 퀼트 공작 밑에서 어떻게 저렇게 자랄 수 있었을까. 조반니는 문득 레나타가 궁금해졌다.

"폐, 폐하, 부디 요, 용서를……."

겁먹은 얼굴로 몸을 움츠리며 눈치만 살피던 소녀가 중얼거리듯 고개를 조아렸다. 조반니는 흘끔 그녀를 보고는 다시 레나타에게로 시선을 던졌다. 여전히 레나타는 엉엉 울고 있었다.

"그만 울어라."

조반니의 말에 그제야 레나타가 울음을 그쳤다. 그녀가 동그랗게 뜬 눈으로 그를 쳐다봤다.

"보아하니 그대가 눈물을 흘릴 일은 아니군."

조반니의 냉정한 말에 다시금 레나타의 눈에 눈물이 차올랐다. 그녀가 그의 말을 섭섭해하는 걸 알았으나 조반니는 그 말을 정정할 생각이 없었다.

"세간에 그런 소문이 돌고 있다는 건 이미 나도 알고 있다. 알고 침묵하는 것이다."

"왜?"

레나타의 반문이 너무 천진해서 그는 할 말을 잃었다.

"나는 침묵하기 싫어. 조는 그런 사람이 아니잖아."

"그대가 나에 대해 뭘 안다고."

조반니는 이제 화가 났다. 어차피 레나타가 그를 바라보는 시선 또한 황제의 자리에 대한 환상이 아니었나?

"물론 조에 대해선 잘 모르지만. 적어도 이 세상에 악마 따윈 없다는 상식 정도는 알지! 조는 악마가 아니라고!"

레나타가 당당한 얼굴로 외쳤다.

"뭐?"

그녀의 바보 같은 해맑음에 조반니는 황당함을 감추지 못하고 헛웃음을 터트리지 않을 수 없었다.

"난 진지해! 그런 소문을 낸 것들 가만 안 둘 거야!"

"가만두지 않으면 어쩔 거지?"

이제는 웃음기 가득한 조반니의 물음에 레나타가 결연에 찬 얼굴로 대답했다.

"그건 비밀이야."

조반니는 재미있다는 얼굴로 그녀를 보았다. 물론, 정원 바닥에 외로이 주저앉아 있는 소녀는 완벽하게 잊혀졌다.

그 후로 조반니는 사람들이 모였다 하는 자리에는 레나타가 빠지지 않았고, 그 자리에서 꼭 사고를 친다는 얘기를 전해 들었다.

"대체 무슨 사고기에?"

조반니가 흥미로운 얼굴로 물었다. 그러자 의전관이 잠시 입을 다물었다. 그래도 레나타는 황후 후보로 거론되는 영애다. 어떻게 하면 조반니에게 레나타를 미화하여 얘기를 전달할 수 있을까 고민해 봤지만, 도무지 방법이 없었다.

"그저 의견이 맞지 않아 벌어진 싸움 정도입니다."

"주디의 말을 빌리자면 그 싸움이, 난투극에 가깝다 하던데."

조반니도 이미 리노아 부인에게 듣고도 알고 던진 질문이었다. 의전관은 끝내 얘기하고 싶지 않은 부분을 제 입으로 전해야 한다는 사실에 한숨을 내쉬었다.

"크게 다르지 않습니다. 퀼트 영애께선 남녀 불문 폐하에 관한 소문을 언급하는 자가 있으면 손찌검부터 하시는 모양입니다. 그게 적정 수준을 넘어서서 항간에는 미……. 큼."

의전관이 말끝을 흐리고는 목을 가다듬었다. 가만 듣던 조반니가 피식, 웃음을 터트렸다.

"미친개라는 별명을 얻었다는 얘기도 주디한테 들었다."

의전관이 숨을 들이켰다.

"화, 황후 후보로 거론되고 있는 영애에겐 수치스러운 별명은 분명합니다."

그의 대답과는 달리 조반니는 레나타의 별명이 아주 마음에 든다는 듯 웃고 있었다. 그리고 그 웃음은 실로 오랜만에 보는 웃음이었다.

"아니 내가 보기엔 아주 흥미진진하더군. '레나타가 무서워서 피하나, 더러워서 피하지.'라는 덕담이 생겨났을 정도라면서?"

그건 덕담이 아니라고 말하고 싶었지만, 의전관은 그 말을 속으로 삼켰다.

"덕분에 나에 대한 소문은 잠잠해졌다고 들었다. 미친개……풋, 하하하, 아무튼 미친개 덕에 묻힌 탓도 있고, 그녀의 눈치를 살피느라 언급을 안 하는 것도 있겠고."

조반니는 입술을 비집고 나오는 웃음을 참지 못하고 결국 화통하게 웃음을 터트렸다. 의전관이 당혹스러운 얼굴로 땀을 삐질삐질 흘리고 있었지만, 그는 개의치 않아 했다.

"퀼트 공작이 딸을 아주 재미있게 키웠어."

"그래도 황후 후보로서는 부적합한 여인이라고 생각합니다."

"아니. 오히려 내 생각은 그 반대야."

조반니가 들고 있던 깃펜도 잉크통에 꽂아 놓으며 팔짱을 끼고 말했다. 그 반대가 어떤 반대를 의미하는 것인지 조반니는 말하지 않았지만, 의전관은 조반니가 레나타를 무척이나 마음에 들어 하고 있음은 확신했다.

"지금 나한텐 그녀 같은 사람이 필요해. 속이 훤히 보이는 투명성과, 제 뜻이 생기면 물불 가리지 않는 추진력을 가진, 그런 사람 말이다."

그리고 그제야 의전관은 조반니의 말을 이해했다. 그리고 한편으론 그가 안쓰러웠다. 조반니는 선황이 작고하는 순간까지 제 아비를 믿지 않았다. 제 아비도 믿지 않았던 사람이 누군들 믿을 수 있었을까.

"사실 긍정적인 효과가 없는 것은 아닙니다."

의전관의 말에 조반니가 의아한 얼굴로 눈썹을 치켜떴다.

"그 난투극이?"

"크흠. 그 후로 작게나마 있던 모임도 족족 사라지고 있는 모양입니다. 덕분에 들끓던 폭도들도 잠잠해지고 있고요."

"아니 모임의 규모가 축소된 것과 폭도가 무슨 상관이지?"

조반니의 황당하다는 물음에 의전관이 민망한 듯 헛기침을 했다.

"그것이…… 퀼트 영애가 난투를 부리던 모임이 귀족 모임에 국한된 것이 아니었던 모양입니다. 반정의 색을 띠는 모임이라는 소식만 들으면 달려가 패악을 부렸다고 하니…."

"뭐? 환장하겠군! 지금이 어느 시국이라고 그런 위험천만한 짓을……! 제정신인가? 하!"

조금 전까지 레나타를 칭찬하던 사람이라고 생각할 수 없을 정도로 돌변한 태도로 조반니가 역정을 냈다. 하지만 그도 얼마 가지 않아 한숨을 내쉬며 어깨를 으쓱였다.

"그래도 다행이로군. 이틈에 수도 공급을 활성화하고 치료소를 늘려 전염병 확산을 막는 게 좋겠다. 그동안은 공사장마다 폭도들이 횡포를 놓아서 어렵지 않았나."

"지시하겠습니다."

"그리고 퀼트 공작가에 레놀드를 보내도록."

"폐하, 레놀드는 황실 의원입니다만."

"그래서 보내라는 거다. 황후 될 여자가 전염병에라도 걸리면 큰일 아닌가."

조반니의 말에 의전관은 웃음을 지으며 고개를 숙였다.

"예. 지시하겠습니다."

＊＊＊

레나타와의 약혼에 대한 이야기가 심각하게 논의되고 있었지만, 조반니는 이런저런 핑계들로 약혼을 미뤘다. 레나타 외의 여자를 황후로 생각한 적은 없었지만, 결혼을 하는 것이 지금은 아니어야 할 것 같은 강렬한 느낌을 받았다. 감에 의존해 무언가를 결정한 것은 결단코 처음이었으나, 그 느낌이 강렬해서 그는 처음으로 이성이 아닌 감성에 의한 결정을 내렸다.

"몸은 괜찮은 모양이군."

"조가 보내 준 의원 덕분이야."

레나타가 부끄러운 듯 몸을 꼬며 양 볼에 손을 얹었다.

"그래. 다행이다."

조반니는 무심히 대꾸했다. 하나 그 외에 할 말이 없기도 했다. 수도 공급도 원활해지고 치료소가 늘어난 덕분에 전염병 확산을 막았다. 무섭도록 퍼지는 전염병의 꼬리를 겨우 붙잡아 막은 셈이었다. 그리고 그 모든 건 레나타의 패악에서 시작된 것도 맞았다. 하지만 본인은 본인의 패악으로 인해 생긴 거대한 효과까지는 모르는 듯하니, 조반니는 말을 삼키기로 했다. 그녀는 아무것도 모른 채 지금처럼 그를 보면서 해맑게 웃는 편이 더 나았다.

"조. 오늘 하루는 어떨 것 같아?"

레나타는 반짝이는 눈으로 늘 그에게 그런 질문을 했다. 오늘 하루가 어떨 것 같냐니. 정해진 틀 안에서 벗어나 본 적 없는 그에게 우스운 질문이다. 턱을 괴고 앉아 있던 그가 무료한 시선으로 레나타를 바라봤다. 이제 막 사교계에 발을 들인 아이가 그의 시선에 발그레하게 뺨을 붉힌다. '미친개'라는 별명과 어울리지 않는 자태다. 조반니는 그 별명을 떠올리고는 혼자 웃음을 터트렸다. 레나타가 의아한 얼굴로 고개를 갸웃거렸다. 저렇게 시치미 떼는 걸 보는 것도 제법 웃겼다.

"재미없는 하루가 될 것 같다."

"늘 재미없는 하루라고 말하네."

레나타가 시무룩한 얼굴로 중얼거렸다. 재미없는 하루는 그의 일상이다. 그래서 왜 그의 일상을 그녀가 속상해하는 건지 조반니는 이해하기 어렵다고 생각했다.

"그러는 그대의 하루가 어땠는지 들어나 보지."

그가 그렇게 말하면 그제부터 레나타의 조잘거림이 시작된다. 조반니는 무심하게 앉아 차를 마시며 그런 레나타의 얼굴을 바라봤다. 그녀의 이야기를 귀담아 듣지는 않았으나 늘 하고픈 이야기가 많은 듯 재잘거리는 레나타는 신기했다.

그리고 그는 레나타와 함께 하는 자리마다 가슴 한구석에 자리한 허전함을 느꼈다. 무언가 채워지지 않은 느낌. 간절하게 누군가를 찾는 듯한 그리움도 느껴졌다. 그런 새삼스러운 감정들이 신기해서 그답지 않게 레나타를 먼저 찾을 때도 있었다.

그런데 어느 날은 레나타나 먼저 그에게 그런 말을 꺼냈다.

"신기해."

레나타가 문득 먼 곳을 바라보는 느낌으로 말했다. 늘 그렇든 그녀의 애기를 한귀로 흘려듣던 조반니가 그녀의 얼굴을 보았다.

"무엇이?"

"조와 함께 있으면, 이상한 기분이 들어."

"예를 들면."

"누군가의 자리가 비어 있는 듯한 느낌. 어딘가 허전한 기분……."

놀랍게도 그가 느끼는 기분과 동일한 것을 그녀도 느끼고 있었다.

"아무래도 조와 빨리 결혼해서 아기님을 낳아야 하나 봐."

레나타나 손뼉을 치며 해맑게 웃었다. 물론 저렇게 헛소리로 이어지는 걸 보면, 그 동질감도 오래 가지는 못했지만. 평소 퀼트 공작이 레나타에게 어떤 주입식 교육을 했는지 알 것 같은 대목이었다. 결국 또 쓸데없는 수다로 계속 이어지다가 이번에도 역시 조반니가 먼저 자리를 정리하고 일어났다.

"시간이 벌써 이렇게 됐군. 오늘은 이만하지."

"벌써?"

레나타가 아쉬운 듯 엉덩이를 들썩이다가 쭈뼛쭈뼛 자리에서 일어난다. 그럴 때 보면 영락없이 어린 태가 나는 여자아이다. 조반니는 절레절레 고개를 흔들곤 자리를 나왔다.

한동안 조반니는 레나타를 멀리했다. 그녀와 함께하면 느껴지는 기분에 대한 정체를 파악하기 위함이었다. 그러나 도통 결론이 나질 않았다. 그러던 중에 그의 시선을 끄는 소녀를 만났다. 사교계 첫 데뷔를 하는 소녀들 틈 사이로 키가 작고 동글동글한 인상의 귀여운 소녀였다. 곱슬거리는 금발에 커다란 눈을 깜빡거리고 있으니 강아지 같기도 했다.

마치 끈으로 시선을 묶어 놓은 것처럼 그녀의 움직임 하나하나에 자꾸만 시선이 갔다. 사랑에 빠진 느낌은 아니다. 누군가를 사랑해 본 적은 없지만, 그게 어떤 느낌일 거란 건 직감적으로 알았다. 그녀를 향한 관심은 그런 종류의 것이 아니었다.

'뮈젤 클라베 로랑 모르제.'

이후로 의전관을 통해 그가 알게 된 그녀의 이름이다. 그리고 그녀가 모르제 가문의 막내딸이란 것도 알게 됐다. 모르제 백작 가문.

"파수꾼 가문이란 말이지."

그가 혼잣말로 중얼거리는 걸 로헨이 들었다. 조반니는 1년 만에 메시리아에 방문한 동생을 앞에 두고 모르제 가문의 막내딸을 떠올린 자신도 이상하다고 생각했다. 로헨을 보고 그와는 전혀 상관도 없는 소녀를 떠올리다니.

"파수꾼?"

"아니다. 잊어라."

로헨의 되물음에 조반니가 한숨과 함께 고개를 저었다. 리노아와 레나가 의아한 얼굴로 그를 보았다. 조반니는 오랜만의 가족 만찬이지만 시시하고 지루한 감정을 느꼈다. 해도 그만

안 해도 그만인, 그에게는 의미 없는 식사 자리였다.

"그래서 퀼트 공작가의 그 애 있잖아~"

리노아 부인은 레나타의 이야기를 꺼내고 싶어 안달 난 얼굴로 조반니의 눈치를 살폈다. 그의 기억에 리노아는 레나타를 썩 귀여워했던 것 같다. 그러나 레나타의 언급을 레나는 반가워하지 않았다. 리노아가 그녀를 귀여워하는 것과 별개로 레나는 철없어 보이는 그녀를 경계했다. 황가에는 어울리지 않는 성품이라고 생각했기 때문이다. 그리고 조반니 역시 레나의 의견에 어느 정도는 동의했다. 그가 없는 곳에서 벌어지는 레나타의 패악질이 정도를 지나쳤다는 것쯤은 익히 들어 알고 있었다. 그럼에도 레나타를 왜 그대로 방치하냐는 듯한 레나의 책망에 조반니는 입을 다물었다. 남들은 알지 못하는 레나타의 가치는 지금처럼 그 혼자만 아는 것이 좋을 것 같다는 판단에서였다.

"와볼트는 지낼 만하던가."

조반니의 물음에 로헨이 무감정한 시선이 그에게로 향했다. 그는 잠시 대답이 없더니 피식, 웃음을 터트렸다.

"지낼 만합니다. 덕분에."

로헨의 말은 불량했지만, 조반니는 개의치 않았다. 로헨은 자신이 죽임을 당하지 않은 것만으로도 그에게 감사해야 했다. 적어도 조반니는 그렇게 생각했다. 저는 충분한 자비를 베풀었다고. 레르마 전쟁으로 황권이 불안정한 시기에 분쟁의 씨앗이 될 만한 황위 계승자를 살려 둔 것만으로 조반니에겐 큰 도박이었다.

'형님을 증오합니다.'

일곱 살 난 로헨이 세상을 다 살아 본 노인네 같은 눈빛을 하고 그를 노려보던 그 순간을 잊지 못했다. 그리고 그 말은 조반니가 로헨을 살려 두기로 한 결정적인 계기가 되었다. 그에겐 극한의 감정을 갖고 있는 어떤 자극제가 필요했다. 그리고 로헨이 그에겐 그런 자극제가 되었다. 어쩌면 로헨의 증오를 이용한 것일지도 모르지만, 레나는 그의 결정을 감사히 여겼다. 한 사람이라도 로헨을 위해 눈물 흘려 주는 사람이 있으니 넌 그것으로 되었지 않나. 조반니는 그렇게 생각했다.

"친구를 사귀었다 들었는데."

무심히 말한 뒤, 조반니는 모르제산 포도주를 한 모금 입에 머금었다. 로헨의 나이프질이 멈췄다. 경계 가득한 눈빛이 조반니의 얼굴 위를 맴돌았다. 그 긴장감에 리노아 부인도 입을 다물고 눈치를 살폈다.

"축복의 탑 출신 아이라고."

탁. 식탁 위에 로헨이 포크와 나이프를 내려놓는 소리가 거칠었다.

"폐하께서 신경 쓰실 일이 아닙니다."

"어떤 아이인지 궁금하군."

로헨의 매서운 시선에 조반니는 이번에 정말로 축복의 탑에서 왔다는 여자가 궁금해졌다. 오르베느트 엘쉬가라고 했던가. 덴테 프리제의 후계자로서의 엘쉬가에 대해선 익히 들어 알지만 로헨의 친우로서의 엘쉬가는 들어본 적이 없었다.

로헨이 불안한 시선으로 그를 보는 것도 무시한 채 조반니는 피식, 웃음을 터트렸다. 엘쉬가라.

덴테 프리제의 하나뿐인 딸이자 죽은 로니 힐러프의 딸. 조
반니는 로니 힐러프란 대목을 유심히 살폈다. 힐러프를 마지막
으로 본 게 언제였는지 기억도 나지 않을 정도다. 힐러프는 작
고한 지 오래됐고 메시리아 제국을 마지막으로 방문한 건 더
오래전이었으며, 메시리아의 황위 계승자로 태어난 그의 얼굴
을 본 것은 더더욱 오래된 일이었다. 까마득한 유년 시절 어느
시점 즈음에 보았던 기억이 난다. 오르베느트 엘쉬가란 여자를
본 적은 없지만, 의전관이 가져다준 초상화를 보면 힐러프가
절로 떠오를 정도다.

"로헨의 친우라……."

"유학을 목적으로 와볼트에 체류 중이라 합니다."

황제의 집무실. 엘쉬가의 신상 명세가 적힌 서류를 읽고 있
던 조반니가 중얼거리자 서류를 작성한 집무보좌관이 재빠르
게 대답했다. 집무보좌관은 조반니의 책상 앞에 서서 서류에
대한 업무 지시 하명을 기다리고 있었다.

"하. 축복의 탑 차기 지도자를 메시리아가 아니라 와볼트로
유학을 보냈다고?"

깃펜을 손가락 사이에 낀 채 서류를 들춰보던 조반니가 코웃
음을 쳤다. 집무보좌관은 긴장된 얼굴로 마른침을 삼키며 턱을
꼿꼿하게 올렸다. 조반니가 무슨 말을 꺼낼지 몰라 예시 질문
과 답변을 수차례 머릿속에 새겨 넣는 사이 조반니가 그를 바
라봤다.

"라다안 첸들러에 대한 추가 자료를 가져오도록. 물론 엘쉬가와 라다안이란 자에 대한 관계에 중점을 두고 조사하도록 해."

"알겠습니다!"

보좌관의 힘찬 대답에 조반니가 짜증스런 기색으로 고개를 끄덕이고는 서류를 던졌다. 허공에 팔랑팔랑 날리는 서류를 가까스로 받아 낸 보좌관이 후다닥 밖으로 꽁무니를 뺐다.

보좌관이 자리를 비우자 곧바로 의전관이 문을 열고 나타났다. 그는 이마 위에 송골송골 맺힌 땀을 손수건으로 대강 닦으며 헛기침을 했다. 조반니는 책상 위에 턱을 괴고 생각에 잠겨 있다가 문 앞에 서 있는 의전관을 보았다.

"퀼트 영애가 기다리고 계십니다."

조반니는 한숨을 내쉬었다.

"시간이 벌써 그렇게 됐나."

오늘이 레나타와 티타임이 있는 날이라는 걸 까맣게 잊고 있었기에 조반니는 밀려오는 피로감에 한숨을 내쉬었다. 레나타를 특별히 싫어할 이유는 없었지만 함께하는 자리가 피곤한 건 사실이었다.

하지만 레나타와의 티타임에 참석하지 않으면 곧장 찾아와 그를 들들 볶을 퀼트 공작이 더 귀찮았다. 조반니는 하는 수 없이 자리에서 일어났다.

포르단티 공주가 메시리아로 불법 출입국 했다. 조반니는 집무실에 앉아 보좌관들의 보고를 받으며 한숨을 내쉬었다. 피곤한 일들은 한꺼번에 몰려온다고 축복의 탑 후계자에 이어 이번엔 포르단티 공주라. 거기다가.

메시리아 학교는 메시리아의 건국과 역사를 함께한 명망 높고 긍지 높은 교육기관이었다. 그 수준으로 따진다면, 축복의 탑 멜본의 학자들과도 비견할 정도여서 대게 축복의 탑이 아닌 좀 더 넓은 대륙인 메시리아로 유학 오는 외부인들도 많았다.

그리고 그중에서도 학교 최고 수석이라는 라미스 로니. 조반니는 종종 그에 대한 보고를 받아 왔다. 메시리아의 미래를 함께할 인재 양성은 그에게 있어서도 중요한 부분이었기 때문이다. 그런데 라미스는 '그' 모르제 가문이 후원하는 평민이었다.

"라미스 로니의 '로니'라는 성이 힐러프의 것이라지?"

조반니의 물음에 보좌관이 재빨리 고개를 끄덕였다.

"그렇습니다. 듣기로 힐러프가 생 마드리욜에서 제론 퓨벌쳐라는 사내를 만나고 그자를 양자로 넘긴 모양입니다."

조반니는 라미스에 관한 정보가 담긴 서류를 훑었다. 파수꾼 가문의 다음 후계자로 유력한 뮈젤에 대한 정보를 읽다가 라미스에 관한 내용을 접했는데, 그저 평민인 줄만 알았던 라미스에게 '축복의 탑'이라는 출신 배경이 있었다. 게다가 라미스와 제론 퓨벌쳐를 모르제로 데려와 자발적으로 후원자가 되어 준 인사가 그 '모르제 백작'이라니.

"모르제 백작은 속을 알기 어렵단 말이야."

얼핏 보면 딸 바보에 모르제만 생각하는 평화주의자로 보일 수 있으나 조반니는 그 속에 감춰 둔 것이 많다는 걸 알 수 있었다. 그러니까 눈빛에서 느껴지는 말로 형연하기 어려운 깊이감이란 게 있다. 가끔은 조반니조차도 모르제 백작을 오랫동안 상대하기 버거울 정도였으니. 그래서 조반니는 제가 직접 라미스를 보는 것이 좋겠다는 결론을 내렸다.

국가 경제 회의 개최 축하 파티. 그중 가장 우수한 성적으로 장학증서를 수여받기로 했다는 학생이 라미스 로니였다. 모르제 백작이 제 아들처럼 자랑스러워하며 으스대던 꼴이 생각나 조반니는 코웃음을 쳤다. 슬하에 아들이 없었으니 라미스를 아들처럼 귀히 여길 만도 했다. 그가 보아도 라미스는 평민답지 않은 귀족적인 예법과 성품을 가진 데다가 비상한 머리를 가지고 있었으니 모르제 백작이 자랑스레 후원할 만했다. 그 덕에 다른 귀족들도 후원자를 양성하겠다는 열풍이 불고 있으니 분명 메시리아에 좋은 변화를 주는 일이긴 했다.

빼어난 미모의 사내다. 조반니는 제게 먼저 다가와 인사하는 라미스를 표정 없는 얼굴로 바라봤다.

"메시리아에 무한한 영광과 축복을. 폐하를 뵙습니다."

"그대가 이번 경제 회의 우승자로군."

조반니는 턱을 괴고 앉아 짐짓 그에 대해 모르는 척 말을 했다.

"영광입니다. 라미스 로니입니다."

라미스의 대답에 조반니가 의자에 기대어 앉아 가늘게 뜬 눈으로 그를 면밀히 살폈다. 라미스는 긴장한 기색도 없이 조반니의 시선을 받았다.

"로니 라미스가 아니라 라미스 로니라."

조반니의 말에도 라미스는 미동도 없이 서서 다음 말이 이어지기를 기다렸다. 모르제 백작 밑에서 자라 그런지 라미스 또한 모르제 가문의 사람들처럼 도통 속을 알기가 어렵다. 조반니는 어깨를 으쓱였다.

"내가 아르시온 라미스는 알아도 로니 라미스는 처음 듣는데 말이지."

"본인이 폐하를 처음 뵈오니, 라미스 로니라는 이름을 처음 들으심이 맞습니다."

부드럽게 웃는 얼굴로 내뱉는 라미스의 말들엔 모조리 가시가 돋친 냉랭함이 있었다. 사실 '로니'란 성은 힐러프의 것이었으니 그의 성이 따로 있다고 해도 이상하지 않다.

"처음이라."

조반니가 재미있다는 얼굴로 턱을 괴고 라미스를 보았다. 그러나 라미스도 그의 집요한 질문에 질린 기색 없이 웃는 얼굴이었다. 그것이 마땅치 않았는지 결국 조반니가 미간을 찌푸렸다.

"에르만 황실 도서관의 사서가 되고 싶은 연유가 따로 있나."

그의 물음에 라미스는 어렵지 않게 대답했다.

"에르만의 사서가 되면 황실 휘하 저택 하나를 하사받는다고 들었습니다. 녹봉도 적당하고 주기적으로 여행 지원금도 나온다니 제게 적절하다 생각했습니다. 문제됩니까?"

조반니가 예상했던 것과는 다른 대답이었다. 게다가 황제를 마주하는 평민의 자세라고 하기엔 지나치게 긴장감 없는 태도와 말투. 그건 태생부터 평민이었던 적이 없던 자의 태도였다.

"저택과 여행 지원금에 혹한 건가."

조반니의 지적에 라미스는 미동 없이 어깨를 으쓱였다. 게다가 처음과 달리 귀찮은 기색이 완연한 제스처다.

"여행을 좋아하는 친구가 있습니다. 저택은 그 친구를 위해 필요한 조건이고."

"친구?"

조반니의 물음에도 라미스는 그저 미소만 지을 뿐 그 이상의 답을 내놓지 않았다. 하지만 조반니는 그 친구가 뮈젤이란 것을 예상했다.

❤ ❤ ❤

모르제 가문은 늘 무던하게 명맥을 이어 가는 가문이다. 모르제 백작 본인부터가 정치에 큰 뜻이 없었다. 그렇다고 중대사를 논하는 자리에서 제쳐 두기엔 너무 명백한 개국공신 가문이라 무시할 수도 없었다. 게다가 메시리아의 경제력에선 모르제 가문을 제하고 논할 수 없을 정도로 관광 산업과 와인 수출이 가져오는 경제적 이득이 엄청났다.

모르제 가문이 표면 위에서 활동을 하는 일이 드물어, 떠오르는 신생 가문들은 모르제를 두고 변방의 촌뜨기 귀족이라 무시했다. 그러나 그 변방의 촌뜨기 귀족이 메시리아 동부 지역을 주름잡는 큰손이었다. 서부에 세브리안 자작가가 있다면 동부엔 모르제가 있다는 말까지 나올 정도였으니.

모르제와 세브리안이 지나칠 정도로 비대하게 몸을 부풀리고 있으니 그를 제지할 방안 하나쯤은 필요했다. 조반니는 국무회의가 끝난 뒤, 모르제 백작을 불러 은근하게 그를 압박했다.

"그래서 모르제에서 황실에 최고급 포도주를 하나 진상하면 좋을 듯한데……."

조반니의 중얼거림에 모르제 백작, 베르데가 눈에 띄게 움찔거렸다.

"하나, 그 포도주는 경매로 넘어간 물품입니다, 폐하. 그리고 와인 경매는 제 손을 떠나 제 딸아이가 관리하고 있습니다."

"아. 그래서 이 내가, 직접, 자네 딸아이와 협상을 하란 말인가?"

조반니의 빈정거림에 모르제 백작이 당혹스러운 얼굴로 얼굴을 붉혔다.

"폐하, 그것이……."

"아. 되었다. 자네 뜻이 그렇단 말이지."

조반니가 짜증스럽게 대답하자 모르제 백작은 난감하단 듯이 바짝 메마른 입술을 혀로 축이더니 한숨을 내쉬었다.

"아시다시피 제가 딸아이 말에는 껌뻑 죽습니다. 하나, 그 아이를 설득해 보겠습니다."

모르제 백작의 딸 사랑은 워낙에 유명했다. 조반니는 문득 그런 극진한 사랑을 받는 딸이 궁금해졌다.

"경매를 맡아서 한다는 딸아이가 메르넨인가? 모르제 가문의 장녀 말일세."

"아닙니다. 막내 딸 뮈젤입니다. 그 아이가 포도주에 관심이 많아서 제가 몇해 전, 와인 경매 관리권을 선물로 내어 줬습니다. 똑똑한 아이라 경매도 퍽 잘 운영하고 있습니다. 그 아이가 맡고나서 입찰 건수가 배로 뛰기도 했지요. 허허."

모르제 백작이 정말로 팔불출 같은 얼굴로 딸 자랑을 하며 웃었다.

하지만 그 다음 국무회의 때, 모르제 백작은 정말로 송구스런 얼굴로 고개를 조아리며 그에게 빌었다.

"딸아이가 그렇게 할 수는 없다고 하더이다. 이미 경매 물품 목록이 내걸린 상황이라 무를 수 없다며…… 모르제의 신뢰가 걸린 문제라 곤란할 것 같습니다. 그래서 대안으로…….."

"아니다. 난 그 포도주가 갖고 싶다. 그게 아니면 안 돼."

왜 그랬는지는 모르겠지만, 조반니는 그답지 않게 고집을 부렸다. 그리고 그 이야기는 괴상한 방향으로 소문이 났다. 조반니가 코르보트 포도주를 탐내 한다는……. 그리고 모르제 백작이 조반니의 환심을 사기 위해 포도주 진상을 빙자한 정치적 거래를 할 것이라는. 결과적으로는 조반니가 원하던 방향으로 흐름이 이어졌다. 벌써부터 모르제를 견제하려는 세력이 들썩이기 시작했기 때문이다.

"그 다음은 세브리안이야."

모르제 백작이 나가고 빈자리에 홀로 앉아 있던 조반니가 웃었다. 그러자 그에게 그 다음 스케줄을 보고하던 의전관이 고개를 절레절레 흔들었다.

모르제 백작이 죽고 못 산다던 모르제 가문의 애지중지 막내딸 뮈젤을 만난 건 뜻밖의 장소에서였다. 윌리 경과 버젠 경의 결투장. 귀족 영애들의 천막 아래 지루한 얼굴로 부채질하는 소녀를 보았다. 뮈젤은 눈에 띄는 소녀였다. 곱슬거리는 금발과 작은 체구를 가진 데다 입가에 미소가 걸릴 때면 누구든 그녀에게서 시선을 떼지 못했다. 주변 소녀들은 그녀와 친해지고 싶어 안달 난 얼굴로 그녀가 얘기할 때면 몸을 반쯤 기울이고 경청했다.

"저 아이가……."

조반니의 물음에 근처에 서 있던 의전관이 고개를 끄덕였다.

"맞습니다. 폐하가 근래 관심 갖고 계신 모르제 와인 경매 관리권을 위임받은 영애가 바로 저 영애입니다."

"크흠. 내가 언제 관심을……."

조반니가 중얼거리자 의전관이 껄껄 웃었다. 그리고 그때 싸움판이 벌어졌다. 돌아보지 않아도 주범은 레나타였다. 이젠 너무 익숙한 일이라 그는 아무렇지 않았으나 오히려 주변에 있던 이들이 죄 조반니의 눈치를 살폈다. 조반니는 한참 동안 이어지는 난투극을 바라보다가 뮈젤을 보았다. 레나타의 싸움을 두고 내기를 벌이는 모양이다. 내기라.

그럼 판을 흐트러트려 볼까.

"치워."

그의 한마디에 기사들이 우르르 몰려들어 일방적으로 소녀를 구타하는 레나타를 떼어 냈다. 멀리서 내기 판을 벌렸던 소녀들이 아쉬운 얼굴로 입맛을 다시는 것이 보였다. 그중엔 뮈젤도 있었다.

조반니는 그녀에게 흥미가 생겼다.

☕ ☕ ☕

조반니가 뮈젤을 레나 부인의 말동무 '넬라'에 추천한 건, '파수꾼 가문'에 관한 이야기를 듣고서였다. 파수꾼 가문에 남아가 태어나지 않은 건 처음이다. 과연 모르제 가문의 장녀인 메르넨이 파수꾼의 대를 잇게 될 것인가? 아니면 그의 감이 가리키는 대로 다른 여지가 있는 것인가.

"어떻게 생각하나?"

조반니의 물음에 서류 뭉치를 들고 그의 책상 앞에서 대기하고 있던 의전관이 고개를 들었다. 그는 잠시 생각하는 듯싶다가 간결하게 대답했다.

"뮈젤 영애일 가능성도 있다고 생각합니다. 모르제에서 와인 경매 관리권을 위임한다는 건 보통의 일은 아니니까요."

조반니는 고개를 끄덕였다. 그도 그렇게 생각했기 때문이다. 모르제 백작 성격에 단순히 막내딸이 포도주를 좋아한다는 이유만으로 와인 경매 관리권을 위임했을 리가 없다. 파수꾼 가문은 황실에 중요하다. 그리고 모르제는 그것을 증명하기 위해 스스로 변방 귀족 취급을 받으면서 그 험하다는 라하르트 산맥 부근으로 물러나 뿌리내려 살고 있는 가문이기도 했다.

"나왔어, 조!"

그의 애칭을 허락한 적은 없었으나 레나타는 제멋대로 그의 애칭을 불렀다. 딱히 지적하기도 귀찮아 가만 둔 게 어느새 그런 호칭으로 자리 잡고 말았다. 조반니는 난데없이 집무실 문을 열고 들어온 레나타를 보았다. 주변에서 무례한 그녀의 태도에 당황하며 조반니의 눈치를 살폈지만, 레나타는 해맑았다. 그래서 조반니는 그대로 두었다. 남들의 시선이 어떻든 그가 보기에 그건 레나타만의 장점이었다.

"뮈젤 영애를 넬라로 추천했다면서?"

사람들이 있든 없든 그에게 말을 높이지 않는다. 그러나 애초 그는 레나타의 행실이 어떻듯 그에게 어떤 식으로 행동하든 크게 개의치 않았다. 그런다고 그녀에 대한 평가가 바뀌는 건 아니었으니.

레나타가 집무실 소파에 앉으며, 은근하게 눈을 흘기는 것도 계속 보다 보니 귀여웠다. 이젠 꽤 자라서 처음 만났을 적의 그 꼬마는 아니지만, 여전히 그의 눈엔 어려 보였다.

"그래. 신경 쓰여서."

그의 대답에 레나타가 당황한 얼굴을 했다.

"신경이 쓰여?!"

"그래."

"그것참 이상하네. 나도 자꾸 그 영애가 거슬린다 싶었는데."

레나타가 중얼거렸다. 거슬린다는 표현을 쓰는 것도 참 그녀다웠다.

"다음에 그 영애와 제대로 이야길 한번 나눠 봐야겠어."

레나타의 말에 조반니가 고개를 끄덕였다.

"나 역시 그렇게 생각한 참이었다."

"아, 로망떼의 마약 공판의 증인으로 그 영애를 세우는 건 어때?"

레나타의 말에 조반니는 고개를 끄덕였다. 좋은 생각이다. 그리고 조반니의 대답에 이상하게도 레나타가 날뛰지 않았다. 조반니가 다른 여자를 입에 담기만 해도 화를 내던 그녀답지 않았다. 레나타는 단순해서 가끔은 속내가 뻔히 들여다보이다가도 이렇게 한 번씩 예상치 못한 반응으로 그를 놀라게 하곤 했다.

그가 대견한 얼굴로 그녀의 머리를 쓰다듬자 그녀가 동그랗게 뜬 눈으로 그를 올려다본다. 꼭 그만을 따르는 충견 같단 말이지. 조반니는 그렇게 생각하며 웃었다. 그러자 레나타의 얼굴이 발그레 붉어졌다.

그리고 뮈젤은 그들의 생각보다 더 독특한 소녀였다. 회의석상 가운데, 멀뚱멀뚱 앉아서 신료들을 바라보는 소녀의 눈빛은 천진했다. 똥 마려운 개처럼 안절부절못하는 모르제 백작과 다르게 아무 생각이 없어 보였고 해맑았으며 밝았다. 처음엔 너무 아무런 생각이 없어 보이는 게 레나타와 같은 부류인가 싶다가도 언뜻 비추는 눈빛이 간담을 서늘하게 만들 정도로 시렸다. 게다가 평범한 귀족 영애라면 그 자리에 앉은 것만으로 불안함과 초조 두려움에 떨었을 것이 분명했음에도 그녀는 태연했다. 한참 험악한 대화가 오고 가고 있음에도 다른 생각을 하는 듯 시선을 돌리는 그녀를 보니 그는 문득 호기심이 들었다.

"그렇지. 모르제 영애, 그대의 생각은 어떠한가."

느긋하게 상석에 턱을 괴고 앉아 있던 그가 물었다. 그녀가 당혹스러운 얼굴로 그를 보다가 모르제 백작을 흘끔 쳐다본다. 모르제 백작이 세차게 고개를 저으며 무언의 사인을 보내는 것이 보였다. 그리고 오히려 그 반응을 본 뮈젤이 무언가 확고해진 눈빛으로 그를 바라봤다.

"뮐러 저택에 가면, 로망떼의 시녀 멜자가 있습니다. 그녀를 추궁하심이 옳습니다. 콜린은 마할로부터 유출되었고, 멜자는 마할의 사람입니다."

그리고 조반니는 그것으로 알게 되었다. 모르제 가문의 다음 파수꾼은 뮈젤이다.

"그것을 그대가 어찌 아나."

그의 물음에 뮈젤이 단호한 얼굴로 대답했다.

"마담 로망떼의 저택에 초대된 것이 이번이 처음은 아닙니다. 마할과 뜻을 함께한 마담 로망떼가 헨더슨 가문의 이자벨 체인 헨더슨을 초대한 것 또한 의문이지 않겠습니까."

그녀는 온실 속 화초답지 않은 노련함으로 무장한 대답을 했다. 그의 날카로운 질문들을 부드럽게 전부 받아 챈 것이다.

"내가 모르고 있던 사실을 많이 아는군."

그가 감탄하듯이 말하자 그녀가 고개를 갸웃거린다. 그리고 그는 그녀에 대한 호기심이 제 안에서 더 짙어졌음을 느꼈다.

"오늘 회의는 이만 파한다. 그리고 뮈젤 클라베 로랑 모르제. 그대에게 따로 묻고 싶은 것이 있으니 나를 따르라."

그리고 뮈젤을 데려가는 길에 그들은 레나타를 마주쳤다.

"조! 대체 이건 무슨 상황이야?"

"레나타, 지금 이곳은 에르만 한복판이다. 듣는 귀가 많으니 목소리를 낮춰라."

"지금 나한테 화낸 거야?"

레나타의 앙탈에 조반니는 한숨을 내쉬었다. 아니 그리고 뮈젤과 이야기 나눠 보고 싶다고 한 건 저도 마찬가지 아니었나? 조반니는 혀를 찼다.

"뮐러 백작 부인의 마약 공판 증인이다. 그리고 그러자 말한 건 네가 아니었나."

그 말에 레나타가 환하게 변한 얼굴을 하고 뮈젤을 돌아봤다.

"어머, 그랬었지. 미안해요, 레이디 뮈젤."

레나타나는 기다렸다는 듯이 그들의 뒤를 따랐다. 그리고 그제야 그의 뒤에 숨어 있던 뮈젤이 안도의 한숨을 쉬며 나왔다. 키도 조그마해서 귀여운 구석이 있었다. 그의 방 안에 하나 장식해 놓으면 좋을 인형 정도로.

"로헨과 오르베느트 엘쉬가가 모르제 영지에 있었던 연유, 그것을 물었다. 대답하라."

"……."

"너, 정말 죽고 싶구나? 이분이 아직도 누군지 모르겠니? 황제 폐하야! 메시리아의 지존이시……!"

"레나타, 그만."

조반니는 과하게 뮈젤을 추궁하려는 듯한 레나타를 제지했다. 물론 뮈젤이 신경 쓰인다고 했던 이답게 말에 적의가 숨어 있진 않았다. 다른 여자들을 대하는 레나타의 태도가 어땠는지 기억하는 조반니는 새삼스러운 기분으로 뮈젤을 보았다.

"뮈젤 클라베 로랑 모르제, 보잘것없는 모르제 가문의 셋째 주제에, 간이 부었구나?"

레나타의 으름장에 이번엔 조반니가 한숨을 내쉬었다.

"이 아이가 모르제 영애라는 사실은 안다. 그런데 모르제가 보잘것없다는 말은 퀼트 공작이 들었다면 기겁하겠군."

그녀의 아비를 언급한 것은 의도적이었다. 역시나 그의 예상대로 레나타가 입을 다물었다. 그래서 이번에 조반니는 그녀에게 모르제에 대한 정확한 정보를 심어 주고 싶었다. 나중에 황후가 될 여자라면 기본적인 지식들은 알고 있어야 하는데, 대체 퀼트가에서는 뭐하고 있는 것인지.

"모르제의 포도주는 메시리아에서 가장 수출량이 높은 품목이다. 그게 무얼 뜻하는 줄 아나."

"맙소사. 모르제 포도주가? 동부 산드라의 양털이 아니라?"

동부 산드라의 양털에 관한 정보를 알고 있는 건 조금 기특해서 조반니는 웃었다.

"전쟁이 재개되지 않은 지도 50년이다. 세대가 바뀐 사람들에겐 빈곤보단 풍요로운 세상에 대한 기억이 더 강한 법이지."

"그게 포도주랑 무슨 상관이야?"

해맑은 얼굴로 눈을 깜빡이는 레나타를 보고 있자니 조반니는 제가 이런 지식을 설명하는 게 다 무슨 소용인가 싶었다. 그 정도로 레나타는 천진했다. 하지만 차라리 레나타나 하나쯤은 그런 천진함으로 계속 남아 줬으면 하는 바람도 있었다.

슬쩍 바라본 뮈젤은 당혹스러운 얼굴로 그들을 보고 있었다. 그럴 만도 했다. 조반니 스스로도 지금이 상황이 우스웠는데 그녀는 오죽했을까.

"포도주는 보통 어떤 때 많이 마신다고 생각하나."

"파티에? 기분 좋을 때? 생일에? 아니면 괴로울 때?"

"네가 나열한 예로 들자면 불행할 때보다는 대체로 행복할 때가 더 많지 않은가. 비슷한 이치다."

그의 말이 끝나자마자 뮈젤이 손을 들어 박수를 치려다가 참는 것을 조반니는 보았다.

"말씀 중에 죄송하지만, 시간이."

문밖에 서 있던 의전관이 문을 두드리며 말했다. 그리고 조반니는 다시 뮈젤을 보았다. 어차피 뮈젤을 이곳으로 부른 건 큰 뜻이 있었기 때문이 아니었다. 신경 쓰인다는 '누군가'를 잠시 보았던 것. 그것으로 끝이었다. 그리고 생각보다 그 감정은 대단하지 않았다.

"안 돼! 나도 물어볼 것 있었는데! 그 여자! 그 악귀 같은 계집! 아는 사이야? 응? 그러니?"

레나타나 다급한 얼굴로 다짜고짜 뮈젤의 멱살을 쥐고 흔들었다. 악귀 같은 계집이라. 조반니는 최근 레나타가 관심 두고 있는 여자가 누구인지 목록을 나열해 보고자 했으나 워낙 적이 많은지라 유추하기를 포기했다. 어차피 그가 그리 크게 신경 쓸 만한 여자는 아닐 것이다.

"그만하라. 오늘은 이만 되었다."

조반니의 말이 끝나기 무섭게 레나타는 흥미가 떨어진 얼굴로 자리에서 일어났다. 그리고 조반니와 레나타나 먼저 자리를 일어나 문으로 다가가는 사이 뮈젤이 쓰러졌다.

"어머, 이제야? 그래도 정신력이 꽤 대단하네."

레나타가 쓰러진 뮈젤을 돌아보며 말했다. 그리고 그때 예의 없이 문을 열고 들이닥친 금발의 여자가 조반니에게 인사했다.

"폐하를 뵙습니다. 모르제 가문의 첫째, 메르넨 뒤망 페레데 모르제입니다."

그리고 그 말이 끝나자마자 메르넨은 뮈젤에게 다가갔다.

"상황은 레나 부인께 들었습니다. 뮈젤은 폐하께서 호기심을 품을 만큼 대단한 아이가 아니니 이쯤 하셨으면 좋겠습니다. 부디 더는 이런 일이 없기를."

메르넨의 다다다 쏘아붙이는 대사들에 레나타가 당황하는 사이, 조반니가 그녀를 바라보며 웃었다.

"모르제 가문의 여인들은 죄 자기 주장이 뚜렷하군."

조반니의 말에 메르넨이 송구하다는 듯이 고개를 숙였다.

"사이가 그리 좋은 자매는 아니었으나, 그래도 이 아인 제 동생입니다. 무례를 용서하십시오."

동생이라. 그리고 그 단어가 한동안 조반니의 뇌리에 박혀 맴돌았다. 메르넨이 쓰러진 뮈젤의 몸을 간신히 일으키는 게 보여 조반니는 찝찝한 얼굴로 그녀에게 다가갔다.

"가만두어라. 옮기는 건 내가 직접 하지."

"무, 뭐? 조! 뭐 하는 거야!"

모두가 경악하는 것을 뒤로하고 조반니는 번쩍 뮈젤을 안아 들고 레나 부인의 베르디로 그녀를 옮겼다.

☕ ☕ ☕

로헨을 데리고 메시리아로 넘어온 오르베느트 엘쉬가는 골칫 덩이였다. 그녀가 메시리아에 온 것을 그 누구도 반기는 이가 없었는데 저 홀로 당당했다. 조반니는 그들의 무례를 그냥 보아 넘길 수가 없었다. 로헨을 와볼트로 보낼 때 그의 심리를. 그에게 따른 수만 가지의 고뇌와 고통을 그들은 모른다. 그러니까 지금처럼 천진하게 메시리아로 넘어와 그에게 뻔뻔한 요구를 하고 있겠지.

"다시 말해 봐."

"히보렌테의 오르베느트 엘쉬가께서 귀화 요청을 하고 있습니다. 더불어 감시자들을 치워 달라 요청……."

"들을 가치가 없는 말들이군. 불법 체류자 주제에 쓸데없이 당당해."

그의 말에 에르만 황실의 사건 보고 업무를 담당하는 보좌관이 입을 다물었다. 조반니는 엘쉬가를 엘레나의 객실에 거의 감금하다시피 보냈다. 황후들이 기거하는 엘레나의 객실 중 한 곳으로 그녀를 보낸 것에 특별한 뜻이 있었던 것은 아니다. 그가 감시하기 편하다는 것뿐. 그 이상의 이유는 없었다. 단 하나, 레나타가 길길이 날뛰는 것을 제외하고 말이다.

그녀는 유달리 엘쉬가를 경계했다. 아마 그녀가 엘레나의 객실에 머물고 있다는 이유가 가장 크게 작용했겠지만, 그것을 제외하고도 그 경계는 도가 지나쳤다. 하지만, 조반니는 그것을 딱히 나무라진 않았다. 그녀가 그런 식으로 그와 얽히는 여인들을 경계하는 게 이번이 처음은 아니었고 외교적 문제로까지 번지지 않는 이상 그는 엘쉬가를 비호할 생각이 없었다.

"요구를 수용하지 않는다면, 축복의 탑 후계자를 납치한 명목으로 메시리아에⋯⋯."

조반니는 눈앞에 있는 잉크병을 집어 던졌다. 문 앞에 서 있던 보좌관이 서류를 들고 있다가 흠칫 놀라 입을 다물었다. 조반니는 짜증스런 얼굴로 들고 있던 서류를 구겨 던지고는 자리에서 일어났다.

"하! 이젠 외교 문제까지 들먹이신다? 뻔뻔함에 정도가 없군."

조반니는 곧장 엘쉬가가 있다는 엘레나의 정원으로 찾아갔다. 그리고 그는 뜻밖에도 그곳에서 뮈젤을 만났다. 그녀에게 건네고 싶은 말 몇 마디가 있었으나 그보다는 엘쉬가와의 용무가 더 급했다.

"오르베느트."

조반니의 성난 시선이 엘쉬가에게 닿았다.

"앉으세요. 보는 눈이 많답니다."

엘쉬가의 언급에 조반니의 시선이 뮈젤, 그리고 뮈젤 옆의 여인에게로 옮겨갔다. 모르제 백작과 헨더슨 가문의 여식, 그리고 축복의 탑 후계자라니. 썩 어울리지 않는 조합이었다. 조반니는 테이블 위에 있는 포도주 잔을 낚아채 남김없이 비우고는 빈 잔을 이자벨에게 건넸다. 그는 뮈젤의 옆자리에 앉았다.

"그대의 요구는 수용할 수 없다."

그의 말에 엘쉬가가 눈썹을 치켜떴다.

"당신은 나를 이곳에 가둬 둘 권리가 없어요."

그녀의 당당함이 도를 지나쳤다. 불법으로 메시리아에 입국한 데다가 유배지를 벗어난 죄인을 데려와서는 자기를 가둬둘 권리가 없다니. 그러니 로헨을 만나게 해 달라니 기가 찰 정도다.

"그대는 허가 없이 국경을 넘었다. 축복의 탑으로 돌아가지 않는다면 지금 그대의 신분은 한낱 불법 체류자에 지나지 않는다는 사실을 모르나."

말하던 중 포도주 잔을 홀짝 비운 뮈젤이 휘청거리자 계속해서 그녀를 주시하고 있던 조반니가 그녀의 팔을 붙잡아 고정시켰다. 그러자 뮈젤이 어리둥절한 얼굴로 그를 흘끔 보았다.

"그대가 일으킨 물의를 따지고 들자면 따질 수 있는 명분만 수십 가지다. 또한, 그대가 계속 버둥거린다면 그토록 칭얼거리는 로헨 몰딘을 와볼트로 반환할 수도 있다."

"레이디 엘쉬가, 여쭙고 싶은 게 있습니다."

가만히 상황을 지켜보던 뮈젤이 입을 열었다. 가만히 엘쉬가를 노려보던 조반니가 그제야 뮈젤을 쳐다봤다.

"저희 모르제 와인 경매에서 낙찰한 모르제 코르보트 413 포도주는 언제 찾아가실 생각인가요?"

포도주를 마시다 말고 조반니는 짜증스레 눈살을 찌푸렸다. 그 코르보트를 이런 식으로 사용하다니. 조반니는 문득 지난날 제가 모르제 백작한테 코르보트 413 포도주를 내어 놓으라 호통 쳤던 일들을 떠올렸다. 엘쉬가와 로헨이 모르제 와인 경매에 참석한 이유도 아마 조반니가 그 포도주를 노리고 있다는 이야기를 들었기 때문일 것이다. 물론 로헨 성격상 본인의 의지로 그의 선물을 샀을 리가 없으니 그 모든 건 엘쉬가의 계획이었으리라.

"모르제 와인 경매는 대리 입찰이 불가능해요. 그래서 낙찰자가 정해진 기한 내에 경매품을 찾아가지 않으면 경매 취하가 됩니다. 물론 낙찰가는 반환되지 않고요."

엘쉬가가 한 줄기 희망을 찾은 듯 환해진 얼굴로 뮈젤을 보았다. 조반니는 조그만 체구의 뮈젤을 바라보며 생각했다. 저 조그만 머리통에 대체 무슨 생각이 들어 있을까. 점점 그런 궁금증이 밀려들어왔다. 모르제의 다음 대를 이을 파수꾼은 뮈젤이 확실했다. 그 생각에도 점점 확신으로 굳어 가고 있었다.

"무려 1가온에 사들인 포도주 아닌가요? 찾아가지 않는다면 아무리 프리제의 딸이라도 손해가 막심할 텐데요."

뮈젤의 말에 조반니는 기가 찼다. 1가온이라. 어마어마한 액수라고는 전해 들었지만 1가온에 사들인 포도주인 줄은 그도 몰랐다.

"오르베느트 엘쉬가는 내게 있어 하나의 담보나 마찬가지다, 모르제 영애."

그의 말에 뮈젤은 대답하지 않았다.

"그렇다면 오르베느트 엘쉬가가 모르제에 다녀오는 동안 그대가 그녀를 대신하여 담보가 되어야겠군."

그길로 뮈젤은 엘레나의 객실 세 번째 방에 머물게 되었다. 한동안 그녀는 얌전히 방에 있었다. 엘쉬가와 달리 난동을 부리거나 사람들을 귀찮게 하는 일 없이 그저 고요히 방에서 시간을 보내는 듯했다. 그래서 그는 또다시 호기심이 생겼다. 그녀가 무슨 의도를 갖고 엘쉬가를 도왔으며, 무슨 생각을 하고 있는지. 무엇보다 다음 대를 이을 파수꾼이라는 게 그의 호기심을 강렬히 자극했다. 그래서 그는 엘레나의 객실에 찾아가 직접 물었다.

"오르베느트 엘쉬가를 모르제 영지로 보낸 저의가 뭐지?"

그의 맞은편에 앉은 뮈젤이 차를 마시며 느긋하게 그를 보았다.

"이미 대답을 알고 물으신 거죠?"

그렇다고 생각하나. 조반니는 정말로 몰라서 물었던 것뿐이다. 그녀가 엘쉬가를 도우려 했다는 것은 알지만 그 이면에 있을 속내는 간파하지 못했다.

"모르제 코르보트를 그녀가 가져가지 않으면 손해를 보는 건 그녀뿐이 아니에요. 무려 1가온에 낙찰됐는데 취하되다니, 사람들 눈에 모르제 와인 경매가 우습게 보일 거예요."

그녀의 말이 그렇게 와닿지 않았고 그 말이 그저 빈말이란 것도 알아 조반니는 대강 고개를 끄덕였다. 어쨌거나.

"로헨이 입이 귀에 걸리도록 좋아하겠군."

그것 또한 사실이다. 눈에 그려지는 가장 확실한 건 로헨이 좋아할 거라는 것. 그것뿐이다.

"그대는 어찌하여 로헨을 돕지?"

엘쉬가를 도운 것은 로헨을 도운 것과 마찬가지다. 그래서 물었더니 뮈젤은 당연하단 듯이 질문에 질문으로 답을 했다.

"그럼 폐하께선 어째서 엘쉬가를 보호하시나요?"

그는 어처구니없어 웃었다. 그녀는 그의 생각보다 더 대담했다. 그래서 재미있었다.

"말하지 않았나."

"아, 담보요."

"그래."

그의 대답에 그녀가 수긍하듯이 고개를 끄덕였다. 말 그대로, '수긍하듯이'. 그리고 생각보다도 그녀는 더 흥미로운 성격을 갖고 있었다. 꼭 그가 어릴 적 키우던 '고양이' 같다고 해야 할까.

"폐하, 모르제 영애를 찾아온 손님이 계십니다."

조반니는 성가신 시선으로 뮈젤을 바라봤다.

"그댄 지금 감시받고 있는 처지인 걸 아나."

"제가 부른 게 아니에요. 그리고 폐하, 망각하시는 것 같은데 전 평민이나 외국인이 아닙니다. 엄연히 메시리아 귀족이라고요."

울컥한 얼굴로 뮈젤이 외쳤다.

"메시리아 학생으로 이름은 라미스 로니라고 합니다."

"라미스 로니? 메시리아 학교 학년 전체 수석을 했다는 학생 말인가?"

"그렇습니다."

라미스 로니. 조반니도 기억한다. 그 정도로 인상이 강렬했던 남자였다. 지난해, 메시리아 학생들을 위한 국가 경제 회의에서 뛰어난 성적을 올렸던 학생이다. 그날 최고의 학생으로 선정되어 황실 출입을 허가하는 그의 인장까지 받았던 인사가 아니었나. 어느 이름 있는 귀족 가문의 자제는 아닌가 싶을 정도로 기품 있는 태도에 화려한 외모도 특히 눈에 띄었다.

"라미스 로니를 아나?"

"네."

"어떤 사이지?"

"친구요."

그 말에 그는 웃지 않을 수 없었다.

"남녀 사이엔 친구가 없다."

"사람을 사귐에 있어 제약을 만든다는 것은, 자신의 가치를 그 정도로 낮춘다는 것과 다르지 않습니다, 폐하."

조반니는 그 말의 익숙함을 알았다. 오르베느트 엘쉬가가 로헨을 언급하면 입버릇처럼 하던 말이기 때문이다. 이번에 그는 짜증스럽게 눈살을 찌푸렸다.

"들라 하여라."

한참 뒤에 라미스가 들어왔다.

"메시리아에 무한한 영광과 축복을. 폐하를 뵙습니다."

라미스가 조반니에게 고개를 숙였다. 흠잡을 곳 없이 완벽한 예법이다.

"오랜만이라 반갑군. 앉으라."

조반니는 귀찮은 얼굴로 라미스에게 대강 손짓했다. 자리를 비킬까 하다가도 뮈젤의 오랜 친구라는 라미스에 대한 호기심까지 겹쳐 왔기에 더 머무는 것을 택했다.

"두 사람이 오랜 친구라 들었다."

"그렇습니다."

그의 맞은편, 뮈젤의 옆자리에 앉은 라미스가 대답했다. 긴장한 구석이 하나도 없는 게 대범하기로는 뮈젤과 비슷했다.

"남녀 사이에 친구라니 우습다."

"폐하께는 퀼트 영애가 있잖아요."

뮈젤이 재빠르게 그의 말을 반박하고 들었다. 그리고 조반니는 들고 있던 서류를 내리고 뮈젤을 보며 웃었다. 듣던 중 황당한 말이었기 때문이다. 그가 레나타를 특별히 여기는 것은 사실이다. 그러나.

"레나타가 친구라? 우스운 말이군."

그의 대답에 뮈젤의 얼굴에 실망의 빛이 스쳐 갔다. 그리고 그 모습조차 조반니는 우습다고 생각했다.

"그 아이가 나와 가깝다는 것은 사실이나 내게 '친구'라는 존재는 있을 수 없다."

그리고 그답지 않게 부연 설명을 뱉었다. 그녀가 그것으로 그가 한 말을 이해하길 바라는 내면이 깔려 있었다. 그리고 그의 속내를 알아차린 라미스의 서늘한 시선이 그에게 닿아 떨어지질 않았다. 그리고 라미스의 시선을 받자 그는 더 짓궂은 생각이 떠올랐다. 그는 홍차를 마시다가 재미있다는 시선으로 뮈젤을 바라봤다.

"그건 무슨 차지?"

"허브티요."

뮈젤이 단번에 대답했다.

"그건 나도 안다."

그의 대답에 그녀가 고개를 갸웃거린다. 반응이 참 재미있는 소녀다. 그녀가 고개를 끄덕이더니 본인의 찻잔을 그에게로 밀었다.

"라벤더예요."

"그래."

"마셔 보실래요?"

그 물음에 그는 황당해서 그녀를 바라봤다.

"네 걸?"

그러자 그녀가 정색한다.

"아니요. 설마 제 걸 드시려고요?"

역시나 반응이 재미있었다. 그래서 그는 조금 더 그녀와 대화를 나누고 싶었다.

"흠. 안 되나?"

"시녀에게 새로 내오라 할게요."

"됐다."

그가 심드렁한 얼굴로 소파에 등을 기대자 그녀가 웃었다. 그 웃음은 사람의 시선을 길게 잡아끄는 매력이 있었다.

"아니, 시녀들이 차를 안 줘요?"

"준다."

"허브티 안 마셔 봤어요?"

"마셔 봤지."

"그런데 라벤터는 안 마셔 봤어요?"

조반니는 웃음을 참으며 대답했다.

"마셔 봤다. 그러나 기억은 안나."

그의 말장난을 알면서도 그녀가 받아 주는 것 같아 보이자 그를 노려보던 라미스가 이번엔 그녀를 돌아봤다.

"그럼 지금 마셔 봐도 또 기억 못 하겠네요."

"누굴 멍청이로 아나."

"라벤더는 기억 안 난다면서요."

할 말을 잃고 그가 입을 다물었다. 장난을 치려다가 외려 그녀의 말장난에 말려들었다.

"아, 이런. 실례했습니다."

"사과하지 마라. 난 아둔한 사람이 아니다."

"폐하 모욕죄로 저를 처벌하심이……."

"뮈젤, 난 멍청하지 않아. 사과하지 말라 했다."

"아, 라미스."

뮈젤이 뒤늦게 라미스를 돌아봤다. 그리고 방 안에 침묵이 감돌았다. 조반니는 느긋하게 차를 마시며 라미스를 바라봤다. 라미스의 오렌지색 눈동자가 덤덤하게 뮈젤을 바라보고 있었다. 다소 불편한 침묵이다. 그리고 조반니는 뮈젤을 바라보는 라미스의 시선이 평범한 친구를 바라보는 시선이 결단코 아니란 것을 알았다. 조반니는 흥미로운 얼굴로 라미스를 보았다.

"문제 있나?"

"없습니다."

대답도 빨랐다. 라미스의 입가에 못마땅한 미소가 걸렸다. 상황에 대한 마땅치 않음이라. 조반니는 그가 뮈젤에게 마음이 있음을 확신했다. 정작 뮈젤은 모르는 듯 보이지만.

"그보다 뮈젤, 나는 모르제 가문이 언제부터 멜보르크 귀족이 되었는지가 더 궁금하군."

라미스는 뮈젤을 바라보고 있었지만, 그 물음이 조반니에게 향한 것이라는 걸 그도 알았다. 조반니는 흥미로운 기분으로 찻잔을 내려놓았다. 그를 향한 라미스의 경계가 지나친 감이 있었다.

"뮈젤. 말했잖나."

"담보요?"

"그래."

그러나 라미스는 납득하지 않은 얼굴이었다. 그래서 조반니는 그를 조금은 골려 주고 싶다는 생각이 들었다.

"생각보다 실망이군. 미래를 이끌어 갈 인재가 멜보르크니 네바다니 중권에서 저들끼리 만든 뜻 없는 파벌을 따지다니."

"그 파벌을 만드신 게 선황이셨습니다."

조반니가 미간을 찌푸렸다. 라미스는 한 치의 동요도 없었다. 대범한 것이 아니라 멍청한 걸까. 조반니는 짜증스런 얼굴로 대번에 불편한 기색을 표했다.

"폐하께 손님이 오셨습니다."

마침 레나타가 찾아왔다. 그녀는 화가 난 것도 신이 난 것도 같은 얼굴을 하고 조반니에게 다가갔다. 그 걸음엔 망설임 하나 묻어 있지 않아 뮈젤과 라미스가 이 방에 함께 있다는 건 보지 못한 건 아닌가 싶을 정도였다.

"조!"

"말을 삼가라. 여긴 나와 너만 있는 자리가 아니다."

그녀가 그제야 뮈젤과 라미스를 돌아봤다.

"모르제, 저 계집 왜 또 여기 있니? 오르베느트 그 계집만 문제가 아니었던 거야!"

레나타가 뮈젤을 향해 소리쳤다. 뮈젤을 향한 레나타의 손가락질을 라미스가 짜증스런 시선으로 바라봤다. 조반니는 성가신 얼굴로 소파에 기대 앉아 레나타를 바라봤다. 레나타가 오늘따라 더 날카롭다.

"저 아이는 담보."

"뭐?"

"오르베느트가 자리를 비웠으니 저 아이는 인질이지."

"엘쉬가는 어디로 갔는데!"

"모르제로 떠났으니 모르제 영애를 데려왔지."

"아!"

레나타는 그제야 수긍한 얼굴이었다. 조반니는 오늘따라 감정의 기복이 심한 것처럼 보이는 레나타를 다소 피곤한 기분으로 바라봤다. 이런 날 그녀가 꼭 사고를 친다는 걸 알고 있었기 때문이다.

"오르베느트 엘쉬가는 그냥 이참에 추방하는 게 어때?"

레나타가 기대감 어린 시선으로 그를 봤다.

"네가 신경 쓸 일 아니다."

조반니는 단호하게 대답했고 레나타가 대번에 서운한 얼굴을 했다.

"너무해!"

레나타나는 결국 눈물을 흘렸고 조반니는 한숨을 내쉬었다. 그는 슬쩍 바라본 뮈젤이 당황한 얼굴로 그들을 바라보는 것을 알아차리고는 더더욱 피곤한 기분이 되었다.

"네 무례를 넘기는 것도 정도가 있다, 레나타."

"조!"

"일단 나가지."

조반니는 레나타를 데리고 방을 나왔다. 얼핏 본 뮈젤과 라미스는 그들만의 시간이 필요해 보였다. 뮈젤은 아니라고 했지만, 딱 보기에도 그녀를 바라보는 라미스의 얼굴은 오랜 친우를 바라보는 남자의 얼굴이 아니다. 게다가, 황제를 눈앞에 둔 평민이라고 할 수 없을 정도의 담담한 태도. 라미스는 마치 그를 오래전부터 알아 온 사람처럼 익숙해 보였다.

"난 지금 네 이 안일한 태도를 이해할 수가 없어!"

레나타가 잔뜩 성이 난 목소리로 외치며 앞서 걸어가는 그의 뒤를 따라왔다.

"이해할 필요 없다."

"난 평생 네 옆에 있을 사람이잖아!"

조반니는 그렇게 확언하는 레나타를 오히려 더 이해할 수 없다고 생각했다.

"평생? 세상에 영원한 게 있으리라 확신하는군."

"영원한 게 없다고 확신하지 않으면 괴롭잖아. 믿을 게 하나도 없다고 자학하면서 살면 뭐가 좀 나아?"

레나타가 그의 팔을 잡았다. 앞서가던 의전관이 그 모습을 보고 놀라서 안절부절못하는 것을 보고 조반니는 걸음을 멈췄다. 조반니는 주변에 귀족들이 없어 다행이라고 생각했다. 레나타의 지금과 같은 태도를 보면 분명 그들은 황후의 자질을 논했을 게 분명했기 때문이다. 자학이라. 레나타의 직설적인 표현에 조반니가 쓸쓸한 표정을 지었다.

"상처를 덜 받지."

"상처를 덜 받는다고 괴로움이 해결되는 건 아니잖아."

"……논점을 벗어났군."

"벗어나지 않았어, 조. 난 평생 네 옆에 있을 거야. 네가 날 내치지 않는 이상. 그러니까 오르베느트 엘쉬가에 대한 태도를 확실히 해 줬으면 좋겠어."

레나타가 그녀답지 않은 단호함으로 말했다. 조반니는 그를 빤히 올려다보는 레나타의 말간 얼굴을 한참 동안 내려다봤다. 그녀는 가끔 아무런 생각이 없는 것 같아 보이지만, 그녀 나름의 신념을 갖고 있었는데 그 점이 때때로 그를 자극했다. 예기치 못하게 뒤통수를 맞는 기분이라고 해야 할까. 어쨌든 그에겐 늘 신선한 자극을 주는 셈이었다.

"생각해 보겠다. 그러니 너무 마음 쓰지 말도록."

조반니는 레나타의 머리에 잠시 손을 얹고는 곧장 뒤를 돌아 걸어갔다. 남겨진 레나타가 잔뜩 붉어진 얼굴로 뺨을 감싸는 것까진 그가 보진 못했지만, 그 모습을 예상하지 않은 것 또한 아니었다.

☕ ☕ ☕

퐁쉐르아 파티는 조반니가 가장 싫어하는 행사 중 하나였다. 쓸데없는 허례허식과 사치스러움. 게다가 퐁쉐르아 선정이란 게 무슨 의미가 있단 말인가. 그러나 이번 퐁쉐르아 파티엔 '모르제 가문'의 여식들이 참석한다. 그가 눈여겨봐야 할 '뮈젤'이 있었고, 골칫덩이인 '오르베느트 엘쉬가'가 있었다. 그것만으로도 그가 퐁쉐르아 파티에 참석해야 할 동기 여부는 확실히 되는 셈이었다.

"포르단티 공주는 참석하지 않는다고 합니다."

의전관 노인은 시종이 조반니가 입은 셔츠의 깃을 내려 주는 것을 지켜보며 대답했다.

"신분을 숨겼으니 평민에 지나지 않는다. 초대장도 없는 여자가 어떻게 황실 파티에 참석하겠나."

조반니는 커프스단추를 잠그며 피식 웃음을 터트리고는 시종에게 재킷을 건네받아 입고는 곧장 밖으로 나갔다.

"폐, 폐하. 아직 폐하의 장내 입장 시각이 아닙니다. 조금 더 기다리심이……."

"굳이 그런 허례허식에 맞출 필요가 있나. 만날 사람도 있고 이 편이 깜짝 놀라기엔 적절치 않겠나?"

조반니의 웃음기 어린 대답에 의전관은 할 말을 잃고 고개를 숙였다. 황제가 그렇다는데 더는 토를 달 여지가 없었기 때문이다. 그리고 조반니가 얘기한 '만날 사람'이란 게 뮈젤 클라베로랑 모르제라는 것을 의전관은 모르지 않았다. 모르제 백작이 코르보트 와인을 두고 입씨름을 하던 그때부터 뮈젤을 향한 호기심이 꽃을 피운 듯했다. 그 호기심이 만개하기 전에 그만두거나 아니면 제대로 그 만개한 꽃을 그가 직접 따거나. 결판을 내려야 한다. 의전관은 근심 어린 얼굴로 레나타의 해맑은 얼굴을 떠올리며 조반니의 뒤를 따랐다.

그리고 예고 없이 파티장에 들어선 그를 발견하고 놀란 소녀들이 정신없이 그에게 길을 터 주었다. 덕분에 어렵지 않게 뮈젤 앞까지 당도했는데 문제는 본인은 그가 등장했음을 전혀 눈치채지 못했다는 점이다. 헨더슨 상단의 여식인 이자벨 체인 헨더슨과 이야기를 나누는 뮈젤의 눈은 호기심을 반짝였다. 웃기는 건 이자벨은 조반니가 뮈젤의 뒤에 서 있음을 알고서도 모른 척한다는 점이었다.

"포르단티 공주를 왜 조심해야 하죠?"

뮈젤의 질문에 흘끔 조반니를 바라본 이자벨의 눈이 반짝였다. 그녀는 재미있다는 얼굴로 조반니를 흘끔, 그리고 그녀의 옆에선 정체 모를 소녀를 흘끔 바라보고는 웃었다.

"포르단티 왕국의 공주가 왜 신분을 숨기고 메시리아 학교에 있다고 생각합니까?"

그 말이 의미하는 바가 지나치게 컸다. 조반니는 더 이상의 말이 나오기 전에 제가 나서야 할 때라는 걸 알았다.

"글쎄. 나도 그게 궁금하군. 메시리아 학교에 포르단티 공주가 있었나."

뮈젤이 깜짝 놀라 고개를 돌렸다. 뮈젤과 조반니를 번갈아 보던 이자벨이 의문 모를 미소를 짓더니 그에게 술잔을 건넸다. 그녀에게 잔을 받아 든 그가 뮈젤에게 건배를 요청했다. 뮈젤은 얼떨떨한 얼굴로 그와 건배했고 그가 대충 오른손을 휘젓자 다시 홀 안에 음악이 흐르면서 소란스러움이 가중되었다.

"지금은 폐하의 장내 입장 시각이 아닙니다."

뮈젤이 작은 목소리로 지적했다. 조반니는 재미있는 얼굴로 뮈젤을 보았다. 역시나 그의 앞이라고 긴장하지 않는다. 천하의 엘쉬가마저도 그의 앞에선 긴장으로 점철된 얼굴을 하고 꼿꼿해지는데 뮈젤은 마치 옆집 친우를 대하듯 편안하게 굴었다. 술잔을 손안에서 빙글빙글 돌리면서 입가에 옅은 미소를 달고 그가 주위를 훑었다.

"그렇군. 그리고 보니 아직 리노아가 없군."

리노아 부인의 부재를 운운하며 조반니는 태연하게 고개를 끄덕였다.

"로니 라미스의 안위는 어떠한가?"

"라미스 로니입니다. 그리고 왜 폐하께서 라미스 로니의 안위를 걱정하고 계시는지 본인은 그 진위가 궁금하군요. 우리 라미스는 폐하가 안위를 걱정할 만큼 험행을 하는 사람이 아니니 심려치 않으셔도 됩니다. 혹여 이 말이 폐하께 실례가 되는 염려라면 라미스를 깊이 생각하는 저의 우애를 봐서라도 너그러이 용서해 주시길."

뮈젤은 무례라는 것을 알면서도 황제인 조반니의 말을 정정했다. 그러나 조반니는 그 점을 콕 짚어 나무랄 생각도 없었다. 그에게 그녀와의 대화는 늘 유쾌했다. 그가 느끼는 레나타의 장점과 엘쉬가의 장점을 섞어 놓은 여자가 바로 뮈젤이었다. 그가 생각하는 황후에 걸맞은 여자. 어느 누가 황후가 되든 상관이 없다고 생각했는데 이왕이면 그게 뮈젤이면 좋겠다는 생각이 든 것도 처음이었다.

"과민 반응이다."

"과함이 아니었습니다, 폐하. 그리고 다시 한 번 말씀 올리자면 지금은 폐하가 입장하실 때가 아닙니다. '퐁쉐르아'의 관례를 지켜 주세요. 리노아 부인께서 곤란해하실 겁니다."

"건방지구나."

그녀의 반박들이 황제인 조반니를 두고 하기에는 모두 지나친 감이 있어 건방진 것은 사실이다. 그러나 그가 그녀를 탓하고 싶은 생각으로 뱉은 말은 아니었다. 뮈젤은 결국 입을 다물었다. 그녀답지 않게 한발 뒤로 빼는 것이 의아해서 조반니는 웃었다. 이번에는 그녀를 골려 주고 싶은 기분이 들었다.

"뮈젤, 토라진 것이냐."

조반니의 장난스러운 말에 그녀가 인상을 찌푸리고 그를 보았다.

"소녀를 어찌 보고."

"네가 소녀였나. 아이는 아니고?"

"농담이 지나치십니다."

"하핫. 농담이라니? 나는 언제나 진중한 사람이라네."

"진중하시다면 그만 들어가셔서 법도를 이행하시는 것이 좋겠습니다."

뮈젤의 대답에 조반니가 거들먹거리는 얼굴로 술잔을 흔들었다.

"내가 행하는 모든 일이 곧 법도다."

"메시리아는 의회를 존중하는 국가입니다. 그 기반을 만든 것이 선황 폐하……."

"넌 너무 진중하다. 지리멸렬하다고 생각지 않는가? 어찌 이야기가 그리 흐르나."

"진중하다 하신 분은 폐하십니다. 설마 조금 전 한 말도 잊으셨습니까?"

"아니다."

"폐하, 설마 퐁쉐르아 파티의 기본 규약도 모르고 오셨던 겁니까?"

"아니라고 했다."

조반니는 대화 도중 그들에게 다가오는 레나타를 보다가 엘쉬가를 보고 인상을 찌푸렸다. 하지만 그녀들에게 시선을 주었던 것은 잠깐이고 그는 다시 뮈젤에게로 시선을 주었다.

"쥐방울만 한 게 술을 마시더니 정신을 못 차리는구나."

뮈젤이 잔에 든 브랜디를 한 번에 마시고서는 빈 잔을 지나가는 시종에게 건넸다. 그녀가 작은 키에 콤플렉스가 있다는 사실을 알고 한 말이다. 그래서 뮈젤의 화가 당황스럽지 않아 조반니는 그저 웃고만 있었다.

"……그러는 폐하께선 음주에 약하시면서 왜 술잔을 들고 계신지? 괜한 오기는 몸에 해롭습니다."

"나를 어찌 보고."

"그런데 어찌 들고 있던 잔을 내려놓으셨습니까? 브랜디에는 약하시다는 소문이 사실인 모양이군요."

조반니가 미간을 찌푸렸다.

"해 볼 테냐?"

"대작에는 내기가 빠질 수 없지 않습니까."

별안간 끼어든 이자벨이 초롱초롱 눈을 빛내며 조반니와 뮈젤을 바라보았다. 이자벨의 제안이 그의 흥미를 끌었다. 조반니는 이자벨의 제안에 제법 고심하는 시선으로 턱을 매만지며 뮈젤과 이자벨을 번갈아 보았다. 다짜고짜 퐁쉐르아 파티에서 대작을 벌이겠다고 하면 리노아가 좋아하지 않을 게 분명했다.

조반니가 이렇다 할 답을 내리지 않는 사이 레나타가 벌겋게 충혈이 된 눈을 하고서 그의 옆에 섰다. 돌아본 레나타의 옆엔 그녀에게 붙잡힌 엘쉬가도 있었다. 엘쉬가가 레나타에게 붙잡힌 손을 털어 냈다. 그녀는 레나타로 인해 붉게 변한 손목을 매만지며 인상을 찌푸리다가 조반니와 눈이 마주쳤다. 그와 그녀는 서로를 매우 싫어했다. 레나타는 그런 그들의 사이를 오해해서 일일이 열을 내곤 했지만, 조반니는 적은 가까이 두자는 신념으로 엘쉬가를 옆에 둔 것뿐이었다. 게다가 그를 싫어하면서도 메시리아라는 나라가 탐이 나 황후 자리를 고려하는 엘쉬가의 탐욕 또한 일찍이 알아차린 터였다.

엘쉬가의 총명함과 사람들을 이끌어 가는 리더쉽은 인정하는 바였으나 조반니는 그녀의 기본적인 인성을 싫어했다.

"폐하, 한 가지 청이 있습니다."

레나타의 날카로운 말에 엘쉬가를 바라보던 조반니는 피곤한 얼굴로 레나타를 돌아봤다. 그녀가 무어라 또 쓸데없는 말을 할 거란 예상 때문이었다.

"고하라."

"이번 퐁쉐르아 선정은 폐하와는 관외의 일입니다. 그렇지요?"

엘쉬가의 등장으로 이미 신경이 날카로워진 상태였다. 조반니의 안위를 살피지 않고 묻는 레나타는 다소 직설적이었고, 강압적이라 조반니가 인상을 찌푸렸다.

홀 안에서 벌어진 엘쉬가와의 충돌로 레나타가 이성을 반쯤 잃어버린 것 같다.

"앞뒤 잘라 먹은 질문이 어리석다. 내가 네 결례에 답할 것이라 생각했나."

조반니는 생각보다 냉정했다. 그의 공개적인 냉담함에도 레나타는 전혀 수그러드는 기색 없이 조반니를 똑바로 마주 보았다. 어떤 소녀들은 레나타의 저 당당함을 경외하기도 한다지. 조반니가 늘 레나타의 무례를 책망하기는 하나, 단 한 번도 그녀에게 벌을 내린 적은 없었기 때문일지도 모른다.

엘쉬가의 차분한 시선이 조반니의 푸른 눈동자를 똑바로 마주했다. 조반니가 시선을 조금 내려서 엘쉬가를 마주 보았다. 레나타가 그 장면을 보고 입술을 잘근잘근 깨물었다.

"이번 퐁쉐르아 후보에 오른 사람은 저와 오르베느트 엘쉬가, 그리고 뒤프레 모르제뿐입니다. 퐁쉐르아 선정에 폐하의 개입이 없기를 바랍니다."

실내악 연주가 다시 멈추었다. 모든 소녀가 춤을 추는 것도 잊은 채 조반니에게 시선을 집중하고 있었기 때문이다. 조반니는 무리 지어 있는 소녀들을 싫어한다. 하물며 그네들의 시선이란……. 조반니는 이제 짜증이 가득 담긴 얼굴로 레나타를 보았다.

"몬테 노바. 상당히 거북한 요구다. 감히 내게 명령하는가."

"명령이 아니라 청이라 이름 붙였습니다."

흔들림 없는 목소리다. 평소의 레나타와는 다르게 제법 이성적이고 또렷한 발언이었다. 레나타는 가끔 이성적인 사고로 말을 할 때가 있었는데 그게 왜 하필 지금인지 모르겠다고 생각한 조반니는 한숨처럼 대답했다.

"좋다. 그렇다면 내게도 조건이 있지."

조반니는 빈 잔을 들고 고개를 돌리다가 뮈젤과 딱 눈이 마주쳤다. 그리고 조반니는 웃었다. 이 짜증스러운 상황이 보다 재미있어질 방도가 떠올랐기 때문이다. 조반니는 들고 있던 술잔을 굳이 멀리 있던 뮈젤에게 다가가 건넸고, 뮈젤은 빈 잔을 받아 들고 그를 보았다. 그녀가 당혹스러운 얼굴로 눈썹을 찌푸렸다. 숨기지도 않는 짜증에 조반니가 비스듬히 조소를 뱉었다. 그는 뮈젤의 태도엔 아랑곳 하지 않고 어깨를 으쓱이며 거리낌 없이 고갯짓으로 지나가는 시종을 가리켰다. 그러자 뮈젤이 신경질적으로 빈 잔을 시종의 쟁반 위에 올려놓았다. 앙칼진 푸들 같기도 했다. 조반니는 그 모습이 제법 귀엽다는 생각마저 했다.

그들과 멀찍이 떨어져 서 있던 레나타가 소녀들을 제치며 뮈젤에게 다가왔다. 이자벨과 술을 나눠 마시던 뮈젤이 너무 놀라서 뒷걸음질 쳤는데, 물러서는 그녀의 팔목을 조반니가 단단히 붙잡았다. 그리고 그는 다가오는 레나타를 보며 웃었다. 레나타도 이제는 모든 걸 제 뜻대로 할 수만은 없다는 걸 알아야 할 때다. 사실 그 모든 이유는 핑계고 그냥 뮈젤과 놀고 싶었던 것은 아니었을까. 조반니는 마음의 소리를 뒤로하고 뮈젤을 보며 웃었다. 그의 예쁜 미소에 뮈젤이 잠시 넋을 놓은 사이 조반니가 쐐기를 박았다.

"술 내기를 할 것이다. 로랑 모르제와의 술 내기에서 내가 이기면 내 마음대로 할 터이다. 그러나 로랑 모르제가 날 이긴다면 그대의 청을 들어주지."

그렇게 뮈젤과 조반니의 말도 안 되는 술내기가 시작됐다.

☕ ☕ ☕

얼마 전 열린 퐁쉐르아 파티에서 조반니와 뮈젤이 벌인 술내기는 꺼지지 않는 이야깃거리였다. 조반니는 예상하건대 그 이야기는 몇 년 뒤에도 끊임없이 회자될 것이라고 장담했다. 쥐방울처럼 조그만 아이가 주량은 모르제 백작보다 더했다.

"모르제 가문의 인간들은 하나같이 파악하기 어려운 구석이 있단 말이야. 파수꾼 가문이라 이건가."

조반니의 중얼거림에 '파수꾼'에 대해 모르는 보좌관이 고개

를 갸웃거렸다. 그러나 그가 파수꾼을 모른다고 나무랄 필요는
없었다. 파수꾼 가문에 관한 것은 어차피 대대로 황제와 그의
의전관들만이 아는 비밀이었으니. 하지만 그렇다고 모르제 백
작은 선뜻 파수꾼에 대한 것을 그에게 얘기할 생각도 없어 보
였다. 그가 먼저 이야기를 꺼내도 묵묵부답인 모르제 백작을
보고 조반니는 경우의 수를 던지기로 했다.

"사절단에 넬라를 포함시키라고?"

레나 부인이 당혹스러운 얼굴로 조반니의 얼굴을 보았다. 그
녀가 그런 표정을 짓는 것도 당연했다. 제아무리 레나 부인의
사정권 안에 있는 '넬라'들이라고 하나 귀족이다. 그것도 이번
넬라는 모두 메시리아에 영향력 있는 모르제 가문의 여식들이
아니던가.

"누이가 가는데 당연히 '넬라'들도 뜻을 함께해야 하지 않나.
그러라고 서약한 넬라 아니었어?"

"서약만 그러했지. 실은 단지 말동무에 불과……."

레나 부인은 말을 더 잇지 못하고 입을 다물었다. 조반니의
단호한 얼굴을 보았기 때문이다. 그가 그런 얼굴을 하고 있으
면 그 어떤 설득의 말도 소용이 없다는 것을 그녀는 오랜 경
험으로 알았다.

"명단을 다시 작성할게."

레나 부인의 대답에 조반니가 그제야 만족스러운 얼굴을 했
다. 사절단 명단에 관해선 철저히 비밀에 부쳐졌다. 와볼트 사
절에 관한 일은 시일이 많이 남은 사안이라 그것에 크게 신경
쓰는 이도 없었다.

황실의 중앙 정원은 특별한 일이 있지 않고서는 개방하지 않는 장소이다. 조반니의 집무실과 가까워 황제의 산책로 정도로 가꿔 놓은 비밀 정원과도 같았다. 정원사의 손질을 받아 곧게 뻗은 나무줄기와 나뭇잎들은 가지런한 것 같으면서도 사람들의 때가 타지 않아 거친 면을 지니고 있었다. 자연의 향이 좀 더 짙은 정원 속에 마련된 테이블 앞에 레나타와 조반니가 앉아 있었다. 조반니를 위한 공간이었지만, 정작 조반니보다 레나타가 더 좋아하는 장소였다.

아무나 들어올 수 있는 장소가 아니라는 게 첫 번째 이유였고, 조반니와 단둘만이 있을 수 있는 장소라는 게 두 번째 이유였다.

"아, 이건 뮈젤이 준 선물."

조반니의 꼬리가 긴 시선에 레나타가 테이블 위에 올려 둔 선물 포장지를 뜯었다. 크기와 모양을 보아 조반니는 이미 내용물을 짐작했지만, 역시나 포도주였다.

"몰란자르산 적포도주네."

레나타의 말이 끝나기 무섭게 상황을 지켜보던 의전관이 시종들을 시켜 포도주 잔과 안주를 세팅했다.

"아, 오늘 뮈젤 불렀는데 괜찮지?"

레나타가 먼저 그에게 여자를 함께 보자고 제안하는 건 결단코 처음 있는 일이다. 뮈젤은 알면 알아 갈수록 흥미를 끄는 부류의 여자였다. 그리고 조반니는 생각보다 그녀와 함께하는 시간이 즐겁다는 것을 깨달았다. 한번은 레나타마저도 그 부분을 인정하고 들어서 그를 당혹스럽게 했다.

"생각보다 괜찮은 아이야. 적의 적은 나의 동지라는 말이 있잖아!"

그래서 그대들의 적이 누구인가. 조반니는 알 것 같으면서도 말을 삼켰다. 레나타와의 티타임에 갑작스럽게 온 뮈젤은 황실의 정원으로 들어오면서도 어리둥절한 얼굴을 하고 있었다. 정원으로 들어서는 뮈젤을 레나타가 반갑게 맞이하며 손을 잡았다.

그녀는 곱슬거리는 머리를 하나로 땋아 올렸는데 그렇지 않아도 어려 보이는 인상이 더 앳되어 보이기도 했다. 레나타와 있으니 영락없는 어린아이 같다. 그 모습이 우스워 조반니가 피식 웃자 레나타와 뮈젤의 시선이 동시에 그에게로 향했다.

"인사는 그만하고 앉지."

조반니의 말에 레나타가 인사가 길지도 않았는데 그런다며 투덜거리고는 뮈젤을 자리에 앉혔다.

"아, 그게 라미스 로니가 축복의 탑으로 떠난 애기가 떠들썩하잖아. 처음부터 알고 있었니? 라미스가 덴테 프리제의 아들이란 거?"

레나타의 언급에 조반니는 뮈젤을 부른 이유가 그것이었음을 알았다. 세간에 떠도는 이야기에 대한 진위 여부가 궁금했던 것이다. 뮈젤이 난감한 얼굴로 레나타를 보다가 조반니를 흘끔 바라봤다.

"글쎄요. 당연히 몰랐죠."

뮈젤의 대답에 레나타가 시원찮은 얼굴을 했다.

"제게 무슨 대답을 바란 겁니까?"

뮈젤이 황당하단 물음에 레나타가 어깨를 으쓱였다.

"그냥 재밌는 얘깃거리를 하자는 거야. 이제 조랑 같은 대화를 반복하는 것도 지겨워서."

"하. 뭐라?"

조반니는 예상치 못한 레나타의 말에 저도 모르게 기가 차 되물었다. 그리고 그의 예상과 다르게 레나타와 뮈젤은 대화가 통하는 상대였다. 레나타가 또래의 여자아이와 재미있게 수다를 떠는 걸 보는 것도 오랜만이라 조반니는 신기한 기분으로 뮈젤을 바라봤다. 그녀는 사람을 잡아끄는 매력이 있는 소녀다. 단순히 현재의 상황에 빗대어 하는 말이 아니라 주변에서 들리는 이야기들과 그동안 그가 지켜본 모습들에 의하면 그랬다. 늘 사람들은 그녀의 이야기를 경청했고 그녀와 가까워지고 싶어 했다.

"사람을 보는 걸로만 판단하지 마세요. 그 이면에 숨겨진 또 다른 눈이 있다는 것도 조심하시고요."

뮈젤의 말에 포도주를 들이켜던 조반니가 다시 고개를 돌려 그녀들을 바라봤다. 무슨 대화 중이었는지는 모르겠으나 레나타는 뮈젤의 말을 귀 기울여 듣는 중이었다.

"그래서 조의 내면에도 숨겨진 뭔가가 있을 거란 거야?"

레나타가 눈을 반짝이며 뮈젤을 바라봤다. 그녀들은 그를 앞에 두고 그의 뒷얘기를 하는 중이었다. 레나타는 본래 생각이 없었으니 이해했지만, 조반니는 뮈젤의 예법 망각한 행동들에 의아한 얼굴을 했다. 뮈젤조차도 잠시 조반니가 황제라는 사실을 잊은 듯 보였기 때문이다.

"그거야 모르는 일이죠. 어떻게 생각하세요, 폐하?"

뮈젤은 심지어 그에게 당돌하게 질문까지 했다. 늘 그에게 '예외'란 항목들은 레나타에게만 적용되는 것들이었는데 그게 이제는 뮈젤에게까지 적용된 모양이다. 이상하게도 조반니는 뮈젤의 친근함이 오래 봐 온 듯 친숙했음을 느꼈다.

"나 역시 그건 잘 모르겠군. 하지만 그대들이 황제 무서운 줄 모른다는 건 알겠다."

조반니의 대답에 그제야 뮈젤은 당황한 얼굴로 그를 보고는 레나타를 한번 돌아봤다. 그제야 제 눈앞에 앉은 남자가 이 나라의 황제라는 사실을 인지한 모양이다.

"실례했습니다, 폐하. 무례를 용서하세요."

뮈젤의 사과는 빨랐다. 조반니는 가만히 그런 뮈젤의 얼굴을 바라봤다. 몸집도 자그맣고 얼굴도 동글동글한 게 딱 어린아이 같았다. 레나타가 귀엣말로 무언가 중얼거리자 꺄르르 웃음을 터트렸는데 확실히 황제인 그의 시선마저 끄는 매력이 있었다. 뮈젤이 앳되어 보이는 건 단순히 그녀의 몸집 때문이다. 사실 객관적으로 봐도 그녀는 미인이었다. 모르제 백작 가문의 첫째와 둘째 딸과는 확실히 달랐다.

그래서 모르제 백작이 그리 싸고도는 것일까. 아니면 정말 다음 대를 이을 파수꾼이 뮈젤이기 때문인가. 조반니는 면밀히 뮈젤을 살폈지만, 그녀는 그저 밝고 천진한 얼굴이었다. 그러다가도 때론 세상을 다 산 것 같은 초연한 얼굴을 하곤 했는데 그런 얼굴을 할 때면 마치 모르제 백작을 보는 듯해서 간담이 서늘하기도 했다.

역시 확실한 파악을 위해서는 도박이 필요했다. 파수꾼 황제인 그에겐 일종의 숨겨진 '패'와 같았다. 모르제 가문의 사람들이 특별한 능력을 가진 채, 메시리아에서 메시리아 귀족으로 사는 이상 피해 갈 수 없는 숙명이기도 했다. 그가 모르면 몰랐지 알고 있는 이상 그들의 능력을 두고 넘어갈 수는 없었다. 그는 모든 가능성을 이용해야 하는 사람이다. 그에겐 이미 태어날 때부터 '조반니'로서의 삶은 없었다. '메시리아의 황제'로서의 삶만 있었을 뿐.

"그래서 내가 생각해 봤는데. 뮈젤은 아르시온 라미스를 데리러 가야 해."

레나타의 말에 뮈젤이 인상을 찌푸렸다.

"라미스 로니예요."

"그게 그거잖아."

"아니거든요."

뮈젤의 대답에 레나타가 어깨를 으쓱인다. 남의 의견을 그다지 중요하게 여기지 않는 그녀인 만큼 뮈젤의 대답을 크게 신경 쓰지 않는 듯 보였다.

"어쨌든. 이대로 덴테 프리제가 라미스를 축복의 탑에 묶어 두는 걸 바라만 볼 거야? 네 남편이잖아."

"결혼은 고사하고 청혼도 받지 않았어요."

"그럼 받으러 가야겠다."

"네?"

"청혼 말이야. 청혼 받으러 축복의 탑으로 네가 직접 찾아가면 되겠네. 덴테 프리제 앞에서 쐐기를 박아 버려!"

레나타의 호쾌한 외침에 뮈젤이 잠시 얼빠진 얼굴을 했다. 조반니는 흥미로운 얼굴로 그녀들의 언쟁을 지켜봤다. 레나타의 매력이라면 매력 중 하나였다. 가끔 그녀는 바보 같은 얼굴로 생각지도 못한 해결책을 제시해서 상대방을 당혹스럽게 만드는 재주가 있었다.

"남녀 사이에 친구가 왜 없냐며 우기던 게 엊그제 같은 데 많이 발전했군."

조반니의 말에 뮈젤이 민망한 듯 조금 붉어진 얼굴로 입을 다물었다. 그 말 다르지 않았기 때문이다. 조반니는 테이블 위에 턱을 괸 채, 가만히 뮈젤을 관찰했다. 그동안 뮈젤의 매력에 대해선 충분히 파악했다. 라미스가 뮈젤을 좋아하는 이유는 차고 넘친다는 뜻이다. 그리고 반대로 뮈젤이 라미스를 좋아하는 이유는 무엇일까 그는 생각했다. 라미스의 빼어난 외모? 아니면 그의 특출한 지적 능력? 그게 아니라면 남의 눈치를 살피지 않는 까칠함일까. 여자들은 그런 것들을 좋아한다고 그의 보좌관들이 억울해하며 라미스를 험담하던 것을 들어 조반니도 알았다.

하지만 그 모든 이유를 들어도 뮈젤은 라미스에게 아까웠다. 조반니는 레나타에겐 미안한 말이지만 뮈젤은 황후감으로 어울리는 여자라는 생각을 했다. 가문이며 성품이며 지적 능력이며 빠지는 것이 없었으며, 외모도 훌륭했다. 거기다 무엇보다 중요한 건 황제인 그를 두려워하지 않았으며, 심지어는 '황제'를 이해할 줄도 알았다.

내 것이 아니라면 내 것이 되도록 빼앗아 와야지. 그런 당연한 생각을 가진 그였지만 '뮈젤'은 그런 그의 부정적 신념을 다소 부끄럽게 만드는 구석마저 있는 여자였다. 그런 식으로는 그녀를 가질 수 없었다. 그래서 일단은 그도 그녀를 풀어 주기로 했다.

"축복의 탑으로 다녀오게. 마침 오르베느트 엘쉬가를 돌려보낼 예정이었거든. 공식 사절단도 그럴듯하게 만들어 주지."

늘 큰 사건이 터지면 그 중심엔 뮈젤이 있었다. 정확히 얘기하자면 그 중심에 뮈젤이 끼어 있었다고 해야 옳았다. 그녀는 매번 사건의 중심에 있지만 사건에 휘말리지는 않았다. 방관자의 입장을 고수했기 때문이다. 하지만 이번 축복의 탑 사건은 뮈젤과 라미스가 주인공이었다.

그곳에 라미스가 있다 하여 조반니는 큰 신경을 쓰지 않고 있었는데, 그 와중에 납치를 당한 것은 물론 살인 공작에까지 휘말리다니. 처음 보고를 듣고 너무 기가 막혀 조반니는 실소를 터트렸다. 그리고 그 다음 든 감정은 라미스에 대한 분노였다. 일 처리를 어떻게 했기에 뮈젤을 그리 방치해 뒀는지, 그 안일함에 대한 분노.

"뭐 하는 여자인가."

"유모레의 부인입니다."

"덴테 프리제의 동생?"

"맞습니다."

조반니의 업무 보좌관이 가져온 서류들을 그의 책상 위에 잔뜩 올려놨다. 그러자 조반니가 눈살을 찌푸리고는 짧게 자른 밤톨 머리의 앳되어 보이는 보좌관을 노려봤다.

"지금 나더러 이 많은 보고서를 다 읽으라는 건가?"

"네, 네?"

당황한 보좌관이 쩔쩔매자 조반니가 짜증스레 서류 뭉치를 집어 보좌관에게 내밀었다.

"정리해 와. 서너 장으로. 보기 편하게 요약해 오도록."

요약본 없이, 보고만으로도 이미 상황 판단과 내용 정리가 끝난 상태였지만 조반니는 이 어린 보좌관이 업무에 적응할 필요가 있다고 판단했다. 허둥지둥 서류를 챙겨서 나가는 보좌관의 빼빼 마른 뒷모습을 보다가 조반니는 교차하여 집무실로 들어오는 의전관을 보았다.

날도 추운 날, 삐질삐질 땀을 흘리며 노인이 힘겹게 문을 닫았다.

"자네, 레놀드에게 가 보긴 한 건가?"

황실 의원을 언급하며 조반니가 묻자 노인이 태연하게 아니라는 대답을 뱉었다.

"그럴 시간이 있겠습니까."

"나는 괜찮으니 시간을 빼라 하지 않았나. 나이가 있으니 꾸준히 다니래도."

"허허허. 이 나이에 건강 챙긴다고 얼마나 더 오래 살겠습니까."

"난 자네가 그 얼마라도 더 오래 살았으면 하는 마음이네."

조반니의 대답에 의전관이 잠시 입을 다물었다. 의전관 노인은 조반니는 물론 로헨과 리노아 레나 부인, 모두의 유년 시절을 가장 가까이서 보아 온 사람 중 한 명이었다.

"알겠습니다. 폐하께서 그리 원하시는데 제가 한번 가 드려야죠. 껄껄."

의전관이 손수건으로 이마에 맺힌 땀을 닦으며 태연하게 웃었다. 그 모습을 보며 조반니가 절레절레 고개를 저으며 그를 따라 웃었다.

"아무튼 공문을 작성하게. 수신자는 덴테 프리제. 메시리아 귀족 살인미수 혐의 및 납치 폭행죄로 시리엔을 법정에 세울 예정이다. 공판은 가장 빠른 시일로. 시리엔은 편지를 받는 즉시 출발시키도록. 그녀를 송환해 오는 건 메시리아 황실군이 될 것이다."

조반니의 말에 의전관이 비장한 얼굴로 고개를 끄덕였다.

"지시하겠습니다."

그리고 조반니는 라미스가 귀국하는 즉시 황실로 불러 드릴 것을 다짐했다. 뮈젤의 일을 추궁해야 직성이 풀릴 것 같았기 때문이다. 그러나 막상 라미스가 황실로 들어와 그와 대면했을 때, 온전히 그를 추궁하지 못했다. 예상했지만, 쉬이 답할 수 없는 질문을 그가 했기 때문이다.

"폐하의 관심은 감사합니다만, 제가 폐하께 이리 불려 와 추궁당할 일은 아닌 것 같습니다."

과연 덴테 프리제의 핏줄다웠다. 라미스는 쉬이 속내를 파악할 수 없는 얼굴로 앉아 조반니를 덤덤히 바라보고 있었다.

"뮈젤의 아버지는 모르제 백작이시고, 뮈젤의 친우이자 연인은 접니다. 폐하께선 어떤 이유로 뮈젤을 걱정하셨으며, 어떤 연유로 뮈젤을 지키지 못했음을 추궁하시는지 모르겠습니다만."

정확한 지적에 더불어 뼈가 실린 말이다. 제 것을 지키는 맹수의 느낌. 조반니는 어쩐지 제가 악인이 된 것 같다는 느낌이 들어 불쾌했다.

"그러는 그대는 뮈젤에게 제대로 된 청혼이나 했나? 아니, 뮈젤이 했으려나?"

조반니의 빈정거림에 라미스가 딱딱하게 굳어진 얼굴로 그를 바라봤다. 라미스는 조반니의 물음에 아무런 대답을 하지 못했다. 둘 다 아니로군. 조반니는 지레짐작하고는 한숨을 내쉬었다. 추궁을 하려고 그를 부르긴 했으나 대화가 그가 원했던 방향으로 흘러가진 않았다.

"뮈젤에게 호감이 있는 건 사실이나. 이 이상 발전할 가능성은 극히 희박하니 걱정 말게. 하지만 자네가 지금처럼 나오면 확률은 높아질 걸세. 뮈젤은 내 옆에 두고 싶을 정도로 탐이 나는 아이거든."

"호감이 그 이상으로 발전할 가능성은 앞으로 쭉 없을 겁니다."

으르렁거리듯 한 자 한 자 억눌러 얘기하는 라미스에겐 단호함이 있었다. 그러나 조반니는 웃었다. 문득, 와볼트 사절단이 떠올랐기 때문이다.

"글쎄. 과연 그럴까. 두고 보도록 하지."

라미스는 조반니의 웃는 얼굴 뒤로 숨겨진 꿍꿍이에 대해 의문스런 얼굴을 했으나 달리 알아낼 방도는 없어 더는 대화를 이어 가지 못했다. 그리고 라미스가 다시금 조반니를 찾아온 것은 국무회의를 통해 와볼트 사절단 명단이 공개되고 나서였다.

조반니가 유일하게 휴식을 취할 수 있는 시간이 레나타와 함께하는 티타임이라는 건 어떻게 알았는지 딱 그 타이밍에 조반니는 그가 찾아왔다는 소식을 전해 들었다.

"이 내가 대뜸 사전 연락도 없이 찾아왔다 그러면 만날 수 있는 사람이던가?"

조반니의 기가 찬 물음에 레나타가 격분하며 고개를 저었다.

"절대 아니지! 조는 제국의 황제라고!"

레나타가 자리를 박차며 의전관을 노려봤다. 조반니는 그런 레나타의 반응이 재미있어 웃었다. 레나타처럼 충실히 그를 따르는 사람도 없을 거란 생각이 들었기 때문이다. 그녀는 그가 무슨 짓을 하던 그의 편이 되어 줄 것이다. 하지만 과연 그녀는 그가 황제가 아니었어도 같은 반응이었을까? 그런 생각이 들었다가 조반니는 실소를 터트렸다. 제가 미친 모양이다. 가능성이 전혀 없을 '만약'이란 가정을 떠올리는 건 그의 취향이 아니다.

얘기를 전한 의전관은 레나타를 상대하다가 이마에 흐르는 식은땀을 손수건으로 훔치며 곤란한 얼굴을 했다.

"정확히는 모르제 백작의 요청이었습니다."

"모르제 백작이 라미스와 만나 달라 요청했단 말인가?"

"그렇습니다."

조반니는 '그' 모르제 백작의 괴상한 요구를 듣자 라미스 로니와의 만남에 흥미가 생겼다.

"가 보지."

"아, 정말? 나도 갈까?"

레나타가 함께 일어나자 조반니는 그녀를 제지했다.

"넌 여기 있어. 다녀오마."

"하지만 이 시간의 조반니는 내 것……!"

레나타는 더는 말을 잇지 못했다. 조반니가 그녀의 머리칼을 부드럽게 쓰다듬었기 때문이다.

"미안하군. 금방 돌아오겠다."

조반니가 뱉은 사과에 레나타가 말을 잇지 못하고 입만 벙긋거렸다. 놀란 것은 그들을 지켜보던 의전관 또한 마찬가지였다. 하지만 조반니는 그들의 반응에 크게 개의치 않고 등을 돌려 라미스가 기다린다던 응접실로 향했다.

라미스는 매우 차분한 얼굴로 그를 기다리고 있었다. 그리고 무슨 큰 결단을 내린 것 같은 굳은 얼굴이었다. 그가 기대한 전에 보았던 대담한 모습들은 아니었다.

"그래, 나를 보자 했다고. 모르제 백작까지 이용해 먹고 그 배짱이 아주 재밌어서 궁금하더군. 그 용건이란 게 뭐지."

"기억하십니까."

"……뭐?"

"저를, 그리고 뮈젤을. 기억하십니까."

"예법은 어디로 잘라 먹었나? 전에 보던 모습과는 상당히 다르군. 자네 눈엔 문 앞에 서 있는 저들이 보이지 않나? 예의는 지키게. 자네 앞에 앉은 이는 이 나라의 황제다."

조반니의 손가락질에 라미스의 시선이 문 앞에 서 있는 황제의 의전관과 시종들에게로 향했다. 그들이 눈에 불을 켜고 라미스를 노려보고 있는 중이었다. 그러나 라미스는 개의치 않는 얼굴로 다시 조반니를 바라봤다.

"실례했습니다. 하지만 폐하께선 기억하지 못하시는군요."

"대체 무얼?"

"돌려진 시간. 그 이전의 기억. 폐하의 과거 말입니다."

"파수꾼 가문의 능력에 관한 이야기 같군."

조반니가 빠르게 눈치채자 그제야 라미스의 얼굴이 한결 편안해졌다. 조반니는 피곤한 얼굴로 응접실에 있던 모든 사람들을 밖으로 내보냈다.

"뮈젤에게 관심 있으십니까?"

"호감이다. 그대가 친우로서 하는 걱정이든 남자로서 하는 걱정이든. 그게 무엇이든 우려하는 감정은 없네."

조반니의 단호함에 라미스가 웃었다. 모든 걱정과 티끌의 걱정까지 전부 떨쳐 낸 얼굴로.

"잊지 않겠다 하셨습니다. 하지만 폐하께선 아무것도 기억하지 못하시는 모양입니다. 정말로."

"……그대의 무례를 언제까지 넘겨줘야 하나. 이제 그만 제대로 된 설명을 하도록 하지."

조반니는 라미스가 파수꾼 가문에 대한 것을 이야기하리라 확신했다. 파수꾼 가문의 내막과 비밀은 황제인 그조차도 알기 어려운 성질의 것이었다. 그러나 왜 파수꾼 가문의 이야기를 모르제 백작이 아닌 완벽한 타인인 라미스 로니라는 자가 이야기하는지는 의문이었다.

그 정도로 모르제 백작이 그를 신뢰하는 건가? 황제조차 모르는 파수꾼 가문의 비밀을 모르제의 핏줄이 아닌 사람에게 알려 줄 정도로? 대체 무엇이 모르제 백작이 그토록 라미스를 신뢰하게끔 만들었을까. 조반니도 그 점이 궁금했다. 축복의 탑 출신 평민. 메시리아 학교의 수석 자리를 놓치지 않는 인재. 그 외에 라미스가 가진 무언가가 더 있음은 분명해 보였다.

"모르제 가문의 능력은 타임리프입니다."

타임리프라는 게 그냥 한마디 말로 해서는 설명 가능한 것이 아니다.

"그건 이미 알고 있다."

조반니의 대답에 라미스 또한 예상한 얼굴로 고개를 끄덕였다.

"폐하께서 바라시는 대답이 있다는 걸 압니다. 모르제 백작께서 그 능력을 사용하셨는지. 그랬다면 어디에 쓰였는지. 그게 궁금하시겠지요."

"역시 귀신같은 족속들이야. 모르제 백작이 그런 것까지 자네에게 일러 주던가?"

"사절단 목록에서 뮈젤과 메르넨을 제외시켜 주십시오."

"지금 나를 협박하는 건가?"

"타협안을 찾는 겁니다."

라미스는 한 치 흔들림 없는 얼굴로 대답했다. 창백한 얼굴을 하고 아무런 표정 없는 얼굴을 하고 있으니 인형이 따로 없었다.

"고려해 보도록 하지."

조반니는 라미스의 대답을 수용이라도 했다는 듯이 대답을 했다. 하지만 라미스는 곧이곧대로 그 말을 믿지 않았고 라미스의 판단은 옳았다. 조반니는 고려해 본다고 했지, 모르제 백작과 라미스의 제안에 응해 줄 생각은 없었다. 그들은 조반니를 잘 못 생각했다. 황제와 타협을 하기 위해선 보다 확실하고 흥미로운 미끼를 던졌어야 했다. 아니, 그보다도 조반니가 모르제 백작의 능력 사용 여부를 궁금해할 거란 기본 전재부터가 틀렸다. 모르제 백작이 그 능력을 사용했는지 여부는 그에게 그다지 중요하지 않았다. 그에겐 그 뒤를 이를, 파수꾼 가문의 대를 이어 능력을 사용할 예비 능력자의 역할이 더 구미가 당기는 쪽이었으니.

결국 조반니는 뮈젤을 와볼트 사절단 명단에서 제외시키지 않았다. 네바다 귀족 영애가 사절단 명단에 포함되었다. 그 문제는 국무회의에서 뜨거운 논쟁거리가 되었다. 결국 조반니는 뮈젤을 쥐고 레나타를 내어 줄 수밖에 없었다. 뒷짐 지고 방관하다가 함께 덜미가 잡힌 멜보르크 귀족들의 항의까지 드세서 한참 동안 머리가 아팠지만, 조반니는 그 결정을 번복할 생각이 없었다.

"아버지가 황실 출입을 자제하래."

정기적으로 갖는 티타임 자리에서 레나타가 말했다. 추적추적 빗방울마저 거세지는 쓸쓸한 오후. 차가운 공기를 뒤로하고 실내 응접실에서 따뜻한 홍차를 마시던 조반니는 맞은편에 앉은 레나타의 말에 고개를 끄덕였다.

퀼트 공작이 조반니에게 배신감을 느낄 만도 했다. 듣기로 레나 부인의 넬라들, 즉 뮈젤과 메르넨도 모르제 백작의 노여움으로 인해 황실 출입을 하지 못하고 있다더라. 하지만 그도 황제의 부름이라면 어찌할 수 없을 것이다. 조반니는 조만간 뮈젤을 불러야겠다고 생각했다. 그의 이기심으로 그녀를 사지로 내몰았지만, 그래도 보내기 전 당부 정도는 해 두고 싶었다.

"그럼 그렇게 하도록."

"난 괜찮아."

레나타의 대답에 조반니는 의아한 얼굴로 그녀의 얼굴을 바라봤다. 레나타는 뮈젤이나 이자벨 같은 미인은 아니었고, 그렇다고 엘쉬가처럼 기품이 있는 분위기가 있는 미인도 아니었다. 그러나 그녀는 또 그녀만의 매력이 있다고 조반니는 생각했다.

망아지 같은 성정에 가려 있어 그렇지 입을 다물고 조용히 굴 때면, 그녀의 외모가 빛을 바랬다. 그러나 조반니는 그보다는 그녀답게 날뛸 때가 더 매력적이라고 생각했다.

"뭐가 괜찮다는 거지?"

"와볼트에 다녀오는 거."

조반니는 문득 레나타를 다시 보았다. 그녀에 대한 평가를 다시 보았다는 말이 아니라, 문자 그대로 레나타의 얼굴을 다시 보았다. 평소 같지 않은 시선으로 그녀가 그를 바라보고 있었다. 그녀의 가라앉는 눈빛을 보며 조반니는 그제야 레나타가 '와볼트 사절단'의 의미를 알고 있다는 걸 알았다.

"퀼트 공작이 말해 주던가?"

조반니는 다소 높아진 언성으로 물었다. 퀼트 공작의 부주의함에 화가 치밀었다. '와볼트 사절단'이 어떤 의미를 띠고 있든 간에 그 속에서 레나타는 아무것도 모른 채 천진해야 했다. 어차피 그녀는 끝까지 무사했을 것이므로. 그러니 아무것도 몰라야 했다. 아무런 상처를 받지 않도록.

조반니는 잠시 할 말을 잃고 침묵했다. 레나타에게 안심하라. 걱정할 것 없다. 무어라 말을 꺼내고 싶어도 그는 태어나 누군가를 달래 본 기억이 없는 사람이었다. 애초 어떤 식으로 말을 꺼내야 어색하지 않을지, 그의 뜻이 제대로 전달이 잘 될 것인지, 알지 못했다. 그리고 완벽하지 않은 것에 운을 걸지 않는 선택만으로 살아온 인생이다. 결국 조반니는 레나타에게 무어라 이야기 꺼내길 포기했다.

"난 괜찮을 거야. 그래야만 해. 왜냐하면 영원히 조의 옆에 있겠다고 약속했으니까."

그건 레나타 그대 혼자만의 약속이었다고 정정해 주고 싶었으나 조반니는 말을 삼켰다. 그리고 그렇게 침묵한 것은 돌이켜 생각해도 피곤한 상황을 피할 수 있는 매우 훌륭한 선택이었다.

"사절단 명단에 내 이름을 올린 게, 네바다 귀족들의 뜻이었든 조의 뜻이었든 그건 중요하지 않아. 중요한 건 조의 옆에 남아 있는 최후의 사람이 되는 건 나라는 거지."

그렇게 말하며 레나타가 활짝 미소 지었다. 조반니는 그녀의 말에 공감을 하거나 특별한 감동을 받은 것도 아니었으나, 어쩐지 그 미소만큼은 오랫동안 뇌리에 박혀 있을 것 같다는 예감이 들었다. 그리고 와볼트 사절단은 긴 소란을 남기며 출발 신호를 알렸다.

🍵 🍵 🍵

황제의 자리는 고단하다. 그러나 조반니는 그 고단함이 무엇보다 자신과 잘 어울린다고 여겼다. 그는 한 나라의 황제였으며, 지지 않는 태양이다. 모든 선택은 최선의 것으로만 이루어져 있었고 무엇보다 완벽했으며 그에게 실패와 패배란 있을 수 없는 전재였다.

그렇게 황제로서는 더할 나위 없이 완전했지만, '조반니'라는 한 사람으로서는 누구보다 불완전한 존재였다. 그는 스스로의 단점을 누구보다도 객관적으로 파악할 줄 알았고 그 단점을 장점으로 커버할 줄도 아는 사람이다. 그러나 그런 그에게도 어려운 것은 있었으니 그게 바로 '사랑', '애정' 따위와 같은 매우 불확실하고 보이지 않아 공허할 뿐인 감정에 관한 것이었다. 애초 사랑을 받아 본 기억이 없으니 누구에게 그것을 베풀 줄도 몰랐다.

와볼트 사절단의 소식을 전해 들었을 때, 그가 가장 먼저 했던 질문은 승패 여부가 아니었다. 레나타와 뮈젤의 안위. 그것이 그에게 우선이었다. 와볼트의 황태자, 미하엘을 붙잡았다는 소식을 들은 것보다 반가웠던 것이 레나타와 뮈젤이 무사하다는 소식이었다. 그리고 무엇보다 반갑지 않은 소식은 라미스의 상소였다. 와볼트 사절단에 아무런 영문 모르고 속했던 이들에게 보상을 해 줄 것을 촉구하는 항의 상소와 더불어 뮈젤을 사지로 내몬 것에 대한 사과문을 바랐다. 황제인 그에게 사과문이라니. 가당치도 않았으나 와볼트 사절단 명단을 작성할 당시 네바다와 멜보르크 모두의 반발을 샀던 전적이 있는지라 귀족들이 죄 들고 일어서 라미스와 뜻을 같이 했다는 게 문제였다.

　"이건 명백한 국제법 위반입니다, 폐하."

　화를 가득 억누른 듯한 라미스의 대답에 조반니는 피곤한 얼굴로 이마를 짚었다.

　"황제인 내가 이제는 옆집 친우 같고 그런 거지. 암."

　조반니가 자책하며 고개를 절레절레 흔들었지만, 라미스는 아랑곳없었다. 조반니가 어깨를 으쓱이며 황당하단 듯이 문 앞에 선 보좌관들을 돌아봤다. 그러자 그들이 하나같이 시선을 피했다.

　"그래, 소문은 들었다. 축복의 탑 유력 후계자가 엘쉬가 아니라 이제는 자네라지?"

　"논의 중인 주제를 벗어난 질문 같습니다만."

　"이젠 나를 가르치려고 드는군. 벌써 자네가 축복의 탑 지도

자가 된 것 같나?"

"덴테 프리제의 뒤를 이을 생각도. 축복의 탑 지도자가 될 생각도 없습니다."

"아직도 황실 도서관 사서가 되고 싶은 생각인 건가?"

"뮈젤이 아직도 그걸 바란다면 그렇습니다."

라미스의 올곧은 대답에 조반니가 할 말을 잃고 두 손을 들었다. 라미스의 삶은 뮈젤이 원동력이었으며, 뮈젤 위주로 돌아가는 듯했다. 한편으로 조반니는 그런 라미스가 부럽기도 했다.

"자네가 원하는 게 이건가?"

조반니는 라미스가 테이블 위에 올려놓은 서류를 들어 대강 흘겨보고는 보좌관에게 손짓했다. 밤톨 머리의 빼빼 마른 보좌관이 들고 있던 잉크병과 깃펜을 가져와 테이블 위에 올려놨다. 조반니는 거침없고 망설임 없는 동작으로 서류에 사인을 휘갈겼고 그런 그를 보며 보좌관들이 당황한 듯 술렁였다.

"폐, 폐하, 좀 더 신중히······."

"신중을 가하는 건 이 녀석이 충분히 했을 거다."

조반니가 고갯짓으로 라미스를 가리키자 보좌관들이 눈치를 살피며 입을 다물었다.

"원하는 보상은 이것으로 되었을 거라 생각한다. 그러니 내게 사과문까지 바라진 말도록. 내가 누군가에게 사과를 하는 건 4천만 백성을 등지는 것과 같다는 것을 알아라. 그것이 쉬워 보일 순 있으나 그 무게가 결코 가볍지 않음을 그대들은 알아야 한다."

"알아주길 바라셨다면 애초에 일을 이렇게까지 벌이시지도 않으셨겠죠. 폐하께서도 누가 알아주길 바라고 이번 일을 일으킨 건 아니지 않습니까."

"한마디도 지지 않는 게 뮈젤인 줄 알았다. 사랑하면 닮는다는 말이 진짠가 싶군. 그대들은 내가 황제로 보이지 않는 모양이다."

"그럴 리가 있겠습니까."

뮈젤과 닮았다는 말이 듣기 좋았는지 라미스가 그제야 입가에 미소를 띠었다. 라미스가 미소를 짓자 테이블 위 빈 잔을 치우던 노련한 황제의 시녀마저도 흘끔 그를 돌아봤다. 그 모습이 우스워 조반니는 헛웃음을 터트리며 턱을 쓸었다. 확실히 라미스는 여러 여자들을 울리고 다녔을 법한 미모를 지니고 있긴 했다. 외적인 건 말할 필요도 없었고 평민으로 성장했다고 보기에도 믿기지 않을 정도의 기품과 성품마저 있었다. 뮈젤이 반한 건 그중 어느 것이었을까. 아니면 그 전부였던 걸까. 조반니는 문득 그 점이 궁금해졌다.

"되었다 말장난은 그쯤 하지. 그대의 무례를 넘겨주는 건 오늘을 마지막으로 하도록 하겠다."

"더는 이와 같은 결례는 없을 것입니다."

"거참, 고맙군. 엎드려 절 받기 같은데."

조반니가 빈정거리자 라미스가 피식, 웃음을 터트렸다. 조반니는 한숨을 내쉬고 자리에서 일어났다.

"그럼. 이 몸은 바쁜 몸이라."

조반니의 말에 라미스 또한 미련 없이 일어나 인사했다.

그러고서 뮈젤의 알현 신청 소식을 들은 것은 한참 뒤였다. 레나타를 만날 시간도 없는 통에 정신없이 시간을 보내다가 조반니는 뮈젤의 알현 신청을 곧장 승낙했다. 그러고선 의전관에게 왜 진작 알려주지 않았냐 성을 내기도 했다. 근래 발표된 로앙지스의 신작 소설 때문에 메시리아 전역이 떠들썩했다. 사실 여부를 두고 논쟁이 끊임없이 벌어졌는데 국무회의에서까지 그 주제가 나오자 귀족들도 그제야 점점 사태의 심각성을 깨달아 갔다.

모르제 가문은 언제부터 메시리아의 파수꾼이었으며, 그들이 가진 능력은 진짜인가. 그리고 뮈젤이 가진 기이한 능력을 두고 신께 반하는 이단이라는 종교적 반발은 물론 그녀를 실험체로 쓰고 싶다는 교육자들의 요청까지 난장판도 그런 난장판이 없었다. 조반니는 물론 모르제 백작마저 침묵으로 일관하는 가운데 소란은 줄어들 기미가 보이지 않았다. 그리고 그 와중에 알현을 신청한 뮈젤이라니. 조반니는 레나타를 제치고서라도 뮈젤을 먼저 만나 볼 가치가 충분하다고 여겼다. 나중에 듣기로 그 소식을 전해 들은 레나타가 서운해했다는 얘기를 들었지만 조반니는 어쩔 수 없는 선택이었다고 스스로의 선택을 합리화했다.

약속 시간. 응접실에 먼저 도착한 조반니는 조용히 생각에 잠겨 뮈젤을 기다렸다. 그러나 도착하기로 한 시간이 한참 지나도록 그녀가 오지를 않았고 결국엔 그가 직접 그녀를 찾아 나서기로 했다. 시종들과 의전관이 한사코 말리는 것을 뒤로하고 산책이나 할 겸 홀로 뮈젤을 찾아 나선 것이다. 그리고 뜻밖에도 조반니는 알맞은 시간에 알맞은 장소(그러니까 황실 복도)에서 로헨과 뮈젤을 마주쳤다.

"뮈젤! 제 얘기를 끝까지 들어 주세요!"

정확히는 귀를 틀어막고 도망치는 뮈젤과 그를 쫓아가는 로헨을 말이다. 조반니는 의아한 얼굴로 그들을 따라갔다. 로헨과 뮈젤의 접점은 그동안 그가 전혀 모르는 부분이었다. 그들이 저 정도로 격한 감정을 나눌 만큼의 친분이 있는 인사였던가? 문득 조반니는 소설 ≪포도밭 소녀≫의 내용이 떠올랐다.

"뮈젤!"

로헨의 외침에 뮈젤이 울음을 터트렸다. 거기다 더불어 그녀가 드레스 자락에 발이 걸려 바닥에 엎어졌는데 그런 그녀에게 로헨이 기다렸단 듯이 다가가는 게 보였다. 절로 눈살이 찌푸려지는 광경이었다. 로헨이 대체 뮈젤에게 무슨 용건이 있다고 저 짓거리를 하고 있는지는 알 수 없으나 뮈젤은 그녀의 팔을 잡아 일으키려는 로헨의 손을 뿌리치고 바닥에 앉아 울음을 터트렸다. 조반니는 문득 로헨이 몹시 거슬린다고 생각했다.

"전하께서 제게 이러지 않으셨으면 좋겠습니다. 전 전하가 밉고 싫어요!"

본 적 없는 목소리로 뮈젤이 소리를 질렀다. 적어도 로헨보다 그녀를 오래 보아 온 조반니는 알았다. 뮈젤이 지금 이 상황을 얼마나 치 떨리게 싫어하는지. 그리고 로헨을 얼마나 싫어하는지. 그러나 로헨은 그런 뮈젤의 외침을 '여자들의 앙탈' 정도로 여겼던 모양이다. 그가 어쩔 수 없다는 얼굴로 한쪽 무릎을 꿇고 앉아 뮈젤의 머리를 쓰다듬었다. 조반니의 걸음이 더욱 빨라졌다. 저 손을 집어 치우고 싶다고 생각할 즈음 뮈젤이 로헨의 손을 쳐 냈다.

그리고 조반니가 그들에게 다가가자 로헨도 뮈젤도 동작을 멈추고 그를 올려다보았다. 조반니는 그들의 갑작스런 시선에 잠시 아무런 말을 하지 않고 침묵했다. 무작정 다가가긴 했으나 일단 상황 파악은 필요했다.

"이게 대체 무슨 짓이지?"

조반니가 무미건조한 물음을 던졌다. 그 말을 기다렸다는 듯이 로헨이 나섰다.

"잠깐 저희끼리 할 얘기가 있습니다, 폐하."

로헨은 그 말을 하며 뮈젤의 어깨에 손을 얹었다. 그리고 뮈젤은 어깨에 닿은 로헨의 손을 치워 냈다. 조반니는 이해할 수 없는 얼굴로 로헨을 바라봤다. 로헨의 태도가 당황스럽기도 했고 어처구니가 없기도 했다.

"그러니까 내 손님에게 무슨 짓이냐고 물었다, 로헨."

그제야 로헨도 정신이 든 모양이다. 그는 조반니와 뮈젤을 번갈아 바라보더니 한숨을 내쉬며 자리에서 일어났다.

"실례가 많았습니다. 뮈젤, 다음에 다시 뵙죠."

로헨이 뮈젤을 다시 볼 일은 없을 거다. 조반니는 로헨에게 사람을 붙여야겠다고 생각했다. 뮈젤은 멀어지는 로헨의 뒷모습을 바라보다가 훌쩍이며 손수건을 꺼내 눈물을 닦았다. 조반니는 가만히 그 모습을 보다가 짜증스러운 얼굴로 그녀에게 손을 내밀었다.

"일어나지?"

그 말에도 뮈젤은 그의 손을 빤히 바라볼 뿐 쉬이 잡지 않았다. 그녀가 그의 내밀어진 손을 한번 그리고 그의 얼굴을 한번 올려다보았다. 토끼처럼 발갛게 충혈된 눈으로 그녀가 그를 애처로이 바라보았다. 조반니는 그 눈빛에 심장 언저리가 간질거리는 느낌을 받아 잠시 멈칫했다. 그러나 그것도 잠시 이어지는 뮈젤의 말에 조반니는 정신을 차렸다.

"아직 모르시나 봅니다. 전 만지면 모든 것의 과거를 볼 수 있습니다. 그건 이제 모든 사람이 다 아는데."

뮈젤의 말에 조반니는 코웃음 쳤다. 그의 기억을 본다고? 그녀 수준에서 그의 기억을 들여다봐야 알 만한 내용이 있지도 않을뿐더러 이해하기도 벅차고 어려울 게 분명했다.

"내 기억을 읽으면 누가 손해인지 모르는군. 황제가 가진 기억들이 옆집 똥개의 과거 따위와 같은 줄 아느냐? 내 과거를 보면 너만 괴로울 거다."

그의 말이 그녀에게 크게 와 닿았는지 눈에 띄게 안심하는 얼굴이었다. 그리고 그게 묘하게 그의 기분을 좋게 했다.

"먼저 응접실에 가 있을 테니 그 꼴 좀 어떻게 하고 와."

"시녀는 밖에 두고 왔는데."

조반니는 가지가지 한다는 시선으로 뮈젤을 내려다봤다. 키가 작으니 한참은 고개를 내려야 그녀가 보였다. 우느라 퉁퉁 부운 얼굴을 하고 그를 올려다보며 눈을 끔뻑이는데 주인을 잘 따르는 강아지처럼 보이기도 했다. 조반니는 한숨을 내쉬고 바지 주머니에서 손수건을 꺼내 눈물 때문에 그녀의 얼굴에 붙은 머리카락을 떼어 냈다. 그리고 그녀의 눈물까지 닦아 준 뒤 그는 들고 있던 손수건을 그녀에게 던졌다.

"그건 너 가져."

"세탁해서 드릴게요."

"필요 없다."

"폐하께서는 이상한 부분에서 관대하시네요."

뮈젤이 코를 훌쩍이며 대답하자 조반니는 기가 찬 얼굴로 그녀를 봤다. 관대? 그에게 관대를 논할 수 있는 건 사실 뮈젤보단 레나타였다. 조반니는 자신의 부름만 기다리고 있을 레나타의 말간 얼굴을 떠올렸다. 그러자 찜찜한 기분을 지울 수 없었다.

뮈젤과 함께 응접실로 돌아온 조반니는 엉망이 된 몰골의 뮈젤을 보며 실소를 터트렸다. 그러자 뮈젤이 황급히 자신의 옷 가지며 헝클어진 머리를 다듬으며 정리를 했다. 그러는 사이 시녀들이 들어와 테이블 위에 다과를 세팅했다. 그들은 따뜻한 차를 앞에 두고도 한참 동안 침묵했다. 그리고 결국 먼저 입을 연 사람은 조반니였다.

"아까 로헨과는 무슨 일 있었나?"

조반니의 질문에 뮈젤은 한참을 우물쭈물 망설이다가 겨우 입을 뗐다.

"엘쉬가를 사랑하지만, 저와도 잘해 보고 싶으신가 봐요. 이

성적으로요. 본인은 그 뜻이 아니라고 하셨지만."

조반니는 잠시 제가 들은 이야기가 무슨 소리인지 파악하지 못했다. 뜻밖의 사람에게서 뜻밖의 이야기가 흘러나왔기 때문이다. 로헨이 뭐 어쩌고 저째?

"그 녀석이 그랬다고?"

뮈젤은 대답하지 않았다. 긍정의 침묵이다. 조반니가 헛웃음을 터트렸다.

"최근 들었던 얘기 중에 가장 우스운 얘기로군."

뮈젤은 로헨의 이야기를 더는 하고 싶어 하지 않는 얼굴로 인상을 찌푸렸다. 그래서 조반니도 더는 묻지 않기로 했다. 로헨은 사실 그도 언급하고 싶은 주제가 아니었다. 그에겐 애증의 형제였으니. 여전히 국무회의에선 로헨의 문제를 두고 그의 존재를 어떻게 해야 할지에 대한 논쟁이 뜨거웠다. 로헨이 현재 무사히 제가 하고픈 대로 하고 다닐 수 있는 건 모두 조반니가 '침묵'하기 때문이다.

"그래, 내게 하고 싶은 질문이란 게 뭔가?"

"잊지 않겠다고 하셨습니다. 정말로. 잊지 않으셨습니까?"

조반니는 뮈젤이 한 질문의 익숙함을 알았다. 라미스가 그에게 물었던 질문과 동일했기 때문이다.

"타임리프를 했군."

조반니의 조용한 대답에 뮈젤은 그저 식어 가는 찻잔을 만지작거리기만 했다. 그는 뮈젤의 손길을 따라 그녀의 찻잔을 노려보았다. 라미스에게 타임리프에 관한 질문을 하지 않은 것을 이제 와 후회하는 건 아니다. 그러나 뮈젤의 심각한 표정을 보아하니 타임리프가 다른 사람도 아닌 '조반니' 바로 자신이 아주 큰 중심에 있었다는 걸 알겠다.

"과거에 무슨 일이 있었지?"

조반니는 한숨처럼 재차 물었다.

"파수꾼 가문의 능력이 타임리프라는 걸 처음부터 알고 계셨죠? 지난번 제겐 파수꾼 가문의 능력은 모른다고 하셨으면서."

"뮈젤. 네 능력을 모르는 건 사실이었다. 네가 후계자라는 걸 알았을 때도 당연히 타임리프의 능력을 가진 줄 알았지."

조반니는 다시 한 번, 세간에 화제가 되고 있는 소설 ≪포도밭 소녀≫를 떠올렸다. 그리고 그녀가 가진 능력 또한 다시 한 번 상기했다. 감춰진 이면의 진실은 결코 그가 예상했던 방향은 아니었다. 뮈젤이란 소녀는 처음부터 지금까지 쭉 그래 왔다. 지금껏 그가 살아온 세월은 늘 예상했던 방향대로 그의 뜻대로 흘러가지 않은 것이 아무것도 없었다. 레나타를 제외하고. 그러나 레나타와 뮈젤은 본질적으로 많은 것이 달랐다.

"선대 모르제 백작은 이미 작고했으니 그 능력은 무의미하고. 지금의 모르제 백작이 능력을 사용한 게 되는 건가?"

"지금 세간에 화제가 되고 있는 소설 ≪포도밭 소녀≫를 읽어 보셨습니까?"

뮈젤의 질문에 조반니는 대답하지 않았다.

"그 소설의 과거 부분이 전부 사실이라고 하면 믿으시겠습니까?"

조반니는 결국 한숨을 내쉬었다. 그다지 얘기하고 싶지 않은 주제였을뿐더러, 믿고 싶지 않은 진실이기도 했다.

"모르제 백작이 타임리프를 하기 전 이야기들 말인가? 나를 위해 선대 모르제 백작이 타임리프를 하고 너를 사랑한 내가 너를 위해 타임리프를 부탁했던, 그 이야기?"

조반니가 검지로 관자놀이를 문지르며 내게 물었다. 나는 고개를 끄덕였다.

"믿을 수 없다."

"폐하께 믿어 달라 얘기한 건 아니었습니다."

그리고 뮈젤이 대답이 그를 불편하게 만들었다.

"그럼 네 목적이 뭐지? 내게 그 말을 하는 목적 말이다."

그의 질문에 뮈젤이 자리에서 일어났다. 조반니는 도무지 뮈젤의 말과 행동들이 예측이 불가능해서 그냥 그녀를 예측하기를 포기한 상태였다. 뮈젤은 그의 앞에 무릎을 꿇고 고개를 숙였다. 울음이 나오는 듯 입술을 꽉 다물었는데 무릎 위에 올려진 두 손이 부들부들 떨리는 것이 보였다.

결국 그가 가장 보고 싶어 하지 않았던 장면이 연출됐다. 더는 제게 다가오지 말라는 듯 선을 긋는 것과도 마찬가지인 뮈젤의 태도에 조반니는 가슴 언저리에 묵직한 돌덩어리가 얹어진 것 같은 답답함을 느꼈다.

"무엇에 대한 사과지?"

조반니는 갑갑함을 이기지 못하고 결국 목에 맨 크라바트를 풀어 바닥에 패대기쳤다. 이젠 짜증이 나다 못해 화가 치밀기까지 했다.

"사과가 아니라 감사 인사입니다."

조반니가 목까지 잠겨 있는 셔츠 단추를 짜증스레 끌렀고 그의 거친 동작에 단추가 떨어져 바닥을 굴렀다. 조반니는 자신의 심정이 바닥에 나뒹구는 단추와 같다는 생각이 들었다.

뮈젤에 대한 자신의 감정의 크기가 그가 생각했던 것과 달라서 그 자신도 놀라고 있는 중이었다. 로앙지스가 쓴 소설처럼 정말로 과거에 그가 뮈젤을 사랑하기라도 했단 말인가. 그 감정의 잔재가 남아 있기라도 한 것일까. 그가 가장 싫어하는 건 애매모호함이었고 불확실한 감정이었다. 그러나 그 모든 것들이 혼재된 감정의 소용돌이와 함께 아무것도 예측할 수 없는 상대까지 눈앞에 있으니 당혹스럽고 혼란스러움을 감추기 어려웠다. 전부 그가 태어나 처음 겪어 보는 감정과 상황이었음은 분명했다.

"너는 타임리프 능력이 없다. 그렇다면 그 과거들을 너 역시 몰라야 맞지. 그런데도 그런 태도라는 건, 타임리프 능력이 없어도 파수꾼 가문의 피가 흘러 과거를 기억하는 건가?"

"아니요. 전 회귀 전 일을 기억하지 못합니다. 하지만 '포도밭 소녀'를 읽으셨다면, 폐하께서도 아실 겁니다. 전 모든 사물과 사람이 가진 기억을 볼 수 있습니다. 아버지의 기억을 읽었습니다. 제 능력, 상상도 하지 못하실 겁니다. 단순히 과거를 문자로 읽듯이 알게 되는 게 아닙니다."

그리고 뮈젤이 잠시 입을 다물고 격해진 감정을 추슬렀다. 그녀의 떨리는 목소리는 금방이라도 울음을 터트릴 것만 같았다.

"그 사람이 되어 그 사람이 겪었던 과거를 보고 들어요. 그 느낌은 아마 아무도 이해하지 못할 거예요. 아버지조차도요."

조반니는 복잡한 심정으로 뮈젤을 바라봤다.

"그래서 폐하께 감사해요."

"내가 너를 살려 준 것에 대한 감사? 아니면 내가 너를 사랑했었다는 것에 관한 감사인가?"

"아니요. 황제로서의 선택을 내려 주신 것에 대한 감사 인사입니다."

그가 가장 좋아하면서도 가장 싫어하는 말이다. 조반니는 씁쓸함을 감출 수 없는 기분으로 그녀를 보았다.

"그 소설의 내용이 사실이라면 넌 예나 지금이나 단 한 번도 나를 사랑한 적이 없군. 내가 널 사랑해서 그런 선택을 했었는데도 말이지."

"폐하께선 역대 메시리아의 황제 중 가장 황제다운 황제이십니다. 메시리아엔 없어선 안 되실 분이죠. 폐하께선 과거를 기억하고 계셨다고 해도, 과거와 같은 사건들이 벌어져도, 절 선택하지 않으셨을 겁니다."

조반니는 뮈젤의 말을 반박할 수 없었다. 그녀의 말은 사실이었고 그도 그 말이 틀리지 않다는 걸 알았기 때문이다.

"그래, 그 말이 맞다. 내가 황제라는 사실을 망각한 질문을 했군."

"저를 사랑하십니까?"

그녀의 물음에 조반니는 짜증스럽게 자리에서 일어났다. 그는 바닥에 떨어진 크라바트를 거칠게 걷어차고는 한숨을 내쉬었다.

"지금 날 놀리는 거냐, 뮈젤. 과거엔 레나타만큼이나 너를 오래 봐 왔다고 하지만, 지금은 아니다. 네가 다른 여자들보다 특별한 건 사실이지만, 난 널 알게 된지 얼마 안 됐어. 그런데도 그런 질문을 하는 저의가 뭐지?"

"전 과거를 기억하진 못해도 첫눈에 보는 순간 라르메 전하께 호감을 느꼈거든요."

조반니는 뮈젤의 말을 부정했다.

"미안하지만 네 말대로 난 황제다. 너와는 달라."

뮈젤은 마치 그가 그런 대답을 하리란 걸 예상했다는 듯이 덤덤했다. 그게 또 그의 심기를 건드렸다.

"내가 과거와 마찬가지로 네게 사랑이란 감정을 느꼈다면 네 대답은 뭐였지?"

"죄송합니다. 그런 가정은 생각해 보지 않았어요."

그녀의 망설임 없는 대답에 조반니는 헛웃음을 터트렸다. 그는 허탈감을 감추지 못한 얼굴로 이마에 손을 얹었다.

"잔인한 대답이군. 나를 너무 잘 아는 대답이라 소름이 끼칠 정도야. 그 말이 맞다, 뮈젤."

조반니는 어깨를 으쓱이고는 여전히 무릎을 꿇고 있는 그녀에게 손을 내밀었다.

"설사 정말로 내가 널 사랑한다 해도, 내 입으로 네게 그 말을 해 주는 일은 없을 거다. 난 황제로 남아야 하는 사람이니."

뮈젤의 쉽사리 그의 손을 잡지 못했다.

"그만 일어나."

그리고 조반니는 뮈젤이 내밀어진 그의 손을 보고 무슨 생각을 하는지 알아차렸다. 손이 닿는 모든 것의 기억을 읽을 수 있는 특별한 능력.

"내가 아까도 말했지. 난 어차피 숨기는 과거의 기억 따윈 없다."

기어코 그가 움직이게 만든다. 조반니는 무릎 꿇고 있는 뮈젤의 손을 잡아끌어 일으켰다.

"그리고 내 과거를 봐 봤자 너만 손해일 걸 뻔히 아는데, 내가 널 만지는 걸 꺼릴 이유가 있을 것 같으냐?"

그의 말에 뮈젤이 그제야 웃음을 터트렸다. 그리고 그 웃음 한방에 조반니는 묵은 갑갑함이 조금은 가시는 느낌을 받았다. 그들은 다시 테이블에 앉아 시녀들이 새로 내어 주는 차를 마셨다. 만감이 교차하여 뜨겁게 달궈진 공기가 차분히 내려가는 느낌이었다.

그리고 조반니는 문득 라미스가 전에 했던 질문을 다시 떠올렸다. '모두 잊었느냐.' 소설 ≪포도밭 소녀≫의 내용이 실제 있었던 사건이라면 과거의 그는 진짜로 뮈젤을 사랑했다는 말이 된다. 시간을 돌려도 그녀를 잊지 않겠다고 약조했었고 말이다.

그리고 그에게 모두 잊었느냐 질문한 라미스는 소설 ≪포도밭 소녀≫의 내용을 미리 알고 있었던 것일까, 아니면 모르제 백작처럼 과거를 모두 기억하고 있는 것일까.

"그나저나 사랑하는 사이란 게 원래 그런 건가? 아르시온 라미스와 하는 질문까지 똑같아."

그래서 그는 은근슬쩍 그 말을 흘리며 뮈젤의 반응을 살폈다. 그녀의 멍청한 표정을 보고 있자니 그녀는 아무래도 라미스에 대해 아는 게 많지 않은 듯했다. 조반니는 혀를 차고 잠시 고민했다. 제 것이 되지 않는다면 남에게도 주지 않는다가 그의 기본적인 철칙이었으나 뮈젤이 관계된다면 조금 달랐다. 라미스가 덕을 보는 건 배가 아팠으나 결국 조반니는 그녀를 도와주기로 했다.

"옛날에 그도 너와 같은 질문을 한 적이 있다. 모두 잊었냐고 말이다."

"다른 말은 없었나요?"

그녀의 물음에 쿠키를 와그작 씹어 먹던 조반니는 고개를 저었다.

"네겐 미안하지만 난 널 사랑했던 기억이 없거든. 그래서 그 외 다른 대화를 하진 못했지."

조반니는 전혀 미안하지 않은 얼굴로 미안하단 단어를 뱉었다.

"축복의 탑에서 일어난 시위 진압에 진전이 없었던가 보군. 그들이 주장하는 후계자는 아르시온 라미스다."

뮈젤이 정신이 번쩍 든 얼굴로 멍하니 그를 바라봤다.

"네?"

얼떨떨한 그녀의 물음에 조반니는 혀를 차고는 차를 들이켰다.

"엘쉬가를 추방하고 라미스를 후계자로 올려 달라는 게 그들의 주장이다. 아마 베르모토 교황이 지금쯤이면 그를 설득하고자 호베른에 와 있을 거다."

찻잔을 만지는 뮈젤의 손이 미끄러졌다. 다행히 찻잔을 놓치는 불상사는 일어나지 않았지만, 조반니는 그녀가 심각하게 동요하고 있음을 알아차렸다.

"가 봐야겠군?"

"어, 어디서……."

조반니는 얼굴을 찌푸렸다. 바라는 게 참 많다.

"그걸 내가 어떻게 아나? 여행객의 거리 쪽에 살롱과 식당이 많으니 그쪽으로 가지 않았겠나. 베르모토 교황이라면 오랜만에 호베른에 왔으니 거기서 보자고 하겠군. 그치는 옛날 사람이라 아직도 그쪽 동네가 가장 인기 있는 지역인 줄 알지. 요샌 다들 코젤만 스트리트로 옮겨 갔는데 말이야."

조반니는 찻잔을 내려놓고 요연한 얼굴로 앉아 있는 뮈젤에게 마카롱 접시를 밀었다.

"난 아직 네게 황후가 될 생각이 없냐는 질문을 철회하지 않았다."

"철회하시는 게 좋을걸요. 폐하께선 혼기가 지난 지 한참이시잖아요. 지금 소문에 폐하께서 그 나, 남, 남……."

뮈젤이 결국 말끝을 흐렸다. 조반니는 그녀가 차마 이어 가지 못한 뒷말이 무엇인지 알았다.

"계속 해 봐라, 뮈젤."

"폐하께서 나, 남색가라는 소문이 돌고 있다고요."

"아. 내가 여자를 들인 지 오래되긴 했군. 하지만 생각해 봐, 뮈젤. 난 정신이 없어. 원래 전쟁이란 뒷수습이 제일 어려운 거 알아?"

그녀가 당연히 모르겠단 표정으로 그를 바라봤다. 별다른 대답을 바란 게 아니었으므로 조반니는 웃으며 고개를 끄덕이고 말았다.

"가 봐, 그만."

"네?"

"신경 쓰여 미칠 것 같지 않으냐? 아르시온 라미스 말이야."

조반니는 웃었고 뮈젤은 결국 급히 자리에서 일어났다. 그리고 그는 그녀의 뒷모습을 제법 씁쓸한 기분으로 바라만 봤다. 그의 인생에서 첫 패배감을 맛본 날이 바로 오늘은 아닐까. 그는 생각했다. 이도 저도 아니었던 애매모호함과 어설펐던 감정들의 최후는 그리 달지도 쓰지도 않은 떫은맛이었다.

☕ ☕ ☕

뮈젤에게 했던 말처럼 전쟁 뒷수습이란 말처럼 쉬운 것들이 아니다. 해야 할 일들과 신경 써야 할 일들로 잠을 잘 시간마저 부족했다.

뮈젤과 라미스에게 도움을 주고도 그들의 연애의 마침표가 어떻게 찍혀 있을지 궁금할 새도 없을 정도였다. 잠깐의 감정을 두고 착각을 했었지만, 결국 조반니는 황제였다. 본질적으로 혼자일 수밖에 없어 외로운 존재. 그는 애초부터 뮈젤이 바라는 것 추구하는 걸 해 줄 수 없는 사람이었으므로 함께할 수 없었다. 기대한 적도 없었기에 실망이랄 것도 없었으며, 아쉬운 것도 없었다.

그리고 예전처럼 그의 곁에 남은 최후의 사람은 레나타였다. 모든 게 변해도 그 자리에 못 박혀 서서 그만을 바라볼 사람. 어떤 상황에서도 예측 가능한 단순함. 그가 황제라고 해도 황제가 아니라고 해도 그 자리에 있을 사람. 할 일이 쌓여 있어도 레나타와의 만남을 미루지 않는 건 유일하게 그가 숨을 쉴 수 있는 시간이 그때뿐이기 때문이었다.

따뜻한 봄바람에 날도 포근한 오후. 꽃봉오리가 피기 시작해 꽃 내음 풍기는 황실 정원 한가운데 조반니와 레나타가 앉아 있었다.

"가끔은 그런 생각해."

피곤한 얼굴로 차를 마시며 생각에 잠겨 있는 그를 보고 레나타가 입을 열었다.

"조가 황제가 아니었으면 좋겠다는 생각."

조반니는 그 말이 뜻밖이었다.

"황제라는 직위를 좋아한 게 아니었나?"

"무슨 그런 섭섭한 소리를!"

레나타는 정말로 화난 듯한 목소리로 외쳤다. 조반니가 어깨를 으쓱이며 두 손을 들어 항복의 제스처를 했다.

"하지만, 황제가 아니었다면 넌 날 만나지도 못했다."

그의 말에 레나타는 공감할 수 없다는 표정을 했다.

"아니. 그 어떤 형태로 조를 만나도 사랑에 빠질 자신 있어."

"그 자신감, 대단하군."

"자신감이 아니라 사랑이야."

레나타의 대답에 조반니는 고개를 절레절레 흔들었다. 레나타의 사랑론이 또 시작되나 싶어 다른 생각이나 해야겠다 싶은 찰나에 레나타가 자리에서 일어나 그에게 다가왔다. 조반니는 의아한 얼굴로 그녀를 바라봤다.

그러고 보니 오늘따라 유달리 치장을 하고 온 듯싶었다. 화려하고 큼지막한 피슈가 달린 네크라인에 유달리 시선이 갔고 그 다음으로는 화려한 꽃무늬와 금박으로 박음질된 드레스 끝단, 그리고 높은 올림머리에 가득 꽂혀 있는 머리 장식들. 그리고 평소엔 잘 하지 않는 화장까지 완벽하게 한 상태였다.

"오늘 파티가 있나 보군."

조반니의 지레짐작에 그의 앞에 선 레나타가 웃었다. 그리고 조반니는 그 웃음에 가슴 언저리가 간질거리는 기이한 감각을 느꼈다. 전에도 몇 번 느껴 본 적 있는 감정이었다. 레나타가 저렇게 순수한 얼굴로 아무 뜻 없이 웃을 때는 그 누구보다 예쁘다고 그는 생각했다.

"조가 과거에 뮈젤을 좋아했던, 아니면 그게 현재진행형이던 내 마음은 변하지 않을 거야."

레나타의 말에 조반니는 미간을 찌푸렸다.

"오해가 있군. 둘 다 아니다."

"그럼 정말 다행이고."

그의 말을 믿는 것 같지는 않았지만, 레나타의 미소는 기쁜 듯 조금 더 짙어졌다.

"조가 누군가와 함께할 수 없는 사람이란 걸 알아. 그러니까 조는 혼자 앞으로 나아가."

그조차도 예상하지 못한 단어의 나열이다. 레나타답지 않아서 조반니는 갈피를 잃은 마음으로 그녀의 다음 말을 기다렸다.

"난 조의 등을 보며 따라갈게. 내가 가끔 뒤에 있다는 것만 알아줘. 조가 밝힌 길을 한발 늦게 따라가는 사람이 되고 싶어. 난 그거면 돼."

그게 바로 그가 황후가 될 레나타에게 바라던 역할이었다. 그녀는 아주 가끔, 그를 놀랍게 한다. 지금도 마찬가지였다. 그가 할 말을 잃고 그녀를 바라보고 있자 그녀가 웃으며 무언가를 그에게 내밀었다. 조반니는 그녀의 새하얀 손바닥 위에 놓인 작은 물건을 보았다. 반지였다.

"그러니 나랑 결혼해 줄래?"

"하."

그는 상상하지도 않았던 전개에 헛웃음을 터트렸다.

"하하하하하!"

조반니가 결국 참지 못하고 크게 웃음을 터트렸다. 레나타가 영문을 모른 채 고개를 갸웃거리고 있었고 한참 뒤에 웃음을 갈무리한 조반니가 레나타의 말간 얼굴을 바라봤다.

"넌 진짜 어떻게 된 애가……."

"거절해도 괜찮아. 또 청혼하면 되니까."

레나타가 오기에 가득 찬 얼굴로 주먹을 불끈 쥐었다.

"난 사랑이란 걸 모른다."

"내가 아니까 괜찮아."

"황후로서의 삶은 네가 바라는 삶이 아닐 거다."

"각오하고 있어. 그러길 십 년이야."

십 년이라니. 얼마나 어린 시절부터 퀼트 공작에게 황후가 되기를 강요받아 오며 자랐는지를 알만한 대목이었다. 조반니는 혀를 차고는 다시 한 번 내밀어진 반지를 쳐다봤다.

"난 한번 잡은 건 놓을 줄 모른다. 네가 그 삶을 후회한다고 해서 절대 놓아줄 수 없어. 정말 이 결정을 후회 안 할 자신 있나?"

"조, 믿을 수 없겠지만 지금 네 앞에 있는 것도 웬만한 각오로는 할 수 없는 일이야. 난 수많은 선택들을 결정하며 여기까지 왔어. 거기에 몇 가지가 더 더해진다고 해도 달라질 것도 없다고 생각해."

그녀가 조반니의 손을 잡아끌었다. 조반니는 순순히 그녀에게 이끌려 자리에서 일어났고 그녀가 그의 손가락에 반지를 끼는 걸 가만히 지켜보았다. 처음부터 그는 결론을 알고 있었다. 그에게 어울리는 사람은 레나타뿐이다.

그리고 그를 감당할 수 있는 사람도 그녀뿐이다. 오랜 시간 동안 그가 그렇게 그녀를 길들여 왔고 그도 그녀에게 익숙해져 왔기 때문이다. 그답지 않게 레나타를 옆에 둔 것도 그녀에게 그와 가장 가까운 사람이 될 기회를 준 것도. 모두 한 가지 결론을 위해서였고 사실은 뮈젤이라고 해도 그 사이에 낄 수는 없었다.

사랑이란 감정은 배운 적이 없어 그가 줄 수 있는 것이 아니지만, 조반니는 행복이라면 만들어 줄 수 있을지도 모른다고 생각했다. 사실 사랑과 행복은 비슷한 선상의 감정이라 흉내를 내라고 하면 못할 것도 없었다. 그리고 레나타라면 분명 그에

게 그 이상의 무리한 요구를 하며 부담을 안겨 주진 않을 것
이다.

조반니는 반지를 껴 주고 그의 손을 잡고 있던 레나타의 손
가락을 맞잡았다. 그녀가 눈을 동그랗게 뜨고 그를 바라보았고
조반니는 그녀를 향해 웃었다.

"내 결론은 늘 너였다, 레나타."

그가 그녀의 손가락에 입을 맞췄고 레나타의 얼굴이 새빨갛
게 달아올랐다. 이럴 때 보면 영락없이 소녀였다. 이번엔 정말
로 입술 사이로 웃음이 비집고 흘러나왔다.

"그대의 선택을 받다니 영광이로군."

레나타가 벌겋게 달아오른 얼굴로 입만 벙긋거렸다.

"앞으로 정신없이 바쁠 테니, 미리 말해야겠군. 나와 결혼해
줘서 고맙다, 레나타."

그가 그녀의 머리를 다정하게 쓰다듬었고 레나타는 결국 자
신의 양 볼에 손을 얹고 비명을 내질렀다. 경박스러웠지만 그
게 행복에 겨운 비명이란 걸 알아 조반니도 결국은 다시 웃음
을 터트렸다. 종래에 울음을 터트린 레나타가 그에게 안겼고
그는 그로부터 한참 동안이나 우는 그녀를 달래야만 했다.

앞으로의 결혼 생활과 그의 노후가 이대로 이어진다면 그것
또한 나쁘지 않은 삶이겠다고 그는 생각했다. 물론 언제까지고
그녀가 그의 옆에 있다는 전제하에 말이다. 뮈젤과 라미스는
그래서 어찌 되었을까. 뜬금없이 그들의 소식이 궁금했던 것도
잠시, 그는 레나타의 커지는 울음소리에 황급히 그녀의 등을
토닥였다. 화장이 번져 깔끔한 모습은 아니었으나 조반니는 그

모습이 제법 귀여워 웃고 말았다.

그녀와 함께 있는 시간은 늘 그렇듯 편안했고 그들을 비추는 햇살은 유난히 눈부셨던, 어느 화창한 봄날이었다.